WILLIAM FINNEGAN

BARBARIAN

バーバリアンデイズ

あるサーファーの人生哲学

ウィリアム・フィネガン　児島 修 訳

バーバリアンデイズ
あるサーファーの人生哲学

モリーへ

彼は文章を書くことに没頭してしまったので、考えることがページの上で広がる色のようなものに思えた野蛮な日々を、すっかり忘れてしまった。

——エドワード・スト・オービン『マザーズ・ミルク』

INDEX

Part 1 ダイヤモンドヘッド沖

ホノルル、1966～67年

過保護に育てられたつもりなどなかった。それでも、カイムキ中学校での体験は衝撃だった。私は八年生で、家族でホノルルに移住したばかりだった。それまで住んでいたロサンゼルスの友人宛の手紙には、新しい同級生たちが「麻薬やシンナーを吸ってるごろつきばかり」だと書いた。だが、それは事実ではなかった。つまりカイムキでは、ハオレ（白人、私もそのうちの一人だった）は弱小集団にすぎなかったということだ。私が〝原住民《ネイティブ》〟と呼んでいた子供たちは特に、ハオレを嫌っているように見えた。穏やかな気持ちではいられなかった。ハワイ人はみな中学生とは思えないほど大柄で、その荒っぽさで知られていたからだ。東洋人《オリエンタル》（これも私の用語だ）は、学内で最大の民族集団だった。最初のうちは、日本人と中国人と韓国人の区別もつかず、どれも東洋人にしか見えなかった。フィリピン人やサモア人、ポルトガル人（ハオレとは見なされていなかった）といった、他の有力な民族集団の存在にも気づいていなかった。工作の授業でさっそく目をつけられた巨漢の同級生のことも、ハワイ人だと思っていたくらいだ。

彼は先の尖った光沢のある黒靴を履き、きつめのズボンと明るい花柄のシャツを着ていた。オールバックの縮れた髪に、赤ん坊の頃から剃り続けてきたみたいな濃い髭。めったに喋らず、たまによくわからないピジン語を口にした。いわば、小さなマフィアだった。どうみても留年していて、学校から追い出される日を待ち望みながら時間をつぶしているように見えた。姓はフレイタスといった――下の名前は聞いたことがない。だが、カイムキ中学で何人もの不良が幅を利かせているフレイタス一族とは関係がないようだった。最初の数日間、私はこの同級生にじっくりと品定めされ、生きた心地がしなかった。やがて、手が出始めた。たとえば、私がつくりかけの靴磨き台を真剣にノコギリで挽いているときに、肘《ひじ》を軽く押されたりした。

怖くて言葉が出なかった。奴も何も言わなかった。無言でいることを楽しんでいるみたいだった。その後、フレイタスは退屈な授業をやり過ごすために、荒っぽくも独創的な娯楽を編み出した。教師が生徒たちに背中を向けたとたんに、前に座っている私の頭をツーバイフォーの木材でぶつのだ。ボン、ボン、ボン――。安定したリズムで、少しだけ間を空けて、毎回、次の一撃はこないかもしれないという淡い期待を私に抱かせる。私には、教室内に鳴り続けているおかしな物音がなぜ教師には聞こえないのか、まったく理解できなかった。クラスメートは気づいていて、フレイタスのこのささやかな儀式を面白がっていた。もちろん、頭のなかで激しい音が鳴り響いている私には、面白がることなどできなかった。それはかなり長めの木材だった。一メートル五〇センチか、それ以上はあったはずだ。だが、手加減はしていた。そうすることで、心ゆくまでじっくりとこの遊びを楽しめるからだ。瞑想的な雰囲気すら感じさせる間隔を保ちながら人の頭をぶつことに、妙味を覚えていたのかもしれない。

もし他の誰かが餌食になっていたとしても、私もクラスメートと同じように何もできなかっただろう。別世界にいる教師は目の前のノコギリのことばかり気にしていた。私は自分の身を守るために何かをしようとは思えなかった。後になって、フレイタスがハワイ人ではないことを知ったが、それでもこのいじめからは逃れられないと考えたに違いない。私は痩せっぽちで、友達もいない白人《ハオレ》にすぎなかった。

振り返ってみると、両親が私をカイムキ中学に入れたのは失敗だった。一九六六年当時、カリフォルニア州の公立学校は全米でも最もレベルが高く、特に私たちが住んでいた中流家庭の多い郊外のエリアではそれが当てはまった。子供を私立の学校に行かせようとする家庭はほとんどなかった。だが、ハワイの公立学校は別世界だった。植民地やプランテーション、伝統的なキリスト教といった歴史的な影響から抜け出せず、疲弊していた。

そのことは、弟や妹が通っていた小学校からはわからなかった（ケビンは九歳、コリーンは七歳だった。就学前教育が普及していなかったこの時代、三歳のマイケルはまだどこにも通っていなかった）。私たち一家が家を借りていたカハラと呼ばれる裕福な地域にあった小学校は、資金も豊富で教育も進歩的だった。裸足での通学が許されていたことを除けば――私たち家族は、その南国特有の寛容さに驚かされたものだ――カハラ小学校《エレメンタリー》はサンタモニカの富裕層地区にあってもおかしくはないほどの学校だった。ただし、カハラには中学校はなかった。この地域の裕福な家庭が子供を進学させるのは、何世代にもわたりホノルル（やハワイの他地域）の上流、中流階級の子供たちを教育してきた私立中学校だった。

事情を知らなかった両親は、ダイヤモンドヘッドの噴火口《クレーター》の裏側にある、労働者階級の多いカイムキ地区にある最寄りの中学校に入学させた息子が、八年生として順調な毎日を過ごしていると思っていた。だが実際には、それまでカリフォルニア郊外という隔離された場所で白人であることを意識せずに育ってきた私は、人種差別の激しい世界に放り込まれ、いじめや孤独、喧嘩のことで頭をいっぱいにしながら、居場所を見つけられずにもがき苦しんでいた。放課後や休憩時間だけではなく、授業中にも人種の壁を感じた。生徒は試験の成績によってグループ分けされ、各科目を担当する教師が待つ教室へと移動する。私は一番上のクラスに入ったが、クラスメートの大半は日本人の女の子だった。ハワイ人もサモア人もフィリピン人もいない。クラスは穏やかで、勉強も難しくはなかったが、それまで学校で味わったことがなかったような退屈さを覚えた。クラスメートにとって、私は存在していないも同然だった。

私は教室の後ろの席にだらしなく座り、ときおり窓の外の木々に目をやって風の向きや強さを確かめながら、サーフボードと波の写真が載っている雑誌のページを捲《めく》って授業をやり過ごした。

テレビ制作の仕事をしていた父の都合で一家揃ってハワイに移住することになる三年も前から、私はサーフィンをしていた。カリフォルニアで『ドクター・キルデア』や『コードネームU.N.C.L.E.』などのテレビシリーズのアシスタントディレクターをしていた父は、ハワイのラジオ番組『ハワイ・コールズ』をベースにした三〇分のミュージカルバラエティの新シリーズのプロダクションマネージャーを務めることになり、ハワイ行きが決まった。番組のコンセプトは、歌手のドン・ホーをガラス底のボートで歌わせたり、滝の前でカリプソバンドに演奏させたり、噴火する火山をバックに女性にフラダンスを踊らせたりして、それを〝ジョー〟と呼ぶというものだった。「ハワイ版の『アマチュア・アワー』ってわけじゃない」父は言った。「だけど、まあ似たようなもんだ」「番組の出来がひどかったら、他人のフリをするわよ」と母は言った。「〝ビル？ 誰のこと？〟って」

家族の新居として父親が借りたコテージ風の家の小ささと（ベッドが足りず、弟のケビンと私は日替わりでソファで寝た）、中古で買ったフォード車のオンボロ具合から見て、制作会社がホノルルに私たち家族を移住させるために使える予算は少なかったようだ。それでも、コテージはビーチの近くにあった。クラマヌストリート沿いに並ぶ家々をつなぐ私道の少し先が、もう海だった。まだ一月だというのに温かさを感じる気候も最高だった。

ハワイにいると考えるだけで、天にも昇る気持ちだった。サーファーや、サーフィン雑誌の読者なら誰でも（私は手持ちのサーフィン雑誌の文章や写真のキャプションの一字一句を記憶していた）、好むと好まざるとにかかわらず、ハワイでのサーフィンライフを夢想するものだ。いま私はハワイの砂（粗く、独特のにおいがする）の上を歩き、ハワイの海水（温かく、独特のにおいがする）の感触をたしかめ、ハワイの波（小さく、色は暗く、海側からの風を受けている）に身体を浸していた。

ただしそれは、期待していたものとは別物だった。雑誌のカラー写真が伝えるハワイの波はいつも大きく、濃い群青色や淡く信じられないほど美しい青緑色《ターコイズ》をしていた。風向きは常に、サーフィンに理想的な〝オフショア〟（陸から海に向かって吹く）だった。大きくブレイクする波は、オリュンポスの神々の遊び場だった。サンセットビーチ、バンザイパイプライン、マカハ、アラモアナ、ワイメア湾――。

でも、目の前にある海は、雑誌で見ていたものとはまったく違った。サーフィン初心者や観光客で知られるワイキキも、ダイヤモンドヘッドの向こう側だった。誰もが耳にしたことのあるホノルルの名所はすべて、華やかで象徴的な西側にしかなかった。私たちの家は山の南東側の傾斜地にある小さな鞍部《あんぶ》の、ブラックポイントと呼ばれる岬の西に位置する、日陰の多いビーチフロントにあった。ビーチは狭く、砂は湿り、何もなかった。

ホノルルに到着した午後、さっそく夢中になって地元の海を探検し始めた。最初は、どこがサーフィンに適した場所なのかわからなかった。水面から顔を覗かせている苔むした珊瑚礁《リーフ》の端で、海から押し寄せた波が砕けている。不安に襲われた。ハワイの珊瑚は、鋭く、危険だという噂を耳にしていたからだ。そのとき、西側の沖の方に、午後の日差しを受けながら浮かび上がっては沈む、お馴染みの小さな人影が見えた。サーファーだ！　たまらず小道を駆け戻った。家のなかでは、家族が荷解きに悪戦苦闘し、誰がどのベッドを使うかで言い争っていた。トランクスに着替え、ボードをつかむと、無言で家を飛び出した。

リーフと浜のあいだにある浅いラグーンを、岸に沿って西に漕ぎ出した。一キロ弱ほど進むとビーチハウスが途切れ、砂浜の向こうに、緑に覆われたダイヤモンドヘッドの麓の急斜面が姿を現した。左手のリーフが終わり、そこからは幅のあるチャンネル（海底が深く、波の立たない場所）になっていた。チャンネルの先には一〇人強のサーファーがいて、暗い水面のうえで、散発的に訪れる、穏やかなオンショアの風を受けた胸の高さほどの波に乗っていた。私はラインナップ（サーファーが波待ちをするゾーン）に向かってゆっくりとパドリングしながら、サーファーたちのライディングをじっくりと観察した。いい波乗りをしている。滑らかで、外連味《けれんみ》のないスタイルだ。転ぶ者もない。ありがたいことに、誰も私に気づいていないようだ。

そっと外側から近づき、ラインナップの端の人気のない位置に入り込んだ。波はたっぷりあった。テイクオフのポイントは波が崩れがちだったが、簡単に乗れた。身体の記憶に任せて、小さく柔らかい右からの波に何度か乗った。カリフォルニアの波とは違っていたが、大差はなかった。変化は激しいが、手に負えないというわけでもない。海底に珊瑚が見えたが、インサイド（岸側）に数箇所頭を突き出しているのを除けば、浅すぎるものはない。

サーファーたちはよく喋り、笑っていた。聞き耳を立てたが、一言も理解できない。おそらくピジン語を話しているのだろう。ピジン語の存在は、ジェームズ・ミッチェナーの小説『ハワイ』で読んで知っていたが、カイムキ中学に入学する前日だった私には、初めて耳にするものだった。あるいは、彼らは外国語を喋っていたのかもしれない。ともかく、私はそのとき海にいたなかで唯一の白人《ハオレ》（これも、ミッチェナーの小説で知った言葉だ）だった。年上の男が、私の脇をパドリングしながら、沖の方を指差し、「アウトサイド」と言った。それが、その日サーファーたちが私に向けて口にした唯一の言葉だった。男の言う通りだった。沖から、その午後最大のセットが近づいていた。教えてもらえて嬉しかった。

陽が落ちると、サーファーたちは一人また一人と帰っていった。気になって見ていたが、ほとんどは急な山腹を登り、ダイヤモンドヘッドロードに向かっているようだった。色褪せたボードのフィンの部分を前にして頭上に乗せ、つづら折りの山道を早足で歩いていく。私は最後の波に乗って浅瀬に向かい、ラグーンを抜けて家に戻るための長いパドリングを始めた。家々の明かりが点灯していた。夜風は涼しく、海岸沿いのヤシの木の下が青黒い影に染まっている。自分の幸運を思うと、胸がはち切れそうだった。誰かに伝えたかった。「僕はハワイにいる。ハワイでサーフィンをしてるんだ！」。そのとき、さっきまでサーフィンをしていた場所の名前さえ知らなかったことに気づいた。

それは崖《クリフ》と呼ばれていた。初日に見つけたチャンネルから南西に一キロ弱ほどの範囲で広がる、リーフのパッチワークだった。サーファーは新しいスポットの特徴を知ろうとするとき、それまでの知識を総動員する。体験してきたあらゆる波を、新しい波に当てはめて理解しようとする。でも、そのときの私が知っていたのは、カリフォルニアの一〇箇所からせいぜい一五箇所のスポットにすぎなかった。

〝知り尽くしている〟と言えなくもないのは、丸石で有名なベンチュラのポイントだけだった。この経験は、クリフでうまく波に乗るためには役に立たなかった。クリフでは最初のセッションのあと、一日に二度サーフィンをするようになった。

あとになって知ったが、クリフのあるサウスショアと呼ばれるオアフ島の南岸では、一月はサーフィンのオフシーズンだった。とはいえ、常に乗れる波があるという意味では、そこは極めて一貫性のあるスポットだった。ダイヤモンドヘッド沖のリーフは島の南端に位置しているため、さまざまな方角から海流のうねりが集まってくる。クレーターの斜面から吹き下ろされる突風を含む風も、あちこちからやってくる。この風に加えて、巨大なジグソーパズルのように複雑な形をした珊瑚と、周辺のポイントから押し寄せる潮が、クリフの波を絶えず変化させる。不思議なことに、そのときの私は、荒々しく、一貫性という概念を否定するかのように刻々と変わりゆくその波を、ありがたいものだとは思っていなかった。クリフには、それまでの私が味わったことのなかった気まぐれさと複雑さがあった。

朝は慌ただしかった。登校前にサーフィンをする時間を絞り出すため、いつも夜明け前に海に出た。それまでのわずかな経験から、早朝の海は波がないと思っていた。カリフォルニアの沿岸部では、早朝は風が弱かったからだ。だが、熱帯地方は違った。クリフでは特にそうだった。日の出とともに強い貿易風が吹いた。ワックスをかけたボードを頭上に乗せ、小道を小走りしながら浜に向かっているときも、ヤシの木の葉が風でそよぐ音が聞こえた。海辺に立つと、リーフの先にある藤紫色の水面を東から西に進む白波が見えた。サーフィンにとって、北東の方角に吹くと言われている貿易風は、理論上、南向きの海岸では悪くない。だが、なぜかクリフではいつも横側から吹きつけた。しかも、その角度に位置するスポットの波の大半を台無しにするほど強い。

それでもクリフには、どんな悪条件でもサーフィンができるだけの波を生み出すしぶとさがあった――少なくとも、私の目的に適《かな》った波を。早朝は空いていたので、メインのテイクオフポイントで自由にいろんな波を試せた。変化が大きく、波足の速い浅目のポイントと、ライディングを続けるために素早いカットバックが必要な柔らかいポイントで繰り返し波に乗った。波が腰の高さほどしかない日でも、長く、即興の動きをいくつも入れられる、満足のいくライディングができるブレイクはあった。複雑な形をしたリーフが、満ち潮に合わせて波の表情を細かく変え続けた。岸側のチャンネルが乳白色の青緑色《ターコイズ》（雑誌のなかの幻想的なハワイの海を彷彿とさせる色だ）に染まり始めるのは、陽が昇り、朝食をとるために家に戻らなければならない時刻になった合図だった。潮が低い日には、いつもより少し早めにサーフィンを切り上げた。ラグーンが浅すぎてパドリングできないので向かい風でボードのノーズを煽られないように気をつけながら、柔らかく粗い砂の上を走って帰らなければならなかったからだ。

午後は様相が一変した。風は軽く、波の揺れも少なく、サーファーもいた。クリフには常連がいた。しばらくすると、その顔を区別できるようになった。波に乗れるポイントが限られていたカリフォルニアでは、どのサーファーもポジションを争っていたし、はっきりとした序列もあった。年少で、兄のような年長の仲間がいないサーファーは、地元で幅を利かせている連中に割り込まないよう気をつけなければならなかった。だがクリフには、ポイントが潤沢にあった。メインのテイクオフポイントの西側にも、誰もいないピークがたくさんあった。少し周りを見渡せば、静かにうねっている、ブレイクが起こりそうな場所を簡単に見つけられた。誰も私を邪魔者扱いしなかった。それは、学校で過ごしていた時間とは正反対だった。

学校での私のオリエンテーションプログラムには、殴り合いの喧嘩も含まれていた。そのうちのいくつかは、正式に予定されたものだった。キャンパスの隣には墓地があった。その人目につかない草むらの奥の空き地が、子供たちが決闘をして揉め事を解決するための場所になっていた。私は、フレイタスという名の少年たち（前にも書いた通り、木工の授業で私をいじめていた同名の毛むくじゃらの同級生とは無関係だ）と闘った。最初の相手は身体がとても小さく、見た目も幼かった。小学生ではないかと疑ったくらいだ。フレイタス一族がメンバーを鍛える方法はこうだった。まず、味方がいない、あるいは挑戦を避けられるだけの知恵を持たないカモを見つけ、最年少のメンバーをリングに送り込む。もしこのメンバーが負けたら、その次に年下のメンバーが指名される。これが、相手が負けるまで続く。フレイタスの年長のメンバーが審判になり、私情を挟まず、勝負を公正に捌《さば》いた。

私の最初の闘いには、ほとんど観客がいなかった――誰も、まったく興味を示していなかった。それでも、怖くてたまらなかった。自分のコーナーにはセコンドもいないし、闘いのルールもよくわからない。対戦相手は、小さな身体からは想像もできないほど強く、気性も激しかったが、腕が短く、私にパンチを当てられなかった。結局、お互い相手にたいしたダメージを与えられないまま、私の優勢勝ちに終わった。すぐさま、次のフレイタスとの勝負が始まった。今回の相手は私と同じくらいの体格で、殴り合いも熾烈《しれつ》になった。私は一歩も引かずに闘い、どちらも目の周りに黒痣《くろあざ》をつくった。年長のフレイタスが割って入り、引き分けを宣言した。そのフレイタスは私に、再戦を組むと言った。もしお前がその勝負に勝ったら、次はティノという名前のフレイタスが相手になって、問答無用でぶちのめしてやる、とも。フレイタス一族は去っていった。今でも、墓地の長い坂道を、笑い、ふざけながら小走りに駆けていく、楽しそうな一族の姿をよく覚えている。どうやら彼らは、別の予定に遅れていたようだった。顔面がヒリヒリして、拳が痛かった。でも、目眩《めまい》がしそうなくらい安堵した。そのとき、同い年らしきハオレが数人、空き地の端の茂みに決まりが悪そうに立っているのが見えた。学校で見たことのある顔もあったが、誰も言葉を口にしなかった。

私は再戦に挑み、勝った。そして、ティノに問答無用でぶちのめされた。

他でも喧嘩をした。農学のクラスにいた中国系の同級生とは、何日も殴り合った。相手は、レタス畑の赤い泥のなかに顔を深く押し込んでも参ったと言わなかった。無慈悲な闘いは一週間も続いた。午後になると再開され、いつまでも決着がつかなかった。ショーを楽しんでいたクラスメートの男子たちは、教師がやってこないか見張り、喧嘩に気づかれないようにした。

親がどう思っていたのかはわからない。体じゅうに切り傷や痣をつくり、目の周りを黒くしていたが、言い訳ならなんとでもついた。フットボールやサーフィンのせいにすればよかった。事情を伝えたところで、親にはどうすることもできないだろうと思っていた。だから何も話さなかった。振り返ってみれば、それは正しい判断だった。

助けてくれたのは、自らを〝インクラウド《仲間たち》〟と呼ぶ、人種差別的な不良グループだった。メンバーはみな白人《ハオレ》だった。笑ってしまうような名前ではあったが、このギャング団は本物の悪《ワル》の集まりだった。リーダーは、陽気で、自堕落で、しゃがれ声で、歯が欠けていた、マイクという少年だった。身体は大きくなかったが、恐れを知らない挑発的な態度で校内を歩き回っていたので、巨漢のサモア人たちを除けば、誰からも一目置かれていた。マイクの本当の家は、どこかの少年院だった。学校通いは、束の間の休暇のようなもので、マイクはそれを最大限に楽しもうとしていた。マイクには妹がいた。金髪で、痩身で、荒っぽい性格のエディだ。二人が住むカイムキの家は、インクラウドのクラブハウスだった。学校では、タイピングの授業で使われていた未塗装の小さな校舎の裏手にある、赤土の丘にある大きなネムの木の下が根城だった。私はごく自然にギャング団に招かれた。ネムの下に来いよ、みんなでお前を歓迎するから、と告げられたのだ。男子よりも女子が多いように思われるインクラウドの面々は、地元の民族集団の力関係がどうなっているかを、初めはおおまかに、それから事細かに教えてくれた。我々の最大の敵は、〝間抜けな驢馬《モーク》〟と呼ばれていた。つまり、有色人種の不良連中すべてのことだ。

「あいつらのこと、ムカついてるだろ？」とマイクが言った。

たしかにそうだった。言われてみて、初めて気づいた。

とはいえ、私の闘いの記録は、ほどなくして途切れた。私がハオレのギャングの一員になり、他の子供をいじめる側の立場に回ったことを周りが知ったからだ。あの木工の授業のフレイタスでさえ、私にちょっかいを出さなくなった。ただし私は内心訝《いぶか》しく感じていた。本当にもう二度と、木材で頭を叩かれたりしなくなるのだろうか。フレイタスがインクラウドごときで怯《ひる》むとは、とうてい思えなかった。

私は慎重に、クリフの常連を観察するようになった。波を読むのがうまく、スピードの出る場所を見つけ、ボードを巧みに操ってターンを決めるサーファーたちだ。〝こんなに滑らかな波乗りは見たことがない〟という第一印象は、時間が経つにつれてますます強まった。手足の動きは見事に調和していた。私がカリフォルニアで学んだサーフィンとは違い、膝は深く曲がり、腰には力が入っていなかった。当時アメリカ本土で大流行していたノーズライディングもあまり使われていなかった。これは、タイミングを見計らってボードの前方に素早く移動し、ノーズの位置に片足（ハングファイブ）や両足（ハングテン）をかけてスピードをつけながらグライドするというテクニックだ。そのときは知らなかったが、クリフで私が目にしたのは昔ながらのアイランドスタイルと呼ばれるものだった。常連のサーフィンを遠巻きに観察し、真似をしようとしていた私も、無意識のうちにノーズに立たなくなっていた。

ある日、クリフの若者のなかに、細身だが筋肉質で、背筋がまっすぐ伸びた、私と同じ年頃の少年がいるのに気づいた。少年は、メインピークから離れた場所で波に乗っていた。様子が気になり、首を上げて観察した。小さく弱々しい波でも、驚くほど素早く、うまくバランスをとっていた。同じ年代では、私がそれまで見たなかで最高のサーファーだった。ワーディー製の真っ白い透明仕上げのボードは、極端に短く、軽く、鋭いノーズをしていた。こちらの視線を察知した少年は、戸惑った顔をした。それは私も同じだった。私の脇を目線もくれずにパドルで勢いよく通り過ぎるときも、腹を立てたような表情をしていた。私は少年を目で追いかけるのをやめた。だが翌日、少年は目が合うと、顎をしゃくって挨拶してくれた。私は、嬉しさを相手に悟られないことを願った。数日後、少年が話しかけてきた。

「あっちの方がいいいな」私たちが小さなセットをかき分けて進んでいたとき、少年はそう言って西に目を向けた。それは、少年の定番のポイントである、人気の少ない地味な場所で一緒に波に乗らないかという誘いだった。もちろん、断る理由など何もなかった。

少年の名はロディ・カウルククイといった。私と同じ一三歳で、「黒人みたいだ」と、カリフォルニア時代の友達の手紙に書いたくらい真っ黒に日焼けしていた。最初のうちは、互いに気を遣いながら相手に波を譲っていた。次第に呼吸も合い、気兼ねなくライディングができるようになっていった。私はロディと同じくらい多く波に乗れた。それはとても重要なことだった。そのポイントの波の特徴もつかんでいった。それについて話し合うのが、二人のあいだのちょっとした共同事業のようなものになった。うっすらとは気づいていたが、クリフにいるいちばん年少の同い年の二人として、私たちは親友になるよう運命づけられていた。とはいえ、ロディは一人で海に来てはいなかった。兄で中心的な存在だったグレンと、兄弟同然の関係だった日系人のフォード・タカラが一緒だった。毎日クリフに姿を見せていたグレンとフォードは、私たちよりひとつ年上なだけだったが、メインピークの誰にも引けを取らないサーフィンをしていた。特に、グレンは流れるように美しいスタイルのサーファーだった。グレンとロディの父、グレン・シニアもサーファーだった。弟のジョンもサーフィンをしていたが、まだ幼く、クリフには来られなかった。

ロディから、常連のことを少しずつ教わるようになった。波の大きな日に現れ、アウトサイドで猛烈なライディングをして私たちの目を釘付けにする恰幅のいいサーファーの名は、ベン・アイパといった(数年後、アイパの写真や記事がサーフィン雑誌に掲載されるようになる)。私がクリフで体験したなかでもとりわけ波が大きかった日――風のない曇った午後に、季節外れの南からの大きなうねりがやって来ていた――に現れた中国系の男は、レスリー・ウォンだった。洗練されたスタイルのサーファーで、波の状態が特別に良いときだけ、クリフに降臨する。ウォンは、その日いちばんの波に乗った。背中をわずかに反らし、腕をリラックスさせながら、その極めて難しい、つまりはサーファーを恍惚とさせるような波を、いとも簡単に乗りこなしてみせた。長年、ウォンは私の憧れのサーファーであり続けた。次第に、クリフの常連のなかで、誰が波を無駄にするか（うまく乗れなかったり、落ちたりする）がわかるようになった。相手に敬意を払いつつ、躊躇することなく目の前の波に乗るタイミングもつかめるようになった。周りが穏やかなサーファーばかりでも、マナーを守るのは重要だった。波の上ではいつも、ときにかすかに、あるいははっきりとわかる形で、男の自尊心（クリフでは一度も女性を見かけなかった）がぶつかり合っていた。

毎日クリフで波に乗るうちに、私はロディの兄グレンのサーフィンに魅了されるようになった。グレンが波をつかみ、猫のようにしなやかな足裁きでボードを滑らせ始める。その瞬間から、これからどんな曲線が描かれるのか、どんなふうにスピードに乗るのか、どんな即興を見せてくれるのかが気になり、目が離せなくなった。後ろに傾げているように見える大きな頭。後ろになでつけられた日焼けして赤茶けた長い髪。厚い唇、アフリカ人のような風貌、真っ黒な肩――。その動作には、独特の優雅さがあった。それだけではなかった。グレンは、強靱な肉体から生まれる自信や美しさに加えて、機知や皮肉とでも呼ぶべき、甘くほろ苦い何かを漂わせていた。よほどの厳しい状況にでも追い込まれない限り、何かに真剣になっていながら、同時に静かに自分自身を笑っているような雰囲気があった。

グレンはその笑いを私にも向けることがあった。それは不快なものではなかった。あるとき、私はライディングを派手に終えようとしてキックアウトのバランスを崩し、波のショルダーの反対側にぎこちなく落下した。グレンはピジン語の常套句を使って励ましてくれたが、その言葉には、うっすらとした皮肉も感じられた。それは冷笑であり、励ましだった。私たちは沖に向かって一緒にパドリングをした。アウトサイドに到達したとき、フォードが深い位置からセットの波をとらえ、難しい二つのセクションを巧みなラインをとってライディングしたのが見えた。「いいぞ、フォード」グレンはつぶやき、私を置いてラインナップに向かっていった。

ある日の午後、ロディに自宅の場所を尋ねられた。ロディは緑に覆われた東の入り江を指差すと、グレンとフォードに何かを相談し、再び私に近づき、きまりが悪そうにしながら、ボードを家に置かせてもらえないかと言った。私は喜んで引き受けた。四人で長いラグーンをパドリングして、家に戻った。私の家の小さな庭には、通りとの境に目隠しのために厚く背の高い竹が植え込まれていた。私たちはボードをこの植え込みのなかにしまい込み、庭のホースで身体の砂を洗い流した。もう陽が沈み、暗くなっていた。トランクス姿の三人は、ボードを持ち帰らなくてよくなった喜びに浮かれながら、濡れた身体のまま、自宅のある遠いカイムキに向かって歩いて帰っていった。

インクラウドの人種差別は状況に応じたもので、絶対的な教養があるわけではなかった。後年にアメリカでよく見られるようになるスキンヘッドのレイシスト集団とは違い、ナチやＫＫＫなどの歴史的な人種差別思想の影響を受けているわけでもなかった。ハワイには古くから白人至上主義がはびこっていた。特に、白人のエリート層にはその傾向が見られた。インクラウドは、エリートとはほど遠かった。私立の学校から追い出された恥ずかしい立場の者もいたが、メンバーの大半は貧しく、苦しい生活を送る家庭の子供だった。インクラウドは、カイムキ中学の数少ない白人《ハオレ》のほとんどを、やぼったいという理由で避けていた。その多くは、軍人の子供や、地元出身ではない地味なタイプの子供たちで、いつも校内で所在なさげにして、何かを恐れているように見えた。私がフレイタスと闘っているのを遠巻きに見ていた二人も、そんな少年だった。そのなかに、背がひょろ長く、寡黙で、友達のいない、ラーチと呼ばれている少年もいた。

しばらくして気づいたが、ギャングのくだらないあれこれには関わろうとしない、賢いハオレの少年もいた。そのほとんどはダイヤモンドヘッドのワイキキ側でサーフィンをしていた。少数派の白人として、学校では目立たず波風を起こさないようにする術を心得ていた。誰が負け犬で誰がそうでないかを瞬時に見分ける目と、ピンチのときに助け合うためのネットワークも持っていた。カイムキで右も左もわからない毎日を過ごしていた私には、最初の数カ月間、こうした子供たちの存在がわからなかった。

思春期に周りの子供たちから認められるのに何が必要なのかは、漠然としているものだ。それでも、腕っ節が強いこと（成長が他の子供より早いという意味でもある）、自信があること（大人に反抗的な態度をとれれば、さらにボーナスポイントが加えられる）、音楽やファッションのセンスがいいことが、その条件であることはわかっていた。私はそのどれにも当てはまらなかった。身体も大きくはなかった（思春期の目覚めも、私を遠ざけているかのようになかなかやってこなかった）、ファッションや音楽に詳しいわけでもなかった。不良でもなかった――警察につかまったことなど一度もなかった。それでも、私はインクラウドのメンバーの勇ましさを崇めていた。味方になってくれる者の素行に疑問を抱こうとも思わなかった。

私は、インクラウドの主な活動はギャング団同士の争いだと思っていた。実際、ライバルの民族集団《モーク》たちとは緊迫した関係にあり、その話題がメンバー間で途切れることはなかった。しかし、いよいよ血を見るかという状況になると、たいていリーダーのマイクが相手のグループと交渉をし、互いの顔を立てつつ、事を丸く収めた。協定は儀式的な雰囲気のなか、酒を酌み交わしながら結ばれた。そんなわけで、インクラウドの面々が実際にエネルギーを注ぐ対象は、噂話やパーティー、軽い窃盗、破壊行為、放課後の市バスでの傍若無人な振る舞いなどだった。メンバーには可愛い女の子が何人もいて、私は順番に心を惹かれていった。私以外に、サーフィンをする者はいなかった。

ロディ、グレン、フォードはカイムキ中学に通っていたが、私はインクラウドに所属している立場上、白人ではないこの三人とは学校ではつるまなかった。我ながらそれを貫けたのはたいしたものだと思う。なにしろ私たち四人は、平日の午後と週末をずっと海で一緒に過ごしていたし、ロディとは親友と呼べる間柄になっていたのだから。カウルククイ兄弟が住んでいたのは、ダイヤモンドヘッドクレーターの北斜面に位置するフォートルガーの、学校に隣接する墓地の近くだった。父親のグレン・シニアは陸軍に勤めていた。一家のアパートは、ダイヤモンドヘッドロード付近の、キアベの木立の奥にある古い兵舎だった。カウルククイの一族は、地元の人間が〝ビッグアイランド〟と呼ぶハワイ島にいて、ロディとグレンも以前はそこに住んでいた。グレン・シニアは元妻と離婚し、韓国系の女性と再婚していた。ロディは、この義母とそりが合わなかった。私は韓国人の特徴など何も知らなかったが、ロディが嫌というほど教えてくれた。

喧嘩をした義母からお仕置きを食らったロディは、兄のグレン、弟のジョンとの相部屋にしていた狭苦しい子供部屋で、自らの哀れな境遇を嘆き、私に心情を吐露した。私も、哀れな境遇を自分なりに味わっていた。その午後は、落ち込んだロディにつき合うために、海に出られなかったからだ。話を聞きつつ、同情した顔をしながらサーフィン雑誌のページでも捲っていたかったが、残念ながら部屋には一冊もなかった。「なぜ父さんは、あんな女と結婚したんだ？」ロディが泣きながら言った。

グレン・シニアは時々、私たちと一緒にサーフィンをした。強面で筋骨の逞しい、厳めしい男だった。細かなことには気を配らず、あれこれと息子たちに指図した。それでも、海のなかではくつろいでいるように見えた。笑うこともあった。巨大なボードに乗り、シンプルな昔ながらのスタイルで、長いラインを描きながら、完璧なバランスを保って、クリフの長く切り立った壁のような波に乗った。父さんはワイメア湾でサーフィンをしてたこともあるんだぜ、と息子たちは誇らしげに言った。

ワイメア湾は、ノースショアと呼ばれるオアフ島の北側にあった。その波は、世界で最も高く、厚いとみなされていた。私にとって、そこは神話的な場所だった――ヒーローである有名サーファーたちの舞台であり、サーフィン雑誌では常に夢のようなスポットとして描かれていた。だがロディとグレンは、あまり多くを語らなかったものの、ワイメア湾を夢の舞台ではなく、現実のサーフィンスポットだととらえていた。二人は真剣だった。そこはすべてのサーファーにとって、準備が整い、来るべき時が訪れたときに挑みたいと願っている憧れの聖地だ。もちろん、大半のサーファーには決してその時は訪れない。しかし、ロディやグレンのようなハワイの子供たちにとって、ワイメア湾や、他のノースショアの名だたる波は、挑むべき現実的な場所だった。いわば一つひとつのスポットは、最終試験に合格するために解くべき問題のようなものだった。

私は、ワイメアで波に乗るのは有名なサーファーだけだと思っていた。だが、地元の子供たちの父親がそこでサーフィンをしているのを知った。その息子たちも、いずれワイメアに向かうだろう。アメリカ本土の雑誌を読んでいるだけではわからない現実だった。これらの人々は、雑誌には出てこないからだ。ハワイには、カウルククイ一家のような家族がたくさんいた。何世代にもわたるサーフィン一家。豊かな才能とサーフィンの伝統を持つが、ごく限られた世界にしか知られていない家族《オハナ》。

グレン・シニアを初めて見たときから、愛読書だった『ウミ——王様になったハワイの少年』（Umi: The Hawaiian Boy Who Became a King）に出てくる古代の君主リロアを思い出した。それは子供向けの本で、見返しのページに書かれた色褪せた手書きの文字によれば、一九三九年にホノルルで二人の叔母が買い、父に与えたものらしかった。著者のロバート・リー・エスクリッジは、見事な出来のイラストも手がけていた。シンプルだが力強い、青々とした木版画のような絵だ。ウミとその弟は、古《いにしえ》のハワイで冒険を繰り広げる。アサガオのつるをロープ代わりにして山をくだり（「少年たちはつるからつるへと電光石火の速さで滑るように進んだ」）、溶岩洞でつくられたプールに潜り、戦闘用カヌーで海を渡る（「白人《ハオレ》はウミと共にワイピオにある父の宮殿に行かなければならない」）。イラストに描かれる大人や衛兵、戦士、宮廷士の顔は恐ろしかった。どの表情にも型にはまったような残忍さがあった。物語に描かれていたのは、絶対的な権力者と怯える平民のいる無慈悲な世界だった。王であり、後にウミの父であることが明かされるリロアの表情が、知恵と誇り高き父性を示すときに柔らかくなる程度だった。

ロディは、ハワイの火の女神ペレを崇拝していた。言い伝えによれば、ペレはビッグアイランドに住み、機嫌を損ねると火山を噴火させる。ハワイの人々は、嫉妬深く荒っぽい彼女の心を静めるために、豚肉や魚、酒を供える。ペレは観光客でも知っているくらい有名だ。だがロディははっきりと言った。自分が信じているのは世俗的な女神ではなく、白人がやって来る前から島に存在していた、宗教的な世界観だ、と。土地や海、鳥、魚、動物、神々についての厳密で精妙な規則や禁忌があり、奥深い知恵に満ちた、ハワイの世界だ。私はロディの信仰を真剣に受け止めた。過去にハワイの先住民に何が起こったのか、おおまかな話は知っていた。アメリカの宣教師や白人に征服され、土地を奪われ、大陸から持ち込まれた感染症で大勢が命を失い、生き残った者はキリスト教に転向させられた――。私は白人ではあったが、この残酷な乗っ取り行為に特別な責任や罪悪感は覚えてはいなかった。とはいえ、若き無神論者として、こういう場合は口を閉ざすのが賢明だということは知っていた。

ロディと私は、次第に新しいスポットに挑戦し始めた。私とは違い珊瑚を恐れていなかったロディは、私の家とクリフとの中間にあるリーフで起こるブレイクに興味を示していた。ほとんどのブレイクは満潮時にしか乗れなかったが、乾いたリーフのあいだにある鍵穴のような狭いエリアにも、手頃なブレイクがあった。リーフに隠れているために、浜からは見えず、風も少ない。これらのスポットは、その手前の岸に住んでいる、あるいはかつて住んでいた人の名前をとって、パターソンやマホーニーなどという通称で呼ばれていた。パターソンの外側には、爆弾《ボム》と呼ばれている、大きな波の来るスポットもあった。グレンとフォードはこのスポットで一、二度サーフィンをしたことがあったが、ロディは未経験だった。ここでは、干潮時に波が大きなときにフェザーリング（波のうねりが高まったとき、ブレイクする前に頂の部分に白波が立つこと）も見られた。ロディは、神妙な声で爆弾のことを話した。明らかに、以前からそこで波に乗ることを狙っていた。

「今年の夏」ロディは言った。「大波が来たら、その初日に乗るぞ」

カイコウというスポットもあった。ブラックポイント沖にある、水の深いエリアで起こるブレイクで、私の家の前にある小道からも見えた。ブレイクは遠目で見るよりも大きく、ラインナップの位置まで辿り着くのが難しかった。私は、ここの波が恐ろしかった。ロディに連れられ、十字型に削られた深間のチャンネルをパドルで通りながら、初めてカイコウに向かった。ロディによれば、このチャンネルは大富豪のタバコ王の娘として知られるドリス・デュークが、私有のヨットハーバー用につくったものなのだという。ブラックポイントにある豪邸の真下の崖には、今でもハーバーが見えるらしい。ロディは岸の方を指差したが、私は目の前からやってくる波が怖くて、後ろを振り向く余裕などなかった。

厚い紺青色のピークは深海から飛び跳ねているように見え、なかには恐ろしく巨大なものもあった。左からの波は短く、簡単に乗れそうだったが、ロディは右の方がいいと言い、もっと東の、水深の深い位置に進んでいった。その向こう見ずな行動は、正気の沙汰とは思えなかった。私には、右からの波はクローズドアウト（波が大きすぎて乗れない状態）に見えた。恐ろしく強力で、たとえ乗れたとしても、そのままブラックポイントの大きく鋭い岩場にまっすぐに運ばれてしまうだろう。波に飲まれてボードを失ってしまえば、二度と見つからないはずだ。ボードがなければ、泳ぐのも難しい。私はそわそわしながらピークを乗り越え、アウトサイドに出て、半ばヒステリックになりながらロディを見守っていた。苦戦しながらも波をつかまえようとしていたロディは、しばらくすると嬉しそうにパドリングで戻ってきて、動揺している私を見てにやりとした。それでも、私に同情したのか、何も言わなかった。

私は後に、カイコウのライトブレイクを好きになった——大好きになったとは言えなかったけれど。

このスポットはたいてい誰もいなかったが、うまく波に乗る方法を知るサーファーもいた。波の状態が良い日に、ブラックポイント岬の岩場から彼らを観察することで、リーフの形や、わずかな幸運の力も借りながら、大惨事を避ける方法を少しずつ理解していった。カイコウは私にとって素晴らしいサーフスポットだった。ロサンゼルスの友人宛の手紙では、この恐ろしく、深い海のピークでサーフィンをしていることを自慢した。数キロも東にあるココヘッドまで、ロディと一緒に流されたというほら話まで書いた。だが、カイコウのライトブレイクのものを含む、大きなチューブ（勢いよく崩れ落ちる大きな波がつくり出す空洞）を素早くライディングする様子についての細かな記述は、事実そのものだった。今でも、そのときのカイコウの波を、おぼろげながらも覚えている。

とはいえ、サーフィンには私が知る他のあらゆる物事、あらゆるスポーツと一線を画す何かがあった。そこには、他では決して味わえぬ恐怖があった。友達と一緒に海に出ることはできた。だが、どれだけ波が高まっても、トラブルに巻き込まれても、ひとたび波に乗れば、誰の助けも借りられなくなる。

サーフィンでは、あらゆるものが嫌らしいまでに渾然一体としている。サーファーにとって波は競技場であり、目標であり、大きな欲望と崇拝の対象だ。だが同時に、それは対戦相手であり、不吉の源であり、宿敵でもある。打ち寄せる波は人生からの避難所であり、幸せな隠れ場所でありながら、敵意をむき出しにする野生でもある。それは常に形を変える、人間に関心を示さない世界だ。一三歳の私はすでに神への信仰を失っていたが、世界にぽっかりと大きな穴が空いたような、大きな何かから見捨てられたような感覚にも襲われていた。海は無慈悲な神であり、無尽蔵の危険に満ち、人智を越えた計り知れない力を秘めていた。

それでも、たとえ子供であっても、サーファーは毎日、その計り知れない何かへの対策を講じなければならない。肉体的、精神的な限界を知ることは、海で生き延びるために不可欠だ。自分の本当の限界は、試してみなければわからない――だが、もしそのテストが失敗したら？　問題が起きたときに冷静を保つことも求められた。サーファーの誰もが、パニックになれば溺れてしまうぞ、と口にしていた。それに、子供は成長する。だから、限界も日々変わりゆく。今は思いもつかないことが、来年になれば可能になっているかもしれない。最近、一九六六年当時に私がホノルルから送った手紙を、カリフォルニアの友人が送り返してくれた。その手紙には、子供じみた自慢話よりも、むしろ不安な心境が多く綴られていた。「僕が突然勇敢になるなんて思わないでくれ。そんなの無理だ」。だが、日々サーフィンを続けるなかで、それまで不可能だと思えた物事は、静かに、そして気まぐれに、私の方に近づいてきていた。

それがはっきりしたのは、クリフでの初めての大波《ビッグデー》の日だった。一夜のうちに、クリフには途絶えることのない大きなうねりが押し寄せていた。セット（連続して起こる大きな波）のブレイクは人の背丈よりも高く、ガラスのように滑らかで、灰色がかっていた。ウォールは長く、力強いセクションが何箇所もあった。自分の裏庭のようなスポットに訪れた壮観な波を見て興奮した私は、普段の控え目さをすっかり忘れて、常連のいるメインピークで波に乗り始めた。だが巨大な波には歯が立たなかった。恐ろしかった。そうこうしているうちに、ひときわ大きなセットに身体を根こそぎ持っていかれた。ボードを逆さまにして水中に身を沈め、ノーズを下に向ける〝タートルロール〟という体勢で身を守ろうとした。ボードを両脚で挟み込むように抑え、両手でボードの端のレールをがっしりとつかんでいたが、六フィートの大波に勢いよく飲み込まれ、為す術がなかった。白波に手をボードから引きはがされ、波に巻かれて何度もしたたかに身体を水面に打ちつけられた。その午後は、ほとんど泳いでいたようなものだった。それでも、日が暮れるまで海にいた。いい波にも何度か乗れた。他のサーファー、なかでもレスリー・ウォンのライディングを目の当たりにして、胸が締めつけられるような思いがした。プレッシャーのなかで優雅に波に乗る彼らの姿を心に強く刻んだ。何よりも、誰よりも、あんなサーファーになりたいと思った。その夜、家族が寝静まったあとも、竹製のソファに座り、止まらないアドレナリンで胸を高鳴らせながら、外の雨の音にいつまでも耳を澄ませていた。

クラマヌの小さなコテージでの私たち一家の暮らしは、どこか紛い物じみていて、本物のアメリカ人の生活とはほど遠かった。ヤモリが壁を這い、ネズミが床下をうろつき、ゴキブリがバスルームで蠢《うごめ》いていた。マンゴーやパパイヤ、ライチ、スターフルーツなどの珍しい果物もよく食べた（しばらくして、フルーツが熟しているかどうかを判断できるようになった母は、誇らしげに皮をむき、スライスするようになった）。移住してしばらくのあいだ、家にテレビがあったかどうかも覚えていない。カリフォルニア時代に家族で見ていた、ゴールデンタイムの人気番組の『マイ・スリー・サンズ』や『かわいい魔女ジニー』、私のお気に入りだった『ゲットスマート』はもはや、遠く離れた世界の、淡い白黒の夢のように感じられた。大家は、私たち一家を疑わしそうな目で見るワズワース夫人という女性だった。それでも、私は賃貸暮らしをありがたいと思った。ワズワース夫人が庭師を雇っていたおかげで庭仕事から解放され、サーフィンをする時間を持てたからだ。もしこのハワイの家でもカリフォルニア時代のように親から庭仕事を頼まれていたら、起きている時間の半分をとられてしまっただろう。

エキゾチックな新生活には、他にも面白い変化があった。たとえば、私たちきょうだいは、あまり喧嘩をしなくなった。おそらくそれは、全員がそれぞれ、新たな環境に戸惑い続けていたからだった。いざ喧嘩をしても、ロサンゼルスのときのように激しく泣き叫んだり、親に尻を叩かれたりといった本格的なところまでは至らなかった。母が「父さんが家に帰るまで待ってなさい」と私たちを叱る言葉にも、過去の自分や、テレビドラマに出てくる典型的な母親を模倣しているような響きがあった。子供たちも、半ばそれを冗談として受け止めていた。

父は最低でも週六日は働いていた。たまに日曜日に休みがとれると、家族で島のあちこちに出かけた。切り立ち、滴がしたたり、風の強いパリ（ホノルルの背後にそびえる、緑の壁のような山々を通る道）をドライブしたり、ココヘッドの先にあり、リーフでのシュノーケリングが楽しかったハナウマ湾にピクニックに行ったりした。父はたいてい、夜には家に戻ってきた。特別な日には、レストランのジョリー・ロジャーによく出向いた。カハラのショッピングモールにある、海賊をテーマにしたチェーン店で、『宝島』などで知られる作家のロバート・ルイス・スティーブンソンの作品のキャラクターにちなんで名づけられたハンバーガーもあった。リリウオカラニハイウェイのドライブインシアターで、ディズニーの『白雪姫』を観たこともある。古いフォードフェアレーンの車内で、家族六人、身を寄せ合って映画を観た。この出来事を覚えているのは、ロサンゼルス時代の友人宛の手紙に書いていたからだ。私は、映画が「幻覚的《サイケデリック》」だったと表現している。

父にとってのハワイは、大きく、興味の尽きない場所だった。テレビの撮影クルーやタレントを率いて頻繁に他の島に出向き、熱帯雨林や辺鄙な村を訪れ、不安定なカヌーの上で難度の高い撮影をした。ビッグアイランドの溶岩の上で、女神ペレの歌を撮影したこともある。父は知らないうちに、〝ハワイの専門家〟という、テレビ番組の制作者という職業に隣接するもう一つのキャリアを築いていた。実際、その後の一〇年間の大半を、ハワイでの長編映画やテレビ番組の制作に費やすようになった。その仕事には、地元の労働組合、なかでも物流を牛耳っていたトラック運転手や湾岸労働者の組合との絶え間ない交渉も含まれていた。ミシガンの組合一家（鉄道会社）の出身で、本土では熱心な組合活動をしていた父にとって、それは強烈な皮肉だった。私がニューヨーク市で生まれたその瞬間、父がある理由で出産に立ち会えなかったことは家族の間で語り草になっていた。ＣＢＳでニュースライターとして働いていた父は、仲間と組合活動に勤しみ、撮影所の外に張っていたピケラインを撤去され、留置所に入れられていたのだ。父は多くを語らなかったが、まだ幼い私を連れてカリフォルニアに移り住むことになったのも、積極的な組合活動が雇用上の問題を引き起こしていたからだった。なにしろ当時は、マッカーシズムの権化であるジョセフ・マッカーシー上院議員の全盛期だった。

ハワイの組合は、戦後に目覚ましい発展を遂げた。西海岸の湾岸労働者組合のハワイ支部が地元の日系アメリカ人左派と手を組み、プランテーションの労働者も引き込んで運動を展開して、それまでのハワイの封建的な経済システムを変革していった。戦前のハワイでは、あくどい経営者や警察がストライキの主催者や参加者に対して嫌がらせをしたり、さらには命を奪ったりしても、罰せられないことが多かった。とはいえ六〇年代半ばになると、ハワイの労働運動は、本土のそれと同じく、自己満足に陥り、官僚的になり、腐敗していった。それもあって、日々闘っている相手である組合幹部のなかに個人的に好ましく感じる人間もいたという父も、ハワイでは組合活動に情熱を示さなくなった。

父の仕事柄、私たち家族は風変わりな体験をすることが多かった。たとえば、地元のレストランオーナーで、凄まじく社交的なチェスター・ラウは、父が制作した『ハワイ・コールズ』に惚れ込んでいた。その結果、私の家族は数年にわたり、ハワイのあちこちにあるラウの店で催されるハワイ式の宴会や市民行事に招かれ、豚の丸焼きなどのご馳走を振る舞われることになった。

地元の労働者階級の文化がどんなものかを知っていた父は、白人の子供にとって、ホノルルの街（そして、おそらく学校も）が危険な場所だということがわかっていた。なにしろハワイには、〝キル・ア・ハオレ・デー〟という非公式の休日があった。この祝日についてはいろんな議論があり、地元紙の論説にも批判的な意見が載っていた。ただし私には、この休日の正式な月日がいつなのかが最後までわからなかった。「有色人種《モーク》が望むときが、その日なのさ」インクラウドのマイクは言った。とはいえ、この休暇で実際に白人が殺されたという話は聞いたことがないし、ここでの〝ハオレ〟が意味していたのは、ワイキキ周辺や歓楽街を我が物顔で闊歩していた非番の軍人たちだったという説もある。いずれにしても、父は私が親しくつき合っているのが、家の庭にサーフボードを預けている、逞しい地元の子供たちであることに安心していたようだ。

父はいつもいじめを心配していて、身体の大きな相手と喧嘩になったり、大人数に取り囲まれたりしたら、近くにある棒きれや石を武器にして闘え、と尋常ではなく感情的になって私に忠告をした。ミシガン州エスカナーバの故郷で、子供の頃に痛い目に遭ったことを思い出していたのかもしれないし、単純に自分の可愛い息子《ビリー》が悪ガキに殴られるのが嫌だったのかもしれない。私はこのアドバイスを一度も実行に移さなかった。以前住んでいたカリフォルニア州の郊外地区ウッドランドヒルズでは子供の喧嘩が多く、棒や石が使われるような荒っぽいケースもなくはなかった。それでも、私は父が懸念したような状況には遭遇しなかった。一度だけ放課後に、メキシコ系の見知らぬ子供にペッパーツリーの下で身体を押さえられ、両腕を固定された状態で、目にレモンの絞り汁をかけられたことがあった。そのときは、さすがに棒を武器にしてもよかったのかもしれない。だがそのときはただ、目の前の現実が信じられず、当惑しただけで終わった。知らない子供に、レモンの絞り汁を目に入れられるなんて――。それから数日間は、目が焼けるように痛かったが、親には何も言わなかった。それは、男の子の美学に反することだった。木工の授業でフレイタスに木材で叩かれていることも、親はもちろん、他の誰にも告白していなかった。

とはいえ、子供時代の父が怖がりだったとは、とうてい想像できない。父は父であり、グリズリーベアのように強くて、大きなビル・フィネガンだった。その上腕二頭筋は驚異的なほど太く、節くれ立った樫の木のように堅かった。私がそんな太い腕をしていたことは、一度もない。受け継いだのは、母のサヤマメのような細身の体形だ。父には怖い物など何もないように見えた。口論好きで、その挙げ句に激昂することもあった。公衆の面前で声を上げることも恐れなかった。私はそんな父の側《そば》にいるのが恥ずかしくてたまらなかった。父は、店やレストランに掲げられている看板の意図をオーナーに尋ね、その答えが気にくわないと怒り、即座に店を出ることがあった。ハワイではなかったが、本土では何度もあった。幼い私は、その看板に書かれていた文字が、「白人のみ」だったことがわからなかった。当時の社会にはまだ、合法的な人種差別が残っていた。父が声を張り上げると、私は絶望的な気分で下を向き、怯えながら地面を見つめるしかなかった。

母のパトリシア（旧姓はクイン）のしなやかな物腰は、誤解を招くことがあった。夫が不在がちで、家政婦もいないなかでの四人の子育ては並大抵ではなかったが、母には汗ひとつかかないような優雅さがあった。生まれ育ったのはロサンゼルス。白人、カトリック、労働者階級、ルーズベルト支持の自由主義者が多いという、今では失われた環境だ。戦後に成人した母の世代は、無条件で前途有望だとみなされていた。大きな野望を抱いた進歩主義者が多く、大勢の男がエンターテインメント産業に向かい、女は妻として郊外で子供を育てた。おおらかで、テニスをプレーしている人のような気品があった母には、うまく家計をやりくりする能力もあった。私は小さい頃、ニンジンとリンゴ、レーズンサラダは、人間が毎日欠かさず食べなければならない食べ物だと思っていた。実際には、それは当時のカリフォルニアで最も安い、身体に良い食品だった。母の祖先はアイルランドからの移民で、ウエストバージニア州の高地で農業に従事した。母は父以上に世界大恐慌の影響を受けて育った。冷蔵庫修理士だった祖父はアルコール依存症になり、若くして亡くなった。母は決して、祖父のことを話さなかった。ひとりで三人の女の子を育てなければならなくなった祖母は、学校に戻って資格をとり、看護師になった。祖母は、母よりも三センチほど背の低い父を見たとき、ため息をついてこう言ったという。「まあ、背の高い男は、みんな戦争で死んじゃったのね」

母はいつも何かに挑戦していた。セーリングは好きではなかったが、週末はたいていてい、金回りが少しずつ良くなるにつれて父が次々と買っては愛情を注いだ小さなボートに乗った。キャンプも好きではなかったが、不満も言わずに家族についてきた。実は、ハワイも好きではなかった。私は、そのことに気づいていなかった。ロサンゼルス育ちで、ニューヨーク暮らしも体験したことのあった母にとって、ホノルルの田舎くささは息が詰まるものだった。ホノルルの日刊紙が伝えるローカルニュースは、読むに堪えなかった。母は社交的で、お高くとまったところもなかったが、ハワイではほとんど友人をつくらなかった。父は友人関係など気にせず、仕事をしていないときは家族と一緒にいるのを好んだ。だが母はロサンゼルスで家族ぐるみのつき合いをしていた、エンターテインメント産業関係者や幼馴染みなどの、大勢の友人たちのことを懐かしく思っていた。

　母はそんなすべてを隠して、偏狭で保守的なハワイでの暮らしを自分なりに精一杯楽しもうとしていた。ハワイに移住したことは、海が好きだったという点では幸運だった（アイルランド人の血を引く彼女の白い肌にはよくなかったが）。母はよく、家の前の小道の先にある湿った砂浜にビーチタオルを広げ、子供たちにスキューバーマスクと網を与えてラグーンで泳がせた。私の妹のコリーンを、ワイキキの教会に初めての聖餐式に連れて行った。都合がつけば父と一緒に飛行機に乗り、ハワイの他の島々を訪れた――行く先々で、当時三歳だったマイケルのベビーシッターの手配をしながら。ホノルルの即物的な中産階級や人種差別的なカントリークラブを嫌っていた母も、オアフ以外の島では、ハワイのことを気に入る瞬間を多く体験していたのだと思う。旅先の写真のなかの彼女は、いつもの母《ママ》ではなかった。青緑色のノースリーブの服を身に纏い、物思いに耽るスタイリッシュな女性。岸辺の松林を背景に、サンダルを片手に素足で歩く様は、ジョーン・ディディオンの小説の登場人物を思わせた。後で知ったが、ディディオンは母のお気に入りの作家だった。

ロサンゼルス時代とは違い、私は庭仕事から解放された。手にした自由な時間は、まさに宝物だった。だがそんな私を悲劇が襲った。ベビーシッターという新たな仕事が待ち構えていたのだ。カイムキの不良グループの一員として悪の世界に足を踏み入れ始めていた息子の姿など露も知らない両親は、私を責任感のかたまり《ミスター・レスポンシブル》のような子供だとみなしていた。弟や妹が生まれて以来、それは私の役割でもあった。下のきょうだいとの間には、かなりの年齢差があった。ケビンとは四つ、マイケルとは一〇も年が離れていた。私はたしかに、幼い子供たちが溺れたり感電したりしないように見張り、食べ物や飲み物を与え、おむつを替えた。とはいえ、平日の夜や週末に本格的なベビーシッターをするのはまったく別の話だった。特に、いい波が来ている日や、インクラウドのメンバーと悪ふざけをしたいとき、学校で保護者の同伴なしのパーティーがある日などは、面倒で仕方がなかった。可哀想だとは思いつつ、ケビンとコリーンには、お前たちが生まれる前、俺は今より幸せだったんだと嫌みを言って憂さを晴らした。それは黄金の日々だった。母と父と私だけで、好きに過ごしていた。毎晩ジョリー・ロジャーに出かけた。チーズバーガーに、チョコレートモルト。泣きわめく赤ん坊はいない。

妹のコリーンの面倒を見ていたある炎暑の土曜日、ベビーシッターの仕事を失うような行動をわざととったこともある。コリーンは翌日、教会で初めて聖体拝領をする「初聖体」を予定していた。土曜日は、この重要な儀式のための衣装合わせの日だった。母と父はいなかった。たぶんその日も、チェスター・ラウが催したイベントに出かけていたのだろう。全身真っ白なレースの衣装姿のコリーンは、初聖体で初めての告白をすることになっていた――七歳の女の子に告白すべき罪があるとは、とうてい思えなかったけれど。この土曜日のリハーサルは必須だった。ローマカトリック教会に洒落は通じない。リハーサルを欠席すれば、初聖体もお預けだ。来年、（もう少し罪深くなって）すべてをやり直さなければならない。幼い頃から教会の厳しさを知っていた私は、この日を逃せばどんな事態になるかは想像がついた。だから、リハーサルの日に一時間に一本しかないワイキキ行きの市バスにわざと乗らなかったとき、それが何を意味しているのかがよくわかった。とはいえ、心のどこかにミスター・レスポンシブルとしての責任感が残っていたのだろう。しばらくすると、猛烈なパニックに襲われた。人目につく衣装を着せたままコリーンをダイヤモンドヘッドロードの真ん中に立たせ、大きく手を振ってワイキキ行きの車を止め、事情を説明して乗せてもらった。なんとか時間に遅れずに教会に行けた。

私は、次第にホノルルの土地勘をつかみ始めた。クリフの波の上からは、オアフ島の南岸全域を見渡せた。西にはホノルルとパールハーバーがあり、その向こうにワイアナエ山脈が望める。東に目を向ければ、第二のダイヤモンドヘッドと呼ぶべきココヘッドが乾いた山肌を見せながら海沿いにそそり立っている。海岸から始まる平原には都市部が広がり、それを見下ろすコウラウ山脈の急峻な緑の峰が、鮮やかに波打つ雷雲の真下の雲と霧に埋もれていた。山々から送られる雨雲が都市にもたらす水は海岸に辿り着く前に蒸発し、空には虹がかかった。山々の向こうには島の東側に当たるウィンドワードサイドがあり、そのさらに先に、サーファーにとっての伝説の場所である島の北岸、ノースショアがある。

とはいえホノルルでは、方角を示すのに東西南北ではなく地元のランドマークが用いられていた。たとえば、「マウカ」(山側)や「マカイ」(海側)、「エワ」(パールハーバーの先のエワビーチの方角)、「ダイヤモンドヘッド」といった具合だ(ダイヤモンドヘッドの東側に住んでいた私たちは、東側を「ココヘッド」と呼んでいた)。このように視覚的に方角を表すのは、スラングでも気取った表現でもなかった。地図や道ばたの標識に、そう記されているのだ。漠然とながらも強く感じていたのは、次第にそれが、私が世界を確固とした場所としてとらえるための象徴のようなものになってきたことだった。もちろん、そこは何事も一筋縄ではいかない気難しい土地だった。それでも、太平洋の真ん中にぽっかりと浮かぶこの島々は、自分にとって他のどこより、統一感のある、明確な世界観を与えてくれる場所になり始めていた。ロサンゼルスの友達は懐かしかった。だがハワイで暮らすうちに、南カリフォルニアの無秩序に延々と広がる個性のない街並みは、私にとって世界の他の場所を測るための物差しではなくなっていった。インクラウドには、〝監獄島《ザ・ロック》〟に閉じ込められていることの不満をいつも口にしている、スティーブという名の少年がいた。オアフ島を、連邦刑務所のあったアルカトラズ島になぞらえていたのだ。スティーブはいますぐにでも、この監獄島を抜け出したがっていた。大好きなバンド、キンクスのいるイングランドに行ければ理想的だが、本土——つまり、ハワイではない場所ならどこでもいい、と。一方の私は、地元の人間が訛りのある英語で〝ダ・アイランズ〟と呼ぶこの島々に、永遠に留まりたいと思うようになっていた。

はるか昔、ヨーロッパ人が到着する前のハワイでは、サーフィンは宗教と深く結びついていた。熟練の職人は、神妙な祈りと奉納のあとで、聖なるコアやウィリウィリの木からサーフボードをつくった。

聖職者は蔓で水面を打ち、波のうねりを祝福した。人々は浜辺に集い、石材を敷き詰めたヘイアウと呼ばれる聖所から波に祈りを捧げた。サーフィンはこのように神秘的なものでありながら、荒っぽい競争の対象でもあった。大規模な賭博も行われていた。歴史家のピーター・ウェストウィックとピーター・ニューシェルによれば、「マウイ島とオアフ島のチャンピオンの間で行われた競争では、四〇〇〇頭の豚と一六艘の戦闘用カヌーが賭けの対象になった」。男も女も、老いも若きも、王族も庶民も、みんなサーフィンをした。一九世紀のハワイの歴史家ケペリノ・ケアウオカラニによれば、波のいい日には、「誰もが仕事のことは忘れ、波に乗ることだけを考えた」という。「一日中、サーフィンしかしなかった。朝四時から波に乗る人も多かった」。昔のハワイ人は、重症だった——熱に浮かされたように、サーフィンに夢中になっていた。今でいう〝余暇〟の時間もたっぷりあった。ハワイの島々は豊かな食に恵まれていた。優れた腕前を持つ大勢の人々が、漁業や農業、狩猟を営み、高度な養殖場すらあった。冬の収穫祭は三カ月も続いた。その間は高波が頻繁に押し寄せ、働くことは公式に禁じられた。

これは、一八二〇年にハワイに到着したカルバン主義の宣教師たちが想像していた島民の暮らしとは、大きくかけ離れたものだった。最初の宣教師団を率いたハイラム・ビンガムは、上陸前に岸でサーファーの群に遭遇したときのことを、こう記している。「貧しく、品が無い、半裸の野蛮人たちが、騒々しくわめき立てていた。頭も足も、日焼けした浅黒い皮のほとんどもむき出しで、見るもおぞましかった。我々の仲間には、涙を流しながらその光景から目を背ける者もいた」。ビンガムは二七年後にこう書いている。「文明化に伴いハワイからサーフボードが失われていったのは、人々に理性が備わり、産業が発展し、宗教が普及したことが理由だと考えられる」。サーフィンが下火になったのは事実だった。ハワイの文化は破壊され、先住民はヨーロッパから持ち込まれた疫病が原因で大量に死亡した。一七七八年から一八九三年の間に、ハワイの人口は八〇万から四万人に縮小した。一九世紀末には、サーフィンは島々からすっかり姿を消した。ただし、前述した歴史家のウェストウィックとニューシェルは、ハワイのサーフィンが衰退したのは、宣教師団の熱心な布教活動が実ったからではなく、人口が大幅に減り、人々が土地を奪われ、林業や捕鯨、サトウキビ栽培などの産業が、自給自足の島民の暮らしを現金経済に移行させ、自由な時間を奪ったからだと考察している。

この悲惨な歴史を経て、古代から〝ヘエナル〟と呼ばれて親しまれてきたサーフィンの伝統は、何人かのハワイ人の功績によって蘇った。なかでも大きな役割を果たしたのが、デューク・カハナモクだ。競泳選手だったカハナモクは、一九一二年のストックホルムオリンピックで金メダルを獲得して国際的な名声を手にしたのち、世界各国でサーフィンの素晴らしさを伝えて回った。サーフィンは、乗れる波とそれを楽しむ時間的余裕のある人がいる世界各地の海岸で、ゆっくりと普及していった。戦後に一大ブームを巻き起こしたサーフィン産業の中心地になったのは南カリフォルニアだった。航空宇宙産業がさかんだったこの地には、サーフボード用の新たな軽量素材が豊富だったし、サーフィンを始めたがっている私と同じような世代の子供たちが山のようにいた。ただし、若者は大人たちから公にサーフィンを勧められていたわけではない。サーファーには、怠け者や不良のイメージがつきまとう。浜でのサーフィンを禁止している都市だってあった。〝サーフィン狂〟といったサーファーを揶揄する言葉が、スキー狂やセーリング狂、登山狂といった言葉と同じくけっして世の中からなくならないのにも、もっともな理由がある。映画『初体験／リッジモント・ハイ』で若き日のショーン・ペンが演じた軟派なサーファー、ジェフ・スピコーリのような青年も、今日も世界中のビーチタウンをうろつき回っている。しかし、ハワイは違った――少なくとも、私はそう感じていた。ここではサーフィンはサブカルチャーでも、お洒落な輸入品でも、若者たちが抱いていた社会への反抗の象徴でもなかった。たとえ、一度廃れたサーフィンが復活したことが、宣教師たちがこの島々に持ち込んだ西欧的な価値観に対する、現地人の粘り強い抵抗を意味していたとしても。私にはサーフィンが、この土地に深く根ざしたものに思えてしかたなかった。

ある日、グレンとロディから、サーフィンクラブの集会に招かれた。クラブの名称はサザン・ユニット。このクラブについては、緑と白のアロハ柄のトランクスを穿いているメンバーたちが、波のいい日にクリフによく姿を現し、見事な波乗りを披露していたことくらいしか知らなかった。集会場は、ワイキキのダイヤモンドヘッド側にある小さな公共広場、パキパーク。それは夜で、場内は混み合っていた。私は後ろの目立たない場所に座った。仕切っていたのは、ミスター・チンという、背が低く騒々しい中年の男だった。チンは参加者との軽妙なやりとりで場内に笑いを引き起こしながら、最近の出来事やコンテストの結果、次の大会の予定などの議題を進めていった。私には当意即妙なその会話のテンポが速すぎて、ついていけない部分もあった。

「こら、大人しくしてろ」チンはそう叫んで、後ろから忍び寄っていた少年の方を振り向いた。

ロディが、それがチンの息子のボン・チンだと教えてくれた。ボン・チンは私たちと同い年だったが、一つ年上のグレンと同じくらいサーフィンがうまかった。その集会には白人《ハオレ》は数人しかいなかったが、そのうちのひとりは、ロード・ジェームズ・ブレアーズだった。逞しい体つきをした、たてがみのような金髪を生やした元プロレスラーで、地元のテレビ番組のホストを務めていた。演劇の技術も身につけていて、たしか本格的なイギリス式のアクセントもマスターしていたはずだ。何より、ブレアーズはサーファーだった。そのライディングスタイルには、儀式のような趣《おもむき》があった。ロディが、ブレアーズの一〇代の娘、ローラを指差した。私はたちまち、彼女に胸が痛むほどのときめきを覚えた。ローラの兄で、後に大物サーファーとして名を馳せる、ジミー・ブレアーズもいた。

その集会には他にも、後にサーフィン界に名前を轟かせることになる少年たちがいた。たとえば、後ろの席からミスター・チンに野次を飛ばしていたワイキキの悪ガキ、リノ・アベリラは、腰を低く落としたクラウチングスタイルと目のくらむようなスピードで世界的な競技者になった。とはいえ、私が心を奪われていたのはクラブのジャケットだった。何人かのメンバーが、緑と白のサザン・ユニットのスポーツ用ジャケットを着ていた。緑と白のトランクスより、さらに格好よく見えた。ロディに、クラブの募金活動のボランティアをしてみろと促され、私ははやる気持ちを抑えながらミスター・チンのところに進み出た。

それまで、サーフィンクラブに所属したことはなかった。カリフォルニアには、ウィンダンシーがあった。ラホヤにある、有名サーファーがいることで知られるクラブだ。サンフランシスコ、サンタバーバラに本拠を置くホープ・ランチというクラブのことも耳にしていた。私たちの仲間内では、なぜか天国のように素晴らしいクラブのように思われていた。誰が所属しているかを、まったく知らず、クラブのカラーすら知らなかったのに。ひょっとしたら、そもそもこのクラブは存在していなかったのかもしれない。それでも、ホープ・ランチが最高にいかしていて、いつかそんなクラブに入れるようなサーファーになってみたいというどこか空想めいた考えは、私たちサーフィンに熱中していた少年の心をいたく刺激していたのだった。

だが、そのとき私の目の前にあったクラブはサザン・ユニットだった。どうすれば入会できるのかはよくわからなかった。コンテストに出場して、いい成績を収めなければならないのだろうか？　敬遠していたわけではなかったのだが、正式な大会には一度も出たことはなかった。せいぜい、カリフォルニア時代に他の中学生と、一対一での〝サーフオフ〟ごっこのような対決をしたことがあったくらいだ。

ともかく、まずは募金活動に参加した方がよさそうだった。ロディはうまい言い訳を見つけて姿を現さなかったが、私は指示された通り、土曜日の午前中に集合場所に行った。子供たち（そのなかにはチンの息子のボンもいた）を乗せたミスター・チンの車は、ホノルルの奥の丘陵地にある高級住宅街に向かった。私たちはそれぞれ、売り物であるポルトガルソーセージが入った重たい袋を持たされ、訪問販売の簡単なノウハウを教わった。目標は、サーフィンクラブの資金を寄付してもらうこと——建前上は、ボーイスカウトのような健全な理由だ。ミスター・チンが「ザ・サザン・ユニット」と言うと、子供たちは笑った。普段の「ダ・ソドゥン・ユニット」というピジン式ではなく、標準的な英語の発音をしたからだ。子供たちはそれぞれ単独で家々を回り、一日の終わりに丘の麓に集合することになった。

心許なかったが、勇気を振り絞って仕事にとりかかった。家々のドアをノックし、吠え猛る犬から逃げ、まったく英語を理解していそうもない日系人の老女に向かって必死に説明をした。何人かの白人の女性が同情してくれたが、売上はほとんどなかった。その日は暑かった。人の家の庭にあるホースから水を飲んで喉の渇きを潤したが、食べ物は持っていなかった。とうとう、腹ぺこになった私は、売り物のソーセージに手をつけた。旨くはなかったが、何もないよりましだった。一〇分後、急激な吐き気に襲われ、跪《ひざまず》いて地面に滝のように吐いた。ポルトガル・ソーセージは火を通さなければ食べられないことは、後で知った。こみ上げてくる吐き気に苦しみながら、自分はサーフィンクラブの会員という栄光に近づいているのか、遠ざかっているのか、どちらなのだろうかと思った。

ある日、ロディが私のタイピングのクラスに転入してきた。ロディが教師の質問に受け答えするのを聞いて、唖然とした。ミスター・チンが募金活動の前に子供たちに熱弁をふるったときのように、普段のピジン語をあっさりと捨て、標準的な英語で話していたからだ。ふざけていたのではない。このような状況では、いつも普通の英語を話していたのだ。後で知ったが、グレンも同じだった。カウルククイ兄弟は、いわばバイリンガルで、いつでも簡単に切り替えられるスイッチを持っていた。私はしばらくそれに気づかなかった。少なくとも私と一緒にいるような状況では、ロディとグレンは、その第一言語であるピジン語、すなわちハワイの混交語《クレオール》だけしか喋らなくてもまったく問題がなかったからだ。

そんなわけで学校でもロディとつるむようになったが、いきおい、校内では白人の子供、放課後の海では現地の子供と、状況によってつき合う相手を変える二重生活を維持するのが難しくなった。ロディとは、インクラウドのメンバーがたむろしていたネムの木から離れた場所をぶらつき、カフェテリアでも隅の薄暗い席でサイミンやチャウファンを食べたりと、なるべく目立たないようにしていた。とはいえ、学校は狭い場所だった。隠れきることはできない。しばらくもしないうちに、インクラウドの仲間とばったり出くわして、「おい、このモークは誰だ？」と言われるに違いない。しかも、そんなときに限って、リーダーのマイクに見つかるに決まっている。

だが、そうはならなかった。私の知らないうちに、マイクはロディの兄のグレンと仲良くなっていた。何かで笑い合ったことがきっかけだったらしい。気がつくと、グレンとロディとフォードが、ネムの木の下でインクラウドの仲間たちと談笑するようになっていた。金曜の夜には、カイムキにあるマイクと妹のエディが住む家にも顔を見せるようになった。マイクの叔父はプリモ（地元のビール）で、インクラウドの音楽好きのスティーブはキンクスのレコードで三人をもてなした。白人ではない三人と一緒にいても、インクラウドのメンバーが戸惑っているような様子はみられなかった。

当時は、地元の会員制のプライベートクラブ、「パシフィック・クラブ」が、まだ白人限定だった時代だ。カクテルパーティーやパドルテニスを通じてハワイの大規模ビジネスに関する重要な事柄を取り決めていたこのクラブは、ハワイから選出された初めての下院議員と、初の上院議員のうちの二人がアジア系アメリカ人（どちらも第二次世界大戦で重要な働きをした人物であり、そのうちの一人、ダニエル・イノウエは戦争で片腕を失っていた）であることが気にくわなかった。それもあってか、アジア系アメリカ人は入会を禁止されていた。こうした露骨な差別は、ハワイに限った問題ではなかった。アメリカ本土でも、人種的な分離が合法的に認められていた州は少なくない。とはいえ、ハワイのそれは明らかに時代遅れだった。インクラウドの貧しく品のない白人の子供たちの方が、よほど進歩的だった。

私の三人の友人は、クールだとみなされた。特にグレンは、一目置かれていたと思う。それにギャング団には、何より自分たちの利益を優先させるという原理もあった。いくら普段はいがみ合っていても、人種が違うというだけで誰にでも喧嘩を売っていては身が持たない。どう振る舞うかは、相手を見て決める。この三人なら仲間にしてやってもいい。つまらないことは忘れて、パーティーを楽しもう、というわけだ。

ただしグレンたちは、何か大きな野心があってインクラウドに近づいたのではなかった。仲良くなったあとも、そのことを特に重要だとは思っていなかった。むしろそう思っていたのは、私だった。インクラウドのなかには、私が恋煩いをし、少しだけいい関係になりかけた女の子が何人かいた。ロディにそれが誰かを教えたが、特に興味を示さなかった。もし今だったら、ロディは彼女たちを〝けばい《スキャンク》〟と評したはずだ。ロディも恋の病に苦しんでいて、よく悩みを打ち明けられた。相手は、控え目で、古風で、物静かなタイプで、言われなければ存在に気づかないくらい地味な女の子だった。彼女からは、まだ異性とつき合うには幼すぎる、と言われたらしい。何年か待つしかないな、とロディは悲しそうにつぶやいた。ロディの基準からすれば、たしかに私が好きだった女の子たちは魅力的ではなかったかもしれない。その一方で私は、親の愛情を十分に受けていない子供たちだけが放つ野性的な輝きがあり、性的にも早熟だった不良少女たちが、そうした属性のせいで偏見にさらされていることもわかり始めていた。性的にませた彼女たちを前にすると、私はいつも気後れしてしまうのだった。

私はグレンのガールフレンド、リサにも猛烈な恋心を抱いていた。九年生で一四歳、私より一つ年上の中国系で、落ち着きがあり、快活で、親切だった。私には、リサみたいな女の子がこんな中学にいるのが信じられなかった。グレンは生まれついてのヒーローであり、リサは生まれついてのヒロインだった。そういう意味で、ふたりがカップルなのは理に適っていた。とはいえ、グレンは不敵な笑みを湛えた無法者であり、リサは品行方正で模範的な女の子だった。いったい、共通の話題などあるのだろうか？　そんなふうに疑問を覚えたこともあったが、その実、その答えは知りたくはないとも思っていた。「彼には人生の喜びが感じられた。表面的な穏やかさでは隠しきれない、真の優しさがあった」。数年後、作家のジェームス・ソルターが書いたこの一節を読んだとき、私はグレンのことを思った。リサも、同じようなことを感じていたのかもしれない。とはいえ、当時の私はひたすらに待っていた――相手に恋い焦がれ、なんとか喜ばせたいとじりじりとした思いを抱えている白人の少年に、いつか彼女が振り向いてくれることを。この私の哀れな境遇に気づいていたのかどうかはわからないが、グレンには優雅なところがあって、私の前でリサとの関係を下品な言葉で表現したりすることは一度もなかった（他の仲間はよく「あれをみろ」と言って、女の子の尻や胸を指差したが、グレンはそんなことをしなかった）。

リサのおかげで、私はフォード・タカラの人となりをさらに深く知るようにもなった。以前から、フォードが他の日系人の子供と違うのはわかっていた。グレンは時々、〝日本人野郎《ダ・ニッポニーズ》〟と言ってフォードをからかったりした。普段はサーフィンのことしか考えていないフォードが、唯一心を痛めていたのは家族の問題だった。フォードはめったに苦しみや怒りを露わにしたりはしなかったが、強烈な何かを内に秘めていた。学校のクラスにいる日系人の子供たちは、教師や他の子供たちの前で良い子でいたい、人に認められたいという態度をはっきりと示していた。フォードは正反対だった。私は、数人の愉快な日系人の女の子と仲良くなった。彼女たちといるのは楽しかったが、私たちのあいだには乗り越えることのできない壁もあった。彼女たちが授業中に教師にいい顔をしようとするところも、こびへつらっているみたいで好きにはなれなかった。だが、フォードは違った。フォードと私は、同じ惑星の住人だった。

フォードは色白で、体つきはがっしりしていて、筋肉は鑿《のみ》で彫ったように隆起していた。サーフィンのスタイルは堅実で、効率のいいライン取りで、波の上を滑るようなライディングをした。グレンとのあいだには、サーフィンを通じて結ばれた、対等な立場の友情があった。ふたりの関係にはユーモラスな雰囲気もあった。それはきまって、無口なフォードが、グレンのジョークに乾いた微笑みを浮かべるというものだった。カウルククイ兄弟と過ごす時間は、フォードにとって息苦しい家族からの避難場所だった。リサが、フォードの身の上を教えてくれた。リサは、フォードに勤勉な両親や、大学進学を希望しているきょうだいがいることも知っていた。日系人は、戦後のハワイの政治界で頭角を現し始めていた。もともとは中国人やフィリピン人などと同じく、サトウキビ農園で働くためにハワイに移住してきたが貧しい労働者としての立場から抜け出そうと、ビジネスの世界でも存在感を増していた。中国人とは違い、積極的に他の民族と結婚したりはしなかったため、民族的には孤立する嫌いがあった。そして、そのことにジレンマを抱えてはいた。それでも日系人は全般として（特に高齢者の世代では）、ハワイ人と仲良くして毎日を楽しく過ごすことばかり考えていたら、アメリカでは成功できないという考えを持っているようだった。それが、フォードが日々、反発していたことだった——と、リサは言った。私は、フォードがいつも口元を固く閉じている理由が、わかったような気がした。

あるとき、ダイヤモンドヘッドクリフで開催されるというサーフィンコンテストのチラシを、あちこちで見かけるようになった。意外にも、主催者は同年代の子供だった。小柄でよく喋る、ロバートというカイムキ中学の九年生だ。ロディとグレンは、ロバートはまともな奴だと言った。なんでも、スポーツ興行師の家の子らしい。この大会の規模は、これ以上ないくらい小さかった。地元のサーフィンクラブは関わっていないし、カテゴリーは「男子一四歳以下」の一種類だけ。それでも条件に該当していた私は、出場を申し込むことにした。

　コンテスト当日、強い陽射しが照らしているクリフの波は、風に煽られて落ち着きがなく、うねりも高かった。出場していたのはクリフの地元の少年たちだけだったが、カイムキ中学の二人を除けば知らない顔ばかりだった。みな、コンテスト特有の緊張感や、ジャージを身につけなければならないことなどに慣れた様子だった。親と一緒に勇んでダイヤモンドヘッドロードを降りてくる者もいた。私は、親には何も知らせていなかった。恥ずかしかったからだ。意外にも、ロディはいなかった。審判として駆り出されていたグレンが、ロディがその日の午前中、父親の仕事を手伝わなくてはならず、ワイキキのフォート・デ・ルッシーに向かったと教えてくれた。ロディが優勝すると踏んでいた私の目論見は外れた。

　ロバートが組み合わせ《ヒート》を発表した。他の選手の試合を観ているとき、私たちは丘の斜面の茂みにあるわずかな日陰で身体を休めた。審判は海全体を見渡すために、斜面のさらに上に陣取った。かなり腕の良い選手もいた。だが、ロディほどのサーファーはいなかった。サザン・ユニットのトランクスを穿いた少年もいたが、波の選択がひどく、ろくなライディングができなかった。

　私は、二、三ラウンド戦った。緊張しながら、激しくパドリングをして沖に出た。他のサーファーに注意を払う余裕はなかった。いい波が来ていたが、ロバートには大会専用のエリアを確保する力がなかったので、いつもの土曜日と同じように他のサーファーも波待ちをしていた。クリフのリーフをよく知っていた私は、自分の判断でエワビーチの方角から離れた。そのときのうねりの状態だと、アウトサイドの少し離れた位置に角度の鋭い大きな珊瑚礁があるのがわかっていたからだ。その場所から、ブレイクのメインパートをきれいにつなぐセットの波が来ているのが見えた。主催者のロバートは、ヒートが終わったことをサーファーに伝えるためのフラッグシステムを用意していた。だが、決勝が終わったときにフラッグを変えるのを忘れていた。私は気づかず、ヒートが終わったことをグレンがパドルで直接伝えに来てくれるまでライディングを続けた。私は準優勝だった。勝ったのは、トミー・ウィンクラーという白人の少年だった。「ドロップニーのカットバックがよかったぞ」グレンがにやりと笑って言った。「お前があれをやるたびに、ポイントをたくさんつけてやったぜ」

その結果は、三つの驚きをもたらした。一つ目は、ロバートが入賞者にトロフィーをくれたこと。数週間後にそれを見つけてびっくりした両親は、なぜコンテストに招待してくれなかったのかと悔しがった。二つ目は、トミー・ウィンクラーの正体がわかったこと。カイムキ中学校の目立たないハオレで、人柄がよく、明るい性格で、私よりサーフィンがうまかった。三つ目は、グレンが私のドロップニーカットバックを気に入ってくれたこと。これは私がカリフォルニア時代に身につけたテクニックで、当時のハワイではほとんど知られていなかった。ハワイ流のサーフィンに馴染むために、本土のスタイルは捨てたいと思っていた私にとって最初にやめるべきものだったが、どうやら無意識に使っていたらしい。そして私のアイドルだったグレンは、それを格好いいと思ってくれたようだった。少なくとも、新しさは感じたはずだ。私にとって、グレンが認めてくれたことがすべてだった。だからその後も、ドロップニーは使い続けた。
本土とハワイのスタイルの違いは、サーフィン界全体の潮流としても、私の個人的な傾向としても、いつだって難しい問題だ。グレンはよく、ロディのスタイルがあまりにも「島っぽい」とからかい、その真似をした。しゃがんで尻を突き出し、大げさに腕を振り回して、怒ったサムライのように目を細める。もちろん、それはかなり誇張したものだったが、面白かった。グレンは波の上でもこのモノマネをした。だが、もっと頻繁に模倣していたのは、「アイカウ！」という雄叫びを合図に始める、地元のサーフィン一族の伝統的なスタイルだった。アイカウ一族は後に、ベン・アイパやリノ・アベリラのように、ビッグウェーブでの純粋なハワイアンスタイルのライディングで、世界的に名を馳せるようになる。そのときの私はアイカウのことを知らなかったが、フォードとロディはグレンのパロディーが面白くて堪らない様子だった。「アイカウを見れば――」フォードが私に言った。「俺たちがなんで笑ってるのかがわかるさ」

家族旅行で、初めてノースショアを訪れた。それは春で、ノースショアに毎年巨大な波を送り込むアリューシャン列島からの大きなうねりはもう終わっていた。私たちは、伝説的なビッグウェーブのスポット、ワイメア湾を訪れた。波が小さかったことを除けば、何度も雑誌の写真で見ていた光景そのものだった。ビーチの裏にある峡谷をハイキングし、淡水池で泳いだ。弟のケビン、父、私は、冷たい茶色の水めがけて崖から飛び降りた。誰が一番高いところからジャンプできるかという馬鹿げた競争をしながら、私は自分の体力や運動能力が、ある意味で父を超えていることに気づいた――父はスポーツマンで、臆病でもなく、まだ四〇歳手前だったにもかかわらず。私は少しずつ、家族にとって未知の存在になり始めていた。ハワイに引っ越して以来、私は家族の知らない秘密の人生を歩むようになっていた。その大元はサーフィンだった。それは、カリフォルニアで始まった。

そもそも、私がサーフィンを始めたきっかけは何だったのか？　美しい絵本のようなストーリーで語るとすれば、それは一〇歳のとき、ベンチュラの燦《きら》めく午後だった。ロサンゼルスの北にある海岸、ベンチュラの埠頭には軽食レストランがあって、私の家族は週末にビーチに来ると、よくそこで食事をしていた。その日、私たちがいたブース席の窓から、カリフォルニアストリートとして知られるスポットで波に乗るサーファーが見えた。沈み始めた太陽の光に照らされた黒いシルエットが、キラキラと輝く水面の上で静かに踊っていた。カリフォルニアストリートは、小さな丸石で有名な長いスポットだ。一〇歳の私には、綺麗にブレイクする波が天の創造物のように思えた。切り立った波の先が、真っ赤な夕日に染まりながら見事な釣り針《フック》型を描いて崩れ落ちていく。ショルダーと呼ばれる波の切れ目は、海の天使たちが刻んだかのように美しかった。海に出たいと思った。波の上で踊る方法を学びたかった。夕食をとる家族の賑やかな声が、どんどんと遠くなっていく。大好物のチリバーガーの魅力さえ、失われていくようだった。

とはいえ実際には、私をサーフィンへと誘うきっかけになるものは他にもいくらでもあった。フォード・タカラの両親とは違い、父と母は、私がサーフィンをするのを後押ししてくれた。一一歳の誕生日には中古のボードを買ってくれたし、私や友人をビーチまで車で送り迎えしてくれた。

でも、そのときの私には独立心が芽生えていた。ボードを抱えて外に出るときも、どこに行くかを尋ねられなくなっていた。私も、クリフでいい波に乗れたことや、カイコウで恐怖心に打ち勝ったことなどを両親に自慢したりはしなかった。幼い頃は怪我をして帰宅したとき、母の反応を期待して胸が高鳴ったものだ。足から血が出ているのを見た母が、息を呑むその音を聞くのが好きだった。「母さん、どうしたの？　ああ、この怪我のこと？」――そんなふうに、こんな怪我なんてたいしたことないさ、と平然と振る舞いながら、それでいて母に大騒ぎされるのが嬉しかった。このひねくれた喜びは、他でも感じたことがあった。ボートに乗っていて、友達の母親が指に挟んでいた煙草の火が当たって火傷をしたことがあった。周りからいっせいに視線を浴び、平謝りされ、痛い思いをした甲斐があったと思った。この嫌らしい感情が、どこから生じていたのかはよくわからない。そして、その気持ちは、まだたしかに心のなかにあった。それでも一〇代になると、家族とのあいだに距離を感じ始めた。

ワイメアの山道を、両親ときょうだい四人で水着姿で歩いていると、自分たち六人のあいだに、強い絆で結ばれた魂のようなものを感じた。私たちは濃い血でつながっていた。それでも、自分ひとりだけがそこから浮いているような気もした。私は他の子供よりも早く、思春期特有の孤独感にとらわれ始めていたらしい。とはいえ、私はまだ親の庇護のもとにいた。翌年の夏、ワイキキで珊瑚礁に頭から突っ込んだとき、私がまず運ばれた先は母がいる家だったし、傷口を縫うために私を病院に連れていってくれたのも、やはり母だった。

先ほど、父がまだ四〇手前だったと書いた。子供にとって、大人の年齢は不条理なものだ。数が大きすぎて、意味不明にすら思える。しかし、私が抱く父の年齢のイメージは、不思議なくらいに変わらなかった。家族のアルバムを見れば、それがどういうことかをわかってもらえると思う。一〇代の頃の父は、黒髪で聡明そうな顔つきをした少年で、スケートやソリをしたり、ダンスバンドでトランペットを吹いたりしている。だが、二〇歳で海軍を除隊すると、いきなり中年になったような印象を受ける。パイプの煙をくゆらせ、中折れ帽をかぶり、真剣な表情でタイプライターに向かい、楽しそうにチェス盤を睨んでいる。父は二三歳で結婚し、二四歳で父親になった。その世代では珍しいことではないのかもしれない。それでも私には、父があまりにもあっさりと大人になることを受け入れ、それを楽しんでいるように思えた。父は、早く四〇歳になりたがっているようにさえ思えた。父が堅物で、年寄り臭いタイプの人間だったというわけではない。むしろ気まぐれで、軽率なところもある人間だった。私には父が若さをどこかに置き去りにしたがっているように見え、不思議でならなかった。

　父は、海軍での体験を嫌っていた。閉所恐怖症を思わせるような、狭苦しい船上生活にうんざりしていたからだ（終戦直後に入隊した父は、太平洋上の航空母艦に勤務していた）。特に、無力な下士官として働かなければならなかったことが我慢ならなかったらしい。「下っ端の名称がペティオフィサー《とるにたらない士官》なのは、文字通りそうだからなのさ」父は言った。当時の私が知らなかったこともある。父は、ホラー映画のような幼少時代を過ごしていた。生みの親は酒浸りでまともに子育てができず、結局、父と弟は、ミシガン州の小さな町に住む老齢の叔母のもとで育てられることになった。叔母の名はマーサ・フィネガン。穏やかな性格の教師で、夫のウィルは鉄道技師をしていた。人の良い夫婦に預けられた父は幸運だった。それでも、生みの親に虐げられて味わった忌まわしさや恐ろしさには、生涯悩まされ続けた。

　当然というべきか、両親は酒をたしなむ程度にしか飲まなかった。当時はマティーニの全盛期だったが、ふたりが酔っている姿は一度も見たことがない。父と母は、子供たちが将来、アルコール中毒になることをとても恐れていた。

大家族をつくりたがっていたふたりは、結婚するとすぐに子宝に恵まれ、私を産んだ。当時、私たち一家はマンハッタンのセカンドアベニューにある、階段のないアパートの四階に住んでいた。ベビーカーは、一階の理髪店に月に一ドル払って置かせてもらった。両親は、ロングアイランドにある、できたばかりの典型的な郊外型住宅地、レビットタウンに移り住みたいと考えていた（もしこれが実現していたら、私にとって悲劇以外の何ものでもなかった）。幸い、ふたりはロサンゼルスに引っ越した。その後、母は三回連続で流産した。そのうち一つは死産だったらしい。母が動けないとき、私は教会から派遣された女性たちに面倒をみてもらった。ケビンがお腹にいたときは、母は六カ月間寝たきりだった。それは、女性にとって最も輝かしい年齢のときに起こった出来事だった。

同じ頃、父は職を転々としながら働き詰めの毎日を過ごしていた。ショービジネスの世界では、生番組や録画番組、舞台向けの制作現場で、電気技師や大工、照明係や雑用係の仕事をした。数え切れないほどの職種のうち、私がとりわけ好きだったのは、ガソリンスタンドで働く父の姿だった。父が務めていたのは、バンナイズにあるシェブロンのスタンドだった。当時住んでいたリシーダからほど近く、私たちは父にランチを届けることもできた。父は他の職員と同じように白い制服を着ていた。パリッと糊の利いた半袖の制服に刺繍されたシェブロンの記章が眩しかった。父は、『ザ・ピンキー・リー・ショー』という子供向けのテレビ番組で舞台監督をしていたこともある。母と私は、舞台袖に一瞬だけ映ることのあるヘッドセット姿の父を一目見たいがために、この番組を観た。私は、父が懸命に働いているのは、私たち家族を支えるためだということを漠然とながらも理解していた。だからこそ、父は四六時中あんなにも忙しく仕事をしているのだ、と。その一方で、いくら子供たちの知らない大きな世界でヘッドセットや制服を身につけて颯爽と働くヒーローだったとしても、私と同じように、父も母の支えがなければ生きていけない一人の人間なのだということもうっすらと感じるようになっていた。

両親は、特に情熱的ではないという意味において、いわば義務的なカトリック教徒だった。毎週日曜日には、教会のミサに出かけた。土曜日には、私は公教要理を学ばなければならなかった。金曜の夕食では、カトリックのしきたりに従って魚のフライが食卓に並んだ。一三歳になる頃、私は堅信式を執行され、教会が見守る前で大人になった。そのとき、両親から耳を疑うような言葉を聞いた。もう、ミサに行く義務はないというのだ。行くかどうかは、自分で決めればいい、と。僕の魂のことは心配じゃないの？　そう問いかけたが、両親の曖昧で釈然としない回答に再び衝撃を受けた。たしかにふたりは、ローマ教皇ヨハネ二三世を敬愛していた。だが、そのとき気づいた。私が幼い頃から理解し、暗記するのに苦心してきた教義や祈りを、両親は信じていなかったのだ――奉献《Oblatios》も演説《Oratios》も、あの恐ろしい回心の祈り《Confiteors》も、遠回しな痛恨の祈り《act of contrition》も。父と母が、神をまったく信じていない可能性だってあり得なくもなかった。私は即座にミサに行くのをやめた。私の見たところでは、神は特にそのことで怒ったりしていないようだった。両親はそれ以降も弟と妹を教会に通わせていた（なんという偽善！）。ハワイに移住するとすぐに、私は喜び勇んで宗教的義務から自分を解放した。

そんなわけで、その春のある日曜日の朝、家族がワイアラエのスター・オブ・ザ・シー教会でミサに参列している頃、私はクリフから家の方角に向かってラグーンをゆっくりとパドリングしていた。引き潮で、ボードの底のフィンが海底の大きな岩に何度かそっとぶつかった。海の表面に突き出している苔っぽいリーフの上では、円錐形の麦わら帽子をかぶった中国系かフィリピン系と思わしき女たちが、腰を曲げてウミウナギやタコをつかまえ、カゴに入れていた。リーフの外縁に沿って波が立っていたが、サーフィンをするには小さすぎた。

ふたつの世界の間を漂っているような感覚に包まれた。ひとつは、果てしなく広く、地平線に向かって永遠に連なる海の世界だった。穏やかな今朝の波とのつながりは、緩やかで、気だるいものだった。それでも、私は海の虜《とりこ》になっていた。その感覚は無限で、抗《あらが》いがたい魅力があった。ベンチュラのレストランの窓際席から見える美しい波に心を奪われた幼き日の自分とは違い、私はもうそれが天の創造物だとは考えていなかった。もっと現実的に、物事をとらえられるようになっていた。目の前で波が起こるのは、遥か遠くで起きた嵐が海面に風を吹きつけた結果なのだ。それでも、私がサーフィンに熱中する理由は理性ではなかった。私はただ、サーフィンに猛烈に惹かれていた。そこは美と不思議の宝庫だった。それ以外に、なぜサーフィンをするのかを説明できなかった。漠然とではあるが、サーフィンは自分にとって、教会を離れたことや、家族からゆっくりと離れて自立へと向かっていることで生じた心の空白を埋めてくれる何かなのかもしれないと感じていた。それ以前にしていたさまざまなことは、すべてサーフィンに取って代わられた。気がつけば私は、日焼けした異教徒になっていた。誰も知らない神秘に通じているかのような感覚を持つ、ひとりの異教徒に。

もうひとつの世界は陸だった。つまり、サーフィン以外のすべてだ。本、女の子、学校、家族、サーファーではない友達――。私はそれが〝社会〟と呼ぶべきものであることを学び始めていた。そこには、ミスター・レスポンシブルとして果たすべき義務もあった。ボードの上で頬杖をつきながら、波の上を漂った。青紫色の雲がココヘッドの上空に垂れ込み、防波堤の上では誰かのトランジスタラジオが鳴っていた。ビーチでは、ハワイ人の家族がピクニックをしている。太陽の熱に温められた浅瀬の海水は、茹で野菜みたいな何ともいえない味がした。この瞬間は、圧倒的だった。それは、光り輝いていた。それでいて、紛れもない現実だった。私は目の前の世界を構成するそれぞれの要素を心に刻もうとした。そして思った。ことサーフィンに関しては、自分のなかに何の迷いも感じられない、選択の余地などない、と。サーフィンに取り憑かれた私は、どこであれそれが導く方向へと進もうとしていた。

　サーフィンに適した波は、こんなふうにつくられる。まず、外洋で発生した嵐が海面にさざ波を起こす。さざ波はさらに風を受けて次第に大きくなり、海は荒れる。このエネルギーは嵐の中心から逃れるようにして、波列となって外側の穏やかな海に放射状に広がっていく。遥か彼方の海岸にやってくる波の実体は、水面下で旋回するこのエネルギーが表面に現れたものだ。嵐がつくり出した波列は、サーファーが〝うねり《スウェル》〟と呼ぶものになっていく。うねりは数千キロも移動する。嵐が強力になればなるほど、うねりも遠くまで到達する。うねりは移動するにつれて一貫したリズミカルな動きをとるようになり、波と波のあいだの距離（波長）も大きくなっていく。波長が長い波列の旋回エネルギーは、水深一〇〇〇フィートもの深さで起きることもある。巨大なエネルギーに突き動かされている波列は、さざ波や他の小さなうねりを簡単に乗り越え、飲み込みながら進んでいく。

岸に近づくにつれ、うねりは海底の影響を受け始める。波列は、〝セット〟と呼ばれる一群の波になる。うねりが生み出すセットは、浅瀬で生じるさざ波よりも大きく、波長も長い。岸に近づいた波は、海底の形状に応じて屈折し、水中を進む旋回エネルギーによって高く押し上げられ、水面上で目に見える部分が大きくなっていく。水が浅くなるにつれて海底の抵抗が増え、水深でブレーキがかかり、波は一段と高くなる。不安定になった波が白波を立てて前方に崩れる——それが、ブレイクだ。一般的には、波の高さが水の深さの八割に達するとブレイクすると言われている。たとえば水深一〇フィートの海面に八フィートの波が立つと、そこでブレイクが起こる。ただし、波がどこでどのようにブレイクするかは、風や海底の形、うねりの角度、潮の流れなどのさまざまな要因が微妙に絡み合って決まる。私たちサーファーが波に求めているのは、キャッチできる瞬間（テイクオフポイント）と、その上でボードを滑らせることのできるフェイスと呼ばれる部分があること、そして一度にバタンとブレイク（クローズアウト）してしまわず、一方からもう一方（左か右）に向かって、崩れるポイントが横に走るように連続しながら（ピール）ブレイクが起こることだ。このような波では、海岸腺に沿って長い時間フェイスに乗り続けられるからだ。

春が深まるにつれ、波質も変わり始めた。南から来た大きなうねりのおかげで、クリフにはいい波が立つ日が増えた。普段は小波しか立たない、私たちの家の前にある〝パターソン〟と呼ばれていたスポットにも、露出したリーフのあいだで絶えずブレイクが起こるようになり、それまではあまり見かけなかった老人や女性、初心者などのサーファーも目にするようになった。ロディの弟のジョンも来た。

九歳か一〇歳で、身のこなしがとにかく素早かった。私の弟のケビンもサーフィンに関心を示し始めた。私たちの家の庭にボードを置いていた同じ年頃のジョンに影響されたらしかった。ケビンがサーフィンをするのは、私にとって意外だった。ケビンは泳ぎが得意で、生後一八カ月のときからプールで潜水ができたくらいだ。内股であることを活かして、まさに水を得た魚のように泳いだ。ボディボードも、九歳にして名人級にうまかった。だが、兄の私が熱中しているサーフィンには関心を示さなかった。私にも、サーフィンは自分のものであり、弟のものではないという意識があった。今そのケビンがパターソンにいて、借り物のボードでパドリングをしている。数日のうちに、波をキャッチし、ボードの上に立ち、ターンができるようになっていた。ケビンには、サーファーとしての天賦の才能があった。両親はケビンに、一〇ドルで売っていた中古のボード（サーフボードハワイ製のタンカー）を買い与えた。私は嬉しく、そして刺激を受けた。心に描いていた未来図が、思いがけず変化したような気持ちだった。

　シーズン最初の大きな南からのうねりは、爆弾《ボム》にブレイクをもたらした。私はロディと一緒に、防波堤に立ってそれを眺めていた。メインピークは遠く、セットの最初の波しか見えない。光り輝く、白波と飛沫《しぶき》の壁――。波は巨大で、軽く一〇フィートはあった。こんな大きな波は見たことがない。ロディは寂しそうな顔をして、黙っていた。これはロディが乗れるような波ではなかった。沖には二人のサーファーがいた。ロディはそれが誰かを知っていた。

　ウェイン・サントス――。ロディはため息をついた。そして、レスリー・ウォン。

　二人のサーファーが、モンスターの懐に挑んでいるのが垣間見えた。必死ではあったが、優雅なスタイルは失っていなかった。二人は倒れることなく滑りきり、パターソンの先にあるリーフの上を高速でキックアウトしていった。ウォンとサントスは素晴らしいサーファーだった。そして、大人の男だった。グレンとフォードですら、この日は爆弾《ボム》に比べれば波が小さいクリフにいた。今日は、自分がここでデビューする日ではない――ロディは大きくため息をつき、その事実を認めた。私たちはボードを海に投げ込むと、クリフへの長いパドリングを始めた。このうねりなら、クリフでも私たちにとっては大きすぎるくらいの波が待っているはずだ。

ケビンが怪我をした――パターソンで波に乗っていて、背中をボードにぶつけたのだ。みんなが私に向かって叫んでいた。お前の弟が――。一心不乱にパドリングをして浜に向かうと、横たわったケビンの周りに人垣ができていた。ケビンは怯え、青白い顔をしていた。強風に煽られ、完全にバランスを失ったらしい。溺れかけていたケビンを救ってくれたのは、グレンとロディの弟、ジョンだった。ケビンは大きく息をし、咳き込み、泣いていた。私たちが家まで運ぶあいだ、ずっと身体じゅうが痛いと言っていた。母がケビンの身体を拭き、落ち着かせ、ベッドに寝かしつけた。

私はサーフィンを再開した。数日もすれば、ケビンも戻ってくるだろうと思っていた。しかし、ケビンは二度とサーフィンをしなかった。ボディサーフィンは続け、一〇代の頃には、オアフ島の東端にあるボディサーフィンの名所マカプゥとサンディービーチで名を知られるほどになった。ただし成人後は、背中のトラブルに悩まされた。最近、整形外科医で脊柱X線の診断を受けたところ、子供の頃に何があったのかと尋ねられた。どうやらケビンの背骨は、あのとき折れていたらしい。

どの学校にも雄牛《ブル》がいた――一番喧嘩の強い、番長だ。学校の違う子供たちが出会うと、必ず〝お前の学校のブルは誰だ？〟と尋ね合ったものだ。カイムキ中学のブルの名前は、嘘みたいだが、〝ベア〟といった。上げ相場《ブル》は下げ相場《ベア》――ウォール街の出来の悪いジョークみたいだった（といっても、当時の私たちは誰もウォール街のことなんて知らなかった）。当然ながらというべきか、ベアは熊みたいに大きな身体をしていて、三五歳みたいな雰囲気があった。性格は穏やかというか、いつも酔っ払っているように見えた。サモア人で（と私は思っていた）、マフィアのドンみたいに常に取り巻きの子分たちに囲まれていた。ただし、ベアの一味はみすぼらしい格好をしていた。私が、カイムキの原住民《ネイティブ》に〝貧しく、ボロを着ている〟という第一印象を抱いたのは、ベアたちのせいだ。まるで、仕事後のビールを楽しみにしている作業員みたいで、とてもではないが中学生には思えなかった。怖かったが、距離をとっていれば安全だった。

ベアは、自らとはまったく関係のない出来事のせいで、ブルの座を失うことになる。その出来事は、私の人生も変えた。私はその場にいたが、きっかけが何だったのかはよくわからない。それはランチタイムで、インクラウドの面々は校内のカフェテリアのいつもの場所に陣取っていた。私は例のごとく目を輝かせながら、リサと話していた。そのとき、他の子供から除け者《のけもの》にされていた、ラーチという巨漢の白人が前を通りかかった。インクラウドの誰かに何かを言われ、ラーチも言い返した。普段のラーチは、低い声で、恥ずかしそうに喋った。テレビアニメ番組の『アダムス・ファミリー』に登場する、陰気な長身の執事ラーチにそっくりだという理由で、残酷にもそのキャラクター名を渾名につけられていた。悲しげな目、広い額、わずかに生えた口髭。背の高さを目立たなくするために、いつも猫背気味に歩いていた。いつもなら、他の子供にからかわれても、大人しくその場から遠ざかる。だがその日は虫の居所が悪かったようだ。ラーチは立ち止まった。近くにいたグレンが、あっちに行けと言った。ラーチは動かない。グレンが近寄り、小競り合いから殴り合いが始まった。

漫画みたいに滑稽な絵だった。グレンの背はけっして低くはないが、ラーチは優に頭ひとつ分は大きかった。リーチの差がありすぎて、グレンはラーチの顎にうまくパンチを当てられない。一方のラーチも動きが鈍くてまともな攻撃ができていなかったが、隙を見てグレンをベアハッグにとらえた。ラーチに胸を締め上げられたグレンの両脚が、宙に浮いた。ラーチはグレンの背後に回り、巨大な腕の一方を胸に、もう一方を首に回した。グレンの顔が野次馬の方に向けられた。グレンは窒息させられ、息ができずに目を剥いていた。両手をばたつかせるが、ラーチの締めつけが強すぎて身動きがとれない。リサが悲鳴をあげたが、周りの誰もが黙って見守るしかない。そのまま時間が過ぎていった。

そのとき、フォード・タカラがラーチに歩み寄り、握りしめた拳を喉元に見舞った。ラーチは目を白黒させてグレンを離し、地面に倒れた。フォードはラーチのこめかみの辺りを殴った。フォードが息も絶え絶えなグレンを助け出した後、実におぞましい光景が繰り広げられた。インクラウドのメンバーがラーチに襲いかかったのだ。私たちはラーチを蹴り、殴り、引っ掻いた。ラーチは抵抗しなかった。余力がなかったというより、心が挫けたのだろう。マイクの妹のエディは、爪をラーチの腕に突き立てると、血まみれの両手を勝ち誇ったように広げた。その様は、おとぎ話に出てくる鳥の身体をした悪魔のような女、ハーピーを思わせた。他の女の子たちも、ラーチの顔を引っ掻き、髪を引っ張っていた。阿鼻叫喚の地獄絵図は、誰かが「チョックが来た！」と叫ぶまで続いた。私たちは蜘蛛の子を散らすようにその場から逃げ去った。チョックは教頭で、喧嘩の噂を聞きつけて現場に駆けつけてきたのだ。

自分がしでかしたことの醜悪さに気づくまで、しばらく時間がかかった。最初のうちは、俺たちは悪の巨人を倒したのだと、むしろ嬉々としていた。振り返ってみると、私は暴力行為に荷担することで、ギャング団に入っていなかった頃に感じていた恐怖を追い払おうとしていたのかもしれない——木材で殴られる側から、殴る側に移るんだ、と。もちろん、その日のヒーローはフォードだった。その颯爽とした登場と毅然とした態度があまりにも格好よかったので、子供たちはフォードこそがカイムキの新たなブルだと噂するようになった。私は誰かが番長《ブル》になるには、ベアと対決して勝たなければならないと思っていたのだが、どうやらそうではなかったようだ。ブルが誰かは、正式な決闘ではなく、生徒全体が感じているその時々の雰囲気で決まるらしい。とはいえ、フォードがブルになりたがっていたとは思えなかったのではあるが。

ほとんどの生徒がそれまで名前すら聞いたことのなかったフォードのことを、私はよく知っていた。だがフォードには私がそれまで知らなかった一面もあったのかもしれない——殺人者のように冷徹で、権力を求める男が。私は自分自身の意外な側面も発見した。ラーチに殴りかかったとき、獰猛な小動物になったかのような動物的な本能を感じた。

ラーチの一件は、悲喜こもごもの影響をもたらした。フォードは罰せられなかった。ラーチは学校に姿を見せなくなった。インクラウドも特に罰を与えられなかったが、教頭のチョックには今まで以上に疑わしい目で睨まれるようになった。グレンは家出をしてお尋ね者になった。インクラウドのリーダーのマイクは、いつだってはぐれ者の味方だ。家を出たグレンを匿い、行動を共にするようになった。行方をくらましているはずの二人が、昼食時のキャンパスに悠然と姿を現すこともあった。チョックは二人の少年を追いかけた。猛スピードで車を走らせ、墓地を横切り、カウルククイ兄弟の住む家の近くにあるキアベの木立を探し回った。警察の車が加わったこともある。実際にはこの捕り物騒ぎは数日間で終わったはずだが、私たちには数週間も続いたように感じられた。

ある日、キンクス好きのスティーブが、私の小さな家にやってきた。それなりにサーフィンができるというスティーブとトランクスに着替え、一緒にパターソンに向かった。

監獄に喩えたオアフ島での暮らしから早く逃げ出したいと嘆いてばかりはいたが、スティーブは基本的に穏やかないい奴だった。浅黒い肌、鳩胸、小柄、大きな角張った頭、ギョロリとした大きな目が特徴で、中産階級の英語を喋った。父親は無愛想で羽振りのいい白人《ハオレ》で、スティーブの生みの親である有色人種の妻とは数年前に離婚していた。ロディと同じく、スティーブも東洋人の義母を嫌っていた。カハラに住み、世知に長《た》けていたスティーブは、学校ではハオレとして振る舞った。実際、浅黒い肌の色を除けば、ハオレそのものだった。物真似の才能もあって、さまざまな種類のピジン語を話せた。

「みせて」スティーブはハワイの原住民のような声色で言うと、私が着ていたTシャツを捲り上げ、裸を観察した。私は驚いて、何の反応もできなかった。「いい身体だ」スティーブは柔らかくつぶやき、シャツを下ろした。

そのときの私は、自分の肉体的な成長の遅さを絶望的なまでに恥ずかしく感じていた。だから、スティーブのお世辞を額面通りには受けとれなかった。スティーブが漂わせていた大人っぽい色気は、私にとって未知の世界からくるものだった。

私はまだ、生殖の基本的な仕組みさえ知らなかった。両親も恥ずかしがり屋で、このことについては何も教えてくれなかった。射精の神秘も、夜に悶々としていたときに偶然、自分で発見した。やり場のない欲望に悩まされていた私にとって、それはすぐに習慣になった。同じ年頃の男の子たちも似たような体験をしていたはずだったが、誰もその話題を口にはしなかった。その頃は、すぐに下半身が固くなってしまうことに気恥ずかしさや戸惑いを覚え、鍵付きの部屋に一人でいられることが強烈な魅力になった。波が小さくサーファーが少ない日に、クリフから家に帰る秘密のルートを開発した。ラグーンではなく、リーフの外側を迂回するのだ。沖の深く青い海のなかにいると、リーフに隠れてビーチや岸の家からは私の姿は見えない。長いパドリングの手をとめ、ボードから降りて水に浸り、ピジン語で身も蓋もなく〝ハンマースキン〟と呼ばれていたその行為の快楽を味わった。

ある夜、激しい豪雨に見舞われた。熱帯地方にしかあり得ないような凄まじさだった。ベッドに横たわっていると、騒々しい雨音の合間から、何かがぶつかり合うような、馴染みのある音がうっすらと聞こえてきた。サーフボードだ。飛び起きて表に出てみると、溢れ出した水で川のようになっている家の前の小道を、五、六枚のボードが庭からビーチの方向に向かって流れていきそうになっていた。近くにあるクラマヌストリートと私たちの家の前の小道は、この暴風雨がもたらした大量の雨水の合流場所になっていた。すぐに飛び出し、流れていくボードを追いかけた。生け垣などに引っかかっていたボードを引き上げ、付近の家の庭にある安全な場所に避難させた。ロディの真っ白なワーディー、私のスレートブルーのラリー・フェルカー、フォードのベビーブルーのタウンアンドカントリー。ジョンのボードも、ケビンの中古のタンカーもあった。グレンのボードは？　大家の家の階段の下にノーズを突っ込んでいた。幸い、どのボードも海に達してはいなかった。しばらくして雨が止んだが、水は轟音を立てて海に向かって流れ続けていた。気がつくと、脛《すね》にいくつも痣をつくり、つま先もあちこちでぶつけていた。どのボードも凹んでいるようだったが、フィンは壊れていなかった。安堵のため息をつき、ボードを一枚一枚、ゆっくりと自分の家の庭に持ち帰ると、竹の生け垣にしっかりと固定した。洪水のような流れが収まったあとは、空き缶が道ばたに散乱していた。その日の豪雨は、記録的なものだったらしい。あの夜、雨音に驚いてホノルルで目を覚ましたのは自分ひとりだけのような気がしていた。そのことが、今でも不思議でならない。

グレンは教頭と警察につかまり、一族の住むハワイ島《ビッグアイランド》に送られた。ロディは、少年院に送り返されたマイクよりマシだと言った。父親のグレン・シニアが、ビッグアイランドに住む昔堅気の叔母たちが厳しく監視するから、と警察を説得して、少年院送りをなんとか免れたのだった。ハワイ島では、もうサーフィンもできないだろう。それは私にとって、奈落の底のような場所に思えた。

グレンがいなくなって、何もかもが味気なくなった。ロディとジョンの言葉数も減った。リサは、重い病気を抱えている女の子みたいになった。ロディはグレン・シニアの仕事を手伝うためにフォート・デ・ルッシーに連れていかれることが多くなり、それまでのようにはクリフでサーフィンができなくなった。私は、仕事の手伝いというのは建前で、グレン・シニアはロディを自分の目の届く範囲に置いておきたいのだろうと思った。グレンが非行に走ったことに、責任を感じていたのかもしれない。昔のハワイの木版画みたいにカラフルだった私を取り巻く世界は、もうそこにはなかった。

ロディに誘われ、デ・ルッシーに行くこともあった。息子に悪い遊びをさせたくないグレン・シニアから、ロディと一緒に歩道の砂を箒で掃く仕事をやらされたりもしたが、それを除けば面白いところだった。デ・ルッシーは高層ホテル群が隣接する、ワイキキのビーチフロントの一等地にあった。毎週、何千人もの軍人（私たちは彼らを〝間抜け《ジャーヘッド》〟と呼んでいた）が、ベトナム戦争からの保養休暇《R&R》でやって来ていた。グレン・シニアはここで救命隊員として働いていた。ロディと私は、近くのホテルの庭やロビーに潜入すると、一人を見張り役にして、噴水や〝願いの叶う井戸〟に潜り込んでコインを漁り、その金で屋台のチャウフンやマラサダ（ポルトガルのドーナツ）、パイナップルスライスを買った。

だが、デ・ルッシーで何よりも楽しかったのは、もちろんサーフィンだった。夏が到来し、ワイキキのリーフは活気に満ちていた。ロディはナンバースリーやカイザースボウル、アラモアナを案内してくれた。どれもハワイに来る前から耳にしたことのあったサーフスポットで、サーファーでいっぱいだった。アラモアナは恐ろしく浅かったが、波は美しく、この辺りでは貿易風はサーフィン向きの岸から沖に《オフショア》吹いていた。こんなスポットでそれなりにうまく滑れたときは、〝最高の時《ビッグタイム》〟を味わえた。

ダイヤモンドヘッドの端にあり、ワイキキに沿って走る長い海岸線の終点に位置するスポット、トングスでも波乗りをするようになった。私が準優勝したダイヤモンドヘッドのサーフィンコンテストで優勝したトミー・ウィンクラーは、母親と一緒にこの付近に住んでいた。トングスの波はありきたりに思えた。混雑していて、短く、たいして大きくはないレフトからの波が、高層ビルや防波堤の前でブレイクする。だがトミーや地元の腕利きのサーファーたちは、近くのスポットには物凄く大きな波が来る日があるから、それを楽しみにしてろと言った。特に、〝ライスボウル〟と呼ばれるライトブレイクは壮絶だという。トングスのローカルにとって、ライスボウルはノースショアのビッグウェーブ、サンセットビーチに喩えられるものだった。馴染みのある爆弾《ボム》とライスボウルの波の違いを知りたかったが、それは尋ねるべきではないという空気があった。トングスのサーファーは全員白人《ハオレ》だった。トングスの連中に言わせれば、クリフやカイコウのサーファーはみな有色人種《モーク》だった。私は思った。トングスのサーファーは、爆弾のことは聞いたことがないのかもしれない（実際には、彼らはこのスポットを知っていた。そして、〝茶色い奴らの場所《ブラウン》〟と呼んでいた）。あるいは、ライスボウルは白人サーファーが占拠する波なのかもしれない（実際には、そんなことはなかった）。もし、サザン・ユニットからクラブのトランクスを与えられ、ロディとフォードとだけサーフィンをしていれば、もっとシンプルなサーフィンライフを過ごせたのかもしれない。しかし、クラブは私にトランクスをくれなかった。

　フォードは、グレンがいなくなって寂しそうにしていた。毎日クリフでサーフィンはしていたが、何かが違っていた。私が家にいるかどうかを確かめもせず、庭からボードを持っていくようになった。学校では、ブルとして認められ（ベアはうんざりしたような笑みを浮かべただけで、あっさりと番長の座をフォードに譲ったらしい）、王様のように振る舞える特権を手にしていながら、そのことに興味がないようだった。奥手で、最終学年になってもガールフレンドの一人もつくろうとしなかった。私にはそれが理解できなかった。

　その年一番の南からのうねりがやって来たとき、私はライスボウルにいた。波は、トングスの西、エワ側のチャンネルの先にある沖でブレイクしていた。防波堤から眺めていると、ローカルたちがこの波を〝小さなサンセット〟だと自慢しているのも頷けると思った。それまで、こんな大きな波に乗ったことはなかった。だが、すでに波の上にいる二人のサーファーのライディングを見ていると、自分にも乗れそうな気がしてきた。風は軽く、チャンネルも安全そうだ。大きく、なかなかブレイクしにくい波質だが、逆にそれが自分にはぴったりだと思える。爆弾《ボム》に比べればたいしたことないさ――。私はパドルで沖に向かった。一緒に誰かがいたかどうかは覚えていない。

しばらくのあいだは、うまくいった。近くにいたサーファーは、私のことを不思議そうな目で見ていた。みな、私よりはるかに年上だった。綺麗な波に何度か乗り、その波の力とスピードに驚かされた。下手な真似はしないように心がけた。ボードに立ち、慎重なライン取りをしながら、波のショルダーに向かってフェイスを滑り降りた。パドルで元の位置に戻り、波待ちをしながら、サーファーが〝インパクトゾーン〟や〝ピット〟と呼ぶ、崩れた波が水面にぶつかる、最も大きなエネルギーが生じる場所を覗いた。ブレイクは熾烈だった。その轟音だけをとっても、それまでに聞いたことがないような凄まじさだった。

遠くから、巨大なセットが迫ってくるのが見えた。私にとって、どう対処すればよいのかまったくわからない類いの波だ。すでに、岸からかなり離れた場所にいた。メインのテイクオフポイントだと信じていたその場所から、さらに海側に向かってパドリングを始めたが、その判断は間違いだった。リーフの位置によってどこにどんな波が起こるかを、正しく予測できていなかったのだ。ライスボウルが別の顔を見せ始めた。その勢いは、広大な水平線がせり上がるほどだった。周囲の海水すべてが、リーフの外側に向かって集まろうとしていた。この馬鹿でかい波はどこから湧いてきたんだ？　みんなはどこにいる？　見渡したが、サーファーの姿はない。まるで、私に事前の警告を与えていたかのように、岸に向かって消えていた。私は素早いパドラーだった。体重も軽いし、腕も長い。しかもこのときは、持ち前の身のこなしの軽さもあって、他のサーファーよりも先にスタートを切っていた。ボードのデッキに膝をつくニーパドルのスタイルで、水を深く掻きながら、チャンネルを抜け、沖のリーフを目指した。深く一定した呼吸を保ちながら海に向かっていると、遠くの方でセットの最初の波が白波を立てているのが見えた。体力が尽き始めたのを感じながら、パニックに襲われた。間違った方向に向かってしまった。あの銀色に光る死の山が初めて彼方に現れたとき、海岸に向かうべきだったんだ。ここは最悪の場所だ。リーフの外側にある、この波がブレイクをする場所じゃないか――。だが、進路を変えるには遅すぎた。岸側に向かってパドリングを続けた。口のなかは吐き気で酸っぱく、喉は渇いていた。

四つか五つの波から成るそのセットをなんとか乗り越えた。ある波を越えるときには、頂上で宙に身体を投げ出されそうになった。波をくぐるごとに、オフショアの風がつくる大量の飛沫を全身に浴びた。真後ろで崩れ落ちる波の轟音を耳にして、背筋が凍った。巻き込まれていたら、間違いなく死んでいただろう。そんな気持ちを抱いたのは初めてだった。それは、踏み越えた者のサーフィン観を変えてしまうほどの破壊力を秘めた、恐怖の一線だった。ボートから海に落ち、海の際限のない無慈悲さに心を狂わされる、『白鯨』の若き黒人船員ピップになった気分だった。茫然とし、敗北感にまみれながら、そのままパドルを続け、ライスボウルのリーフから遠く離れたトングス側から岸に戻った。

この体験は、私にとってハワイでの忘れがたきサーフィンの記憶になった。翌週、父が制作に携わっていた『ハワイ・コールズ』の第一シーズンが終わると、私たち一家は急遽荷物をまとめて本土に戻ることになった。必ず戻ってくる、手紙を書いてくれ、と私は仲間に言った。わかった、とロディは言ったが、手紙はくれなかった。スティーブはくれた。リサもだ。だが、リサは高校に通い始めていた。私は現実を受け入れようとした。リサは決して自分のものにはならないだろう。せいぜい、姉のような存在でいてくれたら、それで満足しなければ。

私は、以前通っていたロサンゼルスの中学校に九年生として復帰した。サーフィンもした。ベンチュラにマリブ、サンタモニカ——私とサーフィン仲間を車で運んでくれる人が行く場所なら、どこであれ。私はハワイでのサーフィン体験をあちこちで誇らしげに語ったが、ライスボウルでの出来事は誰にも言わなかった。いずれにしても、誰も私の話になどたいして興味を示さなかった。

一年後、再びハワイに戻ることになった。父がハワイで撮影される、リチャード・ブーン主演の『コナ・コースト』というテレビドラマの仕事を得たのだ。気難しい年老いたハワイの漁師が、ポリネシア風の陰謀に巻き込まれていく、といったストーリーだ。以前住んでいたクラマヌの家には戻れず、さらに東のカラハアベニュー沿いにある狭いコテージを借りることになった。近くにはまともなサーフスポットはなかった。

オアフに到着したその日、バスに乗ってロディの家に行った。カウルククイ一家は引っ越していた。新しい家の主は、ロディたちの消息を何も知らなかった。

翌日、母にダイヤモンドヘッドロードまで車で送ってもらった。ボードを頭に乗せ、小道をクリフまで降りていくと、以前と同じベビーブルーのボードでサーフィンをする、フォード・タカラの姿が見えた。嬉しかった。フォードも再会を心から喜んでくれた。こんなに饒舌なフォードは見たことがなかった。クリフにはこの春、ずっといい波が来てるんだ、とフォードは言った。ああ、カウルククイの家族は行っちまった。アラスカさ。

アラスカ？

陸軍の仕事をしていたグレン・シニアは、アラスカに移動することになった。あんまりだ、と私は思った。そんなの残酷すぎる。信じられないよ――。フォードも同じ意見だったが、それは紛れもない現実だった。ビッグアイランドから戻っていたグレンは、アラスカにいくのが嫌で、再び家出した。だがロディとジョンは、意気消沈しながらも、父と継母について行くしかなかった。いま一家は、真っ白な雪のなかにある軍の施設に住んでいるらしい。あまりにもかけ離れた世界に感じられて、私にはその絵が漠然としか浮かんでこなかった。グレンはどこにいる？　フォードは困ったような顔を浮かべ、ワイキキさ、と言った。行けば会えるさ。

私はグレンに会った。だが、それはしばらく経ってからのことだった。

ワイキキは私のホームブレイクになった。その理由は、季節と交通手段だった。トングスからアラモアナまで、夏のあいだじゅう、いい波が来ていた。その真ん中に位置するカラカウアアベニューの近くのカヌーズと呼ばれるスポットには、組み合わせ鍵を買うと無料でボードを預かってくれる屋外ロッカーがあったので、身体ひとつでバスで通えた。小遣いがないときには、明け方にダイヤモンドヘッドの辺りからヒッチハイクした。ホテルが建ち並び、海水浴客で賑わうこのビーチの沖のブレイクを、日がな一日かけてじっくりと学んだ。

どのスポットにも地元《ローカル》の常連がいて、そのうちの何人かと親しくなった。ワイキキは、商業主義と観光客、刺激と犯罪の坩堝《るつぼ》だった。私にはワイキキのサーファーたちが全員、いかがわしい何かに関わっているように見えた。観光客をアウトリガーカヌーに乗せ、巨大なピンクのパドリングボードでサーフィンのレッスンをするという表向きはまともな稼業をしている者もいれば、騙されやすい観光客の若い女をひっかけ、ホテルで働く友人からこっそり借りた部屋の鍵を使って部屋に連れ込む者もいた。サーファーを通じて知り合った若者たちの多くは、ワイキキジャングルと呼ばれるスラム街に住んでいた。白人もいた（たいてい、ウェイトレスとして働くシングルマザーと暮らしていた）が、そのほとんどはさまざまな民族的バックグラウンドを持ち、大家族で暮らす現地民だった。どこのブレイクにも、他のサーファーの技を研究し、盗もうとする熱心なサーファーがいた。グレン・カウルククイを知っているかと尋ねると、誰もが首を縦に振った。そこら辺をうろついてるぜ、とサーファーたちは言った。昨晩会ったという者もいた。だが、どこに住んでいるのかと尋ねても、はっきりした答えは返ってこない。

ついに、そのときは来た。ある午後、カヌーで波の上にいたら、「ビルじゃねえか《ファッキン・ビル》」という声が聞こえた。振り向くと、グレンが後ろにいて、にやりと笑いながら私のボードのレールをつかんでいた。久しぶりに会ったグレンは、少し年をとり、表情が険しくなったように見えた。だが、何も恐れないようなその態度は、グレンそのものだった。グレンは私のボードに目をやり、「これはなんだ？」と言った。

それはノーズライダーだった。ハーバー・チーターと呼ばれる新型モデルで、ボードの先端の〝ノーズ〟に立ったときにバランスがとりやすいよう、抉られた〝ステップ〟と呼ばれる部分がある。このボードは、来る日も来る日も放課後に草むしりの仕事をして苦労して貯めた金で買った、私の一番の宝物だった。ボードはティント工法で淡い黄色に染められていた。透明なティントは、その年に流行したスタイルだ。ハーバーの黒い三角形の目立たないステッカーすら、愛おしくてたまらなかった。グレンがボードを見ているあいだ、私は息を止めていた。しばらくして、グレンは「いいな」と言った。本心からそう言っているように見えた。私は息を吐いて安堵した。

近況についての話は歯切れが悪く、つかみどころがなかった。ウェイターの仕事をしていて、ジャングルに住んでいる。学校には行ってない。働いているレストランに来れば、こっそりテリヤキステーキを食わせてやるぜ。ロディはアラスカで元気にやってる。だけど、あそこは寒い。みんな必ず戻ってくる。〝バイン、バイ〟。グレンのそのピジン語の表現には、以前のような無邪気な単調さではなく、暗い響きがあった。父親をアラスカに飛ばした軍に対する怒りを隠そうとせず、露骨に軽蔑していた。

そのまま一緒にサーフィンをした。グレンは驚くほどうまくなっていた。もはやグレンは、単なる若手の有望株ではなかった。誰もが見とれてしまうほど滑らかに波に乗るサーファーになっていた。

ただし、グレンが働いているというレストランはどこにも見つからなかった。そもそも、地上ではグレンの姿をほとんど見かけなかった。一緒にいろんな場所でサーフィンをした。カヌーズ、クイーンズ、ポピュラース、スリーズ。グレンの波の上での動きは、私の理解を超えていた。スピードは速く、ターンは鋭く、身のこなしが素早い。波のトップでは、それが際立っていた。波を駆け上がり、滑り降りる。チューブのなかに突入し、安定したクラウチングスタイルで波の裂け目を高速で直角に昇っていく。

サーフィンの世界には、新しい何かが生まれようとしていた。間違いなく、グレンはその先駆者だった。

　だがノーズライディングは、その新しい何かだとは思えなかった。私は、ボードのノーズを片足の五本指でつかむハングファイブ、両足の十本の指でつかむハングテンに熟達し、波の動きに合わせて先端とボードの中央をクロスステップで移動できるようになっていた。このテクニックにうってつけの、超軽量フレームのボードも持っていた。世界最高のノーズライダーで、憧れていたデイビッド・ナウヒワも、私と同じく背が高く痩せた体型をしていた。一九六七年の夏には、私のハーバー・チーターよりも遥かにノーズライディングに特化したボードが売られていた。たとえばコン・ウグリーは、ボードの先端にできるだけ長い時間立てるようにするために、他の要素を極限まで犠牲にしていた。

　たしかにこのテクニックは美しく、摩訶不思議で、難度も高かった。だが、私は次第にノーズライディングに関心を失い始めていた。ワイキキには、ゆっくりと優雅に進む、ぎっしりと観光客を乗せたアウトリガーカヌーに混じって、カイザースやスリーズ、さらにはカヌーズにも、特に干潮時に、掘れた波を生む浅いリーフがあった。そこでは文字通り、ブレイクした波がチューブをつくり出していた。私はその夏から、回転する波の青い腹のなかに飛び込むようになった。時には、その空洞のなかで立っていられることもあった。誰もが、チューブのなかを波に完全に覆われた状態で滑る、〝ロックトイン〟について夢中で話していた。だがチューブライディングには、それ以上の、天啓とも呼ぶべき何かがあった。チューブのなかにいられるのはごく短時間だが、そこで味わう神秘的な体験は強烈で、中毒性があった。鏡のなかを通り抜けるようなわずかな瞬間を一度味わうと、再びそれを体験したくて頭がいっぱいになる。サーフィンの未来は、ノーズライディングではなくチューブにあるように感じた。

グレンが麻薬に手を染めているという噂があった。十分にあり得ることだった。マリファナやＬＳＤなどの麻薬は、ワイキキ、特にジャングル地区では簡単に手に入った。当時は、「サマー・オブ・ラブ」と呼ばれるヒッピームーブメントの全盛期で、その震源地であるサンフランシスコからは、その使者とも呼ぶべき大勢の若者が、新しい音楽や言葉、麻薬を携えてハワイにやって来ていた。大麻を吸う同じ年頃の子供もいたが、臆病な私は手を出せなかった。

その頃、サーファーのたまり場になっていたワイキキの掘っ立て小屋では、夜な夜なパーティーが開かれていた。薄暗い室内を回転式のストロボライトが照らし、ジェファーソン・エアプレインの曲が鳴り響き、奥の部屋では大物が若い女と行為に及んでいた。私は一、二度、仲間とこの手のパーティーに忍び込み、ビールをくすねて逃げた。そんな悪さに飢えている年頃になっていた。私は、グレンはいったいどこに住んでいるのだろうかと思った。

両親は、カイムキ中学時代と同じく、私がワイキキで体験していた悪事については何も知らないようだった。だがドギー・ヤマシタにサーフボードを盗まれたときは、さすがに親の助けを求めようかと思った。私は我を忘れるほど憤慨し、不安になった。カヌーズの常連の不良少年で、私より少し年上だったヤマシタに、少しだけ、と言われてボードを貸したら、そのまま返してくれなかったのだ。経験豊富なワイキキの仲間たちから〝こういうときは大人に相談してはいけない〟と説得された私は、シッピー・シプリアーノという肩幅の広い少年に頼んで、ドギーからボードを取り戻してもらうことにした。シッピーはいわば殺し屋だった。五ドルを渡せば、どんな子供でも有無を言わさずぶん殴る。意外にも、シッピーは金は要らないと言った。ドギーとのあいだに、別件で因縁があったらしい。私の最愛の黄色いチーターは、かすり傷が少し増えていただけで、無事に戻ってきた。ドギーは、私からボードを借りたときはラリっていた、と言い訳したらしい。納得できず、怒りは収まらなかったが、次にドギーに会ったとき、面と向かって文句を言う度胸はなかった。中学のときとは違い、私のバックにはインクラウドはいない。ドギーの周りには、生意気な白人《ハオレ》のガキなど喜んでひねり潰そうとする腕っ節の強い不良が大勢いた。ドギーに無視され、私も目を合わせなかった。

　インクラウドのメンバーとはもう会っていなかった。まだオアフ島《ザ・ロック》に留まっていたスティーブは、ギャング団は解散したと言った。誰も、少年院に送られたマイクの抜けた穴を埋められないから、と。私は、リサの家にも何度か電話をかけた。だが、彼女の声を聞いた瞬間、恥ずかしさと悔しさが入り交じったような感情に襲われ、いつも受話器を置いてしまうのだった。

　カイムキ中学時代、アイルランドのロックバンド、ゼムの『グロリア』が大流行していた。私たちは「グーローリーアー」と口ずさんだものだ。一九六七年、ホノルルのラジオでよく流れていたのは、ゼムのシンガーソングライター、バン・モリソンの『ブラウン・アイド・ガール』だった。大ヒットしたわけではなかったが、そのゲール語の響きのある歌詞は当時の私の心に響いた。この曲には、ハワイのアイランド・スタイルの音楽のような、迫り来る哀愁が感じられた。それから長い年月が経過した後も、失われた若さをテーマにしたこの哀歌を聞く度に、私はグレンのことを思い出した。その歌は、不敵な笑みを浮かべる、気まぐれなグレンを彷彿とさせた。グレンが茶色の目をした女の子《ブラウン・アイド・ガール》であるリサのことを思い出している姿を想像した。当時のふたりのあいだに何があったのかはわからない。それでも、私にとってグレンとリサは理想のカップルだった。私はふたりがかつては、この曲の歌詞にあるように、

「陽射しを浴びて笑いながら立っている／虹の壁の後ろに隠れている」ような幸せな日々を過ごしていたのだと思いたかった。自分以外の誰かのロマンチックな恋愛を夢想するのは、私の癖だった。運命のいたずらで、『ブラウン・アイド・ガール』は、その数十年後に突如リバイバルされるようになり、エレベーターやスーパーマーケットのＢＧＭとして嫌というほど耳にするようになった。世界中のバンドがこの曲をカバーしているみたいだった。大統領時代のジョージ・Ｗ・ブッシュも、この曲をｉＰｏｄに入れていたくらいだ。

私の両親は決断を迫られていた。『コナ・コースト』の撮影はまだ終わっていなかったが、子供たちは新しい学年を迎えようとしていた。地元情報に詳しくなっていた父と母は、ハワイの公立学校、特に私が入学することになる高校は、あまり望ましい場所ではないとわかるようになっていた。私たちは、新学期が始まる前に本土に戻ることになった。

タイミングを見計らったかのように、またサーフボードを盗まれた。弓ノコで切断された組み合わせ錠が、ロッカー付近の砂の上に落ちていた。間違いなく、盗んだのは私たちがじきに本土に帰るのを知っている誰かだった。さすがにこのときは両親に助けを求めたが、時間はなく手がかりも見つからない。ドギーもシッピーも家にいなかった。結局、私は何よりも大切な荷物を一つ欠いたまま、本土に向かう便に乗った。

両親は、盗まれたボードとまったく同じ、黄色いティントのハーバー・チーターを新品で買うための金を貸してくれた。私は放課後になると、時給一ドルで隣家の庭の草むしりをした。ボードは、税込みで一三五ドルした。一一月には、金を返せるだろうと思った。

Part 2 潮の香り

カリフォルニア、1956～65年

今から数年前、私はカリフォルニア州ラグーナビーチのメインストリート、パシフィックコーストハイウェイをレンタカーで南に向かっていた。右側には、霧がかかり湿った人気のない海があり、深夜の潮の匂いが漂っていた。道の両脇には、その日の営業終了を告げる蛍光サインの看板を掲げた店舗が立ち並んでいた。疲れていたが、運転に集中はしていた。老朽化した一軒のモーテルの前を通り過ぎたとき、恐ろしい叫び声が聞こえた。それが何かはわかった。私の記憶から聞こえてくる声だ。近くで犯罪が起きているわけでも、誰かが悲しんでいるわけでもない。記憶の叫びの生々しさに、頭皮が疼《うず》いた。それは若い頃の父の声だった。このモーテルの屋内プールで私と遊んでいて、肩を脱臼したのだ。屋内プールを見るのも、父が泣き叫ぶのを見るのも、そのときが初めてだった。父は切り傷や擦り傷、痣《あざ》をつくっても、痛い素振りなど見せず、笑い飛ばすような男だった。だからそのときは、よほど恐ろしい何かが起きているのだろうと思った。父は為す術《すべ》もなく、苦しみに喘いでいた。母が救急車を呼んだ。そのとき、私たち家族がラグーナのモーテルで何をしていたのかは思い出せない。その北にある隣町のニューポートビーチには、友人家族が住んでいた。まだ下のきょうだいが生まれてくる前で、たぶん大きくても四歳だった私は、両親と自分だけのエデンの園にいた。

父はその後も数年ごとに肩を脱臼した。最後に起こったのは、爆弾《ボム》で海に浮いていたときだ。父はサーフィンはしないが、大波を近くで見ようとしてパドリングをしていたらしい。その後、波に飲まれてボードを失い、弾みで肩を脱臼した。一、二度海中に沈み、自力で浮かび上がれなくなっていたところを、ハワイ人のサーファーに救われた（大学を中退して放浪の旅に出ていた私は、その場にはいなかった）。医師は父の肩にメスを入れ、周辺の筋肉を強くした。もう脱臼はしなくなるが、腕は肩までしか上がらなくなる。数十年後、ラグーナを南に向かっていた私は、四歳になる自分の娘には、父親が喘ぎ苦しむ声を聞かせたくないと思った。

小さい頃は、海岸から遠く離れた場所に住んでいた。だから私は海の子ではない。ではなぜ、サーフィンが幼き私にとってすべての中心になったのか？　少し長くはなるが、サーフィンのギターが奏《かな》でる音色との出会いの話をしよう。

きっかけはベケット一家だった。ロサンゼルスの八〇キロ南、漁業とヨットで知られる古い町ニューポートビーチに住む友人家族だ。子供は六人。長男のビルは私と同い年だった。当時の家族写真には、ビーチで腹ばいになり、砂に興味津々の幼いビルと私がいる。母によれば、子育てに不慣れだった親たちは、子供たちに「遊べ！」と命令していたらしい。その後ろには、昔懐かしいデザインの水着姿の、信じられないほど若い親たちがくつろぎ、顔をのけぞらせて笑っている。今でも、ビルの母親のコークの、けたたましい笑い声をよく覚えている。コークと私の母は、独身時代にヨセミテ公園でアルバイトをしていて、一緒にあちこちに遊びに出かける仲だった。細かいことはあまり記憶していなかったが、オレゴン州セーレムでも一緒に秘書として働いていたらしい。

ビルの父親の〝ビッグ・ビル〟ことビル・ベケットは消防士だった。潮の穏やかな日には、小舟でオレンジ郡の海岸沖に出て、普段は裏庭に置いている数百個のロブスター用の罠を仕掛けた。リトル・ビルがまだ小さなうちから、妹が四人、最後に弟が一人、立て続けに誕生した。ベケット一家は、私たち家族よりもはるかに熱心なカトリック教徒だった。ニューポート湾の手前にある細長い砂地の半島、バルボア・ペニンシュラに、屋根板のあるソルトボックス様式の小さな二階建ての木造家屋を買った。この家のある三四番通りは三ブロックの長さがあり、海と湾を結んでいた。毎年夏になると、私たちは料金の安いベイサイド側に一週間ほどコテージを借りるようになった。

小さいうちからベケット家に泊めてもらうようになった私は、リトル・ビルと一緒にスメルトを手釣りし、バケツ一杯の蟹や貝を捕り、ビルの父親から借りた年代物のパドリングボードで迷路のような湾岸の水路を探検し、タンデムでオールを漕ぎ、リードー島を越え、その先にあるニューポート湾の前に広がる海に出た。小さな帆船を乗っ取り、道路橋の近くにある小さな無人島に辿り着くと、そこを自分たちの土地だと宣言し、上陸しようとしてきた他の子供たちを追い返した。午後遅く、逆風の海風に煽られて船のマストが橋の桁に引っかかり、身動きが取れなくなった。必死に方向転換をしようとする度に船は大きく揺れたが、かろうじて私有の桟橋に船を寄せて事なきを得た。

三四番通りに面した岸から、よくボディサーフィンもした。そこは私たちが拠点にしていた、完璧な場所だった。冷たく青い海、熱く白い砂、最高の南からのうねり——。

リトル・ビルの子供部屋はクローゼットくらいの広さしかなく、シングルベッドすらもまともに置けなかったが、私たちは頭と足を逆方向に向けてスペースを捻り出し、お互いの足を相手の顔にぶつけながら寝た。私たちは一緒にシャワーを浴び、ふざけながら同じ便器に向かって同時に小便をした。ビルは本物の海の子だった。日に焼けて色褪せた角刈りの髪、木の皮のような足の裏、夏になるとタールみたいに真っ黒になる背中。ビルはいつ、どこにいても潮の状態を知っていた。まるで、匂いを嗅ぐだけでそれがわかるみたいに。産卵のために身体をくねらせて浜に昇ってくる不思議な魚、トウゴロイワシがいつ姿を見せるかも知っていた——夜、満潮から一時間後、決まった月の、特定の月の満ち欠けのときで、懐中電灯があれば一時間で南京袋いっぱいに釣り上げることができた。フライにして食べると珍味だということらしい。ニューポートの埠頭を歩いているとき、ビルはよく漁師のカゴを覗き込んでは、いかにも漁師然とした威勢の良い言葉を投げかけていった。「いいコルビナだ」

ビルは父親と同じく、何事にも動じないことを誇りにしていた。斜に構えたところがあり、カリフォルニア流の矛盾した表現を使えば、攻撃的なまでに落ち着いていた。幼い頃から、どんなときでも肩の力を抜いていて、忙しくて他のことが手につかないという状態になることがなかった——せいぜい、片手だけで壁紙を貼ったり、悪さをするアライグマを追い払ったりするときに、いつもより少しだけ忙しそうな雰囲気を漂わせるだけだった。そのせいもあって、高圧的な態度をとることもあった。妹たちにあれこれと指図をして、その皮肉混じりの傲慢な物言いが反感を買うこともあった。なにせ妹は四人もいたし、それぞれ辛辣で、弁が立った。ただでさえ大所帯のベケット家には、近所の人たちが入れ替わり立ち替わり遊びに来ていて、集会所のような賑やかさだった。台所からはタコスを載せた皿が運ばれ、裏庭では獲れたての魚が網焼きされ、ロブスターは生きたまま鍋に放り込まれた。大人たちはワインやビールや蒸留酒を景気よく飲んだ。

コーク・ベケットが演奏するアコーディオンに合わせて、家族はよく合唱した。曲のレパートリーは幅広く、小さな子供たちでさえ、『リメンバー・ミー』、『シーズ・モア・トゥー・ビー・ピティド』、『センチメンタル・ジャーニー』、『プリーズ・ドント・セル・マイ・ダディ・ノー・モア・ワイン』などを歌えた。ベケット一族にはエンターテナーの血筋が流れていた。ある日の午後、近所に住んでいたコークの母親アーディーが遊びにきた。ただし私の祖母とは違い、普通の車には乗っていなかった。トラックで引いてきた馬用のトレーラーを少し離れた場所に駐車すると、ビーズをあしらった鹿革の衣装に羽のついた頭飾りという出で立ちで、馬に跨がって三四番通りを闊歩してきたのだ。驚いて家から出てきた近所の人たちに向かって、優雅に手を振りながら。ベケット家の子供たちは嬉しそうにしていたが、それはサーカスの見世物のような派手な登場のせいではなく、祖母に会えたからだった。同じ格好をした祖母の姿は、もう何度も見たことがあった。

ビッグ・ビルはロサンゼルスの商業地区で生まれた。第二次世界大戦後に、他の多くの若者たちと同じように、この都市の南にある海寄りの場所に移り住んだ。辛辣なユーモアの持ち主で、情熱的で、ゆっくり話し、ハンサムで、中型犬のバセットハウンドみたいな瞳と日焼けした肌をしていた。手先が器用で、一山の材木をボートに変えられた。サーフィンをし、ウクレレも弾いた。実は、コークとはハワイで結婚していた。二階の小さなリビングルームに置いていたコーヒーテーブルは、古いセコイヤのサーフボードを彫ってつくったものだ。雫の形をしていて、鉛みたいに重かった。リトル・ビルと私は、ビッグ・ビルの職場の消防署によく遊びにいった。隊長だったビルは、よく建物の裏でボートづくりに勤しんでいて、晴れた日には太陽の下でニスの上塗りをしていた。

リトル・ビルは家の雑用だけでなく、きちんと報酬をもらう仕事も請け負っていた。早朝の埠頭で、漁船で使う釣り針に餌をつけるのだ。厄介な仕事だった。ローラーに巻かれた六〇〇メートルもある釣り糸に六〇センチ間隔で固定されている錆びた針に、臭いのきついアンチョビをつけていく。釣り糸二〇〇メートルごとに二・五ドルという報酬だったが、リトル・ビルは仲間の手を借りて午前中のうちに仕事を終えていた。何度か手伝ったが、手にこびりついた魚の臭いが一日中とれなかった。ある夏、リトル・ビルは埠頭のヘンリーズという店で観光客相手に一人乗り用の筏を貸し出す仕事をした。出来のいい筏だったので、私は仲間と勝手に乗り回してビルを失業の危機にさらした。筏は重たく、端にも重たい黄色のゴムがついていたので、立ち上がって乗れるくらいだった。当時は発泡スチロール製のベリーボードが人気だったが、この筏の方が速くて操作も簡単だった。

サーフボードもよく見かけたが、ニューポートでは夏のあいだ、サーフィンは早朝のみに指定された場所でしかしてはいけない決まりになっていた。圧倒的に流行していたのは、ボディサーフィンだった。私たちは、サーフィンは大人がやるものだと思っていた。町を行くサーファーたちは、日焼けで色落ちした髪をし、年季の入ったステーションワゴンに乗り、ペンドルトンの格子縞のシャツを着て、ホワイトジーンズを穿き、古タイヤをソールにしたメキシコ製のサンダル〝ハラチ〟を履いていた。週末の夜には、半島にあるライブハウス「ランデブー・ボールルーム」でディック・デイル&デル・トーンズが奏でる魅惑的でゾクゾクするような音楽を聴きながら、どんちゃん騒ぎをしているらしかった。

リトル・ビルはヘンリーズでの仕事を失った。私たちが勝手に筏を使ったからではない。ある午後、ビルはビーチに寝そべる観光客の子供が筏を返すのを待っていた。他の筏はすべて回収していて、早く店じまいがしたかった。私たちもビルの仕事が終わるのを待っていた。色白で太ったその観光客の子供は、眠っているようだった。痺れを切らした仲間が、落ちていた小枝でパチンコをつくった。ビルは小石を乗せて、寝ているその太った子供の裸の脇腹に向けて一撃を食らわせた。子供がこれでもかというくらい激しく泣きわめいたので、私たちはその場から逃げた。その子の母親は警察を呼んだ。私たちは遠くに隠れ、警察の車の後部座席に乗せられたビルの頭が遠ざかっていくのを見ていた。ビルはヘンリーズをクビになり、仲間から囚人《ジェイルバード》という意味の〝JB〟という渾名をつけられた。実際には町の名士として知られる消防署の隊長の息子であるビルは、独房に入れられはしなかったのではあるが。

ビルの周りにいるのはカトリック信者の家の子ばかりで、みなカトリックスクールに通っていた。年長の少年たちは侍者を任されるようになっていて、日曜日のミサに自転車で颯爽と現れ、我が物顔で教会の敷地を練り歩いていた。同じ日曜日に両親と一緒にセント・メル教会のミサに大人しく通っていた自分が恥ずかしかった。ミサの最中、ニューポートの少年たちに引っ張られ、教会の奥にあるバルコニーに忍び込んだ。大ミサのときに聖歌隊が合唱をする場所だ。私たちはそこからミサの様子を見下ろした。バルコニーにこっそりと移動するには、祭壇から信者席を振り返る司祭に見つからないように気をつけなければならない。だが悪ガキたちが祭壇で侍者をしている仲間をからかって笑わせようとするものだから、司祭がいつこちらを振り返るかとドキドキした。興奮してバルコニーの上にいたら、マイケルという赤毛の子供に、静かにしろと怒られた。じっと息を殺しているべきなのに、私は司祭が「主は皆さんと共に」と唱えたときに、いつものくせで「またあなたの霊と共に」と唱えていたらしい。しばらくして退屈した何人かの少年が、バルコニーの下にいる信者に向かって唾を吐き始めた。これにはさすがに呆れた。ミサの後の海辺でのふざけた会話から察するに、彼らは地獄の存在を信じていないようだった。だが、私は信じていた。だからその日のミサで度を過ぎた悪ふざけをしたことで、神の罰が当たるのではないかと怯えていた。カトリックスクールは少年たちを、恐れを知らない背教者に変えてしまうらしい。一方の私は、修道女の言いなりになっている、小心者の公立学校の生徒のままだった。

ニューポートも好きだったが、もっとお気に入りだったのはサン・オノフレだ。ペニンシュラから南に約六〇キロのところにある、海軍の基地に囲まれた人間の手があまり入っていない小さな海岸だ。ベケット一家はフォルクスワーゲンの小型のバスに子供たちと山ほどの道具を積み、週末になるとここに向かった。サン・オノフレはカリフォルニアで古くからサーフィンが行われていた場所の一つで、ここでキャンプをし、サーフィンや釣り、アワビ狩りなどを楽しんでいた人々が軍に交渉して、基地の建設後もビーチに入れるようになったらしい。海辺に続く泥道は軍のゲートで塞がれていたが、サン・オノフレ・サーフィン・クラブのメンバーは通してもらえた。ビッグ・ビルはクラブの創設メンバーだった。ビーチにはこれといった特徴はなく、浜は狭く、ヤシの木もなく、波打ち際を越えると岩が多かったが、キャンプを楽しむ家族たちのささやかな喜びに満ちていた。家族たちは、浜辺のキャンプを楽しむことの博士号を持っているようだった。サーフボード、釣り竿、シュノーケルギア、古いシーカヤック、ゴムボートが海に向けられて置かれ、砂浜に停めたパネルバンの屋根にとりつけた色褪せたオーニングと流木を組み合わせた藁葺小屋《ティキ・ハット》で、強い陽射しを避けるための日陰がつくられていた。日中はブリッジ大会やバレーボールをして遊び、日没後は焚き火を囲んでフォークソングを歌った。飲むのは決まってマティーニだった。

もちろん波もあった。六〇年代当時、サン・オノフレの波は最新のサーフィンにとっては時代遅れになっていた。波足が遅く、トロかったからだ。ただし大きくて重く、フィンのないボードで、ほとんどターンをせずに岸に向かってまっすぐに乗ることが好ましい技術だった初期の近代サーフィンにとっては（実際には、それ以外の方法では乗りようがなかったのだが）、この波はカリフォルニア屈指の好条件だった。長く滑らかなライディングができ、ロックリーフの多さもアクセントになる。第二次世界大戦後に近代的なデザインのボードを使い始めたサーファーには、サン・オノフレで腕を磨いた者が少なくない。ホテルや観光客の賑わいがないことを除けば、そこは西海岸のワイキキだった。時代からは取り残されていたとはいえ、初心者がサーフィンを学ぶには絶好の場所だった。

一〇歳の夏の日、借り物の緑色のボードに乗って、生まれて初めて波の上に立った。誰かに手ほどきをしてもらった記憶は無い。周りに人はいたが、サン・オノフレは広く閑散とした場所だ。ボードに腹ばいになり、頭を下げ、穏やかに迫ってくる銀色の波を乗り越えながら、沖に向かった。他のサーファーを観察し、見よう見まねでボードを岸に向けた。沖で味わう波は、それまでボディサーフィンで何年も体験していた、浜に近い場所でザバンと崩れるビーチブレイクとはまるっきり違う性質のものだった。だが風も軽く、うねりには近づきやすかった。広くて崩れやすい均等に切り立ったウォールに狙いを定め、夢中で水を掻いた。後ろからきた波で持ち上げられたボードが加速していく。筏やボディサーフィンで体験していたビーチブレイクの波のような激しさや暴力性は感じなかったが、それまで味わったことのない、波の前の水面を横切っていくスピード感があった。重たい力で勢いよく運ばれていくような、新しい感覚だ。ふらつきながらボードの上に立ち、横に目をやると、勢いを落とさずについてくる波が見えた。前方には、自分がとるべき進路が遥か彼方に見えた。見下ろすと、岩の多い海底が目に飛び込んできてぞっとした。水はわずかに青緑がかった透明で、浅かったが、安全に波に乗れるだけの深さはあった。サーフィン初体験のこの日、何度も何度も波に乗った。

だが、私の家は内陸地にあった。悔しくてたまらなかったが、どうしようもなかった。私たちが住んでいたのは、ロサンゼルスカウンティの北西部にあるウッドランドヒルズという町だ。サンタモニカ山脈の麓にある郊外地サンフェルナンド・バレーの西端にある、山肌が見渡せる乾いた丘陵地だった。年中つるんでいた友達は、誰も海のことを何も知らなかった。みなペンシルバニアやオクラホマ、ユタといった内陸部から西へ移り住んできた家の子供で、父親は会社勤めをしていた。例外はリッキー・タウンゼントだった。リッキーの父親チャックは、北西の町サンタポーラに向かう丘の途中にある石油掘削所を経営していて、リッキーと私はよく連れていってもらった。掘削機は昼夜を問わず大きな音を立てて忙しく動き、ヘルメットと汚れた作業服、大きな作業用手袋を身につけたチャックは絶えず何かを修理していた。私はチャックの狙いは油田を掘り当てることだと思った。地中から黒い黄金が吹き出してくる瞬間を待ち望んでいるのだ、と。リッキーと私は手持ち無沙汰だった。掘削所にある塔の上には合板でつくられた小さな詰め所があり、チャックはそこに出入りさせてくれた。私たちは床に寝転び、トランジスタラジオから流れてくるロサンゼルス・ドジャースの野球中継を夜になるまで聞いた。名アナウンサー、ビン・スカリーの実況が、当時全盛期だった神の左腕を持つ男サンディー・コーファックスや〝ビッグ・D〟こと長身の右腕ドン・ドライスデールの活躍ぶりを伝えていた。ふたりが次々と相手バッターを三振させるのを、私たちは当然だと思いながら聞いていた。

私たちは丘に囲まれた盆地に住んでいた。近所にはこの地形がもたらす排他的な雰囲気があり、それは私が通う小学校にも色濃く反映されていた。余所者《よそもの》を嫌う石頭が支配する、小さな町だった。極右政党のジョン・バーチ・ソサエティの影響力が強く、私の両親や、その自由主義者やコスモポリタンの友人は、サム・ヨーティー（ロサンゼルスの市長だが、ネブラスカ州出身で、嫌らしく笑う無知な赤狩りの先導者だった）が市長を務める都市で、リベラル派のアドレー・スティーブンソンを応援していた少数派だった。両親はI・F・ストーンズ・ウィークリーを購読し、公民権運動も熱心に支持していた。不動産業者の人種差別を認める地元の条例が投票で決められることになったときも、自宅の庭の芝生に反対を表明する看板を立てた。だが、法案は通過し、有色人種が住めないウッドランドヒルズの小学校の生徒は、一〇〇パーセント白人のままだった。

丘が最高なのは、そこが丘であることだ。そこにはガラガラヘビや浮浪者、コヨーテがたくさんいた。少年たちは未舗装の長いマルホランドドライブを抜けて古い射撃場や馬牧場を目指した。渓谷のあちこちに木や岩で秘密の砦をつくり、他の地域の子供たちと闘った。丘は、巨大な滑り台だった。私たちは自転車や段ボール、ゴム製タイヤ付きの市販の橇《そり》〝フレキシブルフライヤー〟、登場まもなかったスケートボードで、丘を滑り降りた。舗装路でさえ、不条理なまでに急だった。なかでもイーバラロードの勾配は凄まじく、知らずにこの坂に出くわして怯《ひる》み、迂回路を探す車もいたくらいだった。

この小さく閉ざされた世界に突然、大胆で頭の切れる少年が現れた。その名はスティーブ・ペインター。私がペインターに気づいたのは、クラスメートを殴っているときだった。私はよくクラスメートを家に招き、ボクシングのグローブを嵌めさせて、何ラウンドかスパーリングをしていた。闘っていたのは歩道を挟んで車道のすぐ隣にある芝生だった。そこが私のボクシングのリングだった。今なら、子供がそんな危険な場所で、しかもボクシングという野蛮な遊びをしていたら、大人が黙ってはいないだろう。だが当時は誰からも何も言われなかった。男の子はボクシングをするものだという空気があった。ペインターは私がクラスメートをノックアウトしたのを見ると、おもむろに挑戦者に名乗り出た。自分より小柄なペインターを見て、私は自信たっぷりに受けて立ったが、打ちのめされてしまった。後で知ったが、ペインターは私より三つも年上だった。

ペインターはバージニア州出身で、私の母を「マーム」、大人の男性を「サー」と呼んだ。太い癖毛の黒髪とオリーブ色の肌をしていて、片目の下に濃い紫色の傷跡があった。ホッケーのパックが当たってできたものらしいが、私にはそれが南北戦争で負ったもののように思えてならなかった。まだ七年生なのに、ペインターには親分肌の気質があり、もう陰毛も生えていた。足指の水かきの部分が大きいところにも、なぜか私は感銘を受けた。ペインターは、私が知らないことや下品な言葉をたくさん知っていた。身体が強靱なだけでなく、痛みにも凄まじく強く、すぐに子供たちのあいだで流行っていたタックルフットボールなどの各種の遊びで頭抜けた存在になると、それまで近所のガキ大将だった、ピッツバーグから来た無愛想で血色の悪いグレッグという名の子供からその座を奪い取った。

ペインターはときに私に試練を与えたりもしたが、一緒にいるのを好んだ。仲間内で一番年下だった私を、ここぞというときにはいつも守ってくれた。ペインターは、ターザーナ・アイスリンクを拠点とするホッケーチームに入っていた。ターザーナ（映画『ターザン』に出演していた俳優が住んでいたことにちなんで名づけられた）は、東隣にある郊外の町だった。ペインターは私に、このホッケーチームのトライアウトを受けてくれと言った。ホッケーはロサンゼルスでは人気がなく、広域にまたがるリーグのチームのメンバーには、カナダやウィスコンシン、スカンジナビアなどのスケートが盛んな地域から引っ越してきた子供が多かった。ペインターは私を鍛えようとして、自宅のガレージでパックを打ち込んできた。ドジャースのピッチャーにはなれないまでも、アメリカンフットボールのロサンゼルス・ラムズのレシーバーくらいにはなれるだろうという夢をまだ心に描いていた私は、ホッケー選手になる自分の姿を想像できなかった。結局、氷上でのプレーは一シーズンしか持たなかった。

だがおかげでその冬、父のスケート姿を見ることができた。父はよく、リンクで早い時間帯に行われていた私たちの土曜の練習を見学しにきた。その後でリンクは一般のスケーター向けに開放されるのだが、父は一、二度、そのまま居残ってスケートをした。家のガレージには、父の錆びたスケート靴が長いあいだ放置されていた。『銀のスケート』でハンス・ブリカーが履いていたような、ブレードがやたらと長い、昔懐かしいスピードスケート用の靴だ。もちろん、ターザーナのアイスリンクでそんな靴を履いているスケーターはいなかった。ブレードの錆を磨き落としたその靴を持参した父は、ホッケーの練習が終わった後のリンクで、私と一緒に氷上を滑り始めた。腰を折って前屈みになり、両手を後ろ手に組んで、にっこりと微笑みながら軽々と前に身体を運んでいった。次第にペースを上げると、たった数回のストロークで端から端まで移動するので、リンクが小さく見えるほどだった。一般利用時には、場内放送で流される曲に応じて、誰が優先的に滑れるかが決められていた。たとえば、元気いっぱいのドゥーワップの曲が流れているときは「カップル・オンリー」、『ビッグ・ガールズ・ドント・クライ』が流れているときは「ガールズ・オンリー」。「メン・アンド・ボーイズ、ファースト」のときは、なぜかはわからないが、私が大好きだったディオンの『浮気なスー』だった。私はこの曲が場内に鳴り響いている三分間、全力で滑って、と父を促した。父は大きく腕を振り、クロスステップでターンを決めた。

こんなに速くスケートを滑る人は見たことがなかった。家に帰る途中、私は父にミシガン州の子供時代にスケートの試合で勝った話をしてほしいとせがみ、何度も繰り返し聞かせてもらった。そして、もし第二次世界大戦のために中止されていなければ、きっと父はオリンピックに出ていたはずだと信じるようになった――スケーターでなかったとしても、陸上の中距離選手、あるいはスキージャンパーとして。

ペインターは、私をサーフィンにも導いてくれた。ただし、ペインターのサーフィンへの関心は、ベケット家（さらにいえば、カウルククイ兄弟）のような、海を愛する人々の昔ながらのそれとは無関係だった。ペインターは数年前にアメリカを席巻した、フレデリック・コーナーの小説に出てくる登場人物〝ギジェット〟を主人公にした映画やそのスピンオフ作品、サーフミュージック、サーフファッションなどに影響されていた。アメリカの東西の海岸に住む子供たちはこぞってボードを買い、サーフィンを始めていた。雑誌、なかでも『サーファー』誌は、花盛りのサーフィンサブカルチャー情報を伝える貴重な情報源だった。ペインターや他の中学生は雑誌を熟読し、そこで得た新しい言葉を威厳たっぷりに使った。サーフィンでは最高にイカすものが〝ビッチン〟や〝ボス〟といった隠語で表現されていて、ダサい奴は〝クーク《kook》〟（無能なサーファーを軽蔑する言葉で、ハワイ語で大便を意味する〝ｋｕｋ〟に由来する）と呼ばれていた。

今にして思えば、確かにベケットの家には『サーファー』誌は置いていなかった。ベケット家の人々はこの雑誌に興味は持っただろう（実際、サン・オノフレの彼らの友人はそうなり始めていた）が、これを一部買うために七五セントを払うくらいなら、もっと他に使い道があると考えたに違いない。

内陸部に住む子供たちにとって、サーフィンへの道のりはスケートボードとつながっていた。ウッドランドヒルズではまさにそうだった。私たちはみんなスケートボードを持っていて、町のあちこちにある急な坂道をスケートパーク代わりにして滑っていた。重視されていたのはスピードやカービング、キックターン、テイルスピンで、ジャンプではなかった。逆立ち《ハンドスタンド》も〝ビッチン〟なテクニックだった（握り拳《こぶし》での逆立ちは難しかった）。あるとき私たちは、学校の校庭の坂側にある長い鉢状のアスファルトの傾斜面を、海の波に見立てられると気づいた。ハンドボール場の裏にある高い位置から滑れば、大きく、速く、短いライトの波に、逆方向から滑れば、長くて急な完璧な三〇メートルのレフトの波になる。週末の学校でのスケートは面白すぎて、いけないことをしているという背徳感があった（実際、フェンスをよじ登って侵入していたので、悪いことをしていたのではあるが）。特に、〝アラモアナ〟と呼んでいたレフトのバンクを滑ることの喜びは、サン・オノフレの波の上に立つスリルに匹敵するほどだった。

ウッドランドヒルズから海岸へ行くのは簡単ではなかった。何しろ、三〇キロ近くも離れていた。年上のペインターたちはヒッチハイクができる年齢になっていたが、私はそうではなかった。幸い、ビーチ好きの母が車を手に入れ、子供たちをウィルロジャースビーチ州立公園に連れていってくれるようになった。私が七、八歳だった頃だ。車は旧式のスカイブルーのシェビーで、トパンガキャニオンを通り抜けて海を目指した。峡谷の手前で海霧に行く手を阻まれたときは、方向転換してパシフィックコーストハイウェイを南に下った。母はよく「ねえ、海の匂いよ。いい香りだと思わない？」と言ったが、私は気のない返事しかできなかった。海の匂いは好きではなかった。道の海側に立ち並ぶ陸屋根の家々の軒下から発散する魚臭さが海岸に充満しているように感じられ、鼻が曲がりそうだった。

だが、海そのものは別の話だった。ウィルロジャースビーチ州立公園の海で、私はよく沖に向かった。泡立つ波の下に潜り、両手で水をかき分けながら、大きな茶色い波の壁が切り立っては崩れる砂州を目指した。リズミカルに押し寄せる猛烈な波の力は、体感し尽くすことなどできない。波は腹を空かせた巨人が獲物をつかむように身体を引きずり込もうとする。引き寄せた水を恐ろしいほどの高さに持ち上げ、前方に向かって勢いよく放り投げる。水の中で味わう振動の激しさは、私の心身を満たした。波には、どんな本にも、映画にも、ディズニーランドのアトラクションにもないものがあった。そこは、人間の手でつくられたものではない危険に満ちていた。それは本物《リアル》の何かだった。危険を回避する術も学べた。ボトムでどれくらい待てばいいのか、どんなふうにブレイクが起こる場所の外側《アウトサイド》まで泳げばいいのか――。ボディサーフィンのような身のこなしも、自然にできるようになっていた。ベケット家の人たちの動きを真似て、きちんとボディサーフィンのテクニックを学んだのはニューポートのビーチだ。だが、私が最初に波に親しんだのは、このウィルロジャースの海だった。

ただし、そこはサーフィンスポットではなかったし、母が連れていってくれる先でサーフィンができるケースもめったになかった。そんな頃、父がウッドランドヒルズから六〇キロほど北にある古い油田の町、ベンチュラに興味を持った。ベンチュラの浜辺から数ブロックのところにある古い賃貸用の二戸建式住宅《デュプレックス》が、たったの一万一〇〇〇ドルで手に入ると知ったのだ。父は、この家を投資目的で購入した。その結果、私はしばらくのあいだ、週末の大半の時間を、寒い海風のなか、アヤラストリートにあるそのデュプレックスの庭の草むしりやガーデニングに費やすことになった。父はこの家に手を加えた後、さらなる投資として、家の付近にカーポートと流行の生木の外観を備えた同じようなデュプレックスを新築した。寒く、風が強く、都市部から離れているベンチュラにはビーチタウンとしての魅力はなかったが、父はこの土地の将来性に期待していた。ハイウェイやマリーナが建築され、多くの人が移り住むはずだと考えていたのだ。友人にもこの投資話を持ちかけ、追加でデュプレックスを建てようと目論んでいたくらいだ。一方、ベンチュラがいい波に恵まれていることに気づき始めていた私は、それをベンチュラ埠頭の名物のチリバーガーより楽しみにするようになっていた。

一一歳の誕生日、父がサンタモニカのオリンピック大通りにあるサーフボード店、デイブ・スイートに連れていってくれた。私は中古ボードのラックから、日に焼けた青緑色の九・〇フィートの一枚を選んだ。パネルレールと八種類以上の木材が使われていて、格好よかった。値段は七〇ドル。身長一メートル五〇センチ、体重三六キロだった私は、ボードに手を回せず、頭上に乗せて表に出た。人の視線を感じ、ボードを落としてしまわないかと不安だったが、天にも昇るような幸せな気分だった。

それはサーフィンを習うのに適した冬ではなかった。ラジオから流れてくるビーチボーイズの『サーフィン・U.S.A.』は、「レッツゴー・サーフィン・ナウ、エブリバディ・イズ・ラーニング・ナウ」と呼びかけていた。だが内陸地のウッドランドヒルズ小学校では、サーフボードを持っているのは私だけだった。私たち家族はベンチュラの別荘で週末を過ごすことが多くなっていたので、海に入る機会も増えていた。ただしベンチュラのサーフスポット、カリフォルニアストリートは岩が多く、海水も身を切るように冷たかった。ウェットスーツも買ってもらっていたが、裾も袖も短く、ネオプレンの合成ゴムの技術も未熟だった。その小さなウェットスーツは、一日のうちで一番冷たい午後の風の寒さをわずかに和らげてくれるだけだった。父は、私がサーフィンに挫折しそうになった日の出来事を話すのが好きだった。その日、父は暖かい車のなかから、冷たい海で悪戦苦闘する私を見ていた。ふわふわのフィッシャーマンズセーターを着て、パイプの煙をくゆらせていたはずだ。私は陸に上がった。足と膝から血を流しながら、波打ち際の丸石を横切り、浜でボードを地面に落とした。私は屈辱と疲労にまみれていた。父から、海に戻ってあと三回波に乗ってこいと言われ、それを拒否した。だが、父はボードのデッキに膝を乗せた状態でもいいから、と譲らなかった。抑えようのない怒りを感じながら、結局再び海に出て、三回波に乗った。父曰《いわ》くそれが、私が真のサーファーになった瞬間なのだという。あのとき海に戻らなかったら、私はサーフィンをやめていた、と父は確信していた。

七年生になった私はようやく、丘に閉ざされた地域の、狭苦しく顔見知りばかりの小学校を抜け出し、知らない地域の子供が大勢いる谷の麓のマンモス中学校に入り、サーフィンという共通の趣味を持つ友達をつくり始めた。最初に仲良くなったのはリッチ・ウッドだ。背が低く、よそよそしく、小太りで、皮肉屋で、私より一つ年上だった。その堅実で優雅なサーフィンスタイルは、長く、滑らかで、穏やかにブレイクするカリフォルニアストリートの波質にぴったりだった。リッチは、ベンチュラで同じ屋根の下で過ごすことが多かった私の家族にすんなりと打ち解けた。普段の人見知りで言葉数の少ないリッチを知る私にとっては驚きだった。だがリッチの家族に会ったとき、その理由がわかった気がした。両親はリッチと同じく小柄で、ゴルフ焼けのかさついた肌をしていて、めったに家にいなかった。リッチには年の離れた兄がいた。どうやら両親は子育てをなかば放棄し、フロリダに生活の拠点を移したようだった。その原因は、リッチの兄、クレイグなのかもしれなかった。クレイグは性格がきつく、逞しい体つきをしていて、改造車を乗り回す、自信過剰で騒々しい人間だった。サーファーを自称していたが、海では一度もその姿を見かけなかった。クレイグは〝パコ〟という渾名をつけた自分のアソコと女の子との冒険物語をいつも話していた。「パコがずっと暴れてるんだ、この悪い子！」

リッチが女の子とつき合うようになると、クレイグは弟がどこまで彼女と親しくなったかを調べるために、デートから帰宅した指の匂いを嗅いだ。リッチとクレイグほど正反対の兄弟もいなかった。

リッチと私は一緒にカリフォルニアストリートでサーフィンを学んでいった。リッチはサーフィンの技を身につけた経緯については奇妙なまでに口を濁した。空中で一八〇度向きを変える〝チョップホップ〟というテクニックをどこかで習得したのは明らかだったが、尋ねても漠然とした答えしか返ってこない。「セコズ、カウンティライン、マリブ――。わかるだろ？」。そう言われても、私には何もわからなかった。雑誌を読んだりペインターから話を聞かされたりして得る以外の情報を、何も知らなかったからだ。ともかく、私たちはカリフォルニアストリートでサーフィンを熱心に研究した。ラインナップ、常連《ローカル》、潮の満ち引き、暗く海藻の多い海中に隠れている岩、独特の長く厄介な波質。誰からも話しかけられなかった。間欠的にしかブレイクが起こらず、地元のサーファーから見逃されていた自分たちの能力に合うテイクオフのスポットを見つけていたので、誰にも邪魔されずに波に乗れた。その一方で、地元のトップサーファーのライディングはマニアックなほどに細かく観察した。波乗りを終え、家族が週末にビーチハウスとして使い始めていた二戸建式住宅《デュプレックス》に戻ると、寝室で夜遅くまで話し込んだ。何人かの地元サーファーの名前も覚えていた。マイク・アランバイド、ボビー・チャールソン、テリー・

ジョーンズ――。アランバイドはどうやってミドル・セクションでずっとサイドスリップを続けてるんだろう？　カールソンがドロップでクイックステップから決めた最初のクレイジーなターンは何だ？　本当にスタンスをスイッチしてたのか？　リッチと私はまだ、素直なテイクオフ、大きなターン、タイトなトリミング、デッキのノーズを歩くことなど、サーフィンの基礎を学んでいる段階だった。それでも、大人のサーファーを見本にしなければならなかった。カリフォルニアストリートには子供のサーファーはほとんどいなかったし、私たちより下手だったからだ。

だが私は他でもない、リッチのサーフィンを見るのも好きだった。非の打ち所がないほどのバランスの良さ、表現力のある腕、洗練されたフットワーク。乗っていたのは真っ白なピグメントの大きなボードで、波が四フィートを超えるといつものような自信は薄れ、積極性もなくなったものの、小さい波は完璧に乗りこなしていた。リッチと一緒にサーフィンをしていることが誇らしかった。ベンチュラのような小さな町では、私たちはいつも余所者だった。だが時間の経過とともに、波の上でこっちを見てぶっきらぼうに頷いてくれる常連も出てきた。私たちの存在を認めてくれるようになった印だった。

両親は、夜明けに私たちを海まで車で運んでくれた。早朝は霧がかかることが多く、波はいつも滑らか《グラッシー》だった。迎えにくるのは午後遅くだった。Cストリート（私たちはカリフォルニアストリートがそう呼ばれていることを、しばらくしてから知った）にはビーチがなかった。丸石と、絶壁と、巨大な石油貯蔵タンクと、土埃だらけの野原と、遠くに見える寂れた遊園地だけだった。さらに遠くにある木立は、浮浪者《ホーボー》がいる森《ジャングル》だった。浜辺の石の間に隠していたタオルやランチをとられてしまうかもしれないので、サーフィンの最中は、その方角から岸に降りてくる浮浪者たちに気をつけなければならなかった。昼時になると、沖から岸に向かうオンショアの海風が吹くので、波が崩れやすくなってしまう。だから親が迎えにくるまでの長い時間、崖の下で流木を燃やして暖をとって過ごした。一度、風が一段と冷たく、湿っていた日に、古いタイヤを山積みにして火をつけたことがある。物凄い炎が立ち、十分すぎるほど暖かくはなったが、悪臭の漂う黒煙が町に向かってしまい、警察の車がやってくる騒ぎになった。私たちはボードを持ってその場から逃げ（それは簡単ではなかった）、遊園地に隠れた。こんなふうにして一日を過ごしたあと、私とリッチはいつもウェットスーツのままデュプレックスに戻ると、屋外の熱いシャワーを三〇秒間ずつ交替で浴びた。寒い中を待っている方が声に出して秒数を数え、時間がくるともう一人をシャワーからどかした。熱い湯がなくなるまで、その場から動かなかった。

海岸のごく小さな範囲を細かく観察すること、渦や角度、岩の一つひとつ、潮と風とうねりのあらゆる組み合わせを、季節の移り変わりに合わせて長期的に研究することは、地元の波に乗るサーファーにとって不可欠の仕事だ。それを真に理解するには、極めて長い年月がかかる。複雑なブレイクが起こるスポットでは、それは決して終わることのない一生ものの仕事になる。一般人にとって、何気なく目を向けた海で波に乗るサーファーがそんなことを考えているとは思いもつかないかもしれない。だがサーファーは常に忙しく頭を働かせて、目の前の問題を解決しようとしている。この波はどんな動きをする？　次の波は？　そう、サーファーにとって波は、乗る前に読み切らなければならないものなのだ。少なくとも、確かな知識と経験に基づいた解読作業をスタートさせていなければならない。

水のなかで起こることは、言葉では表現し尽くせない——そこでは言葉は役に立たない。波を判断することは極めて重要だ。あるサーファーが、波の谷間に浮いて波待ちをしているとする。接近してくるうねりの先は見えず、そのうねりはキャッチできる波にはならない。そこで、パドルで沖に向かう。なぜそう判断したのか？　それを説明するために、その瞬間の時間を止めてみよう。そのサーファーの計算では、五分五分の確率で今いる場所から少し離れたところに一〇メートル程度のテイクオフスポットがある。この計算は、次のものに基づいている。直前のうねりの頂点にいるときにかすかに見えた、アウトサイドから迫ってくるうねり。この一時間半に見てきた、一〇〇個以上のブレイク。このスポットで積み重ねてきた三、四〇〇〇回のセッションで培った経験（そのうち一五日～二〇日は、今日と同じようなうねりのサイズと方向、風速、風向、潮汐、季節、サンドバーの形状だった）。海底を流れる水の想定される動き。表面の水の質感と色。これらの要素の背後で、言葉にはできないほど精妙かつ瞬時の感覚が無数に飛び交っている――それは、古代ポリネシアの人々が外洋を航海するときに頼りにしていたものと似ている。古代人は転覆を防ぐための舷外浮材《アウトリガー》のついたカヌーに低い姿勢で乗り、自分たちが偉大な海のどこにいるのかを頭ではなく睾丸で判断したという。

　もちろん、その時間を止めることはできない。直感に従って沖に向かって激しくパドリングを始めるか、それともその直感が間違っていることに賭けてそのまま流れに身を委ねて目の前の波を見送るかは、瞬時に判断しなければならない。しかも、その判断の決定的な要素は、海に関するものだけではない。そのときの気分や、腕の筋肉の状態、他のサーファーの位置なども関わってくる。周りのサーファーは重要なカギを握っている。その挙動は、どんな波が接近しているかを知る手がかりになる。近くをパドリングしていた誰かが、うねりの向こうに消える――その最後の瞬間、そのサーファーがうねりの向こうで目にしたものは何か？　そのサーファーをよく知っていれば、さらに有益な情報が得られる。たとえば、大きな波を目にしたら過敏に反応するタイプなのか、それともそのスポットを知り尽くしたサーファーなのか。波を見て状況を把握したら、沖側や岸側からラインナップの方に一瞬だけ目をやり、そこで自分よりもよく周りが見えているサーファーの反応を見て、それを自分の次の動作の判断材料にすることもできる。ときには他のサーファーから、向かうべき方角を直接的に指示されることもある——相手の進路を妨害しそうになっていて、怒鳴られるときだ。ただし基本的に、他のサーファーは邪魔で、面倒で、波を奪い合っているうちに判断を歪ませられる存在だ。

カリフォルニアストリートでは、リッチと私は若き見習いにすぎなかった。それでも、真剣にサーフィンに打ち込む姿は経験豊富な地元のサーファーの目に留まり、次第に波を譲ってもらえるようにもなった。リッチとは、波の特徴や気になるサーファーの動きを書いたノートを共有し、互いに学び、密かに競い合っていた。それは私にとって、サーフィンをするうえでなくてはならないものだった。サーフィンは容易には足を踏み入れられない秘密の花園だ。あるスポットを学び、そこの波を理解しようとしていたときの記憶を辿れば、側《そば》で自分と同じ高みを目指していた仲間の姿が必ず思い浮かんでくる。

私は中古のデイブ・スイートの手入れに全身全霊を注いでいた。ボードの凹みやひび割れは、海水を吸ってしまう前に全部自分で修理した。カリフォルニアストリートは、特に満潮時にはボードには優しくない場所だった。凹みを直すための基本的な材料は、ポリエステルの樹脂と触媒、ガラス繊維布、ポリウレタンフォームといったところだったが、自宅のガレージの作業台には次々と他の工具や材料が増えていった。のこぎり、やすり、ブラシ、電動研磨機、ウェットからドライまであらゆる種類のサンドペーパー、マスキングテープ、アセトン。ホットコートやグロスコートもやったし、一夜漬けの間に合わせの仕事も、痕跡がわからないくらい念入りなパッチ作業もやった。愛するスイートのボトム面に精巧にはめ込まれたフィンは、しょっちゅう岩にぶつかった。フィンを保護するために、寒いガレージのなかで、糸状のガラス繊維をフィンの外縁に三センチ幅でビーズのように敷き詰めた。サーファーは誰もがそんなふうに骨の折れる手間仕事をしてボードを手入れし、同じことを二度と繰り返したくないと願っている。サーファーが海に流れたボードを取り戻そうと、足を怪我することなどまったく気にせず岩場を全力疾走し、海水浴客から頭がいかれているという悪評を立てられるのは、そのせいなのだ。

だがとうとう、古臭いスイートを手放し、高性能なボードを手に入れる時がきた。きっかけは、ペインターが横槍を入れてきたことだった。最新のボードを使わなきゃダメだぜ、ラリー・フェルカーのにしろよ、とペインターは言った。一緒にサーフィンをしたことは一度もなかったが、ペインターからは相変わらず、トパンガで一〇フィートのブレイクを切り裂いたという自慢話を聞かされていた。トパンガはマリブの南にある、規則的なブレイクが起こる〝ポイントブレイク〟だったが、私はそこで波に乗ったことはなかった。その辺りの海岸は、サーフィンが禁止されていたからだ。だがなぜか、本人が言うには、スティーブとその仲間たちはトパンガの一流サーファーの仲間入りをしていて、その波は常に巨大で最高だということらしかった。ペインターとのいびつな友情には、ある夏の夜に終止符が打たれていた。友達の家の庭の芝生で寝ていたとき、趣味の悪い方法で仲間を喜ばせようとしたペインターに、開いた口めがけて放尿されたのだ。さすがに、それは度の過ぎたいじめだった。以来、ペインターとはつるまなくなっていた。

とはいえ、ことサーフィンに関しては、まだペインターが口にするもっともらしい話に耳を傾けてはいた。その忠告通り、ウッドランドヒルズ唯一のサーフショップであるラリー・フェルカーの店に行った。フェルカーは名の知られたシェイパーではなかったが、美しいボードをつくっていた。白いガラスフィンと木製のテールブロックがついた、スレートブルーの九・三フィートのボードを注文した。両親が、少し先の一三歳の誕生日プレゼントとしてボード代の半額を払ってくれることになった。私はボードが手元に届くまでの数カ月の間、芝刈りや草むしりの仕事に精を出した。


ところで、リッチ・ウッドは？　その友情は、ドアが開かれると同時に始まり、閉じられると同時に終わった。今振り返ると、そのことに当時なぜ平然としていられたのか、不思議に思える。あるとき、同じ学区に新しい中学校が建設された。地区割の関係上、私だけがその学校に通うことになった。ただそれだけの理由で、リッチとは会わなくなった。相変わらず週末には家族でベンチュラの別荘に行っていて、何度かベケット一家も南から遊びに来てくれた。二ベッドルームの小さな家で、一四人が折り重なるようにして寝た。

私の新しいサーフィンパートナーは、ドメニク・マストリッポリートだった。その仰々しい名前に相応しく腕っ節が強く、新しい学校の私たちのクラスでも、〝一番喧嘩が強いのはドメニクだ〟という雰囲気があった。金髪で落ち着いた性格のドメニクには、黒髪で荒っぽい性格の兄、ピートがいた。ドメニクが私の存在を認めたのも、ピートがきっかけだった。九年生のピートとその不良仲間は、年下の子供を闘鶏みたいに闘わせて楽しんでいた。賭けもしていたらしい。私も一二歳のとき、エディ・ターナーという痩せた歯並びの悪い不良と闘わせられた。対決の場は、校内にある三面を壁で覆われたハンドボール用のコート。血に渇えた野次馬が四番目の壁になって逃げ場所を塞いだ。残酷な見物客は容赦がなく、戦いは永遠に続くように感じられた。私は下馬評こそ低かったが、何とか勝利を収めた。その後何年にもわたって、私の名は〝エディ・ターナーと闘った奴〟として記憶されることになった。もっとも、その後で刑務所に入ったりしてみんなの話題に上ることが多かったターナーに比べて、私の存在感は時間の経過とともに薄れていった。その後で友達になってからも、ドメニクはよく、私が負ける方に賭けていたピートが金を失ってしまったことや、ターナーが負け犬みたいになってしまったことなど、この一件をよくネタにして私をからかった。

私は自分がドメニクの友達でいるのが不思議だった。ドメニクはクラスで一番のアスリートで、足が速く、胸板も厚く、力も強く、女子の憧れの的だった。美術のクラスでミケランジェロのダビデ像と身体を比べられるほど美しい肉体をしていて、ヒーローとしての雰囲気があった。人気者のドメニクに比べれば、私はずいぶんと見劣りした。ドメニクはサーフィンもした。兄のピートのつながりで運転免許証のある大人とも遊んでいたので、ビーチにも行けた。ただし、ピートたちは真剣なサーファーではなく、ドメニクも年上のメンバーのなかではマスコット的な存在にすぎなかった。だから、私の家族と一緒にベンチュラに遊びにいき、Cストリートの海に繰り出したときが、初めての本格的なサーフィン体験だったようだ。ドメニクは熱心だった。リッチみたいな社交ダンサーのような才能も、私みたいな痩せた子供特有の素早い身のこなしもなかったが、ラインバッカーのような迫力満点のライディングをした。波の上ではぎこちなくても、磯での焚き火や三〇秒間のホットシャワーの奪い合いでは存在感を発揮した。私はカリスマ性のあるドメニクの隣にいるときは、バランスをとるかのように、自嘲的な笑いをネタにするコメディアンとして振る舞った。自分も楽しかったし、ドメニクも大声で馬鹿笑いをしてくれた。私たちのあいだには、何年も続く分かちがたい友情が芽生えた。ハワイに引っ越した後、私が真っ先に手紙を書いたのもドメニクだった。

振り返ると、自分の子供時代がいかに暴力に満ちていたかに気づいて愕然とする。決して致命的なものでも、恐ろしいものでもなかったが、今の基準からすれば信じられないほど古めかしい価値観が蔓延していた。身体の大きな者が小さな者をいじめ、痛めつけるのが当たり前だった。私はそんな世界で生きていることへの特別な不満を口にしたりはしなかった。子供たちは街角でボクシングをしていたが、大人たちは目くじらを立てなかった。私は喧嘩をして殴り合うのは好きではなかったし、負けることはそれ以上に好きではなかった。一四歳以降は、本格的な殴り合いの喧嘩は一度もしていない。それでも、暴力は当時の中産階級のアメリカ人（そしてもちろんハワイ人）にとってあまりにも身近だったので、私はそれについて真剣に考えたことがなかった。当時のテレビでは激しい暴力は描かれていなかったし、まだテレビゲームも普及していなかった。だが、土曜日の朝に見ていたアニメ番組には昔ながらの漫画チックな闘いのシーンが描かれていて、私たちはそれを無邪気にも現実世界に持ち込もうとした。幼い頃、グレンという小柄な友達がいた。レスリングごっこで私に手玉に取られたグレンは悔しがり、母親にせがんでホウレンソウの缶詰を買ってもらった。そして漫画の主人公のポパイと同じように、缶からホウレンソウを直接食べ、その直後に私にレスリングの勝負を挑んできた。私は勝ったが、グレンをがっかりさせないように、前より強くなったよ、と嘘の褒め言葉をかけた。

もちろん、そんな無害なケースばかりではなかった。年上の子供たちが、私とエディ・ターナーの決闘より血なまぐさい闘いをしているのを、一、二度見たことがある。そこにはポルノのような魅力があった。それは同情心を持たない観客が楽しむ、残酷なショーだった。大人社会の村八分のような無慈悲な扱いを受ける子供たちもいた。たとえば、フォード・タカラに痛めつけられて学校に来なくなった巨漢の白人ラーチがそうだ。私は父から受け継いだ、いじめは憎むべきもの、という考えを持っている。それは子供時代に自分自身が体験し、垣間見た恐怖も影響している。

子供たちは現実世界の暴力以外にも、もっと残酷なものを目にすることにも惹かれていた。リッキー・タウンゼントの父親（掘削所の経営者のチャックだ）は、第二次世界大戦中の兵士が破裂弾で吹き飛ばされる瞬間を描いた絵が載っている本を持っていた。兵士は四肢と胴体から滝のような血を流し、痛みで目を見開きながら、まだ走ろうとしていた。私たちはリッキーの家の、その本が保管されている部屋に潜入すると、誰かを見張り役にして、禁じられたその絵をしげしげと観察した。それは強烈だった。何も知らない自分たちが恥ずかしかった。これが死の瞬間なのか。私たちはいつも軍隊ごっこをして遊び、小さなプラスチックのGI人形をおもちゃにしていた。だが、父親たちが直接的な体験も含めて知っていた戦争の現実は、決して私たちに明らかにされることはなかった。大人たちは子供たちのためを思い、それを秘密にしていた。

我が子に手加減せずに手をあげる荒っぽい父親もいた。幸い、私の父はそうではなかったが、体罰は家庭でも学校でも日常的な光景だった。私がしぶしぶ通っていた土曜日の教会の公教要理の授業でさえ、子供たちが震えて伸ばした掌に修道女が木製のものさしを、激しく打ちつけていた。学校では教頭が私たちの尻をムチで打った。私たちは腰を曲げて前屈みになり、足首を強くつかんで涙を堪えた。四年生のときの女教師は軍隊の出身で、腹を立てると私の耳を変形するのではないかと思うくらい強く引っ張った。それでも、私は誰かに文句を言ったりはしなかった。私の知る限り、彼女のしていることが間違いだと思っている人もいなかった。

父が外で遅くまで働いていたこともあって、家庭では子供に体罰を与えるのは主に母の仕事だった。私たちはときどき、母の運転中に〝大人しくしないと殺すわよ〟と脅され、黙り込んだ。だが、母の体罰には特別な激しさも残酷さもなかった。私は成長するにつれ、尻を叩かれてもあまり痛くなくなっていった。母はそれに対抗して、最初は薄いベルトで叩いていたのを厚いベルトに替え、最後にはワイヤーハンガーを使った。私は母に刃向かったりはしなかった。だが、叩かれながら、母と自分でどちらが上の立場なのかを争っているような感情に襲われるのは、精神的に辛かった。母も同じ気持ちだったと思う。それでも、私は親は普通のことをしているのだと思っていた。少なくとも、アイルランド系のカトリック教徒の家庭では普通のことを。一二歳の頃、母はいくら尻を叩いても私を泣かせることができなくなった。どれだけ思い切り叩いても私が泣きわめかないので、母はとうとう精根尽きてしまった。母は泣いていた。それで、すべては終わった。以来、親に手を上げられたことはない。

それからしばらくもしないうちに、普通だと思っていたものが変わり始めた。すぐ下の弟のケビンは私と同じように体罰を受けたが、その下の妹のコリーンはほとんど叩かれず、末っ子のマイケルに至っては一度も叩かれなかった。アメリカでは、子供への体罰についての常識が大きく変化していた。母は、一九四六年に刊行された『スポック博士の育児書』を育児の手引き書にしていて、著者のベンジャミン・スポック博士を崇拝していた。その人気は、徐々にスパンキングに対する世論を変えていった。六〇年代に反体制文化が起こったときも、スポックは反戦を象徴する存在だった。そうした潮流のなかで、我が子を叩くことは中世的な古い価値観の表れだという意見を持つ人が増えていった。私の両親もその例外ではなかった。私自身は、子供の頃に親から昔ながらの方法で罰を与えられて良かったと思うようにしている。おかげで逞しくなったと、半ば真剣に考えている。両親をそのことで非難したりもしなかった。それでも、二〇世紀半ばの絶えず暴力が側にあった世界に生きていた子供にとって、親から与えられていた体罰が、その暴力の少なくない部分を占めていたのは事実だ。

サーフィンには、今も昔も、それを貫く鉄の糸のような暴力性がある。それは波の上や、稀に陸の上で遭遇する、人気スポットの波を譲れと迫ってくる荒っぽい輩《やから》のことではない。ラインナップで波待ちをするサーファーたちがそれぞれに示す強さや技術、積極性、地元の波の知識、敬意は、めまぐるしく移り変わるヒエラルキーをつくり出している。誰もが乗りたがるようなブレイクが来る度に、サーファーはその争いに熱中する。それは肉体的な暴力を伴わずに行われる、支配と服従のダンスだ。だがサーフィンの真の暴力性は、ブレイクする波そのものにある。それは絶えることがない。小さく弱い波では、軽く、無害で、対処できる、私たちを突き上げ、遊ばせてくれる偉大な海のエンジンだ。その雰囲気は、波が巨大になるにつれて変化する。サーファーが〝ジュース〟と呼ぶその力は、巨大な波のなかでは極めて重要な要素になる。それは波の上にいるサーファーが見つけ出し、自らを試すための本質だ。この巨大な力に無謀にも挑むべきか、尻尾を巻いて逃げるべきか――。私自身、この鉄のような暴力性との関係は、サーフィンを続ける年月が深まるにつれて、ますます鮮明になっていった。

ドアーズの『ハートに火をつけて』が流行していた一九六七年の夏、ホノルルに二度目の移住をしていた私たち家族のもとに、ドメニクが飛行機に乗って遊びにきた。一緒にワイキキでサーフィンをし、観光案内もした。地元のサーフスポット、トングスの有名なブレイク〝ライスボウル〟も見せた。ドメニクにはカリフォルニア時代、サウスショアのサンセットビーチの話をしたこともあった。ある気持ちの良い朝、私たちはトングスのチャンネルでボードに乗りながら沖を見渡していた。突然、綺麗なセットが立ち上がり、ライスボウルでブレイクが起こった。それは特別に大きくは見えなかった――その日は、あまりうねりがなかった。ドメニクに沖に行こうと誘われたが、私は嫌だと言った。ライスボウルが怖かったからだ。ドメニクは一人でパドリングしていった。いくつかセットがやってきた。初めてのスポットの割には、ドメニクはうまくラインナップで位置をとった。そして、転ぶことなく何度か波に乗った。波は大きなものでも六フィート程度しかなかった。私はクリフやカリフォルニアストリートで、もっと大きな波に乗ったことがあったし、ドメニクとはその後の数年間で、サンセットビーチを含むスポットで、これよりもはるかに大きな波に乗ることになる。それでも私は、恐怖で身動きができなかった。私は、度胸試しに破れた。敗北感と屈辱感でいっぱいだった。俺は尻尾を巻いて逃げたんだ――。それは私の記憶に、勝利や喜びよりもはるかに深く焼きつけられた。

Part 3 革命の衝撃
カリフォルニア、1968年

ワイキキのグレン・カウルククイが先駆けとして私に示していたサーフィンの新しい何かの正体は、ショートボード革命だった。幸運にも、私はこのムーブメントが水面下から浮上する直前の冬に、その最前線にいる先駆者を目撃していた。オーストラリア人サーファーの、ボブ・マクタビッシュだ。場所はベンチュラの北にあるポイントブレイク、リンコン。誰かに車に乗せてもらえたときに、ドメニクと一緒にサーフィンをするようになっていたスポットだ。今でこそ〝クイーン・オブ・ザ・コースト〟という安っぽい俗称で呼ばれるようになったが、リンコンは当時、カリフォルニアで最高の波が立つスポットとして知られていただけだった。特に、冬のライトの長く掘れたブレイクの質は最高だった。それは波の高い日《ビッグデー》で、引き潮で、午後の遅い時間帯で、私たちは入り江の岩の上で休んでいた。突然、誰かが叫び、〝セカンドポイント〟の辺りの空の下に、かなりのセットが来ているのを指差した。〝インジケーター〟とも呼ばれていたそのポイントで、そのサイズの波に乗ったサーファーはほとんどいなかった。リンコンでは、大きな波はファーストポイントで起こる。人混みを避けられるなら、小さな波でもかまわないという者だけが、セカンドポイントまでパドルしていく。噂では、完璧な波が立つ日には、セカンドポイントからファーストポイント、さらには入り江の前のポイントまで、七〇〇メートル以上もの範囲で立て続けに高速の波に乗れるらしかった。だが私はそんな光景を見たことはなかった。

今、誰かがそれをやっていた。マクタビッシュだった。それも、レールにジェットエンジンを取りつけたようなボードに乗って——。私の目は、大きなボトムターンの度に急激に上がるそのスピードについていけなかった。まるで、突然一〇メートル先の場所に移動しているように見えた。私が理解しているサーフィンの物理学では、あり得ない動きだった。トップターンでも同じくらいの加速が生じていた。通常なら単調なライディングで終わるはずの波で、長く、起伏に富んだ滑りを見せていた。瞬きする度に、映画のフィルムが早送りされるみたいに、いるべき場所よりも先の位置にワープしているように感じた。サーフィンについて書かれた一昔前の文章、たとえばジャック・ロンドンやマーク・トゥエインがハワイを訪れたときに記したものには、サーフィンを初めて目にした人が、その速く、複雑で、摩訶不思議な動作をなんとか言葉で描写しようとする苦労に満ちている。まさにそれが、リンコンで八フィートの波を縫うように進むマクタビッシュを見ていて私が感じたことだった。マクタビッシュは、ファーストポイントのテイクオフゾーンで波に乗ると、サーファーの群がいる一帯を軽々と通り過ぎ、次々にターンを決めて、入り江の前のポイントまで滑ってきた。

サーフィンには、競技場の大観衆がヒーローを祝福するような、陳腐で感傷的な瞬間はめったに見られない。サーフィンはそんなスポーツではない。だがそのときばかりは、私を含む見物客たちが、浜辺に上がってきたマクタビッシュのもとに駆け寄った。みんな、とりわけそのボードに興味津々だった。それは、私がそれまでに見たことのあるサーフボードのどれとも似ていなかった。長さは当時の基準からすれば考えられないほど短く、ボトムにはV字型の深い切り込みが入っていた。二つの尾びれは、先端になるほど鋭く尖っていた。私は、〝Vボトム〟はもちろん、そのボードの形を表現するどんな言葉も知らなかったし、マクタビッシュが何者なのかもさっぱりわからなかった。マクタビッシュは背が低く、にこやかで、がっしりとした体型をしていた。「グッダイ」とオーストラリア訛りの英語で言うと、そのまま遠くのセカンドポイントに向かってゆっくりと走っていった。その怪物のようなお手製のボードを脇に挟んで。

以来、すべてが変わった。数カ月も経たないうちに、サーフィン雑誌のページはVボトムやラジカルな新デザインのサーフボードでいっぱいになった。どれも、それまでの数十年間サーファーが乗っていたボードよりはるかに短く、軽いものだった。革命の震源地はオーストラリアとハワイ。開祖はマクタビッシュと、アメリカ人サーファーのジョージ・グリノー、ディック・ブルーワーだった。オーストラリアの世界チャンピオン、ナット・ヤングをはじめとする世界トップサーファーも、この新しいボードを試し始めていた。サーフィンの首都であるカリフォルニアでは、大勢のサーファーが雪崩をうって新しいスタイルに宗旨替えしようとしていた。ショートボードが生み出すスピードとずば抜けた機動性は、サーフィンそのものを変えた。ノーズライディングは一夜にして死語になった（ドロップニーカットバックも同じ運命を辿った）。チューブライディングや、激しく流れるような小半径ターン、ボトムから垂直に波を駆け上がって決めるオフザリップ、波がブレイクする先端《リップ》にできる限り近い位置でのライディング——それはまったく新しい概念というわけではなかった。だが、サーフィンの革命の名の下に、すべてが新たな高みへと引き上げられようとしていた。それまでは決して見られなかったようなレベルの技が、次々と実現されるようになった。

それは一九六八年だった。西海岸では血気盛んな若者たちが、セックスや社会、権力といった重要な物事の意味を問い直していた。サーフィンという小さな世界もまた、この大きな社会的反乱のなかで姿を変えようとしていた。ショートボード革命は、ヒッピー文化やアシッドロック、幻覚剤、神秘的な東洋思想、サイケデリックアートといった時代精神と切り離せるものではなかった。全米的なブームを引き起こそうとしていた平和運動に、サーファーが連帯して加わったことはなかった（後の環境運動は、また別の話だ）。だがサーフィンの世界は、全体的としてではなくとも（そして『地獄の黙示録』で、戦場のベトナムで波乗りを楽しむ非常識な軍の高官を登場させた映画監督のフランシス・フォード・コッポラの見解とは裏腹に）、平和を象徴するものになっていた。サーファーたちは徴兵を逃れようとした。軍隊に召集されるのを嫌がる無名のサーファーたちは、どこに出かけてもカメラを向けられる有名サーファーのように、人目を避けて身を隠すようになった。

春になる頃には、私は最初のショートボードを手に入れていた。買ったのは、ベニスビーチにあるデューイ・ウェーバーという人気のボードメーカーのものだった。当時のどのボードメーカーもそうだったように、この店でも新しい需要を満たすためにスクランブル態勢でボードをつくっていた。購入したのはミニフェザーと呼ばれるモデルで、球根のような形をした荒削りなデザインのものだったが、当時としては最先端だった。長さは七・〇フィートで、レールをつかんで片手で持ち運べた。草むしりの仕事で苦労して小遣いを稼いで買った二枚目のハーバー・チーターは、まだほとんど凹みもない状態だったが、自宅のガレージにしまい込み、二度と乗らなかった。サーフィンの基礎が身についていた一五歳の私は、ショートボードに切り替えるのにちょうどいい年齢だった。まだ体重は軽かったが、ミニフェザーのレールを波のフェイスに押し当ててリップまで勢いよく駆け上がってもコントロールを失わないだけの身体の強さはあった。浮力が弱くパドリングの速度が出にくいショートボードで求められる、レイトドロップをメイクすることもできた（突如として〝ロングボード〟と呼ばれるようになった従来の長いボードは、フォームの量が多く浮力が強いために、速いパドリングが可能だった）。週末のベンチュラへの家族旅行にもあまりついて行かなくなった。カリフォルニアストリートの波は、ショートボードにとっては遅く、トロかったからだ。運転免許を持つ年頃のサーファーの知り合いも増えていた私は、ロサンゼルス側の、セコズやカントリーライン、ファーストポイントマリブといった、南からのうねりの来るスポットでサーフィンをするようになった。

一九五〇年代後半の〝ギジェット〟映画のブーム以来、サーフィンというサーカスのセンターリングであり続けてきたファーストポイントマリブは、岩棚に沿って長いライトの波が機械的につくり出されるポイントブレイクで、良い日には美しい波が立ち、たいした波しかない日でも馬鹿馬鹿しいほど混雑していた。他のスポットに逃げ出すサーファーが多いなか、どれだけ混もうとも、まだマリブでサーフィンをしているトップサーファーもいた。私が最初にここでサーフィンをしたとき、このスポットの押しも押されもせぬ王様は、ミキ・ドラだった。陰のある二枚目で、気難しい顔をした厭世主義者だったが、その繊細なサーフィンのスタイルはこのスポットの波に完全に合致していた。ドラはよくサーフィン雑誌のインタビュー記事で、自分のライディングの足手まといになる、マナー知らずのにわかサーファーたちを批判していた。その隣のページにはきまって、ドラのトレードマークであるサーフボード、〝ダ・キャット〟の鮮やかな広告が載っていたが、それはロングボードだった。ショートボードが流行すると、レジェンドサーファーたちは容赦なくサーフィン界の片隅に追いやられていった。ファーストポイントマリブは以前よりもさらに馬鹿馬鹿しいほど混雑するようになった。ロングボードでは理論上、何人かのサーファーが一度に波に乗れる。だが激しいクイックターンを特徴とするショートボードのスタイルでは、サーファーはできる限り波がブレイクするエリア近くにいなければならない。つまり実質的に、一つの波では一度にサーフィンができるのは一人だけだ。その結果、マリブは波を奪い合うサーファーで大混乱するようになった。

だが私はそれが気にならなかった。おそらくそれは、周りのサーファーよりも速く、バランスをとって、うまく滑れるだけのステージに達していたからだった。私はサーファーたちの間を縫うように滑り、波の上から叫んで進路を空けさせ、激しいターンで怖がらせた。マリブのインサイドにある上質のカーブを、レース場を走り抜けるスポーツカーのようにミニフェザーを激しく動かして滑っていった。

混雑した場所を離れてしまえば、ショートボードに乗ることの大きな満足度を存分に味わえた。何より最高だったのは、樽《バレル》と呼ばれる波の空洞のなかを滑る、チューブライディングだった。ショートボードはロングボードに比べて、波の表面にはるかに深く、ぴったりとフィットする。掘れた波の内側を通り抜ける正真正銘のバレルを決めることが、俄然現実味を帯びてきた。ズマビーチ、オイルピアーズ、オックスナードのハリウッド・バイ・ザ・シーなどの掘れた波には、危険と報酬という新たな価値と、サーファーに最高の幸福をもたらす可能性が生まれた。ブレイクが起きたときに岸側ではなく波のフェイスに近い位置に角度を向ける、〝プルイン〟というテクニックは、危険と隣り合わせだ――特に、たいていのサーファーがそうなってしまうように、チューブを完全に通り抜けることができない場合は。掘れた波は通常、水面下に浅い岩やリーフ、サンドバンクがあるところでブレイクする。その中心に落ちてしまえば、ボードの底がこれらに激突するのは珍しくない。空洞に放り込まれたボードも、どこから飛んでくるかわからない危険なミサイルになってしまう。

だが、初めてショートボードに乗った夏に私が体験したチューブの悲劇は、別種のものだった。それはメキシコの、K－181として知られる人里離れたババのリーフブレイクで起こった。私はベケット一家と一緒にそこでキャンプをしていた。ベケット一家は旧式のバスを購入し、改造して寝台や台所をとりつけ、家族でアウトドア行楽を楽しんでいた。波は大きく、滑らかで、他にサーファーはいなかった。ビルと私は、新しく手に入れた小さなボードの性能の限界を探ろうと、あれこれ試していた。私は深く滑らかな青緑色のバレルにプルインし、波の輪の先に見える陽光に燦《きら》めくショルダーに視線を定め、全神経を集中した。きれいにチューブを通り抜けられたと思った瞬間、得体の知れない大きな塊にボードが激突し、前方に大きく身体を投げ出された。ビルを轢いてしまったのだと思った。バレルのなかからは、ビルがこの波をくぐって通り抜けようとしている姿は見えなかった。実は、ビルは姿が見えなくなった私がチューブのなかにいるかもしれないと、とっさにボードから降りて波から離れていたのだった。だから不幸中の幸いにも、私はビルではなく、ボードにしかぶつからなかった。私のボードのフィンは、ビルのボードのレールに深く食い込み、ストリンガーと呼ばれるボード内部の補強材にまで届きかけていた。ガラス繊維とフォームがぐちゃぐちゃになり、私のボードに絡み合うようにしてくっついていた。二人で苦労してそれを引きはがした。ダメージを受けていたのはビルのボードだけだった。ビルは落ち込んでいたが、私がチューブを見事にくぐり抜けようとしていたことは喜んでくれた。

　ボードメーカーには売れ残ったロングボードが山積みになり、サーファーはショートボード革命の直前に買ってしまったロングボードを持て余していた。私の二人の友達（ここでは仮に、カーリーとモーと呼ぶことにしよう）も、この問題に頭を悩ませていた。二人のなけなしの金は、突如として時代遅れになったボードに化けてしまった。新品で美しいが、今となっては恥ずかしい代物だ。体面を気にするサーファーが集うサーフスポットには、とてもじゃないが格好悪くて持って行けない。そんなとき誰かが、親が住宅保険に入っていれば、サーフボードも賠償の対象になると言い出した。ボードが盗まれたことが認められれば、保険会社に購入したのとそっくり同じ額を支払ってもらえるらしい。カーリーとモーは、親は間違いなく住宅保険に入っている、と言った。だが、誰もロングボードを盗もうとはしないだろう。まして、誰かにあげるわけにもいかない。そこで、私たちはボードをどこかに捨てて、盗まれたと報告しようとした。そうすれば、ショートボードを買えるだけの金を保険会社からもらえるかもしれない。試してみる価値はあった。私たちはサンタモニカ山脈に向かった。林道の奥深くで車を停めると、二枚のボードを運んで山道を歩き、険しい崖に出た。ボードを捨てる前に、二人は儀式めいた別れの言葉をつぶやいた。せつなかった。モーのボードには傷一つなかった。ティントの淡い青色のデッキと頑丈な銅製のレールが特徴の、スティーブ・ビッグラーのシグネチャーモデル。モーが、何年も喉から手が出るほど欲しがっていたボードだった。モーとカーリーは崖の端に足を踏み出した。宙に放り投げられた流行遅れのボードは、遥か下の岩に激突し、なんどか回転したあと、節くれだったマンザニータの枝に突き刺さった。

この保険詐欺が成功したのかどうかはよく覚えていない。確実に言えるのは、もしモーが新品同然のビッグラーのロングボードを捨てずにガレージに保管していたら、今それは数千ドルの値打ちのある一枚になっているということだ。あのときの自分の考えを振り返ると興味深い。私は、あの保険詐欺を悪いことだとはまったく思っていなかった。麻薬の密輸と同じく、犠牲者のいない犯罪は悪いことではないと考えていた。徴兵逃れはまだ遠い将来の話だったが、友人の兄たちにとっては、すでに切実な問題になっていた。私は、徴兵を忌避するという考えを強く支持していた。ベトナム戦争は間違いであり、根本から腐っていると考えていたからだ。軍隊や政府、警察、大企業はすべて、一つの圧政的な集団、すなわち〝支配体制《システム》〟に見えた。当時、若者の政治への関心は高かった。影響された私は、学校を敵だと見なすようになっていた。大人が決めた規則に対する私の無頓着で、ときに軽蔑的な態度の大部分は、社会に反抗し、そこから逃げ出すことが格好いいとされた子供時代の名残だった。

だがもっと頭でっかちなマルクス主義かぶれの不満は、一〇代の頃の政治に対する関わりや考えから生まれたものだった（そして、体制に対して漠然とした反感を抱くだけではなく、その仕組みを分解して、理性的、感情的に理解しようとすることは、その後の私の人生にとって長い時間を要する仕事になった）。その一方で、サーフィンは矛盾した世の中からの格好の避難場所になった。時間と体力をたっぷりと費やしながら大きな喜びに浸っていられる、生きる理由になった。社会からはぐれ、特に何かに役立つわけではないサーフィンに没頭し、生産的労働とは無縁の時間を過ごすのは、世の中に対する不満を代弁する行為だともいえた。

私の社会的な責任は？　あまり具体的な行動はとらなかった。平和行進には参加した。学校では良い生徒だったが、それは本を読むのが好きだったことと、人生にまだ保険をかけておきたかったからだった。サンフェルナンド・バレーの東端にある貧しい町パコイマで、勉強の苦手なアフリカ系アメリカ人の少女二人に数学の家庭教師をしたこともあるが、あまり役に立てたとも思えず、詐欺師になったような気すらした。私は先生のふりをしたい子供にすぎなかった。四人の子育てをしながら政治的活動にも精を出していた母に頼まれ、ウッドランドヒルズの選挙区でサム・ヨーティーと市長選挙を戦っていたトム・ブラッドリー候補の支持を訴えるための戸口訪問をしたこともある。当選すればブラッドリーがロサンゼルス初の黒人市長になる、歴史的な選挙だった。戸別訪問の結果、ブラッドリーが優勢だという手応えを感じ、楽観的になっていたが、勝ったのはヨーティーだった。つまり、口ではブラッドリーに投票すると言いながら、実際にはヨーティーに入れていた人が多かった。表向きの支持者とは違う候補者の名前を書く、投票ブースでの掌返《てのひらがえ》しは、特に白人の有権者には珍しくない現象として知られていた。それでも私は腹が立った。組織的な政治や、世の中の人々（後に、中産階級《ブルジョワジー》という呼び名があることを知った）に対する私のシニシズムは、さらに深まった。

一九六八年のカリフォルニア、大統領選挙の予備選の夜、ロバート・ケネディが暗殺された。私はガールフレンドの部屋のベッドの端で足を組みながら、小さな白黒テレビでそのニュースを見ていた。ガールフレンドの名はシャーリーン。私と同じ一五歳だった。シャーリーンは、いつものように濃厚だが最後までは辿り着かないいちゃつきの後で、私がてっきり帰宅したものだと信じて眠っていた。だが私は、ケネディが撃たれた衝撃のニュースに釘付けになり、そのままテレビを観ていた。すでに夜の一二時を回っていた。共和党の活動家だったシャーリーンの両親が、投票結果をテレビで一緒に見るために出かけていた友人宅から戻ってきた。車道に車を寄せる音が聞こえた。私は、高齢の父親がおやすみのキスをするためにシャーリーンの部屋に来るのも、窓から音を立てずに逃げ出す方法も知っていた。だがそのときはなぜか、寝室のドアが開くまで、茫然とした頭で、覚悟を決めながら、ベッドに座ったまま身動きがとれなかった。幸い、下着姿で黙ってテレビを観ている私を目にしても、父親は心臓発作を起こしたりはしなかった。父親が言葉を発する前に、私は服をつかんで窓から飛び出した。シャーリーンの母親が、うちの母に電話をかけてきた。私は母から説教された。世の中にはさまざまな女の子がいること、社交界デビューのためのクラブに所属しているシャーリーンのような〝良家の子〟とは特に相手を尊重してつき合わなければならないこと。きまりが悪かったが、悔い改めたりはしなかった。シャーリーンとは、あまり話が合わないまま関係が終わった。

この頃、私は自宅よりもドメニク・マストリッポリートの家で夜を過ごすことが多くなっていた。ニューポートのベケット家とのビーチパーティーがそうだったように、そこにはゆるい空気が流れていた。〝子供は家では宿題をしなさい〟という私の両親が発していた堅苦しい雰囲気はなかった。マストリッポリート家は、私たちが住んでいたような新興住宅地ができる何年も前から、サンフェルナンド・バレーにある、薄暗くてだだっ広い二階建ての家に住んでいた。通りの向こう側には昔ながらのオレンジの木立があった。ドメニクの母親のクララは、タカ派のトークラジオ番組の熱狂的なファンだった。私はクララと、公民権運動やベトナム戦争、共和党の大統領候補ゴールドウォーター、共産主義などについて激論を交わした。クララが楽しみにしていたウィリアム・フランク・バックリーが司会のテレビ番組『ファイヤリング・ライン』は、大ファンだった俳優のロバート・ボーンが出演したときだけ見た。ボーンは『コードネームU.N.C.L.E.』に主演していただけではなく、UCLAで博士号を取得していたほどの知性派で、政治学者顔負けなくらい政治に詳しかった。歯切れの良いリベラルの論客で、後にハリウッドの反共主義の歴史をテーマにした重要な論文も発表している。私には、番組に出演したボーンが、口先だけの目立ちたがり屋バックリーを論破したように見えた。

ドメニクの父親ビッグ・ドムは、スポーツのことで頭がいっぱいだった。表向きの商売は酒の卸売業らしかったが、実質的な仕事はスポーツ賭博の胴元だった。自宅の奥まった書斎を仕事場にして、常に五、六台のテレビやラジオで賭け対象の試合の中継をつけっぱなしにしていた。バスローブ姿で落ち着きなくあちこちに電話をかけ、立ちのぼるタバコの煙の隙間を睨みながら手元のノートに数字を殴り書きしていた。たまに家族のいるダイニングルームに姿を見せ、テーブルで賑やかに繰り広げられていたジンラミーなどのトランプゲームに加わることもあった。ビッグ・ドムの商売がうまくいくと、マストリッポリート家はにわかに羽振りがよくなり、急に新車を買ったりした。逆に、警察につかまったビッグ・ドムがしばらく刑務所にぶち込まれたりしたときなどは金回りが悪くなった。とはいえ家のなかの全体的な雰囲気はいつも緩やかで、他に行き場もないクララの酒浸りの仲間たちやピートの悪友たちが絶えず出入りし、騒々しかった。共産主義にかぶれていたこの私ですら、歓迎されていると感じられた。タイム誌やニューヨーカー誌がきちんと積み重ねられ、〝朝食での三枚目のベーコンは禁止〟といった細かなルールが定められていた我が家とは、まったくの別世界だった。

父は私に、雑誌の記事を書かせたがった。父はいつのまにか趣味で写真を始めていて、驚くほど腕が良かった。考えてみれば、それは驚くことではなかった。映画業界で働いていた父には、レンズやカメラの知識があったからだ。お気に入りの被写体は我が子だった。アルバムは私たちの写真で埋まった。リンコンやセコズ、ズマでサーフィンをする私やドメニク、ベケットも撮影した。それがきっかけで、私に記事を書かせるというアイデアを思いついたのだ。父は私がいつもサーフィン雑誌を舐めるように読んでいることや、書くのが好きだということを知っていた。だから私がサーフィン雑誌向けに文章を書けば、自分はそれにあった写真を供給できるので、記事になるはずだと考えたのだ。私は反論した。サーフィン雑誌では文章などどうでもよく、写真しか重視されていないこと。もしサーフィン雑誌に写真を掲載されたいのなら、最低でもノースショアに移住し、一冬か二冬、トップサーファーを追いかけてサーフスポットを巡らなければならないこと、それだけやっても、よほどの幸運に恵まれなければ写真は掲載してもらえないだろうこと。ナンセンスだ、と父は言った。大切なのは文章だ。文章があれば、それに相応しい写真を撮れる、と。

父の頑固さが腹立たしかった。私は、自分の方が正しいのがわかっていた。私や友人がしていたサーフィンと、サーフィン雑誌で見るような驚異的でメディア掲載に価するヒーローのサーフィンとの落差を突きつけられた気もした。父とはそれまでにも何度も同じような議論を繰り返してきた。父は、私がいつもノートに何かを走り書きしたり、手紙や創作物を書いたりしているのを見ていた。九年生の私が中学校の文芸誌の編集係をしていて、自作の詩や小説を掲載しているのも知っていた（そう、カリフォルニアの公立学校の全盛期には、中学校にさえ文芸誌があった）。父はそんな私に、そろそろ内輪向けではなく、世の中を相手にすべきだと忠告したかったのだ。書く対象は何でもよかった。スポーツの結果、広告コピー、死亡記事——。大切なのは、ルールや締め切りといった制約のなかで書くことだった。父は地元の新聞に私が記事を書くことを想定していたのかもしれない（ウッドランドヒルズに新聞があったかどうかは定かではないが）。自らの故郷エスカナーバで新米記者としてキャリアをスタートさせた自分の姿を息子に重ね合わせていたのかもしれない。ジャーナリストとしてスタートした父は、その後にテレビや映画の制作の世界に移った。それでもまだ、ジャーナリズムの仕組みを理解していると思っていた。だが、おそらく父は、いくらアドバイスをしてみたところで、私がそれに従わないであろうこともわかっていた。当時の私のお気に入りの作家は、ジャーナリストではなく、小説家（スタインベック、シンクレア・ルイス、ノーマン・メイラー！）や詩人（ウィリアム・カーロス・ウィリアムズ、アレン・ギンズバーグ！）だった。ニュースルームには興味がなかった。それに、書いたものがダメだと言われることもひどく恐れていた。だから、刊行物向けには何も書かなかったし、高校では学校向けの文章も書かなくなった。

父は、小さい頃に大恐慌を体験した世代に特有の猛烈な仕事人間でありながら、夢見がちな海の男の側面もあり、港を散策するのが大好きだった。父との最も古い記憶には、船や埠頭、カモメのイメージが結びついている。船上にいるときが何よりの至福の時間だったという父は、独身時代、ニューポート湾に停泊させていたヨットに住み込んでいた。小さな木製の、洒落たスループ型の帆船だった。私は白黒の写真にうつる、船の操縦室で舵を握る父の姿を見るのが好きだった。二二か二三歳くらいの若き日の父が、パイプを口の端にくわえ、真剣に、そして楽しそうな表情で、船首の三角帆に目をやって風向きを読んでいる。母が結婚に際して真っ先に父に求めた条件は、ヨットでの生活をやめることだったらしい。だから私が生まれたときには、もう父は船の上では暮らしていなかった。

私は父の船への情熱こそ引き継がなかったが、海は好きだった。幼い頃から、海は閉鎖的な陸地での退屈な暮らしから逃れるための手段だった。カタリナ島でのある夏の日の出来事をよく覚えている。私たち家族は、当時のカリフォルニアで一番人気だった、グラスファイバー製のスループ型帆船「Ｃａ

1－20」で四〇キロほど航海し、カリフォルニア州のアバロン港に停泊していた。港の海水は透き通るように綺麗だった。グレート・ホワイト・スチーマーと呼ばれていた旅客船が本土から到着すると、地元の子供たちは海に飛び込み、船のデッキにいる観光客にコインを投げてと叫んだ。八、九歳だった私も、キラキラと閃きながら近くに落ちてきた一〇セント硬貨や五セント硬貨を青緑色の水に潜って拾った。子供たちは奪い合うようにして拾ったコインを頬に蓄えると、もっとちょうだいと船上の客に叫んだ。私は家族の待つボートまで泳いで戻ると、口のなかのコインを吐き出した。屋台で売っていたコーンドッグを買えるだけの額はあった。ケビンの分も買えたはずだ。ふと、突拍子もないアイデアが浮かんできた。物乞いをしてでもいいから、こうやって海の近くで仕事もしないで一生暮らせたらいいだろうな、と。そして、そんな妄想を抱いていることを父に察してしまわれていないだろうかと気になった。父には、私と似たようなところがあったからだ。

実際には、父は人生のバランスをうまくとっていた。忙しい仕事の合間を縫い、家族との時間を犠牲にすることなく、下手をすると破産してしまいかねないほど金食い虫のセーリングという趣味を、限られた予算でやりくりしながら楽しんでいた。父は舵をとると人が変わり、うまく航海が進まないと（たいていは何か問題が起こった）、少しばかり暴君のようになった。その姿は、週末のウィリアム・ビット艦長といったところだった。一度、普段は穏やかなボート発着場のカーピンテリアビーチに停めていたリーマン10が、尋常ではなく大きな波に襲われて、縦方向に転覆したことがあった。マストの先端が海底に突き刺さって折れ、船体を貫通した。船上にいた父、弟のケビン、私の三人は、牛から放り出されたロデオ乗りみたいに身体を投げ出された。転覆した船が沈んでいくなか、まだ四、五歳だったケビンはスニーカーを履いたまま、シルバーメッキのライターなどの父の貴重な持ち物を水底から回収し始めた。無くした宝物を手に持って水面から浮かび上るたびに、嬉しそうに勝ち誇ったような顔をするケビンの姿を今でもよく覚えている。

父が私について心配していたことのなかには、もっともだと思えるものもあった。それは、私がサーフィンのことしか頭にない、社会性やバランスを欠いた人間になってしまうかもしれないという不安だった。これはサーフィンに真剣に打ち込む者にとっては、誰であれ無縁ではいられない問題だ。サーフィンはまだ、仲間と一緒にするものではあった。実際、私もそうしていた。だが、サーフィンクラブの活動や、組織的なスポーツとしての側面は、急速に色褪せていた。私も、ドジャースのピッチャーになる夢を見るのをあきらめたように、もうサーフィンのコンテストで勝つことを夢見たりはしなくなっていた。新たに抱くようになった理想は、文明から遠く離れ、孤独に、純粋に、完璧な波を求めることだった。それは、『ロビンソン・クルーソー』や『エンドレス・サマー』の世界だった。普通の市民としての暮らしに背を向け、現代に生きる野蛮人《バーバリアン》になるために手つかずの辺境の地を探し求める。それは怠け者の夢想ではない、もっと深い意味があった。全身全霊をかけて波を追い求めることは、極めて自己中心的でありながら、同時に無私の行為だった。どこまでも貪欲でありながら、それでいて禁欲的な行為だった。それは義務や世間的な価値の、根本からの拒絶だった。

私は大人になりきらないうちから家族と離れて行動するようになった。サーフィンは私にとっての脱走路であり、家族の傍にいない理由だった。家族との週末のベンチュラ旅行にも行かなくなった。良い波のあるマリブでサーフィンがしたかったからだ。ドメニクの家にもよく泊まった。うねりのあるリンコンやニューポート、セコズで波に乗りたかったから、父のセーリングにもつき合わなくなった。そのことで両親から特に何も言われたりはしなかった。今振り返ると不思議でもあるが、当時はなんとも思わなかった。私たちが住んでいた郊外では子育ては自由放任主義の時代に入っていて、私もある程度までは自分のことは自分でするようになっていた。それに、両親には私以外に世話をしなければならない三人の幼い子供たちがいた。

世間から離れ、自然に回帰したい、というサーファーが抱く夢には、ありがちな副産物があった。それは、陳腐なノスタルジアだ。私はよく、日記にタイムトラベルの話を書いた。舞台は大昔のカリフォルニアで、チュマシュ族やスペインの宣教師がいた時代に最新のサーフボードで波に乗る自分を妄想した。カリフォルニアのマリブには、何世紀にも亘って誰にも乗られることのない手つかずの波が残っていた。もしそんな時代に現代風のサーフィンをすれば、地元民から神として崇拝され、食べ物を分けてもらえるだろう。そうすれば、競争のない世界で、ただ最高の波に乗ることだけを考えて生きていけるかもしれない——。『サーフィン・ガイド・トゥ・サザン・カリフォルニア』という本に掲載された二枚の写真は、地上の楽園がいかにあっという間に人間の手に汚されてしまうかを物語っていた。一枚は一九四七年、リンコンでガラス板のような一〇フィートの波が立った日に、ポイントを見下ろす山の上から撮影されている。キャプションは読者をいたずらに煽るかのように、海に誰も人がいないことを指摘している。もう一枚は一九五〇年にマリブで撮影された、八フィートの波に乗る一人のサーファーと、それをまったく気にしない様子で浜辺で遊ぶ人たちの写真だ。サーファーの名はボブ・シモンズ。現代のフィン付きのサーフボードを実質的に発明した才能ある隠遁者《いんとんしゃ》で、一九五四年に単独でのサーフィン中に溺死している。

ただし、『サーフィン・ガイド・トゥ・サザン・カリフォルニア』はノスタルジアを売りにしたものではなかった。むしろ、サーフィンの未来をどこまでも楽観的にとらえていた。ポイントコンセプションとメキシコ国境のあいだにある約三〇〇のサーフスポットを徹底的に紹介し、サーフィンショットや海岸線の空撮写真、地図が豊富に掲載され、うねりの方向や潮汐の影響、海底の危険や駐車ルールなどの情報も満載だった。だがこの本の最大の魅力は、明快で乾いた文章や波質の示唆に富む分析、駄洒落や内輪的なジョーク、控えめながらも胸に迫ってくる情熱だった。メキシコ国境付近の大波スポット、ティファナ・スラウで何十年も独りでサーフィンをしていたデンプシー・ヘルダーのような地元の英雄たちは、このガイドの著者のビル・クリアリーとデイビッド・スターンにスポットを紹介し、黙って報酬を受けとった。クリアリーとスターンはサーフィン人気で混雑するスポットに対して冷ややかだった。一フィートに満たない小さな波に苦戦する初心者集団の写真には、こんなキャプションがつけられている。「サーフィンは個人スポーツだ。孤独な者が、強大な野生の海の力に対し、苦労して手に入れた技で挑む……マリブ、サウススウェル」

ドメニクの祖父母は以前、ブドウ園でワインを醸造していた。ドメニクの家の裏手の納屋にある洗剤用の青いプラスチックケースには、古くなり酸味が強くなったワインが保存されていた。週末の夜になると、納屋の裏の暗がりで、ふたりでこのワインをがぶ飲みした。生温かい夜は、酔っ払いの陽気な夜に変わった。私はドメニクが、耄碌《もうろく》した心根の優しい祖父の真似をするのを見るのが好きだった。祖父は驚くとなぜか、「マーフィ、マーフィ、マーフィ！」と感嘆した。もらい酒ばかりでは申し訳ないと、私も自宅のキャビネットを漁り、瓶入りの酒を一・五センチずつくらいくすねて牛乳パックに入れた。バーボンとクレーム・ド・ミントとジンをミックスしたのは気にしなかった。わずかな量だから目論見通り親には気づかれなかったが、ドメニクと私は混ぜ合わせの酒を飲んで酩酊した。さんざん吐き、二日酔いになってもお咎めがなかったのは、監視の目が緩いドメニクの家だったからだ。

ドメニクの家では、飲酒は大した問題ではなかった。食事のときは、ヨーロッパ流に子供たちのグラスにもワインが注がれた。例のごとく、私の家とは対称的だった。前述したように、私の両親のそれぞれの父親はアルコール依存症だった。それもあって、父と母は酒には慎重で、人づき合いのときにたしなむ程度だった。酒好きな友人が大勢いたので家には来客用の酒のストックがあったが、夕食時に子供たちにワインを飲ませたりはしなかった。一〇代の私は、両親が酒に対して節度を保っている理由を察しながらも、それを自分の家庭に感じていた〝生真面目さ〟の別の側面だとも見なしていた。

とはいえ、私たちと両親の世代、クールなものとそうでないものを明確に隔てていたのは、酒ではなくマリファナだった。ハワイで最初に大麻《ポット》を目にしたときに感じた不安は、数カ月後、ウッドランドヒルズの高校一年生だった私からは消えていた。生まれて初めてのジョイントは、ドメニクの兄ピートの友人宅にいるときに回ってきた。メキシコの安物だという草の質はひどいものだったが、それがもたらすハイな気分は凄まじかった。神経の末端が開き、脳に響く感覚は、ワインとは比べものにならなかった。もう、納屋の裏で洗剤ケースに入った酸っぱいワインを一気飲みすることはないだろうと思った。

笑いが腹の底からこみ上げてきて、とまらなくなった。それまでは単なるBGMのような存在だったロックンロールは、歓喜と預言を与えてくれるものに変わった。ジミ・ヘンドリックス、ボブ・ディラン、ドアーズ、クリーム、後期のビートルズ、ジャニス・ジョプリン、ローリング・ストーンズ、ポール・バターフィールド――音楽の衝撃と美しさは、マリファナによって一〇〇倍に増幅された。それはこの儀式を未体験の者には決して理解できないものだった。

大麻を吸うという行為には、強い同族意識を伴う儀式的な側面があった。星の数ほどいる密売人のネットワークに接触し、〝リッド〟と呼ばれる一オンスほどの分量を紙に巻いてジョイントをつくり、人目につかない場所（丘やビーチ、空き地）に二人から四人程度の悪仲間と出向き、笑いながらゆっくりとした時間を楽しむ。広い世界に目を向ければ、もっと大きな連帯感やインスピレーションを与えてくれる〝カウンターカルチャー〟と呼ばれるムーブメントがあった。だが若者一人ひとりが生きている世界には、もっと直接的な変化があった。私たちは世の中の人たちを区別するようになっていた。〝真面目〟な同級生は、女の子でさえ別世界の住人になった。大人の手を借りて社交界にデビューすることなど、なんの価値も感じられなくなった。「三〇歳以上の人間は信用するな」という、〝イッピー〟と呼ばれていた反体制主義者の若者たちの有名な合い言葉も無視できなかった。親や教師に、大麻がもたらす摩訶不思議な感覚など理解できるわけもなかった。ボブ・ディランがアルバムのタイトルに使ったハイウェイ六一号線が象徴する自由や独立の意味を、大人が知っているとは思えなかった。

超保守的なオレンジ郡に住んでいたビル・ベケットは、大麻に関してはＬＡの郊外にいた私たちより少々遅れていた。この一年で二五センチも背が伸び、身長一メートル九五センチになったビルは、高校のバスケットボール部の選手になっていた。短髪のチームメートたちも神を恐れているような真面目なタイプばかりで、ニューポートを訪れた私が、当時誰もが噂していた邪悪な草が近くのビーチタウンでも簡単に手に入ると言っても信じなかった。〝一〇ドルくれれば一時間以内に埠頭で一オンスの大麻を手に入れてみせる〟という私の言葉を、はったりだと受け止めた。だが私は実際、三〇分も経たないうちに一オンスを手に入れた。リド島にあるポイントガードの選手の家に行き、みんなで大麻を吸った。私は翌朝家に帰った。

　二カ月後、私が弟のケビン、マイケルと共有していた小さな部屋で眠っていると、誰かが窓を叩く音が聞こえた。外を見ると、ビルがいた。それは金曜日の夜で、ビルたちは週末を過ごせる家があると言った。大人はいない、一緒にニューポートに行こうぜ、とビルは囁いた。仲間たちは車道に停めた車のなかで待っていた。ビルが真夜中にこんなふうに誘ってくるのは初めてだった。驚いたのは、着ていたシャツだ。生地が薄く、月光で透けていた。ビルにはまったく似合っていないそのシャツが、すべてを物語っていた。どうやらニューポート・ハーバー・ハイスクールのバスケットボール部での二カ月間は、そうとうに中身の濃いものだったようだ。私は最初、バスケットの選手たちがこぞって大麻を吸い始めたことを面白がっていた。だがその後、大麻の影響で何人かの選手が部活をやめたり学校を退学するようになると、自分のしたことに誇りが持てなくなった。一九六八年のアメリカ全体で、同じような出来事は山ほど起こっていたのではあるけれど。

　私が通っていたウィリアム・ハワード・タフト・ハイスクールでも状況は似たようなものだった。ベトナム戦争の影響もあり、キャンパスでは文化闘争の風が吹き荒れていた。反戦派の学生にとって、チームスポーツのクラブ活動に所属するのは論外だった。コーチを務める教員は概して戦争に肯定的な保守派で、共産主義シンパであることが疑わしい生徒を容赦なく非難していたからだ。私は英語教師のミスター・ジェイとミセス・バルに歯ごたえのある文学を読む喜びを教わった。メルビルやシェイクスピア、エリオット、ヘミングウェイ、ソール・ベロー、ディラン・トーマスと出会い、人生は変わった。なかでも強烈だったのが、ジェイムズ・ジョイスだった。ジョイスの難解な言葉にかぶれた私の目には、ベンチュラの海は突如として青っ洟のような緑色の海、金玉が縮こまるような海になり、Cストリートの古い遊技場にいた浮浪者たちは『ダブリン市民』の世界から抜け出してきたように感じられた。私は自分を『ユリシーズ』に登場する若き詩人スティーブン・ディーダラスの姿に重ね合わせ、街を歩きながら黙想に浸った（残念ながら、この私のヒーローは海を恐れていた）。ロサンゼルスはアイルランドに見立てるには相応しくない都市だったが、ディーダラスがダブリンで感じていたような社会の泥沼や欺瞞はあった。

自分でも意外なのだが、一〇年生のときに陸上部に入った。選んだ種目は棒高跳び。棒高跳びの選手たちは、陸上部全体とは別の小さなチームを形成していた。コーチにはこの種目のスペシャリストがおらず、誰も自らの首を危険にさらしてまで手本を見せてはくれなかったので、私たちは自主的に練習するしかなかった。種目の性質が違うこともあって、棒高跳びのメンバーは他の部員がしていた激しい基本トレーニングを免除された。他の部員には、私たちは雑談ばかりしている怠け者のように見えるらしかった。たしかに私たちは練習中、緑色のマットの上で寝そべって話をしている時間が長かった。当時、棒高跳びは人気があり、花形だと見なされていた。その華やかさや、反権威主義を彷彿とさせるような棒を乗り越える動作のせいか、棒高跳びの選手は、コーチや他の保守的な選手たちから、ソローを読み、大麻を吸い、ジョン・カルロスを愛するヒッピーだと疑われることが多かった。私は棒高跳びが好きだった。ポールを地面に正しく突き刺して（なかなかうまくはいかなかったが）スムーズに上昇して身体を捻り、瞬間的に両腕を後ろに回してポールをもときた方向に離し、身体を最高地点に持ち上げてバーを乗り越える。結局、一年後には棒高跳びをやめた。

私にとって陸上競技より重要だったのは、ドメニクがフットボールを始めたことだった。一〇年生のとき、私たちは離ればなれになった。住んでいた区域の違いで、別の高校に通うことになったのだ。ドメニクが入学したカノガパーク・ハイスクールでは、フットボール部だった兄のピートが、俊足で屈強な弟の到着を待ち構えていた。ドメニクはハーフバックとしてプレーし、フットボールも気に入っていた。だが練習は長く、基礎トレーニングは夏から始まった。これではサーフィンができないし、私とも一緒にいられない。ドメニクからタフト・ハイスクールに転校することになったと知らされたときは嬉しかった。だがその理由が、私がこの高校にいるからだと聞いて複雑な気持ちにもなった。同じ立場なら、私もそうしただろう。それでも、ドメニクを後悔させてしまうのではないかという不安がつきまとった。いずれにせよ、ドメニクはフットボールをやめた。明日一日を、フットボールの練習という世間が求める何かのために費やすほど、人生は長くないから――。

Part 4 空にキスするから待って

マウイ島、1971年

「お前の問題が何かを教えてやろうか？　自分と同じような人間を嫌っているところさ」

そうドメニクにズバリと指摘されたのは、一九七一年のことだ。一八歳だった私たちには、考え方に違いが生まれていた。それは春で、私たちはマウイの西端の岬にいて、溶岩の露頭の下にある草むらにテントを張って寝泊まりしていた。パンダーヌスの木立が、高台のパイナップル畑から見渡す景色から私たちのテントを遮ってくれていた。そこは私有地で、農作業をしている人たちに見つかりたくなかった私たちにとっては好都合だった。夜になると畑に忍び込み、収穫時に見逃された熟れすぎた果物を食べた。当時、私たちはこんなふうにしょっちゅう誰かの私有地でキャンプをしては、波を待った。

サーフィンシーズンは終わりかけていたが、ホノルア湾ではまだブレイクが起きていた。少なくとも、私たちはそう願っていた。毎朝、夜明けと同時にパイロロ海峡の先のモロカイ島の方に目を向けた——北からうねりが来ていて、暗い波線が温かい灰色の水に縞模様を描いていることを祈りながら。その光景にはいつも穏やかでない何かを感じたが、おそらくそれは私たちの心がざわついていたからだった。日が昇るとポイントを見下ろしながら湾まで歩き、赤い崖の手前で起きているショアーブレイクを観察して、昨日の波との比較をした。

ドメニクと私の人生は、この二、三年のあいだに組紐を解くように離れていた。その主な原因は、一人の女の子だった。私が初めて真剣に交際したキャリンだ。お互いが高校の最上級生だったときにつき合い始めた。卒業後にドメニクと計画していたヨーロッパ放浪の旅の相棒はキャリンに変わった。結局ドメニクもヨーロッパに来たが、現地では当初予定していたほど一緒に行動しなかった。アメリカに戻った私はカリフォルニア大学サンタクルーズ校に入学し、キャリンも近くで暮らし始めた。ドメニクはイタリアに残り、アペニン山脈の東にある父親の生まれ故郷の村で親戚の家に同居し、イタリア語を学びながらブドウ園で働いた（ドメニクは自分と同種の人間が好きだった）。私はそれが羨ましかった。この

帰国したドメニクは、オアフ島のビーチパークに停めたミルク運搬用トラックの改造車に住み、この楽園でパートタイムの仕事をしながら生活をしていた。それは当時の若者が当然のようにとりうる一つの生き方だった。大学一年の春休みに家族が住むホノルルを訪れていた私は、この地でドメニクと再会した。サーフィン雑誌を読んで育った人間なら誰でもそうであるように、私たちはホノルア湾でのサーフィンを幼い頃から夢見てきた。だが、憧れの場所にいて、波を待ちながら、奇妙な感覚を覚えていた。私たちはその数年前に、いったんサーフィンをやめていたからだ。

それは一六歳のときに起こった。完全にサーフィンをやめたわけでも、意識的にそうしたわけでもない。ただ、サーフィンの他に考えることや、すべきことができたのだ。それは車や、その維持費を稼ぐことだった。ドメニクも同じだった。私はウッドランドヒルズのベンチュラ大通りにあるガルフ・オイルのガソリンスタンドで働いた。オーナーは気の短いナシールというイラン人だった。サーフボードを買う目的でしたものを除けば、私にとって初めての仕事だった。ドメニクもこの店で働いていた。私たちはどちらもサーフ車としては申し分のない旧式のフォード・エコノライン・バンに乗っていたが、サーフィンをする時間はほとんどなかった。ジャック・ケルアックの小説の虜《とりこ》になっていたドメニクと私は、アメリカの西海岸から東海岸まで車で横断する旅に出かけたいと熱望するようになっていた。金を稼ぐために、サンフェルナンド・バレーの柄の悪い地区にある小汚い二四時間営業のガソリンスタンドで夜勤の仕事もした。メキシコ系アメリカ人のオートバイ乗りが、朝の五時にガソリンを盗もうと

するようなところだ——店番をしている白人《グリンコ》のガキなど、屁とも思わないような輩《やから》たちだ。レストランの駐車係の仕事もかけもちしていて、眠気覚ましに〝ホワイト〟（一種の覚醒剤《スピード》で、一〇錠で一ドルだった）を飲んだ。レストランの客には郊外のギャングが多く、チップを弾んでくれたが、レストランのオーナーは客の前では直立不動でいるべきだと考えるような中国人で、よく仕事ぶりを細かく注意された。結局私は、仕事中に本を読んだり、だらしない姿勢をとっていたりするという理由でクビになった。ドメニクも金を貯めていた。学年が終わると、私たちは貯金を出し合い、ガソリンスタンドの仕事をやめ、両親にしばしの別れを告げ（た、はずだ）、いざ東に向けてドメニクのバンで出発した。二人とも一六歳で、サーフボードは車に積んでいなかった。

私たちはこの旅で、南はメキシコのマサトラン、東はマサチューセッツ州のケープコッドまで走った。ニューヨークではＬＳＤをきめ、シリアル食品の「クリーム・オブ・ウィート」をコールマンのキャンプ用ストーブで焼いたものを主食にした。それは伝説の屋外コンサート、ウッドストックが開催された一九六九年の夏だったが、ニューヨークのグリニッジ・ビレッジ周辺で何度も見かけたこのイベントのチラシには入場料が必要だと書いてあり、私たちにはそれが時代遅れに感じられた——自分たちよりもっと年上の人間が集う、お高くとまった週末の催しのようなものだと思ったのだ（後に取材記者になってからも私の直感はたいしたものではなかったが、このときからすでに相当に鈍かったようだ）。私は面白味のない日誌を書き続け、写真を始めたばかりのドメニクはウォーカー・エヴァンスを気取り、サウスフィラデルフィアでは白人のストリートキッドを、ミシシッピ川のほとりで眠る家出少女を撮った。数年後、ドメニクの最初の妻になった世俗的なフランス人女性は、私たちがその夏、バンで肩を寄せ合うようにして寝ながらアメリカじゅうを走り回ったという話を信じなかった。日々、未知のものとの出会いを体験していくなかで、友情はこれ以上ないほど深まった。私はそれまでとは違い、自分を笑い者にしておどける必要性をあまり感じなかったし、ドメニクも学校での人気者という立場から解放されて気楽そうだった。お互いを完全に信頼し、危険と笑いを分かち合った。シカゴでは恐ろしげな男とすれ違い、あとからあれは殺人鬼チャールズ・マンソンに違いないと確信した。ニューオーリンズでは、初めてバーで酒を頼んだ——トム・コリンズだった。ノースダコタでは、ハンドルの上に載せたエディス・ハミルトン訳のホメロスの『オデュッセイア』を読みながら運転した。カナディアンロッキーでは、危うくグリズリーベアの餌食になるところだった。その夏、私たちは二回しかサーフィンをしなかった。一度はメキシコで借り物のボードで、もう一度は東海岸のフロリダ州ジャクソンビルビーチで。

これが、私にとって〝サーフィンをやめた〟ということだった。人がサーフィンをしているというとき、それは波を生き、波を呼吸することを意味する。それはいつも頭のなかをサーフ波のことでいっぱいにすることだ。学校をサボリ、職を失い、ガールフレンドと別れても、サーフィンのためならやむを得ないとすら思うことだ。ドメニクと私はサーフィンの方法を忘れてはいなかった。子供の頃に覚えた自転車の乗り方を忘れないのと同じだ。私たちはただ、他のことに興味を持ったのだ。そして私の場合、壁にもぶつかっていた。サーフィンを始めて以来めきめきと腕を上げ、一五歳のときには、競技者ではなかったものの、かなりのサーファーにはなっていた。だがその急速な進歩は、他の世界に興味を持ったときに止まった。私たちはヨーロッパではサーフィンをしなかった。カリフォルニア北部のビーチタウン、サンタクルーズには波があったので、海には入った。だがそれは、自分のスケジュールに合わせたものであり、いい波がくるタイミングを計ったわけではなかった。他のことなんてどうでもいい——というそれまでサーフィンに抱いていた情熱を、そのときの私は失っていた。

ホノルア湾が、それを変えようとしていた。その夜は、うねりが来ている音は聞こえなかった。オフショアの貿易風が、海岸に砕ける波の音を海側に押し返していたからだ。だが、夜明けの光で用を足していたドメニクが、波に気づいた。「ウィリアム！　波が来てる」。ドメニクが私をウィリアムと呼ぶのは、重大な出来事が起きたか、ふざけているかのどちらかだった。このときは、重大な出来事の方だった。前日までに食糧が尽きていたので、この日は二五キロ離れた最寄り町のラハイナに買い出しに行く予定だった。その計画は、無期限に延期した（その結果、私たちは古いマンゴーの皮を囓り、スープ缶の底をこすり、腐りかけているからと一度は捨てたパンを飲み込むことになった）。私たちはボードをつかむとポイントめがけて走り出し、「ファック！」と叫ぶと、岬を通過したグレーのセットの一つひとつの波に向かって喚声を上げた。湾に到達した波の色が黒ずんでいた。

ポイントに近づいても、うねりの大きさがよくわからない。湾そのものの地形さえ、それまでは〝波がない場所〟というくらいの認識しかなく、よく把握していなかった。ポイントから入り江までの数百メートルのあいだで、波がきれいにブレイクしていた。オフショアの風に逆らいながら勢いよく向かってくる様はあまりにも美しく、不気味なくらいだった。だがこれは、リンコンのような典型的なポイントブレイクではなかった。特にアウトサイドに、波が大きすぎてサーフィンはできないと思われるセクションがいくつかあった。崖の下には狭いビーチがあり、その先には高さ一五メートルほどの岩壁が波の来るエリアにそそり立っていた。パドリングでゲッティングアウトするのに相応しい場所は見当たらない。湾の底にあるヤシ林まで歩くのはもどかしかったので、ポイントと崖のあいだの狭いビーチを目指して急斜面を降りた。波は力強かったが、格別に大きくはなかった。まだ太陽は昇っていなかった。私たちは岸の近くで崩れる波に身体を浸し、珊瑚岩と一緒に揺れ動きながら、セットが小康状態になるのを待った。タイミングを見て、ホワイトウォーターの波列に向かって勢いよくパドリングし、後ろにそびえる岩壁に注意しつつ、ポイントから適切な距離をとった。

澄んだ水に向かって前進した。勢いよくぶち当たる白波の刺激で目を覚ましながら、円を描くようにパドルをして、まだ暗い光のなかでリーフの位置を確認しようとした。テイクオフスポットはどこだ？岩壁はすぐ後ろにあったが、水深を測るのは難しい。小さなセットが崖にぶつかって砕け、私たちの周りにかすかな泡が立った。最初の本格的なセットが、まっすぐに向かって来た。一キロ弱離れたこの位置から見える波は、まず切り立ち、ポイント付近で不規則にブレイクすると、岸付近にある急峻な起伏の手前の、ブレイク前にしばらく白波が立つ大きな鉢状のセクションで、長く、大きすぎるウォールをつくっていた。この鉢状の大きなセクションの真ん中で、私たちは波待ちをしていた。そこはこの湾で一番のテイクオフスポットだった。

最初のセットで波をキャッチしたが、岩棚のはるか上に身体を持ち上げられて目を丸くした。ドロップは簡単ではなかった。加速は凄まじく、嫌な無重力感を味わう瞬間があった。だが、フェイスは滑らかで、波が崩れきるあいだに素早くボトムターンを決め、うまく波の斜面を下る時間があった。波はテイクオフセクションから、オウムガイの形を描くような完璧さできれいに勢いを小さくしていった。ドロップの後に見たい、理想的な光景だ。私たちは湾の奥まで波に乗った。波はリーフに沿って立ち上がり、崖に向かって急に曲がるが、それに近づくことなく浅いスラブを越えてスピードアップし、水底で減速し、再びスピードアップし、オフショアのそよ風に吹かれて静かになるまで、穏やかに小さくなりながら進んでいった。ドメニクは次のセットにも乗ったはずだ。私がインサイドでいったんプルアウトすると、ブルーグレーのチューブのなかを、かがみ気味の姿勢でフェイスを片手でなぞりながら滑っていくドメニクの姿が見えた。

ホノルア湾は有名なサーフスポットだった。だからこそ私たちもそこにいた。しかし、海には他に誰もいなかった。太陽が昇っても、二人でサーフィンを続けた。セットの波は八フィートとそれほど高くはなく、マウイ島の海岸沿いのサーファーの多くが住むエリアにはまだ波は現れていなかったのかもしれなかった。現在のようなコンピューターを用いた科学的な手法での波の予測はまだ一般的ではなく、サーファーは朝起きたら海を眺め、波が来ていないかどうかを確認するだけだった。それでもホノルア湾のような最高の波を二人で独占するのは極めて珍しく、気持ちが落ち着かなかった。私たちはセットを一つも逃すまいと、何時間もひたすらに風車のように腕を回してテイクオフスポットまでパドリングし、波に乗った。疲れて喋れず、意味不明な奇声しか上げられなかった。「マーフィ、マーフィ！」「ジーザス・ファッキン・クライスト！」。波待ちをしていて凪《なぎ》が来たら、ライディングのリハーサルをしたり、潮が引き始めて危険さが増していたリーフの上でお互いに得た情報を交換したりした。

ドメニクが乗っていたブルーの小さなツインフィンのボードは、この波との相性がよさそうだった。だが、ドメニクはまだこのボードの特徴を十分に理解していなかった。そしてしばらくすると、高速で滑ると片方のフィンからけたたましい音が鳴ることが判明した。それは自家製のボードで、この世に登場して間もなかったツインフィンには、遅い波では見られなかった問題があるようだった。近くにいる私にも聞こえるくらいの大きな音を、ドメニクは気にし始めた。そして、この〝玉に瑕〟の状態を面白がっていた私に、ボードを交換してほしいと頼み込んできた。私は二回ほど波に乗り、このひどい音のするボードをドメニクに返した。最後にはドメニクも笑い出し、足下で鳴り響く音と一緒に歌をうたい始めた。ドメニクにはこんなふうに、底知れぬ不条理な笑いの感覚があった。突き詰めればそれは、人間は不完全な存在であり、神の手玉にとられているといった哲学から発しているものだとも思えた。ドメニクがそんな考えを抱くようになった理由は、私には最後までわからなかった。

なぜドメニクは、ホノルアでのキャンプの最中に、私に「自分と同種の人間を嫌う」と言ったのか？当時、ドメニクからはしょっちゅう批判的、否定的な言葉を口にされた。確かに私は、鼻持ちならないうぬぼれた大学生になっていた。心理学者のR・D・レインや哲学者のノーマン・O・ブラウンをはじめとする流行の先端を行く著者の本をバックパックいっぱいに詰め、サーフキャンプにも持ってきていた（私はカリフォルニア大学サンタクルーズ校でブラウンに文学を教わっていた）。思想家のフランツ・ファノン受け売りの講釈を垂れて、ドメニクを退屈させていたかもしれなかった。ドメニクに言わせれば、私は世間知らずの頭でっかちだった。ドメニクは、私の機械音痴（事実だったが、特別にひどいわけではなかった）をことあるごとに馬鹿にし、エンジンやメカに強い自分と嬉しそうに比較した。二人がそれぞれ自分の道を歩むようになったことで、ドメニクは私にライバル心を抱き、不安を覚えるようになっていたのかもしれない。おそらくドメニクは傷ついていた。ただしそれまで何年もかけて二人で築いてきた習慣や計画を捨て、キャリンとの時間を優先させるようになったことに対しては、信じられないほど理解があり、不満も口にしなかった。ドメニクは、キャリンと友達にさえなった。

一九歳になり、学校に通っていなかったドメニクは徴兵の問題を抱えていた。そこで、カナダに短期間旅行して徴兵を回避することにした。同じく学校に通っていなかったキャリンは、カリフォルニアからヒッチハイクでカナダに向かうドメニクに同行すると言いだした。私は無邪気にも、キャリンはなんていい子なのだろうと思っていた。

正午頃になり、ようやくホノルア湾に人影が増え始めた。崖上に停めた車から、何人ものサーファーがトレイルを下りてきた。だが、混雑しすぎることはなかったし、波の状態もむしろ朝方より良くなっていた。私は一風変わった超軽量の手製のボードに乗っていた。変わっているというのは、デッキに大きな窪みがいくつもあったからだ。それは、サンタクルーズのグラッサーによる、計量化のための極端な試みだった。素材を薄くしていたために、パドリング時の胸と膝、ライディング時の足裏までもがデッキに跡として残った。だがボトムの平らな面は滑らかで硬く、反りは繊細だが確かで、きれいな形をしていた。へこみのないレールはわずかに下を向き、テールはやや丸みを帯びていた。素早いターンと飛ぶようなダウンザラインができ、フィンはバレルに張りつく、優れもののボードだった。だが、ホノルア湾の波には軽すぎた。特に、午後になって波が大きくなり、風が強くなってからは。それでもこのボードでレイトドロップをきめ、チョッピー気味の荒れた波に角度をつけて立ち、凄まじく速い、逆光を浴びたフックのなかに突入していくとき、そのときの私としては珍しく、それぞれの動作に伴う技術的な課題を意識していた。そもそも、これほど強力な波にこれほど薄いボードで乗ったことはなかった。ボードは他のものにしてもよかったかもしれないが、こんなに魂を揺さぶるような波は他に想像できなかった。できる限り、同じような波にもっと乗っていたかった。サーファーとして壁にぶち当たっていることなど、もうどうでもよかった。

三カ月後、私は大学を中退し、ホノルア湾の最寄りの町ラハイナに引っ越した。カリフォルニア大学サンタクルーズ校は刺激的な場所だったが、やめるのも簡単だった。それは新しくできたキャンパスで、大胆なアカデミックの実験場だった。成績表はなく、スポーツの部活動もなかった。教授は権威者ではなく共謀者で、学生には最大限の自主性が奨励された。すべては私好みだったが、この学校のシステムには学生をつなぎとめておくための重力が足りなかった。

キャリンもしぶしぶ私について来た。サーフィンにはまったく興味はなかったが、冒険好きな女の子だった。私は彼女なしでは生きていけないし、息をすることさえできないと思っていた。幸運にも、キャリンには他の人生プランはなかった。ホノルルからマウイへの飛行機代は、たしか一九ドルだった。だがマウイに到着したとき、二人の手持ちを合わせても、ホノルルに戻る一人分のチケットすら買えるほどの金もなかった。その夜は、浜辺でビーチタオルに包まって眠った。カニが私たちのあいだをカサコソと動いていた。無害な生き物だが、薄気味が悪かった。やがて雨が降り、夜明けまで震えるはめになった。ホノルルの実家に寄ったとき、父と母は大学中退という私の決断に対する失望を微塵も隠さなかった。そして夜明けのラハイナで、キャリンもはっきりと不機嫌な態度を示していた。それまでの一年半、私の突拍子もないアイデアや気まぐれにつき合ってきた。そして今、住む場所もなく、腹を空かせたサーファーの女になろうとしているのだ。

　この辺りに知り合いがいるんだ、と私は言った。嘘ではなかった。だが、その男とはごくわずかなつながりしかなかった。三カ月前、ドメニクと一緒に町に買い物をしているときに通りで出会って少し話をし、あのへんに住んでいる、と家の方角を指差して教えてもらっただけだ。ラハイナの泥まみれの裏通りをしばらくうろつき、なんとかその男の家に辿り着き、家の中に入った。私が車のキーを持って出てきたので、路地で待っていたキャリンは驚いたはずだ。私も驚いていた。ブライアン・ディ・サルバトーレという名の、私より年上の二二歳のサーファーは、私を旧友のように歓迎してくれたばかりではなく、事情を説明すると、ためらうことなく一九五一年製のフォード車を貸してくれた。曰《いわ》く、今年はもう波は町にしか来ない。自分は町で働いているので、車は必要ない、ということだった。これで、仕事を探しているあいだは車内で寝泊まりできる。この車は〝ライノチェイサー〟と呼んでいる、とサルバトーレは教えてくれた。青緑色の、馬力のありそうな車は、バナナの木の下に駐車されていた。

　機嫌がいいときのキャリンなら、にっこり笑って「神の思し召しね」とでも言っただろう。だが彼女はまだ不機嫌で、懐疑的な態度を変えていなかった。私はキャリンを車に乗せて町を案内した。観光の町として知られるラハイナがかつては捕鯨の町だったことを説明しながら、役所に寄ってフードスタンプを申請し、さっそくその月のクーポンを二人分（たしか三一ドルだった）発行してもらい、従業員を募集しているホテルやレストランを教えてもらった。キャリンはすぐにウェイトレスの職を得た。私は、フロントストリートにある書店が気になった。ガソリン代がなくて行けなかったが、必ずホノルア湾を気に入るはずだとキャリンに約束した。

「なんで？　景色がいいから？」

そうさ、他にもいろいろ理由はあるけどね、と私は言った。

しばらくのあいだ、町外れの暗い農道に停めた車のなかで夜を過ごした。キャリンは狭いフロントシートで身体を丸くし、私は後部座席で身をかがめた。ボードは車の下に置いた（泥棒よけのために、ドアを開け、裏返したボードのフィンを片手で触れながら眠った）。公園の施設も利用した。キャリンは公園のシンクでレストランの制服を洗濯した。私は町に二箇所あるブレイクポイントで何度かサーフィンをした。キャリンは読書をして、リラックスしているようだった。とはいっても、セックスもろくにできない車での暮らしは、犬小屋みたいだった。幸い、私は書店での仕事を得ることに成功した。

それは「イーザー／オア」という、一風変わった名前の書店だった。店名の由来は、キルケゴールの著書『あれか、これか』で、ロサンゼルスにある大型店の名前からとったものだった（ラハイナの店は、ロサンゼルスの店からのれん分けされてできたらしかった）。店主は、警察の手を逃れながら生活している神経質な夫婦だった。従業員は、兵役を逃れ、いくつもの名前を使い分けていた赤髭の男が一人。店には人手が足りなかったが、三人とも、面接に来た私を怪しげな目で見た。一八歳で、ガリガリに痩せ、髪を肩まで伸ばし、皮肉っぽいガールフレンドと一緒にいて、すり減ったサンダルに色褪せたトランクス、ボロボロのTシャツという格好をしていた私のことを、連邦捜査員とでも思ったのだろうか。結局、私は試されることになった。ロサンゼルスの店で使われているという、本に関する幅広い知識を尋ねる入社試験を受けることになったのだ。彼の地では、応募者はすべてこの試験をパスしなければならないのだという（書店のビジネスは、こうしたシステムが導入されてから変わってしまった）。筆記試験は、店主の目の前で行われる。キャリンは夜、有名な本のタイトルと著者を当てる問題で私をしごいた。キャリンの方が私よりテストに受かる見込みが高そうだった（実際、キャリンは後にＵＣＬＡの近くにあるフランス語の本を扱う書店で働くことになる）。キャリンほど読書家のティーンエイジャーもいなかった。私がラハイナ港の午後の光を浴びながらサーフィンをしているときも、彼女は防波堤でプルーストをフランス語の原書で読んでいた。ともかく、私は「イーザー／オア」の試験に合格し、仕事を得た。

初仕事の日、店にブライアン・ディ・サルバトーレが慌てた様子でやってきた。町を去ることになったという。生まれ故郷のアイダホの牧場で暮らす旧友からの手紙を読んだときに、なぜだかはうまく説明できないが、もう自分がマウイで過ごす時間は終わったと悟ったのだという。サルバトーレはアロハ航空のチケット入れに住所を殴り書きすると、金ができたらロサンゼルスにいる彼の両親宛に車代を送ってくれ、額は相応しいと思ったものであればいくらでもかまわない、あの車は一年前に一二五ドルで手に入れたものだ――と用件を伝え、店を去っていった。

給料を手にしたキャリンと私は、ガソリン代をまかなえるようになったが、家賃を払うだけの金はなかった。私たちはラハイナの西と北の海岸でキャンプを始めた。湾と岬が蛇行しながら果てしなく続くエリアで、雨雲で覆われた山々に続く長い高台に広がるサトウキビ畑の端には、労働者が住む赤い塗料がはがれかけた古い小屋が並んでいた。西マウイ山脈の最高峰プウ・ククイは、世界で二番目に湿気が高い場所らしかった。私たちは焚き火ができ、ジンのように海水が透き通っているビーチのある入り江を探しては、キャンプ生活を送った。私はキャリンに熟したマンゴーやグアバ、パパイヤ、野生のアボカドを見つける方法を教えた。海辺に落ちていた水中眼鏡やシュノーケルを見つけて、リーフを探検した。私は今でも、その頃に覚えた何種類かのハワイの魚の名前を記憶している。キャリンが好きだったのは、フムフムヌクヌクアプアアだった。魚そのものではなく（それは鋭い鼻先をしたカワハギだった）、名前が気に入ったのだ。ダイビングをしていたキャリンが水面から顔を出し、つけていたシュノーケルを引っ張って外すと、「フムフム？」と尋ねる。私たちのあいだで、この言葉にはいろんな意味が含まれるようになっていた。私は太陽の角度を見て、「ハナナ」と答える。ハワイ語で「仕事」の意味だ。そろそろ仕事に向かわなければならない時間だ。キャリンは、ホノルア湾を本当に好きになってくれた。私は安堵した。毎晩キャンプをしていた町からはかなり遠かったが、ダイビングは楽しかったし、鮮やかな魚も目にすることができた。何より、ホノルア湾は文句なしに美しかった。秋まで波はないが、他に遊びに行きたい場所はなかった。

　キャリンは本当なら、安定志向の塊みたいな人間であってもおかしくはなかった。飛蝗《グラスホッパー》（ジェームズ・ジョイスの言葉を借りれば、優雅な希望を抱く人《グレースホーパー》）ではなく、蟻としての生き方を選んで然るべきだった。母親とその両親は、ホロコーストを生き延びたドイツ系ユダヤ人だった。キャリンの人生が崩壊したのは一三歳のとき。ＬＳＤに溺れた両親が離婚してからだ。私は当時、同じ学校に通っているキャリンのことを知っていた。キャリンは、トパンガ・フリースクールとかいう名前の、この辺りでは初めての〝オルタナティブ〟スクールに転校していった。数年後に会ったとき、彼女は一六歳だった。悲しげで、年齢よりも大人びて見えた。当時はアメリカの反体制文化が絶頂を迎えようとしていた頃で、セックスやドラッグ、政治革命の実験の波が目のくらむような勢いで世の中に広まっていた。だがそうしたすべては、キャリンにとってはすでに色褪せた、不幸な歴史にすぎなかった。キャリンの母親は、まだその真っ只中にいた（当時一番親しかったボーイフレンドは、警察から逃げ回っているブラックパンサーのメンバーだった）。しかし一六歳のキャリンにとって、すべてはもう終わったものだった。ウエストロサンゼルスで母親、妹と暮らし、公立高校に通いながら慎ましい日常を送っていた。陶器の豚を集めるのが趣味で、情熱的なシンガーソングライター、ローラ・ニーロの大ファンだった。文学や芸術に強い関心があったが、学校の試験には価値を見いだしていなかった。私と違って人生に保険をかけたりしていなかったので、進学を意識して良い成績を保とうともしていなかった。私は、キャリンほど頭のいい人を知らなかった。世慣れていて、ユーモアがあって、言葉にできないほど美しかった。将来のプランが特にないようだったので、私はキャリンを誘った。そして、一緒に暮らし始めた。

　以前、キャリンのフリースクール時代の友人の言葉を耳にしたことがある。自分たちがロサンゼルスで最もヒッピーで、最も進んでいる若者だと思っていた彼女たちは、元同級生のキャリンの身の上に起こったことが理解できなかったらしい。噂では、キャリンは狡く、品のない人間で、〝どこかの馬の骨みたいなサーファー〟と一緒に、自分たちの世界から逃げ出したことになっているらしかった。キャリンがとった人生の選択はただ想像もつかず、それ以上何も言うことはないということなのだろう。

　キャリンには、マウイに来ることに同意した彼女なりの動機もあった。生き別れた父親がこの島にいるかもしれなかったのだ。父親の名はサム。航空宇宙分野のエンジニアとして働いていたが、ＬＳＤがすべてを変えた。黙って仕事を辞め、家族のもとを去り、自らのスピリチュアルな探究のことしか考えなくなった。家族には電話もせず、手紙も書かなかった。だがココナッツワイヤレス《風の噂》によれば、マウイ島の北海岸にある禅寺とその近くの州立精神病院を往復しながら過ごしているということだった。ただし私はキャリンをマウイに誘ったとき、父親の話は口にしなかった。

私たちはラハイナで部屋を借りた。大家はハリー・コバタケという偏屈な老人で、廊下の端に共同のトイレがあり、家賃は月一〇〇ドルだった。ゴキブリだらけの狭い部屋で、廊下の端に共同トイレがあった。床に置いたホットプレートで料理をした。家賃は高かったが、ラハイナには物件が不足していた。それに、この部屋があるフロントストリートの目と鼻の先には、この辺りで最高とされている二箇所のサーフスポットがあった。今年はもう湾には波はこないから、と私たちに車を貸してくれたブライアン・ディ・サルバトーレの話は本当だった。夏に良い波が来るスポットはすべて、町かその近くにあった。二つのうちの一つはブレイクウォールと呼ばれ、乗れる波が立つには本格的なうねりが必要だった。海岸に平行して走る岩の防波堤の先にあるノコギリの歯のようなリーフで、四フィートを超えるライトとレフトの素晴らしいブレイクが起きた。もう一つはハーバーマウスと呼ばれていたスポットで、港の入口のチャンネルの西側に、キレのいい一貫したピークの波が立った。一フィートしかなくても、混んでいても、南からのうねりがわずかしかなくても、いい波に乗れた。サーファーのほとんどは白人《ハオレ》で、地元の人間ではなかった。ここが私の定番のスポットになった。

私はいつも暗いうちに起き出し、ボードを抱えて裸足のまま階段を忍び足で下り、一番乗りであることを願いながら、裁判所の隣の小さな公園を横切って埠頭まで小走りした。海にはまだ誰もいないことが多かった。その年のラハイナには本土から大勢のサーファーがやってきていたが、みんな夜遅くまでパーティーを楽しんでいたので、日の出とともに波に乗る準備ができている者はめったにいなかった。キャリンと私はほとんど酒を口にしなかったし、人づき合いも少なかった。私は夜九時に「イーザー／オア」の仕事を終え、キャリンはレストランから客が手を付けなかったアクやマヒマヒをアルミホイルに包んで持ち帰ってくれた。私たちはその魚を夕食にとると、あとは本を読んだり、日増しに態度が大きくなっていったゴキブリを叩いたりしながら夜を過ごした。天井をパトロールしていたヤモリには名前をつけた。あまりにも酒場と縁が無い暮らしをしていたので、観光客からハワイの法律上の飲酒年齢を尋ねられたときに、答えられなかったくらいだ。

ハーバーマウスでは、波が大きくなると、テイクオフがリーフから遠くに移動するにつれて、長く複雑になる、短く掘れたライトのブレイクが起こった。だが、実際にはそれほど複雑でもなかった。それは、一夏をかけて真剣に取り組めば、ほぼ完璧に理解できる類いの波だった。私は、ここの五フィート以上の波が大好きだった。コンディションが良いときには、ウォールの外側が完全に平らなフェイスになる。そのためサーファーはテイクオフポイントがわかりにくくなり、波のショルダーの奥に移動しすぎてしまうことが多かった。だが、ほぼ確実に、六フィートの波を早い段階でキャッチし、思うようなライディングのできるスポットがあった。そのスポットには視覚的な手がかりはなかったが、私にはそれがわかるようになっていた。しかし、ハーバーマウスの最大の特徴は、なんといってもライトの波のエンドセクションだった（チャンネルから遠ざかる、長く、あまりキレのないレフトの波もあった）。それは短く、厚く、浅く、信頼できる波の塊で、他にサーファーがいないことが多かった。タイミングさえ間違えなければ、これほど確実にチューブが起こる場所もなかった。波の高さが二フィートしかなくても、なんとか水に濡れずにバレルのなかを通り抜けられた。私は初めて、シルバーの波のカーテンの内側から朝の太陽を眺めることに慣れた。ライディングの半分がチューブだというセッションも体験した。波乗りを終え、コバタケの部屋まで早足で戻ると、キャリンがまだ床に敷いたマットの上で眠っていた。チューブのなかで何度か垣間見たばかりの一瞬の永遠が、頭のなかで輝き続けていた。

仕事の後、夜の暗闇のなかでハーバーマウスの波に乗ったこともある。潮が高く、うねりが大きく、月明かりがあるときに限ってはいたが、目を瞑ってサーフィンをするのとほとんど変わりない、かなりイカれた行為だった。とはいえ、たいてい他にも酔狂な夜のサーファーはいた。じきに、このスポットをよく知っているという自負からか、たとえ暗くても、沖に向かう離岸流《カレント》の流れなどを頼りにすれば、自分がどこにいて、どこへ行こうとしていて、何をすべきかがわかるはずだと思うようになった。だがしょっちゅう判断を誤り、はぐれたボードを浅瀬で探すことにかなりの時間を費やさなければならなくなった。高潮でなければならない理由はこれだった。ハーバーマウスのインサイドの広くて浅いラグーンは、鋭い珊瑚と残忍なウニで覆われていた。昼間なら、引き潮でも、肺いっぱいに空気を吸い込み、水中に目をやってウニの棘を避けながら、リーフの隙間を縫うようにしてボードを追いかけていける。だが夜は水中がまったく見えない。海岸の街灯のうっすらとした光を頼りに、波打つ海水に身体を揺らされながらラグーンを泳ぎ、かすかな輝きを放つ楕円のボードを探し出していると、チューブで目にするものとはまったく別種の永遠の時を感じさせられた。だが、あきらめるという選択肢はなかった。ボードは一枚しか持っていなかった。だから、最後には必ず見つけた。

「イーザー／オア」は、防波堤の西端にある不安定な古桟橋に建っていて、三つの小部屋から成っていた。隣にはバーがあり、床板の下では海水が揺れていた。店主夫婦は、地元警察の捜査の手が近づいているという危険信号を察すると、仕事を覚えたての私と懲役逃れのダン（いくつかの偽名のうちの一つだ）に仕事を任せてカリブ海に逃げ出した。この店は、その規模からすれば素晴らしい書店だった。フィクション、詩、歴史、哲学、政治、宗教、演劇、科学の各セクションは活気があり、品揃えも豊富で、タイトルは一冊しか棚に並べられていなかった。当時の私が好きだったニュー・ディレクションズやグローブなどの出版社が出した本は、まず置いてあった。棚にない本も、注文をすればものの数日で届いた。ロサンゼルスの大型店とのつながりがあるからこそなせる技だった。

　だがこの素晴らしい品揃えに手を伸ばそうとする客はいなかった。売れていたのは珊瑚礁や地元の観光スポットの綺麗なカラー写真を満載した、観光客向けの五〇ドルもする大判のガイドブックだった。二週間に一度、堆《うずたか》い束で届く『ローリングストーン』誌と、月に一度、それよりも堆い束で届く『サーファー』誌も売れ筋だった。オカルトや占星術、自己啓発（自己実現と呼ばれてもいたが）、東洋神秘主義の本もよく売れた。まとめて注文しなければならなかったタイトルは、霊能者のエドガー・ケイシーといったお馴染みの胡散臭い著者のものが多かった。アラン・ワッツのような、精神世界の新たな教祖的存在《グル》のものもあった。ケースで注文してもすぐに売り切れた、カウンターカルチャーのベストセラーもあった。たとえばババ・ラム・ダス（元はハーバード大学の心理学者リチャード・アルパート）の『ビー・ヒア・ナウ』だ。版元はクラウンで、三・三三ドルというオカルトの数字を意識した額で売られていたはずだ。アリシア・ベイ＝ローレルの『地球の上に生きる』も売れた。大判で手書きのイラストが多く挿入され、電気やトイレなしで田舎で静かに生きたい人たちに向けた、実践的ガイドブックという意味合いの本だった。

実際、当時のマウイ島にはそんな人たちがたくさんいた。むしろ、アメリカ本土から移住してきた人は全員そうだと言ってもよいくらいだった。移住者たちは、山間の狭く奥まったエリアや、島の東半分を占める巨大な火山丘ハレアカラの広大な斜面、南東の海岸沿いの乾いたビーチの近くに住んでいた。共同でコミューン生活を送り、有機的な熱帯農業に真剣に取り組んでいる者もいれば、サーフィンをする者もいた。ラハイナの私たちがそうであったように、町や村に滞在している、マウイにやってきたばかりの者もいた。キャリンの父サムのように、宗教施設で生活する者もいた。サムがいる禅寺は、ハレアカラの北斜面にあるらしかった。

地元の人たちは誰もイーザー／オアには来なかったし、その見込みもなかった。この小さな町ラハイナに六〇年も住んでいるというハリー・コバタケは、この書店のことを見たことも聞いたこともないと言った。客は観光客か、ヒッピーか、サーファーか、ヒッピーサーファーのどれかだった。私は特に意識することなく、この四つの人種を嫌うようになった。この小さな書店で仕事するうちに、次第に客にもっと文学や歴史の本を読ませたいというおせっかいな気持ちになっていった。土産物やチャクラ、汲み取り式便所以外のものに興味を持たせたくなった。だがそれは徒労に終わった。少し前まで大学生だったという自負や傲慢さもあって、私は不満を募らせ始めた。自分が急に老成して、早熟なアンチヒッピーになったような気すらした。数年前から同じようなイデオロギーを持っていたキャリンは、そんな私のことを面白がった。

豪華なヨットに乗る有名人の姿も見かけるようになった。ピーター・フォンダの乗ったケッチ船が目の前を通り過ぎ、ニール・ヤングのスクーナー船がデッキのスピーカーから『カウガール・イン・ザ・サンド』を鳴り響かせながらラナイ島に向かって夕暮れの海を進んでいく。脚の長いグルーピーの女たちが、豪華船から降りて港を闊歩していた。キャリンは当初そんなゴージャスな女たちに圧倒されていたが、家の近所にある港の公衆トイレで居合わせた一人のグルーピーが、それまでに聞いたこともないような大声を上げて踏ん張っているのを耳にして狼狽してしまった。顔を合わせたくはないと急いで用を足して個室の外に出ようとしたが、案の定、タイミング悪くその女と鉢合わせた。女はそのまま、ロックの神様が待つボートに向かって歩いていったらしい。

ロックスターと言えば、ジミ・ヘンドリックスは当時の私に話題を提供してくれた。ヘンドリックスは、私たちが移住する一年前にマウイ島で開いたコンサートの映像をもとにして制作された、異色の映画『レインボウ・ブリッジ』に主演していた。映画のつくりは雑で、ヘンドリックスとそのバンドが貿易風が吹き荒れる野原で演奏するシーンの音声もひどいものだった。映画のなかでは、しなやかな身体つきをしたニューヨークの黒人女性とヘンドリックスとのロマンスが、シネマベリテ風のドキュメンタリータッチで描かれる。この女性がマウイ島のヒッピーコミューンの人々と一緒にいるシーンはまだリアリティがあったが、ヘンドリックスは画面のなかで完全に浮いていた。そのぶっきらぼうな台詞回しには思わず笑ってしまった。バロンという名の支離滅裂なコミューンのリーダーがあまりに鬱陶《うっとう》しいので、ヘンドリックスがバルコニーからライフルでこの男を狙撃する、といった荒唐無稽なシーンも満載だった。映画は、金星から来た「宇宙の兄弟」がマウイ島のハレアカラクレーターに着陸するという、いかにも低予算映画でつくられた安っぽいシークエンスで終わる。私にはこのエンディングはペテンとしか思えなかったが、後でイーザー／オアや他の場所でこの〝金星人〟のシーンについて人の話を聞く限りでは、私の意見は少数派のものだったようだ。

キャリンと私は、ままごとみたいな二人の小さな世界のなかで、ときには相手の関心事にも興味を示した。あるとき、キャリンをハードコアなサーフィン映画に連れていった。サーファー以外は、まず楽しめない類いの映画だ。ラハイナにあるオンボロ映画館クイーンシアターではたまにこの手の映画がかかっていて、客席はいつも酒に酔った熱狂的なサーファーでいっぱいだった。この映画のシークエンス（タイトルは忘れてしまった）のいくつかは、よく覚えている。一つは、バンザイパイプラインの巨大な波のシーンで、新曲のサウンドトラックをつくる予算がなかった映画監督は、ゆっくりしたテンポから終盤へと盛り上がっていくチェンバースブラザーズの名曲『タイム・ハズ・カム・トゥデイ』を大音量で流した。観客の誰もが、画面に映る波の大きさが信じられないといった様子で叫びながら立ち上がった。私たちサーファーにとって、この世の終わりのような波の輪のなかに入っていく人間の姿を目にするのが衝撃的なのは当然だった。だが、意外にも、キャリンも目を丸くして立ち上がっていた。

穏やかな曲に合わせて、ナット・ヤングとデイビッド・ナウヒワが私たちの地元のスポット、ブレイクウォールで波に乗るシークエンスもあった。ナウヒワは、数年前まで世界最高のノーズライダーとして知られていた。ヤングは、ショートボーダーとして初めて名を馳せたサーファーだ。この二人が一緒にサーフィンをしている光景は、涙が出るほど感動的だった。二人の偉大なサーファーがショートボードに乗っていた。古い世界の最後の王子と、革命の象徴である大柄なオーストラリア人が、観客全員がよく知る波の上で、強い陽射しを浴びながらデュエットを奏でている。キャリンがナウヒワとヤングが並び立つことが示唆するものを理解しているとは思えなかった。だが、続くシークエンスは別だった。この映画の制作者は、誰かのくだらないアドバイスを真に受けて、コミカルなシーンを挿入していた。ハードコアなサーフィン映画では、まず失敗するアイデアだ。その一つが、ナイロンのストッキングをかぶって顔を歪ませた悪役が走るシーンだった。つまらないシーンに不満げな観客の一人が、「ファック・ユー、ホップ・ウォー！」と野次を飛ばした。ホップ・ウォーとは、不愛想でケチなことで知られていた、ラハイナの小売店の経営者のことだ。映画のなかのナイロンの悪役と、確かによく似ていた。キャリンも荒っぽいサーファーたちと一緒に笑っていた。「ファック・ユー、ホップ・ウォー！」は私たち二人にしか意味の通じない、お気に入りのフレーズになった。

まとまった金ができたところで、ブライアン・ディ・サルバトーレに車代として一二五ドルを送金した。返事はなかったが、書店によく来るマックスという名のエレガントな女性が、ときどきブライアンの近況を知らせてくれた。アイダホに戻ったブライアンは、その後でイングランドに行き、そしてモロッコに渡ったという。マックスは謎めいた女性だった。ボーイッシュで、ファッションモデルのような身のこなしをしていて、声が低く、愉快で、相手の目をじっと見た。ラハイナではなく、モンテカルロやどこかにいるべきような人だった。ブライアンと男女の仲だったことははっきりとわかった。だが、かつての恋人がいなくなったというのに、マックスはとても陽気に振る舞っていた。私が乗っていたブライアンの元愛車を目にするとき、どんな気分なのだろうかと思った。私に勧められ、キャリンはこの車のトランクに大きな花の絵を描いた。うまく描けていたが、その花は穏やかなものだったので、もう犀を追う車《ライノチェイサー》と呼べるような物騒な雰囲気はなくなっていた。書店で働くうちにアンチヒッピーな考えを抱き始めていた私だったが、どうやらヒッピー的な傾向も残っていたようだ。

両親からはほとんど連絡がなかった。大学を辞めるときに大反対された言葉は、まだ私の頭のなかで鳴り響いていた。父は大学中退者のうち九割は二度と復学しない、それは統計データが示していると言い張った。当然ながら、父と母は私の兵役の状態についても気にしていた。だが、私は徴兵登録すらしていなかった。私の市民的義務の意識はもともと強くなかったが、軍隊に関しては存在しないも同然だった。もし、FBIに追われるようにでもなったら、イーザー／オアの店主がいるカリブ諸島にでも逃げたかもしれない。家族からは、ホノルルの実家に泊まったとき、キャリンとは別々の部屋で寝てほしいと言われたりもした。ひどく侮辱的な気持ちを味わったものだ。

コバタケの安アパートの隣人たちは、騒々しく、大麻を吸い、廊下でスケートボードをしたり、音楽をガンガン鳴らしたり、大声でセックスをしたりするような連中ばかりだった。他の部屋からやたらとスライ&ザ・ファミリー・ストーンが聞こえてきたので、それ以来、私はこのバンドの音楽を楽しめなくなってしまった。我慢ができなくなった私が、読みかけの本を手にしたまま部屋から飛び出し、迷惑を顧みない隣人どもを睨みつけるので、キャリンは恥ずかしい思いをしていたらしい。私は数年後に初めてそれを教えられた。キャリンは当時の日記も見せてくれた。

コバタケのアパートの住人は全員フードスタンプを受けとっていた。かつてそこに住んでいた人で、それが当てはまらない人はいないかもしれないくらいだった。「毎月、決まった時期になるとピンクが来た」とキャリンは日記に書いていた。アパートの住人（すでに部屋を引き払った人も含め）宛に毎月何十枚も届く、政府発行の小切手の色のことだ。フードスタンプに頼ってはいたが、誰も自分たちが社会保障制度の権利を正当に利用しているという考えは持っていなかったと思う。たしかにフードスタンプは便利だし、合法的で簡単に利用できるが、あくまでも生活の足しでしかない、という程度の認識だった。私は後に、健康でありながら働こうとせず社会保障で食っていこうとするイギリスやオーストラリアの若者（後者の何人かはサーファーだった）の間近で暮らすことになる。彼らは、政府が支給する小切手を生活の糧にし、それを受けとることを権利だと見なしていた。

ある日、二人とも仕事が休みだった日、オロワルという場所でキャリンとささやかなサーフィンをした。ラハイナの南東にあるごく小さなリーフで、すぐ隣に海岸沿いの道路が走っている、あまり波のないエリアだ。キャリンはサーフィンを学ぶことに興味がなかった。私はそれは賢明なことだと思っていた。当時の私は、それまでの経験上、ある程度年をとってから（具体的には一四歳以上で）サーフィンを始めた人はめったに熟練レベルには到達せず、辛くなって途中でやめるケースが多いと考えていたからだ。とはいえ、誰かに指導されながら適切な条件下で学ぶのなら、楽しい時間を過ごせるとも考えていた。だからその日、キャリンを口説き落とし、私のボードでゆっくりとした小さな波に乗ってもらうことにした。私は横で泳ぎながらボードを前進させ、キャリンに正しい姿勢をとらせて、波のなかに押し出した。キャリンは楽しそうだった。腹をボードにつけたまま、嬌声を上げてロングライディングを楽しんでいた。私は岩で怪我をしないことだけに気をつけていた――水は浅く、特に澄んではいなかった。周りには誰もおらず、キヘイに向かう車の騒音が聞こえるくらいだ。ラグーンでライディングを終えたキャリンのその先に、四、五本の背びれが見えた――数匹のサメが、岸に沿って泳いでいた。

サメはブラックチップと呼ばれる種に見えた――地元で最も凶暴な種ではなかったが、それでもその光景は限りなく恐ろしいものだった。格別に大きくは見えなかったが、距離が離れていたので正確なサイズはわからない。サメは岸のすぐ近くを泳いでいる。私はそこから三〇メートルくらいのところにいた。キャリンはビーチから数メートルの場所にいて、サメには気づいていない。バシャバシャと水をかき分けながら、ボードを海の方に向けようとしている。私は頭を低くし、キャリンの方に向かって、水《みず》飛沫《しぶき》を立てないようにして、できる限り速く泳いだ。キャリンが何か喋っていたが、興奮した私の耳には届かない。キャリンのところに辿り着いたとき、サメがくるりと向きを変えたのが見えた。岸の近くを巡航していたサメが、私たちの方を目指して泳ぎ始めている。腰の高さの水のなかに立ってサメの大きさを確かめようとしたが、海水が濁っていてわからない。サメが私たちの横を通り過ぎた。私は顔を背けた。どんな表情をしていたとしても、キャリンにはそれを勘づかれたくなかった。私はキャリンの腕をつかむと、海に出るときはあれほど気をつけていた岩を一切無視して、急いで海岸に向かって進み出した。キャリンは驚きながらも、ついてきてくれた。何も言葉を口にしなかったはずだ。私はボードを楯にしてサメをキャリンの視界から遮った――奴らはすぐには向きを変えてこない、そのあいだにビーチに辿り着けるはずだ。ラグーンを横切り、砂を踏みしめた。サメたちはもう向きを変えなかった。私は海を振り返らなかった。

私はかつての恋人であるサーフィンを想い、ホノルア湾でブレイクが起こる秋が来るのを待っていた。そこでのサーフィン漬けの毎日を想像することで頭がいっぱいだった。そんな私をそれまで見たことがなかったキャリンだが、嫉妬してはいなかった。むしろ、ホノルア湾ではどんなボードに乗りたいのかをやたらと細かく尋ねてきた。不思議に思って問い詰めると、私の誕生日に新品のボードをプレゼントしようとしてくれていたことがわかった。フードスタンプを受給していた私たちにとって、それは小さな贈り物ではなかった。私がホノルア湾でのサーフィンを心待ちにしていることを、キャリンは受け入れてくれていたのだ。そのときのキャリンはすでにウェイトレスの仕事を辞め、ラハイナの隣町カアナパリにある、できたばかりの趣味の悪いリゾート施設でアイスクリーム売りの仕事をしていた。私たちはキャリンの父親を探し出そうとカフルイやパイアまで車を走らせ、禅寺や外来診療所で人に心当たりを尋ねた。わずかな手がかりは得たが、それをさらに追いかけようとはしなかった。私はキャリンが本当に父親に会いたがっているのか疑問に思った。実際、それも無理もないと思った。それは想像するだけで胸が締めつけられるようなことだった。マウイの西海岸やカントリーサイドに比べれば、特徴が薄かったかもしれないが、ラハイナには独特の魅力があった。古い中国寺院や、一風変わった建物、日に焼けた珊瑚岩でできた刑務所跡――。キャリンはこの町で生き生きとしていた。移住者のサーファーたちとも友達になり、〝ブロンドの日焼けした生き物たち〟を自称していた。だが、私たちのあいだには違和感が芽生え始めていた。それは二人の、いや私の失敗から始まった。私は、キャリンの望みと自分の望みの違いを真剣に区別することができなかった。

高校でつき合い始めて以来、少なくとも私は、キャリンとは一つに溶け合ったような仲で、心の境線などとっくに消えていたと思っていた。身体つきだけを見れば、似合いのカップルではなかった。私の方が頭ひとつ背が高かったからだ。キャリンの母親のイングからはよく、漫画の『マットとジェフ』

みたいだと言われた。でも、私はキャリンと一心同体だと感じていて、離れ離れのときは胸が痛んだ。高校生の頃、よくキャリンの一家が住むアパートで夜を過ごした。イングは相手をとっかえひっかえして長く熱い中年の夜を楽しんでいた。キャリンと私は若き清教徒のように一途に愛し合った。キャリンの家庭は当時としても珍しいくらい奔放で、子供たちは自由にセックスができ、相手がいなければ逆に哀れみを覚えられた。その自由に慣れるのにはしばらく時間がかかった。それまで体験した恋愛ではいつも、厳格で、ときに苛立っている父親の目を避けなければならなかったからだ（そして、しょっちゅう失敗した）。キャリンとつき合い始めてからは、朝帰りをすることが何度かあった。両親はいつまでもそれに慣れず、いつもこっぴどく叱られた。私はそのことに驚いた。それまで何年ものあいだ、キャリンから真面目ぶった調子で〝神のフリーエージェント〟と冗談を言われるくらい自由な世界を生きていたと思っていたのに、一七歳になって突然、親から門限を定められるようになってしまうなんて。私は不満たっぷりに、両親は子供が性行為をすることにパニックになっているのだと考察した。

しばらくして、私たちは交通事故に遭った。キャンプをするために海岸線をバンで走っていたら、スピードを出した酔っ払いの車に追突されたのだ。バンは全損したが、キャリンも私も無傷だった。ちょっとした額の保険金も手に入れた。私たちはその金で格安のチャーター便の航空券を買い、高校の卒業式をパスしてヨーロッパに旅立った。この突然の放浪旅は、さすがに両親を呆れさせたはずだ。だが当時、自分が親に対して残酷なことをしているという自覚はなかった。もし両親が長男の卒業式を楽しみにしていたのなら、「卒業式には出て欲しい」と引き止められるはずだと思っていたのだ。一方のイングは不安でしょうがない様子で、出発当日も落ち着きがなく、娘を守ってね、と私に念を押した。

だが、私はその約束を完全には守れなかった。ヨーロッパに着いた私たちは、口喧嘩をすることが多くなった。クラッカーと新鮮な空気で飢えを凌ぎ、星空の下で野宿をしながら、私は猛烈なペースで強引に西ヨーロッパを歩き回ろうとした。絶えずどこかに行き、未知の素晴らしい何かを体験しなければならないと思っていた。ロックフェスティバル（バース）やサーフタウン（ビアリッツ）、お気に入りの作家のゆかりの地（と墓）を巡るハードな旅に、キャリンを連れ回した。大人なキャリンには、旅を急ぐ理由は見つからなかった。日記に押し花をし、美術館に行き、旅の途中で遭遇したフランス語とドイツ語の新しい言葉を（すでにこれらの外国語には堪能だったにもかかわらず）覚えようとした。ギリシャの西にあるコルフ島にいるとき、とうとうキャリンは、〝トルコの文化的影響〟をもっと見たいという私にはついていかず、島に留まると言いだした。そんなにオスマン帝国の寺院の光塔《ミナレット》が見たいなら、ひとりで行けばいいじゃない――。だから私は、人里離れた、山々を背にした何もないビーチで張っていたテントにキャリンを残し、トルコを目指すことにした。ふたりとも心の奥では、私が本当にそんな無謀なことをするとは思っていなかった。だが、見知らぬ土地を金をかけずに素早く旅することだけはうまくなっていた私は、一週間もしないうちにトルコにいて、さらにその先のインドにも足を踏み入れようとしていた。移動、新しい仲間、新しい土地は、思春期の好奇心を満たしてくれる麻薬だった。トルコの文化的影響に魅了されたのは三〇分だけだった。すでに心は、タミルの文化的影響を渇望していた。

　愚かな冒険は、黒海の南海岸の無人の浜辺で無様な終わりを迎えた。茶色い平凡な波が、霧っぽいオデッサの海で強風に吹かれていた。茂みに覆われた砂を歩いていたとき、ふと自分はこんなところで何をしているのだろうという思いに襲われた。私は、大切な人をギリシャの僻地に置き残してしまった。道端に見捨ててきてしまった。キャリンはまだ、私と同じ一七歳だというのに。私は遠く離れたトルコにいて、浜辺の横木に腰掛けていた。新たな景色や冒険への情熱は、苦いため息とともに消えていった。テントを組み立てる元気もなかった。犬が吠え、夜の帳《とばり》が降りていく。それまでの私は、自分を怖い物知らずの若者だと思っていた。輝かしいロードムービーの主役気取りだった。だが今は、無謀な馬鹿野郎に思えてしかたがなかった。私は最低のボーイフレンドで、いい年をした家出少年で、シャワーも浴びられずに不安な夜を過ごしている子供だった。

翌朝、私はヨーロッパに戻るために出発した。だがヨーロッパは出国することよりも再入国するほうが難しかった。コレラが発生する恐れがあったため、ギリシャとブルガリアとの国境は閉鎖されているらしかった。私はボスポラス海峡を歩いてイスタンブールに戻ると、ホテルの屋上で寝泊まりした（部屋よりも安かったからだ）。ルーマニアに入りたかったが、チャウシェスク政権下の歩哨は、私を親のスネかじりのろくでなしだと見なしてビザを発行してくれなかった。滞在していた安宿に警察のガサ入れがあり、イギリス人三人が大麻所持で逮捕されて翌日に懲役数年の有罪判決を受けた。別のホテルの屋上に居場所を移した私は、強がって自慢じみたポストカードを書いた——「このハガキの写真では、目の前にある青いモスクの美しさを表現できないよ」

キャリンのことが心配でたまらなかった。別れる前、友人のいるドイツへ向かうとは聞いていた。だが、最悪のケースばかりが頭に浮かんだ。イスタンブールの有名なバザール、カパルチャルシュでキャリンのために安い財布を買った。一人旅をしていた他の外国人たちと行動をともにするようになった。

心が挫けて家にも電話した。電話をかける手続きに丸一日もかかった。広くて古い郵便局の周りを一日中ぶらつき、ようやく電話がつながったが、接続がひどく、母の声はまるで五〇歳も年老いたみたいに聞き取りにくかったので、何度も聞き返さなければならなかった。イスタンブールにいることは伝えたが、キャリンの近況を知っているかどうかは尋ねなかった。数週間もキャリンと別行動をしていることも言えなかった。郵便局の営業時間が終わり、そのまま電話を切った。この夏の旅では旅先からたくさんハガキや手紙を書いたが、家に電話をしたのはこのときだけだ。

結局、私は自分と同じような状況で苦しんでいた他の欧米の旅行者と手を組み、ブルガリアの国境警備員に賄賂を渡して入国に成功し、バルカン半島とアルプスを通り抜けて、ミュンヘンのアメリカン・エキスプレスのオフィスにあるメッセージボードのおかげで、キャリンが町の南にあるキャンプ場にいることをつきとめた。キャリンは元気そうだった。そして、少し用心深い顔つきになっていた。これまでの数週間、何をしていたのかを尋ねるのが怖かった。トルコの文化的影響は、存分に見てきたよ、と私は言った。キャリンはイスタンブールで買った財布を受けとってくれた。私たちは放浪の旅を再開した。スイスや、ドイツの森林地帯シュワルツワルトに行った。ライン川にあるキャリンの母親の故郷を訪ねたときは面白い体験をした。老人たちはキャリンと母親を混同し、なぜか私たちのことを元ナチス親衛隊だと近所の人に噂した。パリでは初日の夜にボローニャの森で野宿をした。アムステルダムではジミ・ヘンドリックスがロッテルダムでコンサートをするという話を聞いた。観に行くつもりだったが、ショーはキャンセルされ、五日後、ヘンドリックスは死んだ（マウイを舞台にしたヘンドリックス主演の映画『レインボウ・ブリッジ』はその数週間前に撮影を終了していた）。私が好きだったジャニス・

ジョプリンとジム・モリソンも、同じ時期に他界することになる。

カリフォルニアに戻ると、私はカリフォルニア大学サンタクルーズ校の寮の狭い部屋で暮らし始めた。キャリンも規則を破ってこの部屋に寝泊まりした。私は大学のカフェテリアでキャリンの分の食べ物を余分に皿に盛った。無茶苦茶な生活だったが、同じようなことをしているヒッピーアウトローの新入生のカップルは他にもいた。しばらくの間、この生活は私にとっては理想的だった。本と素晴らしい教師に囲まれ、アメリカ杉が茂るキャンパスを裸足で歩き回り、アリストテレスについて議論する。愛する人はすぐ傍にいる。キャリンも授業をこっそり聴講したり、ヒッチハイクであちこちに行ったりした（ロサンゼルスや、ドメニクとの疑惑のカナダ旅行などだ）。そして、自分も大学に通うことを考え始めていた。そんなとき、私はマウイで暮らすという突拍子もない、夢のようなアイデアを思いつき、キャリンを引っ張ってこの島にやってきたのだった。

マウイにやって来てからの最初の数カ月間、私たちは一致団結して闘わなければならなかった。コバタケは家賃を上げようとしたり、鶏を盗んだという言いがかりをつけて罰金を科そうとしたり、もっと高い家賃を払うという人《カモ》がいるからと私たちを追い出そうとした。私たちはどちらも懐疑主義者だった。知り合いが平然とした顔をして金星人の話をしたときも、うまくあしらった。怪しい神秘主義が横行する世界で、まともな本を読む合理主義者だった。それでも、キャリンと私はマウイでも喧嘩をするようになった。何が原因かはわからないくらい些細なことがきっかけだったが、たいてい口論が激しくなって収拾がつかなくなり、どちらかが家を飛び出した。仲直りのセックスは最高だったが、次第にそれ以外のときに愛し合うことがなくなっていった。

二人のあいだの違和感は、キャリンが妊娠したことでさらに深まった。それまで、子供を持つことについて話し合ったことはなかった。キャリンと私自身が、まだ子供みたいなものだった。キャリンは中絶した。当時のマウイでは、ワイルクの病院に一、二泊するのが一般的だった。手続後、キャリンはひどくぐったりしていた。病室のベッドで身体を丸めて横たわり、顔はやつれ、目は赤く腫れていた。ラハイナに戻る車のなかは、沈黙に包まれていた。そのときは理解していなかった。だが、今にしてみれば、あれが私たちの関係が終わった瞬間だった。

反ユートピア的思想を抱いていた私にも、フラワーチャイルドとしての側面はあった。たとえば、密かにコミューン生活を夢想していた。心の底で、いつか友人たちをどこか理想的な場所に集めて一緒に幸せに暮らしたいという現実離れした妄想を抱いていたのだ。日増しに安っぽくなり、観光客も増えていたマウイは、理想郷には相応しくないようにも思えたが、私はドメニクやベケットなどの友人を次々とラハイナに招き、狭苦しいコバタケのアパートの部屋で何週間も一緒に寝泊まりした。私は、無意識のうちに家族のような人間関係をとりもどそうとしていたのかもしれない。かなり若い頃から実質的に家族と離れて生きてきたせいで、世界から自分を守るための新しい避難所をつくろうとあがいていたのだと思う——キャリンと本物の家族をつくることは拒否したし、どこかに根を張るようなこととは対局にあるような放浪の旅もしていたのではあるけれど。とはいえ、ラハイナでは大勢の仲間と一緒に生活するための場所を真剣に探そうとしたりはしなかった。おそらく、コミューンという共同体のあり方は、究極的にはうまくいかないものだと知っていたからだと思う。キャリンとの関係も不安定だった。女の子もキャリンしかいなかった。

ドメニクも、コミューンがうまくいかないのは知っていたはずだ。私たちのアパートに滞在していたとき、私にはドメニクとキャリンが春に徴兵逃れのためにカナダに旅行した際に、何かがあったはずだということがはっきりとわかった。カナダでどんなふうに過ごしていたのか、細かいことを尋ねたりしなかった。ぞっとしたし、腹も立った。だけど、つとめて平然を装った。ひょっとして、私たちなら三人婚ができたのかもしれない。全員、トリュフォーの『突然炎のごとく』も観ていたし、グレイトフル・デッドも「俺たちは女をわかち合える。ワインもわけ合える」と歌っていた。そんな日々が続いていたなか、あるときドメニクは思うところがあったのか、私たちにサヨナラを告げると、突然オアフに戻っていった。そして、テレビシリーズ『ハワイ5-0』を制作していた私の父のもとで働き始めた。

ドメニクは最初、ダイヤモンドヘッドロード沿いにあった、番組のセットの庭師として働いていた。大変な仕事だ。だが、父とドメニクのあいだには信頼関係が生まれていた。私は映画業界にはまったく興味がなかったが、ドメニクは違った。その真面目な働きぶりを気に入っていた父は、ハリウッドの閉鎖的な制作現場の世界にドメニクが足を踏み入れる手助けをしようとした。ドメニクは喜んでその助けを借りた。ロサンゼルスに戻ったドメニクは、フィルム編集者や映画カメラマンとしてキャリアを積み、最終的には映画監督になった。数年後に催されたドメニクの結婚式では、映画『ゴッドファーザー』のシーンを彷彿とさせるような雰囲気のなかで、父のビッグ・ドムが、目に涙を浮かべて私の父に感謝していた。ドムは息子が自分と同じようなスポーツ賭博の胴元の仕事をしなかったことを心から喜んでいた。だが、あのときマウイを去ってオアフに戻ったドメニクは、本当にこんなキャリアチャンスがあると思っていたのだろうか？　私にはそうは思えない。私はドメニクが複雑な心境を抱えていたのを知っている。ホノルア湾でブレイクが起きようとしていたときにマウイを離れようとしていることに、ドメニクは自分自身でも驚いていた。

ここでロサンゼルスについて触れておきたい。これは、かつてこの都市に住んでいた若い世代が当時抱いていた、なかば宗教的な信条の告白だ。もし、ジョイスが言うようにアイルランドが〝我が子を食べる老いた雌豚〟なのだとしたら、ロサンゼルスはさながら連続殺人者のジョン・ウェイン・ゲイシーだった。この都市は有害な空気と無意味な経済成長、悪しき価値観というビーチタオルで若者を窒息させていた。私たちが探していたもの——美や知恵、そして混雑していないサーフスポットは、何もなかった。少なくとも、私たちはそう信じていた（後に知ったことがある。大学時代の私の文学的ヒーローだった作家のトーマス・ピンチョンは六〇年代後半、サンフランシスコのあのひどいサウスベイにあるマンハッタンビーチ付近に住んでいたらしい。そして、あの汚れ、漂白された都市に魅力を見いだし、それを作品のモチーフにした。私は自分の視野の狭さや独創性の無さに気づかされた思いだった。といっても、ピンチョンがサウスベイを舞台にして書いたその小説は好きにはなれなかった）。若い世代も含めて、サーファーは誰でも、ある種のノスタルジーに感染している。それは、今日よりも昨日、昨日よりも一昨日の方が良い、という考えだ。この思想は、南カリフォルニアのディストピア的な物の見方に端を発するものだ——なんといっても、ここは近代サーフィンの発祥地であり、新たに誕生したサーフィン業界の本拠地だった。サーファーはどこにいても、このノスタルジアを引きずっていた。ラハイナで〝この町にはかつて淡水を汲み取るための捕鯨船が遡れるくらい大きな河があった〟というニュースを耳にしたとき、私の想像力は膨らんだ。それは理に適《かな》っていた。プク・ククイ山の付近では世界に二番目に雨が降るというのなら、その水はどこに流れていたのか、と以前から疑問に思っていたからだ。もちろんそれは、西マウイの全域でサトウキビを栽培していた企業による灌漑に使われていた。その結果、現代のラハイナは、乾燥し、埃だらけで、不自然に暑い町になってしまっていた。

ベケットがラハイナを訪ねてきてくれた頃には、日々の諍いで疲れ果てたキャリンと私の関係はほとんど破綻していた。キャリンは町の北側の、古い砂糖工場の隣にあるオンボロの労働者住宅に自分で部屋を借りるようになっていた。ラハイナの移住者の若者の間にはジェンダーの不均衡があり、女よりも男の方が多かった。町の男たちは、アイスクリームパーラーで働いているあの可愛い小柄な白人娘が一人暮らしをしていることに気づき始めていた。イーザー／オアのにやけた徴兵逃れのダンさえもが、キャリンに色目を使い始めた。当時、荒々しい熱帯地域のイメージに満ちた、「リビング・イン・ア・カー」というタイトルの叙事詩を書いていた私は、この頃から、〝ハワイのサトウキビ畑で働くためにフィリピンから来て男ばかりのバラックで暮らす男が、空気で膨らませたセックスドールと恋に落ちる〟という短編小説を書き始めた。私が置かれていた状況はこの小説の主人公ほど深刻ではなかったが、それでも幸せではなかった。

それでも、優しかったキャリンはまだ、私に新しいボードをプレゼントしようとしてくれていた。私は、シェイパーのレスリー・ポッツにボードをつくってもらうことにした。ポッツはホノルア湾の王様と呼ばれていた、日焼けしてかさついた肌をした、柔らかな口ぶりの天才的シェイパーで、ブルースロックのギタリストでもあった。私は、軽くて、素早くて、速くて、とポッツに望みを伝えようとしたが、うまく舌が回らなかった。とはいえ、ポッツはもともと私の注文には聞く耳を持っていなかった。ポッツは、私がハーバーマウスでサーフィンしているのを見ていた。何より、ホノルア湾の状態や特徴、可能性を知り尽くしていた。ポッツが私のためにつくってくれたのは、厚みがあり、不格好なまでに幅広の六・一〇フィートのボードだった。ドロップがしやすく、短い半径でのターンを決めやすく、風のように速く乗れるらしかった。自分が望んでいた形や長さではなかったが、マウイ島最高のサーファーだと見なされていたポッツを信頼することにした。噂では、仕事に気が乗らないと作業を放り出して波に乗っていることも多いらしかったが、思っていたよりも早く私のボードは仕上がった。まるで魔法だった。見事な反り加減が、ボードに命を吹き込んでいた。

グラッシングでは思い通りの注文ができた。ポッツのグラッサーは、眼鏡をかけた寡黙なマイクという男だった。私はボトムにはシングルレイヤーで六オンス、デッキには六・四オンスをレールにオーバラップしてもらうよう依頼した。これはホノルア湾向けのボードとしては馬鹿げたほど軽かった。ロストしたボードが近くの岩壁にぶつかったときに壊れやすくなるからだ。だが、私は厚みをフォームで補ってもらうことにした。マイクは注文通りに仕事をしてくれた。デッキとレールは蜂蜜色のピグメント仕上げ、ボトムは透明。ステッカーはなかった――ポッツは徹底してアンダーグラウンドだった。

ベケットと私は、北西部の海岸を毎日のようにチェックし始めた。早秋になり、北太平洋の海がざわつき始めていた。〝一一月にザトウクジラが姿を見せるまでは、ホノルアにはうねりは来ない〟という人もいたが、私たちはそれが間違いであることを祈った。マウイにやってきたとき、ベケットはやつれていた。こんなに青白い顔をしているのは、それまでに見たことがなかった。この数年は災難続きだったという。メキシコで食べた酢漬けが原因でアメーバ赤痢を発症し、高校生活とバスケットボール選手としてのキャリアをふいにした。その後に腎臓の手術もして、数カ月間ベッドで横になっていた。本人はもう大丈夫だと言っていたが、明らかに衰弱していた。だが、ふたりでラハイナをサーフィンしているうちに、ゆっくりと体力を回復していったようだった。自分の背丈よりも五センチほど短いピンテイルのボードに乗り、身体を前方に傾けて両手を降ろす、少なくとも本人には効果的だと思える新しいスタイルを開発していた。ハワイに来たのは、休暇なのか、それともそのまま留まろうとしているのかはよくわからなかった。本人曰く、ちょっとした銭《シケル》の蓄えがあるので、まだ仕事は探さないということだった。ともかく、ハワイの島々が肌に合っていたのは間違いなかった。ベケットはニューポート埠頭で過ごした子供の頃と同じように、漁師のバケツを覗き込みながらラハイナのウォーターフロントを散策した。町にはヨットとグルーピーの女という、ベケットが大好きなものもふんだんにあった。なにより、豚の丸焼きを食べたり、ウクレレの弦をつまびいたりといったハワイの田舎の海辺の暮らしのゆったりとしたリズムは、サン・オノフレ育ちで、人生を徹底して楽しもうとしていたそのときのベケットにぴったりだった。私たちと同じように、ベケットも南カリフォルニアで味わったネガティブな側面をハワイで払拭しようとしていた――オレンジ郡はロサンゼルスよりも速いペースで、醜く開発されていた。ドメニクはよく、ベケットは父親と同じように消防士になるだろうと言っていた。実際、ベケットには父親と同じ木工細工の才能があり、それが将来の職業に結びつくことになる。

ホノルア湾で、わずかにブレイクが起こるようになった。ベケットと私は崖の間近で無謀なサーフィンを始めた。ボードをロストしないように、レールを握りしめて波に乗った。私はポッツのボードに慣れ始めた。このボードは、私が思い描ける最も難しいターンでもスムーズにスナップしてくれた。ボトムでのターンが鋭すぎて、小さめの波ではインサイドのつま先側のレールから踵に体重を移動できず、意図せずトップに飛び出してしまうこともあった。丸みのある卵形をした、ビッグウェーブ向きのボードではなかった。だが、波足が速く、広々とした力強い波にはうってつけだった。

ある日、サーフィン雑誌で心をざわつかせるものを目にした。ノースショアのバンザイパイプラインで波に乗る、グレン・カウルククイの写真だった。グレンとはもう何年も音信不通だった。だが写真に写る、光り輝く大波に乗るサーファーのシルエットは、間違いなくグレンだった。表情はわからず、グレンのあの皮肉っぽい、ふざけたようなアンビバレンスな雰囲気は感じとれなかったが、ともかくその波は凄まじかった。こんな波に乗れるサーファーはそうはいない。写真は、グレンが成長し、どこかで今日も生きていて、いま極めて高いレベルでサーフィンをしていることを雄弁に物語っていた。獣のように崩れ落ちるパイプラインの波に乗るグレンは、スタイリッシュで誇りに満ちていた。エディ・アイカウみたいだった。数年後、別のサーフィン雑誌で再びグレンの写真を見かけた。ページには、南アフリカのポイントブレイク、ジェフリーズ・ベイでサーフィンをするグレンのシルエットがあった。オフショアの強風のなか、安定した構図と巧みな光の使い方で、果てしなく大きなウォールをとらえた、見事な写真だった。逆光に照らされた波のなかのグレンは、アフリカ人を思わせるほど真っ黒な肌をしていた。南アフリカではまだ人種隔離《アパルトヘイト》政策が続いていた。写真のキャプションには、サーフコンテストに参加するために同国のダーバンを訪れたエディ・アイカウを含むハワイのチームが、白人専用のホテルから宿泊を拒否されたという気になる情報も記されていた。私はパイプラインで撮影されたグレンの写真をキャリンに見せた。私の熱心な説明を聞きながら写真を見つめていたキャリンは、最後に「彼は美しい」と言ってくれた。ありがとう、と私は言った。

一〇月に入ると、ホノルア湾で本格的なブレイクが起こり始めた。条件は春と同じだった。不規則に崩れるセクションのあるアウトサイドの長いウォール、すり鉢のように大きく抉られたボウルセクションのあるメインテイクオフエリア、そしてリーフから湾に向けて吠えながら進んでいく青い貨物列車のような波列。壮麗な波だった。深みのある色合いは、この世に初めて誕生したようなものに感じられるほど鮮やかだった。かつて一度も存在していなかった、この瞬間、この波のためだけにつくられ、そして二度と実現しないような色。このスポットで賢く波に乗るには、何年もかけて先輩サーファーに教えを請いながら学ばなければならない。だがホノルア湾のローカルたちには、新人は不要だった。このスポットに憧れるサーファーで、連日定員オーバーの状態だったからだ。サーファーたちはマウイ島全域から集まっていた。大きなうねりが入った日にはオアフ島からもやって来た。ホノルア湾の波待ちエリア《ラインナップ》に浮かぶのは、ラハイナよりも浅黒い顔をしたサーファーが多く、白人は少なかった。冬のシーズンが始まると、ラハイナの観光スポットによくいるサーファーはホノルアではほとんど見かけなくなった。ホノルアでのサーフィンは、それだけシビアで高レベルだった。うねりがピークに達すると、波の上で感じる興奮も極限に近づいた。腕の立つサーファーが己の限界に挑むようなライディングを繰り返し、波を争った。甘い場所ではなかった。誰も新入りに波を与えたりはしなかった。だが私は、ここでいい波をものにするのは、犬の喧嘩めいた単なる場所取りに勝つようなものではなく、波のリズムをうまくつかみ、サーファーの群の隙間を縫うタイミングを見つけることだと気づいた。ときにそこは熱狂する巡礼者でごったがえす宗教の聖地を思わせた。いまにもサーファーたちが口から泡を吹きながら意味不明な祈りの言葉を叫び出すのではないかといった、シュールな妄想が頭に浮かんだ。

トップサーファーの滑りは素晴らしかった。サーフィン雑誌で見かけるビッグネームもいたし、地元の腕利きもいた。その秋に一度だけ、私のボードをつくってくれたシェイパーのレスリー・ポッツも見かけた。ポッツは私のものと同じ形の幅広の白いボードに乗っていた。その日の波はそこそこで、風は軽く、ラインナップはかなり混雑していた。ポッツはメインのテイクオフエリアから距離をとり、岸側に身を潜めると、長年の経験で培った高精度のレーダーを駆使してセットをかわし、あり得ないタイミングでリーフを横切り、誰も気づいていなかった綺麗で速い波をつかまえた。ポッツのサーフィンは繊細で安定感があった。ここぞというタイミングでのみ、猛烈な技を繰り出す。このスポットのリーフに関する知識は百科事典並で、インサイドの浅い岩の上で起こる螺旋状のバレルを狙っていた。私はポッツを見るために湾の方まで下がった。崖の上にいる大勢の野次馬は、そこからは死角になっている場所でほとんど単独でサーフィンをしているポッツを目にすることはできなかった。

新しいボードの調子は良かった。ポッツのサーフィンを見たことで、彼がこのボードの形に込めた意図がわかったような気がした。ポッツのように正確には波に乗れなかったが、レース場のようなホノルアの速い波の上ではそれまでは不可能だと思っていた丸みのあるライン取りをし、鮮やかなカーブを描き、波のリップに近い高さまで滑り上がることができた。波のフェイスに鋭くレールを立てるのは、他のサーファーの波乗りを見に来たわけではないと周りに示すことでもあった。このスポットには長い序列があった。私はファーストランクではなかったが、セカンドランクには位置するようになっていた。日によっては、誰にも負けないくらい多くの波に乗れた。テイクオフし、波のボトムに向かって滑り降りようとしているときに、私の派手なライディングを期待する見ず知らずのサーファーたちから、はやし立てられることもあった。一五歳のときに壁にぶつかった私のサーフィンは、いま新たな上昇気流に乗り始めていた。今なら、若かったときに比べればマリブの小さな波にはるかにうまく乗れるだろう。だがホノルア湾で味わえるブレイクの大きさとスピード、満足度は、リンコンを含めたカリフォルニアのどんなスポットよりも大きかった。この波は圧倒的で、それだけに得られる報酬も大きかった。波に夢中になれたのは、時期としてもよかった。陸の上での人生が、散々だったからだ。

　キャリンは、私のボードをグラッシングしたあのマイクとつき合い始めていた。信じられなかった。キャリンは、マイクではなくマイケルと呼ぶように、と私に言った。私が知っているよりはるかに良い人で、頭もいいということらしかった。ある日、ホノルア湾に、キャリンが奴のウンコみたいな茶色のバンで現れた。マイクがパドリングで沖に出て行くのを、キャリンは崖の上に座って眺めていた。風が強く、波は大きかった。荒々しく刺激的なブレイクが起こる日だ。いつものように無我夢中になって波をキャッチすることだけを考えていた私は、マイケルが慎重にパドリングする姿を苦々しい思いで目にした。セットが入ってきて、マイケルが水平線に向かった。下手《クーク》くそなのがわかり、気分が和らいだ。私は、センターステージに戻り、メインボウルでサーフィンを再開した。自分がプレゼントしたサーフボードに乗る私を見たら、うまくサーフィンをしている私を見たら、キャリンは縒《よ》りを戻そうとしてくれるかもしれない——。私は波の斜面の高い位置《ハイライン》で、西マウイの誰一人として見逃せないほどの見事な技をきめた。そして、崖の上にいるはずのキャリンの姿を目で追った。しかし、ウンコ色のバンは消えていた。マイケルはなんとか岸に辿り着いたらしい。嘘だろ、そんなのあんまりだ、と私は思った。

町には波がなかった。マウイ島全体に、一週間も波が来ていなかった。その日は仕事が休みで、ベケットはＬＳＤを持っていた。私たちは夜明け前にドロップした（ＬＳＤをやることは、省略されたこんな奇妙な表現で呼ばれていた）後、アパートの裏庭でコバタケが燃やしている焚き火の近くで夜明けを待った。年老いたコバタケは、いつ寝ているんだと思うくらい朝が早かった。漆黒の闇のなかで火をバールでつつくコバタケの顔に、楕円の黄金が輝いていた。ベケットが、毎朝コバタケの妻の目を覚まさせる雄鶏の冗談を言った。コバタケは笑った。普段は狡猾な髭の家主は、私たちが思っているほど悪い男ではないのかもしれない。私たちはトランクに花の絵が描かれた元ライノチェイサーに乗り込み、北に向かった。

私たちはＬＳＤでおかしくなった頭が落ち着くまで町から離れようとした。ラハイナの北にあるカアナパリを抜けると、朝一番の日の光が、海峡の向こうにあるモロカイ島の城壁みたいな高原に優しく降り注いでいた。空気がほのかに赤くかすんでいたのは、サトウキビ畑を焼く炎か、ビッグアイランドから流れてきた火山煙のせいだった。マウイの人々はそれを〝ボグ〟と呼んだ。そのときの私たちにはなぜだかその言葉がやたらとおかしく思え、死にそうになるくらい笑った。ベケットが、カアナパリの北にあるナピリの沖の水面に縞模様があるのに気づいた。その朝は麻薬のせいで目にするあらゆるものが奇妙だったが、その光景は想像を絶するものだった。マウイの西端から、巨大なうねりが入ってきていた。ラハイナではそんな気配はまったく感じられなかった。思わず息をのんだ。興奮しているのか、驚いているのかもわからない。波に気をとられたまま何も考えずにハンドルを切った。あっという間に、赤い泥道を通ってパイナップル畑を抜け、ホノルア湾の崖の上に辿り着いていた。

あと少しだけ東を向いていたら湾を外れていたかもしれないそのうねりが、湾一帯で大きく揺れ動いていた。それまでブレイクが起きたのを見たことがない場所に、セットの波が立っていた。私たちがいつもサーフィンをしている湾の北側の全面が、ホワイトウォーターで覆われている。周りには誰もいない。ベケットと言葉を交わした記憶はほとんどない。車のルーフの上にはボードを乗せていて、二人とも波があれば無条件でサーフィンをすることが無意識の習慣になっていた。私たちはボードにワックスを塗りながら、どこで波を待てばいいかを探った。だが絶望的だった。崖から眺める海面の光景は混沌としていた。波が大きすぎる。LSD《アシッド》も効いてきた。ピーキングと呼ばれる状態だ。あきらめ、とりあえずトレイルを降りた。ベケットと私は、緊張しながらもクスクスと笑っていた。狭い浜辺に激しい波音が響いていた。そんな音は一度も聞いたことがなかった。悪い知らせは――私はかろうじて残っていた理性を使って自分に言い聞かせた――良い知らせだとも言えるんだ。その位置からは波には乗れそうになかった。たちまちホワイトウォーターの壁に押し流され、砂浜に追いやられてしまうだろう。

私たちはビーチの上端にある大岩の陰から出発した。通常なら水に入るのに賢明な場所ではないが、反対側の崖からできるだけ遠く離れたかった。崖の側面の洞窟は、波が高い日にはボードやサーファーを飲み込みやすくなる。今も、激しく水しぶきが叩きつけられている。私たちは、崖の横にある渦にスクランブルで飛び込んだが、離岸流にアリのように飲み込まれ、反時計回りに流されて広大なホワイトウォーターの波列のなかに放り出された。ボードにつかまるのに必死で、ベケットを見失った。頭のなかは、生き残ることだけでいっぱいだった。スピンして次のホワイトウォーターのウォールをつかまえ、崖の上のビーチに漂着しようと考えた。至極単純なことが、最優先事項になった――洞窟から離れること、溺れないこと。しかし、ホワイトウォーターはやってこなかった。私は湾の方に向かって横に流されて崖を越えたが、そこから大きな泡立つ波のショルダーをパドリングで越えた。セットの合間の凪が来ていた。私は外洋に向かってパドルを続けた。悪い知らせは良い知らせだと考えたのは、やはり悪いことだった。私はなんとかこの場から脱出しようと考えた。ベケットも同じ考えだった。陽光のもと、湾の方に黙示録的な雰囲気を漂わせながら押し寄せ続けている巨大なうねりを乗り越えながら、アウトサイドに向かった。

仮に誰かがそれを耳にしていたとしたら、湾から離れた海でボードの上に座りながらベケットと私がしていた会話はとてつもなく支離滅裂なものに聞こえたに違いない。だが私たちにとって、それは完璧なほど傑作な会話だった。私は両手で掬った海水を空に向かって放り投げ、滝のように落ちていく朝の光を浴びた水滴を見ながら、「水？　これは水なのか？」と言った。「言いたいことはわかるぜ」ベケットが言った。私はそれまでに六〜八回くらいLSD《アシッド》をドロップしたことがあったが、たいていひどい状態になった。この薬はしばらくすると、私を分子レベルまで単純にしてしまう。それは、陽気な浮かれ騒ぎや自由奔放な振る舞いといった、日常的な知覚をその延長線上で拡大する限りにおいては問題なかった。そもそもそれが、人がサイケデリックなドラッグに手を出してしまう理由だ。だが私の場合、それがいったん個人的な心の痛みや感情に歪んだ形で効いてしまうと最悪だった。高校生のときにLSDを飲んだときは、急に〝麻薬なんかをやって親を欺いてしまった〟という罪悪感にはまり込んでしまい、ドメニクに知り合いの看護師のところに運ばれ、抗精神病薬のトラジンを飲まされたことがある。キャリンはよく、〝人生は考える者には喜劇であり、感じる者には悲劇だ〟というイギリスの政治家ウォルポールの言葉を引用していたが、それはまさに私のLSDの効き方に当てはまった。脳に作用する分には最高だが、感情に作用してしまうと駄目になる。

大きなうねりが入っているという噂は、マウイのサーファーのあいだでたちまち広がっていた。ホノルアで初めての波に乗ったときとは対称的だった。あのときはキャンプを張っていたドメニクと早朝にうねりが入ってきたことに気づいて波に乗り始めたが、午前中は私たちの他に誰も姿を見せなかった。今回は違った。ベケットと私が海に入るとすぐに、車が次々と崖の上に現れ始めた。だが、誰も海には入ってこない。私たちは、文字通りの意味で見られていたに違いなかった——大きな過ちを犯して海に出て、ブレイクから遠く離れた沖に浮かび、怖くてテイクオフポイントに移動できなくなっている、二人の馬鹿者。波はあまりにも荒れていた。しばらくしたら、少しは整い始めるだろう。だが私がそのとき感じていた恐怖は、頭のなかで素早く波の状況を計算するような、いつもの類いのものではなかった。定期的に海面の下からせり上がってくる慣性力《コリオリ》に襲われ、対流圏と電離層のあいだで思考が揺れ動くタイミングに合わせ、恐怖が訪れては去って行く。岸に戻りたいが、その考えを長く保てない。私はポイントに向かって進み始めた——乾いた土地を目指してひた走る、あの緑色の急行列車に飛び乗れるはずだ、という漠然とした思いを抱きながら。困惑した表情を浮かべながらも岸の方に後退していく私を、ベケットが見ているのがわかった。

ポッツがつくってくれたボードは、ビッグウェーブ向きではなかった。だがパドリングは速かった。ポイントを目指して勢いよく進む長大な緑の壁の前に出た。湾から少し離れた場所にある崖から来た逆流にも煽られた。気がつくと、波の良い日には誰かがサーフィンをしているポイントのほんの先まで来ていた。私自身はそこで波に乗ったことはなかった。そこはうねりが湾に最初に入ってくる場所で、通常のポイントよりも沖側にあった。緑の大波の向こう側にかすかに見える崩れた波が、私に語りかけていた。それは開かれた扉だった。巨大な壁のあいだを横切りながら海岸に向かう、黒っぽい水の小さな流れだ。それがつくるはずの傾斜のきついポケットを利用すれば、この小さなボードでも早い段階からうまく大波に乗ることができるはずだ。私は向きを変えてその波を追いかけ、思い通りの地点で合流した。私はタイミングを合わせてその流れに入ると、続く大波に乗った。ぞっとするような勢いで身体を持ち上げられながら、素早くボードの上に立ち上がり、岩棚を乗り越えながら巨大なフェイスを快調に下っていった。パラドックスはここで終わらなかった。それはおそらく私が今まで乗ったなかで一番大きな波だったが（ＬＳＤのせいではっきりとはわからなかった）、私は小さな波のようにそれに乗っていた。短い半径でターンを決め、ボードのノーズの先を見ようとはせず、ターンの感覚だけに意識を集中させていた――〝夢中になった〟という言葉では十分に表現できないほどに。超高速でスケートボードに乗っているみたいだった。私は、噂では聞いていたが一度も目にしたことがないことを自分でやろうとしていた。外側のポイントから、湾の一般的なテイクオフポイントになっているボウルまで一気に波に乗ることだ。波が勝手に私をそこに向かわせていた。私は本当にボウルに到着した。メインのテイクオフポイントから少し離れた位置にある、大きなボウルセクションだ。だが、そのままボードのボトムを波の勢いに乗せて岸側に進むことには完全に失敗した。私は波の斜面《フェイス》でターンして波頭《リップ》付近まで上がった。そのときも、ボードのノーズの先はほとんど見ていなかった。波の向こうに身体を投げ出され、無防備な体勢で宙に浮いた。ボードが悲しげに私の足から離れていった。

何度も波にしたたかに身体を打ちつけられたが、パニックになったり水を飲み込んだりするほどではなかった。だから呼吸はできていたはずだ。いくつかの波が頭上を通り過ぎ、水中に沈んだ身体が浅瀬の方に流されていくのを感じた。ほどなくして崖の先にある岩にぶつかった。岩に手をついて身体を水中から出したが、一メートルほどしか登らないうちに、ひどく流血している足が気になり、その場に座り込んだ。その瞬間、岩を襲った波にさらわれて海に落ちた。信じられないが、私はまた同じことを繰り返した。岩に這い上り、また波に飲まれたのだ。もっと上の乾いたところまで崖を登らなければならないことが、そのときの私には理解できなかったらしい。三度目に岩に這い上がったとき、親切な男が崖を下ってきて、私の腕をつかむと高く安全な場所まで引き上げてくれた。あまりにも疲れ、意識が朦朧としていたので、言葉が出てこない。なんとか身振りで礼を伝えた。そして同じくパントマイムで、自分のボードがどこにあるのかを尋ねた。「洞窟に入っていったよ」男は言った。

少し眠りたいと思った。崖の上に登り、自分の車を見つけて後部座席に横たわったが、眠気は来なかった。車から飛び出した。相当に頭が混乱していた。ベケットを探したところ、まだモロカイ島の手前の沖に一人で浮いているのが見えた。私はベケットを迎え入れるために、崖を下って湾の一番奥のところに行こうと思った。いつもは波が穏やかで、キャリンとよくピクニックをしていた場所だが、そこに行くには足下の悪いジャングルを歩いていかなければならない。私はそこまでドライブすることにした。なんとか古い車でジャングルを突破して辿り着いたが、ビーチは安全だとは感じられなかった。恐ろしく背の高いヤシの木があり、ココナッツが落ちてきたら危険だと思ったのだ。私は海に入り、胸に水がつかるくらいの位置まで移動したが、そこでもまだココナッツが落ちてこないか不安だった。そのときふと、カアナパリのアイスクリームパーラーで働いているキャリンに会いたいと思った。

キャリンは私を見て驚いていたようだった。私はまだ手話を使っていた。キャリンは私を休ませようとして、小さな丸いテーブルに連れていき、水をいっぱいに入れたサンデーグラスを目の前に置いてくれた。朝の太陽の輝きがグラスのなかに全部集まっているみたいだった。なかを覗き込むと、空に逆さまに浮かぶプク・ククイ山が見えた。私は手話を使って、頭のなかの言葉をキャリンに伝えた。ホノルア湾の水はもう夏に一緒にシュノーケリングをしたときみたいに綺麗じゃない、今はかき混ぜられ、濁っているんだ――。キャリンは私の手を取り、話を理解していることを示してくれた。私はさらに頭のなかで、一緒に父親を探しにいこうと言った。キャリンはさらに力強く私の手を握ってくれた。しばらくして、私はベケットを危険な状態のまま置き残してきてしまったことを思い出した。ボードも探さなければならない。私は声を出して喋ることを思い出し、行かなくちゃいけないんだ、と言った。キャリンは私もよ、と言って顎で仕事場の方を指した。

「フムフム」

「ハナナ」

ホノルアに向かって出発した。カアナパリの入口付近の道ばたに、レスリー・ポッツがヒッチハイクしているのが見えた。車を停めた。ポッツはサーフボードとギターを手にして立っていた。想像もしていない展開だった。ポッツはボードを助手席側に滑り込ませると、私の真後ろの後部座席に座った。車を走らせてしばらくすると、ポッツがギターでブルース調の曲のリフをつま弾き始めた。海には、うねりがつくり出す波列が南に行進していた。ポッツは静かに口笛を吹き、時折ハミングをして、歌をうたった。カントリーブルースにうってつけの、泣くような息遣いの声だ。

「ボードはどうした？」

「洞窟のなかさ」

「やっちまったな。出てきたのか？」

「わからないんだ」

私たちはこれ以上、この問題を追求しなかった。

ホノルアに戻ると、すでに海には何十人ものサーファーがいて、崖の上では何十人ものサーファーがボードにワックスを塗っていた。波は数時間前よりもはるかに整っていたが、まだ巨大だった。車を停め、ビーチトレイルを急いだ。岩の上に、ボードを横に置いて座るベケットがいた。崖を下って近づいた私を見て、ほっとした様子だった。私は海に残してしまったことをベケットが怒っているのではないかと心配していたが、それは杞憂《きゆう》だった。むしろベケットは、ばつが悪そうに、何かを気にしているようだった。その視線を辿ると、後ろの岩の上に乱雑に置かれている壊れたボードが目に入った。もちろん私のボードだった。ボードのところに駆け寄った。テールはつぶれ、フィンは折れていた。数え切れないほどの凹みがあった。ノーズの裏面からはファイバーグラスが飛び出していた。全部修理できるさ、ベケットがつぶやいた。ボードが真ん中からぽっきりと折れていないだけでも驚きだった。でも、私は驚いていなかった。目眩《めまい》を感じながらボードを細かく調べていた。どれだけ修理をしても、もう二度と以前と同じボードには戻らないだろう。ベケットは私の気を紛らわそうとしてラインナップを指差した。地元のヒーローたちのパフォーマンスが始まろうとしていた。うねりは落ちつき、波の状態も良くなっていた。ベケットも無傷の自分のボードに乗って、沖に向かってパドリングを始めた。

　私は狭いビーチからこのショーを見ていた。ホノルア湾の観客席としては最低な場所だったが、水位と同じ位置から脳に響くような波の轟音を聞くのも悪くないと思った。サーファーたちが次々とパドリングをして沖に向かっていく。波の状態もますます良くなっていた。ベケットが、息も絶え絶えになって戻ってきた。今日の波は滅茶苦茶だ。頼み込んで、なんとかボードを貸してもらった。何もすることがない状態から脱した開放感を味わいながら、ホワイトウォーターのラインを乗り越えて沖に向かった。水はさっきまでよりも、分子レベルでは面白くなくなっているように感じた。ともかく波に乗りたいと思った。何人かのサーファーしかいないポイントまでパドリングすると、そこは軽い霧がかかり、勢いよくぶつかり合う海水が放つ水分が空気中に充満していた。風が止み、水面が滑らかに光っていた。灰白色だったその水は、波が立ち上がると同時に投光照明にスイッチが入ったみたいに水底深くから青緑色《ターコイズ》に変わった。じっと波待ちしていられず、パドルを続けながらラインナップを流した。ようやくやって来たおあつらえ向きの波に乗った。最初のターンの途中で、投光照明が点灯した。前を見て波の動きに合わせてライン取りを変えようとしたが、気がつくとターコイズの光に囲まれていた。その瞬間、深い歓喜に包まれた。天を見上げると、銀色に輝く天井があった。空気のクッションの上に乗っているみたいだ。次の瞬間、照明は消えた。

ベケットは、崖にぶつけられる前にボードを私から取り戻した。這々《ほうほう》の体で岸に上がった私に、もう十分だ、これで終わりだ、と言った。ベケット曰く、私は直立不動の姿勢でチューブのなかに姿を消していったらしい。腕を横に伸ばして十字架のような形をつくり、空を見上げて。私はそんな姿勢で祈ったことは一度もなかった。私の姿はもう一度、一瞬だけ見えた。波のカーテンのなかで、〝縫いぐるみ人形〟みたいになすすべもなくもみくちゃになって宙を舞っていたらしい。私はそのワイプアウトを覚えていない。覚えているのは波の輪のなかで味わった歓喜だけだ。私は震え、岩の上に横たわった。アシッドのせいだ、だから寒気がするんだ、とベケットは言い、再び沖に出て何時間も戻ってこなかった。私はゆっくりと身体を丸め、腕を膝に回した。何かの力で背骨を曲げられ、頭を胸に押し込まれているように感じた。いくつものことが、一気に終わろうとしている――。私は思った。変わるためにそれは正しいことなのだ、と。

キャリンは父親を見つけた――この翌年、サンフランシスコで。キャリンと私は大学という文明圏に戻るために、マウイを去っていた。私はカリフォルニア大学サンタクルーズ校に復学し、キャリンは大学の近くに住み始めた。でも、もうつき合ってはいなかった。別れの悲しみは底なしだった。彼女に対して理性的に振る舞えないこともあった。それでも、キャリンは父親のサムを発見すると、電話でそれを知らせてくれた。私たちは一緒にサムに会いに行った。サムはシックスストリートのホテルに住んでいた――ドヤ街のあるエリアだ。私たちは受付でなんとか説明をしてホテルの階上に向かった。廊下は小便や乾燥した汗、黴《かび》、カレーの臭いがした。キャリンがドアをノックした。返事はない。キャリンがドア越しに呼びかけた。「パパ？　私よ。キャリンよ」。数分の沈黙の後、ドアが開いた。サムは困惑していた。顔色が悪く背の低い、短髪の悲しい目をした男だった。微笑もせず、娘に手を差し伸べもしなかった。ベッドの上には、食料品店の紙袋に書いた自家製のチェス盤が置かれていた。コマは瓶の蓋とタバコの吸い殻。一人で遊んでいたようだ。しばらくして、私は二人を残して表に出ると、路地で寝ている酔っぱらいを横目に見ながら、うらぶれた倉庫街を歩いた。ジョーンズ・ホテル、オークツリー・ホテル、ローズ。マウイ島の禅寺の後で、サムが過ごすべき世界ではなかった。その後、三人で洒落たカフェテリアに入った。サムと私がチェスをしているのを、キャリンが悲しみを隠しながら見ていた。私は次の手に集中しようとした。サムは慎重に駒を動かし、言葉を選びながら筋の通った戦評を口にした。誰も泣いたり、棘のある言葉を吐いたりしなかった。キャリンとサムには、次の機会があるはずだ、と私は思った。自分はそこにいないだろうけれど。私は、たとえ精神病を患っていたとしても、サムなら〝大人であること〟について私たちにどんなことを教えてくれるのだろうと思った。いくら年を重ねても、大人であるという概念が遠のいていくように感じられるのはなぜなのだろう？

この疑問に関しては、私の教授は必ずしも助けにはならなかった。私はノーマン・O・ブラウン教授に畏敬の念を抱いていた。穏やかな、驚異的に博学な古典学の学者で、社会哲学者に転向し、フロイト、マルクス、イエス、ニーチェ、ブレイク、ジョイスなどの人物や作品を徹底的に分析し、〝聖なる狂気〟や〝多形的な邪悪性〟〝タナトスよりエロス〟の勝利を高らかに宣言した——キャンパスの近くにあるランチ様式の家で、家族と一緒に静かに暮らしながら。UCサンタクルーズ校ではノビーの愛称で呼ばれていたが、私はそのニックネームをなかなか口に出せなかった。ブラウンは私の復学を歓迎しなかった。私を見かけると、いつもと同じ礼儀正しさで、失望したと言った。学校を辞めてサーフィンをするためにハワイに行ったのは、抑圧からの勝利、文明に対するディオニュソスとエロティクスへの一票だと考えていたのに、結局は単なる神経症だったのか、と。私は抑圧が復活したのです、と冗談を言い、再びブラウンに師事した。

とはいえ、キャリンがいなくなった後では、何もかもが以前とは違って感じられた。すべてが辛く、心に突き刺さるようだった。キャリンは正当な理由で、父親に見捨てられたと感じていた。私は特別な理由がないままに、世界から見捨てられたと感じていた。ブラウンと同じくラジカルな批評家で、その見識の高さで評価されていた実存主義の精神科医R・D・レインは、精神病を狂気の世界への分別ある対応だという考えを抱き、〝シャーマン的な〟旅だとすらとらえていた。レインはその初期の著書のなかで、存在論的な不安を抱える人間とは対極的な、〝存在論的に安心な〟人間について考察している。私は、これは自分には当てはまらないと思った。私は猛烈に本を読み、書いていた。私の日記には、苦悩や自己批判、野望、心に響いた言葉、好きな作家の作品から抜き書きした一節でいっぱいだった。そして、そんな私の心を確実に落ち着かせてくれた数少ないものの一つが、サーフィンだった。

Part 5 波を求めて
南太平洋、1978年

本当は、エンドレス・ウインターと呼ぶべきなのだ。夏は、サーフィンの代名詞だと思われている。だが、何かを象徴するものの多くがそうであるように、それは正しくない。赤道の北であれ南であれ、サーファーのほとんどは冬のために生きている。冬に高緯度で発生する大嵐が、最高の波を生むうねりを送り出すからだ。例外的に夏に良い波がくる場所としては、ワイキキやマリブなどの、一般的なサーフィンの代名詞として知られているスポットがある。だが全体的に見れば、夏はサーファーにとって辛い季節だ。私は、オーストラリア東北部のサイクロンシーズンがもたらす夏のスポットにも興味は持っていた。だが一九七八年の早春、サーフボードとテント、ポリネシアの環礁の詳しい海図を手にロサンゼルスを旅立った私が追い求めようとしていたのは、冬の波だった。

ロサンゼルスを去るのは簡単ではなかった。ガールフレンドもいたし、好きな仕事もしていた。それは鉄道の仕事だった。私は一九七四年から、サザン・パシフィック鉄道で列車にブレーキをかける制動手として働き、ワトソンビルとサリナスで地元の貨物を扱いながら、サンフランシスコとロサンゼルスを結ぶ本線列車に乗っていた。私は制動手の仕事が与えてくれるすべてに喜びを感じていた。列車が走る大地、共に働く同僚、古めかしく難解な業界用語、過酷な仕事が課す精神的、肉体的な試練、巨大な鉄の塊、安定した給料――。大人になることの意味を考え続けていた私に、この仕事はつま先が鉄でできたブーツや岩のように固い大人になるチャンスを私に与えてくれるような気がした。この職の面接時、私は英語学の学位を持っていることには触れなかった。沿岸ルートの列車が運んでいたのはサリナス渓谷の農産物が中心で、仕事量には季節によって変動があった。特に、私のような経験の浅い若者は季節労働者のような形態で働いた。仕事のない冬の期間は、別の学位を取得するために大学に通った。そのことも会社には黙っていた。サザン・パシフィック鉄道は、大卒者が本物の鉄道員になるとは信じていなかった。この業界では若手の育成に時間と労力を要する。ベテランに言わせれば、一人前の列車の乗組員になるには一〇年はかかる。だから、会社は学校を出てから定年退職するまで、四〇年間一筋にこの仕事を勤め上げてくれる人材を探していた。大学を出た人間は制動手のような汚くて危険な仕事をすぐに辞め、もっと清潔で安全な道に進むだろうと考えていたのだ。私はこうした世間一般の考えに従うような人生の選択をしたくはなかった。これほどの充実感と良い給料を得られる仕事は他にはないだろうとも考えていた。

だが、銀行口座には五〇〇〇ドルの貯金があった。そんな大金を手にしたのは初めてだった。私は二五歳で、南太平洋には行ったことがなかった。本格的なサーフトリップに、波を追い求める終わりのない旅に出発するには、絶好のタイミングだった。それは、いつかは果たさなければならない旅のように思えた。マゼランやフランシス・ドレークのように、どこまでも西を目指したかった。実際、すべてをリセットして新しい場所に向かうのは、それなりの労力は要するものの、同じ場所に留まり続けるよりは簡単だった。どこに住み、何をして生きるかという、現実的な問題への決断を先延ばしするための都合のいい言い訳になったからだ。私は退屈なディスコブームに沸き、エネルギー危機に晒されていたアメリカから離れたかった。なにもかもが決まり切った、つまらない世界から消え去りたかった。別人のようになってみたかった。自分が好きな人たちと同じように生きてみたかった。地球の裏側で――。

家族には、長い旅になると言った。誰も反対はしなかった。ハワイとカロリン諸島を経由する、グアム行きの片道切符を買った。空港に見送りに来た母は、思いがけない熱い餞別の言葉をくれた。「転がる石でいなさい」——母は私の顔に手を添え、目を覗き込みながらそう言った。私の瞳の奥に、何を見たのだろう？　鉄道員として人生を歩む息子の姿ではなかったはずだ。確かに、鉄道の仕事は私の人生の基盤になっていた。毎年シーズンになると、制動手として働くために西海岸に戻った。それでも、私はまだ落ち着くことなくロマンを求めていた。大量の文章も書くようになっていた。フィクション、詩、批評——どれもめったに刊行物に掲載されることはなかったけれど。世界を歩き回り、気に入った場所にしばらく滞在した。モンタナ、ノルウェー、ロンドン。母の言うように、転がる石のように生き、苔は集めていなかった。同棲した女性は二人いたが、キャリンと別れて以来、魂を震わせるような恋愛には巡り合えていなかった。

私は後で——かなり後で——ようやく、自分は転がる石でありすぎたのではないかと感じるようになる。それは、母が餞別の言葉で伝えたかったはずの程度を超えていた。母と父は、私の旅が三年目を迎えたときに突然、こちらから招いたわけでもないのにケープタウンにやって来た。南西太平洋に豊富な冬のうねりが入っている頃で、私は高校で教師の仕事をしていた。一週間の滞在中は、〝はやく荷物をまとめてアメリカに帰るように〟などとは言ったりしなかった両親だったが、旅が四年目に入ると、私を連れ戻すために弟のケビンを送り込んできた。少なくとも私には、ケビンはその目的で来たと思えた。そのときは兄弟で、一緒に北アフリカを旅することになる。少し話を先に進めすぎた。元に戻そう。

南太平洋で波を探すために、私は相棒を必要としていた。手を上げてくれたのは、ブライアン・ディ・サルバトーレだった。マウイを去った後も、ふとした偶然が私たちをつなぎとめていた。サンタクルーズ校の学生だったとき、下宿の引っ越しをしていたら、イーザー／オアで別れ際のブライアンに手渡されたアロハ航空のチケット入れが出てきた。そこには、連絡先としてブライアンの実家の住所が書かれていた。支払った車代を無事にブライアンが受けとってくれたかが気になり、手紙を書いた。返事が来た。ブライアンは、アイダホ州北部に住んでいた。金も確かに届いていた。以来、手紙をやりとりするようになった。ブライアンは長距離トラックの運転手としてセミトレーラーに乗る傍ら、小説を書いていた。カリフォルニアの家族のもとを訪れた際には、サンノゼに住んでいるというマックスと一緒にサンタクルーズに立ち寄ってくれた。ブライアンは、マックスは今、金持ちのポルノ制作者のボーイフレンドと同棲中なのだと言った。マックスは本当よ、と言った。マウイにいたときよりもさらに人生を楽しんでいる様子で、いっそう魅力的に見えた。

私は二人をサン・ロレンゾ川の河口に連れて行った。前年の冬の大雨で隆起した水底の砂にうねりがぶつかり、素晴らしい波が立っていた。私は波が小さくなるまで、数カ月間、毎日のようにここに通い続けていた。ブライアンにスポットの特徴を説明しようとしたとき、マックスが強引に割り込んできた。興奮したサーファーと同じような言葉使いで、私が口にしようとしていたことを先に言ってしまうのだ。「あのフェイスはガレージのドアみたいに高いわ！」「あのチューブは、あそこにあるピックアップトラックが入るくらい大きいわね！」。マックスはマウイにいるとき、サーファーたちと仲良くしていたらしい。彼らのことを、〝二分しかもたない男たち〟と呼んでいた。そこで覚えた知識を使って、私たちの会話についてこられると信じていたのだ。ブライアンと私は、サーフィンの話は後回しにすることにした。

ブライアンとは、サーフィンや本、書くことについて語り合った。互いの小説の原稿を交換し始めた。ブライアンの小説は、ロサンゼルス内陸部の郊外の町モントルーズを舞台に、高校のサーフィン仲間の世界を描いたものだった。モントルーズからベンチュラの北にあるビーチまでの車内での会話だけで構成された、三〇ページも続くくだりもあった。ナレーションもなく、ト書きもなく、登場人物の描写もない。衝撃的だった。脈絡なく続く粗野な会話は、驚くほどリアリティがあり、卑猥で、詩的で、愉快だった。ストーリー展開は見えてこないが、読み進めずにはいられない。私は、これこそが新しいアメリカ文学だと思った。ブライアンはモントルーズの出身だった。機械工だった父親は、第二次世界大戦で従軍中にヨーロッパでイギリス人の母親と再会したこともある。ブライアンはエール大学に奨学生として進学し、英語学を専攻、学内誌に作品を発表した。一九六九年には、自著を貰ったこともあるという作家のジャック・ケルアックの葬儀に参列したという。私は驚愕したが、ブライアンは平然としていた。大学卒業後はマウイ島に移住し、モントルーズの仲間と共同生活を送りながらサーフィンをし、ホテルのレストランでコックとして働いた。ラハイナには、残念ながらブライアンの料理の味がわかる人はほとんどいなかった。仲間たちはサーフボードにヴィシュヌ神やイルカの絵を描いていたが、ブライアンが選んだのはマルボロマンの絵だった。カントリーウエスタン・ミュージックやアメリカ人の飾らない日常会話が好きで、メルヴィルの作品を集めていた。労働者階級の出身らしく、働かずに国から金がもらえる福祉や生活保護の制度を軽蔑していた。転職前の仕事をしていない期間にも、失業保険をもらおうともしなかった。女にはやたらとモテた。癖のある黒髪と濃い口髭を生やし、ごく自然に古風な男臭さを醸し出していた。マックスは、ブライアンほどハンサムを絵に描いたような茶色い目の男はいないと言っていた。ブライアンには人間的な魅力もあった。ユーモアがあり、寛容で、一匹狼的なタイプだった。

しばらくして、ブライアンはロサンゼルスに戻ってきた。その後、サンタクルーズで初めて一緒にサーフィンをした。ブライアンのスタイルは、左足をボードの後ろに置くグーフィーフットだった。これは、いわばサーフィンの世界のサウスポースタイルだ。グーフィーのサーファーは、海側から見て右にブレイクしていくライトの波に乗るときは、バックハンド、すなわち波を背に向けるバックサイドのスタイルになる。逆にレフトの波に乗るときは、フォアハンド、すなわち波の方に身体を向けるフロントサイドのスタイルになる。一方、私のようなレギュラーフットのサーファーは、ライトの波はフロントサイド、レフトの波はバックサイドで乗る。サーフィンでは基本的に、フロントサイドの方が波に乗りやすいとされている。私はマウイに何年も住んでいたブライアンが、ホノルア湾で一度もサーフィンをしたことがないと聞いて驚いた。だが、それはホノルア湾のブレイクがライトだからだったからではなく（実際、グーフィーのサーファーもたくさんいた）、混雑を嫌ったのだ。ブライアンたちは、ラハイナの数キロ北にあるレインボーズという鄙びたスポットの常連だった。私は、マウイ時代の自分が、深い考えも持たずに長いものに巻かれていただけだったような気がして恥ずかしく思った。あの島に住んでいたときは、一番大きな波が来る、一番有名なサーフスポットのホノルア湾のことしか考えていなかった。一番混雑しているテイクオフエリアで、他のサーファーと肘《ひじ》をぶつけ合いながら波を奪い合うことに抵抗も感じていなかった。栄光の舞台にいながら、自らその品格を貶《おとし》めるような卑しい波争いをしていることに無自覚だった。ベテランの地元トップサーファーだったあのレスリー・ポッツでさえ、この争いを卑劣だと見なし、手を引いていた。人気スポットだったサンタクルーズで、ブライアンと私は空いている波を探して海岸線を北上した。当時はまだ、その気になればそんなスポットを見つけられた。

私たちは何かと理由をつけてはロングドライブに出かけた。あるとき、サンタクルーズの学生パーティーで、ブライアンは突然、以前住んでいた、フライパンの取っ手のような形をしたアイダホ州北部の町ラスドラムに行こうと言いだした。私たちはパーティー会場を抜け出したその足で出発し、一〇日間かけてラスドラムを訪れ、モンタナやコロラドに住むブライアンの学生時代の旧友の家を巡った。垢抜けないアイダホを愛していたブライアンは、「モンタナはしけたところだな」と小馬鹿にしていた。実際その通りではあったが、私たちはどちらも、後にモンタナ州ミズーラの大学院に通うことになる。そこではスキーを（私は酒の飲み方も）覚えた。ブライアンは修士号を取得した後、グアム大学で英語教師として働き始めた。グアムはアメリカ軍の前哨基地がある西太平洋の島で、毎年強い台風に襲われる。私は、殺風景で何もないこの島で働くことはブライアンにお似合いだと思った。いい波も立つらしい。それはブライアンから送られてきた手紙と写真で確認できた。グアムでサーフィンを堪能している様子がよくわかった。ブライアンがグアムでの二年目の生活を送っていたとき、ミズーラでの勉強を終えようとしてた私は、伝説の波を求めて世界を旅する二人組の若者を描いた『エンドレス・サマー』の向こうを張った、〝エンドレス・ウインター〟の旅を提案した。ブライアンも金を貯めていた。そして、ぜひその旅に出かけたい、と言ってくれた。私はグアムに行く途中で寄るカロリン諸島で、この地域のサーフ情報の下調べもできる。それからブライアンとグアムで合流し、一緒に南大西洋に向かう。

スペイン語の練習をしておかなければならないぞ、とブライアンが言った。意味がわからなかった。南太平洋にはスペイン語圏の国はない。だからこそスペイン語が要るのさ、とブライアンは言った。切迫した状況に追い込まれたら、誰も理解できない言葉で二人だけの秘密の言葉を交わす必要があるだろう？　考えすぎだよ、と私は言った。だが、ブライアンは正しかった。結局、私たちは南大西洋でスペイン語を頻繁に使うことになる。それは貴重な暗号になった。トンガ人たちは誰ひとりとして、私たちが何を喋っているかを理解できなかった。

当時、私にはシャロンというガールフレンドがいた。七歳年上の、サンタクルーズの大学で講師をしていた女性だ。くっついたり離れたりを四年間も繰り返してきたが、周りが思っている以上に私たちの絆は深かった。シャロンは中世史の研究者で、冒険好きで、ロサンゼルスの酒店の娘だった。途中で高音から低音に変わるような笑い声を聞くと、人はシャロンの自信や楽しそうな瞳、痺れるような知性や魅力にさらに引き込まれた。もちろん、私もそうだった。だが、陽気な笑顔や、落ち着いた黒い瞳の奥には、本人曰《いわ》く根っからの不安を抱えた、デリケートで、傷ついた心を持った女性がいた。優秀だが仕事に恵まれなかった男性との離婚歴があるなど、さまざまな過去もあった。シャロンと私は、途中で長い空白期間がありながらも関係を保っていた。だが、お互いに一途だったことはなかった。シャロンはジャニス・ジョプリンの、「できるうちに手に入れなさい《ゲット・イット・ホワイル・ユー・キャン》」という言葉が好きだった。かなり先の話にはなるが、シャロンが博士課程を終えたら、また親しくつき合おうと漠然と話したことはあった。私は彼女に、断ち切れない思いを抱えていた。だが、ロサンゼルスを離れるという決断をしたときには、シャロンに引き止めさせる隙は与えなかった。

この旅のために、カスタムメイドのボードをつくった。七・六フィートのシングルフィン。普段のボードに比べて長く、厚く、重たかったが、この旅では浮力が強く、高速でパドルができるボードが必要だった。なにせ見ず知らずの、海底にどんな危険があるかもわからないリーフの上で波に乗らなければならない。波も大きく、パワフルなはずだ。それに、ボードが割れたら一巻の終わりだ。南太平洋では、壊れたボードを交換することなど不可能だ。このボードにはリーシュコードもつけた。それは、私にとって妥協だった。足首にリーシュコードと呼ばれる紐を結び、先につなげたボードが遠くに流れていかないようにすることは数年前から流行し始めていて、サンタクルーズでは肯定派と否定派で意見が分かれていた。リーシュコードなどをつけていたら、間抜けなぬるいサーフィンになってしまうと否定派の純粋主義者は主張し、進取の精神に溢れる肯定派は、スティーマーレーンのようなスポットではぐれたボードをいたずらに崖に激突させてしまうことこそ間抜けなサーフィンだと反論した。純粋主義者だった私は、リーシュを使ったことはなかった。だが南太平洋でサーフィンをするとなれば話は別だ。フィジーの巨大なブレイクでボードを失うことなどできない。出発前の数カ月間、試運転のためにこのボードに乗り、レーンでの大波にもうまく乗れたことに満足した。だが、サンフランシスコのオーシャンビーチでの晩秋、凄まじい波が立った日のセッションでリーシュがちぎれ、暗くなった海を寒さに震えながら泳ぎ続けなければならなかった。この体験のあと、リーシュを太くし、スペアを二本買った。

グアムに行く前にまず、ホノルルに立ち寄った。旅への大きな期待からか、オアフで目にするあらゆるものが兆しや予感に満ちていた。ドメニクが、たまたま仕事でオアフにいた。すでにテレビコマーシャル撮影の仕事をフルタイムでするようになっていて、熱帯地域での海上のアクションシーンを得意にしていた。私たちの友情はかろうじてつながっていた。ドメニクが、私と別れた直後のキャリンとつき合ったからだ。長続きはしなかったが、私にとっては辛すぎる体験だった。あまりにも辛すぎて、この実話をもとにした一〇〇〇ページもの大作小説を書いたくらいだ。この黙示録的な散文詩の草稿は、二〇歳のとき、ロンドンで借り物のタイプライターで猛烈な勢いで一気に書き上げた（この初期の傑作を通読してくれたのは、たぶんブライアンだけだ）。それ以降も、ドメニクとは何度か一緒にサーフィンをした。メキシコのバハ・カリフォルニア州に行ったときは、ドメニクは絶えず私を撮影し、何でもいいからカメラに向かって喋れと言った。私たちは自分たちが天才かもしれないという馬鹿げた妄想を抱いていて、ドメニクは純粋な即興で台詞を喋る私の映像をつなぎ合わせれば、観客の目に耐えうる作品をつくれるはずだと信じていたのだった。だが、私には即興で何か面白いことを喋るなんて無理だった。ドメニクは金になる仕事を優先させるようになり、このプロジェクトは頓挫した。

ドメニクとオアフで再会したのは、ちょうど晩秋のうねりが入ってくる頃だった。波は、サーファーにしかわからない信号を発していた。私たちはすべてを放り出してノースショアに向かった。私はすでに、ビッグウェーブが来ることで知られる海岸線の有名なサーフスポットのほとんどを体験済みだった。一九歳の誕生日には、パイプラインで初めて波に乗った――ベケットとＬＳＤでフラフラになりながらホノルア湾で波に乗ってから、しばらくもしないときだ。サンセットビーチでも思い出深いセッションを何度も体験した。子供の頃、サンセットビーチはオアフ南岸のスポット、ライスボウルをスケールアップしたような場所だという噂をよく耳にした。だが、実際にはそうではなかった。それは凄まじい大波の先端が西の海と接する、広大な波のフィールドだった。あらゆる角度で揺れ動く驚くほど多様なピークが、厚く美しい波と、サーファーが体験する恐怖のエピソードを絶えずつくり出していた。サンセットは、稀にしかそこを訪れない人にとっては理解できない場所だった。

　ドメニクとサンセットビーチに行ったその春の日、大きくて綺麗な波が立っていた。私にはそれまでと同じようにサーフィンができるという自信があった。波に乗り始めてしばらくは、リーシュもそれなりに役に立ったし、大きくて厚いボードも間違いなく役に立っていた。そのとき、一〇フィートの西からのセットの波に巻かれてしまった。リーシュと私の自信は、厳しい試練にさらされた。インパクトゾーンに閉じ込められ、叩きつけるような波が何度も頭上に落ちてきた。ボードを捨てて水中深く潜り込み、手足をばたつかせながらなんとか落ち着こうとした。リーシュに強く足首を引っ張られ、足の骨が折れるのではないかという恐怖を感じた。半ダースほどの波が通り過ぎた後、ようやくボードに乗り、浅瀬に戻ってきたときには、頭がクラクラし、虫の息になっていた。ドメニクに、砂の上にへたり込み、口が利けないほど疲れ切った姿を見られた。まさに洗礼だった。一五年のサーフィン歴で、こんなに激しく波に打たれたのは初めてだった。それでも、パニックには陥らなかった。

　ホノルルでは他にも旅の予兆と出会った。それは、ラッセルとの驚きの再会がきっかけだった。ラッセルとドメニクは七〇年代前半にルームメートだった。ドメニクが、テレビシリーズの『ハワイ5－0』を制作していた私の父のもとで働いていた頃だ。ラッセルは当時、ハワイ島《ビッグアイランド》の小さなサトウキビの町出身の、大きな目をした田舎者にすぎなかった。だがその後でヨーロッパ、主にケンブリッジで長い年月を過ごした結果、イギリス流のアクセントを身につけ、世の中に詳しくなり、博学と呼べるほど物知りになっていた。だが、傲慢になったりはしていなかった。以前と同じように目が大きく、優しい話し方をする人間が、読書や外国での体験で、見識を深めただけだった。ラッセルと私は、イギリスや詩、ヨーロッパ政治について熱く語り合う長い夜を過ごした。ふと我に返り、ドメニクにひどく申し訳ないことをしてしまったと思った。ドメニクには一晩中、私たちの会話に口を挟む隙を与えなかった。私が後でそのことをビクビクしながら伝えると、「ラッセルにいろいろ聞いてみたかったな。彼のセクシュアリティに興味があったんだ」とドメニクはぶっきらぼうに言った。「次は、そうしてみるよ」。事実、ラッセルは以前と雰囲気が変わり、今は生き生きとしたバイセクシュアルになっていた。しかし私は、状況主義の衰退やサルトルの話に夢中で、ラッセルの個人的なトピックに踏み込むことなど考えもしなかった。私のこれ見よがしの青臭い議論に対するドメニクの忍耐力は、たぶん限界に達していた。私はサモアに旅立ち、人間として成長すべきときが来ていると思った。

予兆はもう一つあった。ある気持ちの良い朝、クリフでパドリングをしていたら、グレン・カウルクイを見つけたのだ。グレンはまるで、ずっとそこに居続けていたみたいだった。一〇年振りだったが、私に向かってまっすぐ近づいてくると、嬉しそうに悪態をつき、握手を求めて手を伸ばしてきた。肩周りが逞しくなり、短い黒髪に口髭を生やし、少し年をとったように見えた。だが、笑ったときの目の輝きは変わっていなかった。ロディとジョンと一緒にカウアイ島に住んでいるという。「俺たちは全員、まだサーフィンをしてるぜ」。ホテルのレストランで働いているというロディは、大会にこそ出ていないものの、ますます腕を上げていて、一家で一番のサーファーだということらしい。サーフィン雑誌で知ってはいたが、グレン自身もプロとして活躍していて、冬場はコンテストに連戦するためにノースショアに滞在しているのだという。「俺は大会に出てる」グレンは平然と言った。私たちはクリフでサーフィンを始めた。グレンは波のショルダーで私のライディングをじっくりと観察し、「おい、お前はまだサーフィンができるじゃないか」と言ってくれた。グレンのサーフィンは、柔らかい胸の高さほどの波の上で、輝きを放っていた。ターンのスピードとパワー、切れ味は、映画でしか見たことがないようなものだった。しかも、真剣にライディングを楽しみながらも、余裕たっぷりで波に乗っていた。私は感無量だった。少年時代のアイドルだった男が、こんなにも成長したのだ。何よりグレンの姿は、サーフィンが生涯をかけてとりくむ価値のある奥深いスポーツであることを物語っていた。南太平洋に行く予定だと伝えると、グレンは不思議そうに私の顔をじっと見たあとで、幸運を祈ってくれた。私たちは再び固く手を握り合った。グレンを見たのは、それが最後になった。

カロリン諸島の緑色の小島、ポンペイ島に波はなかった。現在はミクロネシア連邦の一部であるこの島は当時、アメリカの占領下にあった。猛暑のなか、ジャングルを何日も歩き回って地図上では有望なサーフスポットをこの目で確かめようとしたが、どのスポットも岸から遠く離れていて風向きも悪かった。次第に、まるっきり出鱈目に波のある場所を探しているような気分になってきた（後になって、島の北西に最高のライトの波が立つスポットがあることがわかった。訪れた時期がまずかったのだ）。実りの少ない冒険の合間に読んでいた、クロード・レヴィ＝ストロースの『悲しき熱帯』の冒頭はこんな文章で始まっていた。「私は旅や探検が嫌いだ」。構造主義人類学のパイオニアと称されるレヴィ＝ストロースは、こう続けていた。「我々は未知の神話や、新しい婚姻規則、一族の名前のリストを記録するために（数日、あるいは数時間ですむ作業だ）、半年かけて移動し、苦難と退屈に耐えなければならない」。それはミクロネシアの片隅でサーフスポットを探し歩いていた私の状況と、不吉なほどに似ていた。

人類学といえば、ポンペイ島では南太平洋全域で見られた伝統と近代の衝突を目の当たりにした。それは酒の飲み方だった。地元の男たちが夜に酒を飲むスタイルは二つあった。一つは、ゆっくりとした儀式的な飲み方だ。ココナッツの殻を器にし、口当たりの柔らかい地酒、サカオ（島によって呼称が違い、一般的にはカバと呼ばれていた）を飲む。もう一つのスタイルは、輸入品の酒を飲むことだ。市販の蒸留酒やビールなどには金がかかり、植民地主義や喧嘩、バー、金の無駄遣い、家庭内暴力と結びついていた。私は基本的にサカオ派だった。粘り気があり、灰色がかったピンク色の酒は薬品臭かったが、一〇杯も飲む頃には口が痺れて脳がぐらつき、普段は見ていても意味がわからない地元の男たちが楽しんでいるボードゲームの優勢もわかったような気になった。チェッカーに似たゲームは複雑な規則で成り立っていて、タバコの吸い殻と小さな円筒形の珊瑚の破片が駒として使われ、外野のおせっかいな忠告が飛び交うこともあって、指し方は素早かった。自分でプレーする自信は得られなかったが、傍目で見ているうちに私はすっかり熱心な野次馬になっていた。

私たちは、誰かの家の裏庭にある茅葺小屋の下で、柱にくくりつけた黄色い裸電球の明かりに照らされながら酒を飲んだ。酔いが回ると、男たちは口から涎を垂らしながら独り言をつぶやき始めた。このロマンチックな環境で、私はロシータという名の少女と懇《ねんご》ろになっていた。モアキロア環礁出身の、逞しくて可愛い一九歳だった。別の少女をナイフで刺して学校を退学になったのだというが、それほど豪胆な少女には見えなかった。用心深く、私のホテルの部屋に忍び込む彼女の姿を見た者もいなかった。私には、この始まったばかりの旅に密かな野望を抱いていた。異国の女たちとの出会いだ。ロシータとの出会いは、その幸運な皮切りだと思えた。太ももには伝統的なタパの模様が、片方の肩甲骨には第二次世界大戦中のアメリカ海兵隊を彷彿とさせる心臓と渦巻き模様の刺青が彫られていた。ロシータとのセックスは、コミカルなほどぎこちないものだった。彼女を喜ばせようとしたが、どうにも反応が薄かった。それでも私が島を離れるとき、緑のスカートと白いブラウスという制服姿のロシータは涙を流していた。密かに抱いていた南の島での女性との触れ合いという誰もが思いつきそうな野心が期待していたほど楽しいものではなさそうだと気づくまでには、しばらく時間がかかった。

グアム《GUAM》は何もない島だから、〝あきらめてマスでもかいてろ〟（Give Up and Masturbate）という名前がつけられたんだ――周りから、よくそう言われた。たしかに、この島はひどく殺風景だった。島の住民にとって、最大の娯楽はヘロインだった。買い物、喧嘩、窃盗（盗んだ金はヘロインの資金源になった）、テレビ、放火、ストリップ小屋がそれに続いた。温暖な青緑色の海に囲まれた島にいながら、誰も浜を楽しもうとしていなかった。北緯一三度のこの島に木がほとんど見当たらないのは、台風で吹き飛ばされたり、第二次世界大戦の爆撃で根絶やしにされたりしたからだという。その後、アメリカ軍は浸食を防ぐためにタンガンタンガンの種を飛行機から島全体に空中散布した。この植物は在来種ではないが、繁殖力が強く、島中を覆い尽くした。島を車で走るのは、灰色と褐色のタンガンタンガンの高い壁のあいだを抜けることだった。地元の建築物は台風に備えて低層階のコンクリート製のものが多く、経済は日本人向けの観光と、巨大な米軍施設に支えられていた。手元の『ワールド・アルマナック』に、グアムの主な輸出品はコプラ（乾燥ココナッツ）だと書いてあると言うと、ブライアンに笑われた。「地元の人間は、コプラと聞いてもテレビ番組の名前くらいしか思い浮かべないさ」

ブライアンはグアムでの暮らしを満喫していた。ダイアンというシングルマザーの教師と真剣に交際をしていて、サーフィンとその後のビールを楽しむアメリカ本土出身の教師仲間もいた。生徒のほとんどは、チャモロ系、フィリピン人系などの地元の子供だった。ブライアンは半ズボンにビンテージ物のアロハシャツを着て授業をし、期末試験では「先生に最も似ている有名人を選びなさい」という質問を出したりした。選択肢はすべて、「クリント・イーストウッド」だった。

私がいた時期のグアムは、サーフィン面では最低だった。ブライアンの言葉を借りるなら、波は「ボードの上の小便みたいにフラット」だった。ボート・ベイシン、メリッツォなどの有名スポットは、何週間も小波さえなかった。加えて、ブライアンには、私が島に来たことを喜んでいないような節があった。旅の計画に乗り気ではなくなったのかもしれなかった。私はブライアンが腹を決めてグアムでの生活に終止符を打つまで、あてどなく暮らしながら待つしかなかった。ブライアンがダイアンに会うために出かけているとき、私はセメントの壁に覆われた簡素な造りの彼のアパートで、じりじりと時間をやり過ごした。ブライアンをめぐって、ダイアンと無言の綱引きをしているような気持ちになった。ダイアンは、いずれ息子と一緒にオレゴンに戻ることになっていた。ブライアンは身の振り方を語らなかったが、その苦悩は窺えた。ロサンゼルスにいるブライアンの母親も、仕事を辞めてサーフィンの旅に出かけることに猛反対していた。エール大学まで出させて、サーフィン狂のような人生を送らせるわけにはいかない、と。彼女とは直接会ったことはなかったが、北西イングランドの人間を彷彿とさせるような陰険さを感じた。息子の粋なユーモアの感覚は、母親とは無縁のようだった。私は彼女とも、ブライアンをめぐって無言の綱引きをしているような気持ちになった。母親の何事にも反対をする精神の遺伝子は、ブライアンにも引き継がれていた。ブライアンは些細なことで私に腹を立てた。カリフォルニアを出てから伸ばし続けていた私の長い髭を気に入らず、さらにはデオドラントを使ってほしいと言ってきた。そのおせっかいなアドバイスは癪に障った。ガールフレンドからは臭いと言われたことなんてなかったし、〝水瓶座の時代〟と呼ばれていたニューエイジ思想にかぶれていたこともあって、自分の身体からはいいにおいが出ているのだと思っていた。慰めの言葉を期待して電話で愚痴をこぼすと、シャロンはしばらく沈黙した後、ブライアンは正しいかもしれないと言った。サーフィンの相棒とガールフレンドが、自然児を飼いならそうとしている、という陰謀にはめられようとしているような錯覚に陥った。次はコートを着させ、会社で仕事をさせようとするに違いない。

私はブライアンの教師仲間が言う〝グアム病〟に罹っていたが、もともとの強い妄想癖も治っていなかった。シャロンはこの終わりなき旅に対して寛容だった。私は未熟で頭でっかちだったが（年上のシャロンには、すぐに無我夢中になって狭い考えに陥る私を客観視できる器があった）、もう肉体的には子供ではなかった。二人は正しかった。私はたしかに厩舎で馬の世話をしているみたいな臭いがした。

グアムでの惨めな日々のなかでも、小説の執筆は進んでいた。主人公は私の馴染みのあるカリフォルニアの鉄道で働いていたが、プロットは脱線し、気がつけば舞台はモロッコになっていた（イギリスで長い冬を過ごした後、シャロンとモロッコを旅行したことがあった）。ブライアンは草稿に目を通し、駄作だと切り捨てた。その通りだった。どこが悪いかを延々と指摘され、結局私はこの小説を断念した。鉄道は書きたいテーマだったが、別の世界に挑戦すべきだと思った。それに私は、ブライアンの読み手としての力量を信頼していた。エンドレス・ウインターの旅の計画に、ブライアンは本気ではないのかもしれないという疑念の半分は、私自身の恐怖や不安から来ているのかもしれないと思った。

だが結局、私たちは旅立った――少なくとも、旅立とうとした。ナウル航空の西サモア行きの格安航空券を買ったのだが、それはミクロネシアの小国ナウルの国王の気分一つで運航を取りやめる航空会社だった。搭乗直前、国王の命令でフライトは欠航になった。チケット代理店からは一週間後に戻ってくるように言われたが、私は傍にいるブライアンを恥ずかしがらせるほどの勢いで苦情を申し立てた。ナウル航空の担当者は、空港に残っていた客にホテルと食事のバウチャーを配り始めた。結局、私たちはグアム・ヒルトンに一週間滞在することになった。ブライアンはこの出来事を、自分の押しの弱さと、私の時に鼻持ちならない押しの強さという、ふたりの根本的な違いを物語っていると言った。私たちはホテルの部屋で、ボードの上でバランスを取った姿勢でポーズを決めて写真を撮り、本土の家族や友人に宛てた手紙にこう書き添えて送った――世界を巡る僕たちのサーフィン旅行の、最初の停泊地へようこそ。ブライアンとダイアンはこの一週間を一緒に過ごした。そして、私たちは本当に出発した。

数週間もすると、人生の半分を南太平洋で彷徨《さまよ》ってきたような気になった。ブライアンと私はバスやトラック、フェリー、カヌー、貨物船、ボート、小型飛行機、ヨット、タクシーを乗り継いで移動し、馬に乗り、歩き、ヒッチハイクし、パドリングし、泳ぎ、そしてまた歩いた。地図や海図を広げ、遥か彼方にあるリーフやチャンネル、岬、河口を心に描いた。樹木が生い茂る小道をかき分け、突き出た岩山をよじ登り、ココナッツの木のあいだを抜けて目的地を目指し、ジャングルや地図の間違い、悪路やマングローブの湿地、酒《カバ》に何度も打ち負かされた。漁師に助けられ、村人の家に泊めてもらった。タロイモ畑で農作業をする人たちは、奇妙な板を脇に抱えて目の前を通り過ぎる私たちを見ると、手にした鎌の動きを止めて、あっけにとられていた。どこに行っても、子供たちが「白人《パラギ》だ！」と叫びながら追いかけてきた。アメリカ式の贅沢な暮らしは消え失せ、プライバシーも遠い過去の記憶になった。現地人にとって、私たちは文明からの使者であり、好奇心や娯楽の対象だった。誰も私たちがしようとしていることを理解できなかった。サーフィン雑誌を持参しなかったことを後悔した。バックパックの奥に転がっている雨で萎れたペーパーバックに、現地の人への説明に使えるようなサーフィンの挿絵があるわけもなかった（トルストイの本には、サーフィンの話は出てこない）。

西サモアでは、本島のウポル島の南岸で、力強く変化の激しいライトの波が立っていた。大きな可能性を感じたが、ほぼ毎日吹いていた東南の貿易風のせいで波が台無しなることも多かった。ブライアンはこのスポットの波の速さに仰天し、〝マッハ2〟という渾名をつけた。迫力のある、予測のできない幅広い波が立ち、浅い位置にリーフがあった。岸からは一キロ弱も離れていたので、速いパドルができるボードを持ってきてよかったと思った。結局ここでキャンプを張ることをあきらめ、さらに西のサバイイ島に進んだ。サライルワという村の前にある穏やかな風が吹く海岸で、レフトの波が立っていた。

冬の南岸でサーファーが気になる問題ははっきりしている。〝吠える四〇度〟と呼ばれる南緯四〇度から五〇度の海域や、さらに高緯度のニュージーランドの下の海域で起こった嵐がつくった冬の大きなうねりが岸に押し寄せ、同じ方角から強い貿易風が吹く。これはサーフィンには良い条件ではない。海から陸に吹くオンショアの風は波を崩れやすくし、水面をざわつかせてしまう。だからブライアンと私は、南からのうねりがリーフや岸を迂回するように東西の方向に曲がったり、包み込むように流れてくる場所を探していた。貿易風が南西の方向から吹いているので、西に向かって進むうねりが理想的だった。そうすれば、うまい具合に強風を受けて波がブレイクするからだ。陸から海に吹くオフショアの風は最高の波をつくる。強い風は波を高く持ち上げ、ぎりぎりまでブレイクするのを踏みとどまらせる。大きな空洞もできやすくなるし、水面のざわつきも起こりにくくなる。ただし、うねりはコーナーを曲がるときに勢いを失う。だから私たちが探していたのは、うねりの勢いを殺さずに、うまく貿易風の向かい風を受けられる形をしたリーフだった。もしそんなリーフが本当に実在しているのだとしたら、底の深いチャンネルがなければならず、リーフでブレイクする波に乗れるショルダーができるように右を向いていなければならず、ライディングの後にパドルで戻れる場所がなければならなかった。それはかなり難しい注文だった。

サバイイのレフトの波は一貫していたが、これといった特徴はなかった。私たちはこのスポットを、ウオと呼んでいた。サモア語で、〝友人〟の意味だ。午後も強い貿易風が吹き、南のうねりは私たちがサーフィンをしている小さな湾を通り過ぎ、毎日のように波をこぼしていってくれたが、特別な力強さ《ジュース》はなかった。波が大きな日には、頭の高さになった。ウオには信頼できるテイクオフピークと長いウォールのある有望なセットアップがあったが、たいていの波はフック（波の最も急峻な部分）の前の素早くクロスするセクションで崩れるので、ライディングは不満足な形で終わることが多かった。干潮時は特に波足が速く、波に乗り込むのが厄介だった。岸には滑らかで丸い小さめの岩で覆われた溶岩の棚が露出していて、滑って転んだときにはボードを凹ませないように体操選手のようなアクロバティックな姿勢をとらなければならなかった。岩にぶつかったボードは大きくうつろな音を立てた。私たちがいつもいた場所からそう遠くない場所に屋外トイレがあり、干潮時にはひどい臭いがした。ブライアンは、その不潔なトイレは、腸チフス予防キャンペーンのロゴに使えると言った。私たちの足には細かい傷や擦り傷が増え、細菌に感染することも多くなっていた。

このスポットでサーフィンをしたのは、おそらく私たちが初めてだった。この大きな（約六五キロ×五〇キロ）の島のどこかでは、誰かが以前に波に乗ったことはあったかもしれないが、私たちにはそれを確かめる術はなかった。この海岸で波を見つけるのは難しく、想像もつかないことだった。だから私が旅の計画を話すと、グレン・カウルククイは怪訝《けげん》な顔をしたのだ。今、ブライアンと私はウオの謎解きに没頭していた。それは、地図に載っている既知のスポットで地元のサーファーにテイクオフの場所や注意すべき点を教わりながら波に乗るのとは別物だった。私たちは手探りで答えを探し、試行錯誤をしながら新しい波を見つけていった。複雑な特徴のあるリーフから辺りを見渡し、誰もいない未知の場所でサーフィンをしていると実感するとき、なんとも言えない爽快な気分になったものだ。

満潮のときには、ウオはその秘めた力を全開にした。たとえばある日は、雨が上がったあとで、地元の気象条件の恵みによって、山を迂回してきた風が沖に向かって吹き始めた。黒雲が低く垂れ込め、海は鈍い灰色をしていた。ブライアンは暗い空の下で激しく揺れ動くヤシの木と気温を除けば、アイルランドの北西みたいだと言った。グーフィースタイルのブライアンが、沖に身体を向けるフロントサイドで、何度も上下動を繰り返す高速のロングライディングを決めた。肩の高さの波が脈打っていた。風が劇的な雰囲気を演出するなかで波が次々と押し寄せ、ブレイクの瞬間に淡い青色の光を放った。暗くなるまでサーフィンをしてから、優しく降り注ぐ生温かい雨のなかを歩いてサライルワ村に戻った。

村にホテルはなかった(私たちが知る限り、サバイイ島には一軒もなかった)ので、サバイナイアという名の一家が所有していた、フェイルと呼ばれるサモアの伝統的な茅葺屋根の小屋を借りて寝泊まりした。サモアの家族との暮らしには何かと気をつけなければならなかった。私たちはある日の午後、ダンプトラックの荷台で何時間も揺られた後で村に到着した。古いゴム製サンダルの素材がクッション用に敷かれたバス兼用のトラックで、私たちのボードはタロイモと魚が入った籠のあいだに詰め込まれていた。トラックは、天日干しの青いカカオ豆で覆われたクリケット場の隣で私たちを降ろした。閑静な村の家々はすべて茅葺屋根で、広い間隔でパンノキが植えられていた。見知らぬ旅人を警戒しているのか、村人の気配はほとんど感じられなかった。私たちはサモアの首都アピアで会ったサバイナイアのいとこから、紹介状を書いてもらっていた。子供たちが好奇心の声を上げながら、次第に安全な距離をとって私たちの周りに寄ってくるのが見えた。ラバーラバと呼ばれる黒い民族衣装を着た若い男に用件を伝え、シナ・サバイナイアのところに連れていってもらった。よく見ると男ではなく、三〇代のハンサムな女性だった。息を呑んで私たちを取り囲んでいる村人を無視して、彼女は手紙を読みあげた。シナは私たちの脇の下にある、サーフボードの入った長くて汚いキャンバスバッグを一瞥したが、驚いた様子は見せなかった。「ようこそ」シナは表情を崩すと、一〇〇〇ワットの笑顔を浮かべて言った。

シナと夫のトゥプガ、三人の娘から、これでもかというほどのもてなしを受けた。豪華な料理が次から次へと出てきて、コップには何杯もの茶が注がれた。汗で汚れたTシャツはいつのまにか消えていて、朝になると洗濯され、綺麗に畳まれて戻ってきた。煙草を吸うブライアンは、灰皿が一日一〇回も替えられていると言った。地元の風習も次第にわかってきた。誰かに足を向けて座ってはいけない。勧められた物は断ってはいけない。人が来たら、握手をして〝はじめまして《タロファ》〟と挨拶する。とはいえ私たちの立場が、甘やかされた特権的な立場にいる無知な客人であることは変わらなかった。現地の人たちは、意外なほど外国人に馴れていた。村の男はほぼ全員といっていいほどニュージーランドやヨーロッパ、アメリカで出稼ぎをした経験があった（外国で暮らすサモア出身者は多く、国内の人口より多いと言われている）。国連で働いていたこともあるという首長《マタイ》もいた。キューバのルルデスへの巡礼の旅をしたこともあるという、背中に大きなアメリカ国旗の刺繍のあるデニムジャケットを着た男もいた。

それでもサバイイには、〝時を超えた一つの完結した世界〟の趣があった。テレビはなく、電話機も目にしなかった（携帯電話やインターネットが登場するのはまだ何十年も先の話だ）。安っぽい造りの小さな店には中国製のシャベルや懐中電灯、ゴールデンディアのタバコ、ロングマーチ製のトランジスタラジオなどの輸入品も売っていたが、日々の暮らしの大半は自給自足でまかなわれていた。人々は畑で野菜を育て、漁や狩りをした。家も舟も、魚網も敷物も籠も扇も手作りだった。必要なものは何でも工夫してつくってしまう。私は魅了された。旅に出る前、〝地球上がすべてロサンゼルスみたいな都市に変わってしまう前に、この目でもっと世界を見たい〟という青臭い野心を抱いていた。実際には世界はロサンゼルスみたいになってはいなかった。それでもポリネシアの農村にいると、文明に対する漠然とした不満が鋭さを増していくのを感じた。

ある角度から見ると、海や森、人々といったサモアのすべてには高貴な輝きがあった。絵に描いたように美しいビーチや茅葺屋根の小屋といった、手垢にまみれた楽園のイメージとは別の輝きだ。その一方で、サモアはキリスト教が普及し、識字率も極めて高い国で、欧米から輸入されたポップカルチャーが町のあちこちで文明の毒をまき散らしていた。男の子は誰もがブルース・リーに憧れ、その年のヒット曲だったボニーMの『バビロンの河』がどこに行っても流れていた。それでも人々はまだ大地や海と深くつながりながら、家族や仲間との深い絆のなかで生きていた。西洋人の私の目には、サモア人の生き方は優雅さや、自然と共に生きることの見本のように映った。

シナにはビティという弟がいた。三〇代後半で、背が低く逞しい体つきに、尖った形のヘアスタイル、長いもみあげをしていて、恥ずかしそうに笑った。頭の回転が速く聡明だったが、それが一見するとわからないくらい謙虚だった。以前はニュージーランドで出稼ぎをしていて、ヘラビー・コンビーフ、バイクロフト・ビスケット、ニュージーランド・ミルク&バターなどの工場で働いた。当時は家に仕送りができたが、サモアに戻った今の暮らしの方が幸せだという。「向こうじゃカーディガンを着なければならないんだ。工場の送迎バスを待っているとき、息を吐いたら真っ白になったよ」。毎朝、私たちが起きだしたころ、ビティは水平線に向かって手づくりのアウトリガーカヌーを漕ぎ出した。シナ曰く、このカヌーはビティが切り倒したテリハボクの木を材料にして、ものの一週間で自作したものだという。午後になると、ビティはカヌーいっぱいのカツオを乗せて村に戻ってきた。夜は、干潮時に岩場にランタンを置き、ナイフで魚を刺してつかまえた。現金が必要になると、サライルアの裏山にある家族の農場に行き、トラックの荷台にコプラを積んで市場に運んだ（サモアはグアムとは違い、本当にコプラを輸出していた）。タロイモ畑を荒らす猪は、狩りで仕留めた。村付近のジャングルに建つ壁のない小屋で、古いジンのボトルに入れた自家製ビールを飲んでいたとき、ビティに猪狩りについて尋ねた。

「道具はトーチとライフル。犬を森に連れていき、猪が通る獣道を見つけて、風下でじっと待つんだ」ビティは言った。

それは夕暮れだった。ビールはアップルサイダーみたいに甘かったが、スコッチみたいに強かった。

「猪が茂みに逃げたら、追いかけなくちゃいけない。山じゅうを逃げ回ることもあるんだ」ビティは笑いながら、ジャングルの草むらをかき分ける仕草をした。

「ある日、暗くなるまで猪を追いかけたので、仕留めたあと山で一晩過ごすことにしたんだ。蚊が多く、ラバーラバを頭にかぶってもどうにもならない。雨で身体も冷えた。仲間を殺されて怒った猪の群に取り囲まれ、犬はずっと吠えていた。翌朝は、一〇〇キロ近くある猪を二つに切り分け、長い棒を見つけて両側に肉を吊した。遠くまで運ぶのは本当に大変だったよ。一緒に猪狩りに行くかい？」

ブライアンは乗り気だった。私たちはもう一杯、ビティ自家製のビールを飲んだ。

ビティが言った。「君たちの国の歌を聞かせてよ」

ブライアンがリクエストに応えて、アカペラでハンク・ウィリアムスの曲を披露した。

いかしたフォードが一台と　二ドル札を持ってる

丘の向こうに　いい店があるんだ

小屋の隣の庭で、カカオ豆を砕く作業をしていた子供たちが喚声を上げ、手を叩いて馬鹿笑いをした。ブライアンの歌声はジャングルに朗々と響き渡った。

サライルワでの最後の夜、シナは盛大にご馳走を振る舞ってくれた。それまでの一週間、たっぷりともてなしてもらってきた新鮮な魚や鶏肉、ヤシガニ、ハマグリ、パパイヤスープ、ヤム、各種のタロイモ料理（ホウレンソウ、バナナ、ココナッツクリーム）に加えて、ポークソーセージや、砂糖衣を塗ったバナナブレッドが焚き火の上で焼かれていた――ピリッとした味わいの黒緑色の海の珍味（名前は忘れてしまった）は、食べた瞬間に吐き出してしまったけれど。ブライアンと私は一家への心からの感謝の印として、プレゼントを渡した。シナにはガラスの皿、子供たちには風船、ビティにはシュリッツのビールグラス、シナの父親には煙草、母親には貝でできた櫛。

出発の日、バスは早朝四時に村に到着した。シナは私たちを起こし、コーヒーとビスケットをくれた。ビティは妻子と道路で待っていてくれた。空は星で白く濁り、頭上を飛ぶフルーツコウモリの翼のはためく音が聞こえた。南十字星が輝いていた。バスが到着し、開いたドアから音楽が小さく流れ出した。荷物係の無口な少年が私たちのサーフボードを屋根に乗せた。

サモアでも風変わりな体験をした。ティアという若者が、遠方のビーチを案内してくれるというのでついて行ったが、そこには波はなかった。おそらくはそのお詫びに、彼はそこにある入り江や岩礁やリーフの一つひとつにまつわる逸話を教えてくれた。あそこでは兄弟殺しが、あそこでは親殺しが、村人全体の集団自殺があった——。海岸のあらゆる場所には、聖なる物語があるようだった。ティアは言った。「三年後に戻ってきてよ。このビーチは凄く素晴らしい場所になる。僕はニュージーランド銀行に大金を預けてるんだ。その金でダイナマイトを買って、この土地を開発するつもりさ」

　長老派教会のリーという牧師と、その妻のマーガレットと知り合った。ニュージーランド出身の二人はナイジェリアで九年間を過ごしてサモアに来たばかりで、三人の小さな子供と一緒にアピアにある教会の裏手に住んでいた。リーは私たちに町を案内したがった。タイトな赤のショートパンツを穿き、大きな灰色の入れ歯をし、くぼんだ顎、分厚いレンズのメガネが特徴的で、ぎょっとするほど体毛が濃かった。実際のところ、リーはサモアに詳しくなく、私たちへの関心もすぐに薄れた。だがマーガレットが暇を見つけては、私たちを連れ出したり、家に招いてくれたりした。リーにはバロという名の男友達がいた。バロは若く魅力的な男で、片方の二頭筋に「ラブ・ミー・テンダー」という文字の刺青を彫っていた。リーは絶えずバロの方をうっとりとしながら見ていて、バロが周りにいないときも彼の話ばかりしていた。ビーチでは思わせぶりに言った。「バロとここで、誰にも見つからない隠れ家を発見したんだ」。私は、小太りで優しいマーガレットのことが可哀想になった。リーにきつい皮肉を言われたときは、マーガレットは眼鏡の奥の目を丸くして、私たちの方を見て微笑んだ。リーたちが次のピクニックの計画の話を始めたので、ブライアンと私はどうやって断ろうかとスペイン語で話した。

　私たちは、首都アピアの郊外にあるパラダイス・オブ・エンターテインメントという施設に泊まった。

現代風のバンガローのあるモーテルだったが、その実体はその名の通り地元客向けのナイトクラブで、サラ・スイバイという大物国会議員が所有者だった。扇型の観客席のある屋外ステージでは映画の上映や週末のダンスバンドの演奏などが催され、ボクシングのリングを設置し、地元の科学者が試合に出て盛り上がったこともあった。誰も、足に包帯を巻き、バーのテーブル席で海図を広げている私たち白人《パラギ》のことなど気にしていなかった。無視されるのは都会ならではだった。悪くない変化だった。

海図を頼りにサーフスポットを見つけるのは至難の業だ。私たちは、沖合の堡礁や陸塊で影になっていない島の南海岸を探した。理想的なのは、ある地点から水底が急激に深く抉れているポイントや湾、リーフパスだった。このような地形では、深い海底を進んできたうねりが岸の直前で隆起した水底に突き当たり、大きく、掘れたブレイクが起こりやすくなる。重要なのはリーフやビーチの角度だ。ブレイクが左右どちらかに徐々に崩れたり、向かい風を受けたりしやすくなるように、南の外洋に対して斜めになっている必要がある。長間隔のうねりをつくり出す沖合の海底谷と、波を浅瀬に向かわせる水底の壁も重要だった。これらの条件を満たしている海岸はほとんどなかったが、地図を見る限り、サーフスポットになりうる可能性を秘めた場所はまだあった。だが、実際にそこを訪れるかどうかは、結局は当て推量で決めるしかなかった。土地勘もなく、海図も完璧ではない。何より、地図の尺が大きすぎて、サーフィンにとって決定的に重要な岩やリーフの大きさや形はわからない。私たちは、海図に書き込まれた無数の数字の意味を解読しようとした。陸地を意味する黄色い島の周辺を取り囲む浅瀬は、等深線で区切られた青いリボン状の部分で表現され、そこに記載されている数字が水深を表している。波が立つのを知っている場所なら、地図上の数字の意味を理解するのは簡単だ。条件が整ったとき、そのスポットで波が立つのがイメージできる。二次元の海図が、立体的な波の映像として浮かび上がってくる。だが、訪れたことのない場所になると話は別だ。グーグル・アースが登場するのは数十年後のことだ。

サモアの次はタヒチ島かアメリカ領サモアを目指すつもりだった。どちらにもサーファーがいて、サーフスポットがある。だが結局、何の知識もないトンガにいくことになった。ある夜、海岸沿いのバーで、トンガの首都ヌクアロファに向かう貨物船に乗っているというオーストラリア人のパーサーと知り合った。私たちはその場で決断し、酔いも醒めやらぬまま、真夜中に船に荷物と一緒に乗り込んだ。貨物船は夜明けと共にアピアを出発した。

私たちが船に潜り込んだことを昼前になってようやく知った船長は、パーサーに雷を落としたらしい。だが、私たちには何事もなかったかのように優しく接してくれた。船長の名はブレット・ヒルダー。大英帝国五等勲爵士の肩書きを持ち、綺麗に手入れされたヴァン・ダイク髭を生やし、制服をうまく着こなしていた。ヒルダーは船橋を案内してくれた。キャビンの壁に描かれているトンガ王の肖像画はヒルダー自らが描いたものだった。国王は生前、この絵がたいそうお気に入りでね、とヒルダーは昔を思い出しながらため息をついた。ジェームズ・ミッチェナーの『南太平洋物語』のモデルになったのも、他ならぬキャプテン・ヒルダーだった。実際、あの本はヒルダーに捧げられていた。ちなみにキャプテン・クックはトンガを〝フレンドリーアイランド〟と名付けたが、もしこの島への到着が二日遅れていなかったら、命を狙っていた地元の人々に襲われていたかもしれないと言われている。

トンガはフレンドリーな国に思えた。だが、サーフスポット探しは難航した。ヌクアロファの三〇キロ南東にある丘陵地の多いエウア島では、大発見の予感がした。島の東海岸は断崖が続き、オンショアの風が吹いていたが、南西の海岸に押し寄せるうねりには期待できた。それは巨大だった。トンガの最大の島であるトンガタプ島から出発したフェリーの船上で、そのうねりが遠くの海に描く線を見ているだけで、胸が高鳴った。エウア島は険しく、道らしい道はほとんどなかった。私たちは馬を借り、樹木の生い茂る起伏の激しい海岸線付近の山道を、波を求めて進んでいった。何度も苦労して海岸まで出たが、岩が多かったり、風の向きや波の質が悪かったりと、すべてがっかりする結果に終わった。北に進み続けた。北西部の海岸の一部には泥道があり、歩きやすくなったが、うねりの勢いは落ちてきた。道の突き当たりに、ヤシの立ち並ぶ入り江でいい波が見つかった。ユフィレイと呼ばれる場所だった。

そこは野性味溢れる場所だった。幅一メートルほどのリーフの隙間を通り、パドルで沖に出た。わずかに露出した溶岩のすぐ傍で、高くせり上がった短いレフトの波が壮観に破裂していた。深い水底から一気に立ち上がるので、波のフェイスはブレイク寸前まで沖合の水面と同じ紺碧の色合いを湛えていた。海に入ると、波は凄まじく速くて厚く、うねりというよりも、海面が急降下したような感覚に襲われた。四、五本の波に乗った。ボトムに滑り降りるときの衝撃は強烈で、ボード上にとどまるために両腕をまっすぐに上に向けなければならなかった。最後にターンを決めると、波は深い水のなかに沈んでいった。巨大な波を頭上に感じるテイクオフの瞬間は恐ろしかった。だが危険という意味では、露出した溶岩の近くで波に乗ることの方が常軌を逸していた。数カ月後、オーストラリアのビーチで、ジョージ・グリーナフという男に会った。カリフォルニアの有名ボードビルダーで、ショートボードの発明者の一人でもあり、船員や映画監督の仕事もしていた。グリーナフの計算によれば、ユフィレイでの高さ五フィートの波の厚さは七〇フィートになる。複雑な計算式に基づいていた（私にはどうすればブレイクする波の厚さを弾き出せるのか皆目見当がつかない）が、ともかくこの数字はあのスポットの尋常ではない獰猛さをよく物語っていた。一時間ほど波に乗り、セッションを終えた。

だが、鍵穴のように狭いリーフの隘路《あいろ》を通って戻るのは大変だった。岸に押し寄せた大量の水が、沖に向かって激しく戻ってくる。川の急流を遡るようなものだ。あきらめて北に数メートル移動し、波の勢いを利用して、水面すれすれのリーフにボードをぶつけながらラグーンに移動した。ブライアンは頭を低くし、意地でもそのリーフの隙間から岸に戻ろうとしていた。私は水泳プールのような穏やかなラグーンから、リーフを乗り越えるようにと忠告したが、ブライアンは聞く耳を持たず、怒りにまかせて前進を続けた。いつのまにか太陽は沈んでいた。最終的にどちらのルートをとったのかは覚えていないが、ようやく浜に戻ってきたブライアンは憔悴していた。命拾いをした難破船の乗組員みたいに浜に倒れ込むのではないかと思ったが、激怒した様子で一言も口にせず、そのまま脇にボードを抱えて陸に消えていった。八キロほど離れたゲストハウスに戻ると、ブライアンはまだ怒りで顔を真っ赤にしていた。

ゲストハウスで働いていた女の子たちは運勢占いに夢中だった。縞模様のシャツを着た、トゥーポという名の眠たげな顔をした歯の欠けたティーンエイジャーがトランプのカードを並べた。一番上にはジャックが置かれていた。トゥーポの説明によれば、四枚のジャックは、白人《パラギ》、トンガ人、日本人、サモア人の夫を表していた。トゥーポはカードを引き、一枚のジャックに組み合わせて、その上をドンと強く叩き、「わかったわ！」と叫ぶ。石油ランプの周りに身を寄せている他の少女たちが、目を丸くして息を呑む。彼女たちのバターのようなかすかな体臭が漂っていた。

トゥーポが言った。「太って怠け者の女の子はトンガ人と結婚する。料理と洗濯だけの人生よ。痩せた美人の女の子は白人の妻になる。腕時計をして、車で映画を観に行くの。日本人と結婚した女の子は日本で贅沢な暮らしをするわ。タバコを吸って時々掃除をするだけ。だけど、夫は何もしない妻に腹を立てて、ある日家に帰ったらナイフでズタズタに切りつけるのよ。サモア人と結婚した女の子たちはサモアに行く。暮らしはトンガとほとんど同じよ。だけど向こうにはテレビがあるわ」

別の女の子がため息をついた。「パゴパゴでテレビを見たの。綺麗だったわ！」

トゥーポが私の将来を予言した。一カ月以内に家族から金が同封された手紙を受けとる、白人の女の子と結婚するが、トンガの女の子を泣かすことにもなる——。

夕暮れ時にゲストハウスの女の子たちと石油ランプの下で冗談を言い合っていると、少なくとも一時的には、行く先々で土地の女と寝るという密かな野望はあきらめるしかないと思った。ポリネシアの辺境の町は、行きずりの恋に相応しい場所ではなかった。昔の船員が語る奔放なタヒチの女たちの話や、マーロン・ブランドがフレッチャー・クリスチャンを演じた映画『戦艦バウンティ』の美しい島のプリンセスが登場するシーンは、現実のものではなかった。ただし私は後に、トニー・ホロヴィッツの『Blue Latitudes』を読んで、キャプテン・クックの船員が実際に奔放なトンガの女性と出会っていたのを知った。ある乗組員は、地元の女性たちが〝極度に好意的〟で、釘一本と引き換えに喜んで船員と寝ると書いている。一七世紀に南太平洋を航海したオランダの外科医によれば、トンガでは女性たちが「船員の股間を堂々とまさぐり、行為を求めているとはっきりと意思表示した」という。だが、私たちはそんな体験はしなかった。女たちはみな敬虔なキリスト教徒で、タオバラと呼ばれる丈夫な織り込みマットを腰に巻いていた。私たちがこの旅を通して出会ったのは、小さく保守的な共同体だった。女たちはこちらに気を見せて楽しく相手をしてくれたが、越えてはならない一線ははっきりとしていた。私にしても、誰かを泣かせて島を去りたくはなかったし、彼女たちのいとこに尻を蹴飛ばされたくもなかった。

「いいじゃないか」ブライアンが言った。「自由な神父みたいに見えるぜ」

ブライアンは、伸び放題になっていた私の髭のことを話していた。もちろん、そこには言外の意味があった。私たちは、互いの神経に障り始めていた。見知らぬ世界を旅しながら、私たちは二人だけの小さな世界も一緒に運んでいた。そこは何も言わなくてもわかり合える、いつでも逃げ込める場所だった。だが、二つの大きなエゴがぶつかり合う、狭苦しい場所でもあった。完全に頼り合い、常に一緒だった。だからこそ、ほんのわずかな違いが癪に障った。私は日記に、『アンナ・カレーニナ』のオブロンスキーとレビンの緊迫した友情に関する一節を引用するようになった。ブライアンはあのとき皮肉を込めて笑っていたように見えた。私は相手の軽口を、大きく受け止めていた。

ブライアンの言いたいことは、よくわかった。ブライアンは保守的で地に足が着いた人間で、新しいものには懐疑的だった。反戦運動が高まっていた大学でも周りのクラスメートに反感を抱き、〝世界平和〟という言葉は青臭いと感じていた。私は違った。高校時代には、ベトナム戦争反対のデモ行進に参加した。戦争は止めなければならないと固く信じていた。ブライアンは、感傷的で偏狭な自己満足を嫌った。私は、大学時代に歌手のトム・レーラーを少しだけ聴いたことがあった。直接確かめたわけではないが、ブライアンならきっとレーラーの曲の歌詞の、こんな皮肉めいた一節を気に入ったはずだ。

俺たちはフォークソング軍団
大事なことを考えるのさ
貧困、戦争、不正が大嫌い
頭の固い奴らとは違うんだ

正義を振りかざすリベラルに対するブライアンの頑な反感には、いくらかの共感を覚えた。私自身、鉄道で制動手として働いているときに、周りの労働者と同じように、理想主義的な口先だけの言葉に対して嫌悪感を覚えるようになっていた。

それでも、南太平洋を彷徨っているうちに、次第に私の心のなかに他のものが生まれ始めていた。それはブライアンにとって、髭よりもはるかに厄介なものだった。私は自分を変えたいと思うようになっていた。旅先で出会う島の人々の世界観を理解したいと強く思った。それはグアムでブライアンと合流する前に、一人でポンペイ島を旅していたときから始まっていた。地酒《サカウ》に酔いながら、珊瑚の破片でボードゲームを楽しむ地元の人々を異世界に入り込むようにして眺めていたときのように、私は何かを学ぶためにここに来ていた。単に辺境の村やそこで出会った人々のことを理解するだけではなく、それまでとは違う自分としてこの世界に在るための方法を学びたかった。アメリカにいたときのような疎外感を味わうことなく、ありのままの自分を受け入れられるようになりたかった。こうした願いはどうしようもないほどニューエイジ的な考えだった。ブライアンには一度も話したことはなかったが、地元の言葉や風習を熱心に覚えようとし、自給自足の暮らしをする農家や漁師に心からの尊敬を見せ、出会う人々とすぐに親しくなる私の態度には現れていたと思う。もともと私は、見知らぬ人と仲良くなるたちだったが、この旅ではその傾向が強まっていた。地元の人間と親しくしていると、ブライアンが私に見捨てられたり、嫌われたりしていると思っているのではないかと気になることもあった。

ブライアンと私は自己嫌悪を味わっていた。私たちは、地元の人々、特に若者が憧れている豊かなアメリカに背を向け、貧しい南国にやってきた白人だった。後ろめたかった。普通の振る舞いが、嫌みになってしまいかねない。地元の文化に対して謙虚でいなければいけないと思ってはいたが、二人の解釈は違った。保守的なブライアンはサモアの家父長制度に興味を引かれ、ロマン主義の私は村人との交流を通して文明に毒されていない人間の温かさや精神と触れ合おうとした。

そんな状況下で、サーフィンは神からの贈りものだった。それは旅の目的であり、私たちが早起きする理由だった。ブライアンによれば、私はアピアで遭遇した西洋人のバックパッカーたちを「くだらない観光客」だと吐き捨てたらしい。記憶にはなかったが、それは本音だった。私たちは旅先で、自分たちと似た白人旅行者と大勢出会い、嫌な気持ちになった。だが少なくとも私たちには旅の目的があった。たとえそれが、他人の目からすれば愚にもつかない、無益なものだったとしても——。

トンガタプ島では、ブラッドというアメリカ人サーファーと出会った。ブラッドは、ヌクアロファの北西にあるビーチホステルにアメリカ人サーファーがいるという噂を耳にして、馬に乗って訪ねてきてくれたのだ。二三歳で、髪を短く刈り上げ、何かの使命に導かれた宣教師のような雰囲気があった。近くの村に住み、ペンテコステ派の教会の建設を手伝い、現地の若い女性と婚約をしているのだという。カリフォルニア州サンタバーバラ出身で、カウアイ島にしばらく滞在した後、トンガに来て八カ月になる。なぜそんな風変わりで、決意に満ちた生き方をしているのか、私にはよくわかるような気がした。おそらくブラッドは、多くのサーファーと同じような道のりを辿ってきたのだ。カリフォルニアのビーチタウンの出身で、ハワイのオアフ以外の島に行き、その過程で幻覚剤で強烈な体験をして、その影響を引きずったまま、神や救世主の存在に身を委ねようとする。そんな彼らのことを、人は〝ジーザスフリーク〟と呼んだ。

とはいえ、ブラッドは説法をしに来たのではなく、サーフィンの話をしたがっていただけだった。ブラッドは、私たちはトンガで見た初めてのサーファーだと言った。

私たちの質問は一つしかなかった。ここに波はあるのか？

あるさ。ブラッドは言った。波はある。だけど、今はその時期じゃない。

ブラッドは、ヒヒフォ半島の北端にある、ハアタフというスポットを知っていた。北太平洋からのうねりが長期間に亘って入る場所で、一一月から三月、四月にかけてブレイクが起こる。ブラッドは、ライトの波が立つというういくつかのリーフパスのスポットの特徴を、カウアイ島で最高のスポットと比較しながら教えてくれた。もしブラッドの話の通りなら、ここのスポットは相当にレベルが高いはずだ。このスポットでずっと一人でサーフィンをしていたというブラッドは、六月は南からのうねりでレフトの波が立つこともあるが、どれも小さくて浅すぎると言った。

私は今すぐにハアタフに行こうと言い張り、二人を説き伏せた。ボードを抱えて歩いたが、それは長い道のりになった。ブラッドは小径の突き当たりの森の奥深くまで私たちを連れて行くと、スポットの方角を教えてくれた。ブライアンと私が海岸に着いたときには、すでに午後遅くになっていた。リーフは広大なラグーンの先にあり、岸からは遠く離れていた。さざ波しか立ってないように見えたが、太陽の光が眩しすぎてよくわからない。私はパドルで沖に出てこの目で確かめたかったが、ブライアンは反対した。風はオンショアだったし、日も沈みかけている。議論をしている暇はなかった。私はサンダルを脱いで茂みに突っ込むと、沖に向かってパドリングを始めた。

ブライアンは正しかった。わざわざ確かめに来るほどの価値はなかった。波質はひどく、話にならないほど浅かった。だが最悪だったのは潮の流れだ。そこは全長八キロのヒヒフォ半島の先端だった。私は漂流物のように沖の斜め方向に押し流されていた。珊瑚の頭につかまり、なんとかラグーンに戻ろうとした。恐ろしかったが、何も考える余裕はなかった。波に乗れずじまいのまま危険なエリアからは脱出したが、岸の大半は背の低い厄介な珊瑚の崖で覆われていて、出発地点付近の岸には戻れそうにない。結局、夕暮れ時になって、ようやく東のはずれにある小さな入り江に辿り着いた。暗く不気味な森のなかを裸足で歩いた。当然、ブライアンは激怒していた。私たちが衝突するお決まりのパターンだった。どちら私はブライアンが物事を心配しすぎると思い、ブライアンは私が無茶ばかりすると思っていた。どちらも間違ってはいなかった。

誰かがトンガの国王に、あなたの国の海の底には大金になる石油とガスが眠っていますよ、と入れ知恵をした。アメリカのパーカー・オイル&ドリリング社が、喜んで力になりますよ、と国王に近づいた。同社の従業員やその家族は、私たちが宿泊していた海沿いのホステル、〈グッド・サマリタン〉に滞在していた。オーナーはアンドレというフランス人で、宿泊客向けの小屋が五軒ほどあり、現在も増築中だった。アンドレ自らがシェフを務める屋外レストランがあり、レパートリーこそ少なかったが新鮮な魚料理中心のメニューはどれも美味しかった。レストランのテーブルは限られていた。私はパーカー・オイル社の管理職の娘だというテカという女の子と同席した。テキサス出身の細身の一九歳で、シャープな顔立ちをしていた。アラバマ州ハンツビルのサムヒューストン州立大学を退学になったばかりで、これから家族が住むシンガポールに戻る、そこではモデルの仕事をしているのだという。

テカはブライアンと私に人類学的な興味を示した。そのときの私たちは、毎日ハアタフで波に乗っていた。風が穏やかな早朝に沖に出て、午後に腹を空かせ、真っ赤に日焼けして戻ってくる。波は小さくて不満だったが、形は良く、勢いがあった。リーフは浅く、私は大切なボードのノーズの底をぶつけてしまった。テカは昼間、私がパンノキの木陰で間に合わせのラックの上でボードの凹みを入念に修理しているのを見ていたらしい。

テカは、観察の結果を発表した――ブライアンと私は、カリフォルニアやフロリダ、ハワイに掃いて捨てるほどいる、典型的な〝ビーチバム〟だ、と。人生の目標もなく、明日のことを心配もせず、ただビーチで時間を過ごしている私たちのようなタイプは、「特にワイキキビーチに多い」ということだった。「あなたたちみたいな人は、大きな地震が来ても、家や車の心配をしないで〝ワオ、こんなに揺れたのは初めてだ〟って言うの。頭のなかは、完璧な波を見つけることでいっぱい。ねえ、もしそれを見つけたらどうするの？　その完璧な波に何回か乗ってしまったら、その後は何をするつもり？」

　良い質問だった。いつの日か、完璧な波に乗って、その問いに答えなければならない状況に置かれてみたいと思った。私は、典型的なビーチバムだと言われたのはかまわなかった。だが、私たちより価値のある目標を持っている人間とは、たとえば誰なのかが知りたかった。ママね、テカは言った。彼女の母親のシェリーは、今年の夏、本を書こうとしているのだという。本のアイデアは三冊分あるらしい。シェリーもホステルに滞在していた。朝は遅くまで寝ていて、正午にはもう酔っていた。一日の主な仕事は、日光浴と化粧、娘と吸う大麻、何度かの衣装変えだった。ある晩、シェリーは私に言った。「今日、あなたのことを本に書いたのよ」。それは、〝私はあなたのことを好意的に思っているわ〟という意味のメッセージだった。シェリーは本を書いていた。だからテカ曰く、私やブライアン以上の目的を持って生きているのだ。テカは他にも例をあげた。ハンツビルでディスコを経営していて、将来は男性服の店を持つという夢を抱いている彼女のボーイフレンドだ。

　ホステルには、パーカー・オイルの現場監督をしているという、ジーンというテキサス人もいた。七面鳥の肉垂れみたいな顔と、喫煙者独特の濁声《だみごえ》をしていて、一七歳の現地人の恋人がいた。ジーンは六〇歳になろうとしていた。ガールフレンドは美しかったが、幸せではなかった。私は彼女が、パーカーの重役の妻に、自分はフィジー人との混血の孤児で、そのために血の交わりを嫌うトンガでは除《の》け者扱《もの》いされていると訴えているのを耳にした。いつしか売春をするようになったという彼女は、ジーンの手から逃れたいと切望していた。「助けて！　私を助けて！」彼女は訴えた。

重役の妻はショックを受け、少女と何かを喋っていた。よく聞こえなかったが、私はその女性がジーンに近づいたとき、たまたま近くにいた。女性は恐る恐る、ガールフレンドがフィジー人との混血であることをジーンに伝えた。

ジーンが声を上げた。「そんなことはどうだっていい。どのみち、あの女は黒人なんだ」

その晩、ブラッドが馬に跨がってやって来た。私は、地元の警察は信頼できるかと尋ねた。パーカー・オイルの従業員から少女を救ってくれるだろうか、と。ブラッドは考え込んだ様子でこちらをじっと見たあと、首を振って言った。「警察には国王がついてる」。警察に訴えても、つかまるのはジーンではなく哀れなガールフレンドの方だ、と。

トンガでは、めったに地元から出ることはないとブラッドは言った。最近は小都市にすぎないトンガの首都ヌクアロファすらまぶしく見えるらしい。ブラッドは村で唯一の白人《パラギ》だった。その村は、半島の先の森の奥にあった。婚約者の家族や隣人は、サーフィンの良さをわかってくれない。「薄っぺらい板を抱えて海に行き、数時間後に手ぶらで戻ってくる僕のことを、下手くそな漁師だと思ってる。ただ水に浮いているようにしか見えないらしい」

この大人しそうな若者が、何カ月もたったひとりでハアタフでサーフィンをしていたのは驚きだった。サイクロンがつくり出す北西のうねりが入ったときには、ダブルオーバーヘッドの波に乗ったのだという。人の背丈の二倍の波だ。興奮したが、浅いハアタフでそんな波に乗るのは恐ろしいことにも思えた。

ボードのボトムをリーフにぶつけたことは？　そう尋ねると、ブラッドは、何を当たり前のことを聞いているんだとばかりに、一度顔を横に向けてから私を見た。もちろん、毎回ぶつけるさ。あそこでサーフィンをしたことがあるならわかるだろう？　でも、もし大怪我をしたら？　波と珊瑚、広いラグーン、崖を超えて陸に辿り着いたら、二キロ近く先の最寄りの村までジャングルを通っていかなければならない。さらにそこから本数の限られたバスに一時間以上揺られて町の病院に辿り着いたとしても、たいした医療設備は期待できない。

さすがに私は、ブラッドのように南太平洋の奥地での暮らしに人生を賭けられなった。平和部隊に加わったり、村の女の子と結婚したりでもしなければ、そんなことは無理だ。思わず苦笑せずにはいられなかった。ブラッドはその経験を通じて、疎外感を味わわなくなったのだろうか？　だが、そんな質問ができるほどブラッドとはまだ親しくはなかった。

絶対的な君主で、二〇〇キロの巨漢だという国王のトゥポゥ四世のことを訊ねてみると、ブラッドは顔を青くした。よく知らない私には、話したくはなさそうだった。エウア島の漁師から、夜になると森がフルーツコウモリだらけになるのは、王にしかコウモリ狩りが許されていないからだと聞いた。本当かと訊ねると、ブラッドは肯定も否定もせず、そろそろ聖書の勉強会に行かなければならないと言って馬に跨がり、月明かりの下で浜辺に消えていった。

「物資的進歩は犯罪を生む」――ヌクアロファで、こんな落書きを見た。私は郵便局にいて、父親に五〇歳の誕生日祝いの電報を送ろうとしていた。だが、メッセージが本当に届くかどうかは確信が持てなかった。カウンターの後ろにいた、差別撤廃闘争の指導者ストークリー・カーマイケルに似た職員は親切だったが、古めかしいタイプライターを打つ手は自信なさげだった。グアム以来、もう一カ月以上も家族や友人から連絡がなかった。誰も私とブライアンに連絡する手段を持っていなかった。おそらく、私たちがどの国にいるかも知らなかった。両親にも恋人のシャロンにも何度も手紙を書いていたが、到着までに数週間はかかるだろう。電話しようとは一度も思わなかった。目玉が飛び出るほど料金が高かったからだ。

近くの道をあてもなく歩いた。通り沿いの家々は軽量コンクリート材でつくられているが、未完成の部分も多い。オーストラリアに出稼ぎに行った身内から次の送金があるまで、建築を休止しているのだろう。墓地に通りかかった。ニュージーランドの国産ビール〈スタインラガー〉の細く茶色のビール瓶が、墓の周りの砂に首まで埋め込まれている。このボトルはサモアとトンガのいたる所にあった。ラベルを貼り替えたリサイクル瓶で地元のフルーツドリンクが売られていることもあったし、庭園や校庭の仕切りに使われていることもあった。トンガの墓地では、午後遅くになると先祖の墓参りをする老婦人をよく見かけた。サンゴ砂を丁寧に盛り、落ち葉を掃き、萎れた造花を洗う。

悲しみが伝染し、私の身体を震わせた。心が痛んだ。それはホームシックではなかった。この世界からはぐれてしまったような感覚だった。私にとって、それは望ましいことでもあった。世界はさまざまな方法でとらえられていた。アメリカ人にとって、世界はニューヨークタイムズやワシントンポスト、ウォールストリートジャーナルといった大手新聞やニュース週刊誌が伝えるものだった。地球上のあらゆる場所は、通信社の特派員の担当地域に割り当てられていた。エール大学を出ていたブライアンは、すでにこの地図の意味を理解していた。だが実際には、ブライアンと私はどの特派員の目にも届かない世界にいた。ニュースは溢れていたが、それが意味を持ち、重要なものになるのは、それを受けとる者が世界に耳を澄ませ、その重さを感じているからなのだ。

　私は三人の少年と一緒に、エウア島から戻るフェリーの屋根に乗っていた。少年たちは、小遣いが尽きるまで、ヌクアロファにある三館の映画館でカンフーものと西部劇と刑事ものの映画を観るのだと言った。よく笑う痩せた一四歳の少年は、怠け者だったから学校をやめたと言った。少年は、屋根で回し読みされていた日本の漫画本を持っていた。この本にはいろんなジャンルの漫画が脈略なく詰め込まれていた。子供向けの可愛らしい作品もあれば、荒っぽい戦争物もあり、医者と看護師のメロドラマがあったかと思えば、猥雑なヌード写真も掲載されていた。ポルノを見て眉をひそめたフェリーの船員がページをちぎって丸めて海に投げ捨てると、少年たちは笑った。船員が漫画本そのものに嫌悪感を抱き、海に投げ込むと、少年たちはさらに笑った。私は穏やかなラグーンの上に散らばったページが浮かんでいるのを見ていた。目を閉じ、地図に書き込まれていない世界の重さを感じようとした。私が追いかけていたのは、異国趣味などではなかった。私が求めていたのは、ありのままの世界を、色眼鏡をかけずに肌で理解することだった。

　寂れた墓地の悲しみ、砂地に埋葬され忘れられた故人の悲しみに触れ、胸が締めつけられた。この曖昧な冒険の旅があざ笑われているかのような気がした。それでも何かが私を手招きしていた。それは、次の目的地のフィジーかもしれなかった。

フィジーでのサーフスポット探しは、出だしから失敗続きだった。まず、首都のスバから東に向かったが、そこは本島であるビチレブ島の湿潤なエリアで、泥っぽい道を突き進まなければならなかった。私たちの海図では、大きな川の河口に、いい具合に曲がった湾があり、そこのバリアリーフに素晴らしい隙間があるように見えた。ビチレブ島の南東からの大きなうねりが、勢いを止めずに入ってくるはずだった。その湾は想像した通りだったし、うねりも入ってきていた。だが、波は勢いが弱く、サーフィンはできなかった。私たちがそのことに気づくまでには数日かかった。ひどく酒に酔っていたからだ。

ブライアンと私は、僻地の村には手ぶらでは行かないほうが良いことを学んでいた。子供たちはボールペンや風船をあげると喜んでくれたが、それは忘れても致命的にはならない。だが、首長や大地主への手土産は欠かしてはいけない。最高の貢ぎ物は、土地の風習に倣い、地酒《カバ》をつくるための一抱えの根を捧げることだった。この根はワカと呼ばれていた。私たちはスバを発つ際、バス停近くの農産物直売所で根を買うつもりだった。だが、早朝のバスが思ったより早く発車しそうになったので、急いで売店に駆け込み、根の代わりに〈フリゲート・オーバープルーフ・ラム〉の四リットル瓶を買った。ラム酒は喜ばれるはずだ、という私たちの見込みは正しかった。迷路のような濃いマングローブ湿地をカヌーで抜け、目的の湾の近くにある村ヌークイに着いたとき、首長のティムシは私たちを温かく歓迎し、すぐにラム酒を開け、周りにいた男たちと回し飲みをしようと言いだした。ボトルは一五分で空になった。まだ昼過ぎだったが、ブライアンと私はへべれけになり、その日はビーチに行けなかった。

一方、カバの飲み方は儀式的だった。宴は夜に始まる。男たちがタノアと呼ばれる大きな木製の鉢を取り囲み、マットの上にあぐらをかいて座ると、ココナッツの器に入った酒が回される。フィジーでは、まず全員が三度手を叩くと、次に酒を飲む者が一度手を叩いて「ビュラ」（「ハロー」）と言い、器に口をつける。これは、ビロと呼ばれる。飲み干したら、飲み手はもう一度手を叩き、「マタ」（「杯を空にした」）と言い、全員が三度手を叩く。儀式は延々とこれを繰り返しながら、六、七時間も続く。ギターが演奏され、物語が語られ、見事なソプラノで聖歌がうたわれる。

ヌークイではサーフィンはできなかったが、子供たちをボードに乗せて遊ばせるにはちょうどいい波があった。何人かの少年は、信じられないくらい飲み込みが早かった。順番が回ってくるのが待ちきれなかった男の子たちは、水中に放り込んだココナッツの丸太に乗ってサーフィンの真似事をした小さな子供たちは、ココナッツの殻を紐でくくりつけたものを足に結び、砂のなかを走り回って、馬の蹄とそっくりな音を出して遊んだ。ヌクーイの子供たちは、さまざまなおもちゃを手作りしていた。丸いナッツをビー玉代わりにし、空き缶の蓋を紐でつるしたものを回転させて笛のような音を出した。捻ったココナッツの葉を棒の先につけて風車をつくった。その創意工夫には繊細な感覚が溢れていた。ある日、大量にカバを飲んだ後で小屋の天井を見ていたら、横桁の上に子供用のゴム製のブーツが置いてあるのが目に入った。ブーツは埃っぽく、漠然としたカウボーイスタイルの形をしていた。そのブーツが、工業製品をつくりだす西欧社会と、『ローン・レンジャー』に夢中になった少年時代を象徴する護符のようなものに思えて、なぜだか急に胸が締めつけられた。

村を後にした私たちは、カヌーでマングローブの湿地を抜け、バス停のある陸地を目指した。カヌーの向かいの席には、ふっくらとした一〇代の少女がいた。そのTシャツには、テレビの前で酔っ払って寝そべる猫の絵と、「幸福とは、酔った猫《タイトプッシー》だ」という文字が書かれていた。隣にいた母親はもちろん、誰もこの卑猥な冗談の意味を理解していないようだった。河川デルタの低い灰色の空が――ヌクーイでは太陽を一度も拝めなかった――広がり、冷たい雨が降り始めた。私たちは荷物にポンチョをかぶせた。三〇〇以上の島からなるこのフィジーでの、最初の波探しは失敗に終わった。

フィジーの首都スバは南太平洋最大の都市で、広く青い港を見下ろす起伏の多い半島に跨がるように位置している。私たちは、半分は売春宿で半分はドミトリーという宿を見つけた。〈ハーバービュー〉というこの宿を経営していたのはインド人一家だった。フィジーの人口の半分（そして大半のビジネス層）はインド系だった。夜になると、ハーバービューのバーには、ありとあらゆる国籍の船員が吸い寄せられてきて、お決まりのように殴り合いの喧嘩をし、売春婦を上階に連れて行った。私たちは、一泊数ドルの、二段ベッドが並べられた狭苦しい大部屋に寝泊まりしていた。スバの市街地は、観光客や駐在員、クルーズ船の旅客で溢れていた。ブライアンと私はそれぞれ、この町で出会ったオーストラリアの若い女と束の間の恋をした。

私たちは、うねりが訪れる期間、西か南にある良い波が来そうな島に滞在するという計画を立てていた。スバは、クルージング・ヨットの停泊地として有名だった。私たちは、ロイヤル・スバ・ヨットクラブの掲示板を食い入るように見て、乗組員を募集しているヨットを探した。めぼしいヨットが見つかるまでのあいだ、私はスバの図書館に通った。図書館は、海岸通りにある、植民地時代に建てられた風通しの良い瀟洒《しょうしゃ》な建物のなかにあった。マホガニーの大きな読書テーブルで、私は新たな登場人物を主人公にした鉄道小説を執筆し始めた。

スバには二艘のサーフヨットが停泊していた。一艘はアメリカ人の男とその恋人のタヒチ人が所有するカペラ号で、西に向かうことになっていたが、サイズが小さく私たちが乗り込むスペースはなかった。もう一艘は、全長二〇メートルのオーストラリアのケッチ船、エイリアス号だった。船体は錆び、塩害と長年の風雪に耐えてきたような雰囲気があった。装具は旧式で痛みが激しく、船首のレールには自転車とサーフボードが掛けられていた。八〇年くらい前のヨットだと思ったが、実は二年前につくられたばかりだった。西オーストラリアのパース付近で集団生活をしていたサーファーたちが、盗んだ木材や部品を寄せ集め、ありあわせの道具を使ってつくったのだという。ヨットが完成するまでのあいだ、女のメンバーがウェイトレスの仕事をして生活費を稼いだ。ミックという名の、日焼けした長身でカーリーヘアの面白い男が逸話を教えてくれた。エイリアス号の処女航海は災難だった。初心者ばかりの乗組員は、風を待ちきれずにはるか南方の「吠える四〇度」へと進路をとった結果、暴風に巻き込まれた。「波はマストと同じ高さだった」ミックは言った。「船は倒れた。みんな船のなかで祈ったよ。死ぬかと思ったね」。なんとか南オーストラリア州に辿り着いたとき、メンバーの半分は〝二度と航海なんてしない〟と誓って船を降りた。残ったのは四人――二組のカップルだった。ミックのガールフレンドのジェーンは妊娠後期で、エイリアス号は彼女が出産するまではどこにも行く予定はなかった。

ある朝、停泊中のエイリアス号の船上にいたとき、船内の無線に重大な知らせが入った。ミックが銃で撃たれたかのように叫んだ。「グラハム！」――グラハムは、エイリアス号に乗っていたもう一人のサーファーだ。グラハムは昇降口の階段に現れると、ライオンのたてがみのような金髪のあいだで細めた目を輝かせた。「完璧な三〇〇ヤードのレフトだ」ミックが言った。「たったいま、そう聞いた。ゲイリーだ」。後でミックが説明してくれた。カペラ号と一緒に旅をしていて、数週間前に一人で先に行っていたアメリカ人のゲイリーが船長のサーフヨットが、フィジーにいるということだった。ゲイリーが西で何かを発見し、無線で別の仲間にそれを伝えていたのをミックが傍受したのだ。ミックは、ゲイリーから連絡を受けた男のところに行った。ジムという用心深い太った男だった。ジムは長身で強気のオーストラリア人からあれこれ尋ねられるのを快く思っていないようだったが、最後にはゲイリーがフィジー北西部のヤサワ諸島を航海中に波を見つけたと認めた。だが、それは常識的には理解できないことだった。ヤサワ諸島は地形的に、ママヌザ諸島と呼ばれる群島とナンディウォーターズと呼ばれるビチレブの西方にあるリーフに囲まれた広大な領域によって、南からのうねりが入らない場所だからだ。

告知が掲示された。一艘のヨットが、乗組員を募集していた。詳細を書き留めていると、掲示板を見ていたイギリス人が、ちょうどこのヨットから降りたばかりだと声をかけてきてくれた。「やめておいた方がいいぞ」彼は言った。船長のアメリカ人は変わり者で、乗組員は全員、スバで船を降りることにしたのだという。この船長は、何度も同じことを繰り返しているらしい。「海に出たとたん、奴は船員を休まず罵り続けるんだ」イギリス人は言い、肩をすくめた。「よくある話だ。奴もまた、ありもしない楽園を目指しているニューヨーカーの一人なのさ」

結局、私たちはスバから西行きのバスに乗ることにした。ビチレブ島の南海岸には、小さな町や漁村が密集していた。湿地帯を抜けると熱帯雨林がサトウキビ農場に変わった。日当たりの良い湾のあちこちには観光客向けの看板が掲げられていた。波の様子を一目見ようとバスの窓から首を長くして覗いていたが、わくわくするようなものは何もなかった。うねりはあったが、ほとんどのリーフは岸から離れすぎているし、貿易風もオンショアだった。

波を探し始める地点として相応しいと思えたのは、ビチレブ島の南西の端だった。だが残念ながら、私たちが持っていた複数枚から成る海図には、この地域の海図は欠けていた。この海図を買ったカリフォルニアの雑貨店の店員によれば、馬鹿げたことに、この部分の海図は第二次世界大戦以来発禁になっているということだった。日本軍の攻撃を恐れていた連合国は、フィジーはニュージーランドやオーストラリアに襲撃するための格好の拠点となり得ると考え、ナンディウォーターズへの輸送口が記された地図が世間に流通するのを阻止した。おかげで私たちは、普段よりもさらに当て推量をしなければならなかった。とはいえ、西ビチレブ島に降り注いだ雨を海に吐き出す役割を担っているシガトカ川の河口を調べ、そこから西へ向かうべきであることは手持ちの地図を見れば明らかだった。

シガトカ川の河口は薄気味が悪かった。まず、熱帯地方では目にすることがない、巨大な砂丘があった。近くで出会った村人たちも、その通りだと言った。砂丘には何かに取り憑かれているような雰囲気だった。沖で起こる波も、熱帯地方では初めて目にする類いのものだった——大きく、冷たく、霧のかかったビーチブレイクで、フィジーではなく、オレゴンや北カリフォルニアでよく目にするような波だった。水が冷たいのは、巨大なシガトカ川の水が海岸の東端から流れ出ているからだ。大きな川がもたらすのは冷たい水だけではなかった。茶色く濁った淡水が、動物の死体や泥だらけの葦のマット、ビニール袋、ごみを海に運んでくるのだ。これらは波待ちエリアで旋回しながら漂流していた。だが波質は悪くなかった。特に朝は良かった。それは変わりやすく強力な、アルファベットの「A」の形をした

〝Aフレーム〟の波だった。

豚の死骸が浮いているのを除けば、そこは私たちが南太平洋で体験した最高の波だった。砂丘があるために近くには村はなく、小高い砂丘の後ろの狭い谷にある小さな林でキャンプを張った。貿易風と侵入者が一方からしかやってこない、守りの堅い場所だった。私たちはここを拠点にすることにした。

テントは二人が快適に眠るには狭すぎだ。私は屋外で寝るのが好きだったが、その峡谷では夜にさまざまな動物が蠢《うごめ》いていた。ネズミ、カニ、ヘビ、ムカデ——それ以上は知りたくなかった。私はハンモックで眠った。食料は、ヤデュアという内陸の村で調達した。ガズ製の青いガスコンロで小さな調理器具を温め、湯を沸かして紅茶を淹れた。オートミールやコーンドビーフのような料理をつくるときは焚き火を興した。ある夜、大雨が降ったのでテントで眠った。ブライアンも同じ気持ちだっただろうが、身体を押し合うようにして寝るのは辛かった。朝一番の光でテントを這い出した。豪雨で勢いよく流れ出した水で大量のごみが海に浮かんでいたが、きれいなうねりも入っていた。

河口の近くには、沖に向かって力強く水が流れているチャンネルがあった。私たちはいつも、このチャンネルを使って沖にパドルアウトしていた。波が六フィート以上もの高さになると、得体の知れない巨大な何かが潜んでいるような気配を感じた。焦げ茶色の水の上を砂漠の霧が漂い、シガトカ川独特の完璧な不気味さを湛えた光景をつくり出していた。普段はライトの波にしか乗らないように自分に言い聞かせているのだが、おあつらえ向きの大きなレフトのウォールが目の前に現れ、抗うことができなかった。このスポットにはサメもいた。ヤデュアの漁師たちは、私たちがこの海に入っていると聞くと、嫌悪感と警戒心が入り交じった表情を浮かべて、正気の沙汰ではないと言った。このビーチはサメのたまり場だった。水に浮かぶ臓物の多さから、それは容易に想像できた。とはいえ、サメに襲われることは、シガトカで私が三番目に心配していることにすぎなかった。一番目は厄介な波に呑まれること、二番目は川から流れ込んだ汚物のせいで恐ろしい病気に感染してしまうことだ。

キャンプ生活を続けているあいだに、ブライアンは三〇歳になった。だがブライアンは、後になってそれを教えてくれただけだった。私は唖然とした。三〇歳の誕生日を迎えることは、誰かに隠すべき秘密のようなものではないはずだ。とはいえブライアンにとって、それは単なる沈黙や、一種のプライバシーなのかもしれなかった。既成の価値観が強要する安易な感傷を拒んでいたのかもしれない。いずれにしても、それはブライアンらしかった。私たちは深い友情で結ばれ、四六時中一緒にいた。だが私は根本的なところで、ブライアンから拒絶されているという感覚を拭えなかった。その壁は、私だけに対するものなのだろうか？　それとも、誰に対しても同じようにガードを崩さないのだろうか？　ブライアンには、昔ながらの男らしさがあった。そこには弱々しい孤独感などは微塵も入り込む余地はなかった。私自身もそんな男っぽさに憧れているところはあった。ブライアンがその後で口にした言葉は、私を二重に驚かせた。誰も知らない南太平洋の片隅で、世俗から離れ、良い波に乗っている――こんな素晴らしい三〇歳の誕生日の迎え方があるか、と言ったのだ。

ブライアンは本当に幸せだったのだろうか？　私自身は、そうは思っていなかった。私はこの冒険の旅を続けると決心していたし、何度もいい波に乗れたことに大きな満足感を覚えていた。フィジーにも興味があった。自然と深くつながった人々の暮らしや、奥深く活き活きとした村人の人間関係も魅力的だった。トンガや西サモアより、気を引かれる女性も多かった（オーストラリア人の女の子もいた）。

それでも、私はよく不安に襲われ、自信を失って意気消沈していた。傍から見ている限りブライアンは、私と同じような不安を覚えているようには思えなかった。そのことが、余計に私を不安にさせた。

私は、〝ここにいて幸せだ〟と言うブライアンが、暑さのせいで頭がおかしくなったのだと思った。そんなふうには見えなかったからだ。ブライアンは、些細なトラブルや、無害な人々との関わりのなかで苛立つことが多かった。肩を丸め、眉間にしわを寄せ、背中の後ろで手を組み、同じ所をぐるぐると歩き回りながら、問題の原因である人や物事の愚かさに過剰なまでに悪態をついた。シガトカの町から海岸まで歩けると言ったバスの運転手は、海がどこにあるかを道路の右側と左側を区別する程度にしかわかっていない。ハーバービューの経営者だった女は、詐欺師の厄介者だ。私はそんなブライアンに、少しばかりの恐ろしさを感じることもあった。それは私の不安の原因にもなった。

しばらくすると、村の外れの小屋でヤデュアの村人とカバを飲むようになった。その近くにあるクイーンズロードという名の幹線道路が、伝統的な自給自足の村というよりハイウェイの町といった趣《おもむき》を演出していたが、カバの儀式は他の地域と何も変わらなかった。それは午後遅くに始まった。私たちは波に乗り終えてから小屋に向かい、キャンプに戻る頃には日付が変わっていることもあった。小屋の常連には砂丘の西側の入り江に漁船をつないでいた漁師が多かった。ワカという男の妻が唯一の女性で、食べ物を用意してくれた。当然ながら、みんなキャンプ暮らしをしている白人《パラギ》（フィジーではカイバラギ）に興味津々だったが、落ち着きもあって、私たちに自分たちのペースで話をさせてくれた。

私は、フィジー人が話をしているのを見るのが好きだった。村人同士はフィジー語で喋っていたので意味はわからなかったが、それでも見ていて飽きなかった。その穏やかで繊細な意思表示のレパートリーは、実に幅広かった。口や手、目といった一般的なコミュニケーション手段だけではなく、顎、眉、肩など、身体のありとあらゆる部分を使う。誰かの話を聞いているときのフィジー人は、他では見たこともないような愛らしい身振りをした。相手の話を聞きながら、首をわずかに横に動かしたり、鳥のように前後に動かしたりする。私には、それが相手の話を受け入れる寛容さを表しているように思えた。聞き手は、話し手が変わる度に、絶えず心を空にし、まっさらな状態で相手の話を聞き入れようとする。もちろん、私たちが白人だったから、彼らは余計にこちらの話を注意深く聞こうとしていたのかもしれないが、とにかくそれは普通ではなかった。

一方、怒りっぽいブライアンに対して、私はフィジー人のように寛容に首を縦に振ることはできなかった。ある晩、カバを飲んで気が大きくなっていた私は、ブライアンに、お前に気を遣うために卵の上を歩くような思いをするのはもうたくさんだと言った。驚いたことに、ブライアンも私に向かって、俺こそお前に気を遣うために卵の上を歩くのはもう嫌だと言った。思いの丈をぶちまけたせいか、陽気で高揚した気分になった。十三夜の月明かりの下を歩きながら、私はブライアンのテントがサソリでいっぱいになればいいのにと言い、ブライアンは私がハンモックから落ちればいいと言った——卵の上ではなく、卵の殻の上を歩く、というのが正しい表現だったのではあるが。

ヨットのアメリカ人がヤサワ諸島で波を発見したという話は、海図を見れば見るほど信じられなかった。地形的に、ここには南からのうねりは入り込めない。それははっきりとしていた。私たちはともかく、ヤサワ諸島に向かうボートが出ている、ビチレブ北西の港町ラウトカに行ってみた。埠頭でフェリーの料金を調べ、人々にあれこれと質問をした。話を聞けば聞くほど、自分たちの考えは間違っていないという確信が深まっていった。誰もが、サーフボードを持ってあそこに行くのは馬鹿げていると言った。結局、私たちはフィジーの西を目指すという考えそのものを断念し、がっかりしながら、スバに戻る早朝のバスを予約した。だが、翌朝バス停に向かっている途中で、ブライアンが腹痛を訴えた。終日バスに乗るのは難しそうだったので、ホテルに戻った。ブライアンがベッドに横たわっているあいだ、私はラウトカの町をぶらつくことにした。

その午後、通りで見慣れないものに遭遇した。金髪の若い白人の女の子だ。彼女についてカフェに入り、声をかけた。彼女の名前はリンといった。ニュージーランドの出身で、喜んで話をしてくれた。コーヒーを飲みながら、リンはボーイフレンドのアメリカ人の男とその仲間、タヒチの女の子一人と一緒にヨットに乗っていると教えてくれた。

どこで航海してたんだ？　私は尋ねた。

数週間、無人島に停泊していたの、と彼女は言った。「男の子たちがサーフィンをするから」そう言って、リンは口止めされていることを思わず漏らしてしまったというような顔をした。リンはわざと秘密を漏らしたのだった。そして、そのいたずらを楽しんでいるようだった。彼女のボーイフレンドは、アメリカ領サモアで教師をしているらしい。名前はジョン・リッター。

彼を知ってる、と私は言った。実際には、グアムで教師をしながらサーフィンをしていた知り合いが、パゴパゴでリッターと会うようにと勧めてくれていたのだが、会ったことはなかった。物凄い偶然だ、と私は言った。ぜひ会わせてくれ。

リンは私を連れて行ってくれた。

リッターは、リンと一緒に姿を現した私を見て驚いていた。グアムで知り合ったサーファーの名前を次々と口にし、ブライアンに会いにぜひホテルに来てほしいと言う私のことを、明らかに警戒していた。リッターは物腰の柔らかい、用心深そうな二〇代後半の青年だった。日光を浴びすぎて脱色した髪はふさふさとしていて、おばあちゃんがかけるような眼鏡は、折れた縁がダクトテープで補強されていた。リッターは私を連れてきたリンに対する苛立ちを隠そうとはしなかった。だが結局、途中で態度を軟化させ、ブライアンのいるホテルにビールを飲みに来てくれることになった。

リッターはブライアンと私に、波があるのはヤサワ諸島ではないと言った。それは人の目を欺くための嘘だった。波があるのはママヌザ諸島だった。納得のいく説明だった。正確にはそれは、ナンディウォーターズの南端にあり、ママヌザ諸島に向かううねりをブロックしているマロロ・バリアリーフの外れにあるタバルアという島で、西ビチレブ島から八キロほど離れたところにあった。波は島の西側を包み込むようにして進んできて、貿易風を受けてブレイクする。リッターはナプキンに大まかな地図を描いた。ここの波は気まぐれだ、と彼は言った。きちんとしたうねりが来ないと駄目なんだ。リッターは、それ以上のことは言いたくなさそうだった。

翌日、タバルア島について調べようとしていたとき、欠けていた海図を見つけた。それは観光用のパンフレットのラックに置かれていた。発禁になっていた海図は、海岸沿いのリゾート地が運行しているヨットの、「マジカル・ラグーン・クルーズ三日間」というツアーのランチョンマット大の広告の背景に使われていた。誰かの戦前の蔵書から盗用されたに違いないこの地図は、海賊がいた時代の宝の海図を思わせるような端がぎざぎざになった厚い茶色の紙に描かれていたが、内容は正確だった。まさに私たちが求めていた海図だった。北西に走る長いバリアリーフや派手な大波のイラストと一緒に、タバルア島も記されていた。ビチレブ島にあるタバルア島への最寄りの村がナビラだということもわかった。

バスでナビラ村に向かうことにした。村は、舗装路で数キロ進んだ先にあった。焼けた茶色の丘の麓を走る小さなサトウキビ鉄道があり、波のない海岸線にはマングローブが退屈そうに生い茂っていた。運転手がバスをパンノキの木の下に停め、「ナビラ」と言った。村は暑く、静かで、眠たげだった。辺りに人影はなかった。私たちは村の後ろにある大きな丘を登った。緩やかに弧を描く山道を進みながら、茅葺屋根と土の壁でできた家々の脇を通り過ぎると、驚いた子供たちが家のなかに急いで隠れるのが見えた。この辺りには観光客はほとんどいないらしい。道は土埃が多く、とてつもなく暑かった。一〇〇メートルほど登ると、見晴らしの良い場所に出た。双眼鏡を海峡の先にある小さな島に向け、波に照準を合わせた。波は島の北西から、ほとんど一八〇度、島を取り囲むように進んできていた。細長い、レフトの波だ。薄い灰色の海に、濃い灰色のウォールが立っている。これだ――。ずっと待ち望んでいた波、この世のものとは思えないほど均整がとれた波が、絵に描いたように美しく均等に崩れていく。そう、これだ――。双眼鏡を覗き込みながら、私は連続して押し寄せる六つの波を、呼吸するのも忘れて見とれていた。これだ。この波だ――。

ナビラ村から私たちをタバルア島に連れて行ってくれた漁師たちは、実物はもちろん写真や絵でもサーフボードを見たことがなく、波に乗るという私たちを信じようとしなかった。サーフボードは小さな飛行機の翼だと思ったようで、この板は漁に使えるか、と尋ねてきた。船外機付きのボートに乗り、北東の海岸にある珊瑚が突き出たチャンネルを通ってタバルア島に着くと、うねりは前日に比べかなり勢いを落としていた。パドルで沖に出た。波は小さかったが、サーフィンを実演して、漁師たちに私たちの話を信じさせたかった。パドルで沖に出た。リーフは馬鹿馬鹿しいほど浅く、水面から三〇センチほどのところに顔を覗かせていた。波は膝までの高さしかなく、勢いも弱く、波足は速すぎたが、なんとか乗った。ボードの上に飛び乗ると、浜で様子を見ていた漁師たちの叫び声と口笛が聞こえた。結局、波が弱すぎて、数メートルしか進めなかった。

サーフィンを実演しているわずかな時間のあいだに、漁師たちは引き潮につかまってしまった。紐で木にくくりつけていたボートは、もう砂の上に残されていた。ガイドは四人で、全員、インド系だった。リーダーはボブ。逞しい体つきの、よく喋る中年で、甥の二九歳のピーターに大声で指示していた。あとは八歳の少年アチルヤンと、白髭の物静かな痩身の老人だった。ボブとピーターは、これからこの島で二人きりでキャンプ生活を始める私たちに、注意点をたくさん教えてくれた。まず、ヘビだ。有毒な縞模様のウミヘビが、淡水を求めて毎晩何百匹も陸に上ってくる。「下手に手を出したら、痛い目に遭うよ」ピーターは言い、ビーチでさっそく一匹を見つけると、頭の後ろを素手でつかんで持ち上げた。長さは一メートル強で、白黒の縞模様があり、櫂のような形の尾をしていた。ピーターはヘビをそっと海に戻した。ブライアンと私は、このウミヘビが、フィジーでは〝三歩〟を意味するダダクラチと呼ばれているのを知っていた。噛まれたら、三歩も歩かないうちに息絶えてしまうほどの猛毒を持っているという意味だ。世界で六番目の猛毒を持つヘビとして知られ、牙から神経毒と筋毒素を出す。幸い、口がとても小さいという特徴もあった。ピーターは、このヘビを扱ったり、パドリングをしているときに指のあいだを噛みつかれないようにするために、拳を握る方法を教えてくれた。でも、足の指はどうすればいい？

ピーターは肩をすくめ、このヘビは基本的に大人しいから、と言った。

ボブが、東海岸のジャングルの端にある、三つの灌木の山を指さし、これで本島と通信をするのだと言った。普段、彼らはこの島に来ると、夜にビチレブ島のナビラ村にいる家族と連絡をとるために、この木を燃やす。一つの炎は、問題がないという意味だ。海が荒れて村には戻れないが、タバルアで無事に夜を過ごしているというメッセージになる。二つの炎は、問題が起こり、助けを必要としているという意味だ。たとえば、ボートのエンジンが作動しなくなったという状況だ。三つの炎は、緊急事態が起きたという意味だ。だから、もしブライアンか私のどちらかが大怪我をしたら、夜に三つの木にすべて火をつければいい。たとえ悪天候でも、漁師たちはボートでタバルアにやってきてくれるという。

野生のパパイヤの木がどこにあるか（そう遠くないところにあった）や、食べられる魚が干潮時に海のどのあたりにいるかも教えてくれた。そうこうしているうちに、潮が上がってきた。すぐに満潮になりそうだったので、ボートでリーフを越えて村に戻れるのではないかと思ったが、ボブは風が強いので無理だと言った。結局、その日は全員、タバルアで夜を過ごすことになった。彼らは通信用の木に一つ火をつけ、ナビラ村の家族に島に泊まることを知らせた。ピーターが手釣りをして、あっという間に一〇匹ほどの灰色のボラを釣り上げた。ボラは串焼きにして手で身をほぐして食べ、緑色のココナッツミルクで喉に流し込んだ。私たちが持参した貧相な漁具を見つけたボブは、もっと太くて丈夫な釣り糸と質のいい釣り針を置いていくようにと、ピーターに指示した。頭上では風がココナッツの木を揺らしていた。ママヌザ諸島の西に、太陽が沈んでいった。

キャンプ場はジャングルの端にあり、海に面していて、貿易風からも守られていた。ナビラの男たち曰く、この島で唯一の人工物もすぐ近くにあった。魚を乾かすための台だ。六本の短い木製の柱が砂上に立てられ、藁の網が張られていた。地上五〇センチほどで、シングルベッドくらいの大きさだった。私は台を手で押し、強度を確かめた。頑丈そうだった。ボブが慎重にうなずき、良い寝場所になる、と言った。ウミヘビは水中では素早いが陸では動きが鈍く、この柱は登れない。ブライアンはテントで寝た。テントのファスナーをぴったりと閉め、もし私がそれを夜中に冗談で開けたら、杭や鉈、缶切りで痛い目に遭わせるからな、と私に身振りで示した。フィジーの人気の土産物で、人食いの風習があった時代に使われていたというブレイン・フォークも持ち出すかもしれない。

月が上がった。ピーターが焚き火を見つめながら、髪を奇妙な形の短髪にしているのは最近父親を亡くしたからだと教えてくれた。ピーターは陽気で、無邪気に人を信じるようなところがあった。長身で、歯並びが良く、無精髭を生やしていた。その身の上はいささか複雑なようで、結婚を決めかねている恋人がいると言った。突然、ボブがボートのアンカーセットを確認しろと命令した。ピーターは飛び起きて服を脱いだ。ボブは言った。「馬鹿野郎。服を着るんだ。お前の汚い一物を彼に見せるんじゃない!」。ピーターは暗闇のなかに消えて行った。

ボブは私のボードバッグのなかで寝た。ピーターはブライアンのボードバックを寝袋代わりにして、フードのように頭にフラップをかぶった。焚き火の番を続けていた老人が乾燥したヤシの葉を火に投げ入れる度に、ピーターは目を覚まし、ペーパーバックを開いてその光で数行分を読んだ。ヒンディー語で書かれた探偵小説だった。八歳のアティヤンは緑の葉で自作した寝床で寝ていた。老人はずっと起きていて、静かに祈り、歌っていた。その祈りと歌声は、私の夢のなかでも聞こえていた。老人の顔は細く、頬骨は鋭かった。火が燃え上がる度に、老人が東を向き、夜の闇の先にあるナビラの村をじっと眺めているのが見えた。

ようやく波に乗れたのは、島に来て五、六日目のことだった。波は小ぶりだったが、サーフィンに飢えていた私たちは、うねりの兆候を察知した瞬間に海に飛び込んだ。太ももの高さの波がリーフの上を進んでいたが、波足が速くてつかまえられない。何度かライディングに成功したが、その波には度肝を抜かれた。スピードをつけて正しいライン取りをすれば、波はボードの尾を持ち上げ、スリングショットのように何度もボードを前方に放り投げようとする。通常は一瞬で過ぎ去る波乗りの決定的な瞬間が、三〇秒以上も続くようなあり得ない感覚を味わった。高速のライディングは夢のようだった。これほどまでに規則的に綺麗に崩れていく波を見たのは初めてだった。

満潮になると、摩訶不思議な現象が起きた。凪《なぎ》になり、もともと透き通っていた波が正午の太陽に真上から照らされ、完全に透明になるのだ。まるでリーフの上を何かに吊されているみたいだった。透明のクッションの上で浮いているような感覚だ。珊瑚の頭を足で偶然蹴らなければ、深さを判断できない。近づいてくる波は、錯覚をもたらした。波の背後にある空と海と海底が、すべて透けて見えた。つかまえてボードの上に立つと、波は消えた。飛ぶように波を滑り降りていたが、見えるのは足元を高速で過ぎ去っていくリーフだけ。まるで空中サーフィンだ。波はとても小さく、澄んでいたので、フェイスが表側なのか裏側なのか区別できなかった。水はあまりにも透明だったので、感覚で波に乗るしかなかった。夢のような体験だった。波の加速を感じ、身をかがめて勢いをつける。その瞬間、もう一度その波が見えた――その位置から見る腰の高さのクレストが、地平線よりも高かったからだ。

　貿易風が弱まり、水面にさざ波が立ち始めると、夢のような透明の世界も終わった。

　潮が引いたので、ビーチに戻った。ふたりの手や足、膝、前腕、そしてブライアンの背中からは、リーフにぶつかってできた擦り傷で赤い血が流れていた。潮が中程度の高さでも、本来なら、サーフィンをするのは考えられないような場所だということだ。


　私は、小さな汎用ノートに、八ページ分の応急手当の手引きをメモしていた。感染症、骨折、ショック状態、火傷、中毒、頭部の負傷、熱疲労、さらには銃で撃たれた場合の傷まで――野外でこうした怪我をしたときにどう治療をすればよいかを細かく手書きし、重要な部分には何箇所も下線を引いていた。私は応急手当の訓練を受けておらず、おそらくブライアンもそうだった。ともかく私は、ヌクアロファの風景のスケッチや、鉄道小説のアイデアのメモが殴り書きされたこのノートに、この手引きが書いてあることをブライアンに知らせていた。時々この手引きを読み返し、記憶しようとした。だが、あまり覚えられなかった。溺死や添え木、止血帯、無意識の犠牲者――本能的に、こうしたものを心にはっきりと描くことは、不吉なもののように感じられた。ブライアンは、無人島にいる私たちにとって、虫垂炎のような一般的な病気も、あっけなく命を奪われるものであることを神妙な顔つきで考えていた。もし病気になっても、村に焚き火で合図を送れるのは夜になってからだ。その通りだ、と私は思った。だが、それを考えることは不吉だと思った。

　島を歩いて一周すると、急がなければ二五分ほどかかった。ある朝、ブライアンはビーチを歩いて、まだ新しいヘビの通り跡を数えた。一一七箇所あった。ボブが言った通り、ヘビは陸ではぎこちなく、満潮の水際からジャングルまでの三メートルほどの砂浜を横切るのに何分もかかった。見つけやすいし、攻撃的でもなかった。夜にキャンプファイヤーから離れるとき、ヘビを踏みつけないようにするには懐中電灯が役立った。だが、ダダクラチに身近で遭遇するのは、ほとんどが海のなかだった。ヘビはリーフにもラグーンにも、水面にも水底にもたくさんいた。

　リーフにはあらゆる生き物がたっぷりといた。ウニ、ウナギ、タコ、そして少なく見積もっても八〇〇万種類はいるだろうと思われる魚たち。私は毎日、満潮になるとマスクとシュノーケルをつけ、フィンや槍は持たずに、とてつもなく美しい生き物たちを追いかけて浅瀬の珊瑚礁の上を泳いだ。そこには、真っ赤な扇型の魚が泳ぎ、無反応な緑色の塊があり、恐ろしげな鹿の角のような生き物がいた。何種類かは名前も知っていた。パロットフィッシュ《ブダイ》、ゴートフィッシュ《ヒメジ》、トリガーフィッシュ《モンガラカワハギ》（そう、フムフムだ！）、グルーパー《ハタ》。ベラは何百種類もいるように見えた。エンゼルフィッシュ、ハゼ、フグもいた。スイートリップ、タイルフィッシュ《アマダイ》、サージャンフィッシュ《クロハギ》、スナッパー《フエダイ》、ブレニイ、ムーリッシュアイドル《ツノダシ》も見たはずだ。バラクーダも、ホワイトチップシャーク《ヨゴレ》も見た。それでも、私にとっては、タバルア島の岸辺で泳いでいるのは、名前もわからない神秘に満ちた夥しい数の魚だった。無駄なまでに美しい魚に遭遇し、思わず水中でうめき声を上げてしまうこともあった。

私たちの釣りの腕前はお粗末なものだった。ピーターたちは釣り糸と釣り針を残していってくれたし、最高のスポットと潮のタイミングを教えてくれたが、それでも一匹も釣り上げることができなかった。私はリーフでタコを一匹手づかみでつかまえ、淡水で徹底的に煮たつもりだったのだが、それでも食べられなかった(後で知ったが、煮るときに塩を使うべきだった。もし私たちが塩を持っていれば、の話だが)。私たちは、陸でも海でも自然の恵みを食べ物にすることが下手だった。私たちは島の暮らしを始めるとすぐに、熟したパパイヤを見つけて食べ始めた。私は背の低い、風で倒れかけたヤシの木に登って、まだ青いココナッツをとることはできた。だが、背の高い、まっすぐなヤシの木には歯が立たなかった。島には、肉付きのいい黄色い縞模様のフルーツコウモリがたくさんいた。コウモリたちは、日中はジャングルの高い木の枝に灰色の種の鞘みたいに吊り下がり、夜になると空を飛び回っていた。コウモリを煮込んだら、美味しいスープがつくれたかもしれない。だが私たちには、それらをつかまえる方法が皆目わからなかった。いろんな種類のカニもいた。格好の食べ物のようにみえたが、あるとき、私たちの排泄物を巧妙にハサミでつまんで食べているのを見て、カニに対する食欲を完全に失ってしまった。

ともかく、食料は持参していた。豚肉、豆、ビーフシチュー、コンビーフの缶詰に、スープやラーメン、クラッカー、ジャム。水も持ってきていた。島には飲料水はなかった。ウミヘビは茂みで露や小さな水たまりの水を飲んでいたようだった。何か甘いものを持ってくるべきだったと後悔した。好きな食べ物のことが頭に浮かんだ。フライドチキン、アメリカの大きなハンバーガー。スバで食べたヤギ肉の焼きそばさえご馳走に思えた。モンタナ州ミズーラでどちらかが飲みに行ったことのあるバーの名前を挙げていったら、五三軒もあった。私たちは無人島が舞台の一コマ漫画の登場人物みたいになっていた。「なあ、〝ここだけの話〟っていうの、やめてくれないか？」。夜になると、旅客機が頭上を飛び、ラクトカに向かう船が、煌々《こうこう》とした明かりを灯しながらナンディウォーターズに入ってくるのが見えた。私たちは電球の光を想像して胸を躍らせた。私は椅子が恋しかった。

一週間後、予定通りボブたちが迎えに来てくれた。私たちはサーフボードや荷物のほとんどを島に残し、ラクトカの南にある市場町のナンディに行き、食料や日用品を買い込むと、翌日の午後、タバルア島に戻った。

初めて大きなうねりが入ってきたのは、翌週、八月一日頃のことだった。頭の高さの波が来る日があり、頭を越える高さの波が来る日があった。夢を見ているような、痺れるようなその数々のセッションは、今でも私の記憶のなかに溶け込んでいる。日記によると、八月二四日には、ダブルオーバーヘッド、つまり身の丈の二倍の波が立った。

この波は無限に表情を変えた。だが概して、大きくなるほど良くなった。六フィートの高さになると、ブライアンと私がそれまでに見たなかで間違いなく最高の波だと言えた。機械のような規則性を持つ大きな波のフックが速度を上げると、魂が宿ったように見えた。鳴り響く轟音、燦めく海底とアーチ状の天井は、繰り返し再現される奇跡だった。表面の網目模様と精巧なウォールの細部が姿を現し、それぞれの波はこの世に一度きりしか存在しない贅沢さに満ちていた。東からの風が吹きつけ、特に最後の三〇メートルのところで波のフェイスに強いさざ波を立てることもあった。南や南西から吹く風は島の西側を取り囲むように進み、リーフの南端から一キロ弱ほどの長さのところから曲がりながら近づいてくる波を掻き乱した。だが最後のターンをして波待ちエリアに入ってくると、波は突如として整い、ボードの下を這うような風の力でカタパルトのような特徴がさらに強まる。波が私たちの耳元で囁く、〝さあ、行くんだ〟。

次第に、どの辺りで波に乗ればいいかがわかってきた。岸にある背の高い何本かの木を三角測量すると、波待ちエリアの目印になった。テイクオフスポットの近くにある大きな珊瑚の頭には、常に泡が湧いていたので、それも位置を把握するのに役立った。潮はゆるやかなものから強烈なものまで幅があり、潮汐の変動に応じてリーフの上下を流れた。波が大きくなり、深い場所からせり上がるようになるにつれ、リーフに身体を叩きつけられる危険性は減っていく。だが、それでも早い段階で波に乗ることは重要だった。波をキャッチすることは、たとえそれが最適な場所であっても、減速していない電車に飛び乗るようなものだった。腕を深い位置まで沈めてパドリングし、リーフの上をはけていく水を強く掻き、波がボードを持ち上げる瞬間に左に角度をつけ、フェイスの底を強く抉って素早くボードに立ち上がると、ラインを選ぶ前に素早く波の腹でスピードに乗る――セッティングの前、つまり最初のコースで、波が広がっていくときに複雑な調整をするためだ。波がさらに大きく、一貫してくると、どの波に乗るかが大きな問題になった。興奮してアドレナリンが溢れてくる。パドルでセットの最初の波を乗り越えると、その後ろにいくつもの波のラインが連なっているのが見える。次の波はすでにリーフの先で勢いよく立ち上がろうとしている。息を吞み、心臓の鼓動を感じながら、どうすべきかを瞬時に判断する。それまでのサーフィン人生で、これほど豊かな波を目の前にしたことはなかった。

ボードの上で左足を前に置くレギュラーフットスタイルの私にとって、この波がレフトだというのはかなりの皮肉だった。ライトの波に比べれば、持てる力の半分も出せなかった。とはいえ、バックハンドの技術を磨くことはできた。それまで一度も考えたことのなかった、レールの重さを減らすという難しいテクニックのコツを、際限なく勢いを保ち続けるリップの下で猛烈な速さで波に乗っているときに、突然、会得できたような瞬間が訪れた。私はボトムターンでレールをスイッチし始めた。外側の足先のレールを、フェイスを上るときも下るときもオフショアの風をボードの下に入れないようにして、必要以上に高く持ち上げられないようにした。ボードは、あり得ないような速さで前に進んでいった。衝撃を味わうタイミングだと本能が叫ぶまで、リラックスする術も学んだ。波に乗っているとき、最後の瞬間はとてつもなく長く感じた。

右足を前に置くグーフィースタイルのブライアンはフロントサイドでこの波に乗っていたので、ボード上で自分の身に迫り来るすべての光景を目にすることができた。私のように、肩越しに身体を捻る必要はなかったし、左手で波のフェイスに触れることもできた。私ならもっと早く波に乗ると思うようなケースでも、決して急がなかった。そのスタイルの美しさは際立っていた。平然と動き始め、波に襲われても闘牛士のような冷静さを保ち、長い弧を描きながら上下動を高速で繰り返す。ブライアンは、マウイ島のレインボーと同じようにサーフィンをしているように思えた。混雑するサーファーの群れから離れ、独自のラインを描きながらラインディングをしていたあのときと同じように。そして私も、波に求められるままに、ホノウラと同じような恍惚とした気持ちで波に乗っていた。

長いライディングを終え、パドルで元の場所に戻るとき、神経を試されているような気持ちになった。

高揚と疲労を同時に感じながら、次のセットがブレイクしていくのを黙ってみているわけにはいかなかった。条件反射的に波に乗る習性が身についていた。一〇分後にはリーフの遥か先にあるもっと条件の良いテイクオフスポットからもっといい波が見えるかもしれないという考えが、絶えずつきまとった。ブライアンは私が躊躇したり、嘆いたり、過呼吸をしたりしているのを、冷たく笑っていた。

波の上での私たちの会話も変わった。以前は、タバルアで波を待っている長く退屈な日でさえ、見たものをすべて言葉にしなければ、という切羽詰まったような感覚があった。だが、うねりが起こり始めると、大きな畏敬の念に打たれた私たちは、教会にいるかのように言葉数が少なくなった。言葉は、記号のような、つぶやきのようなものになった。あまりにもたくさん言うべきことがあり、あまりにもたくさんの感情が起こるため、逆に何も言えなくなった。「あれを見ろ」というありきたりの言葉すら、その場にそぐわないもののように感じられた。心のなかでは「信じられない。あれを見ろ!」と叫んでいた。その波は、言葉を無力にしたというより、言葉に暗号をかけてしまったのだ。

ある曇った午後、南西の風が、近づいてくる波の表面に、渦巻き細工のような小さなさざ波を立てていた。その光景は、ゴシック体で書かれたドイツ語の単語みたいだった。Arbeiterpartei、Oberkommando、Weltanshauung、Götterdämmerungといった長い単語が、温かい灰色の壁を行進していた。私はハンモックで、ジョン・トーランドが書いたヒトラーの伝記を読んでいた。ブライアンもその本を読み終えていた。私がドイツ語の単語みたいな波を海で見たと言うと、ブライアンは「電撃戦《Blitzkrieg》」「独ソ不可侵条約《Molotov Ribbentrop》」と知っているドイツ語をつぶやいた。

ある日、太陽がとっくに沈み、夜空に一番星が浮かんだ後で波に乗った。その波は、あろうことか、リーフではなく、外洋に向かって曲がっているように思えた。波のウォールの底には暗いボトルグリーンの光がほのかに輝き、頭上には白波が飛び散っていた。風に吹かれたフェイスも、目の前の海峡も、空も、他のすべては青黒い闇に包まれていた。波がゆっくりと角度を変えていく。太陽が上る方角にあるビチレブ島の稜線に向かってサーフィンをしているような感覚に襲われた。そんなわけはない——。心が叫んだ。そのまま進むんだ。信念や正気を試されているみたいだった。とてつもなく大きな、もらう覚えのない贈り物のようにも思えた。物理法則が手綱を緩めていた。波は空洞をつくりながら、物凄い勢いで進んでいく。あり得なかった。突然の、魔術的リアリズムの出現だった。それは海底の光に照らされ、レースのような白いキャノピーをつけて走る暴走列車だった。私はこの列車に乗って走った。もちろん、最後には波はリーフの方に方向を変え、次第に勢いを弱めていった。この神秘的な体験のことは、ブライアンには言わなかった。どうせ、信じてもらえないだろうから。それはまさに、異世界の波だった。

サーファーは完璧さに対するフェティシズムを持っている。たとえば、完璧な波だ。だが、そんなものは存在しない。波は、薔薇やダイヤモンドのような、自然界にある静止物とは違う。それは、遥か彼方の嵐が生じさせる、広大な海洋に及ぶ長い連鎖反応の終わりに起こる、素早く猛烈な事象だ。どんなに均整のとれたブレイクにも個性があり、そのスポットならではの特徴がある。それらは、潮や風やうねりの変化に応じて姿を変えていく。最高の条件が整った日に起こる最高のブレイクには、観念論的な側面がある。つまり、それらはサーファーが求めている究極の波のモデルを具現化し始める。だが、そこまでだ。それは終わりではなく、始まりだ。ブライアンは、完璧な波といった概念にはまったく関心がないように見えた。その無関心は、私が知っていたサーファーのなかでも際立った、現実主義的で、成熟した、高い哲学的審美眼に裏打ちされた波に対する見方を物語っていた。かくいう私も、浮き世離れした完璧な波にはあまり関心がなかった。ブライアンほど無関心ではいられなかったけれど。

一日の最後の波で、心に残っているものは他にもある。それは、タバルアで一番長いセッションを終えたときのことだった。波は大きかった。日付はおそらく、日記にダブルオーバーヘッドの波が立ったと記録した八月二四日だったはずだ。私たちは、満潮時にのみサーフィンをするという取り決めを無効にした。波が十分に大きければ、潮が低くても、あるいは干潮時にでも、サーフィンができそうだと考えをあらためたのだ。その日はほぼ一日海にいた。

そして、最後の波が来た。潮が引いていて、ブライアンはすでに浜に戻っていた。うねりの勢いも落ちていた。一日中止むことがなかった風は、北東から穏やかに吹いていた。このオンショアの風は水面をざわつかせ、熱帯地域というよりもベンチュラを思わせるような、厳しいアーミーグリーンの水面をつくり出していた。リーフのはるか先から、逆光を浴びた整ったセットがうなりを立てながらやってきた。私は辛抱強くパドルで二つの波を乗り越え、三番目の波に乗った。凹凸があったが、美しい形をしていた。急いでボードに立とうとしたが、オンショアの風に煽られた波は早めに崩れだした。波には勢いがあったので、長いウォールが一気にリーフに叩きつけられていくように見えた。だが、もう後戻りはできなかった。波の後ろに飛び込むこともできないと気づいた。その前の波に比べて、潮は二フィートほど引いているように見え、突如として珊瑚の頭があちこちに突き出していた。しかも、波はリーフめがけて勢いを増しながら進んでいた。人間の頭よりも数フィートも高く、さらにフェイスは整っていなかった。だが、それは極めて速く、私はフェイスの低い位置にいた。波はリーフから水を吸い取っていた。アクセルペダルを全開にしながら前進するしかなかった。本能だけを頼りに無我夢中で突き進み、最後に水面に放り出された。私は震えながらボードに横たわった。しばらくして、潮の流れに逆らいながら陸を目指した。ビーチに辿り着いたが、キャンプ場に途中までしか進めなかった。砂に膝をつき、夕暮れのなか、憔悴しきった私は、むせび泣いている自分に驚いた。

私たちはずっと二人だけでサーフィンをしていたわけではなかった。ジョン・リッターたちが戻ってきて、ヨットを島に停泊させた。だが、うねりが来なかったので、波に乗らずに帰っていった。エイリアス号とカペラ号も来た。そのときは波はあった。ブライアンと私は、エイリアス号の水先案内人になったというわけだ。私たちはようやく、ラウトカからスバに向かうバスに乗り、局留め郵便で届いていた家族や友人からの手紙を数カ月ぶりに手にした。愛する人たちは、並行世界で元気にやっているようだった。マイクが正しい座標を得たことを知った私たちは、セメント製のケッチに乗って西に向かった。エイリアス号をタバルア島に停泊させ、私たちは島のキャンプに戻った。翌日、うねりが入り、どちらもグーフィーフットのミックとグラハムはその波に感激していた。二人はおどけたポーズで波に乗った。特にグラハムは傑作だった。うねりが弱まると、彼らはナンディに向かい、カペラ号も島を去った。ヨットがいなくなるとすぐに、穏やかな南西の風と共に波がやって来た。風がボードの下に潜り込んできて、私たちの耳元で〝さあ、行くんだ〟と囁いた。

その年にタバルアを去るとき、私たちの知る限り、この波の存在を知っているサーファーはこの世に九人いた。そのなかには、オーストラリア人のエイリアス号の乗組員もいた。初めてここでサーフィンをしたのは、おそらくリッターとゲイリーだった。サーフィンの小さな世界では、この波は大発見だった。この世界では、稀少な波を大勢のサーファーが奪い合っている。当然、この波の存在は、秘密にしなければならない。私たちは全員、誰にも口外しないことを誓った。ブライアンと私は、周りに誰もいないときでさえ、この島のスポットのことを〝ダ・キネ〟という暗号で呼んだ。ハワイ語で、〝例のアレ〟という意味だ。私たちがエイリアス号で一緒に航海することになるミックとグラハムは、この島を〝マジックアイランド〟と呼んでいた。私はなんて間抜けな暗号だと思っていた（だが、後にもっとひどい暗号が使われることになる）。

島に生えていた蔓から、私は一握りの小さな種を摘み取った。明るい赤色と黒色をしていた。島を去った日の夜、ナンディの近くのリゾート地に停めたエイリアス号でひどく酔っ払った私は、翌朝目覚めたとき、右の耳に新しく開けたばかりのピアスの穴から、釣り針でその種がひとつ、ぶら下がっているのに気づいた。数日後、耳は細菌に感染してひどく爛《ただ》れた。残りの種子をシャロンに送り、紐を通したらいいネックレスになるかもしれないと一言添えた。シャロンは実際にネックレスをつくった。だが後で本人に聞いたところ、種でかぶれたので、ネックレスは一度も身に着けなかったと言った。

Part 6 ラッキーカントリー
オーストラリア、1978～79年

知り合いが、大学院時代の教授がアウトサイド・マガジン誌に書いた記事にお前のことが触れられているぞ、とコピーを送ってきてくれた。モンタナ州にいた当時の、週末のスキーや馬鹿騒ぎのことが書かれていた。私の記憶とは少し違っていたが、それでもあの頃の週末が懐かしく思い出された。大学院生のどんちゃん騒ぎについての文章を読みたい人間がこの世にいるとは驚きだった。多分、ずいぶんと長く国を離れているあいだに、私はアメリカ人が何を面白いと思うかについての感覚が薄れてきていたのだろう。記事は、その後の私が、「オーストラリアで行き当たりばったりの暮らしをしている」と結ばれていた。そんなふうに思われていたのは心外だった。

ブライアンと私は、クイーンズランド州のキラーという町に来ていた。ニューサウスウェールズ州の州境付近にあるビーチタウンだ。ブリスベンの近くで三〇〇ドルで買った、一九六四年製のお気に入りのファルコンステーションワゴンに乗り、車で寝泊まりしながら波を求めてシドニーからヌーサまで東海岸を行き来して暮らしていた。西側の国に戻るのは、目がくらむような体験だった。そこは快適で、便利で、何より公然と認められたサーフスポットで波に乗れた。何しろ道路標識に「サーフィンビーチ」と書かれているのだ。車がある暮らしも素晴らしかった。食料もガソリンも安かったが、資金は底を尽き始めていた。私たちはなけなしの金を払い、〈ボニー・ビュー・フラット〉という名のオンボロの複合施設の裏手にある、黴《かび》っぽいバンガローの一室を借りて住むことにした。隣人の大半は、パプアニューギニアの近くにあるトレス海峡を挟んで浮かぶ木曜島の出身の、メラネシア人の失業者だった。ほとんどの部屋からは海が望めたが、私たちの部屋からは見えなかった。とはいえ、目の前の道の向こうはビーチだったし、私たちは適当にキラーを選んだのではなかった。ここは、伝説的なサーフスポットだった。南半球の夏が始まろうとしていて、私たちは北東のサイクロンが運んでくるうねりに期待していた。

ブライアンは南隣の町クーランガッタにあるメキシコ料理店でシェフとして働き始めた。面接時には、店のオーナーにメキシコ人とのハーフだと嘘をついたが、名前を尋ねられるとロドリゲスと言うつもりでマックナイトと答えてしまった。どんな偽名を使おうと、そもそも就労ビザを持っていなかったのだが、ともかくは雇ってもらえた。私は日銭を稼ぐために肉体労働をした。つるはしで地面を掘り起こす仕事は、評判通り最高にきつかった。その後で、ニューサウスウェールズ州との州境を少し越えたところにある、大規模なカジノ施設〈ツイン・タウンズ・サービスクラブ〉のレストランで鍋洗いの仕事を始めた。カジノは宿泊していたバンガローから徒歩一五分のところにあった。私はフィッツパトリックという偽名を使った。マネージャーから、その髭を生やしたままでは雇えないと言われたので、剃ることにした。その夜、帰宅したブライアンは私を見るなり悲鳴を上げた。ひどくうろたえた様子で、私の顔の半分が火傷したみたいだと言った。髭が生えていた部分は真っ白なのに、それ以外は真っ黒に日焼けしていたからだ。

大丈夫さ。私は言った。またすぐに伸びてくるさ。

最初の給料は、二枚のサーフボード代に消えた。サーフィンの中心地ゴールドコーストにあったキラーには、あちこちで安い中古のボードが売られていた。一枚はスカッシュテールの、六・三フィートのホットバタードだった。急旋回ができ、必要になときは急激にスピードを上げられた。それはサーフボードのスポーツカーだった。それまで数カ月間、今回の旅のために持参した長くて大きなボードに乗ってきただけに、この変化は余計に新鮮に感じた。近くには、一年じゅう波が立つドゥランバというスポットがあった。幅広のビーチブレイクで、職場のカジノのすぐ近くにあるツイードリバー河口の真北にあった。波にキレはなかったが、時々宝石のようなブレイクが起こった。二六歳の誕生日、私は眩しい太陽の光を浴びながら、素晴らしい波の空洞を、身体をまったく濡らさずに通り抜けた。

キルラ、グリーンマウント、スナッパーロックス、バーレイヘッズといった、ゴールドコーストの名をサーフィンの世界に知らしめていたポイントブレイクに波が立つのは、クリスマスを過ぎてからだと言われていた。同じバンガローに泊まっていたサーフィンをしない客のひとりは、一二月二六日のボクシングデーからブレイクが起こる、と言った。そんなに具体的にわかるはずはない、と私たちは笑ったが、ともかく波は楽しみだった。

その一方で、私はなかなかこの土地での暮らしに馴染めずにいた。この国は、自分に関心を示してくれないように思えた。遠くから見れば、オーストラリアはいつでも陽気で爽やかな場所だった。だが近づいてみると、それは鼻っ柱が強く、弁が立ち、権力を何とも思わない人間が暮らす国だった。たとえば、カジノで鍋洗いをしていた同僚たちだ。私たちは、奇妙な誇りを持った集団だった。大きなレストランの厨房では、私たちは皿洗い（全員女性だった）よりも下の最下層の位だと見なされていた。鍋洗いの仕事は、ジャガイモ（〝アイダホ〟と呼ばれていた）の皮をむき、ゴミを始末し、鍋底にこびりついた汚れを磨き落とし、一日の最後には油っぽい床をホースの湯で洗い流すことだった。それでも、給料は良かったし（私は稼ぎの半分を貯金できた）、従業員の特権で、ビルの最上階にあったカジノの会員制のバーにも入れた。仕事を終えた私たちは意気揚々とバーに繰り出し、ゴールドコーストの羽振りのいい金持ちが集うそのバーで、酔っ払い、飲んだばかりのビールを吐いた。一、二度、同僚がそのバーでカジノのオーナーを見つけた。同僚から金持ち野郎と罵られ、オーナーはしぶしぶ、みんなに一杯おごってくれた。

労働者の尊厳が、これほどはっきりと認められているのを見たことがなかった。オーストラリアは、私が知るなかで、最も民主的な国だった。人々は、この国を〝ラッキーカントリー〟と呼んだ。この別称は、社会批評家のドナルド・ホルンがつけたものだ。ホルンは一九六四年に刊行した、この別称と同じタイトルの著書のなかで、オーストラリアの平凡な政治・企業文化をこう批判した。「オーストラリアは、偶然に権力を手にした二流の人間によって支配されている、ラッキーな国だ」。だが、このフレーズは時間の経過とともに本来の意味を失い、明るく口当たりのいいモットーとして普及するようになった。私はそれをいいことだと思った。

他の国ならもっとはっきりとしている階級の違いも、オーストラリアではわかりにくかった。ある晩、私は鍋洗いの同僚で、妻と二人の子供がいる逞しく元気な四〇歳のビリー・マッカーシーという男に、ビールを飲みながら身の上を尋ねた。ビリーは以前、シドニーでプロのサックス奏者をしていて、昼間は香水工場の現場主任として働いていたのだという。親がいたゴールドコーストに移住し、それからはいろんなビジネスに手を染めた。芝生刈り、窓の清掃、販売用の盆栽やヤシの木の栽培――。今は看護師としても働いていたが、安定した給料がもらえるレストランの鍋洗いの仕事が必要だった。カジノのナイトクラブで演奏するためにシドニーからやって来たミュージシャン仲間とゴルフもするという。もしビリーが鍋洗いの仕事を恥ずかしいと感じているのだとしたら、私にはそれはわからなかった。ビリーからは、私という存在を快く受け入れられているように感じていた。ビリーは勤勉で、陽気で、保守的な考えを持ち、よく口笛を吹き、いつでも冗談を口にする準備をしていた。職場に入った私を見て、「不死身の男が来たぞ」というふうに冗談を言ったりした。

　フィッツパトリックの偽名を使っていた私は、料理長から「フィッティー」と呼ばれていた。私はいつも咄嗟に反応できなかったので、怪しく思われていたかもしれない。この料理長が、厨房のボスだった。一度、私がイタズラをして派手に装飾した魚を渡したら、料理長は私を睨みつけてこう言った。「俺を生のエビ扱いするんじゃない」。生のエビ《ロー・プラウン》とは、人を馬鹿にするという意味のオーストラリアのスラングだ。鍋洗いの同僚たちは面白がって、私のことをロー・プラウンと呼ぶようになった。

　地元のサーファーたちからは、あまり歓迎されなかった。サーファーは掃いて捨てるほどいた。みなレベルは高く、波の取り合いは熾烈《しれつ》だった。ご多分に漏れず、どのスポットにも常連とスターと古株がいた。クーランガッタ、キラー、バーレイといったゴールドコーストのビーチタウンには、サーフィンクラブや仲間内の集団がいくつもあり、大きな派閥もあった。加えて、泊まりや日帰りでビーチに来てサーフィンを楽しむ旅行客も大量にいた。ブライアンと私は、自分たちからそうでないことを示さない限り、こうしたサーフィン界の低い階層に属する人間だと見なされてもしょうがなかった。私たちがここで一緒にサーフィンをするようになったのは、同じ立場の外国人だった。一人はピーター・ポムというイギリス人で、もう一人はアディというバリ島出身の若者だ。ピーターはカジノでコックをしていて、腕のいいサーファーで、地元の女の子と結婚していた。スナッパーロックスの波を見下ろせる、レインボー・ベイにあるフラットに住んでいた。アディも地元の女の子と結婚している、才能のあるサーファーだった。ウェイターとして働き、バリの両親に仕送りをしていた。ある日、私はアディとそのいとこのチョークをドライブイン・シアターに連れていき、一緒に『カー・ウォッシュ』を観た。チョークは腰まで髪を伸ばしていて、そんな大人の男は見たこともないというほど細身だった——〝チョーク〟とは、鶏を意味するオーストラリアの俗語だ。ふたりはスパークリングワインで酔っ払い、〝ウォッシュ・カー〟と呼ぶこの映画を観て、死ぬほど笑っていた。チョークとアディは、アフリカ系アメリカ人のことを、地球上で最も面白い人種だと考えているみたいだった。

カジノで、クリスマス前のパーティーが催されることになった。高校の卒業間近にヒッピー・サーファーとしての放浪の旅に出かけ、学年末のダンスパーティー《プロム》を逃していた私にとって、この苦い過去を挽回するチャンスだった。厨房で働いていた女の子は全員、ウェイトレスも、皿洗いも、ペストリー係も、このパーティーに興奮していて、どんなドレスや髪型にするか、パーティーにはどんな男が来て、どんなバンドが演奏をするか、パーティーの後はどうするか、といったことを和気藹々と話し込んでいた。私はパーティーに行きたかった。できることなら、可愛いウェイトレスの女の子と腕を組んで——。だが、そのために必要らしいタキシードはもちろん、長袖のシャツももっていなかった。何より、女の子たちにとって、私は存在しないも同然だった。彼女たちが夢中になっていたのは、おそらく高校の同級生だった地元の男たちだった。私はパーティー当日の夜、狭く小汚いバンガローの部屋で、小説の続きを書いて過ごした。いつも除《の》け者《もの》にされる外国人であることが嫌だった。恥ずかしさや自己嫌悪で胸がいっぱいになった。シャロンとは頻繁に手紙をやりとりしていた。彼女の文章を読むと、心が安らいだ。だが、シャロンに自分の気持ちをすべて伝えることはできなかった。そして彼女も、本音を隠しているのは間違いなかった。

ブライアンと私は、シドニーで刊行されているサーフィン雑誌、トラックス誌に記事を書こうと思っていた。これは、アメリカでよく見られるような、光沢紙を用いたすっきりとした体裁のサーフィン雑誌とは別物の、週刊のタブロイド紙だった。編集方針は、下品で、軽妙で、攻撃的だった。アメリカでいうなら全盛期のローリングストーン誌のような、オーストラリアの代表的な若者雑誌だった。ニューススタンドには二週間毎にこの隔週雑誌の分厚い束が詰め込まれていた。私たちはその記事で、アメリカ人の視点から、家畜化されたオーストラリアのサーフィン文化を揶揄しようと思っていた。トラックスとその読者は、もともとアメリカ人を嫌っていた。アメリカ人は、〝セッポ〟という俗語で呼ばれていた。アメリカ人を侮辱する〝ヤンク〟という言葉の押韻俗語であるセプティックタンクの短縮形だ。だがこれはまだ比較的穏やかなもので、たいていはディックヘッドと呼ばれていた。だからこそ私たちは、自分たちはオーストラリア人の読者を余計に苛立たせることができる立場にいると思ったのだ。編集者からも、面白そうだから書いてみろと言われた。

記事の狙いははっきりとしていた。オーストラリアではサーフィンが市民権を得ていた。数多くのクラブやコンテストがあり、学校のチームがあった。サーフスポットには駐車場があり、温水シャワー付きのサーフビーチまであった。私はこの国をあげてのサーフィンへの健全な情熱を半分は肯定していた。サーフィンがこれほど大衆にとって魅力的だからこそ、トラックスのようなニッチな雑誌が若者向けの国内一般誌の二倍もの売上げを誇っているのに違いなかった。だがそのサーフィン文化は、どうしようもなく軟弱で退屈なものにも思えた。ブライアンと私が育った南カリフォルニアでは、ビーチタウンとビーチの警官はサーファーを毛嫌いしていた。高校でも、サーフィンをする生徒は退学にされかねなかった。サーファーは不良であり、無法者であり、反逆者だった。だからこそ、私たちはクールな存在だった。サーフィンは社会に認められた〝スポーツ〟ではなかった。ブライアンと私は、この視点で記事を書けば、トラックスにアピールできると思った。

だが、執筆は難航した。それまで、私たちは共同で文章を書いたことはなかった。感性は近いはずだという思い込みは、まったくの的はずれだった。記事のアイデアには合意していたが、ブライアンは私の原稿に耐えられず、私もブライアンの原稿を軽蔑した。ブライアンにとって私の文章は、あまりにもありきたりで予定調和だった。私にとって、ブライアンの文章はあまりにも装飾的で、やりすぎだと思えた。ブライアンは私の凡庸さに歯がゆさを覚え、私はブライアンの青臭さに不満を募らせた。私は自分の名が、ブライアンが書いた若気の至りのような文章の執筆者として記載されることに抵抗を覚えた。私は苛立ち、議論の的になっていたページを丸めてブライアンに投げつけた。ブライアンは部屋を飛び出していった。後で話を聞いたら、私を殴りたいという欲求を抑えるのに必死だったらしい。

私たちが知り合ってから八年の月日が経過していた。原稿の一言一句についてあまりにも意見が食い違うので、私はいつからブライアンとの文学的な価値観の違いがこれほど顕著になったのだろうと不思議な気持ちに襲われずにはいられなかった。マウイのラハイナで出会ったとき、私たちを結びつけたのは、同じ本が大好きだったということだった。私からのブライアンへの第一声は、「なんでその本を持ってるんだ?」だった。ブライアンはジェームズ・ジョイスの『ユリシーズ』を脇に抱えて、郵便局の駐車場を歩いていた。ランダムハウス版のペーパーバックの表紙に描かれた、馴染みのある「U」の文字が目に留まった。私たちはそのまま太陽の日差しを浴びながら、ジョイスやビートニクス文学について一、二時間熱っぽく立ち話をした（その間、ドメニクは辛抱強く待っていてくれた）。ブライアンとは、またどこかで必ず遭うだろうという予感がした。もちろん、私たちの好みはまったく同じではなかった。私はジョイスの熱烈なファンで、カリフォルニア大学サンタクルーズ校では、ノーマン・O・ブラウンの指導のもとで一年間、『フィネガンズ・ウェイク』を勉強したこともある。だがブライアンからすれば、ジョイスの文学は蒙昧な自己満足にすぎなかった。一方の私はブライアンとは違い、西部劇をはじめとするジャンルのフィクションを見る目はなかった。私が好きだったピンチョンの文章を、ブライアンは散々だと思っていた。ただし、そんなふうに嗜好は違っても、私たちはそれぞれ相手から影響されて、新しい作家に目を向けるようになっていた。そして、同じ書き手を高く評価することも多かった。ブライアンは、世間一般の読者の何年も先を行っていた。たとえば、批評家が注目する前から、コーマック・マッカーシーの作品を絶賛していた。私は、そんなブライアンの薦める本を読むのが好きだった。オーストラリアでは、パトリック・ホワイトやトーマス・ケネアリーを発見し、コリーン・マッカローにも目をつけていた。それなのに、なぜオーストラリアのサーフィン文化について書いたブライアンの文章が、私はそんなに気に入らなかったのだろう？

　私たちは、はっきりと別の方向に向かっていた。私の文学的な原点は、一〇代の頃にディラン・トーマスに代表される叙情的なシュルレアリスムに酔いしれたことだった。そこから、ゆっくりと素面《しらふ》な言葉の世界に向かっていき、その当時は独創性よりも、文章の透明さや正確さに興味を持つようになっていた。一方のブライアンは、言葉が持つ音楽的な響きに魅了され続けていた。そのことを、「見事に表現された語句に感じる、とてつもなく大きな喜び」と表現したりもした。ブライアンは方言をそのまま活写したり、内輪的なユーモアを描いたり、身体的な特徴を鮮やかにとらえたり、魅惑的な比喩を用いたりすることが好きで、そうした工夫が込められていない怠惰な文章を嫌った。

私は記事を書くのを断念するか、少なくとも私の署名は入れず、ブライアンが単独で執筆したことにするのを提案した。だがブライアンは首を縦に振らず、共同名義にこだわった。結局、私が自分の名前を入れることに納得できる程度に、ブライアンの文章を手直しすることになった。私たちは署名に本名を使った。それは正解だった。この記事は、思いがけないほどの反響を呼んだからだ。私たちを仕事上の偽名でしか知らなかったサーフィン仲間のピーター・ポムから、〝あの記事を読んだか?〟と尋ねられたくらいだ。ピーターは、地元のサーファー連中が、生意気なアメリカ人野郎に侮辱されたことに真剣に苛立っていると教えてくれた。ブライアンと私は、誰かに勘ぐられても、あの記事の執筆者であることは決して認めないようにしようと約束した。あの記事は、オーストラリア人読者を挑発しようとして書いたものだ。身元がばれて、ゴールドコーストにいられなくなるのはご免だった。トラックスはもともと、特定の人間を巧みに罵倒する読者からの手紙が掲載されることで知られていた。私たちは、それに則ったのだ。私は、「お前らが燃えていても、唾も吐かない」、ブライアンは、「耳たぶが尻に変わり、肩に糞をすればいい」という表現が気に入っていた。

スーという名の女性と知り合った。彼女からは、「安物の腕時計みたいにおかしな人」と言われた。

それは、褒め言葉だった。私はスーに惚れ込んだ。三人の子供の母親だった彼女は、よく喋り、胸が大きく、輝くような目をしていた。地元のロックミュージシャンでヘロイン中毒者だった夫は、刑務所にいた。私たちは夫が出所するのを恐れながら暮らしていた。スーと子供たちは、サーファーズパラダイスと呼ばれる高層ビルが建ち並ぶビーチタウンに住んでいた。スーは美食家だった。前衛的な音楽や芸術、コメディ、オーストラリアの歴史、先住民《アボリジニ》のすべてが大好きだった。ゴールドコーストの噂話もよく知っていた。あの有名サーファーは警察に仲間を売った、あの有名サーファーはスポンサーの妻と寝ている——そんな話だ。美しい、ユーカリの林で覆われた海岸の後ろにある高地も知っていた。牛が草を食み、カンガルーが跳ね回っていた。波が立たないときは、私たちはこの土地で何日も過ごした。下は八歳、上は一四歳のスーの子供たちは私に、可愛いコアラがゴールドコーストの怠け者たちを疑わしそうな目で見ているという、面白おかしいコラージュをつくってくれた。ある日、真夜中に電話があった。夫が出所した。事前に情報を入手していたスーは、子供たちをポンコツ車に乗せて移動し、サーファーズパラダイスから何百キロも離れた場所にいた。「暑い日にバケツに入れられたエビみたいだったわ」。スーはそんな状況でも、陽気さを失ってはいなかった。スーと子供たちは、数千キロも離れたメルボルンの母親のところへ向かっていた。その一方で、私のことも心配してくれた。夫には気をつけて、と。

スーは典型例とは言えないだろうが、夫に嫌気が差しているオーストラリアの女性は少なくなかった。〝オッカー〟（人気のテレビ番組の名前からとられた、粗野なオーストラリア気質の男を意味する俗語だ）は、よくビールを飲み、男友達やフットボールが大好きで、女を軽く扱うとされていた。こんなふうに乱暴にひとくくりにできるかどうかはともかくとして、ブライアンと私は、キラーに長く滞在し、周りから住人だと見なされるようになると、図らずもその洗練さで現地の女性の男性観を変える男たちになった。典型的なオッカーと比べれば、私たちは繊細で現代的だった。ゴールドコーストの女たちには、私たちと過ごす時間があった。私たちがちょっとばかり下品な振る舞いをしても、地元産の男に比べればマシに映るようだった。私はスーが恋しかったし、彼女の夫と一度も出くわさなかったことを嬉しく思っていた。その一方で、それまでのように女性に相手にされずに寂しく壁の花のように過ごすことはなくなった。

私はクイーンズランド州のクーランガッタにあるホテルで、バーテンダーとして働き始めた。平日は昔ながらのパブで、週末の夜は〈パッチ〉という店名でロックンロールクラブとして営業をしている店だった（スーと一緒に、この店で歌手のボ・ディドリーを見かけたことがあった）。私は、ピーターというベテランのバーテンの厳しい指導の下で、ビールをグラスに正しく注ぐ方法を学んだ。ピーターはミスをしたら、客はバーテンの顔にビールをかけ、新しく注ぎ直すことを要求する権利を持っていると言った。該当するミスの種類はいくつもあった。ビールの泡が多すぎたり、少なすぎたりする、気が抜けている、冷えていない、量が少なすぎる、グラスに洗剤の泡が残っている——。この指導方法は効果的で、私は恐る恐る、慎重にグラスにビールを注ぐようになった。平日の夜は客も少なく、のんびりと時間が過ぎていった。だが金曜と土曜の夜、古いパブの裏手にある大きな暗い納屋のような建物での〈パッチ〉の営業は大騒ぎだった。バーでは客が大声で話し、店内にはパンクロックの音楽が鳴り響き、ラム酒やコーラのグラスが大量に空になった。夏の観光シーズンが始まろうとしていた。仕事を終えると、ビーチロードを歩いてキラーに戻った。静けさに感謝しながら、大波がブレイクすると言われるポイントで立ち止まり、桟橋の縁から打ち寄せる黒い波を覗いた。これまでゴールドコーストで乗ってきた波は、どれも優しく、温かく、柔らかく、勢いもそれほど強くはなかった。だが噂では、キラーのブレイクはロケット燃料で噴射されたような恐ろしい破壊力を持つらしい。その波を想像するのは難しかった。

隣人の預言通り、最初のサイクロンのうねりが入ってきたのは、ボクシングデーだった。キラーが目覚めた。〝想像するのが難しい〟と思っていた波は、〝他では見られない波〟に変わった。それはカリフォルニアのポイントブレイクとはまるで違う、奇妙で不格好な獣のような波だった。大量の砂だらけの水が突堤の端を襲い、海岸に急流を形成していた。この初日の朝、空は曇り、海面は灰と茶に銀が入り交じった色をしていた。セットの波はそれまでよりも小さく見え、突堤の外側の隆起した砂底《サンドバー》の上に平然と流れていくと、突然起立して異様なほど大きく厚く盛り上がり、わずかにぎこちない動きをした後、獰猛な力を解き放つように崩れ落ちた。強烈な力で持ち上げられ、四角形をつくった波から、飛沫《しぶき》が空高く舞い上がっていた。この波が、砂底にぶつかって起こるブレイクだとは信じられなかった。初めて目にする類いの波だった。明け方からサーファーが次々とやって来て、時間が進むにつれてさらに混み合ってきた。オージーに言わせれば、私たちもその混雑の原因に違いなかった。

私はたしか、その日は三回しか波に乗れなかった。誰も、一センチも波を譲ろうとはしてくれなかった。沖に向かう流れは、パドル競争の場所になった。誰も喋らなかった。争いは激烈で、ちょっとでも手を休めたり注意をそらしたりすると、良いポジションを奪われた。私は体調もよく元気があったが、地元のトップサーファーはさらにその上をいっていた。彼らは、この瞬間のために人生を賭けていた。テイクオフポイントに近づくと、ポジション争いはさらに緊迫した。押し寄せる波に対してスピードを上げ、密集したサーファーの群から離れるために向きを変え、水底の砂にぶつかったうねりが高まった瞬間、ラストスパートをかけてその波をつかまえる。テイクオフに成功したらしたで、想像を絶するような世界最速級の波に乗らなければならない。それは重労働だった。それでも、その波にはどれだけ苦労しても乗るだけの、何にも代えがたい価値があった。それは、サーファーを本気にさせる波だった。

このスポットには、ホノルア湾のような外洋を見渡す広大さはなかった。岸から一〇〇メートルあたりには、円形競技場のような雰囲気があった。大勢の見物客が、サーファーが波乗りをする様子を見守っていたからだ。人々は、突堤や海岸道路沿いのガードレール、道路の背後にある険しい緑色の崖、さらには崖下にある大きなパブ〈キラー・ホテル〉の正面の駐車場にもいた。加えて、そこは一般向けのビーチでもあった。うねりが大きく、角度が良ければ、そこからさらに二〇〇メートルのエリアで、見物客の目の届かない無人の競技場にいるような気分で波に乗れた。波は規則的ではなかった。欠点があり、多様性があり、スローなエリアがあった。〝クローズアウト〟と呼ばれる一気に波が崩れ落ちてしまうケースもあった。突堤や砂底にぶつかった衝撃波が海に戻り、セットの三、四番目の波の質を落とした。だが、整った波の質は素晴らしいものだった。重たい波が〝バターボックス〟と呼ばれていたエリアで爆発的にブレイクし始めた。乗りやすい波には見えたが、それは恐ろしいセクションだった。素早く波に滑り込み、体勢を低く保ち、水平方向に投げ出される厚い飛沫を屈んでうまくかわしながら、猛烈な加速でバランスを崩さないようにボードに留まった。

ラハイナハーバーマウスの内側の安定したセクションや、サンタクルーズの粘っこく癖のある波が立つストックトンアベニューと呼ばれていたスポットでも、フロントサイドで空洞《チューブ》のなかを滑った（ストックトンでは、三フィートの波が立った日に、ボードを真っ二つに折ってしまった。岩礁は浅かったが、運良く怪我はしなかった）。だがキラーは、掘れた波が規則的に起こるポイントブレイクだった。リンコンやホノルアと同じくらい長く、チューブも大きかった。水底は砂で、珊瑚や丸石ではなかった。それまでに経験したことがないような理想的な条件だった。ただし、砂は必ずしも柔らかく安全なわけではなかった。一度、バターボックスで激しく砂底に身体を打ちつけて脳震盪を起こし、しばらくは今いる場所を思い出せなかったこともある。リーシュが腹部に強く巻きついて呼吸困難になったこともあるし、リーシュが絡んでお気に入りのボードの下半分がちぎれてしまったこともある。つまり、スポットが砂底であるのは確かに良かったが、波の暴力性がなくなるわけではない。それは、その獰猛な魅力と表裏一体なのだ。

キラーの序列は戸惑うくらいに長く、トップには国内チャンピオンや世界チャンピオン級のサーファーがいた。二度のオーストラリア・チャンピオンという経歴を誇るマイケル・ピーターソンが、このスポットの王様だった。ピーターソンは頑強な身体をした強面のキャラクターで、太い口髭を生やし、瞳には狂気を感じさせる輝きが宿っていた。ピーターソンは、欲しい波を全部手に入れた。幅広く力強いスタンスで猛烈なターンを決め、悪魔のようにサーフィンをした。ある朝、テイクオフスポットの付近で、ピーターソンの視線を感じた。私はいつものように、他のサーファーに負けずに次の波をつかまえようと必死にパドリングをしていた。ピーターソンはパドリングをやめ、「ボビー！」と叫んだ。私は何のことかわからず、首を横に振ってパドルを続けた。ピーターソンは幽霊を見ているような顔をして言った。「ボビーじゃないのか？　刑務所にいる仲間とそっくりなんだ。出所したのかと思ったよ」。その一件の後も、海の上で彼の視線をよく感じるようになった。私はピーターソンのことを内心恐れてはいたが、視線が合ったら頷き合うような関係になった。周りのサーファーは、私が伝説のピーターソンと挨拶をする仲であることに気づくと、波を譲ってくれるようになった。こうして、降って湧いたような幸運で、波に乗れるチャンスが増えた。嬉しかった。当然、すべてのサーファーがそうであるように、もっと多くの波に乗りたかったからだ。

ブライアンと私には、キラーの一番近くに住んでいるという利点があった（キラー・ホテルに寝泊まりでもしていれば話は別だが、その名とは違い部屋がなかったこのバーで暮らすことは不可能だった）。私は毎晩、仕事を終えてバンガローに戻る途中で突堤から海の様子を確認した。うねりが入ってきそうな兆候が少しでもあれば、翌朝はブライアンと二人で夜明け前に浜に出た。それは素晴らしいサーフィンシーズンだった。記憶しているなかでも最高級のシーズンだ、と周りのサーファーも口にしていた。一月と二月は、ほぼ毎週、一つは本格的なうねりが入ってきた。ソロモン諸島を襲ったサイクロン〈ケリー〉はオーストラリア北東部の珊瑚海に数週間も留まり、強力な北東のうねりを送り込んできた。早起きは、実りある結果をもたらしてくれた。一、二時間は、サーファーの少ない海でまっさらな波を堪能できた。夜明け前にいつも海に出ているサーファーには、私たち以外にも常連がいた。全員が腕のいいサーファーというわけではなかった。そのなかの一人の、大柄で不器用な、髭づらの気さくな男は、波に乗るといつもまったくターンをせず、一直線に滑り、こう叫んだ。「俺には女の医者がいる」。私はこの曲の歌詞の続きを知っていた。「彼女はタダで治療をしてくれるのさ」。その通りだった。

有名で、混雑していて、ライトの波が立つキラーは、ブライアンの好みのスポットではなかった。ブライアンは、サーファーの群の隙間をうまく見つけ、込み合っていない早朝に海に入り、砂底に当たった波が自分好みの形になる場所を探していた。私のように犬のような波争いには加わろうとはしなかったし、条件の良い日にバターボックスの渦巻き上で何度も起こる最高の波（私たちはそれを単に〝ワイルドセクション〟と呼んでいた）を奪い合おうともしなかった。ブライアンは私と同じ程度にはオーストラリアを気に入っていたようだった。厚かましくも憎めないオーストラリア人、良い賃金、面白い俗語、日光、そして女の子——。だが、ブライアンは書いていなかった。私にはそれが気がかりだった。ブライアンはグアムで、アイダホ州の小さな町を舞台にした小説を書き上げていた。私はそれを、ブライアンが高校時代のサーフィンの仲間をテーマにして書いた小説よりも素晴らしい作品だと思った。ブライアンはニューヨークの出版エージェントに書き上げた小説を送っていた。それは、そのときの私にはできなかった大人の仕事だった（私はそのとき、書きかけの小説が二作あったが、友人に読ませていただけだった）。まだ本を刊行してくれる出版社は見つかっていなかったが、ブライアンはがっかりはしていないようだった。それでも、筆を休める時期に入ったようだった。

ブライアンは猛烈な読書家だった。バンガローの正面玄関に置いた古い籐椅子に座り、フィクションから伝記まで、貪るように呼んでいた。私はクーランガッタのがらくた屋で一冊一ペニーで売られていた古いニューヨーカー誌を数百冊まとめ買いし、それをブライアンへのクリスマスプレゼントにした。ブライアンは椅子の真横に積み上げたこの雑誌を、片っ端から読み始めた。読み終えた雑誌は、椅子の逆側に重ねられていった。それは、キラーでの私たちの日々を計る砂時計になった。一〇〇冊を読了、残りは二〇〇冊——。一方の私は、鉄道小説の執筆を続け、ようやくストーリーラインが見えてきたという手応えを感じていた。ブライアンと私は、スーからもらった古めかしいタイプライターを共有していた。ブライアンは友人宛に、オーストラリアでの私たちの冒険旅行を面白おかしく伝える、虚構と現実が入り交じった長編の手紙を書いた。時折、私を楽しませようとして、気に入った箇所を読み上げた。そのなかで、今でも覚えている、ちょっとしたショックを感じた一節がある。ブライアンは私たち二人を、丸々と太った自分と、ガリガリに痩せた私という、サーフィン旅をする凸凹コンビとして描いていた。確かに私は痩せていたし、ブライアンはふっくらとしていた。だが、私は小馬鹿にされたようで、プライドが傷ついた。それでも、私は曖昧な反応をした。ブライアンとはなるべく喧嘩をしたくなかったし、若い頃にドメニクとの会話のなかでよくそうしたように、自分を物笑いの種にすることにも馴れていた。とはいえ、肉体的なことをからかわれるのは嫌だった。弱々しく、男らしくないと言われるのは何よりも屈辱的だった。ブライアンも、私の心をいたずらに刺激したりはしなかった。グアムで教師をしていたときには、生徒にクリント・イーストウッド以外に選択肢のない、「先生と似ている俳優は誰か」というふざけた問題を出したこともあるくらいだ。このような悪ふざけをするところは、多くの女性を惹きつけていたブライアンの魅力の一部だった。

肉体と言えば、ゴールドコーストではサーフィンが健康に悪影響をもたらすことを身を以て体験した。

遺伝的に太陽の光を浴びる準備が整っていない北欧人を祖先に持つオーストラリア人が、長時間熱帯の日差しを浴びながら生活しているのを見ていると、私には自分の健康面での悲観的な未来が見えた。地元のサーファーは、一〇代の若者も含め、翼状片と呼ばれる、日光を長期間浴びることが原因とされる白内障の一種でその蒼い瞳を白く濁らせていた。中年の人間の耳がかさぶたで覆われていたり、鼻が紫色だったり、腕に異様な斑点がある場合は、基底細胞癌（扁平上皮細胞癌や黒色腫ではなくても）の兆候だと考えられた。私はすでに両眼とも翼状片を患っていた。予防措置はとっていなかったし、寒い場所でサーフィンをすることが必ずしも身体への悪影響を減らすわけでもなかった。サンタクルーズの凍るように冷たい海で長年サーフィンをしたことで、私は外骨腫症を患っていた。外耳道の骨が隆起する、“サーファーズイヤー《耳》”として知られている症状だ。海水が耳から抜けにくく、痛みを伴う感染症を頻繁に引き起こしていた。サーフィンにつきものの怪我をするのもしょっちゅうだった。擦り傷、切り傷、珊瑚が原因の発疹、鼻骨骨折、足首の捻挫……。だが、当時の私はこうした症状や怪我のことは気にしていなかった。速くパドリングをして、うまく波に乗ることしか考えていなかった。

実際、私はキラーで機械のようにパドリングをしていた。腕は疲れることを知らなかった。沖に向かう水の流れを理解することが役に立った。流れは一貫していたが、気まぐれな特性もあった。潮の満ち引きや、うねりの大きさや方向、砂の動きなどによって、微妙に変化していた。この変化を利用している数少ないサーファーとは、お互いの存在を意識するようになっていた。激しく波を奪い合い、一つのストロークでどれだけ他より有利なポジションをとれるかに懸命だったので、めったに会話はしなかった。それでも、波を分かち合うための大雑把な暗黙のルールはあった。次第に、それまでよりも多くの波に乗れるようになってきた。その波にうまく乗るためのコツもわかるようになっていった。

それはいろんな意味で、タバルア島でのサーフィンとは正反対だった。タバルアには他のサーファーはいなかった。珊瑚にぶつかってできる完璧なレフトの波が、エデンの園のような豊潤さでブレイクしていた。だがキラーは、サーファーの過密地帯だった。そこは海底の砂にぶつかってできたライトの波がブレイクする、オーストラリアのマイアミビーチだった。だがどちらも、長く、挑戦的で、最高に質の高い、素早く高度なエッジワークと細かな観察が必要な波であることは共通していた。キラーでは、まず素早く波に乗り、フェイスと近い距離を保ちながらチューブの内側に入り、そのまま空洞の外側にはじき出されるはずだと固く信じながら、じっと体勢を維持することが求められた。二、三回、驚くような体験をしたこともある。チューブのなかにいるとき、トンネルの脱出口のように見える陽光で輝く目の前の輪っかが、高速で遠ざかったと思うと、一時停止して奇跡のようにこちらに向かって戻ってきて、カメラレンズの虹彩が開くように大きくなり、脱出できると思った瞬間、再び逆戻りしてくるのだ。美しいまでに絶望的に後退し、さらに美しい希望と共に戻ってくる。それは、私のサーフィン人生でも最長のチューブライディングだった。

そんなときは、うまく波に乗れた喜びをどんなふうに表現するかという問題が生じる。長いチューブから抜け出してきたときにサーファーがすべきことは、何もしないことだ。こんなの当たり前さ、とでも言うように、そのままサーフィンを続けるのだ。だが、それは不可能ではないにせよ、実際にはとても難しい。こんなときにささやかに喜びを表現したいと思うのは、人間として当然のことだ。ただし、周りを不愉快にさせるように拳を高く突き上げたり、タッチダウンをきめたフットボール選手みたいに両手を天に向かって派手に伸ばしたりするのではなく、めったに起こらない、とても興奮するようなライディングができたことへの感謝を表せるような方法がいい。私たちがキラーにいた時期のなかで、特に大きなうねりが入り、広く深いブレイクが起こり、水がいつもより青さを増していた日、私は楕円形のチューブの内側を滑った。波の天井がシャンデリアみたいに崩れ落ちそうになったが、頭を下げて腰をかがめながら、斧が振り下ろされるのを覚悟しつつ、そのまま空洞を通り抜けた。私は驚きながらボードの上で真っ直ぐに立ち、冷静さを保とうとした。肩越しに、ブライアンたちがパドリングをしているのが見えた。何人かが喝采を上げてくれたが、ブライアンの声は聞こえなかった。後で確認したところ、ブライアンは私のライディングを見ていた。だが、喜びすぎだとたしなめられた。祈るように両手を上げて、チューブから出てきたというのだ。祈ってなんかいない、と私は言った。あれはちょっとした感謝のポーズさ。両腕の拳は握っていたし、高く上げてなんかいない――。ひどく腹が立った。そんなふうにブライアンの何気ない言葉に過剰反応するのは幼稚なことだったかもしれない。だが、ライディングが成功したことへの喜びを馬鹿にされるのは、我慢ならなかった。私はこれからはどれだけうまく波に乗れたとしても、もうガッツポーズなんかしない、と心に誓った。

もちろん、うまく波に乗る、というときの基準は人によって違う。その同じ巨大なうねりが入っていたとき、おそらく同じ日の午後、私は長いライディングで北隣にあるビリンガという村まで流された後、ビーチを歩いてキラーに戻ろうとしていた。あまりにも遠くまで来てしまったので、パドルで戻るのが馬鹿馬鹿しいと思ったのだ。そのビーチには他に誰もいなかった。うねりはピークを迎え、オフショアの風が吹いていた。遠くに、赤いトランクスを穿いた小柄なサーファーが、大きな青いバレルに入り込み、現れ、消え、再び現れるのが見えた。それまでに見かけたことのない男だった。男は、それを続けていた――チューブのなかに消え、現れる。ボード上の立ち位置が、間違っているのではないかと思えた――あまりにも先端に乗っていたからだ。立ち位置を微調整してターンをきめ、信じられないほど長い時間バレルのなかを滑り続けていた。チューブをくぐり抜けた男は、そのまま進み続け、こちらに近づいてきた。バレルをくぐり抜けたことに、微塵も自慢気な素振りを見せていなかった。それは、私がそれまでに目にしたなかでも屈指のライディングだった。男は、そんな滑りができるのは当然だといった雰囲気を出していた。私は技術的には、男がしたことの半分も理解できなかった。チューブのなかでノーズターンをきめる？　リンコンで波に乗るボブ・マクタビッシュに遭遇し、初めて目の当たりにしたショートボードのライディングに衝撃を受けたことを思い出した。後になって、その赤いトランクスの若者が、新たに世界チャンピオンになったばかりの、ウェイン・〝ラビット〟・バーソロミューだったと知った。バーソロミューは地元の出身で、国際大会への連戦を終えて帰省していたのだ。小兵だが、大波に勇敢に果敢に挑戦し、溢れんばかりの才能に恵まれたバーソロミューは、どんなに難しい状況でもボード上でロックスターのようなきめのポーズをしている写真がサーフィン雑誌に掲載されていた。さしずめ、サーフィン界のミック・ジャガーだった。キラーの波に乗って育ったバーソロミューのライディングは、世界最高のサーファーが見せてくれる、これ以上ないほどのお手本だった。

夏の観光シーズンもピークを過ぎ、私が働く〈パッチ〉の週末の賑わいも少しずつ落ち着いてきた。

旅の軍資金を十分に蓄えたブライアンと私は、オーストラリア全土を巡るロングドライブの旅に出かけたいと思うようになっていた。だが、愛車のファルコンは不調だった。ウォーターポンプが死にかけていて、オーバーヒートが起こりやすくなっていた。ブライアンがガラクタ屋で中古のポンプを見つけてきた。私たちは自力でそれを交換し、仕事をやめ、職場の仲間や隣人にさよならを告げると、その三〇分後にはボニー・ビュー・フラットを出発していた。ブライアンは車のドアを閉めたあとで少し間を置き、「一つの時代の終わりだな」と気障《きざ》な台詞を口にした。一五キロも進むと、ファルコンの温度計の針が「ホット」の方にどんどん近づいていった。私はゲージの上にマスキングテープを貼り、嫌な情報が目に入ってこないようにした。テープの上に、「彼女は正しい《シー・ウィル・ビー・ライト》」と書いた。温度計が何度を指しているのであれ、この数字の意味は合っているはずだ。この言葉は、この国で〝問題ない〟という意味でよく使われる俗語で、オーストラリアの非公式のモットーのような意味合いがあった。

シドニーではエイリアス号の面々のところに立ち寄った。ミックとジェーン、そしてフィジー生まれの小さな男の子は、キャッスルクレッグ付近の港にある静かな一角にヨットを係留していた。グラハムとガールフレンドは働いていなかった。エビを肴にビールを飲みながら、ミックは構想中のビジネスプランを説明してくれた。シドニーにいる金持ちのヤッピー・サーファーを対象にして、エイリアス号でマジックアイランドへの〝サーフ・サファリ〟を企画し、一人数千ドルの料金をとる。客には具体的な行先は教えない。ただ、〝世界一の波〟ということだけをウリにする。初回のツアーが成功すれば、客は金持ちの友人に話をして、口コミでこのチャーター・ビジネスを広めてくれるだろう。マジックアイランドがどこにあるかという秘密も守れる。だが問題は、最初のツアーに参加する客を、シドニーからの飛行機でナンディに向かわせるだけの説得力のある宣伝をしなければならないことだった。写真があれば大きな助けになる。タバルア島にいるときはサーフィンで忙しく、まともな写真を撮っていなかったというミックとグラハムから、めぼしい写真を持っていないかと尋ねられた。

ブライアンも私も、サーフィンで忙しすぎて写真はほとんど撮っていなかった。何枚かあったが、たいしたものはなかった。それに内心、このビジネスが成功して欲しいとは思えなかった。

私たちはサーフ・キャンプをしながら南に向かった。オーストラリア東南部のメルボルンでは、母親と一緒に住んでいたスーと子供たちに再会できた（夫とは、もう完全に縁が切れたようだった）。家には私たちの寝る場所がなかったので、スーの妹のところに泊めてもらうことにした。妹は大学生で、治安が悪い地区にある安宿で、何人かのパンクロッカーたちと暮らしていた。夜は、パンクロッカーたちと酒を飲んで踊り、どこかで拾ってきたというオンボロの白黒テレビで古い映画（『ヨーク軍曹』）を観た。昼間はスーの家族とオーストラリア対パキスタンのクリケットの国際試合を、キュウリのサンドイッチを食べ、ピムスのカクテルを飲みながら観戦した。ブライアンは、深夜の何でもありのような悪ノリの雰囲気のなかで、頭をパンクロッカーたちに剃らせた。連中は切り取ったブライアンの黒い巻き毛を装飾品みたいにしてピアスの穴だらけの耳に吊して遊んでいた。ブライアンは我に返ると、後悔しつつも新しいステージ名は〝シド・テンペレイト《節度ある人》〟にするよと冗談を言った。

次は、世界最長の海岸崖があるグレートオーストラリア湾、世界最大の石灰岩塊のあるナラボー平野が待つ西へと向かった。暑く、眩しく、樹木も人もいない場所だった。砂利道を走って砂丘を抜け、カクタスと呼ばれる鄙びたサーフスポットにキャンプを張った。カクタスの水は冷たく、南洋特有の紺碧色をしていた。岩場の岬の沖に、長いレフトの波が立つスポットが二つあった。一つはカクタス、もう一つはキャッスルと呼ばれていた。数百メートル西には、重たいライトの波が立つ、ケーブと呼ばれるスポットがあった。うねりは大きく安定していて、毎日途切れることがなかった。荒々しさが一段と増す日もあった。熱くほこりっぽいオフショアの風が、巨大な砂漠から吹き込んできた。ブライアンはレフトの波に乗った。私は新品のボードに乗っていた。ビクトリア州のビーチタウン、トーキーで買った、丸みを帯びたピンテイルの薄い青色の六・九フィートのボードだ。今回の南太平洋旅行のために持参してきたボードは、新しいボードを買った店で売ってきた。未練はなかった。このニュージーランド製のピンテイルが、新たな相棒として活躍してくれることを期待していた。軽くて速い動きができるボードで、ケーブに大波が立つ日には、横滑りせずに落差のあるドロップに対処できそうだった。

カクタスには、旅行者と移住者のサーファーがいて、混じり合うことなく存在していた。移住者は全員、オーストラリアの人口が多い他の地域から来ていた。混雑していない素晴らしい波を見つけて、僻地に移り住むことを厭わなかった男たちだ。失業保険を生活資金にしたり、釣った魚を食料にしたり、海岸から内陸に二〇キロ離れたハイウェイ沿いのトラック用のドライブインのある町、ピノングで簡単な仕事を見つけたりして糊口を凌ぎながらサーフィンをしていた。砂漠の廃家に住んでいる者もいた。このようなバイタリティ溢れる面々が波待ちエリアを支配していたが、それでもまだ海は混雑していなかった。常連たちは、私たちに気前よく波を分け与えてくれた。波の上であれこれと裏話を教えてくれる者もいた。ムースという名の仲間の一人が、キャンプを張っていた旅行者のサーファーに割り込まれ、波の上に倒れ込まなければならなかった。ムースは笑っていたが、パドルで岸に戻ると自分のトラックに乗り込み、その旅行客のキャンプを踏みつぶして上を何度も往復し、再び海に戻ったのだという。私はムースの前には割り込まないように注意しようと思った。

〝マッドマン〟という渾名の常連もいた。角刈り頭の異様にエネルギッシュな男で、重たい八フィートの波が立つケーブの広範なエリアで、最適なテイクオフスポットを縦横に探し回っていた。他の常連によれば、マッドマンは大波が立った日にリーシュがちぎれてしまったらしい。岸に戻って修理するあいだに波を逃してしまうのが嫌だったので、リーシュを歯で銜《くわ》えてそのままサーフィンを続けた。バランスを崩して激しく海に身体を投げ出したとき、銜えていたリーシュに大きな衝撃が加わり、前歯を二本折ってしまった。マッドマンは後日、脈略もなくニッコリと笑って私に欠けた歯を見せてくれた。

カクタスが位置するナラボー海岸にはホオジロザメがいた。人々はこのサメを、ホワイトポインターと呼んでいた。私は海の上で、ある常連からサメの話を聞いた。五年前、私たちが話をしていたのとまったく同じ場所で、ホオジロザメに襲われたのだという。この男は、マッドマンやムースとは違って穏やかな普通の人間だったので、その話には信憑性があった。サメはボードを噛んだだけだったのだが、裂けたファイバーグラスが身体に思い切りぶつかってしまった。真冬でウェットスーツを着ていたので命拾いしたが、それでも一五〇針を縫う大怪我になり、一年半も海に入れなかった。〝雷は同じ場所に二度と落ちない〟と信じているので、この場所では恐怖を感じずにサーフィンをしているのだという。だがそれ以来、私はこの場所にいるときに彼と同じような安心感を抱くことはできなかった。

カクタスには根を下ろして生きる場所としての魅力は感じなかったが、ハワイやオレゴン、ビッグサー、鄙びたビクトリア南西部といった、私が見聞きしたことのあるサーファーが彷徨の果てに辿り着く場所を思い起こさせた。サーファーは波を求めてやってきて、そこに居着くようになる。その土地について学び、生き延びる方法を見つけていく。時間の経過とともに、地元コミュニティのなかでそれなりの立場を築いていく者もいれば、ずっとはぐれ者であり続ける者もいる。私自身も、それまでに何度かそんなふうに一つの土地に長く滞在して波に乗る生活を送ってきた。マウイのホノルア湾がその良い例だ。それは波がブレイクする度に、あらゆる物事を脇において、この場所でのサーフィンにすべてを捧げようという気持ちにさせられるような場所だった。オーストラリアには他にも、良い波が立ち、サーファーで混雑しておらず、生活費が安い、楽に過ごせそうな場所がいくつもあった。結局は、これらの場所のどこかに落ち着くのだろうという予感もした。たまに、タバルア島のことも思い出した。ブライアンと私は、未だにこの島のことを暗号で呼んでいた。その島は、日常とは別の時間に存在しているように思えた。またフィジーに戻り、あの島で生活をすることになるとは考えられなかった。

その一方で、私は自分の人生に疑問を持ち始めていた。旅があまりにも長くなりすぎて、どんな理由付けもできないような気がしてきた。もはやそれは休暇というには長すぎた。そもそも、それは何からの休暇だったというのだろう？　私はうまく手続きをして、鉄道の仕事を一年間休職する形にしていた。だがその有効期限は、キラーにいるあいだに失効してしまった。制動手の仕事を正式に辞め、一九七四年六月八日の勤務開始日以来の年功が無効になってしまうのは、受け入れがたかった。もうあれほどの大きな充実感と良い報酬が得られる仕事に就けないだろうという以前からの考えは、辞めた後も変わらなかった。だが、後の祭りだった。時々、青春を無駄にしているのではないかという焦燥感に襲われるようになった。自分が地球の裏側をうろつているあいだに、アメリカの友人や同級生、同僚は人生を築き、大人になっているのだ、と。働いたり、書いたり、教えたり、大きな何かを成し遂げようとしたりして、私は自分なりに世の中から求められる誰かになりたいとあがいてきた。だが、その結果として何が得られたというのだろう？　もちろん、この冒険旅行に出発したいという衝動は強かった。それは自分にとって絶対に必要なものだという確信すらあった。だが、この旅はこれほど長く続けなければならなかったのだろうか？

私たちの次の目的地はバリ島だった。大きな波があり、物価が安い。シャロンは手紙に、数カ月後にアジアで合流できるはずだと書いてくれていた。おそらく彼女は、私がこの旅でしていることを知っていたはずだ。だが、シャロンはサーフィンをしなかった。そもそも、海を怖がっていた。だが、私がしていたのは果たして〝サーフィン〟だったのだろうか？　私は本能的に波を追いかけ、いいブレイクが来れば心を燃やし、新しいスポットの謎を解くことに没頭した。だがサーフィンでは、絶頂の瞬間はそれほど多くも長くもない。ほとんどのセッションは平凡なものだった。激しいセッションを終えた後にはいつも、ある種の静けさに包まれた。それは身体的なものでもあり、感情的なものでもあった。軽い喜びを感じていることもあれば、心地よい物悲しさもあった。激しいチューブやワイプアウトを体験した後では、気持ちが高ぶり、泣き出したくなるような荒々しい感情が心に残った。それは何時間も続くことがあった。愛情溢れるセックスの後に味わうことのある、力が漲《みなぎ》るような感覚に似ていた。

物事がうまくいく日には、自分のしていることは間違っていないという感覚を持てた。知りたての新しい土地、新しい海岸の曲線、冷たく気持ちのよい夜明け——。世界は果てしなく広く、見るべきものは尽きなかった。時々、異国の地を旅する何も知らない部外者であり続けることに、嫌気を起こしたりもした。だが、そのときの私にはまだ、毎日同じ場所に行き、同じ人に会い、周りと同じような考えを持って生きることへの準備ができていなかった。私は旅をすることでぶつかる偶然や不確実性に身を任せるのが好きだった。驚きの発見に満ちた日々を過ごす流れ者であり、観察者であることが好きだった。背の高いノーフォークマツの並木と低い雲の下に生い茂る濃い緑の森を抜け、ビクトリア州からサウスオーストラリア州に移動していた日、思いがけず地方競馬場を見つけた。車を停めて観覧席に潜り込み、迫力あるレースや、明るい絹の衣装を着た騎手が鞍を秤に載せているのを見た。競馬場のパブの裏手でラグビーボールを見つけ、若い頃に覚えたフットボール式のやり方でボールに思い切り回転をかけると、見物していた裸足の子供たちが喚声を上げた。オーストラリアのビザは切れかけていた。だが私は、それを寂しく思い始めていた。

ブライアンと私には二人だけの世界もあった。その空気はしょっちゅう張り詰めた。手紙をやりとりするだけなら、友情を保つのは簡単なのかもしれない。だが一緒に生活するとなれば、そうはいかないのが現実だ。よく喧嘩をしたし、数カ月ごとに大喧嘩をした。いつも一緒に同じようなパターンで行動をしているので、自分一人だけが気まぐれを起こしたときに相手を戸惑わせてしまうのも息苦しかった。横風が吹き、波も貧弱だったカクタスでのある朝、早朝に目が覚めたので、西に向かって岸を散歩した。石灰岩の潮溜まりが朝焼けの光で輝いていた。風のせいか、時間帯のせいか、いつもはうるさく飛び回っている蠅もいなかった。ずいぶんと長い散歩になった。誰一人見かけなかった。キャンプに戻ったときには、午前半ばになっていた。私が黙っていなくなったことに腹を立てていたブライアンは、二人分の朝食をつくっていたが、自分だけもう食べ終えていた。私のオートミールは冷えて硬くなっていた。私は何をしていたか説明する気分になれず、リンゴを齧った。ブライアンがぶつくさ言い続けるので、私はキレた。俺は許可がなければ、一人で好きなところに行くこともできないのか？　半ば意図的に、私はテントに齧りかけのリンゴの破片を吐き出した。ブライアンは気分を悪くしてどこかに立ち去っていった。幸い、ブライアンはこの〝リンゴ吐き出し事件〟のことを後で蒸し返したりはしなかった。西サモアで派手な口喧嘩をしたときも、このときと同じくらい険悪なムードになった。まだ南太平洋への冒険旅行が始まって二週間しか経っていないとき、私がブライアンにあれこれ指図をするなと怒りをぶちまけたのだった。後で聞いたら、あのときブライアンは、真剣に荷物をまとめて国に帰ろうかと考えていたらしい。

私たちは、オーストラリア北部のノーザンテリトリーに向けて出発した。ゴールドコーストにいるときから、この計画を口にすると、オーストラリア人からは中央の山脈を横断するのは止めておけと忠告された。当てにならないポンコツ車に乗っているのならなおさらだ、〝ブッシュレンジャー〟と呼ばれる盗賊が不用意な旅行者を待ち構えているし、次の町に行くまでに車で何日もかかることがある。地図を見る限り、それは誇張に思えたが、ともかく私たちが乗っていたファルコンは当てにならないポンコツ車には違いなかったので、ガソリン用のジェリ缶と冷却水用のウォーターバッグをそれぞれ一つと、ラジエーターホースを数本買った。ファルコンは毎日のようにオーバーヒートし、エンジンがかかりにくかった。頻繁にジャンプスタートをしなければならなかったので、かすかな傾斜のある下り坂に車を駐車する習慣がついた。ガソリンスタンドでは、音を立てて水蒸気を上げているラジエーターに気づいたサービス係が、温度計を点検しようとして運転手席の窓に頭を入れて覗き込み、「彼女は正しい」の文字を見て笑っていた。

カクタスから北東に向かって僻地の泥道を走った。三五〇キロ走って、車を一台しか見かけなかった。牛を運ぶトラックだった。洗濯板みたいなガタガタ道で車体が揺さぶられ、衝撃でリアウィンドウが外れた。なんとかはめ込んで走り続けたが、一〇分と経たずにまた落ちてしまった。ぽっかりと空いた後部座席の後ろの窓から、白い塩塵と赤い砂塵が車内に入り込んでくるようになった。私たちは口と鼻の周りにバンダナを巻いた。ピノングでクラウンラガーをたっぷり買い込み、エスキー製の安物のクーラーボックスに詰め込んでいたのは正解だった。私たちは次の田舎町までの距離を、缶単位で測るようになった。その町に辿り着くまでに、ビールを何缶くらい飲み干すか、を基準にしたのだ。北に向かう幹線道路（といっても未舗装だったが）からキングーニャという村に行くまでにも、缶ビールを一ダースは飲んだ。この村では年季の入ったレストランで、オーストラリア一美しいウェイトレスが運んできた、世界中を探し回ってもなかなかこれほどの一品とは出会えないだろうというくらい美味しいステーキ・ハンバーガーを堪能した。

オーストラリアの中心点に向かう主要道路も荒れていて、一〇〇〇キロも舗装道路がなかった。道の両脇に生えるソルトブッシュと呼ばれる低木に紛れて、何年も放置されて錆びた車が不気味なほど多く目に入ってきた。私たちは、〝ルー・バー〟と呼ばれるカンガルーよけ（鉄道車両の牛よけのようなものだ）を前面にとりつけていない車は、夜は運転すべきではない、という地元の人間から聞かされていたアドバイスに従うことにした。昼間は、跳ね回るカンガルーを道路でも砂漠でもしょっちゅう目にした。私たちは夜は移動せずにキャンプを張ることにした。ある朝、ピンクとグレーの入り交じったオウムのような鳥、モモイロインコの大群が、ファルコンをジャンプスタートさせようとしている私たちの頭上を旋回していたこともある。

途中でジョーという名の渡り労働者を拾った。町からナップザックを背負い、八〇キロも歩いてきたのだという。日の光を浴びすぎて背が縮んでしまったみたいに小柄で、若くも陽気でもなかった。掘削孔や三日月湖《ビラボン》、働いていた羊牧場について一日中話し続け、私たちのビールを次々に飲み干した。異様なほど多い蠅について尋ねると、地元の人間でも慣れないと言った。東に向かう細い道の前で降ろしてほしいというので、飲み水を分け与え、五ドルを渡して別れた。

大陸北部にあるノーザンテリトリーに入った。ガンという名の埃まみれの村で、車のルーフに積んでいた汚れたボードバッグを覗くと、真新しいピンテイルのボードが見えた。光沢のある淡い青色をしたボードが、涼しく滑らかな光を放っている。今自分がいる場所とはまったく別の世界からもたらされた、眩しいほどの輝きだった。私たちは北海岸にあるダーウィンという町まで行き、そこからインドネシアに向かう方法を探そうと計画していた。

ブライアンはキラーで読み切れなかった五〇冊ほどのニューヨーカー誌を、車のフロントシートの足下に積んでいた。私たちはときどき一冊を手にとってページを開くと、そこに書かれている文章を朗読した――短編小説、詩、批評、ユーモア、エッセイ、長編記事。すでに旅の途中で読んだものもあったが、何もない僻地では、言葉は色合いを変えて耳に入ってきた。それは文章に対する試練のようなものだった。世俗を拒絶するような厳しい砂漠の光のなかで、それはどんなふうに響くか？　魅力を失わないものもあった。その言葉には依然として力があり、物語に引き込まれた。だが、この無慈悲なふるいがけによって、浮わついた、無駄な贅肉のような言葉は容赦なく失格の烙印を押された。突然、何人かの書き手はぬるま湯に浸《つ》かる軟弱な気取り屋に見え、滑稽に思えた。

　私たちには思い上がりもあった。それは、舗装路が少なくビールが多いことを除けば、アメリカやヨーロッパで体験したロングドライブと似ていた。憧れの作家だったノーマン・メイラーの『月にともる火』は、残念ながら砂漠の試練に失格した。一九世紀にオーストラリア中央を探検したプロイセンの自然主義者を主人公にした説得力のある小説、パトリック・ホワイトの『ヴォス』と読み比べていたから、メーラーの作品が色褪せて見えたのも無理はなかったかもしれない。私たちは軽口を叩き合い、ニューヨーカーを読み、緑色をした安物のプラスチック製の水鉄砲で野生のウォンバットを撃って遊んだ。私はブライアンの運転の仕方が好きだった。長距離トラックの運転手みたいに背筋を伸ばし、長い直線を走るときは片手を膝の上に置いた。ブライアンは本を読むときも、同じように寛いだ、長時間集中力を保てる姿勢をとった。私たちの話題が尽きることはなかった。シドニーを出発したとき、エイリアス号のミックとジェーンを南のウオロンゴンのサーフスポットまで乗せていった。二人は車内で、私たちの話を聞いて笑っていた。到着したとき、ミックとジェーンは、一時間ほど黙ってみぶりで会話をしながら、ブライアンと私、特に私の話を聞いていたと言った。私は読み終えたばかりのパトリック・ホワイトの小説『台風の目』についてのできたての持論を展開していた。エイリアス号でも同じだった、と二人は言った。ブライアンと私は延々とお喋りをして、オージーたちを楽しませていた、と。

アリススプリングスの北側で、テスとムーニュというヒッチハイカーの女の子二人組を拾った。どちらも大学院生で、ダーウィンで開催されるフェミニズムのカンファレンスに参加するためにアデレードから来たという。ファルコンの車内は赤い土埃だらけだったが、構わないと言った。二人はバンダナを口元に巻き、五日間、私たちと一緒に旅をした。テスは短く切った黒い髪をしていて、男物の格子縞のシャツを着ていた。華奢で、青白く、ユニセックスな雰囲気があった。ガソリンスタンドや、昼間の暑さに耐えきれず避難していた片田舎のパブで会った純朴な人々に、平然とした顔でずけずけと物を言った。だがブライアンや私には優しかったし、水鉄砲を見てもとやかく言わなかった。私たちが自分たちはベトナム戦争帰りで、心に傷を負っていると冗談で嘘をついても、「可哀想に」と慰めてくれた。サーフィンでできた傷を、戦争でつくったものだと伝えたら、「あら、痛かったでしょう。ビールをおごらせて」と言ってくれた。

ムーニュは背が高くてほっそりしていた、柔らかい声と優しい目をしていて、よく笑う人だった。面白そうなことを何か言えば、必ず微笑んでくれた。政治への関心は強かったが、重苦しい雰囲気はなかった。オーストラリア人によく見られる内気さがあった。夜になると、私はムーニュと二人だけで静かな場所に行き、寝袋で眠った。彼女は、マレー川沿いの農場で過ごした子供の頃の話をしてくれた。ハンターは仕留めたカンガルーやワラビーの腹袋のなかに小さな赤ちゃんがいるのを見つけると、農場の子供のペットにするために持ち帰ってくる。これらの動物は大人しく、忠実で、知的で、ペットとして最適だった。ムーニュは小さなワラビーに帽子やコートを着せ、手をつないで町を歩き、スキップした。

ムーニュとの小さな恋の物語は、ダーウィンであっけなく潰えた。テスとムーニュには、泊まる家があった。フェミニズムのコミューンのようなメンバーが暮らしている男子禁制の場所だ。テスは私を追い払うことができて嬉しかったはずだ。ムーニュからテスとの関係は知らされていなかったが、どうやら私は二人の恋に割り込んだ形になったようだった。ブライアンと私は町の外れにあるキャンプ場で寝泊まりすることにした。数年前のサイクロンで壊滅的な打撃を受けたというダーウィンは、何もない町だった。再建は遅々としたペースで進んでいた。海岸があると言われていたが、そこにあったのは泥と低木と不快な色をした浅瀬だった。町は暑く、活気がなく、醜かった。ただし空港はあり、デンパサール行きの便が週に何本か運行していた。私たちは、ユーゴスラビアのボーキサイト鉱夫の集団に二〇〇ドルで車を売った。男たちが車の状態を確認したとき、奇跡的に一発でエンジンがかかった。私たちは念のためキャンプ場を変えて居場所をわからなくした。「現状渡し」の意味を完全に理解していたようには見えなかった鉱夫たちが、後でクレームをつけてくるかもしれないと思ったからだ。

ムーニュが恋しかった。サイクロンを生き延びた古いホテルで落ち合った。急に、オーストラリアを離れたくなくなった。ムーニュは私にインドネシアに行くべきよ、と言った。

彼女は正しかった。私はその夜、事前の連絡もせずにコミューンのメンバーが住む家を訪れた。ノックをしても、誰も答えなかった。黙って中に入った。裏庭から陽気な騒ぎ声が聞こえた。裏口まで行った。ポーチの明るい電灯の下、コンクリートのデッキでムーニュが散髪をしていた。長いブロンドの髪の房の大半が地面に落ちていた。テスが楽しそうに残りの部分をカットしていた。ムーニュの短髪は明るい茶色をしていて、頭は赤ん坊のように丸く、脆《もろ》そうに見えた。四、五人の女たちが変身したムーニュに拍手をしていた。トゥーイーズのビール瓶を手にしたムーニュは、酔っていた。絶望が喉元にせり上がってきた。私は物音を立ててしまったようだった。ムーニュが叫んだ。他の女たちも金切り声を上げた。興奮した女たちに身体をつかまれ、もみ合いになった。私はムーニュがインドネシアについてきてくれるかもしれないと期待してこの家に入った。だが私と一緒にこの家を出たのはムーニュではなく警官だった。

数週間後、バリでムーニュからの手紙を受けとった。警察に電話したことを謝っていた。警察は横暴だから、ひどい目に遭わなかったかと心配していた。そんなことはなかった。むしろ、警官は気の良いオッカーだった。ピントはずれの男同士の連帯感もあって、すぐに私を釈放してくれた。ムーニュは、私との過ちを体験して、男と関係を持ったりすることはもうやめると決意を新たにしたと書いていた。私はそんなありきたりな線引きの仕方に納得はいかなかったが、それ以上議論することもできなかった。まだ彼女のことが好きだった。もしインドネシアに来たいと手紙に書いてあったなら、空港まで飛行機を迎えにいっただろう。

Part 7 未知なる方へ
アジア、アフリカ、1979～81年

ブライアンはバリを毛嫌いしていて、そのことをトラック誌の記事に書いた。例によって、私は簡単な編集しかしなかったが、それは二人の連名での署名記事になった。ブライアンは、〝バリ島はいまでも、人の少ない波があり、穏やかなヒンドゥー教徒の現地人がいる、文明に侵されていない楽園だ〟という当時のオーストラリア人サーファーが信じていた考えをあざ笑っていた。実際には、そこはサーファーや観光客で溢れていた。ブライアンはこの島が〝トップレスとボトムレスのヨーロッパ人男女がうろつき〟〝世界中から集まったサーファーがほら話を語り〟〝ボードの運び屋を雇って植民地主義時代の興奮を体験でき〟〝パラマタから来たサーファーがもっと土地柄のいいクロヌラから来たと嘘をつく〟場所だと書いた。

バリ島が人で溢れていて、大規模な観光産業とインドネシアの貧困がぶつかりあう様が醜悪だという点には同意できた。それでも、この島は私の肌に合った。私たちはクタビーチの安くて清潔なロスメン（ゲストハウス）に滞在し、タダ同然の食事を食べ、毎日サーフィンをした。毎朝バスに乗り、バリ州の州都デンパサールにある大学図書館に通った。それは暑く騒がしい島での、涼しく静かな避難所になった。そこでは書きかけの小説を着々と進めた。正午になり、小さな青緑色のカートを引いた売り子が図書館の外にやってくるのが、執筆を中断する合図になった。人々はオフィスの窓越しに米やスープ、菓子、串焼き《サテ》などを買っていた。私はナシゴレンが好きだった。午後は、うねりが入っている日はブライアンとブキット半島に向かった。石灰岩の崖の沖で大きなレフトの波が立っていた。小さなうねりでもクタ周辺には良い波が立った。南西の風が吹いた日の東海岸のリゾート地サヌールでも波に乗れた。

私が一番気に入ったのは、ブキット半島の南西の端にある、ウルワツと呼ばれるレフトの波が立つ有名なスポットだった。すぐ東側の崖の端には、一一世紀に灰色の珊瑚岩を材料にして建立されたヒンドゥー教の寺院が立っているのが見えた。海には満ち潮のとき、波飛沫《なみしぶき》の上がる洞窟から入った。ウルワツでは大きな波が立った。軽いオフショアの風が吹き、波が最大規模になるときには、他では見たことがないような長くて青い波の壁が水面に立ち上がった。サーフスポットから数百メートルも離れた場所では、穏やかな白波が立っていた。その辺りの海底には、大きめの白波が立つほど浅いが、ブレイクが起こるほどではない高さの細長い岩の峰がせり上がっていた。白波の光景を目にするのは最初はあまり落ち着かなかったが、これ以上大きくなるとサーフィンができないほどの大波に何度か乗った後は、遠く離れた先にある白波を目にすることが、波の崩れた部分に乗る喜びを高めてくれるような気がした。その遠くにある白波が数百メートル進んできてリーフにぶつかりブレイクしたものに、もうじき自分が乗ることになるという実感が得られるからだ。

ウルワツのポイントは、レーストラック《競馬場》というありきたりな名称で知られていた。波足が速く、浅い水面の下に鋭い珊瑚が待ち構えているので、足や腕、背中にその爪痕が残った。ある午後、ひどく恐ろしい体験をした。普段のウルワツは、この一九七九年当時から混雑していたが、その日はいい波が立っているのになぜか閑散としていた。サーファーは五人程度しかいない。引き潮で、波は大きくて速い。崖上に二、三〇人ほどの常連がいて、目を細めて沈む太陽を眺めている。なぜみんなは海に出てこないのか？——そのとき私はそう疑問を浮かべるべきだった。いくつかいい感じでライディングをした後で、大きな波に乗った。その波は、先ほど目を背けた疑問の答えをはっきりと示していた。頭を軽く越える高さの、暗い水面をした、厚い波だった。テストステロンを体中に漲《みなぎ》らせていた私は、勢いをつけてレーストラックに突っ込むという間違いを犯した。リーフの上の水は波に吸い上げられていた。潮が低く、波に乗れる状態ではなかった。だから、みんなは崖上に留まっていたのだ。もうプルアウトをして波を乗り越えることはできないし、リーフが水面すれすれのところにあるので前方に飛び降りることもできない。それは生涯で最も深いバックハンドのバレルだった。空洞のなかは暗く、耳をつんざくような轟音が鳴り響いていた。楽しくはなかった。最後まで乗り切ることができるだろうという確信を得たときでさえ、皮肉にも、ここ以外にいられるのなら地球上のどこにでもいいと思っていた。長いあいだこんな波に乗るために技を磨いてきたのだから、それを成功させた瞬間、雷に打たれたような悟りの感覚を得てもおかしくはなかった。だが、そこにあったのは惨めな気持ちだった。恐怖が心のなかでまだ渦巻いていた。たしかに波には乗り切ったが、大怪我を免れたのは単なる幸運にすぎなかった。あの波に入り込むのは、あまりにも無謀な賭けだった。チューブに飛び込んだのは、愚かだったからだ。もう一度同じ状況に置かれたとしても、決してあんなことはしない。

クタにはサーファーがたくさんいた。まるで、波に取り憑かれた人間たちのための世界会議だった。たしかに話を膨らませる傾向はあったかもしれないが、サーファーたちはビーチや道ばた、バーやカフェ、ゲストハウスの中庭で、一年中、朝から晩までサーフィンの話をしていた。ブライアンと私の延々と続くお喋りを楽しんでいたエイリアス号のマックスがもしクタに来たら、最高の時間を過ごせただろう。それは、ある種の感動的な光景だった。サーファーたちが、壁にずらりと立てかけたサーフボードを眺め、それぞれのボードの細かな特徴について尽きることのない議論をしていた。その場に座り込み、地面に絵を描いて自分のホームブレイクについて熱っぽく語っている者もいた——聞き手が、パースの西からのうねりが入ったときのリーフブレイクを知っていることを前提にしているようなマニアックな話だ。この異様なまでの熱気の源は、バリ島を訪れているサーファーたちが一種のホームシックにかかりながら地元のスポットを懐かしく思い出していることもあったのだろうし、そもそものスポットを知り尽くすために膨大な時間を費やしてきたからでもあるのだろう。だがそこには、麻薬の影響もあった。バリ島のサーファーは、サーフィンをしない西洋人のバックパッカーと同じく、たっぷりと大麻を吸っていた。手を出さなかったブライアンと私は、かなりの少数派だった。大学時代に大麻に懲りていた私は、それ以来五年間、一度も吸っていなかった。ブライアンは、アルコール以外のものを〝偽のドラッグ〟と呼んでいた。

その頃、私は雑誌に売り込みを始めた。旅行者としての視点で面白い記事を書けると思ったからだ。初めての依頼は、オフ・デューティー誌という、アメリカ軍の定期刊行物の香港版から来た。その雑誌のことは知らなかった（いまだに一度も現物を見たことはない）が、提示された報酬は一五〇ドルというびっくりするほどの大金だった。指定されたテーマは、バリでのマッサージの体験談を記事にすること。アロマオイルが入ったピンクのプラスチック製バスケットを持ち運ぶマッサージ師の女たちは、クタの至る所にいた。ビーチでは一ダースもの白人客が横たわり、青白い身体を彼女たちにマッサージされていた。私は恥ずかしくてそこには近づけなかったが、ゲストハウスを経営している家族にマッサージに興味があると仄めかすと、すぐさま逞しい身体をした老女を手配してくれた。私に中庭の簡易ベッドにうつぶせになるようにと指示した老女がサディスティックな目つきをすると、周りで見ていた宿の子供たちがはしゃぎ声を上げた。老女の力強い手が背筋に近づいたとき、恐怖を感じた。鉄道の仕事をしていたときに傷めた古傷があったからだ。カリフォルニア州レッドウッドシティーで、ブレーキをかけようとして錆びたカットレバーを強く動かした弾みで、背筋を断裂してしまったのだ。その傷は、未だに完治していなかった。マッチョなマッサージ・レディに強く揉まれたら、痛みが再発してしまうかもしれない。こんなエピソードを記事にしたところで、面白がってくれる読者などいるのだろうかとも思った。その怪我にはほろ苦い思い出があった。負傷したとき、鉄道会社の同僚は、会社から金を受けとったり、合意書にサインしたりするなと忠告された。これは打ち出の小槌になるかもしれないぞ、危険な道具を使わせたと会社を告訴すれば、裁判に勝って大金が手に入り、若くして引退できるかもしれないじゃないか、と。だが、そんな考えは浅ましいものに思えた。私は数日後、背中の痛みが少し引いたところで会社から受けとった小切手を現金に替え、同意書に署名をして仕事に戻った。案の定、背中は翌日から再び痛み始め、それ以降も完全には治まらなかった。幸い、マッサージで背中の痛みが再発したりはしなかった。老女は古傷のある筋肉を探り当てると、長く優しく揉んでくれた。むしろその日から背中の痛みはぴたりと止まり、その効果が数週間も続いたくらいだった。

しばらくして、急に体調を崩した。発熱や頭痛、目眩《めまい》、悪寒、乾いた咳などの症状に襲われた。サーフィンをする体力も、動き回る元気もない。一、二日後、ミニバスの座席に横たわってリゾート地のサヌールに向かい、大きなホテルの診療所でドイツ人の医者を見つけた。診断の結果はパラチフス。腸チフスほどは悪くないらしい。原因はおそらく屋台の食べ物だ。医者は抗生物質を渡しながら、死にはしない、と言った。それまで病気らしい病気をしたことがなかったので、逆にいったん弱ってしまうと脆《もろ》かった。汗を掻き、気力を失い、自己嫌悪を味わいながら、心まで衰弱させていった。人生を無駄にしてしまったという後悔の念にかられた。両親の言葉に耳を傾けておけばよかったという思いがこみ上げてきた。母は私に、〝ネイダーズ・レイダー〟になってほしがっていた。ラルフ・ネイダーのもとで大企業の不正を暴くという高い理想を胸に働く若き弁護士だ。なぜ私はそのような人生を歩んでいないのだろう？　父は私にジャーナリストになってほしがっていた。父は若い頃ニューヨークで、憧れていたエドワード・R・マローの雑用係として働いていたこともある。なぜ私は父の希望に応えようとしなかったのだろう？　ゲストハウスの部屋に様子を窺いにやって来たブライアンが、自己憐憫に陥っている私を疑わしそうな目で見た。さっぱりさ。ブライアンは言った。波は良くない。バリはやっぱり最低だ。ブライアンはここ数日、ゲストハウスには寝泊まりしていなかった。どこで寝てるんだ？　聞けば、イタリア人の女と会っているということだった。

母国からの手紙は、クタビーチにある郵便局で局留めで受けとっていた。だが、シャロンからは何週間も便りがなかった。忘れられているみたいで腹が立った。体力が少し回復してきた頃、午前中に郵便局までゆっくりと歩いた。家族や友人からの葉書や手紙は届いていたが、シャロンが送り主のものはなかった。電報を送ろうかと迷っていたとき、「インターナショナル」という表示の下にある旧式の壁掛け電話機に、観光客が群がっているのが見えた。電話——その手があったか。シャロンに電話をかけた。この一年で、二、三回しか話をしたことはなかった。彼女の声は、別世界から流れてくる音楽みたいだった。天にも昇る気分になった。シャロンとは何度も手紙をやりとりしていたが、二人は絶妙なバランスが保たれた長い距離で隔てられていた。だが、生の囁き声を耳にしたとき、その壁は一気に崩壊した。病気になったことを告げると、シャロンは驚き、気をつけてねと言った。私は元気を取り戻さなければならなかった。彼女が、六月末にシンガポールに会いに来てくれると言ったからだ。ビッグニュースだった。それは五月中旬のことだった。

私は元気を取り戻した。

インドネシアは大きな国だ。インド洋から押し寄せるうねりを受け止める海岸の長さは、一五〇〇キロを超える。だがサーファーはバリ島ばかりに目を向けていた。ブライアンと私は、他の場所で波を探すべき時が来たと考えるようになった。ジャワ島の南東の端には、グラジャガンと呼ばれる伝説的な未開の地があった。七〇年代半ば、この地にキャンプを張ったマイク・ボイムというアメリカ人サーファーがいたが、その後の消息は途絶えていた。グラジャガンは新たな冒険の第一歩を踏み出す場所として相応しいように思えた。私たちはサーフボードを一枚だけ手元に残し、オーストラリアで手に入れた残りのボードは売り払った。バリ島に溢れるサーファーの群れのなかに、この旅に同行したいという物好きが二人現れた。カリフォルニア出身のインドネシア系アメリカ人で写真家のマイクと、金髪のエクアドル人、グーフィーフットのホセだ。

探検は簡単ではなかった。まず、ジャワ島東部の海岸から少し離れた所にある町バニュワンギで物資を仕入れた。この辺りでは何かを買うときは、いちいち値引き交渉をしなければならないようだった（少なくとも我々白人《オランプティ》にとってはそうだった）。当初はインドネシア語が堪能だと思えたマイクが、プレッシャーに負けてしどろもどろになってしまったので、代わりに私が値引き交渉のリーダーになった（インドネシア語は、下手でも構わないのであれば学ぶのはそれほど難しくはない。動詞には時制変化がないし、国内でも共通語の意味合いが強く、母語としている人は少なかった。これは言葉に不慣れな外国人にとって助かった）。海岸では、グラジャガンの村で、湾の一五キロ先にあるサーフスポットの手前の岸まで運んでくれる船が必要だった。しぶとい船主を相手に、何時間もかけ、汗まみれになって値段交渉をした。村人は、サーファーは見たことがあるが、この一年ほどは目にしていないと言った。私の日記のページを破ってつくった契約書に、コスアという漁師と私が署名し、契約を結んだ。料金は二万ルピア（三二ドル）。私たちをスポットに連れて行き、一週間後に迎えに来る。飲み水を入れたジェリ缶も八個用意してくれる。出発は翌朝五時だ。

用意されていたのは、ジュクンと呼ばれる伝統的なアウトリガー船だった。カラフルな色合いの精巧な造りの小型のボートで、ウルワツの沖でも漁船として使われているのをよく見かけた。一〇人乗りで、帆ではなく騒々しい旧式の船外機と奇妙な形のプロペラシャフトで動き、大きな梁と重たい船底は野性味を感じさせた。出発五分前、停泊中の船は波に煽られて転覆した。誰も怪我はしなかったが、みんな動揺していた。荷物も濡れた。コスアは契約の再交渉を迫ってきた。この船旅は、思っていたより危険だと言うのだ。手を焼いた私たちは、波が収まるまで一、二日待ち、それから出発することにした。

地元でプレンクンと呼ばれていたグラジャガンのサーフスポットは、厚いジャングルに覆われた、道の通っていない場所にあった。ジャワ虎の残り少ない生息地の一つだという。コスアは、アメリカ人サーファーのボイムがキャンプを張っていたときにつくったというオンボロ小屋から一キロ弱ほどのところで私たちを降ろした。干潮で、キャンプ場所の目の前の海では、大きく露出したリーフの上で見事なブレイクが起きていた。コスアは去り、私たちは荷物を運び始めた。ジェリ缶はひどく重たく、私は一缶を砂の上で引きずるのが精一杯だった。マイクは一缶も動かせなかった。ブライアンは一度に二缶ずつ運んだ。力が強いとは知っていたが、さすがに驚いた。キャンプ場所に着き、私たちが木陰に倒れ込んで水を飲みたがったとき、ブライアンはジェリ缶を開けて水を一口味見すると、それを吐き出して冷静に言った。「ベンジンだ」。その落ち着きぶりは印象的だった。ブライアンはジェリ缶の中身をすべて確認した。八缶のうち六缶は水にベンジンが混じっていた。コスアは燃料の運搬用に使っていたジェリ缶に、よく洗わないで水を入れてしまっていたのだ。ブライアンは飲める水が入った二缶を木の根のところに持って行き、こう言った。「水は厳密に分配しなければならないな。俺に任せてくれないか?」

ショックを受けていたマイクとホセは沈黙していた。私は「もちろんさ」と言った。

これがグラジャガンでの災難の始まりだった。失敗や不運に見舞われ、常に喉が渇き、マイクとホセは半ば茫然としていた。一方のブライアンと私は手慣れたものだった。この好対照なパターンは、バニュワンギで物資を買い込んでいるときからすでに始まっていた。マイクとホセは意気消沈し、ブライアンと私は手分けして仕事を一つひとつ片付けていく。ブライアンと私はもう一年以上も一緒に旅していた。お互いを信頼しきり、足りないところを補い合っていくのは、良い気分がするものだった。私はブライアンに任せれば、一滴単位で水を平等に分配してくれるはずだと確信できた。

このキャンプ地を開拓したボイムは、竹で何軒かの小屋を建てていたが、崩れずに残っているのは一軒だけだった。私たちはこの小屋で用心深く眠った。虎は見なかったが、夜になるとバンテンと呼ばれる野牛の鳴き声や、近くの木の幹の辺りで餌を探す猪の荒々しい息づかいが聞こえた。地面の上に眠るなど、もってのほかだった。

不運は続いた。初めて波に乗ったとき、波に巻き込まれたブライアンが、頭の片側を手で押さえ、真っ白な顔をして水面から出てきた。鼓膜が破れたのかもしれなかった。その週、ブライアンは海に入れなかった。

私は、波が見た目ほど良くはないとブライアンに伝えようとした。本当に、そう感じていた。一見すると、波は素晴らしく思える。とてつもなく長く、速く、誰もいないレフトの波だ。小さい日でも六フィート、うねりが勢いを増す大きな日は八フィートを超える。私にとって、波をキャッチするためにトップの位置に上るのは当然のことだった。グラジャガンでは、トップは大きく、崩れやすかったが、私はそれでもそこを目指し、ホセもそれに従った。そこから、波の下側の勢いのある部分に滑り降りられると考えていたが、めったにうまくいかなかった。私はこのスポットのリーフの特徴を読み違えていた。大波が立つ日にも、ホセは果敢に波に乗ろうとした。蚊帳からほとんど出てこなかったマイクは、一番巨大なブレイクが起きている場所までパドルで行けると私を煽った。小さな白のウェットスーツ・ベストも勧められた。この白は、海水の青緑色と私の腕の小麦色とのいいコントラストになる、と。私は怪物級の波をキャッチしたが、ニュージーランド製のピンテイルに乗ってうまくドロップを決めることができなかった。カメラマンのマイクから、ライディングの様子をカメラに収めたと言われたが、結局、その写真を目にすることはなかった。

一、二年後、マイクがあのとき撮った写真が掲載されたアメリカのサーフィン雑誌を誰かが送ってきてくれた。誰もいない引き潮のグラジャガンで、ピンテイルのボードを脇に抱えた私が立っていた。波は、いつものように壮観に見えた。

フラストレーションはサーフィンの大部分を占めている。それは、私たちサーファーが忘れがちなことだ。たいした成果のないセッション、逃した波、風で台無しにされた波、いつまでも終わりそうにない凪《なぎ》――。だが、大きく綺麗で誰もいないグラジャガンでの一週間のサーフィンのあいだ、私がずっとフラストレーションを抱えていたという事実は、他のサーファーにとってはまったく想像もできないことだった。ブライアンも、決してそれを信じなかった。

両親が、制作に携わっていたテレビ映画『バケーション・イン・ヘル』のタイトル文字が刺繍された野球帽を二つ、送ってきてくれた。よく地元の人に、帽子に書かれている文字の意味を尋ねられた。私の下手なインドネシア語ではこの言葉をうまく翻訳できなかったが、ブライアンは「まさに俺たちがいま体験していることさ」と答えた。

ホセと一緒に真っ直ぐバリ島に戻ることになったマイクは、別れ際、真剣な顔で「インドネシアは死の落とし穴《デストラップ》だ」と忠告してきた。芝居がかった物言いではあったが、確かにサーフボードを抱え、ジャワ島とスマトラ島を一番安上がりな方法で移動するのは簡単ではなかった。バスやバンは快適ではなかった。屈辱的なまでに混雑しているのに、運送会社は少しでも儲けようとさらに客を詰め込んでくる。ただし少年の乗務員の仕事振りには感心させられた。そのバランス力や敏捷性、力強さは驚異的で、身の毛がよだつような速さで走るバスのドア枠につかまり、客の値引きに高速で対応し、客の大半を納得させるアナウンスをする。ボロを纏ったこの裸足の少年たちに比べれば、マニュアル通りに機関車や貨物車から慎重に降り、固い安全靴を履いているアメリカの鉄道員は怠け者に見えてしまう。

ジャワ島を部分的に横断する列車に乗り、風に当たりたくて車窓から頭を少し出して外を眺め、その光景にショックを受けた。この国の人々が、まるでとても重大な事業に取り組むかのようにして、あちこちで排便をしていたからだ。小川、河、堰、田んぼ——あらゆるところで、農家や村落の人々が静かにかがみ込んでいた。それは世界で最も大きく、最も美しいトイレの観光ツアーだった。バリ島でパラチフス菌に感染した後、食べ物や飲み物に気をつけようと心に誓ったことを思い出した。ただし、まだ屋台で食べ物は買っていたし、あまり衛生的ではない安宿にも泊まっていた。実際、そのときすでにプレンクンでマラリアに感染していたのだが、それが判明するのは後のことだ。一方、ブライアンの鼓膜は、やっぱり破れていた。ジャカルタの医者は薬を処方し、しばらくしたら治ると言った。

東南アジアの田舎の光景は、同じ熱帯地域であるという点ではポリネシアの田舎によく似ていた。だが、そこには大きな違いもあった。稲作によって食糧の備蓄が可能になったことで、東南アジアには巨大な文明が生まれた。インドネシアでは、部外者には理解できないほど複雑なカースト社会のなかで、数億人が押し合うように暮らしていた。私は折に触れてインドネシアの人々に聞き取り調査めいたものをした。特別な目的があったわけではない。ただ、家族の歴史や所得、将来の目標や夢などに興味があったのだ。喜んで質問に答えてくれる人は少なくなかった。元陸軍大尉だというジョグジャカルタ付近に暮らす米農家の男は、仕事上の経歴から農場の経費、大学に通う長男の日常生活まで、事細かく話してくれた。だが、一九六五年から六六年にかけて、軍とイスラム教聖職者の主導によって五〇万人以上のインドネシア国民が犠牲になった大虐殺については、厚いベールに覆われているかのように誰もが多くを語ろうとはしなかった。主な標的は共産主義者だったが、華僑やキリスト教徒も殺され、財産を奪われた。血の海から出現したスハルトの独裁政権は依然として権力を握っていた。虐殺は抑圧された歴史であり、学校で教えられることも、公然と話題になることもなかった。スマトラ半島の西にある港町パダンの自転車タクシーの運転手は、左翼の活動家の嫌疑をかけられて刑務所で一年を過ごしたことがある、と静かに語ってくれた。大規模な赤狩りが行われる前は、大学教授だったのだという。アメリカ人のことは好きだったが、虐殺を支援し賞賛したアメリカ政府のことは好きではない、と彼は言った。

スマトラ島は新鮮な変化をもたらしてくれた。私たちが移動した地域を見る限り、ジャワ島に比べ山が多く、人が少なく、繁栄していて、暑苦しくなかった。私たちの心のなかには宝の地図があった。南太平洋にいるとき、ニーボード乗りの冒険心溢れるオーストラリア人女性が、スマトラ島の西にあるニアス島で飛びきりいい波に乗ったと教えてくれたのだ。そこはもう秘境と呼べるほどの手つかずの場所ではなかったが、まだ越えられていない一線があった。このスポットの写真は、まだ一枚も世間の目に触れていなかったのだ。パダンの港から、ディーゼルエンジンを積んだ小さくて質素なフェリーに乗った。ニアス島までの距離は約三〇〇キロ。初日の夜、船が嵐に襲われ、私たちは漆黒の闇のなかで身体を激しく揺さぶられた。何度か舵が利かなくなり、その度に猛烈な恐怖を感じた。甲板には波が押し寄せた。船室は、操縦士用の小さく汚い合板小屋が一つだけ。客はひどく船酔いしていたが、忍耐強かった。誰も泣き叫んだりしなかった。全員が祈った。幸い、誰も海に落ちなかったし、ポンコツ船は沈没しなかった。灰色の霧がかかった朝、船はエンジン音を立てながら、ニアス島の南端にある小さな港町テルクダラムに到着した。テルクダラムは、まさにジョゼフ・コンラッドの小説に登場してきそうな場所だった。ニアス島は人口五〇万人。電気は通っていなかった。

サーフスポットは、そこから約一五キロ西にある、ラングドリと呼ばれる村の近くにあった。ニアス島に秘密の場所があると教えてくれたニーボーダーの言葉は本当だった。そこには、非の打ち所のないライトの波が立っていた。波が海岸線に向かって真っ直ぐ進まないのが、そこがリーフブレイクであることを物語っていた。リーフにぶつかったうねりは独特な形の垂直の壁としてせり上がり、岸から逃げるように斜め方向に綺麗に崩れながら、オフショアの風を受けて美しい空洞をつくって七〇メートルほど進んでいく。岸に生えている数本の背の高いココナッツの木が、もっと間近で波を見たいとでもいうように海面に幹を傾けていた。素晴らしい光景だった。馬の蹄の形をした水深の深いラグンドリ湾から一・五キロほどヤシの木の林を抜けた場所に村はあった。漁師が住む質素な小屋が立ち並ぶなか、一軒だけ、屋根に意匠が施された三階建ての木造建築物があった。それがゲストハウスだった。四、五人のサーファーが滞在していた。全員オーストラリア人で、私たちが来たことに戸惑っている素振りは見せなかった。ブライアンと私は二階の部屋を借り、持ってきた蚊帳をバルコニーに吊した。

ブライアンが旅から抜けると言ったのは、そのバルコニーにいたときだった。そのとき私は、ジャスティン・カプランが書いた、マーク・トウェインの伝記を読んでいた。何度かお互いのあいだを行き来していた本だ。暑い午後だった。私たちは日中の一番熱い時間帯を屋内でしのぎ、日差しが弱まったら外に出るつもりだった。この知らせはまったくの驚きだったわけではない。ブライアンは、グアム時代に交際していたダイアンと、夏休みにヨーロッパで落ち合うつもりだと何度か仄めかしていた。

それでも、私の心は痛んだ。私は視線を本のページから離さなかった。

俺のせいなのか？　私は尋ねた。ブライアンは違うと言った。疲れ、ホームシックになり、旅に飽きたのだ、と。ダイアンは、自分をとるか旅をとるかと最後通牒を突きつけた。ブライアンは彼女を選んだ。シンガポールかバンコクに行き、そこでヨーロッパ行きの安い便を探すことになる。おそらく出発は七月下旬。その時点から六、七週間後だ。

私たちはサーフィンをした。うねりは最初の一、二週間はずっと一貫していて、波は良くなっていく一方だった。潮の満ち引きにかかわらず波に乗れたし、風にも邪魔されなかった。湾の底から海に流れ出ている小さな離岸流《カレント》が、どんなときでもパドルアウトして沖に出るのを馬鹿馬鹿しいくらいに簡単にしていた。歩いてポイントまで行き、パドルで波を乗り越え、リーフの小さな隙間に滑り込めば、乾いた髪のまま波待ちエリア《ラインナップ》に到着できた。世界最高峰のライトの波があることを除けば、すべてはキラーと正反対だった。ここには悪魔のような波の争奪戦はなかった。この地点から八〇〇キロ以内にいるサーファー全員が集まっても、混雑はしなかっただろう。キラーの波の本質が息を呑むような収縮なのだとしたら、ニアス島の波の本質は純然たる膨張だった。その波はサーファーに高いラインを保ち、空洞の奥深くに入り込むように誘う。テイクオフは傾斜はきついが簡単だった。波がリーフを乗り越え、高くせり上がったときにボードの上に立ち上がる。ウォールでは大きなターンを刻む暇はない。ハイラインを維持し、輝くチューブの先にある広い海に抜けるのは時間との勝負だ。アーモンド型の形をしたバレルは、サーフボードを叩き折るほどの勢いでブレイクする。波はタバルアのように極端に長くもなく、危険なほど浅くもなかった。ニアスの波には特別な甘い響きがあった。メインウォールの最後の一〇メートルの部分のフェイスが、特に理由もなく他の部分より少しだけ高くなることがあったからだ。

この緑の斜面の上の三分の一は、サーファーに見せ場を演じることを求めた。鮮やかな高速のライディングを決めて、波への感謝と高度な技の両方を表現してみろとでもいうように――。

私は自分でも気がつかないうちに、ニアス島でサーファーとしての一つのピークを迎えていた。私は二六歳で、それまでにないほど身体は強靱になり、素早く動けるようになっていた。最高の波に、最高のボードで乗っていた。一年中ずっとサーフィンをしていた。どんな波が来ても、何でもできるような気がした。週の後半、波が大きくなると、さらに自由自在にサーフィンをした。せり上がったエンドセクションで、それまでに試みたことがない高さから滑り降りた。こんな大波を、こんなに意のままにサーフィンをしたことはなかった。恐れるものなど何もなかった。

乾季だったが、村は二日間、暴風雨に襲われ、湾は茶色い淡水で溢れた。波も台無しになった。

身体に違和感があり、熱で目が覚めた。パラチフスがぶり返したのかと思った。だが、それはマラリアだった。恐れるものなどない、という不死身の感覚は失われていった。やはり、インドネシアは死の罠《デストラップ》だった。一九七五年、三人のオーストラリア人サーファーがラグンドリで波を発見した。そのうちの一人、ジョン・ジゼルはマラリアを何度か発症し、九カ月後に肺炎で死亡した。二三歳だった。グラジャガンで初めてサーフィンをした二人のサーファーのうちの一人、ボブ・ラバティは（もう一人は、ニアス島にキャンプを張ってこの島のスポットで初めて波に乗ったサーファー、マイク・ボイムの兄弟だった）、バリ島に戻った数日後にウルワツで溺死した。マイク・ボイム自身は生きてインドネシアを去ったが、コカインの密輸に手を染め、バヌアツで刑務所に入れられた後、偽名を使ってフィリピンで暮らしていたとき、大波に巻き込まれて命を落とした。

私は疲れ、ホームシックになり、旅に飽きていた。ブライアンと一緒にアジアの旅を終えるつもりはなかった。だが、この旅を続ける理由を思い出すのも難しくなり始めていた。サーフィンはしたかった。だが、ラグンドリ以上の波にはもう出会えそうもなかった。アメリカに帰ることは想像できなかった。私はコンラッドの『ロード・ジム』の一節を日記に書き写した。私にはまだ、帰る準備ができていなかった。小説を完成させるまではアメリカには戻れないという思いもあった。小説のことは常に頭の片隅にあった。プロットを練り、これでは駄目だと自信を失い、なんとか書き上げようと自分を鼓舞する。そんなことを繰り返していた。だがバリ島を離れてからは、執筆は遅々として進んでいなかった。アメリカに戻ったら、働きながら書く時間を十分につくれるだろうか？　書くことは、世俗に背を向けて地球の片隅を旅するという極限の選択を、かろうじて正当化してくれる行為だった。金の不安も生まれ始めていた。この島では一日数ドルで生活していたが、シンガポールやバンコクのような都市ではそうはいかない。ブライアンには帰国できるだけの蓄えがあったが、私にはなかった。東南アジアで金が不足すれば、厳しい状況に追い込まれるだろう。シャロンが大金を持っているとも思えなかった。倹約しなければならない。

とはいえ、ラグンドリで金がないのを嘆くのが滑稽なのはわかっていた。六〇年代以来、大勢の欧米人バックパッカーがヨーロッパからバリ島を目指した。一九七九年のイラン革命やソ連のアフガニスタン侵攻によって、貧しくも麻薬に溢れた桃源郷に至る〝アジアトレイル〟と呼ばれた陸路は分断されていた。だがスマトラ島北部のトバ湖が主な停留地に含まれるこのトレイルには、ニアス島に向かうマイナーなルートもあった。当時はまだこの島のサーフスポットは注目されていなかった。旅人の目的は、独自に発達したこの島の文化だった。大きな石造物や、堅い木材が使われたオモ・セブアと呼ばれる高床式の壮観な建築物、伝統的な出陣の踊り、丘陵地の村にあるオランダのガレオン船を模して建てられた家々などだ。村人たちは、島の海岸線を通ってラングドリ湾にやって来た、ヒッピーと観光客という奇妙な組み合わせのヨーロッパ人たちを疑わしそうな目で見た。特に、薄汚れたバックパッカーには胡散臭さを感じていた。無理もなかった。バックパッカーは世界を牛耳る豊かな国々から、島の人々が一年間懸命に働いて稼ぐ金よりもはるかに高い額の航空券に乗ってやって来る。そして、村人たちには想像もできないほど豊かで清潔な暮らしに好んで背を向け、貧しく、不衛生な場所に来て、重たい荷物を背負い、不慣れな土地に戸惑い、彷徨《さまよ》いながら汗だくになっているのだ。バックパッカーは、リゾート地にあるヒルトン・ホテルのエアコン付きの部屋から眺めるのでなく、アジアを地上目線で見たいと思っていた。現地の人にとって、赤道のジャングルで赤痢や熱中症に苦しむ貧しきバックパッカーを一万キロ離れたこの地に向かわせた、複雑な野心や文明への嫌悪感（それはバックパッカーの定義を、〝観光客〟ではなく〝旅人〟にさせているものに他ならなかった）は理解に苦しむものだった。とはいえ、バックパッカーは貧乏なので、金を騙し取ろうとしても徒労に終わることだけは知られていた。

ブライアンと私ももちろん、貧しい旅人と同じ部類に属していた。貧しい茶色の世界で、豊かな国から来た白人《オランブティ》であるのは嫌なことだった。その嫌な気持ちを、私たちは存分に味わっていた。

キリスト教徒の多いニアス島では珍しく、ラグンドリでゲストハウスを経営していた家族はイスラム教徒だった。近くの村の教会からは、建物を揺さぶるような賛美歌の熱唱が聞こえてきた。ジャングルを歩いていると、大鉈を腰巻きに差した無表情で小柄な男たちがココナッツの麻袋を大量に運んでいた。ゲストハウスの一家にはコスモポリタンの雰囲気があり（スマトラ島から移住してきた）、親切だった。曰《いわ》く、夜は村の外に出歩いてはいけないという。地元のキリスト教信仰は表面的なもので、第二次世界大戦中、島が外界から隔絶されると、人々はすぐに以前の風習を復活させ、オランダ人とドイツ人の宣教師を殺して食べたのだという。この恐ろしい噂話が事実なのかどうかは最後までわからなかった。

高熱は治まったが、悪寒を感じるようになった。頭痛はずっと続いていた。マラリア剤として知られるクロロキンは服用していたが、この地域のマラリアの種類には効果がないのを知らなかった。インドネシアの村人は、ビタミン剤にアスピリン、抗生物質と、薬ならどんなものでも欲しがった。薬への特別な信仰があるかのようだった。初めは、病気の親戚や友人がいたり、将来に備えたりしたいのかと思っていた。だが、どこから見ても健康そうに見える村人たちは、受けとった薬をすぐにそのまま口のなかに放り込んだ。面白い光景でもあったが、それ以上に不気味でもあった。病魔に冒された私に、誰も近づかなくなった。赤ん坊も泣きわめいた。私は力なく、ドナルド・バーセルミの小説を読み耽った。小説のなかに出てきたジャングル映画の主人公、少年ボンバに触れた台詞が、人ごととは思えず頭から離れなかった。当時流行していて、どこにいても聞こえてきたボニーMの忌まわしい『バビロンの河』が、村の子供の音質の悪いテープデッキから流れていた。

ゲストハウスに泊まっていたサーファーたちが馬鹿話で盛り上がっていた。ブライアンの舌は絶好調で、オージーたちが飲んでいたスマトラコーヒーを思わず鼻から吹く音が聞こえた。ブライアンが言った。「アメリカじゃあ、サーフスポットが町から遠すぎたら、陸軍の工兵部隊に電話をして動かしてもらうのさ。二、三日かけて、ハイウェイ全体を塞いでトラックで運ぶんだ。湾全体を運ぶこともあれば、リーフや波だけのこともある。トラックはゆっくり走らなきゃいけない。高度な技が必要なんだ。なにせ、運んでいる水の上では、まだサーファーが波に乗ってるからね」

ブライアンともうすぐ離れ離れになることが、言葉にできないくらい寂しかった。ブライアンは、旅をやめるのは私のせいではないと言った。だが私は、自分が少なからずその原因であることを知っていた。ブライアンと私はもう、どんな状況でも阿吽《あうん》の呼吸で力を合わせて問題を乗り越えていけるようになっていた。ここ数カ月は、口喧嘩もしていなかった。だが、二人の関係性の根っこの部分は変わっていなかった。私は常に何かを追い求めるタイプの人間だった。私の軽はずみなところと、ブライアンの慎重さが引き起こす化学反応がうまく作用しないことは、西サモアに向かうナウル航空の便が国王の気まぐれで欠航し、グアム・ヒルトンに一週間滞在したときからブライアンが口にしていたことだった。ブライアンは、私が始めた突拍子もない冒険につき合わされているような気分を、これ以上味わいたくなかったのだ。だから、この旅から降りなければならなかった。でも、この長く風変わりな旅を、ブライアンなしでどうやって続ければいいのだろう？　ブライアンと私は、二人だけにしか通じないような会話をするようになっていた。「あなたたちみたいな人は、大きな地震が来ても、家や車の心配をしないで〝ワオ、こんなに揺れたのは初めてだ〟って言うの」——と、トンガで知り合ったテカに言われたが、私たちはそれ以外のトラブルに見舞われたときもこの台詞を口にした。沈みそうなフェリーで地獄の夜を過ごしたとき、油まみれのジェリ缶のせいで喉の渇きに苦しんだとき——。パティ・スミスに『ラジオ・エチオピア』という曲があった。私にとって、ランボーの二番煎じみたいな歌詞の聞くに堪えない曲だったが、ともかくそれは偽物のエキゾチシズムをよく表していた。ニューヨークの文化人はこんなふうに、一度も訪れたことも、ましてや暮らしたこともない土地の名前を、ファッション感覚で使っていた。少しばかりの空恐ろしさを感じつつ、私たちはこんな安っぽい異国趣味に優越感を抱くようになっていた。それはブライアンが蛇蝎《だかつ》のごとく嫌う、芸術の世界のお高くとまった感覚だった。そしてブライアンは今、アメリカに帰ろうとしていた。私は、この曲のタイトルが象徴するエチオピア——すなわち異国の地に留まろうとしていた。言葉にはしなかったが、心のどこかでブライアンが羨ましかった。

体力が回復し始め、散歩もできるようになった。ジャングルの道を歩いていると、出会った老人に腹をさすられた。それが彼の、おはよう、の挨拶だった。

「ジャムベラパ？」（今何時？）。腕時計をしていない子供たちが、自分の手首を指差して嬉しそうに尋ねてくる。

「ジャムカレット」（ゴムの時間さ）。インドネシアでは時間は柔軟なものだという概念を意味する、この質問に対する定番の冗談めいた答えだ。

道行く人からは、よく「ディマナ？」（どこに行くの？）と話しかけられた。

「ジャラン、ジャラン、サジャ」（ただ歩いているだけさ）私は答えた。

インドネシア人は私が既婚者なのかどうかを知りたがった。「ティダッ」（いいえ）は失礼な答えだ。結婚に対する敬意が感じられない。こういうときは「ブルゥム」（まだしていません）と返すのが正解だ。

シャロンならニアス島をどう思うだろうかと考えた。一緒にモロッコを旅したときは、物怖じせずカスパ街道を楽しんでいた。

　ラングドリの人々に、もう少ししたらシンガポールに行く、数カ月後に戻ってくる、と説明すると、すぐに土産物をねだられるようになった。ある男にはセイコーのシルバーのデジタル時計、ある少年にはミカサのバレーボール、ゲストハウスにはゲストブック用のノート。私はリストをつくり始めた——蜂蜜、ウィスキー、ダクトテープ、ドライフルーツ、ナッツ、粉末ミルク、オートミール——。タンパク質が摂れる品も人気だった。ラグンドリでは、肉や、不思議なことに魚も、めったに食卓には上らなかった。食事は主に米とカラードグリーンで、殺菌の目的もあって唐辛子もよく使われた。私たちも地元の人たちと同じように手で食べた。ジャワ島の漁師が、指をうまく使って米を食べる方法を教えてくれた。人差し指、中指、薬指の三本を真っ直ぐに伸ばして掬った米を、曲げた親指の背中で押し上げるようにして口に運ぶのだ。だがそのときの私には、もっと栄養のある食べ物やビタミンが必要だった。痩せて腰回りが細くなり、ボードショーツは腰からずり落ちていた。

　嵐が去って空は晴れ、泥が消えた湾には澄んだ水が戻った。

　ある日、バイクの後ろに乗せてもらってテルクダラムに出た。この町に発電機とアイスボックスがあるという噂を耳にしていた店を見つけ、インドネシアのハイネケンとでも呼ぶべき地元のビール、ビンタンの大瓶を二本買い、アイスボックスに預けてもらった。町をうろつき、シャロンにこれからの計画を再確認する内容の電報を送った。店に戻り、冷えたビールをおがくずを詰めた袋に入れ、急いでラングドリに戻った。ゲストハウスの二階のバルコニーにいたブライアンに、まだ冷たいビールをプレゼントした。ブライアンは嬉しさのあまり泣きそうだった。私も同じ気持ちだった。私の人生で、このとき味わったビールよりも価値のあるものはほとんどない。私たちは無言でビールを堪能した。

次第に、あらゆるものが別れを惜しんでいるような気がしてきた。ブライアンから、将来、孫に見せたいから、という理由で写真を撮ってくれと頼まれた。ブライアンはサーフボードを抱えてビーチに立ち、おどけて格好をつけたポーズをとった。このときだけは、地元の人間や外国人旅行者と同じように、サロンと呼ばれるインドネシアの民族衣装を腰に巻いていた。

波の状態も良くなってきた。たいていそれは午後遅くの、いわゆる黄昏時《たそがれどき》だった。ラングドリでの最後の夕方、何も言わず、ブライアンと私は同じ波に同時に乗った。そんなことをしたのは初めてだった。セッションを終えた私たちは、ボードにうつぶせになり、肩を並べるようにして白波《スープ》に押されながらリーフを越えた。浅瀬に戻ると、お互いの拳をつき合わせて最後の波乗りを締めくくった。


インドネシアで三カ月を過ごした後だけに、シンガポールの衝撃は大きかった。そこは秩序があり、豊かで、清潔だった。空港で合流したシャロンは、ブライアンと私が運転手やポーターにやたらと強気な態度をとることに面食らっていた。私たちは、インドネシアで受けたストレスの後遺症に苦しんでいるのだと説明した。ぼったくりをしない人間に対して、どう振る舞っていいのかを忘れてしまったのだ、と。それは事実だったが、シャロンは半信半疑だった。

ホテルの部屋にはエアコンが付いていた。シャロンは、手の込んだ造りの昔ながらの白のネグリジェを持ってきていた。ビクトリア朝風の小さな前ボタンが数個ついていた。留めたままでも脱ぐことはできたが、そのボタンは素晴らしかった。

ブライアンは友達に会うために、しばらく香港に行くことになった。その間、シャロンと私はタイのサムイ島で過ごすことにし、タイランド湾の西にある島のビーチでバンガローを借りた。静かで、美しく、仏教を信仰する村人が住む場所だった（後に開発が進み、何百軒ものホテルが建設されたらしい。だが当時は漁師やココナッツ農家しか住んでいない島だった）。波はなく、電気もなかったが、シュノーケリングにはちょうどよかった。北カリフォルニアから来たばかりのシャロンは、東南アジアの農村で過ごす日々に少し戸惑っていたようだった。そこは猛烈に熱く、不気味な昆虫が動き回る、快適な文明生活とは縁遠い場所だった。だが、博士課程を終えたばかりで解放感に溢れていたシャロンの気分は高揚していた。初めて会ったとき、シャロンの研究テーマは英国詩人のチョーサーだったが、卒業論文のテーマは、近年のアメリカのフィクション作品に登場する日本の侍に変わっていた。「許容範囲が果てしなく広いのよ」――シャロンはフィリップ・K・ディックの言葉を借りてこう言うのが好きだった。このときは博士論文の指導教授の懐の深さを指していたが、性行為の奥義について話しているときにこの言葉を使うこともあった。何よりそれは、未知なるものを理解しようという彼女の哲学的な姿勢を表していた。シャロンは異国の文化に適応しようという意欲があり、そのときの私が興味を少しずつ失いかけていた、伝統的な現地の人々の生活様式にも一種の憧れを抱いていた。私はシャロンが来てくれたことを喜び、感謝していた。シャロンは、タイ北部の山岳地帯や、ヤンゴンやマンダレーなどのビルマの都市を巡ってみたがっていた。スマトラ島とニアス島にも行くと言ってくれた。少しずつ日焼けし始めたシャロンの肌は霧のような白さを失い始め、特徴のある笑い方も戻ってきた――ハスキーな声で、途中で高音から低音に変わりながら、芝居がかったように終わる、引き込まれるような笑い方だ。

正直に言えば、私は少しばかり気が抜けていた。インドネシアを離れ、面倒も起こらず、プライバシーも守られたサムイ島で過ごすことに、物足りなさを感じていたのだ。シャロンと二人きりでゆっくりと過ごす空間と時間はたっぷりあった。だがそのときの私は、誰かとこんな形で親密な時間を過ごすことに慣れていなかった。ブライアンとのぶっきらぼうな関係に慣れきってしまっていたし、絶えず波を追い求め、波のことを考えるような暮らしもしてきた。シャロンと過ごす時間は、それまでとは違う種類のものだった。私たちはどちらも相手に気を遣っていた。さらに言えば、礼儀正しくすらあった。それでも、シンガポールから持ってきたウィスキーボトルの蓋を開けたとき、それまでとは違うくだけた雰囲気になった。痩せて、日焼けして真っ黒になっていた私の外見は、この長旅を通じて変わっていた。だが、変わったのは見た目だけではなかった。落ち着きが生まれ、控え目に振る舞うことすらあった私に、シャロンは当惑していた。一方で、シャロンの言葉が私の癪に障ることもあった。「この人たちは、子供たちに特別な愛情を注いでいるのね」シャロンはある日、道ですれ違った家族を見てそう言った。優しく無害な表現だが、私は胸焼けしそうだった。たった三人とすれ違っただけで、四六〇〇万人のタイ人全体についてわかったようなことを言わないでほしいとも思った。だが、これはスタイルの問題だと自分に言い聞かせた。私たちは、違う言語を話していた。私はもうずいぶんと長いあいだ、冷淡で、皮肉の効いた、男っぽい言葉ばかりを喋ってきた。軟弱で甘ったるい振る舞いなんてするものかと見栄を張り、下品でがさつな言葉使いをしてきた。その方言を捨てて、共有言語を学び直す必要があった。何杯か飲んだ後、シャロンはなぜ私が気難しく振る舞うときがあるのかを知りたがった――私のことを〝小うるさい〟と思っているからでしょう？　とでも言わんばかりに。ブライアンが同じように酔っても、耐えられないと思ったことはなかった。だから私は、シャロンに言いたいことを言わずに我慢した。この夜の会話は、私が漠然と感じていた体調不良を改善してはくれなかった。サムイ島に来る前にも、シンガポールで発熱して何日か寝込んでいた。医者にはマラリアと診断されていたが、症状が治まったので軽度だと勝手に判断していた。シャロンは、米や麺をたくさん食べるように勧めてくれた。筋肉の調子が悪かった。身体は脂質を求めていた。誰かにこんなふうに大切にされ、世話をしてもらえるのはいいものだと思った。

　サムイ島を後にした私たちは、バンコクでブライアンと合流し、ステーション・ホテルという名の怪しげな大型ホテルに滞在することにした。バンコクは暑く、混沌とし、刺激的で、人を消耗させる都市だった——運河を行き来する水上バス、壮麗な仏教の寺院、屋台の美味しい串焼き《サテ》、ヨーロッパ建築を思わせる宮殿。宿泊先のホテルでは、欧米人客もアジア人客も麻薬を吸い、裏で売買していた。バンコクの街を歩いていると、犯罪の温床になっている闇社会の存在をはっきりと感じとれる地区もあった。トラックス誌からはバリ島以外のインドネシアについて書いてほしいと依頼されていて、今回も簡単な赤入れをしてくれるブライアンとの連名で記事を書くつもりだった。だが、たいした報酬は見込めなかった。労働者の楽園とも呼ぶべきオーストラリアからは所得税の還付金が戻ってきたが、それを足しても有り金は一〇〇〇ドルちょっとしかなく、シャロンの手持ちはそれよりも少なかった。以前、スマトラ島のシボルガで知り合った詐欺師紛いの小太りのドイツ人から、トラベラーズチェックを一ドル当たり六〇セントで売らないかと話をもちかけられた。盗まれたと届け出れば、全額再発行してくれるという。あのとき、もっと真剣に詐欺師の提案に乗ることを考えておけばよかったと思った。ステーション・ホテルには、バンコクで見たどの場所よりも、一平方フィート当たりにいる怪しげなバックパッカーが多かった。このホテルならトラベラーズチェックを捌《さば》けるのではないかと思った。だが、ブライアンとシャロンは反対した。危険だし、悪い行いだし、そんなことをするのは柄にもない、と。もちろん、その通りだった。だが私は反論した。犯罪だというのなら、この旅ではこれまでにも、労働ピザなしで不法に働き、うまくいってきたじゃないか？

当時のメディアでは、タイとカンボジアの国境付近の人道的な危機が盛んに報じられていた。その年の初め、ベトナム軍がカンボジアに侵攻し、クメール・ルージュを権力の座から追放した。カンボジア西部のタイとの国境付近には、クメール・ルージュの圧政を逃れた大勢の難民が暮らしていた。だがこの地域にクメール・ルージュの残党が逃げ込み、ベトナム軍との戦いを開始したため、国境付近の民間人は悲惨な状況に追い込まれていた。私は救助隊のボランティアとしてこの地域を訪れる方法を思案しながら、地図やニュース記事を眺めていた。現地には一日車を走らせれば到着できる。カフェで出会った二人の若いフランス人女性が、そこに向かうという。一人はフォトジャーナリストで、もう一人は看護師だった。私にとって、それは金にならない行為だし、シャロンにもこの計画を打ち明けてはいなかった（だが、シャロンはベトナム戦争をテーマにしたロバート・ストーンの小説『ドッグ・ソルジャー』を読んでいたし、この作品は卒業論文の対象にもなっていたので、興味は示してくれたはずだ）。当時、文学者の関心はベトナム戦争やその余波に向いていた。この計画を心に抱いているなか、私は腹をくくり、アメリカン・エキスプレスのバンコク支局でトラベラーズチェックを紛失したと報告した。事務員に疑わしそうな目を向けられ、恐怖で口が渇いた。ドイツの詐欺師は正しかった。一、二日には、金は全額戻ってきた。今や盗品となった手持ちのトラベラーズチェックをどうすればいいのかはわからなかった。アメリカン・エキスプレスを騙したことに特別な罪悪感は覚えなかった。これはロビン・フッドのような義賊的な行為であり、いつも旅行者を困らせている会社を懲らしめてやったのだ、と自分に言い聞かせた。だが実のところ、スリルを求めて車を盗むケルアックの『路上』のディーン・モリアーティや、ウィリアム・バロウズの小説の登場人物たちといった、私の文学的なヒーローの大胆な行為に比べれば、しみったれたものではあった。事の次第を報告すると、ブライアンとシャロンはあまりいい顔はしなかった。バンコクの刑務所で暮らしたくないのなら、無効になったトラベラーズチェックはトイレに流しておくべきだと忠告された。

だがその翌日、計画は泡と消えた。私が急遽、入院することになったからだ。そこはブライアンとシャロンがバンコクで私のために見つけられる最善の病院で、緑豊かな中庭があり、施設は小規模だが高級感があった。その夜からの数日間は、湿っぽく暗い記憶で覆われている。高熱を出してうわごとを口にし、衰弱してホテルの部屋を歩けなくなった私は、即入院という決定に抗《あらが》えなかった。病院の豪華さが逆に不安を高めたが（そこは外交官向けの診療所だった）、余計なことは言うなとブライアンとシャロンから釘を刺された。診断したドイツ人の年配の女性医師は、私の血液は〝マラリアで真っ黒〟で、すぐに飛行機に乗ってアメリカに帰国すべきだと言った。さすがにブライアンとシャロンはその決断を下すことを躊躇し、そんな処置は不要だと強く主張する私に対しても反論しようとはしなかった。私が命を落とす確率はどれくらいなのか、その医者がアジアで四〇年間見てきたマラリア症例はどんなものだったか、議論が続いた。結局、私は飛行機には乗せられなかった。

暗い日々が続いた。獰猛で疼《うず》くような熱は、身体を震わせる寒気に変わった。身長一九〇センチ弱の私の体重は激減し、六〇キロ近くまで落ちた。一見すると無愛想だが親切だったそのドイツ人医師（名前はエッチンガーといった）は、私はラッキーボーイだ、死にはしないだろう、と言った。尻の両側に、小柄な看護師から大きな注射針を刺された。身体がだるく、一週間ベッドから起き上がれなかった。妄想と抑鬱が頭を渦巻いた。払う金の当てのない高額な治療費が日々膨らんでいく。ブライアンとシャロンは毎日見舞いに来てくれた。病室の窓に映る静かな芝生と生け垣しか見えない私に、その先にあるバンコクの街で体験した出来事を面白おかしく話してくれた。だが、笑うことも、微笑むこともできなかった。私は抜け殻になっていた。人生を無駄にしてしまったという後悔が蘇ってきた。もし父がこの場に現れ、人生の具体的なアドバイスをしてくれるのなら、何も言わずそれに従いたいと思った。とはいえ両親には病気を知らせたくはなかったし、知らせてもいなかった。

しばらくすると、ブライアンが見舞いに来なくなった。理由を尋ねると、シャロンは言葉を濁した。バンコクで知り合った人間と会うようになったということらしい。私は、ブライアンとシャロンの関係を疑い始めた。ホテルの部屋でのある出来事が、何度も脳裡をよぎった。ブライアンが私たちの部屋にいるときに、シャワーを浴びたシャロンが裸のままバスルームから出てきた。ブライアンは驚いて声を上げ、手で目を覆うと、早く服を着てくれと言った。シャロンはそれを見て、堅物ね、と言って笑った。私はそのやりとりを面白がっていた。自分の裸に自信のあるシャロンは、ブライアンを驚かせて楽しんでいた。二人は仲が良く、ブライアンが卑猥な冗談を言うこともあったが、そこには気品もあったし、明確な一線の感覚もあった。だからシャロンはブライアンをからかっているのだ、二人のあいだに性的な緊張関係はない――と私は思っていた。

だが、その考えは間違っていたのかもしれなかった。あるいはそれは、波ばかり追い求めていた私に長いあいだ放っておかれたことに対する、シャロンからの復讐かもしれなかった。いつまでもブライアンと旅を続ける私に業を煮やしたシャロンから、こう吐き捨てられたこともある。「そんなにブライアンが好きなら、いっそつき合えばいいじゃない。二人でファックしてればいいのよ」。思慮にかけた短絡的な言葉は、シャロンらしくなかった。だが、私は彼女のことをどれだけ知っていたというのだろう？　ブライアンについてだって、怪しいものだった。シャロンにそんなことを言われたとは、ブライアンには知らせなかった。だがもし伝えていたとしても、いつものように冗談の一つも言いながら笑って話を聞き流しただけだろう。だが私には、友人を見誤った過去があった。キャリンとドメニクに裏切られた過去の記憶が蘇った。

病室で過ごす夜は最悪だった。そこはまるで、ゴヤの『黒い絵』の熱帯版だった。悪霊にベッドを取り囲まれているような気がした。壁にはその影が見えた。頭が割れそうなほど痛く、眠れなかった。もちろん、ブライアンとシャロンが私をこの病院に連れてきたのは妥当な判断だった。下手をしたら、私は命を落としていたかもしれなかった。良い治療も受けていた。だが、高額な治療費は私の手に負えるものではなかった。運が良ければ、病院なのかアメリカ大使館なのかはわからないが、誰かがアメリカ行きの航空券を買ってくれるのかもしれなかった。そして私は金も無く、病で衰弱した惨めな姿で、旅に破れて国に帰ることになるのだ。

ある夜遅く、病院の面会時間をとうに過ぎた頃に、ブライアンが病室に現れた。何も言わず、持ってきた大きな買い物袋を逆さまにして中身をベッドの上にぶちまけた。大量の札束だった。分厚く重ねられた、油っぽく汚れたバーツ紙幣。たぶん入院費はまかなえるはずさ、とブライアンは言った。疲れ、誇らしげで、怒り、少しばかり正気を失っているように見えた。

詳しい経緯はわからない。だが後でシャロンがあらましを教えてくれた。ブライアンは窮地に追い込まれた相棒をなんとか救おうと、私のホテルの部屋を探し回り、カバンのなかに偽の紛失届を出したトラベラーズチェックがあるのを見つけた（意識が朦朧としていた私は、トラベラーズチェックのことをすっかり忘れていた）。ブライアンはそれを額面一ドル当たり六〇セントで中国のギャングに売った。簡単な取引ではなかった。全額を受けとるまでは、相手にトラベラーズチェックを渡せなかった。交渉は数日に及んだ。交渉を終わらせるための交渉が必要だった。徹頭徹尾、ブライアンが手を出すようなことではなかった。普段の私たちの役割が逆転したみたいだった。ブライアンは、大きな賭けに出て、私を病院から解放することに成功した。そして私への借りを返し終えたとでもいうように、旅から降りたのだった。

シャロンと私はニアス島行きを実現させた。モンスーンの季節で、雨で波は駄目になっていた。ラグンドリ湾にはサーファーが一五人もいた。その理由はすぐにわかった。アメリカのサーフィン雑誌に、このスポットの鮮やかな波の写真が掲載されたのだ。ここが秘境だった時代は終わった。一五人は、すぐに五〇人になるだろう。村人は、大人も子供も病に苦しんでいた。ゲストハウスの主人は、それが土地固有のマラリアだと教えてくれた。闇雲に薬を欲しがっていた村人の姿はもう笑えなかった。私はそれまでとは違うマラリアの予防薬を服用していた。バンコクで数カ月前に小柄な看護師に打たれた大きな注射の効き目は強烈で、まだ歩くときによろめくことがあったが、何度かあった良い波が立った日に、サーフィンをする体力が回復したという手応えを感じることができた。村人は私が持参したバレーボールやゲストブック、腕時計を喜んで受け取ってくれた。だが寂しいことに、そんなふうに現地の人々と触れ合うときに味わう喜びは、もう以前のように大きくはなかった。

私たちは西へと旅を進めた。マレーシアからインドに向かう船に乗り、デッキで眠った。スリランカ南西部のジャングルで、二九ドルの家賃で小さな家を借りた。シャロンは空いた時間に卒論と同じテーマの論文を書き、私も小説の執筆を再開した。毎朝、サーフボードを脇に抱え、中国製の自転車に乗って浜辺に行った。たいてい、良い波が立っていた。家には電気が通っておらず、井戸水で生活した。サルに果物を盗まれた。シャロンは大家のチャンディマという女性から美味しいカレーのつくり方を教わった。向かいの家には昼夜を問わず大声でわめいている女が住んでいた。蚊や蟻、ムカデ、蝿があらゆるところで蠢《うごめ》いていた。丘の下にある仏教の寺では若い僧の集団がしょっちゅう騒々しくパーティーをしていて、テープで音楽を鳴らし、夜明けまでカウベルを叩いていた。シンハラ人が住む地域にいた私たちは、地元の人間がタミル人への不満を口にするのをよく耳にした。まだ内戦は始まっていなかった。

私は、密かに心に描いていた壮大な計画にシャロンが興味を持ってくれているだろうかと考えていた。そもそも、そのことをシャロンが知っていたかどうかもわからなかった。その計画には陳腐な響きがあったから、はっきりと伝えてはいなかった。それはできるかぎり近道を通らずに、世界一周をするというものだった。通っていた大学院があったモンタナ州ミズーラを去る日、女友達にこの話をしたことがあった。彼女が働いていたカフェの外の、雪を頂く山々に囲まれた歩道に立ち、これから波を求めて西に旅に出るつもりだ、と私は言った。「帰ってくるのは――」私は格好つけて、ためをつくった。「東からにするつもりさ」。彼女は首を傾げ、できるものならやってごらんなさい、と笑った。

とはいえシャロンはアフリカに興味を持っていたので、まだ私と足並みが揃っていた。私たちは西へ向かった。ケニアかタンザニア行きの船に乗りたかったが、両国ともスリランカでは入手できない入国ビザが必要だった。結局、飛行機で南アフリカに行くことにした。ヨハネスブルグに到着すると、古いステーション・ワゴンを買い、ダーバンの海岸に向かった。車の側《そば》に張ったテントで寝泊まりしながらナタールやトランスカイを抜け、ケープタウンに向かった。その途中でサーフィンもした。それは一九八〇年で、まだアパルトヘイトと呼ばれる人種隔離政策の全盛期だった。私は出会った地元の人々に、非公式な聞き込み調査をした。だが、奇異の目を向けられた。礼儀正しそうな黒人の労働者や地元の住人は、質問をしても何も語ろうとせずに立ち去っていった。白人のキャンパーからの、和《なご》やかだがあからさまな人種差別だと受け止められてしまったのかもしれない。シャロンと私は南アフリカ出身の作家の本を片っ端から読み、この国についての理解を深めていった。ナディン・ゴーディマー、J・M・クッツェー、アソル・フガード、ブレイトン・ブレイテンバック、アンドレ・ブリンク――発禁処分になっていない本に限って、ではあったが。当然というべきか、サーファーは全員白人だった。私たちは次の旅の進路として、大胆な計画を構想していた。陸路で南から北にアフリカ大陸を横断する〝ケープからカイロへ〟のルートだ。だが旅の資金は底をついていた。

ケープタウンでは、地元の黒人向けの学校が慢性的な教師不足に悩んでいるという噂を聞いた。新学期は始まったばかりだった。興味があると言うと、誰かが町の学校のリストをくれた。二校目に訪れたグラシーパーク高校では、ジョージ・ヴァン・デン・ハイバーという名の大声で喋る校長に、即決で採用された。担当科目は英語と地理、宗教教育。制服姿の一二歳から二三歳までの生徒は、教室に現れた場違いな白人を見て唖然としていた。私はスリランカで手に入れた茶色いプラスチック製のローファーを履き、その日の朝にスーパーマーケットのウールワースで買った三ドルのストライプのネクタイを締めていた。だが、生徒たちは疑念を抑え、私を「サー」と呼んでくれた。みな優しく、親切だった。

シャロンと私は、喜望峰のインド洋側にあるフォールス湾を望む場所に立つ、湿った古い青緑色の壁をした家の一室を借りた。ケープ半島は、南極の方向に伸びる曲がった細長い指のような形をしている。半島の根元にあたる北端にはケープタウンの都市を包み込むようにして壮大な山塊が広がり、その北ではテーブルマウンテンと呼ばれる有名な山がケープタウンの中心部を見下ろしていた。ケープタウンの黒人は、ケープフラッツと呼ばれるみすぼらしい居住区に追いやられていた。それはアパルトヘイトの過激で無慈悲な社会実験を象徴するものだった。私が教師を務めることになったグラシーパークは、ケープフラッツの〝カラード〟という名称で区別されていた混血の人々が住む地区で、貧しく犯罪が多いことで知られていたが、周りを取り囲んでいる貧困街に比べればはるかに恵まれていた。シャロンと私は、法律に従い白人居住区に住んでいた。グラシーパークはフォールス湾の海岸からほんの数キロのところにあったので、通勤環境としては悪くなかった。家の前には幅の広いビーチブレイクの波が立っていた。試験の採点や授業の準備の手が空いたときには、そこでサーフィンができた。

私は仕事に没頭するようになった。シャロンも教師になることを考えていたが、お役所仕事的な書類上の手続きの問題がそれを阻んでいた。しばらくして、シャロンは母親が重病を患っているという知らせを受け、急いで荷物をまとめてロサンゼルスに帰ることになった。私は一緒にアメリカに戻ることを仄めかしはしたが、現実的にそうすることはできなかった。シャロンと旅を始めてからもう一年が経過しようとしていた。私たちは、一緒に暮らしていくうえでの良いリズムをつかんでいた。好奇心の対象が重なっていることは多かったし、めったに口論もしなかった。だが私には大きな人生の目的があった。小説を書き上げ、世界を周遊し、サーフスポットを巡ることだ。今は教師としての仕事もあった。そのときのシャロンには、差し迫った人生の目標はなかった。例のごとく自己中心的な考えにとらわれていた私は、シャロンが人生で何を求めているのかをはっきりと尋ねたことはなかった。将来の話もきちんとしていなかった。シャロンは三五歳になろうとしていた。現実に目を向ければ、私たちは一緒に人生を歩める二人ではなかった。それまでの数年間、シャロンは私への興味を保ってきた。だが、私は彼女が望んでいた男ではなかった。私も、シャロンが側にいてくれるのを当たり前のように思っていた。その後の計画も将来の誓いもしないまま、シャロンはケープタウンを去っていった。

教師の仕事に没頭するようになったのは、教科書が使い物にならなかったという理由も大きい。政府が支給する教科書は、アパルトヘイトのプロパガンダであり、誤記も多かった。地理の教科書には、南アフリカの隣国が平和なポルトガルの植民地として描かれていた。だがモザンビークとアンゴラが長年に亘って独立戦争を戦って数年前に独立を勝ち取り、当時も南アフリカが軍事支援する反政府勢力との激しい内線の最中にあったことは、私でも知っていた。南アフリカの地理に関する記述はさらにひどく、たとえば居住区の人種隔離を、あたかも平和的で自然なことのように記述していた。政府が押しつけるこのような戯言《ざれごと》を、市の中心部から辺鄙な郊外へと強制的に追いやられた人々に事実であると教えるのは耐えがたかった。私は真実を知るための調べ物を始めた。だがそれは予想以上に難しかった。関連書籍の多くは発禁になっていた。ケープタウン大学の図書館である程度の調査はできたが、特に南アフリカ国内の政治や歴史に関する正しい知識を得るのは困難だった。

とはいえ、生徒は私の専門知識の程度を特に気にしてはいない様子だった。政治の話題を持ち出すのも嫌がられた。それが単なる政治への無関心によるものなのか、私への警戒心からくるものなのかはわからなかった。例外は年長のクラスでの宗教教育の授業だった。生徒たちの希望で、この科目の唯一の教科書である聖書は使わずに、さまざまなテーマについて自由に話し合うことにしていた。生徒が好んだ話題は、将来の職業、コンピューター、婚前交際の賛否などだった。政治の話を厭わない年長の生徒に、陰気で世知に長《た》けたセシル・プリンスルーという名の少年がいた。セシルは私が政府の学習計画以外のものを教えようと努力していることを知っていた。授業後に私の経歴や考えについてあれこれと尋ねてきた。南アフリカの現状に関する私の怪しい知識を試すような質問もしてきた。だが政府の学習計画への服従を拒もうとする私の努力に対する唯一かつ真の抵抗は、生徒ではなく保守的な同僚によるものだった。同僚は、私が来たるべき全国標準試験に向けた授業をしていないことも知っていて、断じて受け入れられないと批判してきた。私はどうすべきかわからなかった。幸い、私が教えていた生徒が標準試験を受けるのは来年以降だった。だから、生徒の将来に今すぐに影響が生じるというわけではなかった。このままだと、じきに解雇されるかもしれないという覚悟をした。私の雇用は保障されておらず、クビになるかどうかは校長の判断一つにかかっていた。校長は保守的な人間だった。私はこの学校での教師の仕事をどうしても辞めたくなかった。

すべては、ある四月の日に一変した。突然、生徒たちがアパルトヘイトに抗議し、授業をボイコットし始めた。私は驚いて突然だと感じたが、それは長い期間をかけて慎重に計画されていた。校内に横断幕が掲げられた。「悪しき教育を捨てよ！　政治犯を解放せよ！」。生徒は行進し、歌い、拳《こぶし》を掲げて、ズールー語で解放運動のシュプレヒコールを上げた。

「Amandla!」（力を！）

「NGAWETHU!」（人々に！）

校庭では集会が開かれていた。セシル・プリンスルーが演説していた。「これは学校からの解放じゃない」。セシルは語気を強めた。「洗脳からの解放なんだ」

ケープフラッツの他の高校でもボイコットが始まった。抗議運動はすぐに全国規模に広まり、数週間後には、アパルトヘイトの廃止を要求して授業参加を拒否する生徒は二〇万人に達した。グラシーパーク校では、抗議運動に賛同する教師の協力の下、生徒は独自のカリキュラムに従って登校し、勉強を続けていた。私も、その教師の一人だった。革命を目指す生徒がリーダーシップを握るようになったため、国の学習計画に背いていたことに後ろめたさを覚えなくなり、失業への不安も消えた。アメリカの権利章典をテーマにした私の授業は、聴講を希望する生徒で溢れた。混沌とした、気分が高揚する日々だった。

高揚感は長くは続かなかった。それは数週間の命だった。政府は不意打ちを食らっていた。首相のピーター・ウィレム・ボータは抗議運動をひねり潰そうと息巻いていたが、なぜかこの国の巨大な抑圧システムはすぐには動き出す気配を見せなかった。だがいったんシステムが作動すると、一気に暗い影が国を覆った。リーダー格の生徒や革命支持派の教師が姿を消した。隣の教室で教えていた同僚のマシュー・クローテもいなくなった。罪状無き拘留の対象者は短期間で数百人に上った。

対立は激化した。それはケープタウンでの六月中旬のゼネラルストライキで最高潮に達した。数十万人の黒人労働者が二日間に亘って仕事を放棄し、工場や会社は閉鎖された。武装した警察官が動員され、不法な集会を取り締まった。騒擾的集会を禁じる法律によって、実質的に黒人の集会はすべて違法だと見なされていた。放火や略奪が始まり、警察は権力に刃向かう者は射殺すると警告した。ケープフラッツは戦場になった。病院には数百人の負傷者が運び込まれ、マスコミ報道によると死者は四二人に達した。死傷者の多くは子供だった。学校やグラシーパーク地区に至る道は閉鎖され、情報も得られなかった。閉鎖が解かれると、私はすぐにグラシーパーク地区に車を走らせた。ケープフラッツの一部の地域は壊滅的な被害を受けていたが、学校は無事だった。三人の生徒を見つけた。暴動の最中、ずっと校舎に籠もっていたのだという。生徒は奇跡的に、誰も怪我をしていないようだった。

三週間後、従業が再開された。まだ学年度は半ばを過ぎたところだった。校長は私たち教師に、まだたっぷり仕事は残っているぞと口酸っぱく発破をかけた。

私をとりまく世界は急激に縮まり、高校で子供たちに教えることが生活のすべてになった。そんななかでも、サーフィンはそれなりに続けていた。岬の大西洋側には波があったが、びっくりするくらい寒かったので、両親にウェットスーツを送ってもらった。冬が始まると、南大平洋から重たいうねりが入ってきた。めぼしいスポットのほとんどは岩場の入り江の先にあった。いくつかは洒落たアパートメントが立ち並ぶ市街地の目と鼻の先にあり、他はケープ半島の山地に面した、風の強いエリアだった。私のお気に入りは、静かな田舎町ヌールトフックの近くにあるスポットだった。人影の少ない見晴らしのいいビーチの北端で、南東の風を受けた、三角形の頂をした綺麗な水面のライトの波が立っていた。明るい青緑色の水のなかで、私はよく独りきりでサーフィンをした。ある午後、波乗りを終え丘の上に停めていた車に戻ってみると、開けっ放しにしていた窓から入り込んだ数匹のヒヒに車内を占拠されていた。ヒヒは余裕綽々で寛いでいた。私はボードを槍や楯代わりにして、こちらを威嚇し攻撃する素振りを見せるヒヒを交わし、なんとか車外に追い出した。

だが一番気になっていたのは、ケープタウンからインド洋沿いを東に六五〇キロ進んだところにある、東ケープ州のジェフリーズ・ベイと呼ばれるスポットだった。ここを訪れずに、世界を巡るサーフィンを終えるわけにはいかなかった。一九六四年の映画『エンドレス・サマー』は、私をはじめとする多くの若きサーファーの人生を狂わせた。この映画のクライマックスは、主人公である二人のアメリカ人が、ジェフリーズ・ベイの近くのケープ・セント・フランシスで〝完璧な波〟を見つける有名なシーンだ。実際には、映画に登場するスポットは波が安定せずサーフィンができないことも多かった。だがジェフリーズ・ベイは本物だった。冬のうねりとオフショアの風が豊富で、長いライトの波が立った。このスポットの状態にアンテナを張っていた私は、すでに二度、ケープタウンから遠征していた。だが、そのときは特別な波はなかった。八月、いい波が立ちそうな時期を見計らってこのスポットに一週間の遠征を試みた。天気図の〝吠える四〇度《ロアリングフォーティーズ》〟と呼ばれる南緯四〇度から五〇度にかけての海域で渦巻いていた二つの大きな低気圧が、ジェフリーズ・ベイに大波を送り込む嵐になると考えたからだ。

予測は的中した。一週間、ずっと大波が立っていた。ピークの日には、スポットにいたサーファーはことごとく波に乗り切れず、一人が一度成功しただけだった。ジェフリーズ・ベイの近くには寂れた小さな漁村と、漆喰塗りの別荘《サマーハウス》が数軒あるだけだった。私は村の東の砂丘にある年季の入った安宿に泊まった。そこには四、五人のオーストラリア人が滞在していた。オージーのサーファーたちと気さくに話をするのは懐かしく、心地よかった。波は東の浜の沖にあった。海にはせいぜい一〇人程度のサーファーしかおらず、波も大きかったので、互いの距離もかなり離れていた。二、三日ほどは、朝一番乗りで海に入れたので、地元のサーファーが使っていたポイントから波に乗れた。冷たいオフショアの風を受けながら、夜明けの光を浴びて煌めきながら近づいてきた波をつかまえ、緑と銀が入り交じる水の上に立ち上がると、すべてが輝くように透明になった。

それは驚くほど長いライディングだった。タバルアよりも長かった。そして、レギュラースタンスの私にとってフロントサイドとなるライトの波だった。二つのスポットは基本的には似ていなかった。ジェフリーズもリーフブレイクだが、特に浅いわけではない。だが乗れるエリアが広く、フックに向かうカットバックなど、大きなターンを描きやすかった。波は速くて強力だが、特に大きなチューブができるわけではなく、崩れやすく乗りにくい場所もあった。だがなんといっても、数百メートルも連続して乗り続けられる点は共通していた。私の薄いブルーのニュージーランド製のピンテイルはこの波にぴったりで、ダブルオーバヘッドの大きな波を強風を受けながら滑り降りるときもしっかりと水面をとらえてくれた。ジェフリーズでは、大きすぎて誰もが尻込みするような波もあった。一年以上前のニアス島以来、最高の波だった。ウェットスーツを着てサーフィンをするのは勝手が違ったし、知名度の点ではジェフリーズは赤道の秘境スポットだったラグンドリとは正反対だった。それでも、私もサーフボードも、しばらく忘れていた感触を存分に味わっていた。大きなライトのウォールをつかまえ、全力でパドルをし、ボードの上に立ち上がり、ラインを決めてスピードをつけて滑り降りた——喜びの叫びがこみ上げてくるのを堪えながら。

　夜は、宿で他のサーファーとダーツやビリヤードを楽しみ、ビールを飲み、サーフィンの話をした。ゲストハウスのオーナーは、東アフリカの脱植民地化によって南に追われてきた年老いた男だった。男はイギリスの植民地支配を誇りにしていて、ジンで酔いながら、〝アフリカ人たちを木から降ろして、靴磨きや掃除などを仕込んだ〟という自慢話をした。聞くに堪えなかったが、オージーたちは気にしていなかった。私は、オーストラリア人のそんなところが好きになれなかった。オーストラリアでカジノの厨房で働いていたときも、鍋磨きの同僚は、南ヨーロッパ人を含む有色人種を軽蔑し、〝ウォグ〟という蔑称で呼んでいた。当時、大量に入国してきた〝ボートピープル〟と呼ばれる東南アジアからの難民のことも、オーストラリア人の会話のなかでは当たり前のように差別されていた。

　翌一九八一年の冬も、私はジェフリーズ・ベイで良い波をつかまえた。その時点で、もう南アフリカに一年半も滞在していたが、サーフィン仲間はいなかった。ケープタウンで顔見知りになったサーファーはいたが、アパルトヘイトの状況下で熱心に波を追いかける彼らには、当惑や一種の軽蔑心を覚えてしまった。もちろん私には、黒人であれ白人であれ、極端な環境で生きている南アフリカ人一人ひとりの生き方をとやかく言う権利はなかった。それでも、ケープフラッツで働き、組織的な不正や国家の恐怖支配を身近で体験したことは、自分自身の考え方に大きな影響を与えていた。知り合った南アフリカ人のサーファーたちとは政治的な信条が相容れなかった。だから、私は一人で波を追いかけた。

招いたわけでもないのに、両親が急遽、私に会いにケープタウンに来ることになった。会いたくはなかった。教師の仕事は忙しかったが、それが理由ではなかった。シャロンが去って以来、私はずっとホームシックに悩まされていた。両親の顔を見て、声を聞いたら——特に、母の笑い声を耳にしたら——小説を書き上げるまでは、異国の地で働きながら孤独な旅を続ける、という決意が打ち砕かれてしまうかもしれないと思ったのだ。

自分の住む世界と、私が心に描く両親の住む世界のあいだには、不協和音が木霊《こだま》していた。両親の暮らしが完全に目に浮かんでいたわけではなかった。だが両親はこまめに手紙を書いてくれていたし、私も返事を書いていたので、家族がどんな目標に取り組み、不運に見舞われ、何に興味を持っているかは細かく把握していた。大学生になっていた弟と妹とも手紙をやりとりしていたが、別の惑星の出来事のように感じられたのは、なんといっても両親の手紙だった。そこには、制作した映画や、休暇旅行、購入したヨットの話が記されていた。父は数年前に仕事面で窮地に追い込まれていた。母と制作会社を立ち上げたのだが、番組がキャンセルになったり、資金繰りの当てが外れたりとトラブルが続いたのだ。二人は「エスト」セミナーにも参加していた（新仏教運動の流れを汲む自己啓発セミナーで、ワーナー・エアハードという権威主義的で胡散臭い人物が主催し、ハリウッドの人間を惹きつけていた)。怖くなったし、恥ずかしいことだが、両親に嫌悪感を抱いた。両親はそれだけ藁にもすがる思いだったのだろう。何より、それはロサンゼルスの醜悪な部分を物語っていた(実際には、エストはニューヨークやイスラエル、サンフランシスコ、そしてなんとケープタウンの白人地区でも人気だった)。とはいえ、両親がニューエイジに傾倒したのはずいぶんと前の話だった。その後は会社の経営も軌道に乗り、視野も広がった。誇りに思える作品をつくり、望む相手と仕事をしていた。もちろん、それは良いことだった。問題は、私が両親とあまりにも長く離れ離れでいたことだった。ケープタウンでの素朴で慎ましい日常からすれば、両親の生活ぶりは眩しく、異質なものに思えた。金持ちになり、洒落た身なりをした両親に、貧しい教師としての地味な日常に踏み込んできてほしくはなかった。もちろん、両親にそんなつもりはないことはわかっていた。それに、父と母がいいかげん息子の顔を見たいと思うのも当然だった。なにせ、もう旅を始めて二年半が経過していた。両親には、来ないでくれと伝えることはできなかった。

来ないでくれ、と言わなくて良かった。久しぶりに両親の姿を目にしたら、思いがけないほどの嬉しさがこみ上げてきた。両親もひどく喜んでいたようだった。母は私の手をつかむと、両手で強く握りしめた。父と母は、私が記憶しているよりも若々しく、瞳は輝いていた。金持ち然とした雰囲気は微塵も感じられなかった。ケープタウンを案内すると、二人はケープダッチ建築や「ホワイトオンリー」の看板、スラム街やブドウ園など、目に飛び込んでくるあらゆるものに興味を示した。当時、私はテーブルマウンテンの東斜面にある大学の近くで部屋を借りていた。同じ下宿に住んでいる二人の友人も誘い、両親と山に登り（それは軽いハイキングではなかった）、頂上で持参したランチを食べた。その場所からは、テーブル湾に浮かぶロベン島が見えた。ネルソン・マンデラが投獄されている強制収容所があった場所だ（国民はマンデラのことを忘れてはいなかったが、その名前を口にしたり写真を使ったりすることは固く禁じられていた）。それから、海岸に向かって西側の斜面を下りた。

父と母は私の学校を見てみたいと言った。生徒からも熱烈なリクエストがあった。そこで、非番の日に両親を学校に連れて行った。アメリカ人が大好きな校長が、熱心に校内を案内してくれた。私は自分の担当クラスを訪問してもらうように頼んだ。教室に入ると、生徒たちは一斉に立ち上がり、目を輝かせながら、「こんにちは、フィネガン夫妻」と大声で挨拶した。私は何をすべきかわからなかったので、一人ひとり生徒の名前を呼びながら両親に紹介していった。アーミー、ジャスミン、マリウス、フィリップ、デザレイ、マイロン、ナタリー、オスカー、マレディア、ショーン。生徒たちは顔を赤らめ、にっこりと笑った。五、六組のクラスを訪問したとき、校長は私が生徒の名前をすべて覚えているのに驚き、こんなに記憶力のいい人間は初めて見たと言った。だが、日頃から子供たちを相手にしている私にしてみれば、たいしたことではなかった。両親も、私がどれだけ教師の仕事に熱心に取り組んでいるかをわかってくれたのではないかと思う。私の教室「ニュールーム16」では、年長の女子生徒が準備してくれた、〝ケープマレー〟と呼ばれるインドネシアやマレーシア系の人々のエスニック料理が所狭しと並べられていた。大鍋のカレー、ブレディー、サモア、ソサティ、フリカデッレ、レーズンとシナモン入りの黄色い米、ローストチキン、ボボティ、ビリヤニ。授業が終わり、他の教師もやって来た。同僚のジューン・チャールズ（彼女はまだ一八歳だったが、高校で教えていた）が父に珍しく美味しい料理を説明し、母は意気投合した数学教師ブライアン・ダブリンのことをベレー帽と髭がチェ・ゲバラを思わせると言った。私が尊敬するほどの真剣かつ献身的な活動家だったブライアンにとって、それは母が思っている以上の褒め言葉になった。

校長から私が始めた進路相談プロジェクトのことを説明された両親は、それを誇りに思ったようだった。たしかに、私は母が望んでいたように平和部隊のボランティアプログラムにも参加していなかったし、社会派の弁護士にもなっていなかった。だが、南アフリカで圧政に苦しむ有色人種の子供たちを助けようとしていた。それは両親にとって悪くない息子の姿だった。このプロジェクトは、進学に大きな夢を抱きながら具体的な情報を入手できない生徒との会話から始まった。南アフリカ全土の大学や専門学校に手紙を書いたところ、入学案内の冊子や申請書類が山ほど送られてきた。奨学金や、白人専門学校への進学を認める「許可証」についての情報もあった。これらの資料は図書館の棚を満たし、年長組以外の生徒も目を通すようになった。私は年長の生徒と一緒に出願の計画を練った。だが実は、件《くだん》の「許可証」は黒人社会で激しい論争を巻き起こし、解放運動のボイコットの対象になっていた（誰もそれを教えてくれなかった）。さらに、私たちの学校の生徒が、最終試験の結果としてケープタウン大学などの志望校への入学資格を得られる確率は極めて低かった。この学校の卒業生の就職や進学を阻む、私には見えない社会のネットワークがあったからだ。私が始めた進路相談は、世間知らずのアメリカ人教師が始めた実りの少ないプロジェクトに終わった。非現実的な希望を抱かせてしまったことで、生徒の心や将来を傷つけてしまったかもしれないと思うと無念だった。

とはいえ、事情を知らない両親は私の取り組みに感心していた。複雑な気分ではあったが、両親にそう思ってもらえるのは嬉しかった。

南アフリカの政治に疎かった私は、同僚の数学教師ブライアン・ダブリンや、生徒のセシル・プリンスルーなど、次第に信頼するようになっていった活動家から学んでいった。なかでも、別の高校の年長の生徒、マンディ・サンガーとはいろんな話をした。彼女はセシルの友人であり、地域のボイコット運動のリーダー格だった。マンディは利己的なリベラル的幻想を嫌い、現実的で献身的な活動を目指していた。暴動や大規模なボイコット運動の後で、私はまわりが〝闘争〟と呼んでいるものに対して落胆していた。だがマンディは、この一年を通じて教訓が得られ、決意は深まり、組織も強化されたと言った。「今年は大きな前進になったわ。しかも、それは学生だけの話じゃない」。まだ一八歳だったが、長期的な見通しを持っていた。

学校では卒業式も、年度末の儀式もなかった。生徒たちは期末試験が終わると私のところに来て、良い休暇を、また来年、と挨拶して帰っていった。だが、私は教師を続けるつもりはなかった。貧乏旅行を再開するだけの蓄えはできていた。だが旅を始めるその前に、悪戦苦闘を続けていた鉄道小説を書き終えたかった。執筆に取りかかる前に、ヨハネスブルグで友人とクリスマスを過ごすことにした。私のポンコツ車は長距離ドライブが難しかったので、ヒッチハイクにした。意外にも、マンディが一緒に行きたいと言った。はっきりとは言わなかったが、ヨハネスブルグで活動家としての用件があるようだった。私は断ることができなかった。数日間の旅になった。私たちは警察を避け、草原で眠り、口喧嘩をし、大笑いし、太陽の光に灼かれ、強風に吹かれ、個性的な南アフリカ人たちに出会った。クリスマスが終わると、ダーバンに向けてヒッチハイクを続けた。マンディはここでも活動家の仕事があったようだった。電話や手紙は公安に傍受され、開封されるので使えず、活動家は直接会わなければならなかった。ダーバンを後にすると、海岸線をヒッチハイクしながらケープタウンを目指した。トランスカイでは浜辺でキャンプをした。借りたサーフボードにマンディを乗せ、穏やかな波に押し込んだ。マンディはずっと叫び声を上げていたが、運動神経が良く、すぐにボードの上に一人で立てるようになった。

マンディは私の計画に興味を示した――このまま、ずっと終わりのない旅を続けるの？　それは無理さ、と私は言った。もうじきアメリカに帰ることになる。私はマンディに意見を求めた。自分がアメリカの読者に南アフリカの状況を伝えることに、意味はあるだろうか？　マンディは、外国人が反対運動を支援することについての現実的な見解を持っていた。それに影響されていた私は、自分が〝アパルトヘイト〟の悲惨な状況を文章に書いてアメリカ人読者を楽しませたところで、具体的な行動をとらせることはできないだろうと思っていた。そうではなく、もっと自分が知り尽くしていることを書く方がいいのではないだろうか？　たとえば、サーフィンについて。ケープタウンからダーバンを往復する長いヒッチハイクの旅の途中で、私たちは何度かこの問題について議論した。マンディはそれまでアメリカは世界中の進歩的な動きをぶちこわす資本主義の悪魔だと思っていたが、私が体験したカリフォルニアの鉄道会社で働く制動手の物語で、そのイメージが崩されてしまい、混乱していると言った。太陽の光が降り注ぐトランスカイの浜辺で、コーサ族の漁師が竹の棒でガルジェンと呼ばれる地元の魚を捕まえるのを見ながら、マンディは私に、アメリカに戻ったら意義あるテーマが見つかるはずだと励ましてくれた。そして、サーフィン以外のテーマについて書いたほうがいい、とアドバイスしてくれた。「どんなサーファーにだって同じアドバイスをするわ」マンディは言った。

小説の執筆を再開したが、書き上げるのに八カ月もかかってしまった。いつのまにか、フィクションへの情熱は薄れていた。南アフリカが私を変えた。私は政治やジャーナリズム、権力などに関心を抱くようになっていた。両親がケープタウンを訪れてくれたときに唯一気まずい思いをしたのは、どんなものを書いているのかと尋ねてきた父に、まだアマチュアとして執筆していると伝え、じれったそうな顔をされたことだ。教師の仕事を終えた私は、もう昼間の仕事はしないと心に誓った。これからは、書くことのみで生計を立てる。アメリカの雑誌向けに、エッセイや記事を書き始めた。書き留めたメモは大量にあったが、南アフリカについては何も書かなかった。アメリカに戻りたいと思った。どこでもかまわなかった。モンタナ州のミズーラに戻っていたブライアンからの手紙の一節が、頭から離れなかった。ブライアンは、ソフトボールチームにポジションが一つ空いているから、お前が戻ってきたら入れてやるよ、と書いていた。ソフトボールチームの空きポジション――。

シャロンとは正式に別れた。母親が亡くなった後にアフリカに戻ってきたシャロンは、ジンバブエで障害を持つ元ゲリラ兵向けの学校運営の仕事をしていた。ジンバブエの長い独立戦争は終焉を迎えたばかりで、〝社会主義の構築〟が始まっていた。別れると言い張ったのはシャロンだった。そうする権利はなかったが、私は動揺した。それは遅すぎた別れだった。

弟のケビンがケープタウンにやって来た。弟には遊びに来いよと伝えていたが、両親が私を連れ戻すために弟を送り込んできたのではないかという妄想が浮かんで消えなかった。とはいえ、もしそうならタイミングは最適だった。私はとうとう、帰国する決心がついていた。アメリカに戻る前に、ケビンと一緒に〝ケープからカイロ〟の陸路の旅をすることにした。サーフスポットを巡る大冒険は終わりだ。ブルーのピンテイルのサーフボードは大のお気に入りだったので、アメリカに船便で送ろうとしたが、思った以上に料金が高かった。一セントでも無駄にできなかったので、やむなく売りさばいた。壊れかけていたポンコツのステーションワゴンも売り、同じくらい年式は古いがいくらかはまともに走るローバーの中古車に買い換えた。ケープタウンの知り合いに別れの挨拶をした。マンディに電話をすると、電話に出た母親が泣き始めた。マンディは公安に拘束され、居場所がわからないのだという。私たちが南アフリカを離れるときも、マンディはまだどこかの刑務所に拘留されたままだった。

私たちはナミビア、ボツワナ、ジンバブエを通り抜け、北に向かいキャンプを続けた。大きな野生動物にも何度も遭遇した。ケビンは活き活きと旅を楽しんでいた。兄を連れ戻すという厄介な指令を受けた使い走りのようには見えなかった。私はほっとした。ケビンは実に物知りで、アフリカの歴史や政治にも詳しかった。大学で歴史を学び、美術で学位を取得していたからだ。現在は映画制作の仕事をしていた。酒も私より強かった。ジンバブエでシャロンに車を引き渡した。辛い光景だった。シャロンはすでに、陸軍士官の若い男とつき合い始めていた。ヌデベレという名の元ゲリラ兵だった。

さらに北を目指した。客でいっぱいの古いフェリー船に乗ってマラウイ湖を航行し、寂れた村に寄港しながら甲板で眠った。ザンビアを抜け、タンザニアやザンジバル諸島にも寄った。タンザニアのマサイ族が住むエリアにバスで行き、ンゴロンゴロクレーターの麓でキャンプを張った。だがキリマンジャロ山の麓のバス停でスリに私のパスポートを盗まれたため、ケニアに入国できなくなった。ダルエスサラームに引き返した私は疲れ果て、もう西に帰ろう、と言った。ケビンもそれを聞いて安心したようだった。カリフォルニアで再開すべき日常が待っていたからだ。私たちは〝ケープ・トゥ・カイロ〟を断念し、一番安い航空券を買った。アエロフロートの、モスクワ経由のコペンハーゲン行きの便だ。

ケビンと別れたあとは、一人で西ヨーロッパを移動した。友人の家のソファで眠り、西洋の快適な暮らしを堪能した。ロンドンからニューヨーク行きの便に乗った。久しぶりのアメリカはすべてが懐かしかった。季節は晩秋になっていた。ニューヨーク大学に通っていた弟のマイケルの寮の部屋に泊めてもらい、床で寝た。マイケルはフランス語を勉強し、カクテルラウンジで見事なピアノを演奏した。いつの間にこんな特技を身につけたのだろう? ミズーラまでのヒッチハイクの旅は、長く、寒く、ちょっとした冒険だった。トラックが降ろしてくれた州間高速道路の入口から、町までの長い距離を歩いた。自慢できるような形ではなかったかもしれない。だが、ともかく私は戻ってきた――約束どおり、東から。

Part 8 海と現実との狭間で

サンフランシスコ、1983～86年

サンフランシスコに移ったとき、私は二年近く、サーフィンをうまく人生の傍らに追いやっていた。それは一九八三年の初秋だった。前年の夏は、ニューヨークのイーストビレッジのゴキブリだらけの地下室で脚本の執筆に打ち込み、床の上で寝て過ごした。鉄道小説の原稿は出版社に送り続けていたが、色よい返事はもらえていなかった。興味を持ってくれた数人の編集者からは、一般の読者に訴えるために鉄道の専門用語を外してほしいと言われた。だが、私はその専門用語こそがこの小説の核心であり、自分が鉄道の現場で体験した精神を表すものだと考えていた。だから、編集者の要求に応じなかった。実際、どんな目的であっても、再びあの原稿に正面から向き合いたくはなかった。己《おのれ》の未熟さや自惚れ、青臭さを直視することになるという恐れを感じていたからだ。

サンフランシスコに来る前は、アメリカ各地を転々としていた。家賃を払う金がなく、モンタナのブライアン、ロサンゼルスの両親、マリブのドメニクのところを泊まり歩いた。当時誰もが使うようになっていた留守番電話の操作方法がわからず、時代遅れの人間になったように感じる瞬間もあった。ともかく、アメリカに戻れて嬉しかったし、仕事への意欲も高かった。モンタナ州ミズーラは何も変わっていなかった。ブライアンはこの町で腰を据えて執筆に取り組み、アメリカ人としての生活にすっかり馴染んでいた。サーフィンはしていなかった。ブライアンは自信に満ち、年を取ったように見えた。高緯度のこの地域の暮らしはブライアンに合っていた。この数年間に体験したことを話しても誰も理解してくれなかったが、ブライアンとならまだ一晩中話ができた。私の二九歳の誕生日には、ブラックフット川の上流にある山で鹿狩りをした。この地での生活は楽しかったが、ミズーラに留まろうとは思わなかった。都会に出るべきだという心の声がした。それは、私が大きな野心を抱いていたからに違いなかった。ロサンゼルスに行くことも考えたが、この都市には以前から強い偏見を持っていた。私はフリーランスで書き手として働き始めた。ぽつぽつと仕事が舞い込むようになり、脚本の執筆依頼も来た。この仕事の前払いの報酬が良かったおかげで、私はニューヨークに部屋を借りて移り住むことができた。南アフリカで厳しい現実を目の当たりにしたことはまだ記憶に新しかったが、アメリカ人読者向けに政治的な話題を書くことに抵抗を感じていた私は、このテーマを避けていた。

私はキャロラインという素敵な女性とつき合い始めた。出会ったのはケープタウンだった。彼女はジンバブエ出身で、現在はサンフランシスコ芸術大学の大学院生だった。キャロラインはニューヨークにいる私のところに来て、地下部屋にしばらく滞在した。その間、フィフスアベニューのレストランで接客の仕事をした。その夏、私たちはマンハッタンの外に一歩も出なかった。アパートがあったブロックには麻薬中毒者や密売人、売春婦がうろつき、部屋は暑くて埃っぽく、私たちはしょっちゅう喧嘩をした。どちらも頑固で気が短かった。それでも、私は学校に戻ったキャロラインを追ってサンフランシスコに移り住むことにした。

サンフランシスコにカリフォルニア屈指の波があるという事実は、長年のあいだほとんど知られていなかった。一一〇キロ南のサンタクルーズは、私がそこの大学に通っていた時代からサーフスポットとして賑わっていた。だがサンタクルーズにいた大勢のサーファーのなかで、サンフランシスコに出向いたことがある者はほんの一握りしかいなかった。鉄道会社で働いていた時代に、たまたまサンフランシスコのメインスポットであるオーシャンビーチで何度か波に乗るチャンスがあったので、そこがどんな場所かは知っていた。それでも、この地に移住したことが自分にとって何を意味するのかはわからなかった。私は出版社と、ケープタウンの学校で教えた体験をテーマにした本を書く契約を結んでいた。キャロラインと私は、アウトリッチモンドと呼ばれる、これといった特徴のない、霧の多い地区にアパートを借りた。住人の多くはアジア系だった。私が仕事場として使っていた部屋の四面には、ライムグリーンの壁紙が貼られていた。机の前の窓からはオーシャンビーチの北端が見えた。

窓から見るオーシャンビーチはたいてい、そこそこのコンディションだった。全長六キロの真っ直ぐなビーチにうねりがたっぷりと押し寄せ、いい波が立ちそうな砂底がいくつもあった。北西からのオンショアの冷たい風が吹いていることが多く、それは典型的なカリフォルニアの午後の海風だったが、午前中や秋、冬には幸せな例外があり、オフショアの風が吹いたり、水面が滑らかになったりした。六キロのサーフスポットはすべてビーチブレイクだったので、波が立つ場所を覚えておくための目印となるリーフや河口や桟橋はなかった。波は時期によって位置を変える砂底にぶつかって生まれるので、その場所や形は絶えず変化していた。そもそも、どんな波でも複雑なものだが、ビーチブレイクの波の予測の難しさは際立っていた。さらに、オーシャンビーチには主に北太平洋から尋常ではないほどの大うねりが入り、広さ一〇〇〇平方キロのサンフランシスコ湾の水が一日に二度潮汐によって移動するために、すぐ北のゴールデンゲートに大きな潮の流れがあった。故に、そこは私が見てきたどのサーフスポットよりも複雑だと言えた。本に喩えるなら、難解な哲学書や理論物理学書だ。加えて、オーシャンビーチの波は大きかった。それはカリフォルニアの波というよりも、ハワイの波だった。水も冷たく、目印もないため、海に入ると余計にその難解さを体感することになった。

私はオーシャンビーチの北端の、ケリーズ・コーブと呼ばれる穏やかな波が立つスポットでサーフィンを始めた。波は特に美しくはなかったが、うまく流れを読めば、チューブのなかを滑り抜けられた。ケリーズはオーシャンビーチで最も人気のあるスポットだったが、混雑してはいなかった。その南には、VFWと呼ばれる幅広の大波が立つスポットがあった。ゴールデンゲートパークの西端に面した、落書きだらけの防波堤もあった。

オーシャンビーチの残りの五キロ弱のエリアはサンセット地区に面していた。戦時中に労働者用住宅として傾斜地の砂丘の上に急ごしらえで立てられた低層の家々が、地区全体を覆う格子状の通り沿いにひっそりと立ち並んでいた。海岸との間にはグレートハイウェイと呼ばれる古びた湾岸道路が走っていて、その下には浜辺に通じる暗い歩行者用トンネルがあった。珍しく暖かい日を除けばビーチには人影はなく、日当たりの良い場所で酔っ払った浮浪者が寝そべっている程度だった。波は南にいくほど大きく恐ろしくなり、海岸から離れた位置でブレイクするようになる。波待ちエリアにいるときは、岸の通りの名前が自分がいる場所の目印になった。サンセット地区では、通り名は北から南にアルファベット順につけられていた。アーヴィング、ジュダ、カークハム、ロートン、モラガ、ノリエガ、オルテガ、パチェコ、クインタラ、リベラ、サンティアゴ、タラバル、ウルローア、ビセンテ、ワオナ、そして例外的なスロート。サーファーはサーフィンをした場所を話すとき、この通り名を使った。スロート通りの南はサンフランシスコ動物園で、その先は砂で覆われた崖地になり、都市の臨海地であるオーシャンビーチはここで終わる。

サンフランシスコで過ごした初めての秋は、ほぼ毎日海に入った。使っていたサーフボードは、中古の七・〇フィートのシングルフィン。ありきたりのボードだったが、硬くて汎用性があり、波をよくキャッチし、安定して速く滑れた。古いカスタムメイドのウェットスーツは、羽振りが良かった鉄道員時代の遺物だった。砂底や潮汐、うねりの角度を読み、良い波がしばらく続きそうなスポットを探した。ボードの特徴も理解していった。このボードは大きな波のフェイスを乗り越えて沖に進むのには適していたが、板が厚いので、水の中にボードごと潜って波をやり過ごすドルフィンスルーには向いていなかった。オーシャンビーチでパドルアウトして沖に出るのは一苦労だった。それはこのスポットの人気が薄い理由でもあった。私の場合は、厚いボードを使っていたので余計に大変だった。それでも、サーフィンをした後は仕事が捗《はかど》った。冷たい海水に浸《つ》かり、激しい運動をして、熱いシャワーを浴びると、身体に落ち着きを感じた。机に向かいながら、そわそわしたりはしなかった。夜も良く眠れた。最初の冬の大きなうねりが入る前は、こんなふうにして毎日が過ぎていった。

常連サーファーは少なく、存在していないも同然だった。地元の人間に訊けば、「サンフランシスコにはサーフィンはない」と答えただろう。このビーチにはサーフィンはあった。だが繰り返すが、あまりにも寒く、波が荒く、初心者向けのスポットもなかった。サーフィンを学ぼうとするなら、サンフランシスコの外に行かなければならなかった。オーシャンビーチの常連には、ハワイやオーストラリア、南カリフォルニアでサーフィンの腕を磨き、大人になってこの街に移り住んできた者が少なくなかった。私を含むこうした新参者には本格的にサーフィンに取り組んできたタイプが多く、生まれも育ちもサンセット地区という人間が多いローカルサーファーとは一線を画していた。

ただしどちらも、ワイオナ通りにある町で唯一のサーフショップ、〈ワイズ・サーフボード〉でワックスやウェットスーツを買っていた。明るい壁の色をした天井の高い店で、メキシコ料理店とキリスト教系のデイケアセンターのあいだに建っていた。壁一面に光沢のある新品のボードがずらりと並び、奥のラックにはウェットスーツが飾られていた。サーフィン仲間探しにはうってつけの場所だった。

店主のボブ・ワイズは、がっしりとした体つきの四〇代前半の男で、ジェームス・ブラウンが好きな皮肉屋だった。店では、いつもオーシャンビーチのサーフィンにまつわる面白おかしい話を夢中で喋っていた。さながらワイズは、このスポットの有名エピソードの人間ジュークボックスだった。店は繁盛してはいなかった。例外は、金持ちの麻薬の売人が現金をたっぷり持ってやってきて、何人かの連れに「ボードは欲しいか? 買ってやるよ」と言って派手な買い物をするときだった。

ある日の午後、店に入るとワイズが例によって興奮した話しぶりで客を楽しませていた。「自宅の窓から波が見えるドクが、〝なあ、海に出ようぜ〟って電話をしてきたんだ。〝波はあるのか?〟と訊ねると、〝面白いことになってる〟と言う。それならば、と海に入ってみると、まったく話にならないくらいひどい波なんだ。だけどドクは、〝何を期待してたんだ?〟って言う。つまりドクにとって、〝面白い〟というのは〝ひどい〟よりもさらに悪いっていう意味なんだ」

〝ドク〟とは、マーク・レネッカーのことだった。サンフランシスコのサーフィン仲間でよく話のネタになっていた男だった。ワイズの店から数ブロック先の、タバレル通りの海に面した場所で開業医として働いていた。私はサンタクルーズ校時代からマークのことを知っていた。医学部に通うためにサンフランシスコに移住したマークからは、もう何年も前から、こっちに引っ越して来いよと誘われていた。手紙の文面ではオーシャンビーチの波の素晴らしさが語られ、〝ここでは普通〟だと記された大波に乗る本人の写真が同封されていた。私にはそれが冗談なのかどうかがわからなかった。

サンフランシスコに住み始めた私は、マークとサーフィンをするようになった。オーシャンビーチに情熱を注いでいたマークは、このスポットの複雑な波を徹底的に研究するようになった。さらに言えば、サーフィンに関連するすべてを徹底的に研究していた。一九六九年以来、毎回のセッションについて、サーフィンをしたスポット、波の大きさ、うねりの方向、海のコンディション、使ったサーフボード、一緒にいたサーファー仲間、印象に残る出来事や気になったこと、比較用の前年のデータなどを詳細に記録していた。一九七一年にアリゾナ州の大学に短期間通ったときの三週間を除けば、数日と空けずに波に乗っていた。数週間連続で毎日サーフィンをするのも珍しくなかった。サーフィンは人を夢中にさせる娯楽だ。だがマークのそれは常軌を逸していた。筋金入りのサーフィン狂だった。

マークはグレート・ハイウェイ沿いにあるカーキ色の三階建てのアパートの最上階に、ガールフレンドで画家のジェシカと同棲していた。アパート手前のビーチに通じるトンネルには、こんな標識が掲げられていた。「注意：毎年、波や引き波で溺死事故が発生しています。海に入らないで下さい。アメリカ公園警察」。案内してもらったふたりのガレージは、サーフボードでいっぱいだった。定期的に使っているものだけでも一〇枚はくだらなかった。コレクターズ・アイテムもあった。ピンクのレールと黄色いデッキの七・〇フィートのシングルフィンのボードで、世界チャンピオンに四度輝いたオーストラリア人、マーク・リチャーズ本人がシェイプし、使っていたものだった。「ジャック・ニクラウスの古いゴルフクラブを所有するようなものさ」マークは言った。リチャーズの特徴的なボードは、当時のサーフィン雑誌の読者ならすぐに見分けられるものだった。ただしマークはこのボードに、もう何年も乗っていないという。家の中の階段の壁にも五枚のボードが立てかけられていた。なぜこんなにたくさん必要なのかといえば、もちろんそれは、さまざまな条件に適したボードで波に乗るためだった。特に大波では、どんなボードを使うかが決定的な違いを生む。オアフ島のノースショアでつくられ、オーシャンビーチのスロート通りの手前のスポットの大波に乗っていたときに真っ二つに割れたというボードも〝参考用に〟保管されていた。ビッグウェーブはマークの一番の情熱の対象だった。

ワイズの店の壁には、オーシャンビーチで泥色の大波に乗るマークの写真が、「ドク」というタイトルで額縁に飾られていた。ほぼ垂直に屹立した波のフェイスは、マークの身長の優に五倍はあった。カリフォルニアでこんな大波に誰かが乗っているのは、肉眼でも写真でも目にした記憶はなかった。波はノースショアのワイメアやサンセットと同じ規模のものだった。ノースショアとの大きな違いは、摂氏一〇度前後しかない水温だった。潜るのが辛いほどの冷たさで、リップから弾き落ちるときの水面はコンクリートみたいに固く感じた。加えて、オーシャンビーチは有名ではなかったし、場所や特徴が知られているリーフがあるわけでもなかった。そこは絶えず位置を変える砂底が、獰猛で予測できない波を生み出すビーチブレイクだった。私はオーシャンビーチでその写真と同じくらい大きな波は立たないで欲しいと心のなかで願った。ともかくその写真は、マークがどれくらいこの地元のスポットに入れ込んでいるかを雄弁に物語っていた。

マークはどこにいても目立っていた。身長一九五センチ、スリムな胴体に広い肩幅、伸び放題の茶色い髭に、腰に届きそうなほどの長髪。騒々しく、堂々としていて、警笛と怒号を足して割ったような笑い声を響かせた。長身のわりには身のこなしがしなやかで、バレエダンサーのように歩いた。海に入る前は水辺でヨガ風のストレッチをした。気の置けない仲間といるときは、延々と喋り続けた。波に風、砂底、サンティアゴ通りの波待ちの目印──夢中になって話ができるテーマには事欠かなかった。マークが海にいるときは、誰もがそのことに気づいていた。

「サーフィン映画の法則を知ってるか？」波の冴えない日の朝、海に浮かびながらマークがそう叫んだ。

私は知らないと言った。

「サーフィンの映画やスライドを観た次の日は、良い波は来ないってことさ！」

その前夜、マークとジェシカがポルトガルへのサーフトリップで撮ってきた写真のスライドを観たばかりだった。

昼前に海から上がった私たちは、マークの書斎でコーヒーを飲んで身体を温めた。デスクの目の前の窓からは海が見渡せた。書棚には、医学の教科書（『癌疫学と予防』）、自然科学書（『メキシコの鳥類』）、海洋学や気象学の本、そして数百冊のミステリー書が並べられていた。壁にはマークと仲間がサーフィンをしている写真や、『ザ・パフォーマーズ』『ザ・グラスウォール』といった古いサーフィン映画の色褪せたポスターが貼られていた。過去数十年分の数千冊のサーフィン雑誌が、丁寧に分類されて床に積み重ねられていた。ラジオの気象情報が最新のブイのデータを騒がしく伝えていた。マークが電話でボブ・ワイズと話している間、私は椅子に座って古いサーフィン雑誌のページを捲《めく》っていた。

電話を切ったマークは、ワイズの店にお前にぴったりの新品のボードが入荷したぞ、と嬉しそうに言った。私は新しいボードが必要だとは思っていなかったので、要らない、と答えた。マークは信じられないといった表情を浮かべた。なぜ、一枚のサーフボードで満足できるんだ？　しかも、あの古いシングルフィンで――。

うまく説明できなかったが、ともかく私はその一枚で十分だった。

こんなふうに、マークとは考え方の違いでよく衝突した。マークは、片足だけを突っ込んでいるような私の煮え切らないサーフィンへの向き合い方に苛立った。たしかに私は波を求めて世界の果てを旅した人間で、マークは地元に留まって医大で勉強をしながらサーフィンしてきた人間だった。しかしだからといって、私がマークと同じくらいのサーフィンへの情熱を持ち合わせていなければならない理由はなかった。このスポーツに対する私の曖昧な取り組み方に、マークは歯がゆさを覚えていた。そもそもマークにとって、サーフィンはスポーツではなく、極めるべき道だった。情熱を捧げるほど、その見返りが得られる何かだった。マーク自身が、その生きた証だった。

その考えに同意しないわけではなかった。サーフィンをスポーツだと見なすのは、たしかにいろんな意味で間違っている。マークは、サーフィンに取り憑かれた無邪気な子供の心のままで大人になったような人間だった。だが、私はどこかから絶えず聞こえてくる波の誘惑に警戒するようになっていた。必要以上にサーフィンのことを考えたくはないと思うようになっていた。だから、新しいボードは要らなかった。そもそも、そんな金もなかった。

じれったそうにため息をつき、コンピューターのキーボードを叩いていたマークは、しばらくして

「お前は変わってる」と言った。

私はサーフィンに莫大な時間と心血を注いできた。一九八一年、あるサーフィン雑誌に掲載された〝世界の波ベスト一〇〟を見て驚いた。私はそのうちの九つのスポットでサーフィンをしていた。唯一行ったことがなかったのは、ペルーにある長いレフトの波が立つスポットだった。このリストには、自分に深い関わりのあるキラーやホノルア湾、ジェフリーズ・ベイなどのスポットが名を連ねていた。だが、あまり嬉しくはなかった。そこは有名なスポットではあったが、自分の庭や縄張りのような場所だという感覚もあったからだ。自分にとって最高の波が立つスポットが誰にも知られておらず、このリストにも載っていないことにほっとした。ブライアンと私は、まだ頑なにこの島のことを〝タバルア〟ではなく、〝ダ・キネ《例のアレ》〟という暗号代わりのハワイ語で呼んでいた。そして、いつかまた二人であそこを訪れて波に乗りたいと思っていた。

キャロラインはサーフィンに懐疑的だった。それは私にとって新鮮だった。出会ってから数カ月後、ケープタウンの南のどこかで初めて一緒に波を見た。キャロラインは、私が興奮した様子で意味のわからないサーフィン用語を使ってまくし立てるのを見て驚いた。「グナーリーとかサックアウトとかファンクアウトとか、そういう意味のわからない言葉だけじゃなくて――」落ち着きを取り戻してから彼女は言った。「その響きが嫌だったの。野蛮な唸り声みたいで気持ち悪かったわ」。とはいえ、その後でキャロラインはその野蛮な唸り声みたいな響きがする、暗号めいたサーフィンの俗語に慣れていった。だが岸から何時間も波を見ていた後で海に入ろうとするサーファーが、「そろそろ行くか」と言うときの心境は完全にはわからなかっただろう。じめじめしたウェットスーツを着て、冷たい水に身体を浸し、荒れた波に向かうことへためらいは感じとっていただろう。しかし私たちサーファーが心のなかでどれほど強い葛藤を抱えていたかはわからなかったはずだ。

一度、キャロラインはサンタクルーズでサーフィンの真髄を垣間見た。私たちはスティーマーレーンという人気スポットを崖上から見ていた。波に乗るサーファーたちが通り過ぎるのを、真上や真後ろに近い角度で眺められた。波の上にいるサーファーがその瞬間に目の当たりにしているものを、上空から体験しているようなものだった。サーフィンに対するキャロラインの考えは、このときに変わった。それまでは、波は空に向かって立ち上がりながら前進してくる二次元の物体にしか見えなかった。だがそれは、前面の急な斜面と分厚くなだらかな背中の傾斜を持ち、隆起と崩壊を素早く繰り返しながら形を変えて進むピラミッドのような複雑な三次元構造だった。白波が激しく砕け、滑らかな緑色の水が幻惑的に渦巻き、切り立った波の先端が重なり合って水面に死角をつくっていた。これからはサーフィンを面白く見られそうだわ、と彼女は言った。

キャロラインは海とは縁遠い内陸国のジンバブエで生まれ育った。私は時々、キャロラインがアメリカ人的な前向きな考え方(自己啓発や自尊心、屈託のない愛国心)に冷めた態度をとるのは、ローデシア紛争の最中で育ったことが影響しているのではないかと思うことがあった。キャロラインほど、人間の本性に甘い幻想を抱いていない人もいなかった。だが私は後になって、戦争体験だけが彼女の考え方に影響しているのではないと考えるようになった。キャロラインには生まれ持った謙虚さがあり、些細なことでも恥ずかしがった。彼女は銅板画の制作に情熱を燃やしていた。その手法は中世の時代とほとんど変わらないくらい細かな手間がかかるものだった。美術学校の同級生はキャロラインの職人気質や専門知識、情熱、審美眼を尊敬していた。私も同じだった。キャロラインはよく徹夜して制作に没頭した。背が高く、腰回りがすらっとして、色白で、ラファエル前派の芸術家のような落ち着きがあった。薄汚れたポストパンクなサンフランシスコの街にあって、エドワード・バーン＝ジョーンズの絵のなかから飛び出してきたような雰囲気があった。仲間と一緒にいるときは楽しげで、イギリスやアフリカの下品な俗語をいたずらっぽく口にすることもあった。グジャラート語で自慰を意味する言葉も、それを使うべきたくさんの局面も知っていた。

午後の遅い時間はよく、アパートの北にある丘を散歩した。そこには西に海、北にゴールデンゲートを望めるランズ・エンドという公園があり、糸杉やユーカリ、背が高く節くれ立ったラジアータパインの木々が冷たい海風を防いでくれた。古い公共のパブリックゴルフコースがあり、いつも閑散としていた。知り合いからもらった錆びた三、四本のゴルフクラブで（本数が少ないので、片手で運べた）、散歩の途中に遊びでプレーするようになった。ゴルフは素人だったが、長い影を落とすティーに置いたボールを青々としたフェアウェイに思い切り打つのは楽しかった。太平洋に沈む直前の太陽が、丘を黄金色に染めていた。バギーセーターに長めのリボンスカート姿のキャロラインは夕暮れ時になると目が大きくなり、大きな声で笑った。

私は少しずつ地に足をつけ始めた。キャロラインに求められたわけではなかった——彼女はまだ二四歳で、外国人の美術学生で、どこかに腰を落ち着けることに興味はなかった。私は自分自身の判断で、妥協しながら少しずつ安定や利便性を受け入れていった。三一歳のとき、生まれて初めて当座預金の口座をつくった。再びアメリカで税金を払い始めた。故郷に戻ってきたという実感がした。アメリカン・エキスプレスのカードをつくり、模範的なユーザーになると誓った——バンコク支社で偽ってトラベラーズチェックの紛失届を出したことに対する、せめてもの償いだった。高校卒業から一三年間、同じ住所に留まっていた最長期間は、ケープタウンにいたときの一年三カ月だった。もう十分だった。これ以上、根無し草のような生活はしたくなかった。本は手書きで執筆していたが、まとまった金が入ったら、サンフランシスコのベイエリアの人間がみんなそうしていたように、コンピューターを買ってそれで執筆しようと思っていた。アメリカの政治、特に外交政策に強い関心を抱くようになった。ボストンの雑誌から依頼され、サンディーノ民族解放戦線のメンバーである詩人の記事を書くためにニカラグアに取材に行った。この戦争をアメリカが支援していることに、どうしようもない嫌悪感を覚えた。ニカラグアについての短い文章を書いてニューヨーカー誌に送ったところ翌週号に掲載され、嬉しくて小躍りした。

心はまだ南アフリカにあった。当時の日記や記憶を身近に感じ、あの国にいたときには発禁されていて入手できなかった書籍や定期刊行物を机の周りに積み上げ、ケープタウンの友人たちと連絡を取り合っていた。マンディは私が南アフリカを去ってからしばらくして釈放されたが、入試には間に合わずこの年は大学に入学できなかった。手紙を読む限り、うまくやっているようだった。マンディはロナルド・レーガンが大統領を務める国に住む私やアメリカ人全員に同情していた。ベイエリアにはかなりの数の南アフリカ人がいた。学者や反アパルトヘイト運動の専従の活動家などだ。私は彼らとつき合うようになった。大学や高校で、たまに小規模な講演をする機会もあった。痛々しいほど緊張し、アパルトヘイトのような問題を語るときに、ジャーナリズムと活動家のどこに一線を引くべきかで頭を悩ませた。書く仕事もした。南アフリカでの教師体験をテーマにした本の構成は初めは九章にするつもりだったが、次第にアイデアが膨らんで九一章になってしまった。仕事場のライム・グリーンの壁紙に肉用包装紙を貼り、メモやリスト、フローチャートを書いた紙を画鋲で留め、完成した本のイメージを心に描いた。

オーシャンビーチでは、初冬のうねりが入り始めると沖に出るのが簡単ではなくなった。サーフスポットにはたいてい、岸から波待ちエリアに行くためのお決まりのルートがある。一般的には、それは岸から沖に向かって潮が流れているチャンネルと呼ばれる場所で、そこではブレイクは起こりにくい。オーシャンビーチにもチャンネルはあったが、リーフがないために位置が変わりやすかった。堤防に立ち、波がブレイクしていない場所をじっくりと観察する。波に運ばれてきた海水はすべて離岸流となって海に戻らなければならない。だからどこかに大きなチャンネルがあるはずだ。当たりをつけたルートを急いでパドルし、沖に出ようとする。だが、あっという間に海の状況は変わっていて、そこはチャンネルではなくなっている。結局、突進してくる波につかまって岸に押し戻されてしまう。

波が小さければ努力は報われやすいが、大波の日はそうはいかない。水際に立ち、白波を立てて唸りながら突進してくる冷たそうな波の群れを見ていると、そこに飛び込もうとしている自分の正気を疑いたくなってくる。滝を泳いで登るような不可能に挑むような気がして、無理矢理にでも〝できる〟と信じ込まなければ海には入れない。冷たい激流をかき分けて沖を目指し始めるが、レーンを転がるボウリングのボールのように迫ってきた波に、頭と肩をピンのようにはじき飛ばされる。水のあまりの冷たさに、アイスクリームを食べたときのように頭がキーンとする。波が容赦なく押し寄せ、がむしゃらに水を掻いても前に進めない。できる限り抵抗せずにやり過ごそうとしても、襲いかかってくる白波に身体をつかまれ、後ろに引きずられてしまう。呼吸は喘ぎに変わり、頭の中では疑念が渦を巻き始める。荒波に揉まれて必死になりながら、どこかに進みやすい潮の流れがあるはずだと、波を観察して法則を見いだそうとする。堤防や上空から見れば、最適なルートは一目瞭然なのかもしれない。だが水面下に頭を沈め、息継ぎをしながら進んでいる状態では、全体を見渡すことなどできない。限られた情報を手がかりに当てずっぽうで進むしかない。

オーシャンビーチでは、海底に砂が堆積してできるサンドバーが二段階でできることが多かった。五、六フィートの波が立つ日は、特にVFW通りの南のあたりでは、外側のサンドバーにうねりがぶつかってできる波に乗るのが定番だった。だがそこに行くには、波が激しさを増す内側のサンドバーのエリアを越えていかなければならない。二つのバーの間には水深がぐっと深くなる谷ができていることが多く、波の勢いが落ちるこのエリアまで辿り着けば、呼吸を整え、視界を確保し、耳や鼻に入った水を抜き、腕を休めて、外側のサンドバーに向かうルートを検討できた。

だが、谷に達するのは必ずしも嬉しくなかった。ここまで辿り着いた段階で、心身の限界に達していることが多かったからだ。早々にあきらめていれば、岸に戻れる。だが、一定の地点を過ぎればもう引き返せない。本腰を入れるべき場所では、私はリーシュを頼りにしてボードから離れ、海底に潜って手で砂をつかみながら前進し、波の合間で息継ぎをした。何度も、〝もう駄目だ、戻りたい〟と思う瞬間が訪れるが、たいていその頃にはもう後戻りできないところまで来ていた。大きな冬のうねりがつくり出す血の気の多い獰猛な波は、私の身体を軽々と飲み込み、最後に背中から谷に向かって吐き出す。谷にいることを怖く感じるのはそのためだ。波に乗ろうとする意欲は急に失せていくが、もう岸には戻れない。そして、たったいま乗り越えたよりも大きな波に向けて、再び前進していかなければならないのだ。

外側のサンドバーの波は大きいが、爆弾のように激しい内側のサンドバーに比べればまだ穏やかだった。それを思い出すのは、気持ちを奮い立たせるのに役立った。とはいえ、ここからはさらに沖に進むための潮の流れを見つけなければならない。首をもたげ、谷を移動するうねりの先端の先にある水平線を読み、一キロ近く先にある青灰色の水のかすかな動きからパターンを見つけ出そうとする。どこをめがけていつスパートをかけるべきか、恐ろしい波の衝撃をかわすにはどうすればいいか。長い谷を進みながら味わう恐怖は、若い頃にライスボウルで感じた極限のパニックとは違い、ゆっくりと不気味に迫ってきた。最悪の場合は溺れ死ぬかもしれないという不安が、幽霊のように漠然と漂っている。外側のバーを越えると、ようやくサーフィンの時間だ。はるばるここまでやってきたのは、波に乗るためなのだ。

夢中で乗っているとき、波は生きているように思える。波にはそれぞれ性格があり、個性があり、複雑で、気まぐれだ。だから直感的に、ときには親密に反応しなければならない。サーファーはよく、波に乗ることをセックスに喩える。だが、もちろん波は生きてはいないし、感覚もない。さっきまで愛し合っていた恋人は、予告もなく命を奪おうとしてくる。波は人間ではない。〝血の気の多い波〟だと考えるのは、サーファーの勝手な擬人化にすぎない。波への愛は一方通行だ。

オーシャンビーチでは、それほどまで苦労をして沖に出る価値はあったのか？　日によっては、確かにその価値はあった。だが、それも人によった。荒波に耐える力や、そのときの精神状態、砂底の起伏を読む能力、大波に乗る力、パドリングの力強さ、その日の運などが関わっていたからだ。鉢のように抉れた大きなライト、長いウォールのレフトといった良い波はあった。だが安定していないために、どこで波を待つべきかはわかりにくかった。海の上に他のサーファーがいたら、情報交換をした。オーシャンビーチの新人で、学ぶべきことが山ほどあった私は、熱心に話を聞いた。仲間と一緒にいる感覚は心地よかった。ただしここで大波が立つと、サーファーが寄り集まって安全を確保しようとする〝バディシステム〟は役に立たないだろうことはわかっていた。オーシャンビーチのように広く、規則性のないスポットでは、いざトラブルが起きても、近くに誰かがいる可能性は少ない。とはいっても、私はまだここで本物の大波は体験していなかった。最初の二、三カ月で私が乗った一番大きな波は、地元のサーファーが〝一〇フィート〟と呼ぶ高さだった。

波の大きさは、サーファーにとって永遠の論争の的だった。波の高さを測るための万人に認められている方法はなかった。議論はいつも〝俺の乗った波の方が大きい〟という男のエゴが露呈した滑稽さを伴った。だから、私はその手の議論からは距離を置いた。私は基本的に、波の高さをサーファーの身体の位置を使って表す方法を用いた。腰の高さ、頭の高さ、オーバーヘッド、ダブルオーバーヘッド――といった具合だ。だが、目印になるサーファーがいない場合や、錯覚しやすい条件下にある波は、フィート単位で表現する方が合理的だった。波を平坦な二次元の物体だと見なし、上下の高さを見積もり、おおかまな大きさを判断する。

とはいえ、波の大きさを細かく数字で表すのが重要になる局面は限られていた。たとえばブライアンとは、この類いの議論をした記憶はない。波は小さいか大きいか、弱いか強いか、並か最高か、穏やかか恐ろしいかといった、大まかな言葉で表現できるものであり、それに細かな数字を付け加える意味はなかった。どちらかが海に出られなかったときは、〝スリー・トゥー・ファイブ〟といった大まかな数字でその日の様子を報告した。それで十分だった。だが、それは私とブライアンの話だった。オーシャンビーチでは、波のサイズには重要な意味があった。ビッグウェーブが起こるスポットでは、そのサイズ次第では、海に出ることが深刻さを増し、不安も高まるからだ。

波のサイズの感覚は、地域によっても違っていた。同じ高さの波がハワイでは六フィートになり、南カリフォルニアでは一〇フィートになり、フロリダでは一二、あるいは一五フィートになる。たとえば私がいた当時のサンフランシスコでは、ダブルオーバーヘッドと呼ばれていたのは、だいたい八フィートの高さの波だった。サーファーの背丈の三倍の波は一〇フィート、四倍は一二フィート、五倍は一五フィート——というふうに、なぜだかはわからないが、そこには実際の数字との乖離《かいり》があった。また、このシステム（と呼べるものだとすれば）は、ある側面から見れば意味をなさなくなるものでもあった。ビッグウェーブ・ライダーのバジー・トレントが言ったという、「大きな波はフィートではなく、恐怖という単位で測るべきものだ」という言葉は、本質を突いている。波のパワーは、高さではなくその二乗に比例して増加する。一〇フィートの波は八フィートの波よりも少しだけ強力なのではない。その差は八対一〇ではなく、六四対一〇〇になるのだ。この公式を知らなくても、サーファーなら誰でもそれを肌で知っている。さらに言えば、同じ高さの波でも、容積の違いのために破壊力に大きな差が生じることはよくある。そしてもちろん、それをとらえる人間の違いもある——つまり大きな波はフィートではなく、〝ほら吹き〟という単位で測るものなのだ。

私が子供の頃は、ビッグウェーブに乗ることが重要なテーマだとされていた。リッキー・グリッグやバジー・トレントといった有名サーファーが、〝エレファントガン〟（次第に省略されて〝ガン〟と呼ばれるようになった）と呼ばれる長くて重い特殊なボードでワイメアやマカハ、サンセットビーチのビッグウェーブに乗り、サーフィン雑誌やサーフィン映画でもてはやされていた。その一方で、サーファーなら誰もが知る、ビッグウェーブに乗ることの恐ろしさを物語る訓戒的な実話もあった。たとえば一九四三年にサンセットに大きなうねりが入った日に沖に向かったノースショアの二人のパイオニア、ウッディー・ブラウンとディッキー・クロスだ。沖に出た後、波が大きくなりすぎて岸に戻れなくなり、西に五キロほどパドルをしてワイメア湾から陸に上がろうとしたが、潮の流れを読み違え、そのまま日没を迎えた。一七歳のクロスの遺体は最後まで見つからず、ブラウンはその後、真っ裸で溺死寸前の状態で岸に打ち上げられた。グリッグやトレントをはじめとする五〇年代や六〇年代に活躍したビッグウェーブサーファーは、私たちサーフィン小僧にとって伝説的な存在だった。世界最高のサーファーではなかったかもしれないが、とにかく颯爽としていた。憧れだった宇宙飛行士よりも格好いいと思えたものだ。

だが彼らの全盛期は、ショートボード革命の到来と時を同じくして過ぎ去っていった。その後もビッグウェーブに乗るサーファーはいたが、もはやパフォーマンスは限界に達していた。サーファーたちが

〝二五フィート〟と呼んでいた規模より大きくなると、波の動きが速すぎてもはや乗ることは物理的に不可能だった。そもそも、そんな大波に乗ろうとする好き者はごくわずかだった。サーフィン研究の第一人者で『The Encyclopedia of Surfing』『The History of Surfing』などの本格的大著を著したマット・ワーショウは、二五フィートの波に乗る能力を備えているサーファーは二万人に一人しかいないと試算している。それよりもはるかに少ないと考える向きも多い。ワーショウが「おそらく二〇世紀で最も影響力のあるサーファー」と呼び、その最盛期には〝アニマル〟というニックネームで呼ばれるほど大胆不敵だったナット・ヤングでさえ、二〇フィート以上の波には興味がなかった。ヤングは一九六七年のサーフィン映画でこう語っている。「その大きさの波には一度だけ乗った。でも、それで十分だ。垂直の坑道のなかを落ちていくようなあの感覚を楽しめるというサーファーがいるなら、その勇気を尊敬する。でも私は恐怖を感じているときに、ボード上で自分を表現できるとは思えない」

私はヤングと同じ意見だ。全体の九九・九九パーセントのサーファーもそうに違いない。ノースショアでビッグウェーブのスペシャリストとサーフィンをしたことがあるが、突然変異体や神秘主義者、別世界を旅する巡礼者のように見えた。同じ人間だとは思えなかった。命を脅かすような危険に直面しても、普通の人間がとる反応（パニックになったり〝闘争か逃走か〟を瞬時に判断したりする）をしないようなつくりになっているとしか考えられなかった。サーファーはそれぞれ、自分にとって限界の波の基準がある。それはこの世の終わりのような大きな波とは限らない。大きなうねりが発生するたびに、私たちは心の奥にある自分の恐怖の一線と交渉をする。私も、自分の限界と思える波に乗ってきた。サンセット、ウルワツ、グラジャガン、サンタクルーズ。アドレナリンを漲《みなぎ》らせ、ニアス島の一〇フィートの波やホノルアの大波に乗った。特別に大きな日ではなかったが、パイプラインでも凄まじく恐ろしい危険な波に乗った。とはいえ私は大波向けのボードは持っていなかったし、欲しいとも思わなかった。

　マークもビッグウェーブに乗ることを恐れない少数派の人間だった。しかも、さらに珍しいヒッピー・ドクターであるというおまけつきだった。マークは大きな波を恐れたことはないと嘯《うそぶ》いた。大波への恐怖は根拠がないとまで主張していた。心臓病の方が死因の割合が高いのに癌の方が恐れられているのと同じで、サーファーは小さい波の方が多くの事故死の原因になっているのに大きな波を恐れている、と。私はこの理論はめちゃくちゃだと思った。波が大きくなれば凶暴度も増す。誰がなんと言おうと、それは紛れもない事実だ。ビッグウェーブは、サーファーを溺れさせようとしている。事故死の数が少ないのは、そもそもビッグウェーブに乗ろうとするサーファーが少ないだけの話だ。

　サーファーなら誰でも自分が乗れる波の限界を把握しているのと同じように、ビッグウェーブが立つスポットで毎日のように波に乗っていると、他のサーファーの限界もわかるようになってくる。サンフランシスコでは、その限界がマークに匹敵すると思えた唯一のサーファーは、ピーウィーと呼ばれていた大工のビル・バーガーソンだった。ピーウィー《チビ》という不釣り合いな渾名は、子供の頃に兄の仲間からつけられたものらしい。寡黙で芯が強く、サンフランシスコで一番と思えるほど滑らかに波に乗った。だが、大きな波なら何でもいいというわけではなく、ビッグウェーブがきれいに整ったときだけパドルで海に出た。一方のマークは狂気のラインを超えていた。他の誰もが海に入ることなど考えもしないような大波の日に、笑いながら沖に出て行く。そのような振る舞いを好ましく思っていないサーファーもいた。

だがマークは、ビッグウェーブに挑むことにゾクゾクするようなマゾヒズムを覚えていた。とある日の朝、私はクインターラ通りの手前の堤防に立ち、パドルで沖に向かうマークを見ていた。八フィート以上ある波は荒れていて、オンショアの風が吹き、沖に向かう潮の流れもわかりにくく、サンドバーの向こうにあるはずの谷の位置すらも把握できなかった。こんな日に沖に出るの《ゲッティングアウト》は無謀以外の何ものでもなかった。波自体も苦労して沖に行くほどの価値はないように見えた。だが、ウェットスーツ姿のマークは押し寄せる泡の壁に身を投じていた。荒れ狂う白波の世界の、小さな黒点に見えた。わずかに前進する度に、前回よりもさらに大きな波の群が水平線から現れ、崩れた波が水面に叩き落ちてくる位置にマークを押し戻した。マークの隣人のサーファーで、水文地質学のティム・ボドキンも様子を見守っていた。「もうあきらめろ、ドク！」ボドキンは興奮して何度も叫び、たまに笑った。「今日は無理さ。マークは認めないだろうけどな」。私たちは時折、マークの姿を完全に見失った。波は激しく、パドリングが難しかったので、マークは潜水して水中でボードを引きずりながら前進しようとしていた。三〇分後、私は不安になり始めた。水は冷たく、波は強烈だった。ボドキンは心配そうな様子はなく、他人の不幸は蜜の味とでもいうかのように面白がっていた。四五分くらいが経過した後、短い凪《なぎ》が訪れた。マークはここぞとばかりにスクランブルをかけ、猛烈な勢いでパドリングをして、ものの三分でサンドバーのエリアを乗り越えてアウトサイドに出た。しばらく波に乗った後、ボードで上半身を起こした状態で休憩しているマークが、風が吹き荒れる青い海に、黒い点として浮かんでいた。ボドキンは苦虫を嚙みつぶしたような顔をしてその場から立ち去っていった。

マークはよく、夜明けと同時に電話をしてきた。私はその電話を恐れるようになった。巨大な灰色の波に襲われて溺死しそうになるという悪夢は、暗闇からの電話の叫び声でクライマックスを迎えた。マークの声は明るく、陽気で、昼間の光の世界から聞こえてくるようだった。

「どうだ？　どんなふうに見える？」

部屋からオーシャンビーチの南端を観察しているマークは、私の部屋から見える北端の様子を知りたがっていた。私はよろよろと立ち上がって窓まで歩くと、震えながら双眼鏡を覗きこみ、ぼやけたレンズの先に映る寒く荒れた海を眺めた。

「かなり……荒れてるよ」

「本当か？　じゃあ海に出ようぜ！」

このモーニングコールを受けているサーファーは他にもいた。アルゼンチン出身の大学生で、マークに何かと面倒を見てもらっているエドウィン・セーレムも、電話が鳴りはしないかと不安であまり眠れないことがあると言った。「ドクが電話をかけてくるのは、波が大きすぎて他に誰も一緒に海に入る人がいないときなんだ。結局、僕がつき合うことになるのさ」

私も、ある程度まではマークにつき合った。

一一月上旬のよく晴れた寒い日、マークとスロート通りの前のスポットから沖に出た。小さな北からのうねりが入った初めての日で、波は凸凹して荒れ気味だった。気象ラジオで情報を仕入れていたマークは、三〇キロ先のファラロン諸島では風速一二メートルで吹いている北西の風がオーシャンビーチに到達し、波が崩れてしまう前にサーフィンをしようと説得して私を海に連れ出した。海を見渡しても私たち以外にサーファーはいなかった。マークは、みんなは引き潮になったタイミングで波に乗ろうとしているが、北西の風のことを知らないのだと言った。

「仕事があるからかもしれないよ」私はパドルをしながら喘ぎ声で言った。

「仕事がある?」マークは笑った。「それが奴らのそもそもの間違いさ」

昼前で、まだ無風だった。北への潮の流れが速く、沖でも同じ位置を保つためにパドルを続けていたので、寒さで悴《かじか》んだ指先を脇の下で温める暇はなかった。この潮の向きのため、私たちは南へと押し流されるライトの波を狙った。呼吸をするのが忙しく、〝サーファーと仕事〟についてマークと議論をする余裕はなかった。マークはサーフィンを中心にした予定を組んで医者としての仕事をしていた。うねりや潮、風の状態に合わせてスケジュールを変えなければならないので、あれこれと忙しくはあったが、充実はしていたし、家賃もきちんと払っていた。家で執筆をしている私は時間の都合がつけやすかったので、マークにとってサーフィンの相棒にするのに便利だった。堅気の仕事に対するマークの軽蔑は、たいていは私をからかうための冗談にすぎなかった。マークはそれを楽しんでいた。

結婚して子供を持つことに対する軽蔑はさらに辛辣だった。「サーファーの法則。結婚すると乗る波のサイズが一つ小さくなる。子供が一人生まれる度に、サイズはさらに小さくなる。三人目ができたら、四フィート以上の波には乗らなくなる」

波は岸から見ていたよりも良かった。マークと一緒に、ちょうどいいサイズの波の上で短く高速のライディングをした。海が荒れていたこともあって、チューブのなかでは思いがけないほどの速さが出た。六・三フィートのボードに乗っていたマークが、ロングボードが必要だと叫びながら分厚い大きな空洞から飛び出してきた。波の轟音が鎮まる瞬間、堤防の先にある動物園から猿の鳴き声が聞こえてきた。だがサンフランシスコには別の地域にいるかもしれないと思わせるような側面もあった。冬のオーシャンビーチは野性的で、ロッキー山脈みたいな自然の厳しさを感じた。沿岸のハイウェイは交通量が多かったが、ドライバーは私たちの存在に気づいていなかった。サンフランシスコにサーフィンなんてない、と考えていたはずだ。

マークが大きく巻き上がるレフトの波の誘惑に耐えきれずにテイクオフし、あっという間にアロア通りの近くまで運ばれていった。私も次のレフトの波に乗り、同じく北に流された。南に向かって戻ろうとしたが、波の勢いで押し戻される。私たちはスラット通りからタラバル通りに移動することにしたが、タラバルの波は不安定で勢いも弱かった。マークが潮に逆らうのを完全にやめてみようと言った。この日の潮には、スロート通りからオーシャンビーチの北端のケリーズ・コーブを目指す急行のような勢いがあった。この潮に乗り、良いスポットを探しながら北に流れていけばいい。パドルに疲れていた私は喜んで頷いた。目の前を過ぎていくビーチを見ながら潮に乗るのは不思議な感覚だった。私たちは潮の導きに従ってオーシャンビーチのスポットを次々と巡っていった。

この手の実験的な試みが大好きなマークは、目の前を過ぎていくスポットの特徴を一つひとつ解説していった。ここクインターラ通りのアウトサイドは去年物凄いピークの波が立った場所、ここがパチェーコ通りでビッグウェーブが起きた日に波を待っていた場所——。マークは、ノリエガ通りの手前で波が面白い動きをしていて、ブレイクが起こらなくなっていることに気づいた。ゆったりと波のないエリアを進んでいくと、目の前にカワウソが現れた。仰向けで泳ぐカワウソは小さく、光沢のある赤茶色の頭と大きな黒い目をしていた。オーシャンビーチではほとんど見かけない動物だ。人間が珍しく板の上で何もせず海を流れているのを見て、面白がって近づいてきたのかもしれない。

潮の流れは沖に向かっていた。岸に戻ろうと言うと、マークはこの漂流実験の中止にしぶしぶ同意した。ジュダ通りの前を目指して進んでいると、短く分厚い強烈な波が立っていた。私はアドレナリンを漲らせながら、三本連続でライトの波に乗り、トップから素早く滑り降りた。だがその後でミスを犯した。波の先端でボードが水に食い込み、身体だけが宙に放り投げられた。落下してくるボードを避けるためにできるだけ離れたかったが、内側のサンドバーは浅く、まっすぐに飛び込めない。身体を捻り、片方の肩から柔らかく波のボトムに着水すると、すぐさまボードが私の腕を掠めながら落ちてきた。少し位置が違っていたら、顔面を直撃していた。その直後、上から崩れ落ちてきた波に飲み込まれ、さんざん打ちのめされた。ようやく喘ぎながら水面に顔を出した。ウェットスーツのなかにたっぷりの砂を押し込められたみたいに身体が重かった。怪我をしなかったのは本当に幸運だった。頭の中で海の音が鳴り響き、鼻から海水が流れ出した。急いで安全な場所に避難した。

もっと慎重にサーフィンをしていたマークから、「浅いバーの水を吸い込んだ波に乗ったら、首を折ってしまうぞ」と言われた。パラドックスだった。誰よりも危険な橋を渡ることで知られている男は、堅実な判断をする男でもあった。マークは、どんなサーファーよりも波をメイクする（ボードから落ちずに最後まで乗り切る）確率が高かった。十分な見込みがなければテイクオフをせず、いったん腹を決めて波に乗れば、ボードの上では不注意や不用意な動きはしなかった。

マークがライトの波に、私が長いレフトの波に乗った後で、合流してパドルで岸に向かった。マークが、「一一月は、でかくて間抜けだ」と言った。一一月のオーシャンビーチの波は大きくなるが、あまり整っていないという意味だ。続けて何かを言おうとしたが、迫ってきた波を避けるために私たちは再び二手に分かれた。数分後、マークが言った。「天気図と、実際にオーシャンビーチに来るものは、めったに一致しないのさ」

秋のオーシャンビーチでは良い波が立つ日もあった。北と西のうねりがオフショアの風と出会い始めるからだ。この風は、シエラネバダ山脈に初雪が降った後に吹き始めた。秋の波は、霧やオンショアの風といったオーシャンビーチの夏の気象条件に比べれば、さまざまな意味で恵まれていた。シーズンの最初の大きなうねりは一一月に到着する。だがまだ良い波をつくり出すようなサンドバーは形成されていない。波が最高の状態になるのは冬だ。一二月と一月は、巨大な冬の嵐が生み出すうねりと地元の砂底や天候が絶妙に組み合わさり、絶好の条件が整う。

ただし水は冷たかった。水温は摂氏五度近くまで下がることがあり、冬の朝の空気は凍えるほど寒かった。周りのサーファーが身につけていたネオプレン素材のブーツやグローブ、フードを買うことも考えた。リーシュがちぎれて泳いで岸まで戻らなければならなくなったら、低体温症になりかねない。実際、陸に上がった後も指先の感覚が戻らず、見ず知らずの人に車のドアを開けてエンジンキーを回してもらうことも珍しくなかった。時間の感覚も歪んだ。冷たい水のなかで強風に煽られながら大波に乗る長いセッションを一日に二、三回もすると、二日間が二週間のように感じられた。

五キロほど漂流し、VFW通りの手前に戻ってきた。潮が高まり、流れもゆるんでいるようだった。

二時間も水に浸かっていたので、手先は麻痺していた。冷たいゴム製のウェットスーツに擦《こす》っても、温まらない。岸に戻る時間だった。

スラット通りまでは歩かずにヒッチハイクすることにした。ハイウェイ沿いの堤防に立ったとき、マークが突然振り向いて勝ち誇ったように言った。「感じるだろ？　オンショアの風だ！」。マークは正しかった。水面には、風がつくった細く暗い線が外側のサンドバーの方に移動していた。「みんな、今日の波を逃したな」マークが誇らしげに言った。

私の古いサーフィン仲間のベケットとドメニクは、どちらもサーフィンから距離を置いて生きていた。ベケットはニューポートに戻り、建設の仕事をし、趣味でボートを手造りし、ヨットに乗っていた。快楽主義的な傾向はますます顕著になっていた。「セーリングがしたい」というステッカーを車に貼る住人が多いオレンジカウンティで、「クンニリングスがしたい」というバンパーステッカーを貼った仕事用のピックアップトラックに乗っていた。事務所に遊びに行くと、壁には私の額入りの写真が飾られていた。インドネシアのグラジャガンで撮った、サーフィン雑誌に掲載された一枚だ。脇にボードを抱えてリーフに立つ私の背後で、逆光を浴びた無人の壮観なレフトの波が飛沫《しぶき》を上げていた。写真のキャプションは「鶏もサーフィンをする」。鶏みたいに細い私の足首を面白がっているのだ。「なぜお前が世界中を旅しなきゃならなかったのかはわかるぜ」ベケットは写真を眺めながら言った。「アメリカには、お前を十分に惨めな気分にさせるものがなかったからさ」

この理論は、私の自己嫌悪的な傾向に対するドメニクの考えとも似ていた。そのドメニクも、世界を飛び回っていた。テレビコマーシャルのディレクターとして質の高い作品を制作し、自分と同じく成功した、大きな子供のいるフランス人のコマーシャルディレクターと結婚し、パリにアパートメントを、ビバリーヒルズに家を、マリブにコンドミニアムを所有していた。ドメニクもベケットも、たまには波に乗ったし、ボードもまだ持っていた。だが、地元スポットに常連として通い詰めていたりはしなかった。南カリフォルニアの混雑ぶりを想像すれば、それも無理はなかった。私がサンフランシスコに拠点を移し、オーシャンビーチの特徴を学び始めたときも、昔のサーフィン仲間に、自分が見つけたこの誰もいない波について話そうとは思えなかった。秘密にしたかったのではない。誰も興味を持たないだろうからだ。ここでは、稀に遭遇する最高の波のために、やまほどの試練を乗り越えなければならない。オーシャンビーチはあまりにも冷たく、危険で、ハードコアだった。

　母はサンフランシスコのことをあまり好ましく思っていなかった。それは同じ州の北にあるサンフランシスコに対して甘い憧れを抱いていることが多いロサンゼルスの住人にとっては珍しいことだった（〝バグダット・バイ・ザ・ベイ〟と呼ばれる異国情緒や、トニー・ベネットの『思い出のサンフランシスコ』などがその象徴だった）。母は、サンフランシスコは旅行するにはいいが、どことなく古臭い雰囲気があると考えていた。「年寄りにはいいけど、若者向きじゃない」とも言っていたらしい。この街に住んでいた私と弟のケビンにとってはキツい一言だった。ケビンは映画の道をあきらめて法律学校に通い、商業地区のテンダーロインに住んでいた。ケビンも私もサンフランシスコでのんびりと過ごしていたわけではない。だが休暇でたまにLAの実家に戻ると、エンターテインメント業界での成功を夢見る人間が蠢《うごめ》くこの土地特有の熱気を感じざるを得なかった。それは子供の頃は避けていたが、大人になった今ようやく安心して目を向けられるようになったものだった。サンフランシスコのベイエリアには、そんな空気はなかった。例外は優秀な頭脳を持った人間で活気づいていたシリコンバレーだったが、私には縁のない場所だった。

母が再び働き始めたのは知っていた。だが、母が映画制作者になったという現実にはどうにも馴染めなかった。ワシントンのホテルの大広間で催された授賞式で、制作した映画が賞に輝き、笑顔で人前に立ってスピーチをしているパトリシア・フィネガンの姿を目にしても、あれは本当に自分の母親なのだろうかという思いがつきまとった。母は非営利の制作会社でボランティアを始め、すぐに実力をつけると、父と会社を興した。初めのうちは起業の苦労を味わったが、数年もしないうちに、ラインプロデューサーとしてヒット作を手がける父に仕事を依頼するようになっていた。母には脚本の善し悪しを見抜く目利きがあり、脚本家や監督、俳優、テレビ局の幹部とうまくつき合いながら、生産的な仕事をしていく才能があった。簡単に聞こえるが、実際にそれができる人はめったにいない。両親は多忙な日々を送っていた。私の妹のコリーンと弟のマイケルは、父親が関わっていた映画産業に進むことを真剣に考えていた時期があった。だが結局、コリーンは医療業界に、マイケルはジャーナリズムを志し、どちらも東海岸に移り住んでいた。左翼的な政治思想を持っていたケビンも、法律学校を卒業した後はハリウッドに戻らなかった。結局、私たち四人のきょうだいはみな、ショービジネスの世界には足を踏み入れなかった。自分が書いた記事が雑誌に掲載されるようになったことが、元新聞記者だった父を喜ばせているかどうかはわからなかった。だが、書き進めていた本が刊行されれば、両親は喜んでくれるのではないかと思っていた。父も母も、ケープタウンの学校で教師をしていたことを好意的にとらえてくれていた――実際には、この本の主な内容は、私が生徒の将来のためになることをしようとして、失敗した経験だったのではあるけれど。

南アフリカに置き残してきたはずの心のざわめきは、まだ消えていなかった。よく、シャロンが出てくる辛い夢を見た。彼女とはもう連絡が途絶えていた。キャロラインには、この苦しみを隠そうとした。南アフリカでの黒人解放運動に関わった体験を綴る自分の文章に、シャロンとの別れがどんなふうに影響するのだろうかと考え込んだりもした。

サンフランシスコで大学に通っていたケビンは、もっと深刻な悪夢のなかで生きていた。当時は、HIV感染者のエイズの発症が広がり始めていたところだったが、この疾患についてはまだ世間の理解は不十分だった。サンフランシスコでは若者たちが数百人、数千人単位で末期的な状態に陥った。この都市で暮らし始めたばかりのキャロラインと私には、陽性反応が出た知り合いはいなかった。だが、市街地に住むケビンやその隣人は恐怖のなかで暮らしていた。サンフランシスコ総合病院が一九八三年にアメリカ初となる専用のエイズ病棟を開設すると、病室は数日のうちに埋まった。ケビンの大学のルームメートで、親しい友人だったスーという弁護士は、クリスマスを私たちと一緒に過ごしたこともあったが、三一歳の若さでエイズで命を落とした。エイズの発症者の多くは男性の同性愛者だった。ゲイであるケビンは、エイズの研究費や治療費の増額を国に求める運動に積極的だったが、そのことについて私にはあまり話をしなかった。ケビンと二人でアフリカを旅したことが、別の時代の出来事のように感じられた。所在なさげなケビンを楽しませようと、私はオーシャンビーチで溺れかけた話をした。

その日、マークとパチェーコ通りの前から、恐ろしげに燦《きら》めく海に入った。他のサーファーがいなかったので、波の大きさを測るのは難しかった。沖に出るのは簡単だった。条件は完璧だったし、潮の流れも読みやすかった。だが判断を誤り、岸に近すぎる位置をとってしまったため、最初の波を捕まえる前に、波が次々と襲いかかってきた。最初の波で、ボートと足首を結んでいた私のリーシュコードをあっけなく引きちぎられた。私は水に潜ってこの波をかわすと、沖に向かって泳ぎ続けた。二番目の波は三階建のビルみたいに巨大で、最初の波と同じように数メートル手前でブレイクし始めた。再び深く水に潜り、全力で前に進んだ。頭上の水面に、稲妻みたいな爆音を響かせて波が落ちてきた。辺り一面に衝撃波が走った。水中でこの大混乱を回避し、水面に顔を出した。近づいてきた三番目の波は、それまでの波とは別種の生き物のように大きく、分厚かった。腕に疲れが溜まり、呼吸が激しくなってきた。波が来るかなり手前から、深く水中に潜り込んだ。深く潜るほど、水は冷たく、暗くなった。波が崩れる音は異様なほど低かった。最低音部で響き渡る、完璧な暴力の音だった。悪夢のように逆転した重力によって、身体を前後に揺さぶられた。なんとかこの波をやり過ごし、水面に浮上した。そこはもう、波が起こらない場所だった。幸運だった。あと一つ波が来ていたら、一巻の終わりだったかもしれない。一〇メートルほど右にマークもいた。私と同じように、信じがたいほど獰猛な波を間一髪でかわしていた。リーシュはちぎれていなかった。ボードをたぐり寄せながら、目を輝かせて私の方を見ると、あろうことか「素晴らしかった！」と叫んだ。マークならこの場面で、「面白かった！」と叫んでもおかしくはなかった。

後で、セッション記録という観点からは、マークが確かにあの午後のサーフィンを面白かったと考えていることがわかった。あの日、マークは四時間も海の中に留まっていた（私は長い距離を泳いで岸に辿り着き、砂浜に漂着したボードを拾って家に帰り、ベッドに横たわった）。そして、波の間隔（前の波が通過してから、次の波が同じ地点を通過するまでの時間）を測定した。それは二五秒で、オーシャンビーチでの最長記録だった。私は特に驚かなかった。長い間隔の波は、短い間隔の波に比べて速い速度で海洋を移動する。うねりも水面深くに到達し、エネルギーも大きいため、ブレイク時に大量の海水を持ち上げる。マークの記録によれば、私がリーシュを引きちぎられたそのセッションは、そのシーズンでマークが八フィート以上の波に乗った二一日目であり、一〇フィートの波に乗った九日目でもあった。

私が最も恐れていたのは、ツーウェーブ・ホールドダウンだった。波に巻き込まれた衝撃が大きく、水面に浮かび上がる前に次の波に飲まれてしまう状況だ。私は未体験だったが、この悪夢を生き延びたサーファーから、苦い話は聞いていた。それがきっかけで、サーフィンをやめた人もいるのだという。ビッグウェーブでサーファーが溺れ死んだとき、その原因を特定するのは難しい。だが私は、ツーウェーブ・ホールドダウンが原因のケースが多いのではないかと考えていた。私のリーシュを引きちぎったあのモンスターセットの三番目の波をとても怖いと感じた一番の理由も、ツーウェーブ・ホールドダウンに陥ってしまうかもしれないという予感がしたからだった。そうなれば、長時間水の中で息を止めていなければならなくなる。

水中で四〇秒から五〇秒も呼吸を止めるのは、それほど難しくはないと思うかもしれない。ビッグウェーブに乗るサーファーはたいてい、数分間も息を止められる。だがそれは地上やプールでの話だ。

大波に巻き込まれて縫いぐるみのように波に洗われているときの一〇秒間は、永遠に等しい。三〇秒もすれば、意識が遠のいてくる。ひどい場合は、どれくらいのあいだ水中に閉じ込められていたのかがまったくわからなくなる。波に飲まれたとき、私は力を抜き、できるだけ無駄な力を使わないようにする。酸素を使わず、水面に出たときに泳ぐための余力を残そうとする。リーシュコードをたぐり、自分より浮力が強いために先に水面に到達しているボードのところを目指すこともある。最悪なのは、あと一蹴りで水面に出られると思ったときに、見込み違いで出られなかったときだ。これで最後だと思っていた状況から、あと二度、三度と手足を動かさなければならないとき、酸素への渇望は極限に達し、喉は痙攣し、泣き出したり叫び出したりしたくなるような感情に襲われる。肺に水を吸い込みたいという衝動に抗うのは、不快で狂気じみた感覚だ。

パチェコ通りの沖で三番目の波をかわして水中に潜ったとき、そのような不快な状況には陥らなかった。続けざまの波も来なかったので、恐れていたツーウェーブ・ホールドダウンも起こらなかった。それでも、このニアミスを思うとぞっとした。もし次の波に襲われたとしたら、それに対処できなかっただろうことがわかっていたからだ。

私にとって、サンフランシスコで波乗りを学んだサーファーがいるのは驚きだった。だから、そういう人間がいたらあれこれと質問責めにした。エドウィン・セーレムは子供の頃、合板や木材、ショッピングカートの車輪を材料にして、自転車で牽引できるボードラックを自作した。フォートポイントの潮がいい状態になるタイミングの二時間前に、サンセット地区の自宅を出発した。ペダルを漕いでいくのに、それだけ時間がかかったからだ。フォートポイントはゴールデンゲートブリッジの南端にあるサーフスポットで、混雑はしていたが波は穏やかだった。ここで経験を積んだエドウィンは、一二歳か一三歳のとき、オーシャンビーチで波に乗り始めた。すでに常連の一員だったピーウィーからは、海に入る前に、セッション後の焚き火で使うための乾燥した流木を集めておけと言われた。「たっぷり集めたさ」エドウィンは言った。「他にも、何かと雑用をやらされたよ」。エドウィンはこうして、オーシャンビーチのローカルサーファーになっていった。

そして今、三〇代半ばになったエドウィンは、黒い巻き毛と輝く緑色の瞳をした滑らかで力強いサーファーになっていた。私はエドウィンとスラット通りの前から海に入り、激しいパドルの後で呼吸を整えた。午前半ばで、寒かった。波は荒々しかったが特別なものではなく、海には他に誰もいなかった。ワイズの店の近くにあるパン屋から、新鮮なドーナツの香りが漂ってきた。コンテナ船が、ゴールデンゲートの方に向かって水平線を進んでいった。少し遠くに来てしまったので、テイクオフエリアに戻ることにした。今でも生まれ故郷のアルゼンチンに帰郷することがあるエドウィンに、彼の国のサーフィン事情について尋ねてみた。エドウィンは笑った。「普段ここで波に乗っているから、あっちは本当にちょろく感じるよ。海水は温かいし、波は穏やかだし、ビーチには女の子がいるんだから！」

大きな波が立つ日は、街がいつもと違って見えた。通りや建物が遠くに感じられ、陸にあるものはすべて丸い地球のごく一部を表す線となり、あらゆる活動が海だけで起こる。オーシャンビーチを凄まじいビッグウェーブが襲った一九八四年の一月のある朝、海に向かって車を走らせながら見るサンフランシスコの街はゴーストタウンのように静まりかえっていた。空模様は暗くて薄気味が悪く、灰褐色の海は不吉な予感を漂わせていた。ケリーやVFWには一台も車がなかった。南に向かってゆっくりと車を走らせながら、波を見た。海には誰もいない。比較するものがないので、どれくらい大きいのかがよくわからない。二〇フィート、おそらくもっと大きい。

スロート通りの手前の駐車場に車を停めたとき、荒れ狂う波は完全に手に負えなくなっていた。遠くで波打つ波は岸からはよく見えない。この海に入るなんて考えられない。風はなかったが、膨大な量の水を前方に投げ出そうとしている大波には白波が立っていた。砕けた波が水面に落ちると、この世のものとは思えない真っ白な爆発が起きた。小さな核爆弾だ。胃が締めつけられた。マークから早朝に電話があった。「スロート。必ず来いよ」。だが、スロートはサーフィンができる状況ではなかった。数分後、駐車場に止めた車から出てきたマークは、私を見て目を丸くしてみせた。思っていたより波が大きかったからだ。スロート通りの約一キロ南にある、市が一時的に建設していた工事用桟橋の南側にある波を見てみることにした。同じく明け方にマークから電話をもらったというエドウィンも加わり、三人でスロートの南の砂丘に向かった。

アリューシャン列島の大嵐によって発生したうねりは、北西から入ってくる。三、四〇〇〇メートルの長さの桟橋のすぐ南側では、波が橋脚にぶつかり勢いを弱めていた。北側の巨大な波の半分ほどの大きさしかなく、乗りこなせるように見えた。だが、どうやって波のある場所に出るかが問題だった。もともと、この桟橋の下から沖に出るサーファーはいた。辺りの浜に打ち寄せた波の水が沖に戻る潮の流れ《リップカレント》があり、橋の下には深い溝ができていて、波がほとんど立たなかったからだ。だが、桟橋の下は厄介でもあった。ケーブルがぶら下がっていたし、水底には巨大な鉄板が危険な角度から突き出ていた。波に押されてぶつかりそうになっても、短い間隔で立っている橋脚は避けてはくれない。私もスラットからゲティングアウトできないときに、何度か桟橋の下からパドルをしたことがあったが、もう二度とやらないと心に誓っていた。いずれにしても、その朝は橋の下からのパドリングは不可能だった。波が雪崩のような轟音を立てて橋脚の鉄の森のあいだを通り抜けていた。この状況で沖に出るための唯一の方法は、建設現場の守衛の脇を通り抜けて桟橋の上を先端まで走り、波の外側の安全な場所から海に飛び降りることだった。

「やってみよう」マークは言った。

私たちは、桟橋の南側になる泥道に停めた、マークのバンの車内にいた。いかつく、年季の入った、キャリアー付きの一九七五年製のダッジだ。一〇分間、三人とも「凄い！」「あれを見ろ！」以外の言葉を口にしなかった。私は海に入ろうとはまったく思わなかった。幸いと言うべきか、私のボードはこの日の波の条件には適していなかった。エドウィンの八・四フィートのガンでさえ、十分に大きくは見えなかった。マークは九フィート以上のロングボードを二枚持ってきていて、余った一枚を私たちのどちらかが使えばいいと言った。

「だから俺は九フィート以上のボードを持ってないのさ」エドウィンが苦笑いを浮かべて言った。

まさにそれは、八フィート以上のボードを持とうとしないサーファーが多い理由だった。この手のビッグウェーブ用のガンを持つと、それに相応しい大波にいつか乗らなければならないという思いがつきまとう。ワイズの店で売られていた一〇・〇フィートのボードを眺めて、「これは棺桶付きで売らなきゃ駄目な奴だ」と連れにつぶやいた客がいたのをよく覚えている。

マークがバンから飛び出すと、サイドドアのところに回ってウェットスーツに着替え始めた。私はサンフランシスコに来て初めて、マークから誘われても頑なに拒絶しようと決心した。マークはそれを察したのか、私には声をかけず、エドウィンに「行こうぜ」と言った。「前にもっと大きな波に乗ったことがあるじゃないか」

おそらくその通りだった。マークとエドウィンは、暗黙のビッグウェーブの絆で結ばれていた。二人は一九七八年に会って以来、一緒にサーフィンをしてきた。マークは、オーシャンビーチの新入りだったエドウィンに目をかけるようになった。アルゼンチン出身のエドウィンにアメリカで生きていく術《すべ》を教え、大学への進学を勧めた。両親が離婚し、母親と暮らしていたエドウィンは、父親のように面倒を見てくれるマークに感謝していた。マークからは、お前なら大波に乗れると励まされた。エドウィンは条件を満たしていた。逞しい体つきをしていて、泳ぎがうまく、サーフィンの技術も確かだった。精神力も安定していたし、若者らしいおおらかさもあった。何より、崇拝とも呼べるほどにマークを信頼していた。マークはこの理想的な弟子と共に、何年にもわたって冬のビッグウェーブに挑み、次第に限界値を上げていった。二人のあいだには、マークがエドウィンには乗りこなせない波だと判断したら誘わないという暗黙の了解があった。

エドウィンはやれやれといった様子で首を振り、ダウンジャケットを脱ぎ始めた。身長一八〇センチ、四角い顎はドン・キホーテの従者サンチョ・パンサを思わせる。マークといると、どんなサーファーも助手のように見えてしまうから不思議だ。

エドウィンが自分のボードからリーシュを外し、マークから借りた淡い黄色の九・六フィートのシングルフィンのガンに取りつけているあいだに、私はマークからカメラの使い方を教わった。マークは馬鹿でかい九・八フィートのトライフィンのボードを地面に置くと、慣れた様子でデッキにワックスを塗り、ヨガのポーズでストレッチをした。その間、一度も波から視線を外さなかった。

「俺たちはなんでこんなことをしてるんだ?」エドウィンが私に言った。自嘲気味な笑顔が、次第に真顔に変わった。

エドウィンの準備が整い、二人は立ち上がって栈橋を渡り始めた。警備員のトレーラーの脇を通り過ぎ、巨大な下水管の陰に隠れて見えなくなった小走りする二人の姿が、一分後に栈橋の先に現れた。大きなボードを抱えた二つのしなやかな影が、白っぽい空に映えていた。栈橋の向こうには、スロートの沖の、普段は波が立たない場所でブレイクする大波が見える。さらに北に見える灰色がかったベージュのうねりと白い波の壁は、私がよくうなされていたサーフィンの悪夢から飛び出してきたような光景だった。温かい車内から見ていても、その波は恐ろしかった。

マークとエドウィンは栈橋の先端のはしごを下りて海に入り、岸に向かってパドリングを始めた。二人の姿と比較する限り、波は想像していたほど怪物的な大きさではなかった。エドウィンがテイクオフした厚いレフトの波は、人の三倍ほどの高さがあった。波は茶色く、飢えているように見えた。私は写真を撮り始めた。エドウィンはうまくチューブに入り込んだが、突然、波が一気に崩れて波に巻かれた。ボードが白波に浮かび上がった。リーシュはちぎれていた。波は岸の近くでブレイクしていた(栈橋の南には外側のサンドバーはなかった)ので、エドウィンはすぐに岸に辿り着いた。砂丘に登ってきたエドウィンに、私は写真を撮ったぞと告げた。「思ってたほど荒っぽくはないぜ」エドウィンは言った。「クローズドアウト気味だけど」。私のボードのリーシュを借りたいというので、喜んでそうした。気温は上がる気配はなく、摂氏七度前後で寒かった。

エドウィンが桟橋に向かったとき、私は二〇〇メートルほど北に凄まじく大きな波が立っているのを見た。スロートの波は、二〇フィートを超えているのかもしれない。ただ巨大なだけではなく、凄まじく激しい。激しく崩れ落ちた波から、チューブのなかに閉じ込められていた空気が霧のように吹き出した。ノースショアでも見たことがない光景だ。エドウィンはマークと、南側の水平線に見える波を指差しながら話をしていて、北側の様子に気づいていなかった。桟橋の下の波の轟音で、北側の波の音はかき消されていた。エドウィンがもし北の波を見ていたら、凍りついていただろう。

マークは一〇フィートのライトの波を二本メイクしたが、角度的にうまく撮影ができなかった。雨が本降りになり、霧で二人の姿が見えにくく、凪で三〇分も波がブレイクしていなかった。私はカメラをマークのバンに戻し、帰宅した。その直後、エドウィンは再び波に巻き込まれ、リーシュがちぎれて沖に流され、たっぷりと恐怖を味わい、這々《ほうほう》の体で浜に辿り着いたらしい。

マークがエドウィンを見つけ、車で家に送った。マークは桟橋の南側の凪に退屈して北側にパドルで移動し、スロートのビッグウェーブに二、三本乗った後で、ボードが浜に打ち上げられているのに気づき、慌ててエドウィンを探したのだという。二人の絆は、厳しい試練をなんとか乗り越えた。エドウィンはしばらく海に出てこなかったし、その冬もほとんどサーフィンをしなかった。その後、エドウィンの姿をビッグウェーブの日に見かけることは二度となかった。

とある寒い日のスロート。五、六人のサーファーが、鏡のような水面の満潮の海で、八フィートの波に乗っていた。二週間前に足首を痛めた私は、陸で指をくわえて見ているしかなかった。ゴールデンゲートの南の崖側にあるデッド・マンというスポットで、高波から落下したのだ。この日も、マークのバンの車内で、カメラを手にしていた。普段はサーフィンの写真はめったに撮らない。良い波を目の前にして、じっと座っていることなどできないからだ。だが、マークは海に入れない私にちゃっかりとカメラを託してきた。自分が波に乗る姿を写した写真が嫌いなサーファーは、まずいない。波も波乗りも、一瞬で消え去ってしまう。だからその瞬間を記念品として残しておきたくなる。ただしそれだけでは、サーファーがこれほどまでに自分のサーフ写真に情熱をかける理由は説明できない。そのとき私は、マークを含む二、三人のサーファーの写真を撮ることになっていた。だが、みんなうまく波をつかまえられず、そのうち波を追いかけるようにして南に移動していった。被写体の姿は、光り輝く水面にはもういなかった。

私も南に行かなければならなかった。足を引きずって運転席に移動し、エンジンを始動させると、父親のコートを着て袖がぶかぶかになり、裾を床に引きずっている子供になった気がした。マークは私よりせいぜい五センチほど背が高いくらいだが、座席もハンドルもやたらと大きく感じた。水たまりと穴だらけの駐車場を走り出したときも、車というより背の高い貨物船を操縦しているみたいだった。荷台に何枚ものサーフボードが積み重ねられたバンからは、大きな伸びをしている猫のような伸びやかさと力強さを感じた。百獣の王になったような気分になるこの運転席に座っていると、マークのようなサーフィンの伝道者になってみたいという気がした。

マークは、サーファーにとって波の写真に特別な意味があることをよく理解していた。よくスライド上映会をして仲間に写真を見せていたし、アパートの壁じゅうに波に乗る自分の写真を貼っていた。仲間がサーフィンをしている写真を撮り、それを贈ることも楽しんでいた。私はサーファー仲間の家で、マークから贈られたという宗教画みたいな額入りの写真が大切に飾られているのを何度も見たことがある。私もマークから自分の写真をもらった。膝を曲げてボードに乗る私が、ノリエガの濃灰色のバレルの内側に入り込もうとしている瞬間が写されたものだった。キャロラインは私の誕生日にこの写真用の額を買ってくれた。いい写真だったが、これを見ていると歯がゆくもなった。私には、この写真を撮ったマークの友人が、シャッターを早く切りすぎていると思えたからだ。写真が撮影された次の瞬間、私はこのチューブの中に姿を消した。それが私が写して欲しかった瞬間だった。波しか映っていないが、一枚が欲しかった。これから始まる何かを予感させる瞬間ではなく、外からは見えない軌道を描いてい私がその厚く銀色に輝く空洞のなかで高いラインを描きながら滑っていることはわかっている。そんなる瞬間こそが、サーフィンの真髄なのだ。とはいえ、写真は〝サーファーが波に乗っているときにどんなことを感じているか〟ではなく、〝サーファーが波に乗っているときに外からはどんなふうに見えるか〟を表すものだ。今このノリエガの写真を眺めると、海は暗い色をしている。だが私の記憶では、目の前は銀色の光で溢れていた。私はチューブのなかで南を向いていたし、アーモンドのような形をしたチューブから抜け出したときに、眩しい世界に戻ったという感覚があったからだ。

誰もいない場所でたった一人で波に乗っていたい。だが、誰かにそれを見てほしい――。サーフィンにはそんなパラドックスがある。そう感じているのは、私だけではないはずだ。

波に乗っている姿を誰かに見てほしいという思いは、ライバルと競争したり、ただ仲間と一緒にいたいという思いとつながっていた。私はサンフランシスコでは特にそれを強く感じた。サーファーのコミュニティは小さく、オーシャンビーチで一人で波に乗っているときに感じる孤独は強烈だった。ティム・ボドキンの妻のキムが、私がこのビーチのコミュニティでどんな立場にいるかを、ある春の晴れた朝に教えてくれた。私は、彼女の家の手前にあるグレートハイウェイの道ばたでサーフボードにワックスを塗っていた。仲間のサーファーたちがタラバルに通じるトンネルを抜けて海に出て行った。降り注ぐ日差しのなか、小さな男の赤ちゃんをおんぶしていたキムが言った（マークはすでに、人の子の親になったティムは、来年の冬にはスロートのビッグウェーブには乗らないだろうと予測していた）。「今日はドク軍団は全員沖に出るのね」

「何だって？」

「ドク軍団よ」彼女は言った。「聞いたことがないとは言わせないわ。あなたは生え抜きのメンバーなんだから」

サーファー誌の最新号が、ワイズの店のカウンターに置いてあった。いつもなら、私はこのサーフィン雑誌を手にとってすぐにページを捲り始める。だが、このときは表紙に目が釘付けになった。船からサーフボードを持って飛び降りようとしているサーファーの背後に、見慣れた青いレフトの波の写真が使われていたからだ。「夢のようなフィジー！」――見出しにはそう書かれていた。右上には「大発見！」という文字が躍っていた。もちろん、それはタバルアだった。

吐き気がした。だが、まだ私は物語の半分しか理解していなかった。

この記事は、新しいスポットの発見ではなく、リゾート施設のオープンを知らせるものだった。カリフォルニアのサーファー二人がタバルア島を買うか借りるかして建設したホテルが、営業を開始したということらしかった。サービスの売りは、世界屈指の極上の波を独占できること。ホテルの宿泊客の上限は六人。波に乗れるのはこの客だけだ。混雑していない波に乗るために金を払うというのは、斬新なコンセプトだった。新しいスポットを発見したという記事は、サーフィン雑誌に溢れている。だが、そこには〝スポットの正確な場所は知らせない〟という厳格な不文律があった。大陸名は明らかにしても、国名は書かない。どの海なのかすら記さないこともある。読者は自力でそれがどこかを探さなければならない。だがこの記事では、その暗黙裏のルールがあっさりと破られていた。これからはタバルア島でサーフィンをしようとしても、リゾート施設がそれを許さない。そこはもう、プライベートスポットになった。〝今すぐ予約しよう、どのクレジットカードでもＯＫ〟――この号には、当該のリゾート施設の広告さえ掲載されていた。

その週、偶然にもブライアンが東京からサンフランシスコに来ることになっていた。旅行雑誌にフリーランスとして記事を書いていたブライアンは、取材で北海道を訪れていた。空港で出迎えた帰りの車内で、私は件《くだん》のサーファー誌をブライアンの膝の上に無造作に置いた。ブライアンはしばらく黙って記事に目を通していたが、次第に毒づき始めた。俺たちは甘い夢を見ていた、タバルアが六年間も誰もいないスポットであり続けるわけなどなかった、と。

私以上にこの事実にショックを受けたブライアンは、憤慨してサーファー誌に抗議の手紙を書いた。ブライアンは、俺たちは的はずれな怒りで頭に血を上らせているのかもしれない、とも言った。結局のところ、そもそもタバルアは私たちの独占物ではないし、長いあいだ訪れてもいなかったのだから。とはいえ、ブライアンはこの雑誌のやり方に嫌悪感を抱いていた。私も同感だった。この世界では、手つかずの素晴らしいものは必ずいつか誰かに搾取され、悪用され、台無しになってしまう——ブライアンは言った。サーファー誌に書いた手紙では、同誌とリゾート施設とにどのような金銭的な取り決めがあったのかを厳しく指摘し、編集者を〝間抜け〟、さらには〝ポン引き〟呼ばわりした。

ブライアンが間近にいるのは不思議だった。手紙は頻繁にやりとりし、近況は忠実に伝え合っていた。時々、自分がモンタナに戻り、当時と同じようにブライアンたちと毎日を過ごしているのではないかと錯覚したくらいだった——スキーをし、酒を飲み、モンタナに大勢いる（と私が思っていた）賑やかで才能のある作家仲間とつるむ。ブライアンは旺盛に執筆をしていて、記事や書評はメディアに掲載され、新しい小説にも取り組んでいた。〝意地悪な痩せた女〟と冗談めかして呼んでいたディアドラ・マクナマーという作家と同棲していた。実際にはまったく意地悪ではなく、最終的にはブライアンと結婚することになる女性だ。旅行雑誌の取材でタスマニアやシンガポール、バンコクなどあちこちを訪れていた。バンコクに連れて行ったディアドラには、私たちが昔、滞在したステーション・ホテルを見せたのだという。ブライアンは、久しぶりに見たこのホテルの貧相さに驚いていた。東南アジアから私宛に送られた分厚い手紙の一五枚目には、こう書かれていた。「金があれば、同じ都市でもこんなにも違って見える」。取材で宿泊した別のホテルの優雅な部屋には、エアコンも付いていた。ブライアンの手紙は面白かった。ホイットマン風で、突発的で、ユーモラスだった。痛々しいほどの自己批判が書かれていることもあった。たとえば一九七八年の冒険旅行のときにサモアでサバイナイア一家から受けたもてなしは、彼らの経済状況に鑑みればかなりの無理をしたものであったこと、にもかかわらず私たちは一家が何よりも欲しがっていた現金ではなく、つまらない土産物でお茶を濁してしまったこと、謙虚な一家は金が欲しいとは最後まで言い出せなかったはずだということ。そうしたことに今さら気づき、後悔で夜も眠れない、と手紙にはしたためられていた。私も、ブライアンの考えが間違っているとは思えなかった。

ブライアンはしばらくサーフィンをしていなかった。一〇月の小さなうねりが入っていたので、マークにボードとウェットスーツを借りて波に乗ることにした。マークのガレージの片隅で、ブライアンは小さなウェットスーツを着るのに苦労して身をよじらせた。私が背中のファスナーを上げるのを手伝うのを、マークたちは面白そうに見ていた。海に出てからも苦戦した。オーシャンビーチの白波は例のごとく容赦がなく、ブランクのあるブライアンはなかなか沖に進めない。私はドルフィンスルーで波の下に潜りながら併走し、お節介なアドバイスをした。滞在中に二回サーフィンをしたブライアンは、海に戻れて最高だったと言ってくれた。ドク軍団の若手から軽口を叩かれるのではないかと待ち構えていたが、誰も何も言わなかった。ブライアンはマークを尊重してそのやり方に従ったし、その逆も同様だった。ブライアンは自分が嫌いな傲慢な人間のようには振る舞わなかったのだ。ブライアンとキャロラインは、お互いの面白い言葉を真似し合ったりして仲良くしていた。私たちは冷蔵庫に、ブライアンが日本で見つけてきた、妙な英語が書かれた面白い観光用のステッカーを貼った。

それから約一年後、ブライアンから、自らが率いるソフトボールチーム〝モンタナ・レビュー・オブ・ブックス〟を題材にして書いたというエッセイの草稿が送られてきた。ニューヨーカー誌が望んでいるような作品かどうか、感想を聞かせてほしいというのだ。私は返事を書いた。いい文章だが、「トーク・オブ・ザ・タウン」のコーナーに掲載してもらうのは難しいだろう。タッチが小説風すぎるし、告白的だ。私はこの雑誌に一度文章を掲載されたことがある人間として、先輩風を吹かせた。だがブライアンは私の返事が届くのを待たずに原稿を送っていた。ニューヨーカー誌の編集者ウィリアム・ショーンがそれをいたく気に入り、アルゴンキン・ホテルの部屋をとってブライアンをニューヨークに呼び寄せ、これからどんなものを書きたいのかを尋ねた。ショーンはソフトボールのエッセイをすぐにニューヨーカー誌に掲載し、ブライアンのアイデアに基づいて、ダイナマイトの歴史についての二部構成の記事を書くという仕事を依頼した。ディアドラからブライアンがニューヨークにいる理由を聞いたとき、私は自分が送った手紙が届いても開封しないでほしいと弱々しく頼むしかなかった。

ある晩冬の日、VFW通りの前のスポットで大波が立った。海に出ているのはティム・ボドキンとピーウィーの二人だけだった。防波堤に立つと、灰色の海が午後の眩しい光に照らされていた。黒い波の壁が断続的に立ち上がっている。すでに海に出て、陸に戻っていたマークは、波の大きさは一〇から一二フィートで、北向きの潮は〝殺し屋〟のようだったと言った。その後で吹き始めた北西の穏やかな風が波の表面を台無しにし、乗るのを難しくしていた。何度か波をつかまえていたボドキンとピーウィーの姿は、陸にいた私たちからはほとんど見えなかった。二人はそれまで私がブレイクが起こるのを見たことがない沖のスポットで、馬鹿でかいレフトの波に乗ろうとしていた。私は、VFWはビッグウェーブスポットだとは思っていなかった。このスポットは、小さく綺麗な波が立つ日にはオーシャンビーチのなかでも特に大勢のサーファーが集まる。だがこの日は、〈ワイズ・サーフボード〉に、「今日の波は?」と尋ねる電話が何本もかかってくるような日だった。店主のボブ・ワイズが「馬鹿でかい」と言うと、サーファーはみな、突然思い出したようにベイエリアの海から遠く離れた場所で用事があると言い、海には出てこないのだった。

　防波堤には、八人から一〇人程度のサーファーが気難しそうな顔をして立っていた。全員、風で波が駄目になっているので、今日は沖に出る理由はないと自分に言い聞かせているようだった。普段からあまり行儀のいい言葉使いをしないサーファーたちが、波や天気、世の中について、いつにも増して汚い言葉を毒づいていた。ポケットに両手を突っ込んで防波堤を歩き回り、喉を渇かせながら大声で笑った。度付きのサングラスをかけて黙って海を見ていたエドウィンが興奮した様子で言った。「名案が浮かんだぞ。同盟を結ばないか? 俺は怖いから海に入らない。みんなで、そう宣言するんだ。〝怖いから海に入らない〟。なあドモンド、お前も言ってみろよ」

　ドモンドが、嫌そうに顔を背けた。タクシー運転手の仕事の合間にワイズの店で働いていた、騒々しくタフなタイプの男だ。エドウィンは別の地元出身のサーファー、ビーパー・デイブにも同じことを言った。デイブもぶつくさと何かをつぶやき、首を横に振りながら離れていった。全員から無視されたエドウィンが、何事もなかったように笑って肩をすくめた。

「セットが来たぞ」誰かが叫んだ。みんなが一斉に水平線に目を向けた。気持ち悪いほど巨大な灰色の波が、燦めく水面からせり上がろうとしていた。「あの二人、死ぬぞ」誰かが言った。

私はマークについて文章を書きたいと思った。マークも乗り気になってくれた。ニューヨーカー誌に、都会に住み、ビッグウェーブに乗る面白い医者がいる、と伝えた。編集者のショーンは興味を示し、正式な依頼をもらった。

マークとの関係は変わった。周りからマークの弟子みたいだと誤解されることも気にならなくなった。私はマークにとっての伝記作家のボスウェルとなり、子供時代のことを訊ね、車に積んでいる道具のリストをつくり、診療所で患者を診察している様子を観察した。大学時代のマークは天才の誉れが高かった。医学進学課程のときにビバリーヒルズの精神科医だった父親に腫瘍が見つかり、それを機に癌の猛勉強を始めた。周囲から、父親の命を救う新しい治療法を発見するという使命にかられているに違いないと思われるほどの真剣さだった。結局、父親は癌ではなかったが、勉強は続けた。その関心は、治療法の発見を主眼にする腫瘍学ではなく、癌の教育と予防だった。医大への入学前には、他の学生と共に癌に関するカレッジコースを主催し、後に数万人の学生の教科書となった『癌の生物学』を共同執筆した。同じく共同執筆した『癌の理解』は大学のベストセラーテキストになった。アメリカ各地で癌の研究や教育、予防についての講演もしていた。

「実は、一番興味があるのは癌そのものじゃなく、人間の反応なんだ。癌患者やその生存者には、癌になって初めて現実と向き合い、真剣に生きるようになったと言う人が多い。開業医をしているとよくわかる。家族の誰かが癌になったら、もう表面的な関係ではいられなくなるんだ。私は人間の心、つまり人がどんなふうにストレスや逆境に反応するかに興味がある。病気と闘い、必死でそこから抜け出そうとする姿に感銘を受けるんだ」。マークは両腕で空気を掻く仕草をした。大波に巻かれたときに、もがきながら水面に顔を出そうとするときの動作だった。

オーストラリア人のジャーナリストで、医師でありサーファーでもあるジェフ・ブースに専門家としての意見を聞くと、こんな言葉が返ってきた。「マークには間違いなく死の願望がある。これほどの強い死への衝動を持つ人間は世界中を探しても数えるほどしかいない。私が会ったことがあるなかではホセ・エンジェルくらいだ」。エンジェルは一九七六年にマウイ島の海で姿を消した、ハワイの有名なビッグウェーブサーファーだ。

オーシャンビーチでのマークの若き相棒だったエドウィンには、〝マークは両親を亡くしたことへの怒りと虚しさを紛らわすために大波に乗っている〟という持論があった。マークに伝えると、馬鹿馬鹿しいと一笑に付された。エドウィンはフロイト理論に基づいた仮説も立てていた（エドウィンは精神分析が中産階級の宗教だと言われているアルゼンチンの出身だ）。「明らかに、あれはエロスだ。あの大きなボードは、ペニスの象徴なのさ」。私は、この意見はマークには伝えなかった。

私は南アフリカの本を書き終えた。出版社からの返事を待つあいだ、ワシントンに行き、アメリカの南アフリカ政策を取材した。南アフリカでの市民運動がニュースの見出しになり、反アパルトヘイト運動は世界的に広がり始めていた。ニュートン・グングリッチをはじめとする保守派の若手議員は、アパルトヘイトはいずれ廃止される運命にあると賢明な判断をしていた。そして、アパルトヘイトを肯定するレーガン政権に対して反旗を翻した。共和党の内紛は続き、メディアに話をしたがっている中心人物も少なくなかった。私は反アパルトヘイトを強く支持していたが、ポーカーフェイスで取材を進め、政治や権力について学んでいった。安物の黒のスーツを着て、キャロラインが買ってくれた新品のブリーフケースを抱え、慣れたふうを装いながら、上院議員や下院議員の事務所、ヘリテージ財団や国務省で取材をした。当時はまだ無名だったオリバー・ノース大統領補佐官が統括する軍関係の組織にも足を踏み入れた。私は青二才でぎこちなかったが、この仕事には充実感を覚えた。政界の要人を追いかけ、コネクションをつくり、鋭い質問をする。その取材は、サンフランシスコの左翼系月刊誌、マザー・ジョーンズ誌に書いた三、四件目の記事のためのものだった。同誌も、私と同じように大きな世界に羽ばたこうとしていた。保守派の若手議員の反乱は成功し、レーガンは掌を返したように南アフリカへの経済制裁を実施した。ただし、アメリカ政府は依然としてニカラグアへの介入を続けていた。

　私が記者の仕事を始めたことは、サンフランシスコの小さなサーファーコミュニティにゆっくりと知られていった。この頃には、常連のほとんどと顔見知りになっていた（全員、男だった。オーシャンビーチには、まだ女のサーファーはいなかった）。マークの記事を書こうとしているという噂が広まると、サーファー連中の私への見方が違ってきた。頼んだわけでもないのに、マークのことを話してくる者もいた。「ドクは大きな子供さ」一種の褒め言葉として、ビーパー・デイブが言った。「ドクは〝どんなことでも起こり得る〟という考えを忘れない男だ」ボブ・ワイズが言った。こうした意見は、私には見えていなかったマークの側面を浮かび上がらせた。口汚い言葉をぶつけられたこともある。VFW通りの沖で、汚いブロンドの長髪を生やした強面《こわもて》の男が至近距離まで近づいてきた。サーフィンのマナーに反するほどの近さだ。粗野な顔を思い切り近づけると、うんざりした様子で「ドクはいかれてる《クーク》」と吐き捨てた。私は何も言わなかった。しばらく間を置き、男は去った。ずいぶんなご挨拶だった。クークはサーフィン用語で初心者の意味もあるが、男はマークを侮辱し、敵意をむき出しにしていた。一応、一つの意見として心に書きとめた。

私はマークのことを、オーシャンビーチの申し子のような存在だと思っていた。だが、一部の地元の人間にしてみれば、調子に乗ったロサンゼルスの金持ちの子供にすぎなかった。ブルーカラーの地元民とホワイトカラーの新参者というこのスポットを二分していた線引きは、実はそれほど単純でも明確でもなかった。マークの仲間には地元サンセット地区の出身者が多かったし、どちらのカテゴリーにも収まらないような常連もいた。たとえば、〝スロート・ビル〟だ。ハーバード大を出ていて、テキサスからサンフランシスコに移ってきた男で、商品取引の仕事をしていた。何度目かの妻と離婚をした後、サーフィンの技を極めるという決意を抱き、スロート通りのスポットの駐車場に車を停め、一カ月寝泊まりして暮らしていたことが〝スロート〟というニックネームの由来だ。サーフィンを極められたかどうかはともかく、ビルは車のシガーソケットからコンピューターに電源をつないで商品取引の仕事をし、駐車場にいながらにしてオーシャンビーチの常連の誰よりも金を稼いでいた。

サーファー同士が交わす〝紳士協定〟は、細かな注意が必要だ。沖に出る度に、内容が書き換えられるからだ。混雑した海で見知らぬサーファーと波を争うときには、サーフィンの腕前や気の強さ、そのスポットの知識や地元での評判などが役に立つ。私もキラーやマリブ、リンコン、ホノルアなどでは喜んでこの手の原始的な波の奪い合いに加わった。あまり混雑していないスポットでは、この争いはもっと繊細なものになる。そこには、地元のサーフィン文化や地形、天候の条件などに基づいて形成された、不文律のルールがある。稀にではあるが、オーシャンビーチも混雑した。そのときは、他のスポットと同じように他のサーファーへの気配りや礼儀が必要になった。

二月のとある午後、スロートの波待ちエリアには六〇人以上のサーファーがいた。見知らぬ顔ばかりだった。もう三日連続で、西からのいいうねりが入っていた。条件は素晴らしく、六フィート以上の波が立ち、無風だった。例年なら、冬のあいだにブレイクをつくり出す砂底の隆起は二月初旬には崩れ始めるが、今年はそうならなかった。おそらく、普段はオーシャンビーチを恐れて寄りつかないカリフォルニア全域のサーファーが、乗りやすい波が立っているという噂を嗅ぎつけて集まってきたのだろう。彼らの気持ちは理解できた。荒々しい冬のうねりを今年も無事に乗り越えられたことにほっとしていたからだ（これで三度目の冬だった）。だが混雑にはうんざりした。サーファーたちは無秩序で、狙いが定まっていないように見えた。会話もなく、誰もが次の波に乗ることだけを考えているようだった。私はスロートの駐車場にあるスクールバスを目印にして、波を待つ四、五人の内側にポジションをとった。

大きな波に巻き込まれる危険はあったが、最初のライディングでいい波に乗って周りに力を示したかった。冬のあいだじゅうここで波に乗っていたから、余所者《よそもの》のサーファーよりもここのサンドバーの特性を知っていた。次の波が少し間を置いてやってきたので、それを狙っていた他の二人はタイミングを外されて後退していった。私はしっかりとボードに足をつけたまま、今日一本目の波を高速で乗り切った。パドルで戻りながら、たった今見たばかりの素晴らしい波のことを誰かに話したいと思ったが、誰もいない。黒いカイツブリが二羽、真横の白波から顔を出した。羽の生えた双眼鏡みたいなひょろ長い首をして、大きな目を丸くして驚いた様子でこちらを見ている。私は「今の波を見たか?」とつぶやいた。

海では、誰もが映画の主人公になりきっていた。それを邪魔するには、事前の許可が必要だった。サーフィンは、テレビのスポーツ中継のような好プレーの再生映像や大歓声とは無縁のスポーツだ。同じようなことを海でやろうとするのは、厳密なルール違反の対象になる。若いサーファーは〝紳士協定〟のこの部分を読み違え、水の上で自慢気に振る舞ったりすることがあるが、たいていは年上のサーファーが近くにいると大人しくなる。オーシャンビーチには年上のサーファーが多かった。大波が立つ日に十代のサーファーを見た記憶はほとんどない。ここでは新参者があまり喋りすぎると疎まれ、言葉数少なく他のサーファーと距離を置いて波乗りを楽しむサーファーへの尊敬を欠く者ははっきりと嫌われた。

スクールバスの少し北の、空いているピークに向かった。波足の速い波に二本乗ると、それを見た五、六人のサーファーが集まってきた。波争いは、オーシャンビーチにとってはかなりの激戦になった。誰も何も言わず、あの手この手を使って波をつかまえようとした。五〇メートルほど沖で巨大な波が崩れ、白波が押し寄せてきた。全員ボードから振り落とされ、何人かはかなり岸側に流された。数分後、サーファーが元のエリアに戻ってきた。数は減っていたが、会話をするようになっていた。「リーシュをはめていた脚が五センチも伸びるくらい強く引っ張られたよ」「一二月みたいな波だったな」。次第に、おまかなローテーションのルールが生まれた。私たちは波を譲り合った。ときには感謝の言葉も口にした。いいライディングの後には、褒め言葉が飛び交った。このうねりがあと何日続くだろうかという話にもなった。マリン郡から来たという逞しいアジア系の男は悲観的で、「これはスリーデーウエストさ。三日しかもたない。毎年同じだ」という台詞を何度も繰り返していた。小さな集団には、仲間意識が生まれていた。大勢の余所者を見たときに浮かんだ鬱陶《うっとう》しさも、いつのまにか消えていた。潮が高まり、凪が長くなってきた。太陽が水平線に近づき、遠くのサンフランシスコの丘陵地帯を走るつづら折りの道沿いの家々の窓に明かりが灯ると、大きな「Z」の文字が浮かび上がった。

そのとき、聞き覚えのある騒々しい声が岸側から聞こえてきた。「ドクだ」と誰かが言った。マークは、地元以外でも名が知られているサンフランシスコ唯一のサーファーだった。誰かと一緒にパドルをしながら、ホラー映画の話で盛り上がっていた。「そう、頭だけが空を飛び回って、人間をかみ殺すのさ――」。ネオプレンのフードは滑稽なほど短く、顎のストラップからは髭が、後ろからはポニーテイルがはみ出している。猛スピードで私の方に近づいてくると、まだ一〇メートルも離れているところから、顔を上げ「まるで動物園だな！」と叫んだ。周りのサーファーがどんな気分になるだろうかと思った。「サンティアゴに行くぞ」マークが言った。

マークには、〝水の上では喋りすぎない〟という不文律などどこ吹く風だった。破り捨てた紳士協定の紙で、日焼けした鼻をかむような男だった。だが大柄で、口が立ち、怖い物知らずに振る舞うマークには、誰も面と向かって文句は言えなかった。私はあきらめ、マークと一緒に北へ一キロ弱のところにあるサンティアゴに向かった。「スリーデーウエストだって？」マークが唸った。「あいつらは誰だ？明日はもっと大きなうねりが入るぞ。データがそう示してる」

マークの波の予測は、たいてい当たっていた。だが、サンティアゴは外れだった。波にはスロートよりも勢いがなかった。他にサーファーはいなかった。だがそれが、マークがここに移動したがった理由だった。この点については、マークとは以前から考えが違っていた。マークは混雑した波に乗るサーファーを嫌い、「奴らは羊と同じだ」と馬鹿にし、あの連中よりもいい波を見つける術を知っている、と豪語した。混み合う場所で波を争うくらいなら、誰も見向きもしないような場所に行って、誰も乗らないような波に乗るほうがマシだと考えていた。私自身、〝有名スポットよりもいい波が来ているかもしれない〟と願いつつ、これまで数え切れないほど何度もがら空きのスポットにパドルで漕ぎ出してきた。その結果、ごく稀にではあるが、実際にそのような僥倖《ぎょうこう》に恵まれた。だが悔しいけれど、基本的には集団の判断を信じていた。つまり、最高の波が立つ場所には、人が集まる。このような私の考えは、いつもマークを苛立たせた。そして冬のオーシャンビーチは、サーフィンの人口統計学に反した場所だった。いい波があるのに、混雑していない。凍てつく水と恐ろしい荒波は、このときばかりは役に立った。

中くらいの波でテイクオフしたが、すぐに後悔した。後ろから迫っていたセットに飲み込まれ、岸側に運ばれてしまった。沖に戻ったときには、太陽は沈みかけていた。寒さで震えた。北側のさらに一〇〇メートル近くも先にいたマークにはついていかないことにし、最後の一本の波を待っていたが、ピークの動きが不安定で、速度と傾斜を見誤った。凶暴な荒波に飲まれそうになりながら、後ろから迫ってくる怪物級のセットを避けるために、急いで岸側に向かうことにした。

夕闇が深まってきた。波の先端から吹き上がる飛沫は夕焼けで赤く染まっていたが、波の腹はもはや巨大な無表情の青黒い壁にしか見えず、実態を把握しづらかった。他のサーファーの姿はなかった。私はひどく震えながら、惨めな気持ちで岸に戻るチャンスを待った。凪になった。逆流でサーフボードの先端を岸に向けるのに苦労しながら、浜辺のキャンプファイヤーを目印にしてパドルを始めた。五、六ストロークごとに後ろを振り返りながら、外側のサンドバーを越えた。内側のサンドバーが近づいてきたとき、後ろからいくつもの波が迫ってきた。水深が深い安全な場所にいたので、波が立ち上がる内側のバーの辺りに近寄る意味はなかった。私は沖に向きを変え、波が通り過ぎるのを待つことにした。

まだまだ明るい空の下、はるか南の巨大な波の頂上に、ボードに乗り、しなやかに動く人影が見え、すぐに暗闇に消えた。必死になって人影を探したが、近くの波が邪魔をして見えない。胃から熱いものがこみ上げてきた。夕暮れ時に、あんなふうに波を滑り下りるなんて。岸にめがけて大移動するうねりに揺られながら、サーファーが消えたあたりを凝視した。ボードだけが浮かび上がってくるのではないかと思った。その波には、リーシュを引きちぎるほどの勢いがあるように見えた。ほどなくして、四〇メートル弱のところに、波に乗った人影が現れた。ボードから落ちずに、高速でここまで滑りきってきたのだ。波が勢いを弱め、サーファーが大きく優雅なカットバックをきめたのを見て、ようやく誰なのかがわかった。この辺りでそんな芸当ができるのは、ピーウィーしかいない。ピーウィーはもう一度ターンをして、私の数メートル近くまで寄り、平然とライディングを終えると、黙って頷いた。私も言葉が出てこなかった。激しく波が崩れている内側のバーを一緒に乗り越える仲間を得たことに安堵したが、ピーウィーの考えは違った。黙って向きを変え、そのまま沖に向かっていったのだ。

その日の夜遅く、マークのアパートの部屋には、騒々しい喚声や笑い声、唸り声が充満していた。ここ二、三年の冬のオーシャンビーチで撮影したサーフ写真のスライド上映会が催されていた。被写体になったサーファーのほとんどがその場にいた。「これがエドウィンじゃないのは間違いないな。これくらい波が大きな日は、ベッドの下に隠れてるからだ！」。マークはこの種の上映会を毎年のように催していた。「これはこの冬、最高の一日だった。でも、写真はこれだけだ。この一枚を撮り終えた後は、一日中海に入っていたからさ」。マークの声は長いセッションを終えたサーファーに特有の鼻声だった。実際、一時間前に陸に上がったばかりだった。グレートハイウェイを通り過ぎる車の騒音が、賑やかなスライドショーを盛り上げるベースラインのように響いていた。「暗くなった後に月が出たんだ。だからスロートに戻った。あいつら《クーク》はもういなかった。ピーウィーと二人きりさ。最高だった」。その光景は心に描きにくかった。話を信じていなかったわけではない。マークの髪はまだ濡れていた。暗闇の荒れたスロートで、月明かりだけで波に乗れる人間がいることを想像できなかったのだ。「ピーウィーとは毎年、冬に同じことをしてるよ」マークが言った。

　ピーウィーもその場にいた。私が知っているサンフランシスコのサーファーはほぼ全員顔を出していた。年齢は一〇代後半から四〇代半ばだった。サンフランシスコに来て三年目の私は、一番の新入りかもしれなかった。去年の冬にオーシャンビーチで波に乗る私の写真も上映された。声は上がったが、辛辣な野次は飛ばなかった。それだけ、まだ新米の私にみんなが気を遣ってくれているのだろう。マークがメンドシーノ郡の沖にある危険な岩礁のスポットで波に乗る写真が上映された。地元サーファーは数年前からここで大波が立つのを見ていたが、その冬の初めにマークが地元の二人のビッグウェーブ乗りを説得して一緒に沖に出るまでは、ここで波に乗った者はいなかった。岸から一キロ弱も離れていて、浅い岩礁の上で高波から滑り降りることになるし、おまけに厄介な海藻も生えている。仲間の一人が丘から望遠レンズで撮影したという写真には、身長の二、三倍もある深緑色のウォールに神経を集中させて波に乗るマークの姿があった。とはいえ、むしろ大変だったのは水の中ではなく陸の上だったという。地元の人間は、マークがあそこで波に乗ることをひどく不安視していた。村の盛り場で、地元のサーファー二人と一緒だったと告げると、ようやく安心してくれたらしい。

マークが地元の人間に気を遣ったという話は、少しばかり驚きだった。もちろん、それは重要な問題だったが――以前、地元のコラムニストがマークを〝ベイエリアの伝説のスーパーサーファー〟と表現しているメンドシーノ郡の地元紙の記事の切り抜きを見たことがある。コラムニストは、〝申し訳ないが、私は彼のサインを求めはしなかった〟と皮肉めいた言葉を付け加えていた――マークがこの類いの問題には無関心なように見えたからだ。同じように、この日のようなスライド上映会でも仲間には神経を使わなければならなかった。話を進めるときは、繊細なタッチが求められる。あまり自慢気に映らないように、うまく自分を卑下することも大切になる。マークは、見知らぬサーファーが大勢いる海のなかでは紳士協定などお構いなしに傍若無人に振る舞うかもしれなかった。だがオーシャンビーチは地元だった。そこでは、マークのアクの強さも薄めなくてはならなかった。

順番に、大勢のメンバーが説明を加えながら自分の写真を上映していった。鮮やかな波の写真もあれば、ぼやけ気味のオーシャンビーチの大波のショットもあった。古参のメンバーが披露した七〇年代の写真には、知らないサーファーが映っていた。「あいつはカウアイ島に行った」「今は西オーストラリアにいるらしいぞ」昔の仲間の噂が飛び交った。ピーウィーは、最近訪れたハワイの写真を紹介した。世界屈指のビッグウェーブスポットとして知られるサンセットビーチで撮影されたという画質の粗い写真には、波が立たなかった日に仲間がウィンドサーフィンをしている姿が映っていた。「ひどいな」と誰かが嘆いた。「ウインドサーフィンかよ」。サンセットのビッグウェーブに乗ることのできる技量を持った数少ないサンフランシスコ出身のサーファーであるピーウィーは、あまり口数は多くなかったが、写真に失望する仲間の様子を面白がっていた。

サンフランシスコに来たばかりの頃、ワイズの店の壁に貼られた一枚の写真に目を奪われた。染みがあり、端は折れ曲がり、説明文もなかったが、信じがたいほど美しかった。逆光を浴び、無限に続いていきそうな一〇フィートのレフトの波に乗る、一人のサーファーが映っていた――ワイズによれば、ピーウィーだった。向かい風を受けて深く抉られたライムグリーンの波は、バリ島を彷彿とさせた。だがワイズは、オーシャンビーチのＶＦＷ通りの沖だと言った。波の均整があまりにとれているので、九・六フィートのガンがショートボードに見えた。ピーウィーが描いていたラインは夢のようだった――あまりにも高く、綺麗で、現実離れしていた。

私がこの都市に来て二、三年目の冬からは、ワイズの店の壁に木製の額縁入りのマークの写真が何枚も飾られるようになった。どれもマークが撮影したオーシャンビーチの大波の写真で、日付と場所、サーファーの名前が下にタイプされていた。

マークとピーウィーはサンフランシスコのサーフィン界の炎と氷だった。マークが誰もが知るテーゼなら、ピーウィーは過小評価されたアンチテーゼだった。二人の人格形成の理論は正反対だった。ピーウィーはなるべく無駄なものを減らそうとする男だった。一方のマークはすべてを積み重ねてきた――もっと多くのボードを集め、目標を達成し、スポットを制覇しようとした。子供の頃からサーフィン中心の人生を送ってきたマークは、ロサンゼルスで過ごした少年時代をこう振り返った。「仲間はみんな、サーファーが歩むべき理想の人生を心に描いていた。だけど次第に、その道から外れていくんだ」。マークはいい年の取り方をしている〝長老〟と呼ぶサーファーを敬愛していた。たとえば、その生涯を通してサーフィンをしてきた、元歯科医で当時八〇代だった北カリフォルニアのドク・ボールだ。「まだ元気で、スケートボードには乗れるんだ！」

ピーウィーは、マークが信じられないほど若々しいことは認めた。「あのサーフィンへの情熱は、二〇歳とか二二歳並だ」。こんなふうに面と向かって話をするのは初めてだった。ピーウィーは、サーフィンにすべてを捧げるような生き方には同意しなかった。「いつも海にいる人間は、仕事をまともにしてないってことさ」。私たちは、ピーウィーの家の近くの中華料理店にいた。「サーフィンは素晴らしいスポーツだ。だけどそのために、人間を駄目にしてしまうこともある。薬物中毒みたいなものさ。波乗り以外は何もしたくなくなる。仕事にも出かけたくなくなる。海に行くのを我慢して働いていたら、必ず〝いい波を逃してしまった〟と後悔することになるからだ」。大工のピーウィーは時間の都合がつけやすかった。毎年ハワイやインドネシアなどに一カ月ほどサーフィン旅行にも出かけていた。だが仕事をさぼりたい誘惑にかられる心配がなかった子供の頃ほど、サーフィンに熱中できた時代はなかった。

ピーウィーは、サンフランシスコの数キロ南にある初心者向けのペドロポイントで、レンタルのボードでサーフィンを学び始めた。オーシャンビーチに移ってきたのはそれから五年後だ。サンセット地区出身のピーウィーは小柄で、大きな男に憧れる子供だった。月日が流れ、自分も立派な大人の男になった。身長は一八〇センチを超え、肩幅は広く、ポーカーフェースにブロンドの金髪。B級西部劇のガンマンのような雰囲気だ。それでも、小さいときにつけられたピーウィー《チビ》という渾名は捨てなかった。初心者の控え目な気持ちも失わなかった。次第に客が減っていく中華料理店でぬるい茶を飲みながらピーウィーと話をするのは、ジャーナリストにとって、スロートで波の小さな日にパドルアウトするのと同じことだった。インタビューをしたいと言うと、ひどく驚いていた。オーシャンビーチの新顔だと思っていた私が、突然、記者という別の顔を見せたからだ。〝うねりを逃すことは、締め切りを逃すことよりも罪深い〟というマークの考えについていけないと感じていた私は、〝サーフィンと仕事は基本的に相容れないものだ〟というピーウィーの単純明快な考えに共感を覚えた。

　ピーウィーの控え目さは徹底していたので、よそよそしいと誤解されることもあった。だがしばらくすると、その素っ気ない態度の裏に、恥ずかしがり屋で昔気質の優しい人間がいることに気づいた。学校でもオールAの成績をとったことがあるほど優秀で（本人からではなく、周りから聞いた）、サンフランシスコ州立大学では英語学を専攻した。大学の海洋学の授業では、〝北カリフォルニアの海岸に入る冬のうねりは南から来る〟と誤解していた講師に過ちを指摘したこともある。講師は誤りを認めなかったが、それ以上は追及しなかった。

　だが愚か者を看過できないときは、断固とした態度をとった。私がサンフランシスコに来て初めての冬、ＶＦＷの混雑した日に、地元のサーファーが好き放題をしていた。波を横取りし、順番に割り込み、邪魔した者を脅した。ピーウィーは静かに警告したが、男は横暴な振る舞いを続けた。他のサーファーに大怪我を負わせかねないような危険なプルアウトをしたとき、ピーウィーは陸に引き返せと言った。ピーウィーは渋る男をボードから引きずり降ろし、そのボードをひっくり返すと、手の付け根で三本のフィンを叩き壊した。それから何年も、この出来事はオーシャンビーチの語り草になった。

ピーウィーはローカル中のローカルだった。ゴールデンゲートブリッジの下のフォートポイントで波に乗っているときは、この橋脚の下には建設中に命を落とした大勢の労働者が眠っていること、当時は大恐慌時代で大量の失業者が列をなして建設の仕事を求めていたこと、当時の労働者や、現在の保守作業員（ピーウィーの友人や親戚も働いている）の給料はどれくらいかということなどを、細かく教えてくれた。ピーウィーは大きな波が好きだという。小さな波は混雑しているからだ。「混んでいると気が張って疲れる。ビッグウェーブに乗るときは、自分と海しかない」。怖い物知らずのビッグウェーブ乗りとして知られているが、巨大な波に怯《ひる》まなくなるまでには長い月日がかかった。「波にはじき飛ばされてワイプアウトする度に、実際には思っているより安全だということを学んでいったんだ。極論すれば、どれほど恐ろしい波でも、それはただの水だ。水中で息を止めていれば、波は通り過ぎる。パニックにならず、身体の力をできる限り抜く。すると、水面に顔を出せるものなんだ」。溺れるかも、と思ったこともあるが、冷静に振り返ればそれほどの窮地ではないと気づいた。

「オーシャンビーチで自分にとって一番の波に乗ったときは、最後まで乗り切れなかった。波は完璧だった。ボードは八・四で、少し小さめだった。フェイスの三分の二くらいまで滑った後、波に巻き込まれた。これまでで最高に恐ろしい瞬間だったよ。永遠に真っ逆さまに落下し続けるような感覚だった」。波のサイズは？　「一二フィート。もしかしたら一五」ピーウィーは肩をすくめた。「数字で波を測ったことはほとんどないんだ」。妥当な見積もりだ、と私は思った。一五フィート以上の波に乗るピーウィーを見たというサンフランシスコのサーファーは多い。

ある晴れた日、引き潮のオーシャンビーチは海水浴客で賑わっていた。いい波が出ていたので、私はボードを抱えて海に出た。見知らぬサーファーが、細長いノーズの淡いブルーのボードに乗り、身長の二倍もある波に悪戦苦闘していた。間近で見たその表情は、苦しみに歪み、怒りすら感じさせるものだった。どれだけ熟練のサーファーでも、難しい波に乗るときにはかなりの精神集中が必要になる。それほど難しくはない波でも、サーファーは不安や不満、怒りからくる恐ろし気な形相になっていることがよくある。最も顕著なのは、ライディングを終えるプルアウトの瞬間だ。そのときサーファーは、安心と苦痛、怒りと不満が入り交じったような複雑な面持ちをしていることが多い。

サーファーの心は疾風怒濤の嵐にさらされている。それは世間一般が抱く、明るい太陽の下で楽しそうに波に乗る人たち、というサーフィンへのイメージとはかけ離れたものだ。私は自分が知り得たサーフィンの真実を、文章を通じて世の中の人に少しでも理解してもらいたいと思うようになっていた。もちろん、顔をしかめたりせず、穏やかな表情で波に乗るサーファーはいる。笑顔を浮かべる者さえいる。だが私の経験では、それは少数派だ。

類い稀な才能に恵まれた、とてつもない技量を持ったサーファーもいた。彼らも極めて少数派だった。サーフィン人気が高まり、国際的なコンテスト・ツアーが盛んになるにつれ、プロサーファーの数はゆっくりと増えていた。彼らにとってサーフィンはスポーツであり、それはトレーニングと大会とスポンサーの世界だった。オーストラリアでは、サーフィンは他のプロスポーツ選手と同じような扱いを受けていた。チャンピオンになれば、世間の大きな称賛を浴びた。だがアメリカでは、一般人はサーフィンについて何も知らないに等しかった。サーファーでさえ、コンテストの結果やランキングにあまり注目していなかった。一流のサーファーはそのスタイルや能力で尊敬を集めていた。だが私たちサーファーにとってサーフィンはあくまでも秘儀的で、一部の熱狂的な人間のもので、メインストリームではなく、サブカルチャー的で、商業主義とは無縁だった（ただし近年では、こうしたサーフィンの特性は変わってきている）。

どんなレベルのサーファーにも共通していたのは、波に夢中になっていたことだった。マークはよく、「サーフィンは本質的に宗教的行為だ」と言っていた。だが、私にはこの言葉に真実味が感じられなかった。宗教と呼ぶには、サーフィンはあまりにもパフォーマンスの追求や激しい競争、我欲や自己顕示欲に満ちた世界だったからだ。サーフィンでは、スタイルがすべてだった。どれだけ動作が優雅か、どれくらい反応が早いか、いかに難局にうまく対応できるか、どれほど深くターンをきめてそれを綺麗につないでいけるか、どれくらい上手に両手を使ってバランスをとるか――。偉大なサーファーは、その美しさで見る者をうっとりとさせる。難しい動作を簡単に見せる。何気ない動作に力強さを感じさせ、プレッシャーのなかで優雅さを演出する。それが、サーファーにとっての理想美だ。隆起した波の空洞に入り込み、ボードから落ちずにそこを通り抜ける。まるで、すべてはお見通しだとでもいうように。波の上で格好よくあることが大切だった。だからこそ、私たちは自分の写真を見るときに興奮と不安を覚えた。写真のなかの自分は格好いいだろうか？　サーフィンが宗教だというなら、自分自身が崇拝の対象であるべきではないはずだ。ビールを飲みながら仲間とサーフィン談義に耽っている私たちが自己満足的に見えたのだろう、よくキャロラインは銅版画をつくりながらグジャラート語で自慰を意味する卑語をつぶやいていた。

サーファーは誰もが海洋学者で、波がブレイクする領域で高度な研究に励んでいる。波が崩れる瞬間の、水の粒子の動きにまで目を向ける。潮の流れや波の一貫性、うねりの方向や海底の地形などの要素を組み合わせ、忙しく計算をする。机上の空論ではなく、極めて実践的だ。波は何をしていて、次に何をしようとしているのか？　波は恐ろしく複雑な曲に合わせて踊っている。波待ちエリアでうねりの構造を解読しようとするのは、音楽の問題を解くのに近い。次に来るのは、一時間に七回のセットがあり、その三番目が毎回ワイドになって不協和音を奏《かな》でる、一三／八拍子のリズムで近づく波？　それとも神によるジャズのソロ演奏のような、理解不可能な構造の波？

だが波が巨大になり、大自然に圧倒されるような感覚に打たれると、この高速な計算は速度を落としていく。人智を越えた何かを前にしたとき、それを理解しようとする意欲はかき消される。ただその場にいることへの感謝が生まれる。私もホノルア湾やジェフリーズ・ベイ、タバルア、さらには一、二度オーシャンビーチでも、このような体験をした。波の上を漂いながら、海水がうねりとなって美しく隆起し、急に白波を立て、純粋なエネルギーの塊となって超自然的な造形をつくり出し、最後には激しい泡に変わるのを見ていた。

私はマークにうまく嵌められ、思っていた以上に波に乗るようになっていた。新しいボードを二枚

（スラスターと呼ばれるトライフィンのボードだ）と、低体温症対策に新しいウェットスーツも買った。海岸線を南へ北へと波を求めた。オーシャンビーチの波が大きすぎるときは、メンドシーノ郡にあるマークが知る秘密のスポットに行った。オーシャンビーチに波が立たない夏には、ビッグ・サーにある、南のうねりが入るマークのお気に入りのリーフブレイクに連れていってもらった。マークは当たり前のように私の面倒を見てくれた。サーフィンを教え、医者として健康をチェックし、人生全般のアドバイスをしてくれた。マークはそれを楽しんでいた。サーフィンについて書きたい、と思っていた私は、以前に比べて波乗りのことを考えるようになっていた。だが、以前よりもサーフィンに対して真剣になったわけではなかった。サーフィンについて考え、頭に浮かんだことを書き留めてはいたが、海に入るのは、〝いつもそうしてきたからそうする〟ものにすぎなかった。私は言わば、サーフィンと結婚していた。だが、それは無口な結婚だった。マークはそんな私とサーフィンのあいだを取り持とうとした。だが、私はそれを必要とはしていなかった。サーフィンを人生の中心付近にある無意識の何かにしておくことの方が、私の性に合っていた。波乗りの話は、他のサーファーとしかしなかった。サーフィンは、現実世界に生きる自分の姿を映し出すための良い鏡ではなく、大人として生きる道を必死で模索するようになっていた私に手を貸してもくれなかった。波を追いかけている私より、ジャーナリストを目指している私の方に、世界ははるかに興味を持ってくれるように思えた。

しかしその一方で、私は相反する気持ちを抱えながら、マークの活力を自分のサーフィンライフの動力源にしていた。冬の眠りを早朝のけたたましい電話で中断されても構わなかった。悪魔のようなマークの豪快な高笑いは、大波への恐怖から私を救う命綱にもなっていた。マークに主導権を明け渡すことで、私は書き手としてサーフィンを客観的に見つめようとしていたのかもしれない。それでも、あるべき自分の姿は、ドク軍団という鏡では映し出せないとも感じていた。

そう、私は子供の頃からサーフィンの魔法にかかっていた。早朝に起き出し、ボードを頭に乗せ、夢見心地で小道を浜に向かった。貿易風に煽られた波を見て心を躍らせ、クリフに向かう長いパドルのときにはもう夢中になっていた。この古い魔法が、もう解かれてしまったのではないかと思えることもあった。だが、それは心の奥で壊れずにじっとしていた――波のない、モンタナやロンドン、ニューヨークに住んでいるときですらも。サンフランシスコに移り住んだ直後、マークに連れられてメンドシーノ郡の海岸を初めて訪れた。うねりは大きくて恐ろしく、北西風が吹き荒れ、厚い昆布棚で守られたポイント・アリーナ湾以外のスポットはすべてサーフィンができない状態だった。強風のなか、緊張しながらマークに続いて冷たい海水に身体を浸し、岩礁に押し寄せる荒波を突き進んだ。マークが、混沌を切り裂くようなライディングをした。私もリーフに沿って、次第に大きな波に乗っていった。ひときわ大きな波にテイクオフしようとしたときにバランスを崩したが、なんとか乗り切った。あとでマークから、見ていて肝が冷えたと言われた。「もしメイクできていなかったら、本当に危なかった。あの一〇フィートの波のフェイスを滑り降りるには、二〇年の経験が必要だ」。そのときの私は、たしかに本能の赴くままにサーフィンをしているようなところがあった。認めるのは恥ずかしくもあったが、マークのアドバイスはありがたかった。私は、サーフィンの虜《とりこ》になっている自分から離れて生きていく方法を探していた（マークが新たにサーフィンの魔法をかけようとしてくることからも逃れようとしていた）。それでも、マークがいろんな言葉をかけてくれるのは嬉しかった。

マークからは腹の立つようなこともよく言われた。メンドシーノ郡にある奥まった入り江の前で波に乗っていた日、うまくライディングができたと思ったとき、こう言われた。「あの波に乗るには、もっとリズムをつけなきゃだめだ」。求めてもいないアドバイスをすることは、波の紳士協定に反するはずだった。見下すような言い方が余計に癪に障った。何も言い返さなかった。短気は損気だと思ったからだ。マークについて文章を書くという目的もあった。自分を抑えて一歩引き、マークを観察した。もはやこれはサーフィンを通じた複雑な友情ではなく執筆プロジェクトであり、仕事だった。私にとって、ライターとしての大きなチャンスだった。頭に血を上らせれば、それが台無しになりかねなかった。だから、冷静な観察者であろうとした。マークの何事にも動じない無頓着さは、人の気持ちを察することを妨げているのかもしれなかった。絶対的な自信に溢れていたことも、それを助長していた。

マークはずっと同じものをひたすらに追い求めてきて、そのことに大きな満足感を覚えていた。その世界の途切れのなさに、私は魅了された。一方の私の人生は分断され、脈略がなかった。サーフィンは、大人になったいまでも目の前に漂い続けている少年時代の夢の名残のように感じられた。マークとはタイプが違っていたが、ピーウィーの途切れのない世界にも魅了された。ピーウィーが生きる世界では、過去と現在、子供時代と大人時代が連綿とつながっていた。土地や古くからの人間関係に深く根ざしていた。その世界はとても静かで、見せびらかす必要のあるものなど何もなかった。

一月の日曜日の午後、スロート通りの手前に車を停めたとき、目の前には冷蔵庫を五台積み上げたような大波が立っていた。遠くの沖でブレイクしている波はよく見えなかった。太陽は輝いていたが、波が吹き上げた塩っぽい霧が、海岸線を走る幹線道路のグレートハイウェイの辺り一帯に充満していたからだ。海の香水のような匂いがした。無風だったが、巨大な波のてっぺんから灰色の噴煙が勢いよく立ちのぼっていた。手前では、ダークチョコレート色の中規模の波が泡まみれになって砕けていた。沖ではうねりが混乱しているように見えたが、波そのものは滑らかに燦めき、霧のなかからピークが不規則に姿を見せていた。乗れるかもしれないと思われる波が、死の香りのする魅力を放っていた。

意外にもスロートの駐車場は混んでいた。それはNFLの優勝決定戦、スーパーボウルが開催される日で、地元サンフランシスコのフォーティーナイナーズが出場する試合が一時間以内にキックオフを控えていた。車やピックアップ、バンは馴染みがあるものばかりだった。オーシャンビーチの常連が集結していた。ある者は運転席に座り、ある者はボンネットに腰掛け、ある者は堤防に立っていた。誰もウェットスーツに着替えていなかったし、サーフボードを車から出してもいなかった。全員が黙って海を見ていた。私はしばらく海を眺めたあと、車の窓を開け、堤防に立つスロート・ビルに声をかけた。大きな肩を丸め、スキージャケットのポケットに両手を突っ込んでいたビルは振り向き、度入りのサングラスでこちらを見た後、少し間を置き、海の方に首を傾げて言った。「ドクとピーウィーが海に出てる」

車を出て堤防に立ち、逆光を手で遮りながら沖に目をこらすと、巨大な銀のうねりに浮かぶ小さな人影が二つ見えた。「二人とも、この三〇分はテイクオフしていない」ビルが言った。「とにかく波が不安定なんだ」。三脚を用意している者もいたが、カメラのレンズを覗き込んではいなかった。霧が濃くてどうにもならないからだ。「マークもピーウィーも、黄色いガンに乗ってる」水平線に目を向けたままそうつぶやいたビルは、いつもに輪をかけてぶっきらぼうだった。おそらく、自分も沖に出るかどうかを迷っているのだ。ビルはビッグウェーブ乗りを自負していたし、何度か大波の日に海に入ったことはある。だが、パドルが遅く、内側のサンドバーを越えられないことが多かった。若い頃にラグビーで鳴らしたというビルは、四〇歳を超えた今も逞しい体つきをしていて、首も太かった。おそらくベンチプレスなら、私の二倍の重さのバーベルを上げられただろう。だが、パドリングは力が強ければいいというものではない。サーフボードを沖に滑らせていくには、ある種のテコの原理を巧みに利用して、水の抵抗をできるだけ減らさなければならない。猛烈に水を掻きつつ、うねりに身を任せるという矛盾したテクニックが求められるのだ。これが苦手だったビルは、ただ猛烈に水を掻いた。水に浮かぶその姿は、杉の丸太かテストステロンの缶詰かといった雰囲気で、ラグビー出身者はめったにいない周りのサーファーたちを面白がらせた。ビルからは気に入られていると感じてはいたが、心のどこかで苛立たせているのではないかという不安もあった。一度、ビルのアパートでポーカーをしていたときに共産主義者と呼ばれたことがあったし、ビルが海に入れない日に波に乗っていることもあったからだ。

海に入る気にはなれなかった。その波は私の限界をはるかに超えていた。マークとピーウィーがどうやって決断したのかがわからなかった。波が綺麗ではないと沖に出ようとしないピーウィーは、マークに口説き落とされたのかもしれなかった。しばらく堤防に立っていた。二人は南向きの潮の流れに逆らって北にパドリングをしていた。一五分後、突然、一人が巨大な壁の頂上に現れた。街の一区画はありそうな広さのウォールの先端で、岸を向いて激しくパドルをし、テイクオフを狙っている——。堤防で見守っていたサーファーたちが一斉に叫び声を上げた。だが、サーファーは波に追い越され、壁の後ろに消えていった。波は垂直に高くせり上がると、一瞬間を置いて一気に崩れ落ちた。ギャラリーが安堵と失望が入り交じったような声を出すと、駐車場や堤防、ビーチにいた一般人がぎょっとして顔を上げた。誰も、この海で誰かがサーフィンをしていることに気づいていなかった。

私はこれから友人の家に行き、サーファーではない仲間たちと一緒に、毎年恒例にしていたスーパーボウルのテレビ観戦をする予定だった。マークとピーウィーがどれくらい前から海に出ているのかを訊ねると、「二時間だ。沖に出るのに三〇分かかった」ビルは真っ直ぐに海を見つめたままそう言った。

二〇分後、私はまだ堤防にいた。霧はさらに濃くなり、太陽は西の空に沈み始めた。もうスーパーボウルのキックオフには間に合わない。大きなセットが来たが、マークとピーウィーの姿は見えなかった。風はなかったが、状況は悪化していた。二人がどうやって岸に戻るのかという疑問が頭を過《よ》ぎり始めた。ついに一人が波をつかまえた。身の丈の四、五倍の高さのある巨大なライトの波だ。フェイスを滑り降り、手前の波に隠れて見えなくなったサーファーは、数秒後、再び姿を現すと、五〇メートルほど横に進んでから、急な角度で波のトップに上り始めた。ギャラリーから喚声が上がった。マークとピーウィーのどちらなのかはわからない。波の頂上に到達したサーファーは、宙を旋回して向きを変えると、再び滑り降り、手前の波に隠れて姿を消した。堤防に叫び声とうめき声が響いた。「なんてリッピングだ！」誰かが吠えた。サーファーは、実際の三分の一の大きさの波に乗っているかのように自由自在にボードを操り、何度も大きなカットバックを決め、波の底から頂上までを行き来しながら進み続けた。黄色いボードが霧のなかから見えるようになっても、誰なのかはわからなかった。サーファーはうねりに乗って岸の方に近づき、内側のサンドバーで波が立つと、再びフェイスを素早く滑り落ち、息をのむようなラインを描きながら、リップの真下を四〇メートル進み、倒れずに最後まで乗り切った。

脇にボードを抱えたサーファーがビーチに上陸して近づいてきたとき、ようやくそれがピーウィーだとわかった。その瞬間、スロート・ビルは堤防の端に前進すると、厳粛な顔で拍手を始めた。私たちギャラリーもそれに続いた。ピーウィーは驚き、恥ずかしそうな顔をすると、向きを変えてビーチを横切り、頭を振りながら、堤防の隅を登っていった。

キャロラインは大学院を修了した。夜に銅版画を制作し、地元のギャラリーで作品を売っていた。銅板には、実にきめ細かなイメージが描かれていた。その一方で、生活費を稼ぐために秘書をしていた探偵事務所を独立して、私立探偵になった。スラム街で張り込みをし、囚人に聞き込みをし、銀行員や不動産物件の見込み客、慈善団体員を装った（私も危険な現場に一、二度ついていったことがある）。弁護士から仕事を依頼されたことがきっかけで、アメリカの法律に興味を持つようにもなった。

キャロラインがジンバブエからアメリカに来たのは、美術界で身を立てるためだった。だが、私の母と同じく、刺激の少ないサンフランシスコには物足りなさを感じていた。快適で穏やかな都市に住みたいなら、両親や幼馴染みが住むジンバブエのハラレに留まっていればよかった。次第に、心は大都会ニューヨークに向いていった。だが、銅版画家として生計を立てることには疑問を感じ始めていた。ニューヨークのギャラリーでも作品は扱ってもらえていたが、単価を恐ろしく高くしなければあの都会では生活していけない。業界は息苦しく、お高くとまっているようにも感じられた。もっと活き活きとして混沌とした世界で生きてみたかったし、大学で新しく何かを学んでもみたかった。

その頃、父親のマルクが海外出張でサンフランシスコを訪れた。鉱石の貿易業を営んでいたマルクは、ジンバブエで新たに国有化された鉱物輸出部門の幹部になっていた。二人は遅くまで話し込んだ。一ガロンの安物のワインの瓶を飲み干し、戦争について意見を戦わせた。ほろ苦い後味と二日酔いが残ったが、必要な会話だった。話の途中でキャロラインがアメリカで法律を学びたいと打ち明けると、芸術肌の娘が法律を学ぶわけはないと心の底で思ったマルクは、学費を出してもいいと言った（マルクの見込みは間違っていた。キャロラインは一九八九年にイエール大学で法学士の学位を取得した）。

ケープタウンの学校で教えた体験を書いた私の本は、もうじき刊行される予定だった。その前に、南アフリカに戻りたかった。南アの政府は、自国の政策を批判した外国のジャーナリストを追放し、ビザの発行を拒否していた。まだ目をつけられていなかった私は、観光ビザを取得できた。ニューヨーカー誌からは、ヨハネスブルグの白人系リベラル派の新聞で働く黒人ジャーナリストを取材するという仕事を依頼された。編集者のショーンは、〝サンフランシスコにいる変わり者の医者サーファー〟の件についてもう一年も私から音沙汰がないことは気にしていないようだった。私も、同誌があるニューヨークに呼ばれているような気がした。だが、キャロラインと私がどちらも東海岸に惹かれていたのは、単なる偶然ではなかった。私たちの恋愛は山あり谷ありだったし、私はまだ我が儘に振る舞うこともあったが、二人の心はゆっくりと同じ方向を向き始めていた。お互い、同じことを面白がれる人間だと気づき始めていた。

サンフランシスコでの三度目の冬が終わろうとしていた。いくつかの嵐が過ぎ去った後、私がこの都市に来て初めて、ＶＦＷ通りの外側で安定したブレイクが起こった。巨大な波を見ていると、なぜそれが地元で伝説的な扱いを受けているかがよくわかった。ここのサンドバーでは、うねりが六フィートを超えなければブレイクは起こらない。だから、混雑はしなかった。単発的にブレイクが起きた日に、マークやピーウィー、ティム・ボドキンなどのビッグウェーブ乗りが波に乗る様子を見たことはあった。私も、それほど波が高くない日にここでサーフィンをした。この一九八六年の年明けのある日、とてつもなく大きく、整った波が立った。マークはウェットスーツに着替えながら、「俺の八・八を使えよ」と大波向けのボードを持っていない私に何度も言った。バンの荷台にある黄色いガンのことを指しているのだ。「俺は八・六に乗るから」。私はマークが、オーシャンビーチの無慈悲な神々に私の命を捧げる最後のチャンスだと考えているのではないかと訝《いぶか》った。ニューヨークに引っ越すことを言い出せないでいた私の気持ちを、察しているのかもしれない、と。サンフランシスコを去ることには複雑な思いがあった。だが、一番大きかったのは安堵感だった。オーシャンビーチの冬では、毎年少なくとも一度は心臓が縮み上がるような恐ろしい思いをした。夜には、大波の上で味わった恐怖が蘇り、悪夢にうなされた。ボブ・ワイズは、かつてこう言った。「サーファーは海で溺れたりしない。溺れるのは、観光客や、酔っ払いや、船員だ。でもどれだけ経験のあるサーファーでも、ここの冬では一度は死ぬ思いをする。オーシャンビーチが他とは違うのはそこなんだ」。私は、他とは違う人間であるマークには、このことがよく理解できないのではないかと思った。いずれにしても、溺死せずにサンフランシスコを離れられるのは嬉しかった。マークが浴びせてくる、サーフィンの伝道師のような視線から解放されることにもほっとしていた。私は、マークの助手のような立場でいることに疲れていた。昔、東南アジアで、ブライアンは私と一緒にいることに疲れ、旅を下りた。だが、ブライアンと私は対等なパートナーだった。私は、マークにどんなふうにここを離れる理由を伝えればいいのかわからなかった。サーファーの道から脱落したと言われたくはなかった。

堤防には一〇人から一五人ほどが立っていた。VFWの内側はオーシャンビーチ沿いで最も人気のあるスポットだった。そこにいたのは、今日は海に出ることを露ほども考えてもいない、このエリアの常連たちだった。リッチという、塗装の仕事をしている強面の男が、黄色い八・八のボードを脇に抱えて前を通り過ぎた私を睨んだ。リッチを六フィート以上の波が立った日に海の上で見かけたことはなかった。今日は、軽く八から一〇フィートはあった。横風があり、完璧なコンディションとは言えなかった。だがマークと私が沖に向かおうとしているときにはすでに、誰も乗っていない素晴らしいレフトの波が吠え声を上げていた。ボドキンとピーウィーはすでに沖に出ていて、波をつかまえていた。

マークのボードは、ミニチュアのタンカーみたいだった。私は大波用に七・六フィートの古いシングルフィンを持っていたが、この冬のほとんどは六・九フィートのスラスターに乗っていた。厚いレールと鋭いノーズの八・八のガンは浮力が強く、マークに置いていかれずにチャンネルをパドリングできた。水は茶色がかった緑色で、冷たかった。沖では、両側から入るうねりが中途半端に崩れる不気味なAフレームの波をつくっていた。北側では、巨大な波が恐ろしい轟きと共に臓物を飛び散らすように崩れていた。ほんの二〇メートル先で、バーの端にぶつかった滑らかな水面のうねりから真っ黒で巨大なバレルが隆起した。マークが「死の波だ!」と、嬉しそうな響きも含ませて叫んだ。

マークが左に舵を切った。数百メートル南のピーウィーとボドキンのところに行くために、サンドバーを越える最短コースをとったのだ。だが私は迂回ルートをとった。臆病者だと思われる方が、大波に巻き込まれるよりマシだった。遠くで、小さく見えるセットが爆音を響かせながら崩れていく。あらゆるものが大きすぎて、尺度の感覚が狂っている。恐ろしい沖の光景を目にしたくないので、岸に目を向け、堤防に落書きされた「マリア」「キモ」「プタハ」といった大きな文字を目印にして位置を確認しながら、ゆっくりと南に移動していった。大波が立つ日はいつもそうであるように、海岸は不思議なくらい平和で正常に見えた。堤防の向こうには、ゴールデンゲートパークの防風林になっている糸杉の林があり、その上には二本の風車が突き出ていた。北の崖にはピンクの花が咲き乱れ、一九世紀に建設された大邸宅サットロバスズの遺跡付近にある石の見晴台が見えた。その風景は、すべてが安定して見えた。私は首を伸ばし、自分がどこにいるか、悪夢のような波がどこからか襲ってこないかを確認した。

大波の日に海の上にいると、夢を見ているような感覚に襲われる。交互に襲ってくる恐怖と恍惚で、我を忘れてしまいそうになる。移動する水、隠れた暴力、超自然的な爆発、空という巨大な舞台には、この世のものとは思えない美しさが充満している。どれだけ現実がありのままの姿を顕わにしても、目に映るすべてには神秘が宿り続けている。〝どこにも行きたくない、だけど、ここ以外のどこかに行きたい〞という残酷な葛藤にとらわれる。最大限の注意を払いながら波の上を漂った。大波（もちろん、これは相対的な言葉だ。命知らずのマークにとっては簡単な波なのかもしれない）は、サーファーを小さな存在にしてしまう。生き残るには、その巨大な力を注意深く読まなければならない。いざ大波に乗ったときに包まれる恍惚感は、死の恐怖と隣り合わせだ。その薄い境界線は、いつしか透き通って見えなくなっていく。純然たる運が大きなカギを握り始める。不可避のごとく状況が悪化し、大波に巻き込まれ、水面からはじき飛ばされたときは、技術も筋力も判断も意味をなさなくなる。ビッグウェーブに洗われるとき、誰も尊厳を保てない。唯一できるのは、パニックにならないようにすることだけだ。

深呼吸しながら、マークたちのいる南にゆっくりと向かう。海に出ると決めた瞬間から止まらない、胸の高鳴りを抑えたかった。ラインナップに近づくと、マークが叫びながらテイクオフし、巨大な波のフェイスを滑りながら茶色いウォールの後ろに姿を消していった。ボドキンがにやりと笑いながら私の名前を叫んでいた。笑いの半分は迂回してきたことへのからかいで、半分はようやく辿り着いたことへの祝福だった。ピーウィーは頷いただけだった。海の上でのピーウィーの控え目な態度とポーカーフェイスは、周りのサーファーに気を遣わせない、普段なら好ましい態度だ。だがさすがに、この大波の日にあまりにも平然としているのはどうかと思った。ピーウィーにとってはこの程度の波は怖がるものではないのかもしれない。あるいは、私にとってここにいるのが冒険だということにピンときていなかったのかもしれない。

この午後の私には、幸運（と正しいボード）が味方していた。それから二時間ほど、何度も大波に乗れた。とはいえ、うまく乗れたというわけではない。八・八フィートのボードのノーズを目指す方向に向けるだけで精一杯だった。マークのボードは素晴らしく安定していて、早目に波に入れた。マークが後で「今日一番」と呼んだ波にも乗れた。別の日、別のボードならまず見送ったはずの大きな波だが、巨大な波が到着したときに、私は一人でそのピークにいた。ウォールは北のはるか彼方まで伸びていて、乗り切るのは不可能に思えた。だが、サンドバーとチャンネルの位置を把握できていたので、そこまで辿り着けば波の勢いは収まるはずだという確信があった。ボードの上に立ち上がるときは、高所恐怖症と戦わなければならなかった。真下に見える波のボトムは、数キロ先にあるかのように離れて見えた。なんとかバランスを保ちながらターンを決めた。次の瞬間、胸の鼓動が高鳴った。目の前に、予想をはるかに超える大きさと勢いでリップが崩れながら迫ってきていた。急いで急旋回し、波の進行方向に進路を取り直した。その後は順調に乗れていたが、チャンネルの手前にある最後の分厚いセクションで速度が出すぎてコントロールを失い、膝を曲げて立っているのが精一杯になった。

ライディングを終えた私に、チャンネルにいたピーウィーがパドルで近づき、頷いた。私たちは一緒にパドルでラインナップに戻り始めた。私の全身は震えていた。しばらくして、我慢できず訊ねてみた。「今の波の大きさは?」。ピーウィーは笑い、「二〇フィートさ」と言った。

キャロラインと私はその夏、ニューヨークに移住した。マークとオーシャンビーチについての記事を書き上げたのは、それからさらに数年後のことで、執筆には七年もかかった。私の意識は、アパルトヘイトや戦争など、もっと差し迫ったテーマに向いていた。それは重大な問題であり、大切な仕事であり、自分にとって納得のできるプロジェクトだった。サーフィンは正反対だった。マークの人物像を描いた文章を書き終える前に、私は本を三冊上梓した。南アフリカについての本が二冊、モザンビークの内戦についての本が一冊。アメリカにおける社会的地位の下降移動をテーマにした野心的な本にも着手していた。ニューヨーカー誌の専属ライターとなり、オピニオン記事も数十件書いた。それは、私がマークの記事を書くことに躊躇した理由でもあった。私はこの雑誌で、貧困や政治、人種、アメリカ外交、刑事司法、経済発展などについての真面目な議論がしたかった。サーファーとしての古い自分をクローゼットから出すことにメリットがあるとは思えなかった。社会問題に詳しい層から、「サーファーあがりの人間に世の中の何がわかる?」と言われるのを恐れていた。

だが最大の理由は、マークがそれを気に入らないかもしれないという懸念だった。私はマークのことを凄い人間だと思っていたし、簡単に文章を書けると思っていた。だがマークは複雑な人間であり、特大サイズのエゴを持っていた。それは、少なくとも私が描こうとしてた小さなサーフィンコミュニティに疎まれている部分でもあった。私がサンフランシスコを去った後、マークはサーファー誌の医学アドバイスの欄を編集するようになった。マークの偉業や名言は、同誌の地域コラムの定番アイテムになった。同誌がオーシャンビーチを発見したのも、マークの功績が大きい。一九九〇年、同誌はオーシャンビーチでダブルオーバーヘッドの掘れたレフトの波に乗る、新進気鋭のグーフィーフット・サーファー、アーロン・プランクのライディングを一四枚の連続写真に収めた記事を掲載した。アーロンの姿は一四枚のうち七枚で(約四秒間)波に隠れて完全に見えなくなり、最後にチューブをきれいに通り抜けていた。それは時代の終わりを感じさせるものだった。オーシャンビーチは世界中に知られるようになった。

VFWではプロコンテストも開催されるらしい。

サーファー誌が伝えるサンフランシスコのニュースで何より不思議だったのは、マークのピーウィーへの絶賛だった。「物静かで控え目そうに見えるので、普段はあまり目立たない。だがその印象は、波の上で一変する。ビーチで最高のスポットには、ピーウィーがいた。セットの最高の波にも、その日一番の波にも、ピーウィーが乗っていた」。マークはピーウィーをクリント・イーストウッドになぞらえ、傲慢無礼なサーファーのボードのフィンを素手でへし折った、仲間内のあいだで語り草になっている出来事も紹介していた。一点の曇りもない称賛だった。二人はライバルだったのではなかったのか？マークは特に大きな意味もなくピーウィーを褒めちぎろうとしただけなのか？

サンフランシスコを去ることをマークに伝えるのを恐れていたのは、私の杞憂《きゆう》に終わった。マークはまったく動じた様子を見せなかった。最後のサーフトリップになったビッグ・サーでは、私の幸運を祈ってくれた。だがニューヨークに移った後も、一切の遠慮なく、もう私には手の届かなくなったサンフランシスコでのサーフィンライフを伝えてきた。オーシャンビーチの大波や、インドネシア、コスタリカ、スコットランドのサーフトリップ。アラスカでは、飛行機をチャーターし、海岸を数百キロも探索して、氷山の近くに最高の波を見つけてサーフィンを楽しんだ。近くには、グリズリーベアの足跡が残る砂浜があったらしい。

サーフィンに明け暮れた過去を明らかにすれば、政治コラムニストとしての信頼が損なわれてしまうかもしれないという私の心配も間違っていた。誰も、そんなことは気にしていないようだった。だが、ついにその記事が世に出たとき、私のマークの反応についての予測は間違っていた。マークは、その記事を気にくわなかったのだ。

Part 9 **咆哮**

マデイラ島、1994～2003年

私の人生は、落ち着いた中年の色合いを帯び始めていた。キャロラインと結婚し、ニューヨークにはもう八年も住んでいた。仕事に精を出し、コラムや記事、本を書き、ジャーナリズムの世界に生きていた。四〇歳になった。キャロラインと小さな世界をつくっていた。アパートメントを買った。友人の大半は、作家や編集者、アーティスト、学者、出版関係者だった。キャロラインは芸術から離れ、被告側弁護士になった。その転身ぶりに自分でも驚いていたが、〝政府《お上》〟との知恵比べを楽しんでいた。私は温かくも厳しい彼女にますます頼るようになり、うまく息を合わせられるようになっていた。私たちのあいだには二人だけしかわからない言葉がたくさんあった。結婚する前に一度別れ、別居していた時期もあった。死ぬほど辛い体験だった。

記者として、世界の内線地帯や辺境の地を訪ねた。一つの取材が数カ月から数年も続くこともあった。追いかけていたのは、苦しみや不正が伴う暗い物語だったが、南アフリカ初の全人種参加の選挙などの歓喜も目の当たりにできた。〝大人として働くことと、サーフィンとのあいだにどう折り合いをつけるか〟という若い頃からの問題については、波を追いかけたい心が、仕事にがっちりと押さえられている状態だった。だがサーフィンは、いつものように巧みに身をよじらせ、自由の身になろうとしていた。脱出をそそのかしたのは、リンコンで腕を磨いたピーター・スペイシクというレギュラーフットのサーファーだった。

ピーターと初めて会ったのは、ロングアイランドの東端にある古い漁村モントークだった。ピーターを紹介してくれたサーフィン雑誌の編集者から住所を教わり、村のビーチフロントにあるディッチ・プレインズ地区を訪ねた。それは自宅ではなく、夏用に一時的に借りていたバンガローだった。フロントドアにダクトテープで貼られていたメモには、ポーチの下にハービー・フレッチャーのロングボードがあるから、それでパドルをして沖に出てきてほしい、と書かれていた。その下には、プロらしいタッチで、混雑した波の小さな絵が簡単に描かれていた。ディッチ・プレインズ地区は、サーフィンの観点からは興味深い場所だった。ロングアイランドの海岸沿いの東端に位置する居住地で、西にはニューヨーク市のコニーアイランドまで一五〇キロ以上も続く砂の海岸がある。あまり波が立たない砂の海岸はディッチ・プレインズからは岩礁に変わり、東のモントーク岬までの六キロは頁岩の崖に面した道のない岸の沖に、リーフブレイクとポイントブレイクが点在していた。夏のビーチは家族連れで賑わい、砂丘ではワゴンの移動販売車がブリトーを売っていた。砂底が岩底に変わるあたりに沿って立つ長く穏やかなレフトの波は初心者向けで、私はここでサーフィンをしたいと思ったことはなかった。

波は胸の高さほどで、崩れやすく柔らかかった。良く晴れた夏の午後で、四〇人くらいが海にいた。東海岸でこんな数のサーファーを見たのは初めてだった。ロングボードに乗るのは数十年ぶりだった。サーフィン界では、八〇年代にロングボードのリバイバルが起こった。それを支えていたのは、体力的にショートボードをうまく扱えなくなってきた中年サーファーだった。ロングボードには、ショートボードほどの筋力や敏捷性は求められない。波もキャッチしやすい。私は四〇代になっても意地を張ってショートボードに乗り続けていた。ロングボードに戻すのは、老人用の歩行器を使うようなものだという気がして、自分の最盛期が過ぎてしまったのを認めるみたいで嫌だった。ニーパドリングでディッチ・プレインズのサーファーの群を抜け、アウトサイドで波をつかまえた。一〇フィートのサーフボードを操るのは違和感があったが、昔とった杵柄《きねづか》で直ぐに感覚が蘇ってきた。最後には、ノーズに向かって慎重にクロスステップをしてしまったくらいだ。キックアウトでライディングを終えたとき、近くのサーファーの視線を感じた。私と同世代の男で、ダークブロンドの髪を肩まで伸ばし、山羊髭を生やしていた。「ロングボード乗りだとは聞いてなかったな」男が言った。

ピーターだった。私たちを引き合わせた編集者は、イラストレーターだったピーターとライターの私にコンビを組ませ、ハリケーンが生み出した東海岸を北上するうねりを追いかける記事を書かせたがっていた。私はロングアイランドのファイアー・アイランドで、このうねりが起こした波に何度か乗ったことがあった。だが当時の私にとって、サーフィンはカリフォルニアやメキシコ、コスタリカ、カリブ海、フランスなどの旅先でするものになっていた。正直に言えば、バケーションが目当てで、サーフィンはおまけみたいなものだった。つまり私はまだ波には乗っていたが、昔のようにサーフィンに打ち込んではいなかった。ニューヨーク市近郊のサーフスポット情報にもアンテナを張っていなかった。

ロングボードの誤解を解いたあと、ピーターと私は、うねりを追う記事のアイデアはあまり面白くないと話し合った。たいした波が立たない海岸線を、長距離ドライブするのもあまり気が進まなかった。ピーターは、モントークのリーフブレイクとビーチブレイクは〝俺の小さな楽園〟なのだと言った。マンハッタンに住み、もう何年も夏のあいだはディッチにバンガローを借りていて、モントーク周辺の気まぐれなスポットの研究に勤しんでいるらしい。もともとはサンタバーバラの出身で、ハワイに住んでいたこともある。ディッチの東の岩礁のスポットで初めて一緒に良い波に乗ったとき、その滑らかさとパワーに感嘆した。波が小さく、ライディングが短いためにぎこちないライディングをするサーファーが多い東海岸にあって、めったに目にすることのできないスタイルだった。

その夜、夕食をとりながら、ピーターは興奮した様子でサーフィン雑誌の記事を見せてくれた。写真には夢のような波が映っていた。大きく、深い色をしていて、膝の力が抜けそうなほど整っていた。サーフィン雑誌の不文律に従い地名は明らかにされていなかったが、この雑誌の編集者は脇が甘かったようだ。ピーターは、場所を特定できるヒントはたくさんあると言った。「マデイラだ」と彼は言った。「ここのワインは好きさ」。ピーターは地図を開いた。マデイラ島はリスボンの南西に一〇〇〇キロ近く離れた場所にあり、北大西洋の冬のうねりのど真ん中に位置していた。ピーターに、現地で実際に波を見てみたいと言われ、私も俄然、その気になった。

私たちは一九九四年一一月に、初めてこの地を訪れた。マデイラは五感に訴えてくる島だった。緑色の穏やかな海岸、崖がせり出した細い道、サーフボードを不思議そうに眺めるポルトガル人の農民、深海から激しく立ち上がる大波。私たちは車で峡谷や森林を駆け抜け、高く尖った尾根の上を走り、路側のカフェでプレゴ・ノ・パオン（ガーリックステーキ・サンドイッチ）を食べ、エスプレッソを飲んだ。護岸や堤防に立って海を眺めた。サーファーの姿はなかった。ポンタ・デルガダという村の北岸に、大きなレフトの波があった。不規則だったし、他のスポットと同じように、腹を空かせたように見える危険な岩礁の間近にあった。それでも、風を受けてポイントに入ってくる波はきれいに立ち上がり、ウォールは長く、速く、強力だった。私が何本かのいい波をつかまえると、ピーターに「横取りしないでくれないか？」とたしなめられた。私はそんなピーターのむき出しの競争心が好きだった。ピーターは私よりうまく波に乗っていた。デルガダでも、風の強い沖に行って、私が敬遠したモンスター級の波でテイクオフした。だが、私と違っていたこともあった。波運がなかったことと、岸で見守るガールフレンドがいたことだ。

ピーターが、最近会ったばかりだというアリソンをこの旅に連れてくるとは思わなかった。黒髪のアリソンは細身で、気が強く、辛辣で、意欲的で、ピーターと同じプロのイラストレーターだった。二人はカフェや空港のラウンジなど、どこでも絵を描き、クロスハッチング技法で影をつけていた。アリソンはピーターの描きかけの絵にインクを加えようとして、「黒を怖がっちゃ駄目！」と言った。完成したイラストは、ホテルやレンタカー代理店からアメリカにファックスで送った。二人はスタイリッシュで、独立心が強く、何も恐れない大胆な旅行者だった。だがときに、移り気で私を困らせることもあった。マデイラに到着した翌日、二人はポルトガル本土に戻りたいと言い出した。あっちの方が面白そうだから、と。そんなの論外だ、と私は言った。内心、ひどく驚いた。いったいどうしたっていうんだ？

ピーターがベレー帽をかぶりだしたのにも、嫌な兆候を感じた。その後、波を見つけた。まずはポンタ・デルガダで。次に、そこから数キロ東にある、ピーターが〝シャドーランド〟と名付けたスポットで、安定した分厚いリーフブレイクを見つけた。そそり立つ崖は高さが一〇〇メートル近くもあり、冬の陽光は岸に入ってこなかった。私たちは上半身がロングで下半身がショートの薄いウェットスーツを着て、私たちは、シャドーランドの驚異のバレルを通り抜ける方法を研究し始めた。

だが、この島で波が最も立ちやすいのは、北西のうねりが島の西端から入ってくる南西部の海岸だった。サーフィン雑誌の写真から、どの辺りを探せばいいかは当たりがついた。〝海の庭園〟を意味するジャルディン・ド・マールという村があった。雑誌の写真が信頼できるとすれば、この村があるおとぎ話に出てきそうな小さく美しい岬の沖で、大きな波がブレイクしているはずだった。初めてこのスポットを訪れたときは、風が悪く、波も小さかった。私は波を見つけることを期待せずに、サーフボードに乗って岬の西側の海岸（垂直にそそり立った、人影のない絶景だった）を探索した。ピーターは念のためにボードを抱え、アリソンと岩山をハイキングした。ポンタ・ペケナと呼ばれる険しく岩の多い岬で、驚くほど整った勢いのある小さなライトの波が、浅い入り江に押し寄せていた。ピーターと海に入った。胸の高さほどの波にしては、転んだ代償は大きかった。ピーターは岩肌にかなりの量の血を残した。今回も運に恵まれた私は怪我はしなかった。ピーターはよくそうしていたように、このときのセッションのイラストを描いた。サーフィンの採点も書き込まれていた。バレルのライディングはピーターが一・五点で、私は五点。しかも、自分の彼女が見守っているなかで、ピーターは怪我をし、私はしなかった。

私がピーターが考案したこの小さなコンテストが好きだった。後で気づいたのだが、その理由の一つは私がいつも勝っていたからだった。自分が勝ったときは、ピーターは私にそれを知らせなかったようだ。スケーターのような身なりをしたピーターだが（四〇歳を越えても、地元のトライベッカでスケートボードをしていた）、そんなさりげないマナーを隠し持っていた。両親はチェコからの移民で、ピーターが幼いときに東ヨーロッパからアメリカに渡ってきたのだという。一見すると不釣り合いに思えるようなピーターの礼儀正しさの秘密は、粗野なカリフォルニアにありながら両親から授けられたヨーロッパ流の躾《しつけ》だったのかもしれない。もちろんそれはピーターの一つの側面であり、人間臭いところも多かった。それでも私はピーターの目立ちたがりなところや、波の上での強気な態度、ときにそれを真顔でギャグに変えるところなどが好きだった。私は、内に秘めた競争心が強すぎるあまり、それを言葉にしないサーファーを何人も知っていた。だがピーターには、芸術大学時代の憧れだったという漫画家のロバート・クラムと同じく、誰もが口にするのをためらっている真実を風刺で吹き飛ばす精神があった。

マデイラで、私は初めてビッグウェーブ用のボードを買った。分厚いダーツ形状をした八・〇フィートのスカッシュテールのスラスターで、スピード最優先のデザインをしていた。このガンは、サーフィン界屈指のビッグウェーブシェイパーとして知られるノースショアのディック・ブリューワーが手がけたらしかった。だが私は、ブリューワーがこのボードの大まかなデザインとサイン以上の仕事をしているとは思えなかった。ロングアイランドのサーフショップで買ったが、奇妙でもあった。ロングアイランドには、最大規模のハリケーンに襲われたときでも、こんなに大きなボードは必要にならないからだ。だが目の前にこのボードが現れたのは、何かのお告げだと考えることにした。ピーターにも促され、購入に踏みきった。ピーターもガンを持っていた。

マデイラでは、到着から数日後にいい波を見つけられた。とはいえ、この島の波の全容を知るためには、何度も訪れる必要があった。

ピーターとジャルディン・ド・マールで初めて波に乗った、あるいはいい波に乗ったのは、たしかその次の年だ。高さは六フィートだったが、シリアスな波だった。西から長い間隔で進んできた重たいうねりは、岬の周りを巻き込むように湾に入ると、息をのむような曲線を描きながら、飛沫《しぶき》を立て、深く抉れながら岩場の岸に打ち寄せていく。私たちはポイントから離れた位置にある、古いボートの浸水路

（堤防付近にある苔の生えたコンクリートの滑走路）から沖に出た。ラインナップに近づくにつれ、波の力強さと美しさは増していった。冬の午後の太陽の下、燦めく波が轟音を立てて近づいてくる。歓喜と恐怖、愛、欲望、感謝が入り交じった名状しがたい感情に襲われ、胸がいっぱいになった。

村人たちが、教会の鐘楼の下にあるテラスに集まってきた。初めてサーファーを見たわけではなかったが、波待ちの場所を探す私たちに並々ならぬ好奇心を抱いていた。波をつかまえると、声援が飛んだ。激しいテイクオフは壮観に映ったはずだ。銀の斜面が力強く盛り上がり、逆光を浴びた緑と金の壁が急速に立ち上がる。私たちは慎重に波を選んで乗った。村人は、良いライディングを見分ける目を持っていた。波の動きもよく理解していて、私たちよりも高い位置から海を広く見渡せていた。次第に、口笛で合図を送ってくるようになった。強い口笛は〝大波が来ているからもっと遠くに行け〟、さらに鋭い口笛は〝もっと速くパドルをしろ〟、穏やかな口笛は〝正しい場所だ〟という意味だ。私たちは暗くなるまで波に乗り続けた。

その晩、村のカフェでエスパダ・プレタという恐ろしい顔の深海魚を食べた。身には甘みがあった。口笛を吹いてくれた村人に感謝し、飲み物をおごったが、みんな恥ずかしがり屋で、余所者《よそもの》には慣れていなかった。ピーターは波が〝最高《シュプレーム》〟だと言った。私はこの島に滞在するための場所を探し始めた。

マデイラは私の冬の隠れ家になった。それは休暇ではなく、何週間も続く潜伏だった。サーフィンをしていたスポットは危険で、恐ろしく複雑なリーフブレイクだった。慎重に研究しないと、小さな過ちが大きな怪我につながった。加齢と共に体力が落ち、ジャーナリストの仕事が忙しかった私が、こんなに危険な波乗りに情熱を注ぐのはおかしな話でもあった。

だが、この隠れ家とは意外な縁もあった。ハワイのポルトガル系移民の多くはマデイラ出身だった。ハワイで子供の頃によく食べたマラサダ（ポルトガルのドーナツ）も、かつて腹を空かせて生でかじりつき痛い目にあったポルトガル・ソーセージも、この島の由来だった。ウクレレが発祥したのもこの島だ（現地ではブラギーニャと呼ばれていた）。マデイラの島民の顔には、オアフ島やマウイ島で知り合いだったペレイラやカルバリョスの面影が見えた。島民は数千人単位でハワイに移住し、サトウキビ畑で働いた。この島の最大の輸出品は、有名なワインではなく、人間だった。マデイラでは一九世紀半ば以来、島の人口を支える経済がなかった。島民、特に若者たちは、南アフリカやアメリカ、イングランド、ベネズエラ、ブラジルなどに渡った。島民には、海外に住む親戚が必ずいた。

アフリカとのつながりはさらに強かった。二〇世紀半ばにポルトガルで独裁的な権力を握っていた大統領のアントニオ・サラザールは、余剰農民をアンゴラとモザンビークの植民地に移住させた。多くのマデイラ島民がこれに加わり、現地で綿やカシューをつくる農民になった。必然的に、多くは彼の地で兵士になった。この小さなジャルディン・ド・マールの村にさえ、反植民地戦争を戦った元兵士が数百人も住んでいた。私はモザンビークの独立後の内戦について記事を書いたことがあったが、マデイラとの関わりは知らなかった。ポルトガル人のほとんどが、モザンビーク独立後に祖国に帰った。

そして今、ポルトガル人は民主化した南アフリカから次々と帰国していた。ジャルディンでも、船積みのコンテナが、プラカと呼ばれる広場に到着していた。村人全員が荷物を受けとっているようにさえ見えた。木製家具、家電製品、さらには車まで。すべて、南アフリカのプレトリアから直接運ばれてきたものだ。私はホセ・ヌネスという村人と知り合った。南アフリカに住んでいたが、現在は家族と一緒に、父親から譲り受けたという、小さなバーと食料品店の上にあるアパートに住んでいた。「南アフリカは安全じゃない。だからみんな戻ってくる。だけど仕事はないんだ」ホセは言った。

村人は昔ながらの漁業や農場を営んでいた。岩壁の小さなテラスでは、ツイードの帽子とカーディガン姿の赤い顔をした頑丈な体つきの農家の老人たちが、骨の折れる手作業をしていた。ブドウ、バナナ、サトウキビ、パパイヤ——最も険しい斜面以外は、すべて畑になっていた。ポーチの壁は花で溢れ、湧水の爽やかな音が山々を駆け抜けていた。村に流れ込んだ湧水は、複雑な樋をつたって緑豊かな家庭菜園に引き込まれていた。家のタイル張りの屋根の角には、陶器の鳩や猫、犬などが飾られていた。

私は村に新築されたホテルに泊まることもあったが、次第に部屋を借りて滞在するようになった。波がないときや風が悪いときには仕事をしたが、基本的には島での生活の中心はサーフィンだった。大波が立つと、霧と雷が大気を満たした。うねりが入っている時期は、夜になると村全体に轟音が聞こえた。その咆哮のような低温は、海底の岩がぶつかって生じていたものだった。マデイラにはハワイと同じように大陸棚がないため、巨大な嵐がつくり出した北と西からのうねりが島を直撃する。ハワイにはうねりの衝撃を吸収する沖合いのリーフや、ボードから落ちたときに怪我をしにくい砂浜が多い。マデイラの東側には砂浜があるらしかったが、この島を訪れていた約一〇年のあいだにほとんど見かけなかった。私が波に乗るスポットの海岸はすべて岩や崖で、サーフィンをさらに危険なものにしていた。ピーターと私は歓喜を掘り当てようとしていた。だが、災難は決して遠くに行こうとはしていなかった。

最初の災難は、二度目の冬にやって来た。それはポンタ・ペケナで、ピーターに起こった。早朝、ジャルディンで沖に出た。風は穏やかで、波は大きく、このスポットでの初セッションのときの二倍はあった。私たちはガンに乗っていた。あらゆるものの規模が大きかった。突然、危険を感じた。大きなセットが、南西から静かに迫ってきていた。淡い青色の水面に、広く分厚い濃い色の帯が浮かんでいた。私は南東に向かって逃げ出した。その波はオーシャンビーチで体験したのと同じくらい大きく、別種の生き物のようなエネルギーに満ちていた。教会のテラスには何人か野次馬がいたが、口笛は吹いていなかった——あるいは、波音でかき消されていたのかもしれなかった。だがピーターは勇気を見せてその場に留まり、近づいてきたうねりの方にボードの先端を向けた。波に乗ろうとしているのだ。

ブレイクはそれほど激しくはなく、ウォールが妥当な形にせり上がった。ピーターは波をつかまえ、叫びながらボードに飛び乗ると、水面を滑り下りて波の谷間に姿を消した。ずいぶんと長い時間が経過したと思われたとき、両手を挙げたピーターが波のショルダーに現れた。ピーターは興奮しながら、馬鹿げているが乗れなくもない、と言った。私は波待ちエリアに移動し、心臓の鼓動を高鳴らせながら何本かの大波に乗った。テイクオフでは目眩《めまい》がし、吐き気すら感じたが、斜面は極端に急ではなかった。フェイスは二〇フィートくらいだった（格好をつけてわざと低く数字を見積もる私たちサーファーが、一〇フィートや一二フィートと呼ぶ大きさだ）。私は両手でバランスをとりながら慎重に波に乗った。青いウォールは広々としたキャンバスみたいだった。岸の安全な場所まで進み、ライディングを終えた。ガンで大波に乗れたのが嬉しかった。私は自信を少しずつ取り戻していた。ピーターが意外にも、「場所を変えよう」と言った。「ここはプレッシャーがキツすぎる」

喜んで賛成した。私の髪はまだ乾いていた。一キロほどパドルしてポンタ・ペケナに移動した。ダブルオーバーヘッド以上の波が立っていたが、恐ろしくはなかった。ペケナの波には不思議な特徴があった。六フィートを超える波に乗ると、浅い入り江の近くで逆に勢いを強めていくのだ。まるで、マリブとノースショアの波に同時に乗っているみたいだった。ただし速度が変わる直前に波が少し速度を落としてくれるので、どんなラインをとるか、あるいは脱出するのかといった判断をする時間はあった。私はこの突然変異体のような波があるペケナが好きだった。この晴れた朝、ジャルディンの大波を無傷で生き延びたこともあって、上機嫌でサーフィンをしていた。そのためか、ピーターの姿が見えないことに気づくのに時間がかかった。しばらくローテーションで乗った後、私は一人でサーフィンをしていた。チャンネルやインパクトゾーンにピーターの姿がないか確認はしたが、心配はしていなかった。ピーターは強く、賢いサーファーだった。しばらくして、ピーターを見つけた。海岸でボードの隣に座り、頭を膝の間に垂れている。慌ててそこに向かった。

ピーターは私を見て頷き、海のそれほど遠くないあたりに視線を移した。ライディングの途中で後ろから来た波に運ばれ、ショアブレイクに吸い込まれてしまった。その拍子に、足首につけていたリーシュが岩に固く巻き付いた。高潮で波も高いこの日、ペケナのショアブレイクは危険きわまりなかった。岩石の急斜面にぶつかってブレイクした波が、垂直の崖に打ちつけられていた。リーシュは外れず、足首にも手が届かない。罠につかまったみたいに、何度も水中から引きずり出されては引きずり込まれ、長時間水中に閉じ込められた。どれくらいの波に打ちのめされたのかわからない。溺れ死ぬことを覚悟したとき、リーシュは外れた。「奇跡さ」とピーターはつぶやいた。「なぜ外れたのかはわからないよ」

ボードはピーターよりもさらに痛い目に遭ったように凹んでいた。その後、ピーターはペケナのショアブレイクで陥った窮地をイラストに描いた。「望ましくない事態　その2」というタイトルで、半分コミカルだった。だがその絵には、岩と崖、テラスに誰もいない海岸が、大きな鷲鼻のサーファーに暗く覆い被さるように描かれていた。

私たちはこの一帯で唯一のサーファーではなかった。最初にこの島を訪れてからほどなくして、ハワイのプロサーファー集団がマデイラにやって来て、見事なライディングを披露した。この様子を記事にしたサーフィン雑誌は、ジャルディンをホノルア湾に匹敵する場所だと紹介した。もう、ここは秘密の場所ではなくなった。あのマーク・レネッカーも、ジャルディンでヘルメットをかぶってサーフィンをしたらしい。ジャルディンは世界のサーフィン狂のあいだで話題になっていた。A級の波だけではなく、大波が安定して立つポイントブレイクという世界でも稀な特性があり、その意味では世界一かもしれなかった。ハワイのサーファーたちは、ジャルディンの西にあるポール・ド・マールという村の岸に近いスポットの、凄まじいバレルを生み出すブレイクにも感銘を受けていた。この波はジャルディンからも見えたが（ポンタ・ペケナの先にあった）、山を越えてポールまで車を走らせるのは骨が折れた。

翌年、マデイラを再び訪れると、町の広場《プラカ》の壁には、ジャルディンの海の様子が描かれていた。カリフォルニアのサーファーが描いたという、遠近法をわざと崩したようなその絵は、私たちがいないあいだにこのスポットがどんなふうに様変わりしたかをよく表していた。イギリス人やオーストラリア人、アメリカ人、ポルトガル人などの雑多な国籍のサーファーがこぞってこの村を訪れ、あちこちに寝泊まりするようになっていた。私たちはそこで、若いカップルと親しくなった。スコットランド人のムーナと、ルーマニア人のモニカだ。二人はボスニアの戦争中に救援活動をしていたときに出会い、まだ小さなニキータという名の子を授かっていた。モニカは『イギリス人の患者』をルーマニア語に翻訳したことがあるのだというが、プロスケートボーダーだったムーナもスケーターの技術をサーフィンに翻訳しようとしていた。このスポットの容赦のない大波に対して、その試みはうまくいったりいかなかったりだった。聡明な二人は、隣に何もない海辺の部屋に滞在していた。私がボスニアについて書いたことがあると伝えると、二人が出会った場所だという、塩の生産で有名な古い都市トゥズラを訪れるべきだと言った。それは国家主義が激化するボスニアにある、反国家主義の拠点だという。強く勧められたこともあって、私はその冬、いったんアメリカに戻った後で取材としてトゥズラを訪れた。二人の話は本当だった。荒廃した町には紛争の爪痕が残り、民族紛争の悲惨さを物語っていた。

ある朝、何人かのサーファーとポール・ド・マールに繰り出した。波は八フィートもあり、暴力的だった。一時間も経たないうちにピーターはボードを叩き折られて足を血だらけにし、アメリカ人のジェームスはリップから落下して足首を骨折した。二人は車で三時間ほどのところにある主都フンシャルの病院に向かった。二日後、私はポールでショアブレイクに巻き込まれて岩のあいだに足を挟み、同じ病院でX線の診察を受けた（骨折はしていなかった）。翌週は足と足首にダクトテープを巻いてサーフィンをした。ピーターは、ここはまともなサーフスポットとは呼べないと言った。見た目は美しいが、波が一気に崩れる〝カミカゼクローズアウト〟だ、と。ここの波に魅力を感じていた私は同意しなかった。

とはいえ、ここは恐ろしく危険だった。うねりの勢いが強く、沖に出るには幅のある岩礁を渡らなければならなかった。丸石が多かったものの、波が大きいときは特に、この岩礁を乗り越えるのは一筋縄ではいかなかった。慎重に凪《なぎ》を待って出発しても、浅い岩礁の上を懸命にパドルしているうちに波に押し戻され、ボードと身体と尊厳が打ち砕かれる。他のスポットではめったに直面しないような、厄介な算数の問題みたいだった。時間と距離をいくら計算しても、なぜかマデイラでは答えが合わない。サーフスポットまで辿り着くのにこれほど苦労することもなかったが、それに輪をかけて岸に戻るのが大変だった。波に乗っていた場所は岸から一〇メートルほどしか離れていなかったが、岩礁を避けるために村の東の外れまでかなりの遠回りをすることもあった。

この波の素晴らしさは、波を滑り下りるときに味わう凄まじいスピードだった。海は透き通っていて、テイクオフしてボードに飛び乗り、狙い通りのラインを辿ってターンをきめようとすると、真下の白い岩が静止しているように感じられることがあった。波の流れる方向の関係で、どれほど速く滑っていても、瞬間的にその場に留まるような現象が生じていたからだ。これも他のスポットではめったに見られないものだった。胃がふわっとするようなこの瞬間が終わると、再び波の上を高速で駆け抜ける。猛スピードで過ぎ去る真下の白い岩がぼやけていく。ピーターは正しかった。この波はまさにカミカゼだった。深く掘れ、浅く、クローズアウトする波も多かった。だがそれでも、ポール・ド・マールの最高の波は、ニューヨークから往復の飛行機代を払って訪れる価値があると思わせるものだった。

ある曇り空の朝、私はその波に立て続けに三度乗った。ピーターは風とうねりを読み間違え、夜明けに北の海岸に出かけた。前年の冬、私たちは北の海岸にスポットを見つけ、なぜだかは覚えてはいないが、〝マドンナ〟と名付けた。他のサーファーの姿は見かけなかった。崖から何本もの細い滝が流れ落ち、風が少なく、滑らかで移り気なレフトの波が立っていた。私はいつもこのスポットに呼ばれているような感覚があり、毎日波の様子を気にしていた。ピーターもその朝、何かを感じたらしかった。だが、そこまではかなりの距離をドライブしなければならないし、ポール・ド・マールにも激しいうねりが入っていた。私は〝目の前に波があるときは、別の場所に探しに行ったりせず、そこから動かない〟というサーファーの鉄則に従い、マドンナには行かなかった。ピーターは別の仲間と出かけて行った。

ポールのショアブレイクは恐ろしかったので、東から迂回して沖に出た。ポール・ド・マールの村は細長く、埃っぽく、わずかに工業化されていた。眩しい岬の上にタイル屋根の家が密集して建ち並ぶジャルディンの村とは別世界だった。何より、ポールの村は臭かった。町の東端の埠頭には強い魚の臭いがしたし、波の立つ西では人々が岩場をトイレ代わりにしていた。海岸沿いの道路には簡素な労働者住宅が点在し、半裸の汚い子供たちは珍しい車が通り過ぎると奇声を上げげた。日によっては、ポール・ド・マールの大人の大半が酔っ払っているように見えることもあった。しばらくして知ったが、ポールの人間はジャルディンの人間をお高くとまっていると軽蔑していた。逆に、ジャルディンの人間はポールの人間を低階層だと見下していた。二つの村は湾を挟んで一・五キロほど離れていて、中間にある山間部に民家はなかった。このライバル関係は数世紀も続いていた。私はどちらの村も好きだった。

その灰色の朝、私はパドルで沖に出て、岸と平行の位置をとり、目の前の波を観察した。大きく滑らかで、高くそそり立ち、獰猛に見えた。他に二人、小さなボードに乗っているポルトガル人の若いサーファーがいたので、しばらく一緒にサーフィンをした。二人とも腕は良かったが、安全な波に乗ることで満足していた。私はガンに乗っていて、緊張はしていたが、波を恐れてはいなかった。さらに沖に向かった。その日のピークはかなり西にあったので、いつも波待ちエリアの目印にしている二本のレンガの煙突は役立たなかった。

数分間隔で、三本の波に乗った。それは教科書通りの波だった。巨大な斜面を滑り下り、深く抉れたチューブをくぐり抜け、安定したショルダーに到達する、それほど長くはないライディングだ。水は濁り、灰色がかった青緑をしていたので、真下の岩が止まったように見えるかどうかはわからなかった。だが心の奥で、この波は尋常ではないと感じていた。水の動きが凄まじく速く、リップの勢いもとてつもなく激しい。ある程度の経験のあるサーファーでも、乗りこなせなかったはずだ。岩礁は恐ろしく浅く、波はその辺りの水の量からすれば不釣り合いなほど大きくせり上がっていた。波は激しくブレイクし、私はおもちゃのように波のショルダーに軽々と運び込まれた。不吉な状況のなかで、集中力を極限まで高め、この波に相応しいボードの力も借りながら、なんとか乗り切った。押し寄せる波に洗われながら、危険な岩礁を乗り越え、ようやく岸に辿り着いた。弱い日差しを浴びながら、コンクリートの壁の上で私のサーフィンを見物していた子供たちに手を振った。さっきまでは口笛を吹き、喝采を送っていた子供たちは何も言わず、素っ気ない様子で手を振り返してくれただけだった。

ゆっくりと海沿いの道を歩いて村に向かった。裸足で、身体からは水滴が落ちていた。ポールの村人にとって、私はフィンのついた薄い板を抱えて海から出てくる野蛮な外国人《エストランジェイロ》の一人にすぎなかった。誰も「おはよう《ボン・ディア》」と声をかけてくれなかった。村には塩で腐食した背の高い壁が多く、海はよく見えなかった。私は、乗ったばかりの三つの波を思い出していた。あれほど危険な波に乗るのは、本当に稀にしかなかった。テイクオフの判断を誤ったり、ボードの上で滑ったり、少しでもためらったりしたら何が起きるのか、考えている暇はなかった。いつもより巧みに、勇敢に波に乗ることだけに集中するしかなかった。運が大きな役割を果たした。だが、それに加えて長年の経験も助けてくれた。たしかに、その波は一歩間違えれば致命的だったが、ロングボードと十分な技術があれば乗れる波だと判断した。だから、私は乗った。安全な陸の上に戻ってきた今、海のなかで大量に分泌されたアドレナリンが途切れたら、恐怖に襲われて身体が震え始めるのではないかと思った。だが心にあったのは、嬉しく、穏やかな気持ちだった。足取りも軽かった。以前入店したことのある、小さなカフェの前に来た。主人は、コーヒーとパンをツケで売ってくれた。カフェの階段からは海が見えた。セットは先ほどよりもさらに大きくなって海を進んでいた。私はこの日、巨大で、かつぎりぎりサーフィンができる波が立ったごく短い時間に海にいたことになる。ツイていると思った。どこかの教会に入り、ろうそくに火をつけて、謙虚な気持ちで祈りたい気分だった。

私は何をしているのだろう？　なぜここにいるのだろう？　私はもういい年をした大人だった。夫であり、市民であり、公共心も十分にある普通のアメリカ人として生活していた。信じられないが、四四歳になっていた。教会には通っていなかった。この不安も含めて、すべてが非現実的に思えた。それでも、カップを持つ手は震えていなかった。薄目のインスタントコーヒーは、最高に美味しかった。

親しくなって間もない頃、私はときどきピーターを誤解した。あるとき、ソーホー地区にあるギャラリーのオープニングに彼を招待した。作品はすべて四人がつくったものだった。「なるほど、〝アウトサイダー・アート〟ってわけか」ピーターは言い、作品の前に立つと、頸を傾げ、近くに移動し、後ろに後ずさりし、眉をひそめた。私は助け船を出そうとして、「彼はマグリットの絵を見すぎたみたいだな」と言った。

ピーターは私を見て眉をひそめた。「俺に美術史の講釈を垂れないでくれ」

そう言われて、私は自分が上っ面の知識で芸術をとらえているのではないかと思った。ピーターには、そんなふうにぶっきらぼうなところがあった。

ムーレイ・ストリートにあるピーターのロフトに遊びに行くと、よくマルガリータをつくってくれた（〝ニューヨークの人間は本物のマルガリータのつくり方を知らない〟と言いながら）。そこで一緒に、サーフィンの動画を見たりした。ピーターの愛犬、つぶらな瞳をしたトイプードルのアレックスも一緒だった。階下には、ウォールストリートのエリート層の客を目当てにした〈ニューヨーク・ドール〉というトップレスバーがあった。ピーターは〝上階に住む、時折スケッチブックを抱えて下りてくる物静かで面白い中年のスケーター〟として特別扱いされ、安いビールを飲ませてもらったりしていた。店の女がラップ・ダンスの合間にお喋りに立ち寄ることもあった。みんな、心臓が止まりそうなほど胸の大きな大学院生ばかりだった。特殊な店ではあったが、和やかで気さくな雰囲気もあった（ピーターはドイツ語で〝心地良さ〟を意味するゲミュートリヒという言葉をよく使った）。ピーターのニューヨークでの生活は刺激に満ちていた。アートスクールを卒業後、大手の広告代理店に就職（想像もつかないが）、その後でフリーランスとして独立し、成功を手にしていた。この街で一度結婚し、離婚をしていた。若い頃は夜遊びにも耽った。クラブの店内で歌手のシェールをダンスに誘い、ダンスフロアじゅうの注目を浴びたときのことは、当時の友人たちのあいだで語り草になっているという。

「本当にシェールだったんだよ！」疑う私に、ピーターが叫んだ。「あれは惜しいチャンスだった」。時々、私はピーターの冗談の真意を測りかねた。

だが、大都会での日々はあっけなく終わった。家探しをしていたアリソンとピーターは、ディッチ・プレインズで、気に入った物件を見つけたのだ。アリソンとピーターはそれぞれのロフトを売り、愛犬のアレックスと共にその小さな古い家に移り住んだ。家の向かいにスタジオを建て、スペースを仕切って数メートル隣でイラストの制作に精を出した。シーカヤックを買い、シマスズキやヨーロッパマダイ、青魚、カレイを釣った。地元のナピーグ湾で潮干狩りをし、塩田でカニ捕りをした。庭の小屋には市販の燻製箱を設置した。一、二年後には、海の幸と家庭菜園の野菜だけで生活しているのではないかと思えるような暮らしぶりになった。ピーターは古いボートを買い、庭で改装した。冬になり、寒さで外での作業が辛くなってくると、ボートを覆うようにしてプレハブ小屋を建てた。私はこの家を頻繁に訪問した。ハリケーンのうねりが入るときは泊まり込み、稀に素晴らしい波が立つ、ディッチの東に点在するロックリーフとポイントブレイクでピーターと波に乗った。

二人が結婚したのは、南のうねりが来ているときだった。結婚式は、モントーク岬の灯台の下の青々とした丘の上で催された。午後遅くの黄昏時《たそがれどき》で、参列者のいる場所の南に見えるタートルズと呼ばれるスポットには、最高の波が立っていた。新郎側の参列者はサーファーだらけで、ピーターの出身地であるカリフォルニアのサンタバーバラの幼馴染みも多かった。カリフォルニアっ子たちはタートルズを見て驚いていた。まるで、リンコンの良い日の波みたいだった。みんな式に集中しようとするが、誰かが「セットが来た」と言う度に大勢が頭を回して海の方を見た。男たちは連れの女性に睨まれたり、ハイヒールを履いた足で軽く蹴られたりしていた。だが最後には、アリソンも笑っていた。

ピーターとアリソンの家の庭で催された披露宴では、バンドが『アップ、アップ、アンド、アウェイ』を演奏した。参列者は驚き、何かの手違いではないかと思った（私もそう思った）。「これは俺たちにぴったりの曲さ！」ピーターが花嫁と踊りながら叫んだ。この安っぽさが、新しい格好よさなのだろう。ピーターは派手な衣装を身に着けていた——ぴっちりしたレザーパンツ、先の尖ったブーツ、フリル付きの海賊風のブラウス。「なぜみんなアリソンばっかりに注目するんだ？」ピーターは言った。だがキャロラインには好評だった。ピーターは本格的にサーフィンに打ち込んだ人間特有の、ほっそりとした腹回りと逆三角形の背中をしていた。引き出物は、長靴を履いたアリソンとピーターがお互いの身体に針が引っかかった釣り竿を持って身体を反らせている、二人の合作によるイラストが描かれたコーヒーカップだった。

その年の感謝祭が終わった後、私たち四人はピーターが改装したボートで釣りに出かけた。凍えるような寒さのなか、暗い灰色の水面を進み、モントーク岬の数キロ北西にあるポイントに到着した。ピーターは海底にいる魚を釣るために、仕掛けの糸をどれくらいの長さにすればいいか教えてくれた。デッキに吹き付ける風は氷のように冷たく、キャロラインとアリソンは操舵室に籠もってスパイクド・ティーを飲んで身体を温めていた。日が落ちる直前、ピーターと私にそれぞれ手応えのあるブラックフィッシュの当たりがあった。顔が寒さで麻痺し、手は悴《かじか》んでいた。魚を釣り上げ、頭を叩き、勝利の喜びを噛みしめ、モントーク港に戻った。その夜、自宅に戻ると、キッチンでまだ痙攣している魚を洗った。疲れて料理をする余力がなかったので、冷蔵庫に入れた。数時間後、冷蔵庫のなかからブラックフィッシュがごそごそと動く音が聞こえてきた。

私たちはマデイラへの巡礼を続けていた。だが次第に、私はピーターのサーフィンへの情熱に疑いを抱き始めた。ピーターが、何か他のことをしたいと口癖のようにつぶやき始めたからだ。初めてこの島に来たとき、到着早々、アリソンとピーターがポルトガル本土に戻りたいと言い出したのを思い出した。二人は今、時間と金があるときには、本格的な釣り旅行に出かけることが多くなっていた――あるときは太平洋の真ん中にあるクリスマス島へ、あるときはソトイワシを狙ってバハマに。ピーターは「新しいことを試してみるのはいいもんだぞ」と言った。だが、私は嫌だと言った。俺は同じことを続けたい、マデイラでサーフィンをしたい、と言った。そんな軟弱な人間になった覚えはなかった。

マデイラを繰り返し訪れるべき理由はいくつもあった。波の驚異的な質の高さ。他のスポットにはない独特の雰囲気。何度訪れても、波を乗りこなすのは簡単ではなく、やりがいがあった（その事実に、私たちはようやく気づくようになっていた）。加えて、マデイラはサーフィン界で急激に名を知られるようになっていた。年を追うごとに、海はサーファーで混雑するようになっていた。遠くない将来に、バリ島のようなサーフィンのメッカになり、すべては台無しになってしまうだろう。ジャルディンでビッグウェーブコンテストが開催されるという噂もあった。大企業がスポンサーになり、大きな賞金が出るらしい。こうした変化の兆候は至るところに見られたし、噂もいろんな場所から聞こえてきた。

私は不安を募らせていた。ここが地獄のような場所に変わってしまう前に、もっとサーフィンをしたいと思った。

マデイラの海を最も賑わしていたのは、ポルトガル本土のサーファーだった。この島は、ポルトガルにとってのハワイになり、ノースショアになっていた。マデイラにうねりが入る度に、本土のプロたちがやって来た。なかでも並外れた才能と鉄の心臓を持つティアゴ・ピレスは、ポルトガル人として初めて（そして現在に至るまで唯一の）世界のプロツアーに参戦するレベルのサーファーになった。ポルトガルのサーフィン雑誌にはマデイラの情報が満載だった。表紙のあちこちにこの島の名前が踊り、たいした中身のない派手な記事が掲載されていた。私が初めて見たマデイラのポスターは、ある雑誌に折り込まれていたもので、ジャルディンの緑色の大きなウォールに乗る本土のプロが映っていた。タイトルは「海の英雄《Heróis do Mar》」で、「ポルトガル国内で最大の波」というキャプションがついていた。

ピーターはマデイラで今のうちにサーフィンすることの緊急性を理解してくれた。だがジャルディンやポール・ド・マールの大波に乗りたいと思うサーファーなどめったにいないとも考えていた。サーファー誌の件の記事をモントークのサーファー仲間に見せ、興味があるかと訊ねたが、誰も首を縦には振らなかったからだ。波が大きく、条件が厳しすぎるというのが理由だった。唯一の例外は私だった。とはいえ私はこの写真はこれでもまだ牧歌的で、誤解を招くと思っていた。恐ろしい崖や岩の存在を知らなければ、あのスポットは理解できない。私は恐怖を感じつつ、あのスポットに深い結びつきを感じていた。一方のピーターは私に比べれば淡白だったが、恐怖はあまり感じていなかった。

ピーターは、〝型破り〟なサーファーだと呼ばれていた（今でも一部からはそう呼ばれている）。サーフィンの世界には必ず、平然と誰もが信じられないようなことをやってのけるサーファーがいる。その多くはビッグウェーブ乗りだ。ハワイにいたとき、私のヒーローだったサーファー、マイク・ドイルとジョーイ・キャベルが、カウアイ島のナパリ海岸の端から端までを泳いだという噂を聞いて驚いた。ナパリ海岸は三〇キロ近く続く絶壁の海岸で、太平洋最大の暴風雨を生み出す北西に面している。トランクスにゴーグル姿の二人は、三日かけて泳ぎ切ったのだという。道具は、岩場の貝をこじ開けるためのポケットナイフだけ。二人は、そんな冒険を楽しんでいた。型破りだからこそ、そんな冒険に挑み、成功させてしまうのだ。

ピーターもまさにそんな男だった。釣り竿を固定したままボートに乗り、どんな魚が釣れるか実験しながらディッチから西に二五キロも先のアマガンセットまで行ったこともあったし、冬に鱈漁船に乗ってブロック島に行き、魚の代わりに難破船の残骸を釣り上げたこともあった。大きな釣り針が手に食い込み、四〇キロ離れたサウサンプトンの病院まで自分で車を運転していったこともある。モントークに大きな波が立つと海に出た。たいてい、他には誰もいなかった。だが本人が語るそのセッションの詳細は、滑稽で、鮮やかで、自嘲的なものになった。ピーターは、恐ろしいエピソードをコミカルなイラストで表した。ジャルディンに大波が立った午後、テイクオフに失敗して波に飲まれ、あやうく後ろから来た波にも飲まれかけた。ようやく水面に顔を出したときは、愛する人たちへの別れの言葉を口にしていたという。そのときのセッションを描いたというイラストには、恐ろしげな波の下で、お馴染みの長髪と鷲鼻のアンチヒーローと、アリソンと心配そうなトイプードルのいる吹き出しが描かれていた。

サンフランシスコに住んでいたときの型破りな男と言えば、マーク・レネッカーとピーウィー・バーガソンだった。二人は型破りだったからこそ、他のサーファーから愛されていた。その本質は、男の子らしい馬鹿げた冒険だった。大切なのは、大きな勇気と高い技量が求められる大波に乗りながらも、決して自慢しないことだった。プロサーフィンの世界には、ビッグウェーブに乗ることを得意げに宣伝するサーファーもいる。だが、そこには真の美学はない。

ピーターは二人の旧友をマデイラに連れてきた。彼らのことは気に入ったが、なんでもごちゃ混ぜにしようとするピーターの態度は好きではなかった。どうせならうねりのいい時期に訪れたいと、私は独学でマデイラの波の予測を始めた。海洋気象情報をできる限り入手し、北大西洋の嵐の記録を調べ、嵐がいつアイスランドとアイルランドを抜けてビスケー湾に入ったかや、毎日の最大風速や最低気圧はどれくらいかを分析した。マデイラの南西の波の予測を立てると、島で仲良くなったホセ・ヌネスに電話をして実際の状況を確かめた。忙しい毎日を過ごしていたホセは、海の見える丘まで出向いて波の様子を見てくる暇があるわけではなかったし、波の細かな様子を伝える語彙も不足していた。それでもできる限りのことをしてくれたし、私は自分の予測の精度を確認できた。インターネットで世界の波の予報が簡単に調べられるようになり、当時の私のようなアナログな努力が無意味になるのはまだ後のことだ。

そんなわけで、ピーターと私は一九九七年の冬の午後にジャルディン・ド・マールを襲った巨大なうねりのことを何も知らなかった。夜明けから海に出てポールとペケナで波に乗っていた私は、かなり疲れていた。だがジャルディンにいいセットが来ているのが見えた。もう午後の遅い時間だったが、ジャルディンに行かない手はなかった。ピーターがどこにいるのかはわからなかった。海には誰もおらず、波のサイズを測るのは難しかった。この日、ガンに乗っていたのは正しい選択だった。オフショアの風を受けせり上がっていた、速くて力強い濃い緑色のダブルオーバーヘッドの波に二、三本乗った。疲れはアドレナリンで吹き飛んだ。長いウォールを乗り切ろうとしていたとき、ショルダーをパドルで乗り越えようとしているサーファーがいるのに気づいた。首を伸ばし、高いラインを保とうとしている私の方を覗き込んでいる。ピーターだった。

「お前だと思ったよ」とピーターは嬉しそうに叫んだ。

「岸からは小さな人影しか見えなかったんだ」

たしかに、逆光に照らされた西の海は眩しかった。ピーターと合流できてほっとした。誰かと一緒にいると思うと、波への恐怖も和らいだ。ピーターの友人たちは岸にとどまっていた。

「ここには怪物がいるな」とピーターは言った。お化けのようなセットが来たので、南に移動してやり過ごした。うねりはますます勢いを強めていた。ラインナップに戻ると、凄まじい大波に乗った。その日は風が強く、いつものジャルディンではなかった。波は大きくて速く、魂を刺激された。〝このスポットは混雑しない〟というピーターの考えは正しかったのかもしれない。波はあまりにも獰猛だった。

またお化けセットが来たので、懸命に水を搔いて南に逃げた。一番大きな波の先端に吸い上げられたピーターの横向きの身体が、逆光を浴びて私の一五フィートから二〇フィートも頭上に高く舞い上がった。危なかったが、二人ともなんとか乗り越えた。少し沖で、小さな漁船がエンジン音を立てながら走っていた。ボートは波すれすれの危険な位置にいた。五、六人の漁師が船の縁に座り、私たちを物珍しそうに眺めていた。

「俺たちのことをイカれてると思ってるんだ」

「彼らは正しい」

そのときの私には、漁師に頼めば安全な港まで運んでもらえるかもしれないという考えは浮かばなかった。漁師に手を振り、呼吸を整えると、テイクオフゾーンに戻った。岸側に目を向け、教会の鐘楼とその奥の崖の柱を整列させた。そこがいつものスポットだった。漁船は過ぎ去った。

またお化けセットが来た。私たちは急いで南に避けた。波はいつものポイントよりさらに沖に移動し、ジャルディンでは見たことがないような激しさでブレイクした。巨大なショルダーを乗り越えようとしたとき、ピーターが言った。「ブロック・リトルが何て言ったか知ってるか？　見るか見ないか、だ」

意味がわからなかった。リトルはハワイのビッグウェーブサーファーだった。いつものジャルディンのテイクオフゾーンの外で、お化けセットを乗り越えた。日が落ちかけていた。「最悪の事態を想像するか、それとも悪いことは一切考えずに目の前の波に乗ろうとするか、だ」ピーターが言った。

そのときの私は、見たくはない派だった。最悪の事態など考えたくなかった。直前の二つの波は本当に恐ろしかった。崩れるとき、貨物列車が激突するような音がした。

「波に乗るなら、岸に行かなきゃだめだ」私は言った。「俺たちの位置を見てみろ」

ピーターは同意した。私たちは沖に来すぎていた。ひと掻きごとに振り返りながら、パドルで岸側に進んだ。中くらいの大きさのセットが近づいてきた。ピーターは頭を下げて激しく水を掻き、危険なエリアから離れていった。蘇ってきた疲労が、吐き気がするような恐怖と混じり合った。振り返ると、巨大な波が近づいていた。波の勢いに乗って岸側に進める位置にいた。私は、ピーターがその一つ前の波に乗って前に進んだと思っていた。一人でここに残されたくなかった。思い切りパドルをした。波に身体を持ち上げられた。波にレールが絡め取られ、思うように動けない。それでも水を掻き続けた。ピーターの叫び声が聞こえた。姿は見えなかったが、「ゴー！　ゴー！」と言っているように思えた。波にふるい落とされそうになり、ボードからも滑り落ちそうになった。そのとき、ピーターの叫び声が、「ノー！　ノー！」だったことに気づいた。私はボードの左側のレールをつかんで右に舵を切り、大きなフェイスを斜めに上がっていった。トップを乗り越え、オフショアの風を受けた飛沫の力で波の裏側に放り投げられた。ほんの数メートル手前で、巨大な波がせり上がり、崩れ落ちた。

霧が収まったとき、ピーターが南東にいるのが見えた。南に向かってパドルしながら、私に知らせるために後ろを指差している。南西の水平線が、迫り来るとてつもなく大きなセットで暗くなっていた。まだかなり遠くにあった。パニックになりそうな気持ちを抑え、過呼吸にならないようにしながら、南東にパドルを始めた。

私たちは、そのセットを無事に乗り越えた。それまでにサーフボードの上から見たなかで、一番大きな波だった。ようやくパドルを終えたとき、ピーターが奇妙なことを言った。「怖い目には遭ったが、海がつくり出す波の限界を知ることはできたな」。私はその意味がわかった。同じことを感じていたからだ。だが、私にはわかった。ピーターは本当はそれが正しくないことを知っていた。その日の凄まじいうねりは、さらに大きな波をつくり出す可能性を秘めていた。想像するだけで身の毛がよだちそうだった。波は物理的な上限に達したのだと、嘘でもいいから信じた方がマシだった。

「お前がパドルした波があっただろう？」ピーターが言った。

どの波のことを指しているのかはわかった。

「あのときお前は蟻みたいだったぞ。まったくパドルをしていないみたいに、後ろに吸い上げられていた。ボードが爪楊枝に見えた。お前は後ろを振り向きもしなかった」

それは本当だった。私は自分の判断を信じ、振り返って波を見ようとはしなかった。なぜあのときピーターが「ノー！」と叫んでいたのかがわかった。私たちが乗っていた八・〇フィートのガンも、あの波ではあまりにも小さく、スケートボードほどしか役に立たなかった。

太陽が沈み始めていた。「浸水路に戻ろう」私は言った。「波に乗るのは無理だ」

波を避けて南東に進み、次に東に向きを変えて岸に近づいた。ジャルディンの教会のテラスや、その下のボートの浸水路の壁に人影が見えた。外国人のサーファーが混じっているであろうことを除けば、昔と同じ光景だった。誰かが口笛を吹いていたとしても、波の音が大きく、岸から離れすぎているために聞こえなかった。ピーターには言えなかったが、私は死ぬかもしれないという恐怖を感じていた。

浸水路の手前の、村の海岸に向かって進んだ。岸の岩場には激しい白波が押し寄せていたが、そこを目指せば波に押されてちょうど浸水路の辺りに辿り着けると考えたからだ。だが、インパクトゾーンの激しさと潮の流れの強さを甘く見ていた。渦巻く潮に邪魔されて思うように進めず、あっという間に村は目の前を通り過ぎた。まだ岸から五〇メートルはある。岸から私たちに向かって呼ぶ大声が聞こえたが、為す術《すべ》なく浸水路が過ぎ去るのを見ているしかなかった。ピーターが「アウトサイドに戻れ！」と叫んだ。私たちは急旋回して沖に向かい、そのまま東に押し流されていった。

ジャルディンの東側は、別世界の様相を呈していた。波はポイントブレイクではなく、巨大で不規則なショアブレイクで、私たちに馴染みのないこの一帯の崖や岩の壁に激突していた。風もオフショアではなく、灰色の水面は荒れていた。大きなセットが迫ってきた。波をかぶると判断した私たちは、何も言わずに二手に分かれた。波に巻かれたときに身体をぶつけたり、水の中でリーシュが絡まったりするのを避けたかったからだ。波が三本、頭上でブレイクした。私たちはボードを捨て、できる限り深く水面に潜った。リーシュはちぎれず、岩礁からも距離を保てた。セットが終わり、ゆっくりと沖に向かってパドルした。呼吸が荒くて言葉が出てこない。両腕は肩から吊した鉛入りのチューブみたいだ。

私はパドルの手を止めて言った。「ここから岸に上がろう」

ピーターは振り返り、岸を観察した。

「無理だ」

「やろう」

「できないさ」

「一か八かだ」

「死ぬぞ」

そのとき私は、怪我はするだろうが、死にはしないだろうと考えていた。完全に暗くなってしまう前に陸に上がりたかった。両腕の感覚はなかった。岸を観察する余裕すらなかった。ジャルディンの東に何キロも続く、険しく誰もいない海岸だということしか知らなかった。岩に身体をぶつけ、崖をよじ登るのは簡単ではないだろう。大怪我をするかもしれない。だが、溺れ死ぬよりマシだ。

「じゃあ、どうすればいい?」

「ジャルディンに戻ろう」

「無理だ。腕がもう動かないんだ」

「俺が隣にいるから大丈夫さ」

それは入念に計画された生き残り作戦ではなかった。だが、私はピーターの判断を信じることにした。

「わかったよ」

ほぼ真っ暗になった荒れた水の上を、西に向かって進み始めた。腕の感覚がゆっくりと戻ってきた。ピーターは私よりも余力があったが、辛抱強くペースを合わせてくれた。本当に進んでいるのかどうか、実感が持てなかった。右側の岸は漆黒の闇に包まれていた。ジャルディンの村の明かりは見えたが、かなり遠くだった。その明かりの四五度西に進路を定めた。私たちはかなり沖にいた。そこが離岸流の外側であることを祈った。大きなうねりが私たちの下を通り過ぎていき、二、三〇秒後に岸側で爆音を立てて崩れていった。村が近づいている感覚はなかったが、その手前に揺れ動く小さな明かりがあるのに気づいた。懐中電灯の光だ。確かに、村に近づいている。誰かが私たちが沖にいるのを知っている。この辺りには海岸警備員はいない。それでも、懐中電灯の光を見た瞬間、いくらか気持ちが楽になった。

私たちは、まともに話し合うこともなく、馬鹿げた作戦を立てた。いったんポイントの沖に出て、衝突を避けるために二手に分かれ、先ほどよりも岸の高い位置に狙いを定め、逃げずにブレイクする波に乗り、離岸流を越えて岸に辿り着くのだ。目標は、浸水路の少し手前の岸だ。

滑り出しは順調だった。波が岸側で何度も激しい音を立てて崩れるの聞きながら、防波堤で垂直に動く懐中電灯の光を頼りに沖に出た。向きを変え、互いの幸運を祈り、教会の塔を目指して出発した。

ピーターがどんなルートを取ったのかはわからなかった。規則的に深呼吸をしながら岸に向かって大きく水を掻いた。インパクトゾーンに入ると、泡立った水際のにおいがした。思っていたより遠くに来てしまったと気づいた瞬間、沖から雷鳴のような轟音が聞こえた。西の空に残っていたかすかな光で、大きな黒い水の壁が迫ってきているのが見えた。波は私を直撃した。

ボードと離れても水面に留まっているのは、奇妙で反直感的な感覚だった。わざと波の勢いを受けやすいポジションをとっていたので、余計にその衝撃は凄まじかった。身体は瞬時に吹き飛ばされ、海底にぶち当たった。いつもなら波に巻き込まれたときは片腕を顔の前に持ってくるのだが、このときはどこであれ波が自分を運ぼうとする方向にミサイルのように真っ直ぐ進みたかった。真っ暗な水の中で頭から砂底にぶつかるのはショックだったが、額だったし、衝撃もそれほど大きくはなかった。ショックだったのは、それほど水が深くないと気づいたからでもあった。岸のかなり近くにいるのかもしれない。水面に浮上すると、村の明かりが見えた。岩に激突する白波の轟音が聞こえた。恐ろしかったが、勇気も湧いた。次の波にもわざと身体を委ねた。岩の上まで運ばれたが、引き波で身体を後ろに持っていかれた。離岸流につかまり、岸のすぐ近くの大きな岩の多いポイントまで連れ去られた。また波が来て、今度は浸水路の脇の防波堤に身体をぶつけた。波に翻弄されながら、なんとか浸水路に辿り着いたが、コンクリートが苔で覆われていて手が滑り、離岸流の暗闇に引きずり込まれた。誰かの叫び声が聞こえた。滑り落ちた私の姿を見たのだ。まだリーシュで私の足首とつながっていたボードが、あちこちにぶつかってうつろな音を立てている。波が引いたタイミングで浸水路の足下にある岩に私の身体がひっかかり、離岸流からも解放された。岩に腕を回して身体を支え、水の力が弱まるのを待つと、座った姿勢のままリーシュをたぐってボードを岩に引き上げ、それを脇に抱えて浸水路を一気に駆け上った。そこでは、一足早く到着したピーターがふらつきながらボードを抱えていた。

「あんたたちサーファーは親を尊敬していない。家族や友人も尊敬していない。こんな日に海に出て、命を粗末にしているのは、いったい何のため？　村のことも尊敬していない。昔から漁師は、家族を養うために海で身体を張ってきた。海で命を失い、愛する人を失ってきた。その漁師への尊敬がないわ！」

ジャルディンで大波が立った日、ボートの浸水路の隣の防波堤にいた四人のポルトガル人サーファーを、村の老女が罵倒していた言葉（を私が翻訳したもの）だ。四人は沖に出ようとして失敗した。サーフボードは折れ、リーシュはちぎれ、波に打ちのめされ、早々に岸に引き返した。私はたまたまその現場にいた。ピーターと私が夕暮れに体験したあの〝神々の黄昏〟のような死のサーフィンから二年後のことだった。あの夜は、誰もピーターと私を責めたりしなかった。だが後で気づいた。この老女の気持ちは、村人のサーファーに対する気持ちを代弁していた。例外はいた。たとえば、私と仲が良かったホセ・ヌネスは、サーファー（特にニュージーランドのテレンスというグーフィーフット）の勇敢さをよく称賛していた。だが、観光客が島に金を落としてくれることを除けば、村人はサーファーにうんざりしていた。

あれ以来、ピーターはマデイラに来なかった。あの危機一髪の出来事を、啓示的なものだと受け止めたからだ。後で、こう言っていた。「ようやく、自分が望むような人生を手に入れた。それなのに、たった一度の過ちで危うくすべてを失いかけた。大切な人を悲しませてしまったかもしれないんだ」。

私も、同じ言葉を口にしていてもおかしくなかった。むしろ、そうすべきだった。だが、私はピーターのような賢明な人間ではなかった。まだマデイラと縁を切れなかった。

私は、ジャルディンのサーフポイントの近くに部屋を借りていた。階下には、ローザという大家が住んでいた。二〇代で、この村の生まれで、夫はイギリス、ガトウィック空港のファストフードレストランで働いていた。ローザは自宅の二階の二部屋をサーファーに貸し出していた。どちらも狭く簡素だったが、目と鼻の先にいい波があった。一晩八ドルの家賃は家計をそれほど豊かにはしていないようだった。ローザは同居していた母親と一緒に、数エスクードのバス代を惜しんで、丘にあるプラゼーレスという町まで歩いて行っていた。一時間はかかる過酷な道のりだ。マデイラの田舎に住む人たちは、みな健脚だった。

ジャルディンは美しい村だったが、憂鬱で悲惨な場所でもあった。家族の諍いがいたるところで見られた。裸足で村じゅうを歩き回っている女もいた。若い頃、男たちに乱暴されたらしい。ある夜、彼女はサーフポイントの近くの崖から落下し、岩に腰を打ちつけて死んだ。飛び降り自殺だという噂もあった。私が崖の下の海岸を歩いてポンタ・ペケナに行くことに怒る女もいた。若く聡明で、村の人生に不満を抱いていた彼女は、同じ場所を歩いていた兄弟が崖から落ちてきた岩に当たって命を落としたのだと言った。サトウキビが原料のアグアルデンテと呼ばれる安い地酒があった。このラム酒は、村人、特に失業中の男たちの人生を蝕んでいた。

唯一、真に豊かだと呼べるのは、ジャルディンの古くからの領主だったヴァスコンセロス一族だけのように思えた。当時、一族は全員フンシャルやリスボンに移り住んでいたが、数世紀にわたってジャルディンを牛耳っていた。マデイラの土地は分割され、ポルトガルの国王にごまをする下々の派閥や個人に農奴と奴隷付きで分け与えられた。一九六八年にジャルディンを見下ろす丘上の町プラゼーレスから道路が引かれるまでは、村人は司祭や金持ちをハンモックで担いで山道を運ばなければならなかった。太った司祭を運ぶのは特に難儀だったという。島の歴史は、辿れば辿るほど陰鬱さを増していった。

ジャルディンにある〝キンタ〟と呼ばれる領主の館は、すべてヴァスコンセロス家のものだった。礼拝堂まで備えた広々とした家で、村一番の広さを誇っていたが、老朽化が激しかった。ある年、村の議会は勇気を振り絞り、一族が保有するバナナ畑をサッカー場用の土地にしてもらえないかと嘆願した。ジャルディンには広くて平らな土地は他になく、周りの村にはあったサッカー場がなかった（あの貧しい隣村のポール・ド・マールにさえもあった）。ヴァスコンセロス家、あるいはおそらくその弁護士は、〝ノン〟と言って首を縦に振らなかった。ある夜、誰かがキンタの畑に忍び込み、バナナの木をすべて切り倒した。次の冬に私がジャルディンに戻ったときも、畑は修復されていなかった。大家のローザに尋ねると、植え直しても誰かがまた畑を荒らすから、という答えが返ってきた。ローザがバナナ畑への襲撃を正当な農民の反乱ととらえていたのか、恥ずべき破壊的な行為だととらえていたのかはわからなかった。ジャルディンの村人の政治的な考えの真意は、私にはわかりづらかった。とはいえ、私は基本的にヴァスコンセロス家のことを快くは思っていなかった。おそらくそれは、一族の誰とも会ったことがなかったことも影響していた。

その秋、私はスーダンの内戦の記事を書いていた。マデイラに滞在中も、波がない日には自室のトランプ用のテーブルに座り、ナイルの地政学や飢饉、奴隷制度、イスラムの政治、牧畜遊牧民、そしてスーダンのゲリラ兵に同行したきな臭いスーダン南部の旅について執筆を続けた。書くのに疲れると、風が吹き荒れる海を長い時間じっと眺めた。その年は南東の風に悩まされた。イギリスのコーンウォールから来たサーファーは、それを〝悪魔のおなら〟と呼んでいた。干潮時には、村人は磯の露出した岩で、現地で〝ラッパ〟と呼ばれていた貝を採っていた。磯では、小人症のキコという男をよく見かけた。手足が短く、大きくて滑りやすい岩の上をうまく這うことができないその姿は痛々しくもあった。だが、満潮になると、キコは小柄な身体の特性を活かした。足ひれと水中マスクは、筋肉質の短い体躯と比べて巨大に見えた。キコは何分間も潜水して魚を捕まえた。狭い岩の間のタコの隠れ家にもうまく身をよじらせて入り込むのだという。ジャルディン育ちのキコは一帯の岩場を知り尽くしていて、収穫物は売りさばいた。地元のカフェの〈タール・マル〉でもキコのタコが店の名物料理に使われていて、私もよく食べた。

私はジャルディンの急な浸水路から小さな漁船が出航するのを見るのが好きだった。波が穏やかな日は、漁船は海に停泊し、夜には綺麗な星の下で黄色い明かりが暗闇によく映えていた。ポルトガルの国歌の出だしは、「海の英雄」という言葉で始まる。ポルトガルを代表する文学作品としての誉れも高い一六世紀の叙事詩『ウズ・ルジアダス』は調子も主題も海にちなんでいる、バスコ・ダ・ガマのインドへの航海を祝福する一大巨編だ。現代人の趣向からするとこの詩は幻想的で華やかすぎる嫌いはあるものの、それでも海と船の記述は素晴らしいものだ。ポルトガル帝国の黄金時代の建築様式（国王マヌエル一世の名をとってマヌエル様式と呼ばれている）のように、細部まで神経が行き届いている。この時代、教会の門に使われている石の彫り物（完璧に描かれた珊瑚や海藻）も、必然的に海洋に関連するものが多い。ポルトガルのルネッサンスは短かったが、海を中心にした豊かな文化が花開いた。不運な愛国者の船乗りだったルイス・デ・カモンイスルが傑作『ウズ・ルジアダス』を書いたときには、スペインで異端審問が始まっていて、ポルトガル帝国も衰退の兆しを見せ始めていた。

海を主題にしたものも多い、ポルトガルの民族音楽〝ファド〟に漂うノスタルジックな悲しみは、広大な喪失感から生まれたものなのかもしれない。アラビアの雰囲気のあるファドもよく耳にした。ポルトガルはスペインと同じく西ヨーロッパの玄関口であり、モロッコやイスラム教の影響下にある北アフリカの近くに位置している。

ヨーロッパよりモロッコに近い場所にあるマデイラ島は、一四二〇年にポルトガルの探検家に発見されるまで無人島だった。森林が生い茂っていたことが島名の由来だ。入植者は原始林を燃やして土地を整備した。伝説によると、七年間も燃え続けた火もあったという。マデイラは砂糖や奴隷の貿易の中心地になり、あらゆるものが海を行き来した。その意味で、マデイラはポルトガル本土よりもポルトガルらしい場所であり、海と深い関わりのある場所だった。現在では、島の主産業は観光だ。ホテルやカジノ、土産物屋が建ち並ぶ賑やかな町フンシャルにクルーズ船が到着し、ドイツやイギリス、スカンジナビアから訪れた旅行客が大きなバスや小さなレンタカーで島を走り回る。冒険的な要素の強い山や渓谷でのハイキングも楽しめる。

その冬、私はひどい風邪をひいた。ローザの母親セシリアも風邪に苦しんでいた。セシリアは、カスタードアップルの農薬が洗い落とされずに売られているからだと果物売りを責めた。私の車で一緒にカリェタという町にある海岸沿いの診療所に行ったときも、セシリアは車内でずっと咳をし、目を腫らしていた。道中、農薬の入った大きな黄色いジェリ缶を背負い、先端にノズルのついた棒を持つ男たちを何人も目にした。セシリアはその度に男たちを睨み、罵り言葉をつぶやいた。

カーニバルを迎える頃には症状も治まった。フェスタと呼ばれていた村祭りは四日間続き、カトリックの〝告解の火曜日〟の日に終わる。ジャルディンでは、村人はカフェ〈タール・マル〉に集まった。パーティー衣装に着飾ったローザとセシリア、ローザの小さな姪や甥は、私に趣味の悪いライムグリーンのかつらと大きなディスコ・サングラスを身に着けさせた。カフェには大勢の村人が集まっていて、ジュークボックスからは大音量のサンバやユーロポップ、ファドが聞こえてきた。仮装をしている人が多く、なかでもケバケバしい女装が目についた。飛び出たような胸と尻をして、大きなかつらの下に厚化粧をした皺だらけのゴム製のマスクをかぶっていた。女装をしているのが男なのか女なのかがわからないので、ハグをする度に楽しそうな悲鳴が上がった。女装をした者は踊り、騒いではいたが、正体を隠すために喋らなかった。余所者の私はパーティーにいた誰よりも、誰がどの仮装をしているかがわからなかったが、馬鹿騒ぎは楽しかった。大量のワインが村人の胃袋に消え、音楽のリズムが鳴り響き、笑い声が天井に木霊《こだま》した。狂乱の宴は続いた。それは素晴らしいパーティーだった。面白おかしく変装した村人に囲まれていると、普段はなかなか入り込めないジャルディン・ド・マールの人々の秘密の生活が、それまでにないくらい身近に感じられた。

ピーターが、マンハッタンのフラットアイロン地区で催されるサーフィンのスライド上映会に招待してくれた。会場は、洒落たオフィスだった。ピーターの友人が所有する広告代理店だということだ。来場者はすべて男で、モントークで顔見知りになっていたサーファーも何人かいた。もう仕事終わりの時間だったので、ビールがたっぷり振る舞われた。モントークでのサーフィンの写真が上映された。野次が飛び（ハードコアな集団ではないので、荒っぽくはない）、笑い声が上がった。コスタリカでのサーフトリップでの様子を映した、玄人はだしの写真もあった。だがその日のメインイベントは、ピーターが披露したマデイラの写真だった。私が見たことのないものがほとんどだった。例によって、私はピーターとマデイラに行ってもめったに写真を撮らない。だがピーターは私よりも少しだけ勤勉にシャッターを押していた。山腹から撮影した、ジャルディンやペケナ、ポール・ド・マールの波待ちエリアの写真が上映されると、感嘆の声が上がった。だが写真は数枚だけだった。ピーターは基本的に私と同じで、良い波があるときに陸でじっとしていられないのだ。

とはいえ、何年かのあいだには、旅に同行していた友人や、その場で知り合ったサーファーに撮ってもらった写真が何枚か溜まっていた。写真の質は玉石混淆ではあったが、スライドで映し出された懐かしい光景を目にして、私の胸は高鳴った。ペケナでの忘れ難い日の写真も二枚ほどあった。一九九七年に一緒に島を訪れたピーターの旧友が撮ったものだ。六時間も波に乗り続けたその日の喜びに溢れたセッションが、遠くぼやけた一枚の写真を見ているだけで鮮明に蘇ってきた。大きな波の上で、私は激しく踊っていた。ジャルディンで大波に乗るピーターの写真もあった。ポールで足首を折ったその週のうちに足をギプスで固めて波の上に現れたアメリカ人のジェームスが、崖から撮影したものだった。

「トゥインしてたのか？」誰かが尋ねた。

私たちは笑った。「まさか」

トゥインは、ハワイで始まったビッグウェーブ・サーフィンの新しい手法だった。ストラップ付きの短くて重いボードに乗り、水上スキーに引っ張られて巨大な波の間近まで行き、そこから手を離してライディングを開始するのだ。この方法が開発されたことで、実質的に一夜にしてサーファーが乗ることのできるビッグウェーブの規模は二、三倍になった。ただしトゥインを実践していたのは、世界最大規模の波を求めるごく一部の限られたマニアだった。もちろん、私たちとは縁遠い世界だ。とはいえ、ジャルディンでのピーターの写真を見ると、トゥインだと誤解するのも、あながち的はずれではないように思えた。二〇フィートはありそうな大きくて暗い波のフェイスを滑るピーターの後ろには、異様なほど長い白い波跡があった。前屈みになり、膝を曲げ、最大限のスピードを出しながら遥か先でのターンを狙っているピーターは、まるで波以外の何か大きな力によって前に弾き出されてきたように見えた。私にはそこが、石弓のようにサーファーを前方に押し出すジャルディンのセクションだとわかった。ジャルディンが世界最高のビッグウェーブ・ポイントブレイクと称される所以だった。

ピーターは、旧友が写したという、私たちが命を失いかけたあの夜の写真を何枚か上映した。太陽が沈む前に大きく荒々しい波に乗るピーターの姿を写した一枚があった。おそらく、その日私たちが最後に乗った波だ。次に、暗がりのなかでフラッシュをたいて撮影された、半狂乱になりながら岸に辿り着いた後の私たちを写した一枚もあった。私はその夜の夕食の席でのピーターの友人の言葉を思い出した。私たちが姿を消した後、ピーターの母親にどんな言葉を伝えればいいのかを考えていたのだという。美大時代の同級生だという別の男も、同じことを考えていたと暗い顔をしていた。二人は最悪の事態を想定したことに気の毒になるくらいの罪悪感を抱いていて、まだ動揺していた。一方のピーターと私はその夕食の席で、あまりにも衝撃的な出来事を体験した反動からか、憑き物が落ちたように陽気になり、ワインをがぶ飲みしていた。船着き場で撮影された写真では、私たちはどちらもまだ茫然とした表情をしていた。ピーターはカメラに向かってシャカサインをし、私の顔からは血の筋が流れていた。

「痛そう！」誰かが言った。

私たちはこの写真が撮られる前に何が起こったかを説明しないことにした。上映会の最後の一枚は、事情を知らないものにはほとんど印象に残らないものだった。あのとき、私たちは船着き場で興奮する仲間たちから離れ、頭を冷やすために堤防の端に行き、轟音を響かせる暗闇をしばらく眺めていた。写真は、そのときの私たちの後ろ姿を写したものだった。ウェットスーツが水に濡れて光っていた。来場者からの反応は薄かった。上映会が終わって部屋の明かりが灯り、ビール片手の賑やかな歓談が始まった。ピーターが部屋の向こう側から私を見て言った。「あのとき、本当はお前の肩に腕を置くつもりだったんだよ。わかるだろ？」。私にはピーターの気持ちがわかった。

マデイラへのサーフトリップが何年目かを迎えた頃、キャロラインが最初の一週間程度だけついて来てくれるようになった。ジャルディンにある真新しいホテルに滞在することが多かった。どことなく冷たい、客のあまりいないホテルで、南アフリカからの出資で建てられたらしい。自然が好きなキャロラインはマデイラの美しさにうっとりし、仕事の手の届かない場所に身を置くことの快適さも堪能していた。私がサーフィンをしているあいだは、海岸の台地を散策し、〝殺人本〟と呼んでいたミステリーを読んで退屈せずに時間を過ごした。ある霧がかかった朝、私はジャルディンで波に乗り、キャロラインはそのすぐ真上にあるホテルの部屋のバルコニーで本を読んでいた。波は頭ほどの高さで、岸の岩場のほんの先にあった。私は波に乗り終える度にバルコニーを見上げた。キャロラインは微動だにせずにじっと本を読んでいる。声をかけると、気がついてこちらに手を振ってくれるが、何本波に乗ってもいっこうにこちらに視線を向ける素振りがない。後で、なぜ見てくれないんだと不満を言うと、キャロラインはいつものように、サーフィンを見ることがいかに退屈なのかを滔々と説明した。凪は何時間にも感じられるらしかった。たしかに、その凪は長かった。

とはいえ、私の不満は些細なものだった。キャロラインはつき合い始めのデリケートな時期でさえ、それ以上望めないほど、サーフィンに没頭する私を受け入れてくれた。私はそのことを決して忘れまいと心に誓っていた。キャロラインは海やサーフィンには無関心だったが、私たちの人生は波と深く結びついていた。それは二人の世界の背景であり、重力であり、めったに遠くに離れていかないものだった。結婚式では、海が見えるリンゴの木の下で永遠の愛を誓い合った。その日の朝、ブライアンと私は式場となったマサチューセッツ州のマーサズ・ヴィニヤード島の南海岸で波を探した。まともな波は立っていなかったが、それでも私はビーチから海に入った。ブライアンが結婚式の当日にサーフィンをする私の写真を撮れるように、膝の高さの波に乗り、ボードの上で大げさに腰を反らしてポーズを決めた。その夜の披露宴では、ブライアンが練りに練ったスピーチをした。主なテーマは、これからは休暇の外出は、容赦なくサーフィン旅行になるから覚悟をしておくように、というキャロラインへのメッセージだった。実際、ブライアン自身も、結婚後は夫婦でフランスやアイルランド、トルトラ島、スペイン、ポルトガルなどにサーフィン旅行に出かけていた。キャロラインは普段はこんな冗談とはあまり縁のない人だから、余計にブライアンのスピーチは傑作だった。

とはいえ、キャロラインはその特権を最大限に活用していた。私が半ば無理矢理連れていった人気のないサーフスポットでも、読書とシーフードを堪能していた。内陸育ちのわりには貝類や甲殻類に目がなく、マデイラでは〈タール・マル〉の太刀魚とヴィーニョ・ヴェルデという銘柄の若いワインがお気に入りだった。

一人でのサーフトリップはもちろん、取材旅行でそれよりもさらに頻繁に長く私が家を空けることに、キャロラインはどんなふうにして耐えていたのだろう。その答えは、私たちの関係が変わるにつれて変わっていった。キャロライン自身も、ジンバブエの友人や家族のもとを訪れるために何週間もいなくなることがあった。それは、私たちにとっての息抜きになった。特に結婚間もないうちはそうだった。だが、次第に離れていることが難しくなってきた。とはいえ、キャロラインは自立心が強い人間で、もともと一人でいるのが苦にならない人間だった。それは、母親のジェーンから受け継いだ血かもしれなかった。ジェーンは夫に尽くすタイプでもあったが、同時に重大なニュースを知るためにＢＢＣのアフリカ・サービスに夜通し耳を傾けるような強さもあった。父親のマルクは特に旅好きではなかったが、鉱石貿易という仕事柄頻繁に海外出張していたので、キャロラインは家族と長期的に離れることに慣れていたのかもしれない。キャロラインは勤勉で、銅版画の制作と同じくらいの完璧主義で弁護士の仕事に取り組んでいた。私のマデイラへの旅には、サーフィンだけではなく缶詰になって執筆に打ち込むという目的もあった。それもキャロラインを納得させる材料になっていたし、私も自分自身を正当化できた。とはいえ、私は孤独だった。ジャルディンにはまだインターネットや携帯電話のサービスがなかったので、夜になるとプラカの電話ボックスからニューヨークのキャロラインに電話をした。ボックスの隣には村が管理していた鳥小屋があり、色とりどりのインコが飼われていた。昼間、インコたちは騒がしく鳴きながら檻に投げ込まれた大きなキャベツをつついていた。夜は、暗がりで静かに羽根にくるまっていた。風の強い夜はボックスのなかでしゃがみ込み、ニューヨークでの快適な日々のあれこれを陽気に報告してくれるキャロラインの優しい声に耳を澄ませた。

私はいつも大きな波に乗っていたかのような話をしてきたかもしれない。だが実際には、マデイラではショートボードで優しい波に乗る日も少なくなかった。たとえば、霧の朝にバルコニーにいるキャロラインを見上げながら波に乗ったセッションだ。いつも八・〇フィートのガンに乗って、恐ろしいビッグウェーブに乗っていたわけではない。とはいえ、私はサーフィンに以前にも増して真剣に取り組むようになっていた。長年、手当たり次第にさまざまなボードに乗ってきた。だがボード選びにも細心の注意を払うようになっていた。数年前に、ハワイのノースショアでお気に入りのシェイパーを見つけていた。オウル・チャップマンという変わり者の男だ。私はオウルのボードを愛していた。シャープなノーズをしたスワローテイルのトラスターで、速くて厚く、ボトムの反り《ロッカー》がほとんどなく、時代遅れのようにも見える下向きのレールをしていた。一見すると七〇年代風のボードだが、ラインは繊細で、素材は軽く、三本のフィンがついていた。激しくブレイクする波で、オウルのボードを何枚か折ったことがあった（空港の荷物係にも一、二枚折られた）が、替わりに使ったボードのほとんどは肌に合わなかった。オウルは私がどんなボードに乗ればいいかについて自分なりの考えを持っていて、魔法のボードをつくってくれた――反応が良く、パドルが速く、バレルで安定する。九〇年代半ばにノースショアへの取材旅行で初めてオウルのボードに乗り、それ以来一〇年間はほとんど他のボードを使わなかった。

なぜこれほどまでにボードのパフォーマンスの細かい点にこだわるようになったのか？　端的に言えば、それはマデイラだった。私はマデイラで、それまでとは別種の大きく強力な波に挑むことになった。オーシャンビーチをホームにしていたときのような、大波に挑むことへの葛藤は薄れていた。だが同時に、サーフィンのパフォーマンスは低下していた。私は年を取っていた。混雑したペケナで波に乗っていると、それをよく痛感させられた。マデイラでは混雑といってもたかが知れていて、一〇人を超えるくらいのサーファーしかいない。そのほとんどは若手のポルトガル人サーファーで、国内のトッププロも何人かいた。彼らはもたもたしている私を素早く迂回しながらパドリングをし、サーフィンをした。〝彼らは私の年齢の半分以下の若者だし、最近に限れば私よりも一〇倍も多く波に乗っている〟――そう自分に言い聞かせることは、慰めになるはずだった。だが、そうはならなかった。私は落ち込んだ。つかまえるべき波を逃してしまうことが、ボードに立ち上がれるはずのタイミングで足がもつれてしまうことが、悔しかった。サーファーが老いていくのは、ゆっくりと時間をかけて初心者に戻っていく屈辱的なプロセスだ――と聞いたことがある。私はまだ、昔のようにうまく波に乗れるという妄想にしがみつきたかった。そして、それを助けてくれるのがオウルのボードだった。

マデイラが商業主義によって食い物にされてしまうかもしれない、という長いあいだ恐れていた悪夢は、次第に現実化していた。ジャルディン初のサーフィン・コンテストが開催された。私はその時期、島には足を運ぶまいとニューヨークに留まった。優勝したのは、ドレッドヘアの南アフリカ人のサーファーだった。おまけに、さらに多くのスポンサー企業や有名ビッグウェーブプロが名を連ねる二回目のコンテストも予定されていた。何より不気味だったのは、世界のサーフィンパラダイスを我が物顔で歩き回る、傍若無人な与太サーファーの姿が増えてきたことだった。たとえばノースカロライナ州の出身で、ハッテラスを拠点にしているというティムというサーファーが、紫色のパンツにフード付きのスエットシャツという格好でジャルディンの石畳の路地をすり足で歩きながら、昨年〝インド〟で乗った〝無限のバレル〟の自慢話を口にする。「バワはスゲエぜ。Gランドより、ウルより、ここよりもな」。私は、自分には彼らを軽蔑する権利はないことを知っていた。それでも、このハッテラス・ティムのような輩《やから》がジャルディンの村を歩き回る姿を見たり、海であの間抜けな喋り方で横柄な態度をとられたりするのは耐えられなかった。

村人も、当然ながら柄の悪いサーファーに警戒していた。地元の少年二人がこの危険なスポーツを始めたことも快く思ってはいなかった。それでも、コンテストは歓迎されていた。結局のところ、それは村に金を落とすものだったからだ。それに、地元の人間は私とは違い、どれだけ海が混雑しようが気にしたりはしない。サーフィンはジャルディンと世界をつなぐものだった。私は村人の外界への憧れが、どれほど根強いものだったかを想像した。封建主義と孤立の関係も、自分なりに理解しようとした。古来、外界との接触が弱い社会では、教会や貴族が独裁的な権力を握りやすかった。ジャルディンに初めて入ってきた電気やテレビ、丘上の町とのあいだをつなぐ舗装路は、もちろん弊害があったにせよ、村の閉塞感を打開するものだった。日曜日の午前中、ブラジルから来た司祭が、村の教会で〝解放の神学〟を賞賛する説教をしていた。ジャルディンへの唯一の道がヤギの通り道か手漕ぎ舟しかなかった時代には、こんなふうに外の世界の何かを招き入れることはできなかった。

ある夜、ジャルディンにサーフィンのポルトガル代表チームがやって来た。私はサーフィンの代表チームという概念に馴染めなかったが、村人の熱狂ぶりに感銘を受けた。何といっても、それは国を代表するチームであり、メンバーはポルトガルのためにサーフィンをするのだ。サーファーたちはオリンピックの代表団やサッカーの代表チームような公式のウインドブレーカーを着ていた。私にとっては、彼らはサーフィンの上手な、どこにでもいる今時の若者にすぎなかった。だが、コーチには感心した。話をしたわけではなく、ある朝、プラカでコーチがレンタカーからゆっくりと出るのを見ていただけだ。彼は妻とベビーカーに乗せた幼い子供と一緒にいた。ウインドブレーカーとウォームアップパンツ姿は、まさにスポーツ関係者や体育教師、フットボール・コーチのように見えた。私が驚いたのは、彼がいかにもまともで落ち着いた人間に見えたことだった。私はいまだにサーフィンを、もっと野性的なものだと考えていた。一人であれ仲間とであれ、波乗りは海という大自然でするものであり、集団活動にはならない、と。もちろん、私はオーストラリアでは、サーフィンが市民権を得て、見世物になり、クラブ活動が盛んになっている現実を見ていた。私自身、そのような集団に属していたかもしれなかった。この静かで人里離れたジャルディンでも、ヨーロッパの都会派のサーファーチームができ、自分がその一員になるという妄想を抱くこともあった。南カリフォルニアやフロリダでは、そのようなチームが実験的にではあるができていたからだ。

ジャルディンでは面白い人間とも巡り合えた。たとえば、内戦中のリベリアでの救援活動へと旅立ったムーナやモニカがそうだ。サーフィンが旅の目的ではない人もいた、イギリスから来た雑多な集団もそうだった。彼らは以前のバケーションをアイルランドの田舎で過ごした。そこでは晴れた日の午後、かなりの確率で散策中のシェイマス・ヒーニーを見かけたという。彼らはこの詩人を最高級のセレビリティだと見なしていて、ヒーニーの思索を中断するような真似をしなかったことを誇りにしていた。この本好きの集団のうちの女性二人は、ロングアイランドから来ていた気さくなブロンドのアメリカ人プロ・サーファーに夢中になっていた。サーファーはスポンサーから提供されたボードを何枚も持参していて、そのイギリス人の女の子二人によれば、顔の他のパーツが記憶に残らないくらいの、吸い込まれそうな青い瞳をしていた。彼がいないとき、彼女たちはワインを飲みながら、ハードコアなアメリカ人のサムライ・サーファーの精神について私を質問責めにした。私はできる限り真面目に答えた。皮肉でもなんでもなく、彼に興味があったからだ。パイプラインのスペシャリストと呼ばれていた彼は、毎年ハワイで冬を過ごし、世界で最も危険で美しい波に乗っていた。ボードのコレクションから一枚を取り出すと、そのボードのロッカーがいかにフォームボール（チューブの内側にあり、ビーチからは見えない白波だ）にエッジを立てやすいかを説明してくれた。私はあれこれと質問をし、真剣に話を聞いた。その若者は波の上で私が一度も到達し得なかった場所にいた。

イギリス人の集団の中心的な存在だったのは、トニーとローズというカップルだった。トニーはウェールズ出身のサーファーで風景画家、ローズはウェールズで夏場にレストランを経営していた。ジャルディンで古い民家を購入していた二人は、村人から〝エスタカ〟と呼ばれていた。初めて村に来たとき、村役場から軽作業をする代わりに無料で別の古い家に住まわせてもらっていた。その初仕事が、バナナの木を支える棒を数百本もつくることだった。その棒の呼び名が、エスカタだった。二人が飼っていた犬さえも、エスカタと呼ばれるようになっていた。トニーとローズは村に馴染んでいた。天気が荒れ、南東の風が吹くと、トニーと私は北の海岸に向かった。ローズは怒った。あんたたちは、悪天候の最中に村を離れて荒れた海に行くことしか能がないの？　岩崩れもあったし、山道は道路が水浸しになっていた。それでも、私たちは出かけた。マドンナでの滑らかなレフトの波を確認しなければならなかった。私は以前、キャロラインと北海岸の近くに美味しいブダイの料理を出すカフェを発見していた。だから、もし波が立っていなかったとしても、わざわざ出かける価値はあったのだった。

ある晴れた午後、ペケナのポイントを見渡せる丘まで歩いた。うねりが入っていた。テイクオフエリアは西の風でざわつき、遠くの波は崩れやすそうに見えた。サーファーの姿もなかった。だが私はペケナについて詳しくなっていた。たとえば、崖にぶつかった風がオフショアに向きを変え、水底の岩棚の上を渡って、沖の波の壁をせり上げることがあった。実際、まさにその現象が起きていた。一時間ほど一人で波に乗った。大きな波をキャッチし、スキーのように斜面を滑り下り、安定したオウルのボードでバレルを勢いよく通り抜けた。しばらくして、ポルトガル人のプロサーファー三人が加わった。トップサーファーのティアゴ・ピレスもいた。三人は双眼鏡でジャルディンの海を見ていたに違いない。波はたくさんあったが、ピレスのターンが激しくて予測ができない。私はピレスと絡み合い、一緒に大波の上に倒れた。どちらも怪我をしなくて幸運だった。長い時間、水中に閉じ込められ、重たい波に何度も打たれた。ピレスは平然としていたが、私は気が萎えた。

岸に戻ろうかと思った。翌朝にはキャロラインがニューヨークに戻る。あと一本、いい波に乗ったら引き上げることにした。だが波は次第に大きくなり、いいライディングもできなかった。このスポットの波を知っていれば特別に難しくないはずのテイクオフを、二本続けて失敗し、次のセットもやり過ごした。疲れていた。セットは階段のように、後に来る波ほど大きくなっていて、一〇フィート以上はあった。後ろにいるはずのポルトガル人たちの姿は見えなかった。セットの一番目と思われる中くらいのサイズの波をキャッチしたが、安堵したのも束の間、途中で落下してしまった。水面に顔を出すと、最悪の悪夢から抜け出てきたかのような巨大な壁が近づいてくるのが見えた。

たっぷりと岩棚から水を吸い上げた波が、私を引きずり込もうとしていた。逃れられなかった。それまでペケナで見たなかで最大の波だった。崩れかけた波に向かって前進して早めに水に潜ったが、すぐに引っ張り上げられ、絶望の叫びを上げるまでいたぶられた。ようやく水面に浮き上がると、さらにたちの悪い大きな波が近づいていた。水底の岩にしがみついてやり過ごそうとしたが、簡単に引きはがされ、またしても徹底的に打ちのめされた。岩に頭をぶつけないように両腕で守り、しばらくしてやっと水面に浮上した。

さらに大きな波が来た。水が岩棚から吸い上げられ、目の前に岩肌が見え始めた。自分がどこにいるのかわからなくなった。岸から離れた沖にあるいつものブレイクポイントで、岩の頭があちこちに突き出ていて、私は腰の深さの水のなかに立っていた。長いサーフィン人生で一度も目にしたことがない光景だった。沸騰した波が突然変異し、恐ろしい二階建ての白波の壁が立ち上がった。ほんの一瞬、考える時間があった。壁の亀裂に身を投げ入れた。岩底にぶつからずに、波に飲まれて前に押し出されるかもしれないという淡い期待を抱いたのだ。どうやらその目論見通りのことが起こった。縫いぐるみ人形のように為す術なく波の腹に洗われ、脚は傷だらけになったが、気がついたらペケナの東の安全な場所に浮かんでいた。

ゆっくりとジャルディンに戻った。何も考えられなかった。死ぬかと思った。漠然とした未来ではなく、波に飲まれていたあの瞬間、死は本当に間近に迫っていた。現実の世界にうまく戻れなかった。ホテルに着いた。キャロラインは異変に気づいたらしく、浴槽に湯を張ってくれた。私は普段はシャワーだけですましているが、このときは浴槽に身を横たえた。夜が更けた。キャロラインがろうそくに明かりを灯し、足の切り傷を手当してくれた。昼間の出来事を説明しようとしたが、うまく言葉が出てこなかった。私は一緒にニューヨークに戻りたいと言った。キャロラインが髪を洗ってくれた。私は尋ねた。なぜ、こんな愚かで危険なことばかりしている私に、怒らないのか。キャロラインは、私が戦争の取材の話と同じくらいサーフィンの話をしていると言った。サーフィンはあなたにとってなくてはならないものなのだと思っている、と。

でも、不安にはならないのか？　キャロラインはしばらく間を置いて答えた。「物事がうまくいかないと、あなたは静かになるの」と彼女は言った。「私はあなたの判断を信じているわ」

自分では、そんなふうになるなんて思ったことはなかった。それでも、キャロラインが私のことをどう見ているのかを知るのは興味深かった。キャロラインは後に、私が紛争地帯に取材に行ったり、危険なサーフスポットに出向いたりしたときなどには、ある種の魔法のような考え方をして自分を安心させていると教えてくれた。

キャロラインがニューヨークに帰った後も、私はマデイラに留まった。尻尾を巻いて逃げるのは情けないと思い直したからだ。数日後、巨大な波が立った。誰も沖に出ようとしなかった。コンディションそのものは整っていた。トゥインのチームが安全な港から出発すれば、乗れる可能性はあった。だが、少なくともその時点ではマデイラでは誰もトゥインをしていなかった。数時間、波を眺め続けたが、海に入りたいとはまったく思わなかった。ウェールズから来ていた風景画家のトニーは以前、ポール・ド・マールとペケナのあいだの湾で凄まじい波を見たのだと言った。海は白波で覆い尽くされ、遠くで崩れる巨大な波の先端では泡と霧が左右に高く舞い上がり、午後のあいだじゅうその神々しい巨獣が海岸を襲い続けたという。

トニーは赤毛で情熱的で、おそらく四〇代だった。マデイラは俺の絵を逆さまにした、と彼は言った。「突然、目の前に水平線が迫ってきて、海が空に消える。雲は下になり、海が上になる」。マデイラはトニーのサーフィンを変えた。「永遠に、さ。もうウェールズではサーフィンはしない。ここは海の力が違うからだ。わかるだろう?」。ピーターと同じく、トニーもマデイラがサーファーで混み合うことを心配していなかった。「みんな、ここを怖がっているからさ」

その通りかもしれない、と私は思った。

だが、私は怖い思いをしたいがためにサーフィンをしているのではなかった。波の力は好きだったが、それはある程度までの話だった。私はたしかにスリルを求めて沖に出る。波の上では神経も使わなければならないし、経験も求められる。だがそこで体験しようとしているのは恐怖ではない。取材旅行に赴くのも、好奇心を満たし、悲惨な現実を理解するためであって、撃たれに行くわけではなかった。内戦中のエルサルバドルでは、記者生活最悪の体験をした。選挙が行われたその日、三人のジャーナリストが死に、一人が負傷した。私はウスルタン県の村で銃撃戦に巻き込まれた。隣村ではコーネル・ラグローという若いオランダ人カメラマンが胸を撃たれた。病院に運ぼうとしたが軍隊に行く手を阻まれ、ラグローはそのまま路上で息絶えた。死が確認されたとき、私は現場にいた。ラグローの恋人だった音響スタッフのアナリスは、彼から目を離さなかった。ラグローの手や胸、目、口にキスをし、口周りをハンカチで拭った。私は記事を書き上げた後、サーフィンに行った。エルサルバドルには、ラ・リベルタードという大波が立つスポットがあった。戦争の影響でサーファーは少なかった。私はここで一週間を過ごした。わずかではあったが、サーフィンは恐怖への解毒剤になった。

それは、まさに両極端にあるものだった。

マデイラの波は、日を追うごとに小さくなっていった。私は髭を伸ばし始め、当時メディアを賑わせていた、世界規模での反企業運動に関する記事を執筆した。ブライアンにも何度も手紙を書いた。マデイラに興味を持つとは思えなかったが、少なくとも紙の上では面白いと思ってくれるかもしれなかった。ブライアンと最後にサーフトリップをしたのは数年前の秋。妻のディアドレと一緒にウィリアムズカレッジに滞在していたブライアンと一緒に、カナダのノバスコシア州で五日間、運良く空いていた波を楽しんだ。

ブライアンの関心は、以前にも増してアメリカの底に流れる精神に向かっていた。ニューヨーカー誌に掲載された、長距離トラック運転手の人生を描いた「ラージ・カー」というタイトルの二部構成の記事、シンガーソングライターのマール・ハガードについての印象的なエッセイ。ジョン・モンゴメリー・ワードという一九世紀の野球選手についての、情熱的で、学術的で、美しい本も書いた。その後は、原点であるフィクションに取り組み始めていた。

奇妙な噂がジャルディンを賑わせていた。政府がジャルディンとポールのあいだにトンネルを掘らしい。まるで不条理なジョークだった。憎しみ合う二つの漁村を結ぶために、岩山を二キロ近くもくりぬいてハイウェイトンネルをつくる？

それは事実だった。しかも、まだ序章にすぎなかった。欧州連合《EU》は〝未開発地域〟に資金を投入していて、ポルトガルはその主な対象になっていた。ポルトガルにとってのマデイラは、ヨーロッパにとってのポルトガルとよく似ていた。南西に位置し、歴史的には貧しかった。EUの助成金をふんだんに使って、マデイラに橋やトンネルが建設され始めた。EUによると、それはマデイラの地域社会に〝時間短縮〟を生み出すものだった。マデイラには雇用も増え、政治家と結び付いた企業や地元の請負業者も潤った。不正や腐敗が横行していると言われていたが、新聞を読む限り、実態はよくつかめなかった。紙面には、地元で権力を握る知事アルベルト・ジョアン・ジャルディン（村名と同じ名だが、関係はない）が、毎日どこかで新たにオープンする建物や施設でリボンカットをするニュースばかりが掲載されていた。それは補助金の振り分け先がEUに新たに加盟した東欧諸国に向けられる前に、急いで実行すべきプロジェクトだった。

腐敗の噂が本当かどうかはわからなかったし、私はジャーナリストではなく観光客としてこの島に来ていた。とはいえ、確かに島にはたがが外れたような狂騒的な雰囲気があった。何世紀にもわたって貧しさに喘いできた島に、千載一遇のチャンスが訪れていた。老人たちは、生まれ育った静かな丘陵地がブルドーザーで掘り起こされ、高架道路が建設されていくのを複雑な思いで見つめていた。ジャルディンの村人は、トンネルが完成したらポールから酔っ払いがやってきて、広場で乱痴気騒ぎをすると恐れていた。だが家族は、ジャルディンの男たちがトンネル工事の職を得たことを喜んでいた。今すぐベネズエラに移住しなくてもすむ、と。

翌年、マデイラに戻ったときも、トンネルはまだ建設中だった。波の音が聞こえない夜には、山側から掘削機の爆音が聞こえた。湿っぽい部屋で寝苦しさを感じながら、『ウズ・ルジアダス』に登場する海の巨人〝アダマストル〟を思い浮かべた。

その年、北大西洋の嵐は例年より低い緯度を進み、マデイラを直撃した。自らがつくり出したうねりによって生まれた波を、嵐自身が台無しにしていた。ニューヨークに帰ろうとしたとき、天気図が別の嵐の到来を告げていた。それまでとは違う結果をもたらしてくれる嵐かもしれないという予感がして、マデイラに残ることにした。嵐が島を襲った。ジャルディンでは、それまでの嵐と同じだった。巨大な波は立つが、シケすぎていてサーフィンはできない。

サーファー仲間のアンドレという若者と一緒に、島の北海岸に向かった。オレゴン州出身で、ブロンドで、物静かで、木こりのような逞しい体躯をしていた。島の南北を走る全長三キロの新しいトンネルを通ったので、山間部を一時間もかからずに通り抜けられた。島の北側は晴れていて風もなく、別世界だった。私の古い恋人のマドンナには、燃えるように熱い波が立っていた。それは巨大だった。ここの波は通常、岩の近くで立ち、ずっと崖の陰に隠れている。だがそのときは、太陽の光を浴びた蒼い海で、滑らかで重いブレイクが起きていた。ガンを持ってきてよかったと思った。岩場からかなり離れた入り江から海に飛び降りた。水を飲み込んでしまったこともあって、もたつきながら沖を目指した。やる気を漲《みなぎ》らせてあっという間に三〇メートル先に進んだアンドレが、巨大な波に向かって突入していくのが見えた。思ったより大きい。海に入ったのが正しい判断だったのか、確信が持てなくなった。

アンドレが大波の先端から飛び出した。波のフェイスに背を向けるバックハンドのスタイルで垂直に落下すると、見事にボードから足を離さずに着地し、激しいターンを決めながらショルダーまで滑り抜けた。華麗で勇敢なライディングだった。だが、全体の状況を意識していた私は、それを恐怖というスクリーンを通して見ていた。左側の崖に激突する白波の轟音が、不気味に響いていた。その方向に目を向けたくなかった。前方では、トラックのように大きな波が爆発していた。士気を高めてくれるような景色ではない。岸に留まっているべきだったと思った。テイクオフは不可能なほど速くて険しく、失敗すればとてつもない危険に巻き込まれそうだった。ポール・ド・マールで乗った、あの三本の怪物級の波よりは難しくなかっただろう。だがこの波はレフトで、しかもあのときの私は不自然なほど自信に満ちていた。今日は恐かったし、災いの予感もした。

災いはまず、アンドレを襲った。アンドレはポイントの近くの馬鹿げたほど危険なゾーンまでパドリングしていた。私はいつもマドンナでそうしているように、岸の方角に見えるトンネルと滝を目印にして自分の位置を確認した。ただし、通常のテイクオフポイントから三、四〇メートルほど離れ、セットが近づく度に安全な場所に急いで避難した。一つも波をつかまえていなかったし、真剣につかまえようともしていなかった。アンドレは何本かの波をキャッチしていた。深い位置にいたので、プルアウトをした後でも、私の叫び声が届かないほど離れていた。私には、アンドレのしていることは自殺行為に等しいと思えた。大きなセットが私の位置でピークに達し、アンドレのいるテイクオフポイントの手前でブレイクしてしまうかもしれなかったからだ。そうなれば、アンドレはひとたまりもなく波に巻き込まれてしまうだろう。しばらくもしないうちに、その通りのことが起こった。アンドレは波の先端をくぐり抜けようとしたが、つかまり、投げ飛ばされ、リーシュをちぎられ、水の中に長時間閉じ込められた。次の波にアンドレが襲われたときには、サーフボードは崖にぶつかっていた。結局、アンドレはなんとか岸に辿り着いた。凸凹になったボードを回収し、私に一度だけ手を振って〝もう終わりだ〟というサインを示すと、車に戻っていった。

私はそのまま数時間、海に留まった。まともに波に乗るのは怖かったが、岸に戻りたくもなかった。何本かの波に乗ったが、それは簡単で安全なショルダー側だった。大きなセットを越えるときに、危機一髪の際どい瞬間もあった。怪物のような波のトップをボードに乗ったまま潜り抜けるのは難しいと判断し、ボードを捨てて波の下に潜った。水は澄み切って深く、水中では何かが激突するような音が響いていた。下を見ると、ファイルキャビネットほどの大きさの大量の岩が、うねりで海底から引きはがされてぶつかりながら岸側に移動しているのが見えた。初めて目にする光景だった。リーシュは握っていたし、そのセットの波ももう通り過ぎていたが、その不気味な海底を見てさらに恐ろしさが増した。

岸に何台かのサーファーの車が集まっていた。トニーの姿もあった。誰かに見られていると思うと、怖じ気づいたサーフィンをしていることの屈辱を余計に強く感じた。最悪だったのは、絶好の大波が来てもテイクオフをする勇気がなく、何度もパドルで乗り越えた度に胸にこみ上げてきた感覚だった。私は波を無駄にしている。なんて臆病なんだ。自己嫌悪は耐え難いほどに高まった。

その夜、ジャルディンの部屋に戻り、暗がりのなかで硬いベッドに寝転びながら、サーフィンをやめることを考えた。南東の風が、滞在していた古い家の軒下で唸った。身体の節々が痛かった。左目は日光と塩水でやられて腫れていたし、一方の腕はマドンナで岸に上がろうとしたときに切った傷で、もう一方の手は先週シャドーランドでリーフにぶつかったときに刺さったウニの棘でズキズキと痛んだ。両脚の切り傷は細菌に感染し、腰も一カ月間ずっと溝掘りをしていたみたいに辛かった。

もう、こんなことをするには年を取りすぎていた。身のこなしも、力強さも、反射神経も衰えていた。アンドレのような肉体の全盛期にある若者に任せておけばいいじゃないか。四〇代や五〇年代の、私と同年齢で本格的に波に乗りつづけているサーファーは、年間に二〇〇日や三〇〇日も海に入る時間を捻り出している。それに比べれば、私がサーフィンをできる日数はお遊びのように限られていた。まだ余力があるうちに、やめてしまえばいいのではないだろうか？　巷《ちまた》で言われているように、サーフィンをやめたら、心にぽっかりと大きな穴が空いたりするのだろうか？

翌朝、ジャルディンはまだ荒れていた。アンドレと私はこの日も北海岸を訪れていた。私は何も考えられず、何の情熱も湧いてこなかったが、それでも車を北へと走らせていた。運転中、アンドレが離婚したと言った。驚いた。とても若かったから、そもそも結婚していたことすら知らなかった。別れた原因は、もちろんサーフィンだった。アンドレは言った。サーファーと結婚した女は、しばらくしてサーフィンと結婚したことに気づく。後はそれを受け入れるか、離婚するか、だ。「男が、買い物好きの女と結婚するのと同じだよ。超のつく買い物好きさ。そしたら、その男は一生、ショッピングモールにつき合わされ続けることになる。ひどければ、モールが開店するのを待たなきゃいけないハメになるんだ」

アンドレの結婚生活が破綻した理由がわかるような気がした。

北海岸では、うねりの勢いは落ちていた。マドンナでは風が強く、雨が降っていた。波は小さく、潮は高すぎた。私たちは車内で仮眠して様子を見ることにした――ショッピングモールが開くのを待つ二人の買い物客のように。

意外にも、それは開いた。風は収まり、潮は引き、太陽が出て、波が立った。私たちは海に入った。波は前日の半分ほどの大きさだったが、テイクオフは依然として難しかった。滑り下りるのは、空中を落下するようなものだった。だが私はその無重力の瞬間を予測し、着地した瞬間の激しいターンに活かすと、波を滑り抜けるための推進力にした。崖の間近でブレイクする小さなレフトの波にバックハンドで乗ると、目の前に流れゆく岩壁がスピード感をさらに高めた。道路には観光客が何人かいて、写真を撮っていた。だが、サーファーはいなかった。美しい波に乗っていたのは、私と、オレゴンのサーフ狂の若者だけだった。私たちは贅沢な時間を、思う存分に味わい続けた。

次の冬に島を訪れると、ポール・ド・マールへのトンネルはもう完成していた。ポールからトンネルを通ってやって来た酔っ払いがジャルディンの広場で大騒ぎしたりはしなかった。むしろ、トンネルはほとんど使われていなかった。それは長く、暗く、黴《かび》臭かった。だが、サーファーにとっては実に便利だった。ポールの波が、車で五分の距離になった。島ではあらゆるものが急速に近くなっていた。マデイラに来始めたころにはジャルディンから車で三時間かかったフンシャルにも、一時間足らずで行けるようになった。もちろん、マデイラの人々は喜んでいた。だが私は嫌らしくも、交通事情がよくなれば、それだけサーファーの数が増えてしまうかもしれないと恐れていた。だがジャルディンでは二回目のコンテストが開催されていた。優勝したのは世界のサーフィン界で名を知られた、ポトというタヒチ人のパワーサーファーだった。私は、よくない傾向だと思った。

数億ユーロもの巨大な援助金がEUからマデイラに流れ込んでいた。私はそれを冷ややかな目で見ていた。開発全体に欺瞞を感じないわけにはいかなかった。富める国が貧しい国を支援するという、経済のグローバリゼーションにおける（おそらく唯一の）善良な理念に沿ったものだとは思えなかった。インフラ整備という概念自体は良いものだ。だが現実のプロジェクトはひどかった。一時的な雇用が増え、一部の者が私腹を肥やすことを除けば、壮大な無駄としか思えないプロジェクトもたくさんあった。

二〇〇一年の初めに、穏やかではいられない噂も聞いた。政府がジャルディンの海岸沿いに、〝遊歩道〟を建設する予定があるというのだ。私は、それは意味をなさないと思った。あそこでは満潮時に高波が崖に押し寄せることがある。村の建設業者は、このプロジェクトを支持すると言った。男は、建設後に想定される事態について漠然としたイメージしか持っていなかった。たいしたことじゃない。単なる舗装路じゃないか、と男は言った。私はあり得ないと言った。そもそも、誰が使うっていうんだ？ホセ・ヌネスが心配するなと言った。話があるだけで、実際に建設が始まったりはしないさ、と。

二〇〇一年の一一月、娘のモリーが生まれた。キャロラインと私はずっと子供を欲しがっていた。言葉では表せないほどの喜びを感じた。突然、私たちの世界は物凄く小さくなり、そして物凄く大きくなった。娘の無邪気な笑顔が、宇宙になった。私はニューヨークを離れることに関心を失った。キャロラインが妊娠する前は、ボリビアや南アフリカに取材旅行に出かけていたが、マイアミですら遠すぎると感じるようになった。ロンドンへの取材には、キャロラインとモリーを連れて行った。戦場への取材は、特に危険ではないものを含めてすべて止めた。冬のマデイラを二年連続で訪れなかったが、ちっとも後悔なんかしなかった。

だが、ジャルディンの〝遊歩道〟の計画が、海岸道路の建設に変更されたという噂は耳にしていた。二〇〇三年一〇月にキャロラインとモリーを連れてマデイラ島を訪れたとき、工事はもう始まっていた。それまでこれに抗議する者はいなかった。だがマデイラを訪れたカリフォルニアのサーファー、ウィリアム・ヘンリーが抗議活動を組織した。環境保護活動家、地質学者、生物学者、ポルトガル人と外国人のサーファーが、フンシャルとジャルディンに集結し、デモ行進をした。その主張は、ジャルディンの素晴らしい波を守ることだけではなかった。マリーナ建設などの無駄とも思える開発プロジェクトのために、いくつものサーフスポットが埋め立てられようとしていた。反対派は、EUが主導する開発ラッシュは、マデイラの沿岸の生態系を破壊すると主張した。マデイラの知事アルベルト・ジョアン・ジャルディンの義理の息子が経営する会社が、大規模な建設プロジェクトで多額の利益を得ていることも明らかになっていた。

激怒した知事のアルベルトは抗議者を〝共産主義者〟呼ばわりし、地元紙に「サーファーが象徴する裸足のツーリズムは、マデイラには不要なものだ。余所で波に乗れ！」と語った。海の繊細さを知るサーファーを小馬鹿にもした。「サーファーは、岸を埋め立てたら波が台無しになると考えている馬鹿の集まりだ。埋め立てても、波は一五メートル先に移動するだけだ。何も変わるわけがない」

敵意をむき出しにするジャルディンの村人もいた。政治家と結びついていた地元の男は、抗議者を村から追い出し、食べ物を投げ、罵倒した。サーフィンをしていた村の少年さえも迫害された。抗議運動のリーダー、ウィリアム・ヘンリーは顔を殴られた。外国から来た裸足の与太者が、マデイラの発展を止められるとでも思ったか、と抗議者は悪態をつかれた。建設は進んだ。

トニーの提案で、私たち一家はジャルディンではなく、丘にある一七世紀の古い邸宅を改造した旅館に泊まった。宿には海を望む小さなプールがあった。もうすぐ二歳になろうとしていたモリーは、海を見て「大きなプール」と言った。車にボードを乗せてジャルディンに行くと、広場では村人から避けられていると感じた。私たちを追い出したことを恥じているのか、あるいはもうサーファーのことを嫌うようになったのかもしれなかった。

変わり果てた海岸が何を意味するのか、その場に立っていても理解するのは難しかった。私は遊歩道の建設は不可能だと言っていた。だがそれは想像力が足りなかったからだった。岬の周りの海岸は、トラックに積み込まれた膨大な量の岩石や土砂で埋め立てられていた。工事は未完成だったが、その気になれば八車線のハイウェイだって建設できそうだった。埋め立てられた土の上を大きな黄色いブルドーザーが行き来し、流れ出した土砂で辺りの海は泥っぽい乳白色をしていた。未完成の道路と水のあいだには、見るもおぞましい灰色の防波堤が築かれていた。それは、大量の大きな長方形のコンクリートブロックだった。混沌としたブロックにはまるで特徴がなく、醜悪で、数千もの見捨てられた怒れる棺のように見えた。これが新しい海岸線なのだ。茶色く濁ったさざ波がブロックに力なくぶつかっていた。知事のアルベルトの考えは間違っていた。海の民の子孫としては、海洋への理解が著しく欠けていた。リーフを埋め立てても、以前と同じ波が埋め立てた分だけ沖に移動するわけではない。何にぶつかるかによって、波は形や性質をまるっきり変えてしまう。無残な姿になったジャルディンの海岸を見ながら、その結果として何が起こるのかをうまく予測できなかった。大きなうねりが入った日の満潮時には、波に乗ることは可能かもしれない。だが、開発によって自然が根こそぎ奪われたこの岸が、荒れた日には以前にも増して危険な場所になるのは目に見えていた。以前は、沖からは崖や、バナナや野菜、パパイヤ、サトウキビなどの段々畑が見えた。その美しい光景は、邪悪な人工の壁に取って代わられた。現実を受け入れるしかなかった。大きな波は、もうないのだ。村人が太古の昔から貝を採っていた潮溜まりも、キコが銛でタコをつかまえていた岩場や浅瀬も、大量の土砂で埋められてしまった。

ホセ・ヌネスの反応がすべてを物語っていた。「俺たちは今まで、楽園に住んでると思ってた。それが今じゃあ……」。ヌネスは大げさに肩をすくめた。悲しみを湛えた民族音楽ファドが聞こえてくるような身振りだった。

以前マデイラで借りていた部屋の大家だったローザは、歯に衣《きぬ》を着せずに開発は壮大な茶番だと批判し、誰が利益を得ていて、誰が嘘をついているか、名前を挙げていった。サーファーが村に寄りつかなくなり、ローザの商売もあがったりだった。ローザと話をしていたとき、私は皮肉にも自分がずっと望んでいたものがついに手に入ったことに気づいた——それは、サーファーがいない海だった。

防波堤と道路の建設に肯定的な村人もいた。海から村を守るのに役立つし、車を家の近くまで寄せられるようになった者もいる。それは発展の象徴だ、他の村でも、同じような開発が行われてきた、道路から綺麗な海を眺められるから観光客にとっても良いことじゃないか——。こうした意見を口にするとき、弱気そうな村人もいれば、自己弁護的な村人もいた。好戦的だったり、無関心だったりする場合もあった。つまるところ、それは誰かにとっての真実であり、誰かにとっては真実ではなかった。はっきりと言えるのは、政治家が自らの利益のために開発を決定し、村人はそれに反対しなかったことだ。

私は心のなかで、マデイラでのサーフィンの相棒だったピーターに報告をした。モリーが生まれた一年後、ピーターとアリソンにも、娘のアニーが誕生していた。私は家族三人で丘を散策した。レバダスと呼ばれる灌漑用の水路が、マデイラ一帯に幾筋も流れていた。主産業が農業から観光業に移行するにつれて、奴隷によって手づくりされたというレバダスは老朽化していた。私たちが滞在していた古い邸宅を改装した宿では、デンマーク人やドイツ人、フランス人の他の宿泊客が、開発がマデイラの魅力を台無しにしていると嘆いていた。

サーフスポットは自然や人間の力によって現れもすれば消えもする。世界最高峰のスポットだったキラーも、ブライアンと私が住んでいた数年後に消滅した。南に二、三キロのところにあるツイード川の河口での浚渫工事の影響で、波が立っていた入り江に砂が流れ込んだ。ものの数カ月で、奇跡の波は消えた。同じ砂の流れの変化によって、河口に近い場所にスーパーバンクと呼ばれる新たなサーフスポットが生まれた。インドネシア、ニアス島のラグンドリ湾で私たちが乗っていた壮大な波の立つスポットも、二〇〇五年の地震で著しく変化した。前年の津波による二〇万人以上の被害者を出したスマトラ沖地震ではなく、その三カ月後にさらにニアス島に近い位置で起こった地震の影響だった。ラングドリのリーフは二フィート以上も隆起した――波は良くなった。以前よりもはるかに掘れた、分厚い波が立つようになった。一見すると難しそうだったが、実際には素晴らしいライディングができる波だった。

良くなるにせよ悪くなるにせよ、もともとあったサーフスポットが突然に変わってしまうことに私は動揺した。高校生のとき、カリフォルニアのマリブを襲った冬の嵐によってラグーンに水が溢れ、有名なスポットの形が変わってしまった。私はマリブの波が別物になったという事実を受け入れられなかった。陸軍が付近に建設した突堤の影響で、それまでのスポットが消え、別のところに波が立つようになったのだった。私にとって、マリブは永遠だった。それは私の宇宙の定点だった。大嵐の後も、そこでサーフィンを続けた。波は、短くて不安定なライトに変わっていた。だが私はそれを完全に否定していた。本当のマリブの波は、この砂の下にある、すぐに復活するはずだ、と。

ロサンゼルスを離れてから数年後、実際にこの古い丸石のスポットは以前と同じような波が立つようになっていた。南カリフォルニアで生まれ育った者として、私は地震や山火事、大洪水などの暴力的な自然災害の恐ろしさと非情さを肌で知っているべきだった。それでも、高校生のときのマリブで味わった不安は後を引いていた。私にとって、宇宙の中心を貫く柱はサーフスポットに立っていた。

ピーターとは今でも、一、二年おきくらいにマデイラに戻ってみたいという話をする。俺たちはまたあそこに行くべきだ、次の冬こそ実行しよう――。もう私の周りにいる誰もがあの島には行かなくなっていた。いいサーフスポットはまだたくさん残っている。うねりが大きく、潮の状態がよければ、ジャルディンにもいい波が立つだろう。だが、私は変わり果てたあのスポットの前に立つことはできない。ピーターも同じ気持ちなはずだ。

マデイラでの最後の朝、ジャルディンにはまだ波はなかった。キャロラインとモリーが眠っているあいだに、北海岸の様子を見ようと急いで車を走らせた。南海岸のジャルディンにはさざ波しか立っていなかったが、北には本格的なうねりが入っているはずだった。予想通り、巨大な波が立っていた。数キロ先の波の線さえ見えた。それまで気づかなかったリーフでブレイクが起きていた。オフショアの軽い風が吹き、道路の傍のショアブレイクは一〇フィートを軽く超えていた。西のマドンナに向かい、馴染みの場所に駐車した。そそり立つ黒い崖に、透明な滝の水が何本も流れ落ちている。何も変わっていない。周りには誰もいない。波は巨大で整っていた。水底で転がる岩の音を聞いたことのある、渦を巻いた沖のエリアでは、セットの度にブレイクが起きていた。水が深いのは知っていたが、黒い波はまるでそこが浅瀬であるかのように高くせり上がり、まだ水が足りないとでも言わんばかりに怒り狂っていた。サーフィンはできないように思えた。だが、リーフではまともな形で波が崩れていた。特に大きなレフトのショルダーでは、腕のいいサーファーが適切なボードに乗り、すべてを首尾良くこなせば、最高のライディングができそうだった。

一時間以上、その光景を眺めていた。道に沿って歩き、手前のショアブレイクのセットと凪の間隔を測ろうとした。だが、激しい波が次々と押し寄せ、凪などなさそうだった。私が厄介なショアブレイクの程度を知るときの物差しにしているポール・ド・マールの最悪の部類のものよりも、さらにたちが悪い。沖に出るにはいったん数キロ東のセイシャルの港まで移動しなければならない。しかも、マドンナには沖から岸に戻るいいルートがないので、帰りもセイシャルまでのパドルが必要だ。

そのときの私は、真剣に波に乗ろうとしていたのか？　もし他のサーファーがいて、ウェットスーツに着替え、ボードにワックスを塗っていたら、おそらく私も同じことをしただろう。若い頃と同じような血が騒いでいるのを感じていた。もう一人の自分は、すでに波の衝撃を予測し、アプローチのライン取りを想像していた。それは条件反射みたいなものだった。無頓着で、非合理で、リスクも確率も度外視し、まともな判断とは呼べないことを頭に浮かべている。私はそんな自分を誇りには思えなかった。それでも、ジャルディンに引き返しながら、恥ずかしさと後悔で頭に血を上らせていた。

Part 10 海の真ん中に落ちる山
ニューヨーク市、2002～15年

本当は、ロングボードが欲しかった。もし今ビーチの近くの戸建てに住んでいたら、あるいは単に戸建てに住んでいるかバンを持っているかしたら、ロングボードを一枚は持っていたはずだ。だが、私は狭いマンハッタンに住んでいる。それでも、何枚かのショートボードを、クローゼットや部屋の隅、ベッドの下、自家製の天井のラックに格納することはできる。ショートボードなら電車やバス、地下鉄でも運びやすいし、空港に持っていくのもそれほど苦にはならない。車のなかに収めることもできる。ロングボードではそうはいかない。だから、私は自分にとって不可欠なはずのロングボードと距離を置き続けている。分厚いウェットスーツを着ているので、小さくて弱い波の日には、ショートボードの上に立つのは簡単ではない——ロングボードなら、こんな日でも簡単に優雅なライディングが楽しめるのだけれど。だから私は小さく弱い波を避ける。少しでも波が大きくなれば、ショートボードはいい仕事をしてくれる。波の力が強く、テールが持ち上げられれば、テイクオフの瞬間にボードのテールが押し上げられて勢いよく滑り下りやすくなるし、身体の下に足を入れて立ち上がる準備がしやすくなる。とはいえ最近流行している六フィートにも満たない小さなボードには乗っていない。私の基準は、ある程度ゆったりと乗れて、それでいて敏捷に動け、稀に刺激的なバレルを見つけたときに、いいライディングがしやすいボードだ。

不思議なことに、私はこの一〇年のあいだに、ニューヨークのデイサーファーになった。ニューヨーク州のロングアイランドとニュージャージー州のジャージーショアの二つのサーフィンエリアを開いた両脚に見立てたとき、ニューヨーク市はその股の付け根に位置している。ニューヨークに移住してから、ロングアイランドのモントークにいい波があるのに気づくまでに数年もかかった。仕事が忙しかったのもあるが、その主な理由は西海岸育ちの私の〝大西洋にたいしたサーフスポットなどあるはずがない〟という傲慢な思い込みだった。そして、市の目と鼻の先に本当に興味深い波があることに気づくまでにもさらに時間がかかった。不透明なベールの向こうにあった最高の波は、これまでと同じく、やはり冬に訪れるものだった。冬は日が短く、寒いだけではなく、良い条件（いいうねりと、オフショアまたはわずかな風）が整う時間も限られている。東海岸では、夏はサーフィンにまったく向いていない。秋はハリケーンシーズンで、いいうねりも入る。だがなんといっても、波の情報にアンテナを張り、チャンスが来たら臨機応変に海に繰り出すのが楽しいのは冬だった。ノーイースターと呼ばれる北東の嵐は、最高のうねりと風の組み合わせを頻繁につくり出してくれる。だからサーファーに必要なのは、いつ、どのスポットに行くべきかを判断することだけだ。

加えて、ニューヨークでサーフィンを楽しみたいのなら、昼間の自由が利きやすい仕事、理解のある家族、最先端のフード付きのウェットスーツ、そして私の経験では、インターネットも要る。ウェブサイトに掲載されるブイ情報やリアルタイムの風の測定値、風とうねりに関する高精度の予報、そして〝サーフカメラ〟がなければ、私はどこに行くべきかを判断できない。カメラはサーフスポットを見渡せる建物の手すりや面格子にとりつけられていて、インターネットで波の様子をリアルタイムで放映している。だが、良い波が立つのがほんの数時間しかない場合には、カメラが写しているのはサーファーが逃したものになる。画面にいい波が見えたときに慌ててそのスポットに出向いてももう遅い。経験に基づいて当たりをつけ、早めにスポットに到着していなければならない。

波を追いかけていると、いつも誰かと深い友情で結ばれる。地元の突堤やサンドバー、風のパターン、岸辺の警官、ニューヨーク周辺で人目を気にしながらなんとか素早くウェットスーツに着替えられる場所――こうした諸々を、私は主にジョン・セレヤというグーフィーフットのダンサーを通じて学んだ。セレヤと出会ったのは、まだモリーが小さい頃だ。セレヤは私たちの家から数ブロックしか離れていない、洒落たアッパーウエストサイド地区に住んでいたが、ロングアイランドのロングビーチにも、家賃がほとんどタダになる冬の時期に大勢のサーフィン仲間と共同で家を借りていた。ロングビーチには波があったし、鉄道の駅もあった。マンハッタンからは車で一時間の距離だった。近辺でサーフィンをしたときは、この家で着替えをし、ウェットスーツを乾かし、サーフボードを置き残し、二日間うねりが入ったときは寝泊まりした。だが、あくまでも中心は波であり、家ではなかった。西から風が吹くことが多かったが、その場合はロングアイランドではなくニュージャージーに行った。セレヤの主なサーフィン仲間は、アレックス・ブレディというダンサーと、〝ロビイスト〟という渾名で呼ばれていたグーフィーフットの地球物理学者だった。いつの間にか、セレヤたちはロングビーチの家のこの冬の契約を終えていた。私は絶えず波情報に目を光らせ、惑星（とブイ）が直列するみたいにいい条件が整うと、一切合切を脇に置き、借りた車に乗ってポイントに向かった。一人で行くことも多かった。

それでも、セレヤを見ていると自分が中途半端に思えてきた。「週に一度のサーフィンでは不十分さ」セレヤは言った。「現状維持にしかならない」。セレヤは私がこれまでに遭遇したなかでも、最悪の部類に属するサーフィン狂だった。決して満足することなく、わずかなうねりのヒントも逃さなかった。サーフィン動画のマニアで、最高のサーファーと波を見抜く目利きがあり、高度なテクニックを熱心に学ぼうとしていた。技術を磨こうと努力し、実際に毎年、目に見えるほど上達していた。十代の若者ならいざしらず、いい年になってもこれほど成長を続けているサーファーを私は知らなかった。出会ったとき、セレヤは三〇代半ばで、優れたサーファーだった。力強く繊細なスタイルで、いいライディングを褒めると、こんなふうに答えた。「ありがとう。今のは悪くなかった。でも、もっと垂直にならないと」

いかにもダンサーらしい表現だった。

「ユダヤ人らしくもある」とセレヤは言った。「俺たちは苦しみを求めたがるのさ」

セレヤは泣き言を口にしたりしなかった。私なら腰を上げたくはならないような波しか立っていない日でも、喜んで海に出かけていった。セレヤは昔ながらの職人だった。物事を簡単に見せるために、懸命に努力する。ある一二月の午後、激しい雨氷が降るなか、私たちはロングビーチのローレルドン通りの前のスポットにいた。東からのうねりが優に人の頭の高さを超える大きなレフトの波を運んできていた。ウォールは分厚くて長く、黒っぽい灰色をしていて、不安定だった。厄介な西への潮の流れもあった。他にサーファーはいない。北から強いオフショアの風が吹いていた。位置を保つには、潮に流されないために絶えずパドルをしていなければならなかった。波をつかまえるために方向を変えると、陸から運ばれてきた凍雨が目に飛び込んできた。ボードのデッキを見つめ、感覚で水を掻いて波の速度に合わせ、凝視をしないように気をつけながらサーフィンをしなければならなかった。セレヤが一ブロック以上ものロングライドを決めた。感想を尋ねると、「まずまずだ《bttah》」と叫んだ。それがこのセッションのキャッチフレーズになった。疲れていて、それ以上の言葉を口にする余力はなかった。波は素晴らしく、苦労して海に出てきた価値は十分にあった。この嵐のなか、ひどい北大西洋の冬の海でサーフィンをしているとき、簡単だというふりをするのは大きな効果があった。

セッションを終えて陸に上がったが、初期の低体温症によって、今がいつで、自分がどこにいるのかという見当識の感覚が薄れてきた。ボードを脇に抱え、風を避けるために前屈みになってロングビーチの大きな老人ホームを通り過ぎたとき、今日が何月何日で、自分が歩いている氷に覆われた通りが数時間前に車を停めたのと同じ通りなのかがわからなくなった。道は合っていた。セレヤには、サーフィンの余韻で頭を茫然とさせる余裕がなかった。その夜、舞台に出演しなければならなかったからだ。セレヤはブロードウェイでロングランになっているヒット作、トウィラ・タープ脚本の『ムーヴィン・アウト』のスターだった。私たちは車のなかで着替え（これは借りていた家の契約を解除した後だった）、急いでマンハッタンに戻った。私はステージドアでセレヤを降ろした。開演ギリギリで間に合った。


一九九〇年代半ば、両親がニューヨークに移住してきた。正確には、父の若い頃の組合活動のせいで追い出されたこの市に戻ってきたというべきだった。私はこれを輝かしい勝利だと思った。赤狩りを推進したジョセフ・マッカーシーの亡霊に打ち勝ったのだ、と。だがそう伝えても、両親はピンときていなかった。二人にとってそれは遥か過去の出来事だった。ニューヨークに来たのは、子供たちの近くに住むためだった。マイケルはデイリーニュースの事件記者になり、ケビンはマンハッタンで労働問題の弁護士をしていた。コリーンも家族とマサチューセッツ州西部に住んでいた。

両親はまだ映画とテレビ番組の制作の仕事を続けていたので、頻繁にロサンゼルスやロケ地を訪れていた。だが、東九〇番街にあるアパートメントは、特に孫が生まれてからは（コリーンの二人の娘、私たちのモリー）、一家の集合場所になった。私にとっては、若くして離れ離れになった家族との時間を取り戻す、中年になって思いがけず訪れたチャンスだった。モリーを自転車の後ろに乗せてセントラルパークを横切れば、すぐに両親のアパートメントに着いた。父と母は、いつでも大歓迎してくれた。私たちは犬たちが足元にいるキッチンのテーブルで、テレビのニュースを見ながら食事をした。私は長いあいだ、ずっとこんなふうに家族と時間を過ごしたいと思っていたが、うまく馴染めるかどうかはわからなかった。当然ながら、時計の針を巻き戻すことなどできない。だが、孫を溺愛する、気さくで活き活きとした両親といることは、想像していたよりも遥かに快適だった。

父と母は、不思議なくらいに豊かな交友関係を楽しんでいた。私が新しく知り合ったのだと思っていた両親の友人たちのなかには、数十年前にニューヨークで同僚だった映画や劇場関係の人間も少なくなかった。だが、二人は軽々と新境地も切り開いていた。作家のフランク・マッコートの小説『アンジェラの灰』がヒットしていたとき、私は両親がアイルランド芸術センター（あるいはアメリカ・アイルランド歴史協会）での活動を通じてマッコートと知り合いになっていたことに気づいた。私は二人がアイルランドに関心を持っているとは知らなかった。だが、新しい都市で暮らし始めた父と母が、自らのルーツである国に興味を持つのはもっともかもしれなかった。二人はコンサートや演劇、読書に勤しんだ。特に母は文化的な活動に意欲的だった。父はロングアイランドに停泊させたヨットで、地元の海を探索し始めた。私は父がカリフォルニアを恋しく思っているのではないかと想像していたが、一緒にヨットで航海するほどに、その考えが間違っていると気づいた。父は新しい海や湾を探検するのを心から楽しんでいた。母も、ＬＡのことはもうあまり覚えていないと言うようになった（母は決して〝ＬＡ〟

という呼称を使わず、〝ロサンゼルス〟と言った。自分なりの原則だったのかもしれないし、故郷への誇りだったのかもしれない）。七〇年近く住んだ土地の記憶は霧に消え、ニューヨークがホームタウンになった。母は単に自由を謳歌していたのではなかった。それまでにも何年も習っていたフランス語に加えて、イタリア語の勉強も始めていた。

キャロラインと私は、モリーを寝かしつけるときに歌をうたった。最初はベビーベッドを置いていた夫婦の寝室で、二、三年後からはモリーの子供部屋で。最初に歌うのは、叔父と叔母、いとこ、祖父母、そして私たち両親の名前を挙げていき、みんながどれだけモリーのことを愛しているかを伝える自作の曲だった。それは眠気を誘う朗々とした子守歌だった。それ以降は、キャロラインと私は持ち歌が違った。キャロラインが高い声で歌う『ホーリー・アンド・アイビー』が廊下から聞こえてくるのを、私は眠りそうになりながらよく耳にした。私のレパートリーは、子供の頃に家にレコードが置いてあったフォークミュージックだった。ジョーン・バエズ、ピート・シーガー、ピーター・ポール＆マリーなどの曲も歌った。あとは初期のボブ・ディラン、それからシェイクスピアの『十二夜』の『道化の歌』も。

おいらが大人になったとき
ヘイホー　風吹き雨が降る
ごろつきゃ　閉めだし門の外
それでも毎日　雨は降る

私はモリーが眠るまで歌い、そっと部屋を出た。この習慣は、モリーが八、九歳になるまで続いた。モリーが大きくなったとき、幼い頃、寝床で子守歌の歌詞を聞いていたのか、気になって尋ねてみた。『オータム・トゥ・メイ』の、四番目の歌詞を覚えてる？　モリーは歌詞をすべて覚えているみたいだった。〝ふわふわの白鳥からカタツムリが産まれ、カタツムリは小鳥に、小鳥は蝶に〟とモリーは口ずさんだ。〝それより大きな話をする人は、嘘をつくことになるんだよ――〟。

生まれ育ったロサンゼルスの町を取材する機会があった。何もかもが変わっていた。丘は家で覆われ、マルホランドドライブは舗装され、苗木のセコイヤは成木になっていた。ウッドランドヒルズは成熟した郊外の町に変貌していた。高校時代の恩師である英語教師のジェイは、学校は地獄だと言った。民族集団のギャングが駐車場で派手な喧嘩をし（アルメニア人とペルシア人の集団だという）、シェイクスピアの授業ははるか昔に廃止になり、経済的な余裕のある家庭は子供を私立学校に通わせるようになっていた。〝新興のベッドタウンに生きる若者〟をテーマにして記事を書きたいのなら（実際、それが私の意図だった）、あと二つは谷を越えなければならなかった。

ロサンゼルス郡北部にあるアンテロープ・バレーに向かった。だがそこは、郊外の町が抱えるさまざまな問題が凝縮したような場所だった。住宅バブルがはじけ、防衛産業や航空宇宙産業が衰退し、刑務所以外のあらゆる公共予算が縮小されたことの悪影響が渦巻いていた。学校には人種間の対立があり、覚醒剤のメタンフェタミンが蔓延していた。私は、この郊外の泥沼に沈むまいともがく若者たちを書くことにした。取材は簡単ではなかった。私は抗争中の二つの集団に注目した。一つは反人種差別を掲げるグループ、もう一方はネオナチの集団だ。取材を開始してから、知り合いになった少年の一人がパーティーで相手グループに刺殺されるという痛ましい事件も起きた。

それは私が生まれ育った場所ではなかった。最新版にアップデートされた故郷でなかった。それはあらゆる物事が悪しき方向に向かっている、冷たい別世界だった。執筆に集中できなかった。記事を書き上げるまでには数カ月もかかった。筆が進まず、何度も休憩をとった。たまたまその時期に、いい波の予報が出ていることが多かった。夜遅くに車を走らせ、ドメニクがマリブ北部に所有していた小さなコンドミニアムに泊まらせてもらい、翌朝、借りたサーフボードで近くのポイントブレイクに行った。そんな朝のサーフィンは、心を癒してくれた。楽園にいるような気持ちも味わえた。白い崖に花を咲かせるブーゲンビリア。水中の海藻やセキショウモ。優しく青い海。アザラシが吠え、カモメが鳴き、イルカが飛び跳ねる。執筆していた物語への怒りと悲しみ、絶望で心を痛めていた私に、サーフィンは計り知れない支えを与えてくれた。

さまざまな取材旅行を振り返ると、記憶が鮮やかに蘇ってくる。二〇一〇年にメキシコのティファナで警察の拷問を受けた被害者への取材を終えたときは、国境を越えた先の綺麗なレフトの波が立つスポットでサーフィンをした。二〇一一年にはマダガスカルで、絶滅の危機に瀕している黄金の甲羅を持つ亀を密猟者から守ろうとしている爬虫類の専門家チームに同行取材した。彼らは昼も夜も、ずっと亀や蛇、蜥蜴《とかげ》の話をしていた。岩の下に動物が隠れているかもしれないと思ったら、延々とジャングルのなかを歩き回れた。セレヤと私がサーフィンの話をするのも（科学的でも自然保護という理念があるわけでもなかったが）、これと同じかもしれなかった。私たちは、周りの人間が呆れて退散してしまうまで波の話をした――サーフィンの現場で、サーフィンの動画や雑誌を見ながら、ブロードウェイの歩道のカフェで、セレヤが〝飲むと話がますます止まらなくなる〟と言っていたテキーラのショットを飲みながら。話題は尽きず、果てしなく細い点までつっこんだ話をした。マダガスカルのチームは別の亀を観察するための遠征に出かけることになった。私はチームから離れて休暇をとった。当時はフォール・ドーファンと呼ばれていたトラニャロという港町に行き、古いがまだ使える六・六フィートのボードを手に入れ、三日間、風に吹かれた荒っぽい波の上でくたくたになるまで波に乗った。

二〇一二年には、ブライアンとダーウィンを発って以来のオーストラリアを取材で訪れた。取材テーマは中国経済に牽引され活況に沸くオーストラリア鉱業と、鋼業界の大物ジーナ・ラインハート。ラインハートはオーストラリア一の富豪で、右翼的な思想の持ち主で、何かと国民の話題になっていた。シドニーとメルボルンにも行ったが、鉄鉱石がありラインハートもいる西オーストラリア州が主な取材地になった。私はオーストラリアが変わったという印象を受けた。オージーたちの粗野な厚かましさも、〝召使いも主人も同じ〟という平等の精神も薄れているように思えた。国民は大富豪にばかり目を向けているようにも感じたが、それは私の取材テーマがもたらす錯覚かもしれなかった。サーファーズ・パラダイスで三人の子供を育てていた、あのスーとも再会できた。スーはパースの南海岸に住んでいて、昔と同じくらい気が強く、不良っぽい精神も変わっていなかった。今では孫もいて、裕福な湾沿いのエリアの家でたくさんの本に囲まれて暮らしていた。「私が金持ちになるなんて、思ってもみなかったでしょう」と彼女は言った。図星だった。アワビの漁業権を持っていたことを、うまく成功につなげたらしい。私は取材をしていたラインハートをひどく強権的な人物だと思っていた。だがスーからは、ラインハートは鉱業という男の世界でトップに君臨する唯一の女であることを忘れないように、と忠告された。近くに住んでいたスーの息子のサイモンからボードとウェットスーツを借り、ボラナップというビーチブレイクまでの道順を教わった。そこは町から離れた場所にあり、寒く、透明なターコイズブルーの水と白い砂と緑が生い茂る丘があり、辺りに建物はなかった。ビーチにはサーファーのトラックが何台か停まっていた。オフショアの風を受けた四フィートから六フィートの波に、何時間も乗った。ゆっくりとサンドバーの位置を把握していった。最後に、飛沫《しぶき》を上げた長いオーバーヘッドのレフトを浅瀬まで乗った。はるばるここまでやって来たことへの、ご褒美みたいなライディングだった。

サーフィン人気は爆発的に高まっていた。いつからそうなったのかはわからない。私の狭い世界では、常にサーフィンはブームだったからだ。有名なサーフスポットでは混雑は常に問題だったが、それとは次元が違った。サーフィン人口は倍増し、さらに倍増した。二〇〇二年の五〇〇〇万人から、二〇一〇年には二〇〇〇万人に膨れあがった。海岸、さらには大きな湖のあるどの国でも、若者がこぞってサーフィンを始めた。加えて、サーフィンという〝概念〟は、グローバルなマーケティング現象になっていた。サーフィンの絵や写真がロゴに使われたTシャツ、靴、サングラス、スケートボード、帽子、バックパックは、ヘルシンキからアイダホ・フォールズに至る世界中のショッピングモールで飛ぶように売れた。今や多額の売上げを誇るようになったこれらのブランドの一部は、もともとはカリフォルニアやオーストラリアでバンの後ろでボードショーツを手売りしていた小さなメーカーだった。これに、後乗りしてきた大手企業が加わった。

たしかに、サーフィンのイメージは昔から商品の宣伝に使われてきた。五〇年前、アメリカのバーや酒屋の定番商品だったハムズのビールの広告には、サンセットの大波を滑り下りるラスティー・ミラーの写真が使われていた。私が以前コネチカット州のニューヘイブン（産業が衰退した町だ）で見かけたセーラムの看板には、同じくサンセットと思われるスポットで、〝サーファーがくぐり抜けようとしている大きなチューブに、煙草の煙の輪っかが重なっている〟広告が使われていた。酒や煙草のメーカーは、サーフィンの健康的で美しいイメージを利用することに熱心で、プロサーフィンの黎明期には大会のスポンサーに名を連ねていることも多かった。だが現在のように、サーフィンの絵や写真がこれほどまでに神出鬼没であらゆる場所に現れるようなことはなかった。

タイムズスクエアの花崗岩の壁に、真っ赤なサーフボードが五本飾られていた。初めてニューヨーカー誌の仕事をした一九八七年以来、数え切れないほど前を通ってきたタイムズスクエアで、ここ数年、私は落ち着かなさを覚えるようになっていた。その理由は、このサーフボードにもあった。五本ともシングルフィンのピンテイルで、優雅で誇張された、尖ったノーズをしていた。それは本物のサーフボードではなく、クイックシルバーのアウトレット店の入り口に展示されていた装飾品だった。だがそのティアドロップの輪郭を見ていると、時空を超えるような感覚に襲われた。大きな波の上を、同じようなボードが何枚も行き交っていた光景が目に浮かんできた（一〇代後半のときのハワイだ）。同じ店では、複数の大型ディスプレイにサーフィンの映像も映し出されていた。道行く人のなかで、私ほどその映像に目を奪われていた者もいなかった。目の前の画面のなかで、青緑色の波が崩れていくのが信じられなかった。私はその波を知っていた。ジャワ島東部の、ジャングルの奥深くにあるスポットだ。ブライアンと一緒に掘っ立て小屋に泊まり込んでいた、別世界のような場所だ。なぜその波が、目の前にあるんだ？　画面には、前屈みになってサーフィンをする若者が映し出されていた。私はその男のことを知っていた。何かをやらないという点で、興味深い男だった。彼はコンテストにも出ないし、誰もが注目するような大波にもチャレンジしない。クイックシルバーや他のスポンサー企業は、波の上でスタイリッシュにポーズをきめる彼に大金を払う。男はメルビルの小説『バートルビー』の主人公のように、サーフィンの世界の多くを拒絶していた。にもかかわらず、崇められていた。だが、見慣れたインドネシアのバレルを軟弱なサーファーが通り抜ける映像をタイムズスクエアで目にしたからといって、それがどうしたのだという気もした。私の日常生活は、最近ではタクシーの後席に映されるテレビまでを含めて、消費者ローンから小型トラックまで、あらゆる商品の宣伝が飛び込んでくる。ジャワ島の映像も、その一つにすぎないのだ。

　サーファーは心の奥で、サーフィン人気がいつの日かローラーブレードのように下火になることを願っている。そうすれば、鬼のような波争いの場から、大量の初心者が消えてくれるかもしれないからだ。だが、サーフィンを金儲けのネタにしようと目論む企業は、当然ながらこのスポーツを成長させることに躍起になっている。サーフィンの〝一部の人間が楽しむ秘密めいたスポーツ〟というイメージは、マーケティングには有効なのかもしれない。だがサーフィンがメインストリームになればなるほど、それは誰もがあっけらかんと楽しむスポーツになっていく。世界各地のビーチでは、主として失業中のサーファーが初心者向けのサーフィン教室を開いている。サーフィンの体験レッスンを売り物にする海岸のリゾート施設も多い。「今こそ、念願の初サーフィンをするチャンス！」というわけだ。この手のサーフィン教室を体験した観光客が少しばかり増えたところで、ベテランのサーファーが波をとりあうラインナップが突然さらに混雑するようになるわけではない。それでも私は、マンハッタンで出会う人が、自分もサーフィンをしていると平然と口にするのを耳にする度に、不安になってしまう。ああ、私もサーフィンをしているよ。去年の夏に休暇で訪れたコスタリカでやり方を教わったんだ——。

ロングアイランドやニュージャージーのサーファーは、奇妙なほどに親切だった。私はいつまでたってもそのことに慣れなかった。カリフォルニアやハワイには、海のなかではクールに振る舞うべきだという考え方があった。ある程度のライディングや波、テクニックを示さなければ、それを言葉にして褒める必要はないという暗黙の了解があった。若い頃にこうした場所で波乗りを覚えた私は、この考え方が身体に染みついていた。だがニューヨークやニュージャージーでは、それが友人であれ見知らぬサーファーであれ、誰か波に乗ると、簡単に称賛の喚声が上がった。私はそんな気取らない雰囲気が好きだったが、やはり心の底で違和感を味わっていた。ニューヨークのサーフスポットは、サーフィンの世界の常識に反して、寛いだ雰囲気がある。威嚇や怒りを顕わにする誰かを見たことがない。そもそも、ここはマリブやリンコンのようなスポットとは違って、血眼になって波を争うような場所ではない。だが、それは文化の違いでもあった。格下を見下したり、自己中心的な振る舞いをしたりといった、有名なサーフスポットでは古くから半ば当たり前になっていた光景は、ここにはなかった。見知らぬ人とも、海の上で気軽に話ができた。私も、もう一〇〇回はそんな会話を楽しんだ。ここのサーファーは、地元のブレイクに関する詳しい情報を誰かに教えたがっているようにすら思える。別の土地から移住してきたというあるサーファーは、それを〝都会のアロハ〟と呼んでいた。ただし、そんなふうに声をかけてきてくれるサーファーは郊外や浜辺に住んでいるケースが多く、マンハッタンやブルックリンから来たという者にはほとんど出会った記憶はない。

セレヤにとって、この辺りのスポットはすべてが地元だった。マンハッタンで生まれ育ったが、サーファーとしての大切な青年期の成長期間をジャージーショアで過ごしていたし、ロングアイランドは庭みたいなものだった。ブロードウェイでセレヤが出演していた『ムーヴィン・アウト』も、ビリー・ジョエルの同名の曲をモチーフにした、ロングアイランドの労働者階級の家庭の若者たちを描いたミュージカルだった。セレヤが演じたエディは、高校ではプロムの主役を張るような人気者だったが、ベトナム戦争で傷ついて帰国する青年という設定だった。筋肉質で、研ぎ澄まされた神経を持ち、カリスマ性があり、小柄なセレヤはこの役にぴったりで、キャラクターになりきっていた。踊りも際立っていた。出会ったとき、セレヤはニューヨーカー誌のダンス評論家、アーリーン・クローチェを知っているかと尋ねてきた。知らないと答えると、セレヤは「彼女には給料を払わなければならないと思っているんだ」と言った。クローチェの『ムーヴィン・アウト』の批評を探してみたところ、「絶対に注目すべきダンサー」と高く評価されていた。セレヤはそのキャリアの大半をアメリカン・バレエ・シアターで過ごし、ミハイル・バリシニコフの指導を受けた。後にブロードウェイに舞台を変えたが、まだバレエダンサーとしても活躍していた。私はニューヨークタイムズ紙のインタビューで、セレヤがダンスとサーフィンを比べている記事を見つけた。セレヤは波を音楽に喩え、どちらも「自分より大きな何かに身を委ねることが秘訣」だと語っていた。セレヤはわかっている、と私は思った。

セレヤと波を追いかけるのは、私たちがホームと呼ぶこの超巨大都市の水面下に潜り込むようなものでもあった。セレヤはニューヨークの裏道や流行のジョーク、面白いバー、伝説的なエピソードを知り尽くしていた。夜明けにブロードウェイのレストランに入ると、シリアスな映画に登場する常連客みたいな喋り方でエッグサンドイッチを注文した。「いい感じでつくってくれ《メイク・イット・ナイス》」。二人の男が下品なスポーツについて言いたい放題をするラジオ番組を、ニヤニヤしながら聞いていた。セレヤなら、メッツのピッチャー全員の投球フォームについて、このラジオジョッキーに負けない話ができそうだった。ピーターと同じく、セレヤも一緒にサーフィンをしていて楽しい男だった。負けず嫌いで、自分にも厳しかった。その頃の私よりもパドルがはるかに力強く、大量の波をキャッチできた。そのサーフィンはバレエのように正確で、積極的で、爆発的だった。また、仲間のサーフィンにもきちんと目を向けてくれた。あるニュージャージーの寒い冬の午後、私たちはいつもの場所が波が大きすぎたので、めったに訪れないスポットで波に乗っていた。セッション後半、私は激しく揺れ動く波に向かってパドリングし、リップになんとかしがみつき、重たいウェットスーツと動かない自分の腕に悪態をつき、ボードから落ちないようになんとか斜面を滑り下り、ボトムターンをきめ、背が高く暗いウォールのプレッシャーに押されながらも、前屈みの体勢を維持して乗り切った。崖の陰のかなり遠くの位置からは、セレヤがどこにいるのかわからなかった。元の位置に戻りながら、セレヤがいまのライディングを見てくれていただろうかと思った。はるか沖のうねりに、沈みかけた太陽の日差しを浴びたセレヤが浮かんでいるのが見えた。私に背を向けていたが、拳を握りしめた片手を天に突き上げていた。そう、私の波乗りを見ていてくれたのだ。

ある冬の日、ニュージャージーのスポットには巨大で荒々しい波が立っていた。うねりは真東から入ってきていた。経験から導いた勘を頼りに繰り出してきたが、どうやらあまり賢い判断ではなかったようだった。ビッグウェーブ乗りではないセレヤは、「気が乗らないな」と言った。私もビッグウェーブ乗りではなかったが、まったく波に乗らずに引き下がるのは悔しかった。ウェットスーツに着替え、ゲティングアウトした。水温も気温も氷点下すれすれで、凍るような西風が吹いていた。邪悪な茶色い海でのセッションはひどいものだった。何度も波を逃したし、何度も水に叩きつけられた。この波は東海岸の基準では大きかったが、良くはなかった。岸に引き返した。車に戻ると、セレヤが「日和《ひよ》って海に出なかった負け犬がいるから、辛気くさいだろう」と言った。私は帰りの道中、もし海に出ていても辛い思いをしただけだから、岸に留まっていて正解だったよ、とセレヤを慰めた。マンハッタンのビルの稜線が、ニューアーク湾の塩沼地と波止場の上に浮かび上がったのを見て、セレヤが言った。「ほら、マンハッタンが巨大なリーフみたいだ。岩や珊瑚の隙間に海の生き物が隠れてるんだ」

公演で世界各地を訪れていたセレヤは、忙しいツアーの合間を縫うようにして、旅先でも波に乗る時間を捻出していた。ブラジルでも、日本でも、ボードと波を見つけた。ロンドンで公演があったときは、車で五時間かけてコーンウォールまで弾丸のサーフトリップを敢行したこともある。毎年一二月には、ホノルルのバレエ・ハワイで公演がある。ノースショアのサーフシーズンがたけなわの時期だ。妻でブロードウェイの歌手であるジャッキーとは、暇を見つけてはプエルトリコ旅行に出かけている。二〇一三年にはこのサーフィンが盛んな島の北西の端で家を借りた。私もこの家に泊めてもらった。いいうねりが入っていたので、八・〇フィートのブリューワーのガンを持ってきて良かったと思った。

私たちはたまに、ホームから遠く離れた場所まで波を追いかけることもあった。数年前、大勢の仲間と一緒にインドネシアの東ジャワに行き、そこからボートをチャーターして無人島に一〇日間滞在した。その旅は、サーフィンの観点からは大失敗だった。私たちが滞在した島はスンダ海峡にあり、いい波が立つことで知られていた。それはインドネシアのうねりが高くなる時期だったが、波はずっと小さなままだった。セレヤは大量のDVDを持参していた。スティーブ・ブシューミが主演した映画が数本、ドラマシリーズの『ジ・オフィス』も全巻揃っていた。後にリメイクされたアメリカ版ではなく、リッキー・ジャーベイス主演のオリジナルのイギリス版だ。セレヤは夜になると、私たちが寝泊まりしていた蒸し暑い部屋で、小さな携帯プレーヤーでこのドラマを再生した。ジャーベイスは思いがけず、私たちのこの旅行の人気者になった。セレヤはこのドラマの脚本を暗記していた。みんなでラインナップに集まり、平凡な波を追いかけているときも、セレヤはジャーベイスが演じた会社のマネージャー、デイビッド・ブレントの田舎訛りの傲慢な喋り方を、お気に入りの台詞を諳んじながら真似しては大笑いしていた。セレヤは卑屈さに敏感だった。屈辱に直面しても、尊厳を保つために創意工夫することを愛していた。「どんなときでも、俺は打開策を見つける」と言っていた。旅の終盤、私はどうやらマラリアを再発させてしまった。過去にも、稀にそうなってしまうことがあった。高熱が出て、ひどい悪寒がした。南緯六度に位置する島の宿泊施設に毛布はなかった。寒気がひどくなったとき、セレヤが黒地に赤いラインの入ったベロアのレジャースーツを貸してくれた。飛行機に乗るときに着るために新調したスーツだった。スーツを着た私はニュージャージーの洒落男のような格好をして、ベッドで身を丸め、震え、うめいていた。レジャースーツは汗でぐっしょりになった。大丈夫さ、とセレヤは言った。アメリカに戻ったら、燃やしてしまえばいい。

ピーターもその旅に同行していて、病気になった私を看病してくれた。ピーターはその旅ではサーフィンはほとんどしていなかった。乗る価値がないと判断したからだ。その代わり、イラストレーターらしく、スケッチを楽しんでいた。岩場の生き物、船、捕まえた何種類もの魚を細かく観察して絵を描いていた。ピーターと私は、それぞれの娘のために、青と赤の鮮やかな珊瑚の破片を集めた。

ある冬、父がボートでフロリダまで往復すると言い出した。そのような本格的な航海をする必要はなかった。北東部のボートオーナーは、近場にしか行かないケースがほとんどだった。だが父はほぼリタイアしていて、時間があった。私は航海の帰路、バージニア州ノーフォークから北に向かう船に合流させてもらった。チェサピーク湾を北上し、その後でデラウェア川を下り、ケープ・メイを回ってジャージー・ショアを北に向かうというルートだ。デラウェア湾を出てケープ・メイの前を通り抜けようとしていたとき、例によってトラブルに遭遇した。小さな白い漁船の群が、岬の先の浅瀬で漁をしていた。寒く、晴れた朝だった。こんなにたくさんの漁船が、いったいどんな魚を追いかけているのだろうと思った。だが、私たちが〝漁船〟だと思っていたものは、実は波だった。沖であるにもかかわらず、測深機が示す数字は二〇フィート、一五フィート、一〇フィートと下がり始め、波が目の前に迫ってきた。すぐに数字は五フィート、四フィート、三フィートと落ちていった。私は思い切り舵を切り、船底を砂にぶつけないように気をつけながら浅瀬から脱出しようとした。波は大きくはなかったが、水深は人の胸の高さほどしかなかった。薄い色の海底が見えた。水温が摂氏五度しかなく、岸から数キロも離れているここで座礁してしまえば、大変な事態に陥ってしまう。なんとか浅瀬を離れ、沖に向かった。航海図を見直してみると、たしかにそこは危険なエリアであり、航海は避けるべきだという指示が書かれていた。それまで一週間、浅い湾と狭い運河を慎重に航海をしてきた私たちは、外洋に出て気を抜いてしまったようだ。肝を冷やした私たちは、思わず笑った。私たちはアトランティックシティまでゆっくりと航海し、船を港に泊めると、グレイハウンドバスでニューヨークに戻った。

それまでの一週間の航海は楽しかった。チェサピーク湾を北上しながら、陸路なら気づかないような小さな町に寄った。レストランではいろんなカニを食べた。ハードシェルクラブ、ソフトシェルクラブ、ワタリガニ、シークラブ。ウェイトレスや釣具店の店主との雑談も楽しんだ。父と私は、変わった場所、知らない場所に行ってみようとする強い衝動を持ち合わせていた。どちらも家族旅行では無意味に回り道をしたがるので、妻からよくからかわれていた。父が映画やテレビの制作の仕事で何より好きだったのは、ロケーションハンティングだった。私が記者としての仕事で何より好きだったのは、事実を探り、人に質問をするために、角を曲がり、山を越え、市場に足を踏み入れることだった。ある日の夕方、用を足すためにオークの木に覆われた崖下に船を停泊させた。ウォッカトニックを飲みながら、父がソマリアについて尋ねてきた。私の記事を読み、興味を持ったのだという。ソマリアがどんな場所で、人々がどんなふうに暮らしていて、どんなものを食べ、私がどんなふうに行動したのかを知りたがっていた。次第に暗くなり始めた平和な入り江で、父は私が語るソマリアの話に真摯に耳を傾けた。首都モガディシュでの爆撃、女たちが着ている長いスカーフ、ボディーガードとして雇わなければならなかった銃を持つ一〇代の少年、走り回り、戦い、夜に寝場所になる、〝テクニカル〟と呼ばれる戦闘用車両。父は遠い世界での悲惨な現実の話を、心から驚嘆しながら聞いていた。私は父に、彼が知らない話を伝えられて嬉しかった。それは父が自分では決して訪れることはないと知っていて、私が訪れたことのある世界についての、彼が知りたがっている話だった。父は取材で危険な場所を訪れる私の身の危険を案じていたかもしれないが、それを口に出したりはしなかった。私たちはどちらも奇妙な場所に惹かれる。そしていつも幸運に助けられる。馬鹿げているほど運がいい――父はいつも言っていた。

私たちがその週に訪れたなかでもとりわけ奇妙な場所だったのは、デラウェアシティという町だった。デラウェア川沿いにある小さな町で、かつてはチェサピークに通じていたという運河の端に位置している。運河はフィラデルフィアと北のボルチモアやワシントンを結ぶものだったが、別のルートを通るさらに大きく深い運河が建設され、それに取って代わられた。デラウェアシティの静かな大通りには、往時を偲ばせる、一九世紀に建てられた大きなレンガ造りの建物が立ち並んでいた。私たちは、一八二八年に建設されたという豪奢なホテルで夕食をとった。他に客はいなかった。

この航海は、まるで時間旅行だった。それはアメリカの古い歴史を遡る旅であり、父と私が分かち合ってきた、あるいは分かち合ってこなかった歴史を遡る旅でもあった。故郷であるミシガン州エスカナーバの人間と連絡をとりあっているかと尋ねると、父は肩をすくめ、しばらく思いを巡らせてから、いや、とっていない、と答えた。でも、昔の友達と会いたいとは思わないの？　たとえば、近い将来に催されるはずの高校の卒業六〇周年の同窓会には出席するつもり？　行かないさ、と父は言った。親友に会えないのは辛いが、出席はしない。なぜ？「卒業以来何をしてきたか、話をしなければならないだろう? 〝ハリウッドのプロデューサーになった〟って言ったら、みんながどんな反応をすると思う?」)。特に恐ろしいことが起きるとは思えなかったが、私は父と違ってこの国のアッパーミドルイーストの文化を知らなかった。

アナポリスから出航しようとしていたとき、父が言った。「お前には物事をはっきりと言葉にせず、隠すくせがある」。私は驚いた。「たぶん私の血を引いたんだな」父は付け加えた。

私は、父が何を言いたかったのだろうかと思った。ひょっとしたら、それは憤りを意味していたのかもしれなかった。一度、父に対してはっきりと憤りを覚えたことはあった。私は、キャリンと別れて辛い思いをしているのは、父のせいだと思っていた。母にべったりと依存する父は、女性と良い関係を築くうえでの悪い見本であり、それを見て育った私は、恋愛がうまくできず、その結果としてキャリンに振られてしまったと思い込んでいた。だがしばらくして、私はその馬鹿げた考えを捨てた。その他にも、言葉にしなくてよかったと思った体験はこれまでにいくらでもあった。とはいえ、父の言葉は気になった。いまでも気になっている。それ以来、これまでの人生で言うべきときに言えなかった言葉が思い出されて、心にひっかかるようになった。

この旅で、印象に残っている瞬間がある。デラウェア川に通じるチェサピーク運河を航海していたときのことだ(デラウェアシティが終着点だった古い運河ではなく、新しくできた大きな運河の方だ)。外洋に向かう巨大な曳舟が、遊覧船を引きながら私たちの船を追い抜いていった。フード付きのレインコート姿の父は、両腕を真っ直ぐに降ろし、デッキの上の手すりの前に立って、目の前を過ぎゆく遊覧船を恍惚とした様子で見ていた。船尾には、「ディプロマット」という船名が描かれていた。後部の甲板では、頑強な赤毛の船員が煙草を吸っていた。若い男で、太い腕を胸の前で曲げ、遠くを凝視しながらポーズをきめていた。父は目の前の光景に感動しているように見えた。私は、何かに心を奪われ、夢中になっている父の姿を見て心を打たれた。そんなふうに我を忘れられるのはいいことだと思った。それでも、両腕をだらりと垂らした様や、身動きをまったくしないところに気がかりなものを覚えた。

タバルアは長いあいだ、夢の波であり続けてきた。それが有名だったのは——サーフィンの世界に限って、の話だが——もちろん、完璧な波があったからだ。だが、それに加えて、ここが独占的に、プライベートなスポットとして運営されていたからでもあった。それは地球上のビッグウェーブスポットのなかで、大挙して押し寄せるサーファーで台無しにされてしまうという悲劇を免れている、数少ない場所だった。混雑して誰もがまともに波に乗れなくなるような状況とは無縁だった。アメリカ人が経営するリゾート施設は繁盛していた。だが、有料客にしかサーフィンをさせないという考え方に反発を覚えるサーファーにとっては、この状況は厄介なものだった。私も原則として、このリゾート会社のビジネスのやり方には抵抗を覚えていた。独占下にあったものが民営化されることのメリットについて、ボリビアの都市用水やロンドンの地下鉄などの他の主題を通して記事を書いたこともあった。ブライアンと一緒にこの島の手つかずの自然のなかで日々を過ごした体験があるだけに、このリゾートについては個人的に特別な思いもあった。

しかし一人のサーファーとしては、空いた波への憧れを抑えられなかった。誰もが堕落した世界に住んでいる——そう自分に言い聞かせた。タバルアでまたサーフィンがしたかった。そして、状況は変わった。二〇一〇年、当時の軍事独裁政権だったフィジー政府がタバルアのファンタジーに終止符を打った。リゾート会社との長年に及ぶ〝リーフ管理〟協定を突然破棄したのだ。波は人々に開放された。実質的には、それはサーフィン・ツアーの運営者への開放だった。少しでもうねりが入りそうになると、近くのホテルやマリーナからサーファーを大勢乗せた船がタバルアにやってきて、他の人気スポットと同じように、波の上は大混雑するようになった。

だがこれが起こる前に、私はリゾートの常連客になっていた。それは二〇〇二年に始まった。リゾートは、約三〇人のグループに一週間施設を貸し切りにして提供するという運営形式をとっていた。たいていのグループは常連になり、毎年のようにここを訪れていた。その年、カリフォルニアのグループが私を誘った。私は自分がツアーに参加することを重大事とはとらえなかった。私は五〇歳になろうとしていた。リゾート会社のやり方に対しては反発を覚える部分はあったものの、タバルアの波はそれとは別のところで私に呼びかけていた。まだサーフィンができるうちに、ここでまた波に乗りたかった。

リゾートは落ち着いた場所だった。バンガローが一六棟あり、食事も共同の場所でとった。リゾートの経営者は、ボートを沖に通すチャンネルを開くためにリーフの一部を爆破したようだったが、波に変わりはなかった。昔と同じように渦を巻き、あり得ないほどの形をしたレフトの波が全速力でリーフにぶつかって激しく砕けていた。波に乗ると、記憶が次々と蘇ってきた。リーフのはるか上空に跳ねあがる青いうねり、フェイスの複雑な動き、危険な珊瑚——。永遠に続くと思われる決定的な瞬間と、際限のない豊潤さの感覚。この波に乗るのは二四年ぶりだったし、テイクオフは以前にも増して速かったので、一、二歩足が前に出ていかないこともあった。だが、長年の経験で培った技もあった。私はまだ波をメイクできたし、思うように乗りこなせた。ラインナップはもう無人ではなく、他の宿泊客のサーファーと共有しなければならなかったが、たいした問題ではなかった。昔はテイクオフスポットの位置を確認するために、背の高い二本のココナッツの木が交差して見える場所を目印にしていた。それは今、リゾートのレストランにあるバーのミラーが反射する光が見える場所に変わった。

島では、ブライアンと寝泊まりしていた古いキャンプ場に懐かしさを覚えた。私がベッド代わりにしていた干物棚はなくなっていたが、他は何も変わっていなかった。波の眺め、その先に見える島々。粗い砂、柔らかい空気。毒蛇のダダクラチは、もうめったに見かけなくなっていた。何でも望みが叶う新しい世界にいるように感じた。前回と違い、ここには冷たいビールがあった。椅子もあった。漁師が焚き火の光で本島と通信をしていた乾燥した木の枝を積み重ねていた場所は、ヘリコプターの発着場になっていた。私は、漁師のガイドの一員だった八歳のアチルヤンを思い出した。あの日、ここで葉でつくった巣のなかで眠っていた彼はいま、もう自分の子供を持つ漁師になっているのかもしれない。リゾート内の労働者のほとんどはナビラの村人だったが、インド系も一、二人いた。フィジーの民主主義はフィジー人が主導する軍事クーデターによって打ち砕かれ、インド系の人々は低い社会的階層へと追い込まれていた。国際的な制裁のために、フィジーのスポーツは外界との接触が遮断されていた。タバルアのリゾートがプロサーフィンコンテストを開催するのは、軍事政権への賛同を意味していた。ナビラの優しそうな若いバーテンダーに、政府の反民主主義やインド系の人々について尋ねたところ、彼女は政府を支持していると恥ずかしそうに言った。「政府はフィジー人のためのものよ」

以前ブライアンとここを訪れたときにガイドをしてくれたボブとピーターの消息は、誰に聞いてもわからなかった。ナビラ出身の年老いた男が二人、タバルアで働いていた。二人は私を、久しぶりに会ったいとこのように扱ってくれ、私のことを、ホテルをつくり損ねたアメリカ人だと言って笑った。毎週、リゾートでは〝フィジーナイト〟と呼ばれる催しがあった。太鼓の音が鳴り響くなか、私たちは地酒《カバ》を飲んだ。村の長老によるフィジー語のスピーチもあった。島の歴史やサーフィンの到来を語るその物語に、私は自分が登場しているのを発見した。仲間のサーファーは誰も気づいていなかったが、フィジー人たちは長老の話に私が出てくると、小さく頷き、笑っていた。道ですれ違ったときも、同情心を込めて肩を叩いてくれた。〝お前にフィジーで事業を始める力量がないのはわかっていたさ〟とでも言いたげだった。リゾートの創設者である二人のアメリカ人サーファーのうち、出資をしたらしい一人は事業を手離し、他の投資家に権利を売却していた。もう一人の創設者はタフな男で、この小さな帝国を建設する責任を負っていた。今、彼はカリフォルニアに住み、タバルアにはたまにしか訪れなかった。島の南側のジャングルを切り開いた場所に大きな家を建てていた。

ブライアンにこの旅の報告をするのは怖かった。ブライアンは手紙を待っていた。だが私の懸念とは裏腹に、ブライアンは私が独占的なリゾートの客になり、高い金を払って波に乗ったことを咎めたりはしなかった（一泊食事付きで約四〇〇ドルだった）。フィジーナイトについても嫌悪感を抱いてはいなさそうだった。不思議にも、最も反応したのは、スタッフと宿泊客のバレーボールの写真だった。「みんな顔では笑ってるけど、腹は真っ黒だ」とブライアンは書いていた。ブライアンからの返信は、怒りや冗談、嫉妬、畏怖、そしていつものように自己批判に満ちた、複雑で繊細なものだった。たまに訪れているオレゴンの海岸にもっと頻繁に行き、サーフィンを楽しみたいとも書かれていた。

リゾートのオーナーは、タバルアから約三キロ南にある外洋に面したリーフにも波の立つ場所を発見していた。そのスポットはクラウドブレイクと名付けられ、リゾートの経営を成り立たせる大きな要因になっていた。島の波は、その完璧さで世界に名を知られるほどではあったが、ブレイクが起こらないことも多く、金持ちを一週間連れてくるには都合が悪かった。一週間、まったく波が立たないことも少なくなかった(オーナーは、客が食べる以外にすることがなくなるその状態を、身も蓋もなく〝レストラン〟と呼んでいた)。だがクラウドブレイクでは、うねりが入る度にいい波が立った。ホテルからはクラウドブレイクに向かうボートが一日中出ていて、客がサーフィンをしているときはチャンネルに停泊していた。波は島のブレイクに比べて大きく、変わりやすく、荒っぽく、不完全だった。テイクオフスポットも多く、メイクできない波もたくさんあったが、独自の壮観さもあった。私はまだ暗いうちから起き出し、始発のボートに乗り、夜明けと同時にクラウドブレイクで波に乗り、ゆっくりとラインナップマーカーを見つけていった。基本的な三角測量を使えば、東に八キロ離れたビチレブの丘が、長くフラットで素晴らしいリーフの位置を確かめるちょうどいい目印になった。

私は最初の週に、真新しいオウルのサーフボードを折ってしまった。破片は、島のボート係の詰め所の裏手にあるジャングルの、朽ちたボードの山に積み上げられた。おそらくすべて、クラウドブレイクで折れたボードの残骸だった。波は底知れぬ水深力を秘めていて、マデイラを思わせるほどだったが、恐ろしくはなかった。サーファーたちとスポットに関する詳しい情報を共有していたこともあるが、主な理由は岩や崖がなかったからだった。マデイラとは違い、浅瀬で水に投げ出されても、リーフを乗り越えて岸に戻れた。干潮時にはリーフが水面から顔を出すこともあり、その上を歩いてスポットに移動することもできたが、危険な状況のときはボートに乗ったライフガードが私たちを監視していてくれた。大波の日には、インパクトゾーンに落ちたサーファーは水上スキーで救出された。その最初の週も、水上スキーが二回やってきたが、私は手を振って大丈夫だと合図した。クラウドブレイクは用心しなければならない場所だったが、マデイラで一〇年もサーフィンをしていた私にとっては、いざというときには岸に泳いで戻れるという安心感があった。

タバルアには、マデイラほど長く滞在するわけにはいかなかった。キャロラインと私の人生は、娘のモリーを中心に回っていた。長期のサーフトリップは必要なかった。せいぜい、このタバルアへの一週間の旅行が限度だった。それでも、私はこのリゾートの常連客になり、毎年のように訪れては、毎日六時間から八時間をクラウドブレイクで過ごした。同行したメンバーには多彩な顔ぶれが揃っていた。共和党支持者の建設業者や映画関係者（どちらも金のかかる息子を連れていた）に、スポンサーの金で来ていたハワイの若手プロサーファー。世界のトッププロの顔もあった。ドメニクも何回か来た。今は幸せな二度目の結婚をしていて、四人の幼い子供たちとカリフォルニアのマリブに住んでいたドメニクは、昔のように私の自虐的なジョークに笑った。南太平洋の波の上でドメニクと手を振り合えるのは素晴らしかった。だが家族と離れてのサーフィン旅行に価値はない、とドメニクはすぐに気づいた。ブライアンと私は、以来ドメニクを誘わなくなった。私はタバルアで何人かのサーファーと仲良くなった。特にダン・パーシンガーとケビン・ノートンの二人のカリフォルニア人は年齢も近く、私と同じくサーフィンに意欲的だった。私たちはメキシコやニカラグア、インドネシアに低予算でサーフィン旅行をするようになった。だが、私が準備をし、資金を溜め、心から待ち望んでいたのは、なんといってもタバルアだった。

「ニューヨークの私の知人はみな、絶えず自らの人生を振り返って本を書くことを考えているか、実際に書いている」。アル・リーブリングは、『アポロジー・フォア・ブリージング』という素晴らしいエッセイのなかでそう書いている。ニューヨークを愛してやまないリーブリングは、この街で生きることがもたらす悲喜交々《こもごも》を、ニューヨーカーを代表して自嘲的に描いている。今、私も自分の来し方について絶えず考えるニューヨーカーの一人になった。だが私の物語は、どこからか移動してきたり、留まり続けたことではなかった。波と風と潮が波をつくり出そうとしている瞬間に、すべてを放り投げてデスクから離れ、近くの海に飛び出していけるように常に腰を半分浮かせてきた——それが私の物語だった。この素晴らしく、変わりやすい波の上こそが、私が生きてきた場所だったのだ。

これは、この神秘に覆われた場所に関する本だ。

ニューヨーカー誌のウェブエディターが、突然予定が変わって原稿に穴を空けることが多い私に、ニューヨークのサーフィンをテーマにしたブログを始めてみてはどうかと提案してきた。いいアイデアだと思った。原稿が進まない原因でもあるサーフィンだが、そのことについて書けば、都会で波を追いかける変わり者たちの知られざる世界を読者に案内できるかもしれない。都会のサーファーの情熱や不満、ささやかな勝利、風変わりさを書くのだ。ウォーターフロントにいる面白い人間を紹介し、写真を掲載すれば、きっと面白いブログになる。冷たい海でのサーフィンの帰り、凍えるようにしながらバン・ウィック・エクスプレスウェイで車を走らせながら、私は活き活きとした秘密に溢れたブログ記事のアイデアを構想した。

義理を通すために、ブログの計画を親しいサーフィン仲間に知らせてみた。「反対だな」一人が言った。「絶対に駄目だ」もう一人が言った。みな、サーフスポットの場所を明かされたくないし、私の脇役みたいな形でブログに登場したくもないと言った。反対意見が多く、ブログのアイデアは暗礁に乗り上げた。

私はジャーナリストとして仕事をするときは、事前にそのことを取材対象の相手に伝える。だが、回顧録の場合は、この道徳的な境界線が曖昧になる。一般の人間は、目の前にいる相手に、文章の対象にされるとは思っていない。それが親しい人間ならなおさらだ。私はこれまでの人生の大半で日記をつけていて、それを保管していた。だが、私のサーフィン人生を本にするというアイデア、特に私が一緒に波を追いかけた（そして私に書かれることになるとは思っていない）人たちについて書くというアイデアは、そう遠くない過去に思いついたものだ。そのことを告げていたのは、身の回りのごく数人にすぎない。

執筆を始めてしばらくしてから、私はニューヨークのサーフィン仲間に、最悪の反応が返ってくることを予期しながらこのアイデアを伝えた。セッションを終え、バン・ウィックを車で戻るところだった。意外にも、仲間たちは大いに盛り上がってくれた。回想録は、ブログのように好ましくないものではないらしかった。最新の出来事を書くブログに比べて過去に触れることが多くなるし、プライバシーの問題で不愉快な思いをすることも少ないと思ったのだろう。

「ジョンのことも書くのか?」ロビイストが言った。

ジョンとは、そのときハンドルを握っていたセレヤのことだ。
「俺はおまけみたいなもんさ」セレヤが言った。
だが、セレヤはこの私の本でおまけのような扱いをされることはなかった。ついでに、ここで本物のおまけのようなエピソードを紹介しておこう。バラク・オバマは、私が通っていた中学校の学校名を伝えても、信じてくれなかった。それは二〇〇四年の初めで、まだオバマが世界的に有名になる前のことだった。私は彼についての記事を書いていた。私は、オバマがハワイの名門校、プナホウスクールの出身だということを冷やかしていた。オバマと私は、シカゴのハイドパークにある小さなショッピングセンターで、カリブ料理のレストランにいた。「うそだろ」オバマは笑った。私はもちろん、カイムキ中学校に途中まで通っていた。だが、同級生は誰も私の回想録に彼らのことを書こうとしているのを知らなかった。私たちの人生は記録の外にあった。それが難しい部分だった。事実を書くのは、実は簡単ではない。

父が船の手すりで恍惚としていたのには、別の意味があった。それはパーキンソン病だった。症状は最初はゆっくりと、そして急激に進行した。病気は父の心を家族から遠ざけた。父の人生は苦しみに変わり、一年間も不眠に悩まされた。二〇〇八年一一月、父は子供たちに見守られながら、母の腕のなかで息を引き取った。二人は結婚してから五六年も一緒にいた。

もともと痩せていた母だったが、父が亡くなる最後の一年で、それまで見たことがないほどしぼんで小さくなった。父の死後しばらくして、母は再び外に出かけるようになった。コンサートに、演劇に、映画に、友達と、そして私と一緒に。まだ人生への情熱を失っていなかった。『ウィンターズ・ボーン』を絶賛し、『アバター』を酷評した。だが、肺が母の身体を蝕み始めた。呼吸器疾患の気管支拡張症を患っていた。いくつもの症状のうち、ひどいのが息切れだった。それは母の体力を奪った。何十年ものあいだ、ロサンゼルスのスモッグを吸い続けたことが影響しているのかもしれなかった。私たちは休暇で母をホノルルに連れて行き、ダイヤモンドヘッド近くの昔懐かしい場所に家を借りた。母の部屋からは海を望めた。三人の孫娘が母の大きなベッドで横たわった。これ以上ないほど幸せよ、と母は言った。

次の夏、母とのあいだに面白い瞬間があった。彼女が最後にビーチに行った日のことだ。晴れた少し肌寒い午後、私たちはロングアイランドのビーチにいた。私たちは身体が弱っていた母を毛布にくるみ、海を見渡せる日当たりのよい場所に移動させた。孫娘たちが母に寄り添い、温もりを加えていた。私は海を見て、ひどい波だが乗れなくもない、と言った。西風が浜のすぐ先で腰の高さのライトの波を蹴り上げていた。「サーフィンしてよ」母は言った。ボードがなかった。だが、妹のコリーンのピックアップトラックの荷台にロングボードが積まれていた。特に使うあてもなく、ガレージセールで買ったという古いボードだ。キャロラインは目を回して呆れていたが、私を見て頷いてくれた。私は海に入った。ロングボードはこのショアブレイクに理想的だった。昔懐かしい動きをしながら、小さくも荒々しい波に乗った。浜にいる家族のもとに戻ると、母は青い瞳を輝かせていた。一〇歳の頃に戻ったような気がした――私はママの前で、いいところを見せようとする男の子になっていた。母はにっこりと笑った。「小さい頃のあなたを思い出したわ」。それは骨董品みたいなロングボードだった。家族はお喋りに夢中だった。誰か今のサーフィンを見ていてくれた？「見てなかったわ」娘のモリーが言った。「もう一回乗ってきて」

母は歩くのが速かった。だが脚が弱ってくると、別の意味で歩くのが速くなった。前のめりになりやすくなったのだ。周りの私たちは、しょっちゅう慌てて駆け寄り、母の身体を支えなければならなかった。そして、恐れていた瞬間がやって来た。私は自分を責めた。肺炎の治療を終え、母のアパートのある東九〇番街に着いたとき、数秒間、母から目を離してしまった。振り返ったとき、母は彼女にとっては難しそうな階段を上ろうとして片足を上げたところだった。私が手を差し伸べる前に、母は後ろ向きに転倒し、骨盤を骨折した。以来、寝たきりになった。モリーと私は毎晩、母と一緒に過ごし始めた。カリフォルニア時代の友人もニューヨークに見舞いに来た。家族も頻繁にやって来た――ロサンゼルスタイムズ紙で働くようになっていたマイケル、コリーンとその家族、ケビンとそのパートナー。

だが、ほとんどの夜は、母とモリーと私だけだった。キャロラインは、長引いていた連邦裁判の案件で思うように時間をつくれなかった。私たちは居心地の良いトリオだった。モリーは本を読み、母と私は思い出話に耽り、テレビを眺め、世界の時事問題を議論した。母は私の仕事に熱心な関心を持ち続けていた。書きかけの原稿を見せると、気に入らない点は容赦なく指摘した。皮肉屋なところは相変わらずだった。母は若い頃、わざとぎこちない仕草をして楽しんでいた。定番だったのは、頬の内側から舌を突き出し、頭を前後に軽く揺すって髪を振り、「明日会いましょ」と言うというものだった。その仕草には、あまり変化のない小さな世界で生きている人が、別れ際にお互いにする気楽な挨拶のような意味合いがあった。ある夜、私たちが帰り支度をしていたとき、母は昔のように頭を前後に揺すって「明日会いましょ」と言った。その表情は、悲しそうでも嬉しそうでもあった。私たちは、この仕草と言葉が似合う家族になっていた。私たちの世界は縮んでいた。母は変わった。私の心を真っ直ぐに射貫くようになっていた。そこには恐れを知らない、揺るぎない愛があった。モリーは、私以上に母とウマが合うところがあった。母は死後の世界を信じていなかった。この世界がすべてだと考えていた。

慢性の吐き気が母を苦しめた。食欲が落ち、衰弱が進んだ。母の前向きな心は、ついに終わりの時を迎えた。私たちは母の遺灰を海に撒いた。父の遺灰を撒いたのと同じ、サッグ・ハーバーの近くのシダーポイントに。二人がよく父のボートで航海をしていた場所だ。

私は世界を憎んだ。どうしようもなく。

両親が亡くなる前から、私は自分が無謀になっていくのを感じていた。ドバイでは、人身売買の取材でウズベキスタンの奴隷商人と地元反対派の懐に足を踏み入れ、慌てて国を脱出した。メキシコの組織犯罪を取材したときにも、必要以上に闇の世界の奥深くまで侵入した。モリーが生まれたときに、もうしないと誓った類いの仕事だった。同じ衝動がサーフィンにも現れていた。私はメキシコのオアハカにある、プエルト・エスコンディードという町に行った。世界一激しいビーチブレイクがあると言われているサーフスポットで波に乗るためだ。サーフボードを二枚折り、鼓膜を破って帰国した。ビッグウェーブサーファーになったわけではなかった。そんな勇気は持ち合わせていなかった。だが、私はそれまでとは違う世界に自分を押し込もうとしていた。プエルトで最大級の波が立った日、私はそのスポットで最年長のサーファーだった。

私は自分が何をしていると思っていたのだろう？　優雅に年を取るという考えは好きだった。その反対になるのは悔しかった。とはいえ常に年齢を意識していたわけでもなく、いい波に乗れるわずかなチャンスすらも逃したくないという思いにかられていただけだった。私は老いて死へと向かう悲しみを嘲笑い、そこから目を背けようとしていたのだろうか？　そうは思わない。六〇歳の誕生日を迎えてから数週間後、私はオアフ島はノースショアのプアエナポイントで、バレルを二回、バックトゥーバックでくぐり抜けた。こんな長いチューブに乗ったのは、三〇年以上前のキラー以来だった。どちらも、身体に水を触れさせずに最後まで乗り切れた。その美しさの間近にいること――間近というより、そのまっただ中にいた――が、何より価値があった。身の危険などおまけみたいなものだった。

〝手遅れになる前に〟という強迫観念にかられて波を追いかけるうえで、セレヤは最適のサーフィン仲間だった。セレヤは四〇歳になり、舞台で主役が回ってくる機会が減り始めた。まだ高く飛び跳ねることも、パートナーを持ち上げてキャッチすることも、それまでと同じように演技をすることもできるという自負はあった。だが世間が求めていたのは、若いダンサーの顔であり、肉体だった。セレヤは二〇一〇年のトゥウィラ・タープの舞台で大きな役を得た。私はフランク・シナトラの曲をベースにしたこの舞台の一番の見せ場は、セレヤがソロダンスを踊った『セプテンバー・オブ・マイ・イヤーズ』だと思った。抑制され、瞑想的ですらあり、優雅で、ダンスが象徴するものが誰の心にも伝わっていた。演出をしたタープも「あのソロはぜひジョンに任せたかった」とニューヨークタイムズ紙に語っている。ブロードウェイで一八八回の公演を終えた後も、セレヤはダンサーと裏方を兼任してツアーに帯同した。振り付けや指導、脚本執筆なども手がけるようになった。だが、ダンサーとしての仕事は少しずつ減っていった。パーティーで誰かに今後の仕事の予定について尋ねられると、セレヤはそのときニュースになっていた地球に急接近している小惑星が、そのまま真っ直ぐ飛んできて地球に激突すればいいと言った。それが、セレヤのダンサーとしてのキャリアにとって最善のシナリオだった。

セレヤは仕事の怒りをサーフィンにぶつけた。ロングビーチでさざ波しか立たないような日でも、スケートボードに乗るようにしてテクニックを確認した。腰の高さほどの波から、海の力《ジュース》を一滴でも絞り出そうとした。まだサーファーとしての成長をあきらめてはいないというふうに、細かい点にまで注意を払っていた。意欲が高く、無限と思えるほどの忍耐力があった。自らのスタイルの問題点を修正し、簡単そうに波に乗りながら、同時に全力を尽くしていた。そのパフォーマンスへの細かなこだわりは、私の人生には欠けていたものだった。セレヤは、西海岸のサーファーは、いいライディングをすると髪を片手でかき分け、オーストラリアのサーファーは指で鼻を擦《こす》るのだと言った。嘘だと思ったが、サーフィンの動画を見ながらセレヤは言った。「いいぞ！　よし、今すぐ鼻を擦れ！」。本当に、オーストラリア人サーファーは指で鼻を擦った。「格好いいぞ」

大西洋沿岸にノーイスターと呼ばれる嵐が来ると、セレヤはツアーでデンマークやダラスにいない限りは、風の向きに応じて東へ南へと出撃する準備を整えた。地元のプロが投稿したインスタグラムの写真から、サンドバーや桟橋がどんな波をつくり出すかについての細かなヒントを得た。予測はめったに外れなかった。妻のジャッキーが仕事でニューヨークを離れるときはたいてい同行したが、それが海岸の近くだった場合はボードを用意した。ニューイングランドじゅうの岬に波をもたらした一連のうねりが入ったときはボストンにいた。セレヤから送られてくる携帯メールは喜びに満ちていた。

そのうねりの一つは、ハリケーン・アイリーンが生み出したものだった。私はまず、地元ニューヨークのロングアイランドの先端のモントークに行き、アイリーンが手始めに送り込んできた波に乗った。素晴らしかった。帰宅すると、キャロライン、モリーと一緒に強風の夜を過ごした。翌朝、過ぎ去った嵐が内陸を抜けてバーモントを直撃し、西風が吹き始めると、家族の許可を得てニュージャージーにひとり車を走らせた。東海岸のサーファーは、残酷にも大西洋のハリケーンがカリブ海諸島や、さらにはアメリカ東海岸で荒れ狂うことを熱望している。アイリーンはそんなサーファーの望み通りに暴れてくれていた（ハリケーン・サンディはさらに凶暴だった）。ニュージャージーはそれほど激しい打撃を受けていなかったが、私が到着したとき、やや過剰反応とも言える知事の命令でビーチはまだ閉鎖されていた（州知事のクリス・クリスティはアイリーンが到着する前、市民に向けてメッセージを伝えていた。「ビーチから絶対に離れるように……日焼けがひどくなるぞ」）。波は大きく整っていて、風も弱まっていた。私は岸の数ブロック手間に車を停めると忍び足で海に入り、数時間サーフィンをした。夕方、突堤の近くで最高の波が立ち始めた。東海岸での私のお気に入りの波だ。大きすぎる嫌いはあったが、海には私しかいなかったので、潤沢な波のなかから慎重に一本を選べた。私は北に向かって先細りしていく波を選んだ。暗くハスキーな音を立てながら進む波は、馬鹿みたいに素晴らしかった。岸の暗闇のなかで、赤と青の警報灯が点滅していた。目にする光景が、夢のように感じられた――私がサーフィンで味わう夢は常に、乗ることができなかった波によって、フラストレーションや恐怖、忘れ難い苦しみで彩られているのではあるが。警官が私を待っているかどうかはわからなかった。念のため暗闇にしばらく留まり、北にある二つの突堤までパドルで向かうと、そこから岸に滑り込んだ。

私はジャーナリストとしての自分の仕事は、ショービジネスの正反対に位置するものだと考えていた。だが、今はこの考えに確信が持てなくなっている。幼い頃、撮影所のセットやロケーションの現場にいる父は、別の家族と一緒にいるように見えた。映画のクルーは、熱気に溢れ、同じ方向を向いていて、魅力的な人間が大勢いた。それは一つの世界だった。その場に投げ込まれた人々は、一時的に深く結束する。いい作品をつくろうという目標のもとに一致団結するのだ。長い時間をかけて記事を書く、私のジャーナリストとしてのプロジェクトの多くも、これと同じような軌跡を描く。私は取材対象の人物に密着し、詳しく話を聞き出す。記事が完成して公開されると、物語は終わる。セットは撤収だ。その後も連絡を取り合う人はいるし、友達になる人もいる。だがそれは例外的なケースだ。セレヤも毎回の公演で、これと同じようなパターンを経験している。幸運にも、私には何十年にもわたって仕事を続けてきたニューヨーカー誌というホームチームがある。今思うと、私の友人は作家やサーファーが多い。私は鏡を見るのが嫌いだ。だが最近、鏡に映る自分の姿に父の面影を見るようになった。その父は不安そうで、恥ずかしそうですらある。私は苦しくなる。父は人生に並々ならぬ意欲を持っていた。あるとき父は、その原動力は失敗を恐れる気持ちなのだと言った。年を取り、病院で膝の手術後に目覚めたとき、父は私を見て憤慨したように言った。「お前の髪はいつ灰色になったんだ?」

キャロラインと私のモリーへの愛情は、私が両親から受けたものとは別種のものだった。私たちはモリーを大切にし、絶えず目を向け、言葉に耳を傾けていた。自分たちは過保護ではないかと心配することもあった。モリーが五、六歳のとき、一緒にロングアイランドの海に潜って遊んでいた。私は大きめの波が来たときに判断を誤り、モリーの小さな手を離してしまった。水面に顔を出したときにモリーの姿が見えなかった瞬間、私はパニックに陥った。モリーは数メートル離れた場所から浮かび上がってきた。怯え、裏切られたような顔をして、泣いていた。だが、岸に戻ろうとは言い出さなかった。私はそれが嬉しかった。モリーは、私にもっと慎重になってほしいという態度を伝えてきた。私はその通りにした。幼い頃、母に連れられて行ったウィルロジャースビーチ州立公園で、ボディサーフィンを覚える前に、茶色い波の洗礼を受けて死にそうになったことを思い出した。そのときの私は、誰かに見守られてはいなかった。痛い目に遭わなければ、波への対処方法は学べないものだ。だが、可愛い愛娘《まなむすめ》にそんな危険な思いをさせるわけにはいかなかった。幸い、モリーは浅瀬を潜るのは好きだが、サーフィンに興味はなかった。そして、私の心配を余所《よそ》に、生まれ持った独立心があった。夏のキャンプに一人で参加したときも、寂しい思いをしたのは私たち親の方だった。一二歳のときにはニューヨークの市バスに一人で乗って、静かな喜びを味わいながら学校に通学し始めた。ただし、地下鉄には一人では乗せなかった。

愚かな賭けに出るとき、娘のことが思い浮かぶのか？　その通りだ。二〇一四年三月、オアフ島の西側にある、マカハという有名なブレイクで、思いがけず二つの波の下敷きになり、窒息しそうになった。風のない雨の日だった。ホノルルで講師として一仕事を終えたが、飛行機に乗る前に数時間の空きがあった。予報によればマカハでは一〇から一五フィートの大きな波が立っていた。ノースショアよりも乗りやすそうに聞こえたので、そこに向かった。ビーチからは、白波と霧しか見えなかった。サーフィンができる波は、泡のカーテンの向こうのどこかにあった。ハワイにガンを持ってこなかったことが悔やまれた。何人かがパドルで南に向かって幅のある簡単なチャンネルを沖に向かっていた。全員、ビッグウェーブ用の巨大なボードに乗っていた。私が持ってきたのは、お気に入りの七・二フィートのボードだった。薄くて四本のフィンがある、前年の冬にプアエナポイントで二本のバレルを通り抜けてくれたボードで、内側のフィンは手術用のメスのように深く抉れていた。この日の波に相応しいボードではなかったが、とにかくパドルを始めた。沖に出て後悔するよりも、沖に出なかったことを後悔する方が大きいと思ったからだ。一四歳のとき、ライスボウルで沖に出なかったときの自己嫌悪が、今でも心の底に巣くっていた。ただしもちろん、波が見えていれば判断は変わる。プエルト・エスコンディードでは、最大級の波が立った日には、パドルをしようとはまったく思わなかった。サーフィンをしている人はいたが、自分が出れば溺れてしまうのが目に見えていた。マカハではそれほど恐ろしいブレイクはないはずだが、波をこの目で見ないことには始まらなかった。

見えてきたのは、異様なほどに美しい光景だった。チャンネルは単なるスムーズで幅広い潮の流れだったが、沖に向かっていると、演奏前に音合わせをするオーケストラのように気分が高まってきた。ラインナップは予想以上に広大で、少なくとも凪《なぎ》のあいだは水面が落ち着いていた。サーファーの集団がいた。さらに沖に二〇〇メートル以上離れた場所にもサーファーの集団がいるのが見えた。手前の集団はマカハボウルというポイントで波に乗るために集まっていた。マカハボウルは、私が若い頃のサーフィン雑誌やサーフィン映画に頻繁に登場していた巨大なエンドセクションだ。遠くの集団はマカハポイントを狙っていた。めったに写真には映らないポイントだ。この二つのスポットは、大波の日に長く崩れにくい波がそのまま移動すれば、つながることがあった。かなり前から、マカハボウルはその名声を岸側で起こる大きく掘れた波に譲っていた。マカハポイントはマニアのあいだで根強い人気を誇っていた。私はマカハボウルに狙いを定めて慎重にルートをとり、南側の水深の深い位置に留まった。小さな波——といっても余所に比べればまったく小さくはないのだが——がラインナップの内側で絶えずブレイクしていて、岸側が見えにくかった。私は水平線を注意深く見守った。雨は軽く、海面は滑らかで淡い色をしていた。空と同じ淡さの灰色で、白に近かった。近づいてくるうねりは暗い色をしていた。暗ければ暗いほど、フェイスは急峻だ。見たこともないほどの白と黒の対比だった。

マカハボウルの集団の平均年齢は高く、私と同年齢のサーファーが二人はいた。ほぼ全員がガンに乗っていた。雰囲気は陽気でもあり、真剣でもあったが、私はあまり歓迎されていないようだった。見たところ、ほとんどは西オアフのローカルだった。彼らからは、この波のために生きているという雰囲気が感じられた。私はこの集団を追いかけ、大きなセットが近づくのに合わせて外側に移動した。うねりが遠くの沖で黒ずんだとき、私はチャンネルに素早く移動した。崩れる瞬間、波の水面は真っ黒になった。私のボードはこの波にまったく適していなかった。この集団のなかで、本当に巨大な波を求めていたのは二、三人しかいなかった。馬鹿でかい黄色のガンに乗っている年長のハワイアンが、静かにモンスター級の波を何本かつかまえた。私は三時間で三本の波に乗った。すべて乗り切ったが、ドロップが遅く、不安定で、ボードが足の下でばたついた。ドロップでは毎回、思わず叫び声が出た。私が乗った波は特に大きかったわけではなく、特にうまく乗れたわけでもなかった。

しばらくして、お化けのように巨大なセットがやって来た。二〇フィートもの壁が立ち上がり、沖の水が深い場所でブレイクした。私たちは全員波に飲み込まれた。私は冷静さを保ち、波が覆い被さる前に、早めに、深く水に潜った。波の勢いでリーシュがちぎれた。ボードが折れたりリーシュがちぎれたりしたとき水上スキーでインパクトゾーンに駆けつけることになっているライフガードが、私のボードをインサイドで拾い、手渡してくれた。じっと私の顔を見ていたが、「大丈夫か?」としか言わなかった。私は半分恍惚としながら礼を言った。怖かったし、ボードの選択も間違っていたが、私は決して忘れられないものを見た。黒い波の上に、カラフルなボードの色が映えていた。赤いボードは留まった。オレンジのボードが行ったが、黒いフェイスに張り付いてしまい、もがいている。黄色のボードの年長のハワイアンが、高くて黒い壁を越えようと、情熱的で見事なストロークを描いた。崩れた瞬間、リップの下がコバルト色になる波もあった。ピーク時にバレルをつくる大きな波は、腹の部分が紺色になっていた。深い色合いを帯びた海が、空の灰色をかすませていた。

沖では、マカハポイントで波に乗るショートボーダーたちがいた。波はマカハボウルのように巨大ではないが、そのウォールは長く、揺れ動いていた。小さな人影が空の高さから落ちてきて、波の先端の下の深い影を滑り下り、せり上がる水面を自由自在に切り裂いていた。極めて高いレベルのサーフィンだった。いったいあのサーファーたちは誰なのかと思ったが、そこにパドリングするのが怖く、近寄れなかった。自分では決してできないようなサーフィンだったが、見ているのは楽しかった。

その後の私の失態を招いてしまった原因は、我慢ができなかったことであり、ショートボーダーに気を取られてしまったことであり、愚かで無謀な賭けに出てしまったことであった。私は夢遊病者のように後退していた。そして、それまで最後の瞬間に波をつかまえようとしていたチャンネルの端を離れ、インパクトゾーンの深いところまでパドルをした。マカハポイントからうなり声を上げて豪華な波が迫ってきた。この波なら、私のボードでもキャッチできるかもしれない。この波に誰も乗っていなかったのは、行ってはいけないエリアにテイクオフスポットがあったからだ。ボウルのインサイドの北側で、大きなセットが来たときに大打撃を食らってしまいかねない場所だ。私は大きな賭けに出た。次の大きなセットが来る前に、このエリアで波をつかまえることができるかもしれないと思ったのだ。それは見込みの薄い、杜撰《ずさん》な賭けだった。私はこの賭けに負けた。山のような波に飲み込まれた。水が深く感じるので大丈夫かもしれないと思い必死に泳いだが、渦から逃れられず、下向きに発射された強大な水の塊に直撃された。パニックにはならなかったが、酸素不足に陥った。安全かどうかを確かめる間もなく、リーシュをたぐって上を目指した。水面に浮上しても、泡や飛沫が激しくて息をするのは難しかった。だが瞬間的に呼吸できるタイミングがあった。頭上に高くそびえる波が、私をこの世から抹消しようと準備を整えていたからだ。そのとき、私はモリーのことを思った。お願いだ。これで私の人生を終わりにしないでくれ。私は愛する人から必要とされているんだ。

自身の肺容量がどれくらいあるのか、素早く計算することも、直感で把握することもできなかったのは、年齢のせいだ、と後になって思った。二番目の波も乗り切ったが、予想よりはるか前に酸素がなくなってしまった。その日の波の間隔が長かったので、さらに連続して水のなかに閉じ込められてしまう事態は避けることができた。もしそうなっていたら、私は水面に浮かび上がれなかっただろう。三番目の波は小さかった。私は急いでチャンネルに脱出した。後で落ち着きを取り戻してから、私は自分を恥ずかしく思いながら、もう二度とこんなことはしないと決心した。凶暴な海を前に、ひょっとしたら見逃してもらえるかもしれないといった甘い考えは、二度と抱かない。ニューアークの空港からタクシーで家に向かうときも、鼻腔から海水が垂れていた。

私はサーフトリップに出かけたり、地元でサーフィンをしたりしていないときは、ウエストエンドアベニューの地下にあるプールで一・五キロほど泳ぐようにしている。この健気なルーチンに加えて、ジムでのエクササイズもする。それは、サーフィンができないときの私にとっての救済手段だ。このような運動を日課にしていなかった頃は、ノーマン・メイラーの言葉を心の拠り所にしていた——「興奮や競争や危険や目的のない運動では、身体は鍛えられず、ただ疲労するだけだ」。プールを延々と往復するのは、いつだって無意味に思える。だが、今の私はこの習慣を捨てるわけにはいかない。泳がなければ、洋ナシのように腹がぽっこりと出てしまうことになるからだ。塩素消毒された水がさざ波を立てるプールを歩くエクササイズの先に、自分とロングボードだけの美しい世界があるのだ。ビッグウェーブレベルの肺容量を持ちたいなどという高望みはしていない。私はただパドルをして、ボードに立ち上がりたいだけだ。サーフィンをするには年を取りすぎた、と初めて思ったのは九〇年代、マデイラで波に飲まれて落胆したときだ。それでも水泳もしなかったし、バーベルにも触れようとしなかった。その頃よりも、エクササイズをしている今の方が身体の状態はいい。とはいえ、ボードに立ち上がるのは年を追うごとに難しくなっている。セレヤが言うように、厳密には私のエクササイズは現状維持にもなっていない。衰えの速度を遅らせようとしているだけだ。

セレヤはアッパーウエストサイドの申し子として、俳優のジェリー・サインフェルドを天才だと考えている。サインフェルドはもうあくせく仕事をする必要がなくなった今でも、年に一〇〇回近くもスタンダップコメディの舞台に立ち、芸を磨いている。そうするのは、自分の芸を「八〇年代のときかそれ以上」の状態に保ちたいと思っているからだ。最近のインタビューでは、サーファーと自分を比較していた。「なぜ波に乗るのか？　それは純粋な動機だ。海ではただ一人。波は自分よりもはるかに大きくて強く、いつでも簡単にひねり潰される。だがサーファーはそれを受け入れ、瞬間的に無に消える小さな芸術に昇華させようとしているんだ」

セレヤは最近、片方の尻に関節炎を発症した。踊ったり教えたりすることはできるが、痛みが強くサーフィンはできない。手術後の波に乗ることができない期間も、海に行く私たちサーファー仲間についてきた。みんながサーフィンをするなか、ボディサーフィンをしている。陸でじっとしているのは苦痛なんだ、と言いながら。

タバルアへの有料客としてのある意味で不本意なサーフトリップが終わりを迎えかけていた頃、オウルのボードの最後の一枚を折ってしまった。最初にクラウドブレイクでリーフにぶつけ、ボトムに微細な亀裂が入った。その後、波に乗っていたら、表面の真ん中が一メートル以上にわたって突然裂けて中のガラス繊維がむき出しになった。裂け目は裏側のフィンまで到達していた。二〇〇八年のことで、一週間のサーフィン旅行の後半に入り、うねりが増していたときだった。幸運にも、セレヤはビッグウェーブ用のボードとは別に、タバルアにオウルを一枚、持ってきていた。色が真っ赤だったことを除けば、私のボードと瓜二つだった。ボードが壊れた朝のセッションの後、厄介な北の風が吹き始めた。クラウドブレイクにとっては、最悪の横風になる。波は台無しになり、クラウドブレイクまでのボートも運行を止めた。私は一応この目で波の状況を確認したいと思ったが、誰も関心がなかった。私はクラウドブレイクが誘うサーフィン狂という病気に感染していた。行かなければならなかった。二人の船頭にそこに連れていってもらうよう話をつけた。波があった場合のためにと、セレヤはオウルのボードを貸してくれた。チャンネルを横切って走っているあいだ、北風が止み、水面が穏やかになった。船頭たちはまだわからないと言ったが、私は興奮した。後で知ったが、セレヤは島の南西にある木の上に設置された見張り塔から、双眼鏡で私たちの様子をずっと観察していたらしい。

クラウドブレイクに近づいた。良い波があるように見えた。午前中よりも数フィート大きい。うねりも途切れずにこちらに向かってきている。船頭の一人で、肩幅の広いグーフィーフットのイニア・ナカレブが、私と一緒に海に飛び込んだ。もう一人の船頭のカリフォルニア人のジミーはチャンネルに停めた船に残ることになった。後で加わるかもしれない、とジミーは言った。

最初の二本のライディングは、ボードと波を試すウォームアップだった。ボードは完璧だった——安定していて、ゆとりがあり、馴染みがあり、速い。波は肉厚のダブルオーバーヘッドで、高速でリーフの下を曲がっていた。私は慎重に波に乗り、余裕を持ってメイクした。イニアが頭を振りながら、猛烈にパドリングしているのが見えた。私には彼の気持ちがわかった。波が、信じられないくらい良すぎるのだ。フェイスはまだ少しざらついていたが、その分スピード感が増した。三本目に乗った波は大きく、シリアスだった。私はリップの下にある影の深い位置を、長半径を描きながらできる限り速く滑った。それは特に難しいバレルではなかった。ボードをフラットにして、リップが轟音を立てながら連続的に叩き落ちるボトムから離れているように気をつけるだけでよかった。バレルをくぐり抜け、陽の光のなかに出ると、浅いリーフの上でS字ターンを決め、波のない位置まで滑ってライディングを終えた。最後にこれほどの強度でうまく波に乗れたのはいつだったろうかと考えたが、思い出せなかった。数年は遡るだろう。

　気持ちが大きくなった私は、次の波を侮ってしまった。最初のボトムターンに余計な力をかけ、肩越しに波の様子を見渡すのを怠り、普段はやらない全開のターンに気持ちを集中させていた。ボードのノーズが、私が見逃した不規則な波の頭にぶつかったようだった。激しく転倒し、腕を上げて顔を守ることさえできなかった。側頭部を激しく水面に打ちつけた。固い物体に頭をぶつけたか、ぶつけられたような感覚だった。波は私を飲み込まず、軽くあしらった。波がブレイクする準備を整える前に、高速の水の爆弾を避けて安全な場所に避難した。ボードに戻ってパドリングを始めたが、頭のなかで音が鳴り響き、意識が朦朧とした。咳に血が混じっているのが見えた。喉の奥に血が溜まっている感覚があった。痛くはなかったが、呼吸するために咳をしなければならなかった。波のない場所に移動し、ボードの上で身体を起こし、掌《てのひら》に向かって咳を続けた。頭のなかの音は鳴りやんできた。平手打ちをされてしばらくたったときのような感覚が残っていた。

「ビル！」血を見て驚いたイニアは、船に戻ろうかと言った。「パドルはできる？」

できるよ、私は答えた。頭痛と咳を除けば問題はなかった。大丈夫だ、サーフィンを続けたい。

「いや、無理だ」

　イニアは不安になっているようだった。客の安全を確保するのが彼の仕事だった。イニアに悪いことをしたと感じた。「私は大丈夫だ」

イニアが私の目を覗いた。二〇代後半の、もう少年ではない一人前の男だった。その凝視は重かった。「神を信じてる？ ビル」イニアが尋ねた。「神があなたを愛しているのを信じてる？」

イニアは答えを求めた。

微妙なところだな、私はつぶやいた。

イニアが眉をひそめた。彼の関心は、私の咳ではなく、私の心に変わった。

私たちは契約を結んだ。サーフィンは続けてもいいが、イニアの近くからは離れないこと。慎重に波に乗ること。具体的にどこまで近くなのか、どこまで慎重になるべきなのかは明確ではなかったが、とにかく私は同意した。

うねりが大きくなり、その線もさらに長くなった。私たちは巨大なセットに向かってパドリングしていた。イニアは波を観察した。もう一つの関心事だった。

頭はもう大丈夫だった。波に乗りたかった。見事な波が来て、リーフの上で崩れかけていた。「ビル、駄目だ。これじゃない」イニアが言った。「これは一気に崩れる《クローズアウト》波だ」

私はアドバイスに従い、パドルでこの波を乗り越えた。同じように見える波が来た。「これだ」イニアは言った。「これがいい」

契約通り、イニアの判断を信頼した。私は向きを変え、波をつかまえるためにパドルを開始した。イニアの判断はどんぴしゃりだった。波はリーフの上で端からきれいに剥がれていった。私の目には同じに見えた一つ前の波は、本当に一気に崩れていた。慎重に波に乗って、緑色の水面を目指した。ライディングを終えると、イニアが直後の波に乗っているのが見えた。イニアはそうやって、私の近くにいることを保とうとしているのだ。ただし、イニアは持てる力を全開にしてサーフィンをしていた。それは慎重とは正反対のライディングだった。波の上での表現は猛烈で、その目はサーチライトみたいだった。イニアも相当にサーフィンにいかれているのだ、と私は思った。

一緒にパドルをしながら、私は尋ねた。神はすべての人を愛するのか？

イニアは喜んだ。もちろん、その答えはイエスだった。

ではなぜ、世の中には戦争や病気があるのか？

「神の判断はすべて正しいんじゃないのかい？」私は言った。

イニアは在野の伝道師だった。にやりと笑うと、神学の議論を持ち出してきた。しばらく議論したが、私を改宗させるには至らなかった。これはハワイに初めて宣教師団を率いたハイラム・ビンガムの、二重の意味での逆パターンだと思った。朝黒い肌をして、サーフィンに熱中している神の伝道師だ。

私たちはサーフィンを続けた。イニアが波を見極め、乗れる波とそうでない波を私に指示した。その判断が間違ったことは一度もなかった。私は、イニアが波のどこを見てこうした正確な区別をしているのかがわからなかった。ローカルサーファーの波の知識がいかに優れているかを示す、格好の事例だった。おかげで、私は安全に波に乗れた。私は慎重に波に乗り、一度も倒れなかった。イニアが大きなバレルのなかを通り抜けた。乗り終えた後、イニアは人生最高の波だったと言った。主を称えよ、と私は言った。ハレルヤ、イニアが言った。

セレヤは後で、三キロ離れた場所からは、私の小さな赤いボードが明るい緑の波を滑り下りていくテイクオフの様子しか見えなかったと言った。後は、リーフの上で崩れる波の上に私たちが描いた細い白線だけが浮かんでいた、と。

絶え間なく注ぎ込む波が神秘の光を放ち、激しく昇天して空気を満たしていた。イニアは、サーファーとして、伝道師として、熱狂の最中にいた。私はまだ神を疑っていたのだろうか？

〝我らは決して恐れない。たとえ地が姿を変え、山々が海の真ん中に移るとも。その水が騒ぎ、沸き返ったとしても〟――聖書の一節が心に浮かんだ。

疑いは残っていた。だが、恐れはなかった。

私は波に乗るのを終わらせたくなかった。いつまでも――。

訳者あとがき

本書は、二〇一六年のピューリッツァー賞、伝記・自叙伝部門受賞作に輝いた、サーフィンに魅了されたアメリカ人ジャーナリストが半世紀に及ぶ波乗り人生を振り返った回想録だ。

著者のウィリアム・フィネガンは一九五二年にカリフォルニアで生まれ、少年時代に家族で移住したハワイ・オアフ島で本格的なサーフィンの洗礼を受ける。作家志望の内向的な若者は社会に居場所を見つけられず、大人になりきれない葛藤を抱えたまま世の中に背を向け、波を求めてハワイや南太平洋、東南アジア、オーストラリア、アフリカを何年も放浪する。南アフリカでアパルトヘイトを目の当たりにしたことをきっかけにジャーナリストを志し、ニューヨーカー誌のスタッフライターとして活躍するようになってからも、サンフランシスコやポルトガルのマデイラ島、ニューヨーク近辺でサーフィンを続け、六〇歳を越えてもなお、いい波が立った日には仕事を脇に置いてでもサーフボードを抱えて家を飛び出すような生活をしている。愛する家族を得ても、ときに死と隣り合わせの危険な海への誘惑に抗《あらが》えないでいる。

著者も述べているように、本書のテーマはサーフィンだけではない。それは人生や愛であり、〝何かに取り憑かれて生きる〟ことだ。若きフィネガンは失恋に打ちひしがれ、固い友情でも越えられない壁に苦悩し、社会にコミットできない自分に劣等感を覚え、両親の期待に添った人生を歩めていないのではないかと思い悩む。中年になっても、サーフィンとの折り合いのつけ方に頭を悩ませる。舞台や時代によって色合いを変える各章にはそれぞれ短編小説のような趣《おもむき》があり、甘酸っぱい青春小説や未知の世界を舞台にした冒険小説、時代や世相を感じさせるロードムービーを読んでいるような感覚に襲われる。著者の確かな筆力も相まって、大作を一気に読ませる。

原題『Barbarian Days : A Surfing Life』の「バーバリアン」（野蛮人）という言葉は、若き日の著者が夢想した、文明から離れ手つかずの未開の地でひたすらに波に乗る理想郷のような暮らしや、何でもありの精神で自由気ままなサーフィン旅を続けた青春の日々を象徴している。

サーファーの知られざる生態も克明に描かれる。潮やうねり、風向きなどを驚くほど繊細に読み、自然との過酷な戦いに挑み、サーファー同士で熾烈《しれつ》に波を争う――文字通り陸とは別の世界だ。だが本書は単なるサーフィンマニアの生涯のようなものではない。著者は決して何の迷いもなくサーフィンに打ち込んできたわけではないし、世界に名だたるサーファーだったわけでもない。描かれているのは、義務と情熱、世俗と孤高、文明と自然、そして陸と海という二つの世界のあいだを揺れ動き、戸惑いながらも波に惹かれ続ける等身大の男の姿だ。

気が遠くなるほど膨大な時間を海に費やしてきた著者は、忙しくも充実した毎日に翻弄されながらも、若き日と変わらぬ心で沖に向かう。その姿は、〝心の赴くままに、好きなことに夢中になればいい。迷いながらでも、前に進めばいい〟という人生の真理を至極単純な形で浮かび上がらせる。本書が伝えてくれる力強いメッセージがいつまでも途絶えることのないうねりとなり、オフショアの風となって、読者の皆様が明日を生きるための糧になることを願っている。

翻訳にあたっては、NPO法人東京自由大学の宮山多可志氏、今井章博氏、エイアンドエフ会長の赤津孝夫氏、日本ユニ・エージェンシーの鈴木優氏、笹本史子氏、吉岡泉美氏、TSDOの佐藤卓氏、芦澤泰偉事務所の芦澤泰偉氏、児崎雅淑氏をはじめとする方々の御世話になった。心より感謝申し上げる。

A&F

バーバリアンデイズ
あるサーファーの人生哲学

2018年 8月10日 初版発行

著者
ウィリアム・フィネガン

訳者
児島 修

発行者
赤津孝夫

発行所
株式会社 エイアンドエフ
〒160-0022 東京都新宿区新宿6丁目27番地56号 新宿スクエア
出版部 電話 03-4578-8885

装幀
佐藤 卓

本文デザイン
児崎雅淑（芦澤泰偉事務所）

編集
宮古地人協会

印刷・製本
株式会社シナノパブリッシングプレス

Published by A&F Corporation
Printed in Japan
ISBN978-4-909355-04-1 C0098